Au risque de tout perdre

Précieuses retrouvailles

Un orageux face-à-face

OLIVIA GATES

Au risque de tout perdre

Traduction française de
TATIANA ANDONOVSKI

PASSIONS

HARLEQUIN

Collection : PASSIONS

Titre original :
THE SARANTOS BABY BARGAIN

Ce roman a déjà été publié en 2015.

HARPERCOLLINS FRANCE
83-85, boulevard Vincent-Auriol, 75646 PARIS CEDEX 13
Service Lectrices — Tél. : 01 45 82 47 47

www.harlequin.fr

ISBN 978-2-2804-3727-1 — ISSN 1950-2753

- 1 -

Assise dans le bureau de son associé, Naomi n'entendait plus la voix de ce dernier, hypnotisée par l'écran de télévision. Le visage qui l'emplissait la submergeait de souvenirs. Des souvenirs d'une époque où elle avait vécu une expérience similaire au *Titanic*.

Insouciante, aveuglée par ses sentiments, elle avait foncé droit devant, heurtant son iceberg de plein fouet. Elle n'avait eu aucun moyen de l'éviter et, après une collision violente, avait lentement sombré, jusqu'à être anéantie.

Il fallait dire que l'iceberg était de taille.

Son nom ? Andreas Sarantos. L'homme qui même à travers un écran était encore capable de lui glacer le sang… pour, l'instant d'après, le faire bouillonner au creux de ses veines.

Quatre ans.

Cela faisait quatre ans qu'elle n'avait pas revu Andreas.

La seule vue de cet homme la fit frissonner, et elle s'efforça de dissimuler son émoi aux yeux de son associé.

Et, tout à coup, elle se rappela les paroles qu'Andreas Sarantos avait prononcées le jour où elle avait trouvé le courage de lui faire des avances.

« Pour votre bien, je vous conseille d'éviter ma compagnie, mademoiselle Sinclair. Partez loin de moi, tant qu'il est encore temps. »

Elle entendait encore son timbre, à la fois sépulcral et suave, résonnant de sensualité et renforcé par un accent grec envoûtant.

Elle sentait encore ses yeux la brûler d'un désir à la fois

distant et fulgurant, tel un dieu vivant qui aurait daigné baisser ses pupilles d'acier sur une mortelle.

Dans un accès de spontanéité, n'écoutant que les battements de son cœur, elle avait fait fi de son avertissement.

Jusqu'à ce qu'elle découvre que ses paroles n'avaient pas été un appel à la prudence mais une promesse.

Une promesse de destruction.

Et de cette destruction, elle était seule fautive.

— Tu as vu, Andreas Sarantos est de retour ! s'exclama Malcolm, son associé.

Cette remarque la ramena brusquement à la réalité. Mon Dieu, mais Andreas était tout près… Il était devant ses quartiers généraux sur la Cinquième Avenue.

Même après quatre ans, et même par écran interposé, le fait de le savoir dans la même ville qu'elle la mit dans tous ses états. Elle crut que son cœur allait exploser dans sa poitrine.

S'efforçant de reprendre ses esprits, elle se tourna vers son associé, en silence.

— J'avais plus ou moins abandonné l'idée de faire affaires avec lui, puisqu'il n'accepte que les offres faites en tête à tête, mais, s'il est de retour, ça change la donne, déclara Malcolm en regardant de nouveau l'écran.

Naomi en fit autant, aussitôt décontenancée de se sentir transpercée par les yeux d'Andreas, tel un loup contemplant sa proie.

— Je me souviens encore de la fois où il nous a sauvé la mise avec Stephanides, reprit son associé. C'est vraiment un homme incroyable. Cette fois, je compte bien réussir à le rencontrer pour le convaincre de prendre sérieusement en considération nos projets d'expansion.

A ces mots, elle réprima un petit rire amer.

S'il y avait bien une chose qu'Andreas n'avait jamais été capable de faire, c'était de la prendre « sérieusement en considération ». Il fallait croire que le fait de partager son lit et l'osmose de leurs ébats charnels hors du commun n'avait pas suffi.

Andreas Sarantos ne prenait « sérieusement en considération » que les projets lucratifs. Or le projet d'investissement qu'elle et ses associés avaient voulu lui proposer, six ans auparavant, ne serait pas rentable, d'après lui. Leur processus opérationnel, étroitement lié au développement durable, posait trop de problèmes logistiques et freinerait la profitabilité du projet.

Voilà à quoi s'était limité leur échange professionnel à l'aube de leur… liaison. A l'époque, elle avait réussi à convaincre Malcolm de ne pas recontacter Andreas. Aujourd'hui, elle aurait aimé l'en dissuader de nouveau, mais ce serait louche. Il finirait par avoir des soupçons.

Or personne n'était au courant des rapports qu'elle avait eus avec Andreas.

Seule Nadine, la sœur de Naomi, et son mari Petros, le meilleur ami d'Andreas, avaient eu vent de leur liaison secrète.

Aux yeux de tous, elle et Andreas s'étaient croisés de façon sporadique dans un cadre uniquement professionnel. Lui en tant que milliardaire grec, spécialiste du capital-risque, convoité par toutes les entreprises rêvant de bénéficier de ses pouvoirs magiques, et elle en tant qu'associée d'une compagnie de développement immobilier luttant pour s'imposer dans un milieu de plus en plus concurrentiel.

Quand leur histoire avait pris fin, elle avait été contrainte de prétendre que le cauchemar qu'elle avait vécu et le naufrage qu'elle subissait n'existaient que dans une réalité parallèle où ses sentiments étaient allés s'échouer.

Le seul côté positif de cette relation dysfonctionnelle invisible ? La folie qu'elle avait commise n'avait jamais éclaté au grand jour.

Elle ferait tout pour qu'il en reste ainsi.

Donc elle devait garder le silence, elle n'avait pas le choix. Malcolm avait beau courir droit dans le mur en cherchant à s'associer à Andreas Sarantos, elle ne pouvait pas l'en avertir. Il lui aurait sûrement demandé pourquoi et elle n'avait aucune raison officielle plausible à lui donner.

De toute façon, il s'en rendrait bien compte par lui-même. Malcolm se doutait forcément que son entreprise avait peu de chance de réussir. Après tout, c'était lui qui avait cherché à entrer en contact avec Andreas avant que Naomi et lui ne deviennent associés, sept ans auparavant. C'était d'ailleurs quand Andreas avait enfin répondu à l'une des invitations insistantes de Malcolm qu'elle avait eu l'occasion de le rencontrer pour la première fois, un an après avoir créé SUN Developments. SUN étant l'acronyme des trois associés, Sinclair, Ulrich et Newman.

Un seul regard avait suffi à la chambouler de manière irrémédiable. Un vrai coup de foudre.

Andreas Sarantos était resté distant, sa poignée de main avait été froide, et pourtant il avait suffi de ce seul contact pour que tout son corps soit envahi d'une immense vague de chaleur.

En une seconde, il l'avait subjuguée, fascinée et intimidée comme jamais personne ne l'avait fait auparavant.

Pour ce qui était de leur projet professionnel, il s'était fendu de quelques remarques précises et ciblées qui avaient suffi à mettre le doigt sur des faiblesses qu'elle et ses associés n'avaient pas été en mesure de déceler.

Puis il était reparti aussi sec, sans indiquer s'il était intéressé par le projet… ou par elle.

Ce qui n'avait pas empêché Naomi de penser à lui nuit et jour, de façon obsessionnelle.

Mais tout cela appartenait au passé désormais… Il fallait tourner la page et revenir à la réalité.

A l'écran, Andreas avait fini son entretien et rejoignait sa limousine.

Même de dos, il était impressionnant. Il avait l'allure d'un conquérant à qui le monde appartenait, que rien ne pouvait atteindre, et qui fonçait droit devant sans se soucier des dégâts qu'il causait dans son sillon.

Naomi en avait fait l'expérience, à ses dépens.

— Je vais l'appeler pour bloquer un créneau avant que

toute la ville ne tente de se l'accaparer, la prévint Malcolm, emballé, ignorant tout du triste tourbillon émotionnel dans lequel elle était plongée.

Nerveusement épuisée, encore sous le choc, elle décida de rentrer chez elle.

— Malcolm, si ça ne te dérange pas, j'aimerais remettre notre réunion à demain.

— Bien sûr, pas de problème.

— Je suis un peu inquiète pour Dora, se justifia-t-elle.

Elle avait besoin de se donner bonne conscience pour partir plus tôt, mais c'était une fausse excuse. Le matin, elle avait laissé Dora avec un peu de fièvre mais, dans la journée, Hannah l'avait appelée à plusieurs reprises pour la rassurer et lui dire que tout allait bien.

Hannah était vraiment une nourrice formidable.

— Je comprends, dit Malcolm.

— Merci, fit-elle en tentant un sourire pour masquer sa peine.

— Tu es sûre que tout va bien ? Tu sais que tu peux tout me dire, ajouta-t-il, le regard empli d'une tendresse inhabituelle.

Malcolm s'était toujours montré très attentionné envers elle, n'hésitant pas à la complimenter ou à lui dispenser des remarques courtoises.

Mais récemment, elle avait l'impression de détecter autre chose. Quelque chose de plus ambigu que de la simple courtoisie.

Elle ne demandait qu'à se tromper. Car, si Malcolm avait bien des sentiments pour elle, ces derniers n'étaient pas réciproques. Et elle ne supporterait pas que leurs relations professionnelles et leur amitié soient ébranlées à cause de cela.

A l'origine, elle avait pourtant tout fait pour éviter de rencontrer ce genre de problème dans sa vie professionnelle. Si elle avait décidé de fonder l'entreprise avec Ken et Malcolm, c'était justement parce que les deux hommes étaient mariés. Ainsi leurs relations ne risquaient pas de déborder dans la sphère privée.

Mais, depuis le décès de la femme de Malcolm trois ans auparavant, elle avait décelé un changement dans leurs rapports. Léger au début, ce changement s'était accéléré après le décès de Nadine et Petros trois mois avant.

L'attitude de Malcolm envers elle, le retour inopiné d'Andreas… Cela faisait beaucoup pour une journée. Et c'est l'esprit préoccupé qu'elle pénétra dans son appartement de l'Upper East Side à Manhattan.

A peine eut-elle posé son sac sur le guéridon du hall d'entrée et accroché son manteau dans la penderie qu'elle entendit Hannah venir à sa rencontre d'un pas pressé.

— C'est Dora ? demanda tout de suite Naomi, paniquée. Sa fièvre est revenue ? Pourquoi ne m'as-tu pas appelée ? Je serais rentrée plus tôt ! J'aurais pu l'emmener chez le médecin.

— Mais enfin, Naomi, ma chérie, calme-toi, répondit Hannah. Je t'ai dit plusieurs fois au téléphone qu'elle n'avait plus de température et qu'on avait passé une très bonne journée. Elle s'est juste endormie un peu plus tôt que d'habitude.

Naomi reprit son souffle, soulagée.

— Quand j'ai entendu tes pas précipités et vu ton air inquiet, j'ai… Pardon. Je suis un peu à cran, aujourd'hui.

Hannah lui adressa un regard compréhensif et chaleureux.

— Ne t'en fais pas. Tout va bien, la rassura-t-elle. Fais-moi confiance. Je te rappelle que j'ai élevé mes quatre enfants, toi et Nadine, donc Dora est le septième bébé dont je m'occupe. Je sais de quoi je parle.

— Tu as raison. Moi, en revanche, je me sens complètement larguée. Dora aura bientôt dix mois et j'ai l'impression d'être une novice. Je m'inquiète tellement pour elle. Un accident est si vite arrivé…

Comme l'accident qui avait emporté Nadine et Petros.

Sa gorge se serra à cette pensée.

Leur absence était tellement dure à supporter.

Hannah la prit dans ses bras pour la réconforter. Heureusement qu'elle était là pour la soutenir… Depuis qu'elle était toute petite, les accolades magiques de sa nourrice avaient le don d'arranger les choses, d'amoindrir les blessures, de rendre plus supportables les pires moments de la vie.

— C'est normal que tu t'inquiètes pour Dora, la consola-t-elle d'une voix douce, mais inutile de te mettre dans tous tes états pour une petite fièvre.

A ces mots, Naomi éclata en sanglots, relâchant toute la pression qu'elle avait accumulée dans la journée. Comme une petite fille, elle se laissa envelopper par la chaleur de sa nourrice qui avait toujours été là pour elle, comblant le trou laissé par le décès de sa mère lorsqu'elle avait treize ans.

Une fois le gros des larmes passé, elle esquissa un sourire.

— Je ne sais toujours pas pourquoi tu t'es précipitée vers moi à mon arrivée. Pensais-tu que c'était un intrus ?

En prononçant ces mots, elle s'arrêta net. Mais, au fond, ce scénario a priori fictif pouvait parfaitement se produire dans la vie réelle. Mon Dieu, et si…

— Hannah, paniqua-t-elle en imaginant le pire, si un jour tu penses que quelqu'un s'est introduit dans l'appartement par effraction, va t'enfermer dans une pièce avec Dora et appelle aussitôt la police…

Hannah leva une main pour l'arrêter.

— Dis donc, tu as une imagination débordante. Tu as bien fait de rentrer plus tôt. Je te conseille de te reposer, ton esprit me semble légèrement confus. Tu sais très bien que ce bâtiment est quasiment impénétrable et qu'on ne peut accéder à notre étage sans avoir été invité…

Elle s'interrompit, visiblement gênée.

— Justement, à ce propos… Je voulais te prévenir…

— Me prévenir de quoi ?

— Que tu as un intrus dans ton salon, dit alors une voix d'homme, qui lui transperça le cœur.

Stupéfaite, Naomi tressaillit.

Andreas.

Andreas Sarantos lui faisait face, en chair et en os.

L'homme à qui elle avait échappé, in extremis, quatre ans auparavant, le cœur brisé.

C'était impossible, inimaginable, inconcevable, ridicule qu'il soit là, chez elle, dans l'appartement où il ne l'avait jamais déposée, où il n'était jamais entré, pendant les années où ils avaient été ensemble, sans vraiment l'être tout à fait.

Mais non, elle ne rêvait pas, il était bel et bien là, chez elle.

En moins d'une seconde, sa présence investit totalement les lieux, pour l'envelopper et s'emparer d'elle au point de la noyer, faisant naître en elle des sensations primitives, la transportant dans des contrées proches de la folie.

Plus imposant et menaçant que dans son souvenir, il la scrutait intensément, si bien qu'elle n'était plus capable de bouger.

Quatre mètres d'air irrespirable les séparaient.

Engloutie par son aura, elle était comme emportée par un tourbillon d'émotions contradictoires, qu'elle n'aurait jamais cru ressentir de nouveau un jour.

A la haine qu'elle avait de lui se mêlaient, pour son plus grand effroi, du désir et même de l'admiration… Mon Dieu, mais comment pouvait-elle encore éprouver cela, après tout ce qu'il lui avait fait subir dans le passé ? Etait-il possible qu'avec le temps elle ait oublié l'impact dévastateur qu'il avait eu sur elle ? Ou bien était-ce lui qui avait changé ? Etait-il devenu encore plus impressionnant qu'avant ? Encore plus désirable ?

Elle était tiraillée entre sa raison et son cœur. Pendant que l'une hurlait qu'il n'avait pas le droit d'être là, l'autre battait de manière frénétique vers une zone inconnue et dangereuse.

Captive de ses yeux acier, pétrifiée, les sens en alerte, elle avait le sentiment que le monde se dérobait sous ses pieds, telle une immense étendue de sable mouvant.

A mesure qu'il la scannait dans les moindres détails, c'était comme s'il la recouvrait d'un voile brûlant au-dedans, glacé au-dehors.

Elle était comme hypnotisée, mais parvint à détailler à son tour Andreas.

Des cheveux dorés par le soleil, une peau hâlée à souhait, un visage buriné aux traits modelés à la perfection. Une carrure athlétique moulée à merveille dans un costume qui semblait avoir été confectionné sur lui.

Elle connaissait bien le corps qui se cachait au-dessous. Un corps façonné par des mains divines, fait pour la tentation.

Cette perfection physique était d'autant plus impressionnante qu'elle était imprégnée d'un charisme et d'un tempérament qui permettaient à Andreas de tenir les autres à sa botte, de leur faire faire ses quatre volontés.

Elle avait appris à se méfier de cet être mi-homme mi-dieu, cette force des ténèbres, qui se nourrissait de pouvoir et d'argent.

Fut un temps, pourtant, où elle avait été sous son joug, pleinement offerte, disponible à sa guise. C'était même elle qui l'avait supplié pour qu'il en soit ainsi.

Puis un jour, la situation s'était retournée contre elle. Poussée au-delà de ses limites, elle avait dû se résoudre à le quitter.

Une fois libérée, elle avait juré qu'on ne l'y reprendrait plus, persuadée de ne plus jamais croiser son chemin.

Elle s'était trompée.

Il était là, face à elle.

— Je peux savoir ce que tu fais ici ? s'enquit-elle, folle de rage mais contenant sa colère pour ne pas alerter Hannah.

Celle-ci intervint aussitôt.

— M. Sarantos est arrivé peu avant toi. J'ai voulu te prévenir, mais il ne voulait pas que je te dérange dans ton travail. Il souhaitait t'attendre ici, donc je l'ai fait entrer.

Naomi ne pouvait pas lui en vouloir. Comment Hannah aurait-elle pu deviner qu'Andreas était la dernière personne qu'elle aurait souhaité voir en rentrant chez elle ? Elle ignorait tout de sa relation avec lui.

Avant qu'elle n'ait eu le temps de rebondir, Andreas prit la parole.

— Merci d'avoir été une hôtesse irréprochable, Mme McCarthy. Maintenant que Naomi est là, j'aimerais m'entretenir avec elle en tête à tête.

Il la congédiait ! Mais pour qui se prenait-il ? Quel malotru !

Naomi était hors d'elle mais, d'une certaine façon, c'était un mal pour un bien. Mieux valait qu'Hannah n'entende pas ce qu'elle avait à dire à Andreas.

— Merci, Hannah. Je vais m'occuper de M. Sarantos, dit-elle, mâchoire serrée, tentant d'adopter un ton professionnel et posé.

Hannah quitta le hall d'entrée après avoir pris soin de bien refermer la porte qui donnait sur le reste de l'appartement.

— Alors, comme ça, tu vas t'occuper de moi ? demanda-t-il aussitôt d'un ton amusé.

— Je vais surtout m'occuper de ton départ de chez moi, siffla-t-elle entre ses dents.

— C'est inutile. Je ne partirai d'ici que lorsque je t'aurai mise au courant de la raison de ma venue. Retournons dans le salon. A moins que tu préfères une autre pièce ?

Une autre pièce.

Des mots dangereusement lourds de sous-entendus.

Décidément, il était machiavélique.

— Je veux que tu sortes de chez moi, un point c'est tout, lui ordonna-t-elle sans relever l'insinuation. J'ignore pourquoi tu es là, mais cela ne m'intéresse pas. De toute façon, tu arrives trop tard. Tout le monde est mort et enterré.

Certes, ses mots étaient durs, mais Andreas était si froid et insensible qu'il lui en faudrait plus pour s'émouvoir — si cela était seulement possible. Elle n'oublierait jamais le visage impassible et fermé qu'il lui avait adressé lors de leur dernière conversation.

A l'époque, elle venait de lui annoncer qu'elle voulait mettre fin à leur histoire. Il avait tout d'abord manifesté sa fureur à l'idée qu'elle puisse avoir envie de le quitter —

sûrement parce qu'il n'avait pas encore de candidate en tête pour la remplacer. Puis, après son accès de colère, il s'était refermé sur lui-même.

Mais aujourd'hui, étonnamment, c'était comme si ses paroles avaient eu un impact sur lui.

— Tu me chasses ? s'enquit-il, surpris.

Il pensait sûrement qu'une simple mortelle comme elle n'avait pas le droit de mettre au défi un dieu aussi puissant que lui.

— C'est exactement ce que je suis en train de faire. Mais tu as le choix. Soit tu pars sans faire d'histoires, soit j'appelle la police et je leur dis qu'un inconnu me harcèle et refuse de partir de chez moi.

Son ultimatum ne sembla pas l'ébranler le moins du monde.

— Quand tu sauras pourquoi je suis ici, tu me supplieras de rester.

— Je préférerais être dévorée par des piranhas plutôt que de t'écouter.

— Tiens, en parlant de dévorer, je n'ai rien mangé depuis que je suis descendu de l'avion. Et si tu m'invitais à dîner ? Nous pourrions discuter tout en mangeant ?

Naomi ferma les yeux. C'était un cauchemar, elle allait forcément finir par se réveiller.

Mais, quand elle les rouvrit, Andreas était toujours là.

Elle n'avait pas rêvé.

Andreas était vraiment face à elle, et se moquait éperdument de ses menaces et de sa fureur. Elle avait beau tenter de le chasser de chez elle, cela n'avait pas l'air de l'affecter outre mesure. Il s'invitait même à dîner, le plus naturellement du monde !

Quelle arrogance ! Il était hors de question qu'elle cède.

— Je sais que tu prends les gens pour des pions, déclara-t-elle outrée, mais, si tu penses encore pouvoir me déplacer où ça te chante, tu te trompes. Alors, pour la dernière fois, va-t'en.

Il ne bougea pas d'un pouce.

Rien à faire.

Sa colère était vaine, se heurtant à l'armure de son indifférence.

S'il existait un ange déchu, il devait ressembler à Andreas. Terriblement beau, sinistre et sublime à la fois, irrésistible et attrayant au plus haut point.

— Allons… Est-ce vraiment une manière de parler à ton mari adoré ?

- 2 -

Son mari adoré ?

— Ex-mari ! s'insurgea-t-elle, scandalisée par le culot d'Andreas.

Il haussa les épaules.

— Techniquement, fit-il d'un ton détaché.

— Non, pas « techniquement ». Nous avons divorcé, siffla-t-elle, se retenant de hurler pour ne pas alerter Hannah ou réveiller Dora.

Ce divorce était loin d'avoir été facile. Elle avait dû attendre six mois avant la conclusion de leur mariage.

— A t'entendre, on dirait que tu as eu le rôle de la femme trompée. Je te rappelle que c'est toi qui m'as quitté.

— Décidément, tu n'as pas changé. Tu n'as toujours pensé qu'à toi mais là, le phénomène s'est accentué.

— Où veux-tu en venir au juste ? Tu as passé une mauvaise journée et tu as besoin de te défouler, c'est cela ?

Quoi ?

Elle aurait voulu répondre, mais était incapable de dire un mot. La capacité d'Andreas à se détacher des choses l'avait toujours sidérée mais là, c'était le bouquet.

Il battait des records d'indifférence.

— Si, pendant toutes ces années, tu as nourri envers moi des griefs imaginaires, poursuivit-il, alors j'aimerais autant rester là jusqu'à ce que tu aies vidé ton sac.

— Il n'y a rien d'imaginaire dans mes griefs mais les mots ne suffisent pas à décrire à quel point je te trouve abject.

— Je n'ai moi-même jamais eu recours à cette pratique

mais il paraît que se lâcher contre quelqu'un et lui dire ses quatre vérités peut avoir un effet thérapeutique.

Naomi était à bout de patience, prête à exploser.

— C'est terminé. Je ne tolérerai pas ta présence une minute de plus chez moi.

— Parce que jusqu'à présent tu te montrais tolérante ?

— Pars, Andreas.

A cet instant, le regard intense qu'il lui lança éveilla en elle des sentiments contradictoires. Un regard d'une arrogance si glaciale, mais d'un désir si brûlant… Elle en était retournée.

Il tourna enfin les talons… mais pour se diriger vers le salon !

Elle le regarda disparaître, d'abord abasourdie, avant de se lancer à sa poursuite.

Il n'avait pas le droit d'envahir son intimité !

Elle s'accrocha à lui pour l'arrêter. Rien n'y fit.

Une fois arrivé dans le séjour, il s'immobilisa, mais certainement pas pour lui obéir.

Tout le contraire même. C'était une démonstration de sa force, de son emprise sur les gens. Personne n'avait le droit de dicter les actions de monsieur ou de parler pour lui.

Décidément, il n'avait pas changé.

Et, lorsqu'il se tourna vers elle, il lui offrit un regard tranquille et confiant, comme si tout était absolument normal. Il se croyait donc tout permis ? Mais c'était odieux !

Elle avait l'insupportable impression de se trouver face à un mur, qui ne faisait aucun cas de ce qu'elle pouvait ressentir ou désirer, et crut qu'elle allait exploser.

C'est alors qu'elle le frappa. Avec les deux poings, faisant de son torse un punching-ball lui permettant de vider toute l'amertume qu'elle avait emmagasinée depuis des années.

Il ne bougeait pas, ne disait rien, subissant cette agression comme si de rien n'était, l'observant comme on observerait les réactions d'une bête curieuse.

Son impassibilité ne faisait que renforcer le sentiment d'impuissance et de colère de Naomi, qui se débattait inutilement contre un mur d'indifférence, jusqu'à s'épuiser elle-même.

Soudain, elle se retrouva prisonnière, les mains immobilisées dans le dos, le corps coincé entre le mur et sa carrure imposante.

Elle n'eut pas le temps de protester qu'il lui écarta les cuisses en plaçant un genou entre ses jambes, entourant sa nuque de son autre main, avant de l'enfouir dans ses cheveux. Elle était maintenant prisonnière.

Après lui avoir jeté un regard incandescent et impérieux, il plongea sur elle, pour presser brusquement ses lèvres contre les siennes, la ramenant subitement des années en arrière, dans un passé qu'elle aurait tant voulu avoir oublié.

C'était avec la même fougue, la même brutalité qu'il l'avait embrassée la première fois qu'elle était allée le retrouver dans sa suite d'hôtel, pour s'offrir à lui sans condition. Elle avait bien senti, dès le premier regard, que sa nature comportait un caractère dangereux, que cette rudesse faisait partie intégrante de sa personnalité mystérieuse.

Mais elle avait tout de même été surprise. Elle ne s'était pas attendue à une telle violence, si bien que, sur le coup, elle avait pensé qu'il cherchait seulement à l'apeurer et à la faire fuir, pour la protéger de lui. Voyant que ça ne marchait pas, il était allé encore plus loin, au point de lui faire perdre la tête, la poussant dans ses derniers retranchements, testant jusqu'où elle était prête à aller.

Pour lui, elle n'avait pas de limites. Elle s'était offerte pleinement, se délectant de la passion sans bornes qu'il laissait éclater en sa présence.

A partir de cette nuit-là, il lui avait procuré un plaisir physique au-delà de l'imaginable, provoquant en elle des réactions inouïes, transportant son corps dans des contrées inconnues, fertiles en plaisir des sens et de la chair.

A chaque rencontre, il la possédait un peu plus, assouvissant chez elle des désirs qu'elle n'aurait jamais cru éprouver un jour.

Mais voilà… il avait beau la combler sexuellement, il ne semblait pas en mesure de lui apporter autre chose que ces plaisirs charnels. Cette satisfaction sexuelle laissait chez elle un vide émotionnel qui devenait de plus en plus frustrant. Et le gouffre était d'autant plus profond qu'elle tombait de très haut. Comment un être aussi brûlant, aussi passionné quand il lui faisait l'amour, pouvait-il se montrer aussi froid et distant quand il s'agissait de ses sentiments ?

Dans son salon, assujettie à son assaut fougueux, elle le laissa approfondir son baiser, incapable de bouger sous son emprise qui se faisait de plus en plus forte.

Après lui avoir mordillé les lèvres, sa langue vint chercher la sienne, provoquant en elle des sensations qu'elle avait fini par oublier avec le temps, des sensations que lui seul était capable d'attiser en elle.

Si, encore aujourd'hui, elle ne lui opposait aucune résistance, c'était parce qu'elle était sous le choc de cette rencontre électrique. Encouragé par son silence, Andreas passa alors au niveau supérieur.

Il l'écrasa de tout son corps pour la dominer un peu plus et lui empoigna sauvagement les cheveux, lui arrachant un gémissement de plaisir.

Puis, quand il pressa son sexe dur contre son bassin, elle crut défaillir. Le monde alentour n'existait plus. Seul comptait le terrible désir qu'elle avait de lui.

Le grognement viril qu'il poussa contre ses lèvres l'acheva. Elle le voulait en elle, maintenant !

— Ton goût est encore plus enivrant que dans mon souvenir, lâcha-t-il en un souffle.

Comment pourrait-elle oublier son goût à lui ? Puissant, indispensable, submergeant.

Stop !

Elle était déjà tombée dans cet abîme. Deux fois.

Et s'était promis de ne jamais y retourner.

Sentant qu'elle se noyait, qu'il la tirait vers le fond, elle tenta de s'arracher à son emprise. Elle luttait contre lui, mais contre elle-même aussi, contre son propre désir.

Mais, incapable de s'échapper — parce que son cœur l'emportait sur sa raison —, elle sombra un peu plus sous la puissance de son corps, entraînée dans une spirale dont elle ne connaissait pas l'issue.

Son seul espoir d'en sortir ? Qu'il décide de la lâcher.

Ce qu'il fit, par étapes.

Il arracha d'abord ses lèvres de sa bouche avide, balayant sa joue de baisers, lui mordillant le visage pour descendre en direction de sa gorge. L'espace de quelques instants, il tenta d'aspirer son pouls, comme s'il voulait s'accaparer les battements de son cœur, puis dans un dernier grognement de désir il lui libéra les mains.

Il ne s'écarta pas d'elle pour autant, la laissant savourer encore un peu la fusion de leurs corps.

Immobile, elle osait à peine respirer de peur de se coller davantage à lui. Non pas qu'elle ait eu beaucoup de marge de manœuvre — elle était coincée contre le mur.

Elle ne tenait plus sur ses jambes. C'était la puissance du corps d'Andreas qui la maintenait debout.

Finalement, il s'éloigna d'elle, doucement, avec précaution, comme si son corps était soudé au sien et qu'une séparation trop brusque pourrait être douloureuse.

Ce qui n'était pas loin de la vérité.

Les parties de son corps qu'il avait touchées brûlaient déjà de son absence, ses nerfs étaient à fleur de peau, son esprit chamboulé, ses sens à l'agonie. Son parfum enivrant lui avait fait tourner la tête, elle frissonnait encore de l'avoir eu contre elle. Quant à ses yeux, qui ne cessaient de la scruter, ils ne lui laissaient nulle part où se cacher, ni aucun moyen de se soustraire à son emprise.

Il recula d'un pas, laissant entre eux un espace lourd de conséquences.

Elle inspira profondément, espérant que l'oxygène lui

remettrait les idées en place et lui permettrait de reprendre un semblant de sang-froid.

— Je ne m'excuserai pas de t'avoir frappé, parvint-elle à articuler. C'est ce que tu voulais. Tu cherchais une excuse. Tu m'as manipulée pour arriver à tes fins et faire de moi ce que tu voulais. Une fois de plus, tu as réussi. Bravo. Maintenant pars ou, la prochaine fois que je te frappe, je ne viserai pas ton torse.

Il ne la quittait pas du regard. Un regard aiguisé comme l'acier, avec une lueur d'excitation.

— J'aime la nouvelle Naomi, guerrière et sûre d'elle, lâcha-t-il enfin. Avant, tu étais plus docile.

— Je dirais plutôt soumise.

Ce mot eut l'air de le surprendre.

Les lèvres entrouvertes, le regard perçant, il l'observa quelques instants en silence, avant de réagir.

— C'est comme ça que tu te voyais ?

— C'est comme ça que j'étais.

— Pas de mon point de vue. Cela dit, mon avis n'a aucune importance puisque tu es persuadée que j'invente ma propre réalité selon mes désirs. En tout cas, je t'ai toujours trouvée accommodante, mais jamais soumise.

Doucement, il leva la main vers son visage, puis, d'un geste lent et sensuel, posa sur son front un doigt qu'il fit descendre délicatement le long de sa tempe, de sa joue, de son cou, de son épaule, pour bifurquer en direction de la naissance de ses seins. Et s'y arrêter.

Sa voix suave baissa d'une octave, atteignant les profondeurs ténébreuses de l'hypnose.

— Non seulement tu trouvais du plaisir à te soumettre à mes désirs mais, au passage, tu n'hésitais pas à prendre ce que tu voulais, quand tu ne l'exigeais pas.

Une chaleur excitante s'empara d'elle à l'évocation de toutes les fois où elle avait formulé un désir urgent et où il l'avait laissée se délecter de lui jusqu'à en perdre la tête.

C'était insupportable de constater à quel point il était

capable de la manipuler à sa guise, à quel point sa seule présence la mettait dans tous ses états.

Jamais personne n'avait eu cet effet sur elle.

Et voilà que, même après toutes ces années, ses réactions à son contact étaient toujours aussi vives et déroutantes… Ce constat la terrifiait.

S'éclaircissant la voix, elle s'efforça de reprendre ses esprits.

— Je ne crois pas que tu sois venu ici pour discuter de notre relation passée.

— Notre « relation » ! répéta-t-il, surpris.

— Si j'avais pu utiliser un mot plus trivial, crois-moi, je l'aurais fait. Mais peu importe. Je n'ai aucune envie de replonger dans un passé que j'ai laissé derrière moi, ou de me remémorer des souvenirs liés à une personne à qui je n'aurais jamais dû me frotter, comme tu m'as si bien avertie lors de notre toute première rencontre.

Il enfonça les mains dans ses poches, attirant son attention sur son entrejambe, où la preuve de son désir pour elle était encore visible.

Quand elle releva les yeux, troublée, il l'observait d'un air distant, mêlé à une pointe d'amusement qui lui donna envie de hurler.

Visiblement satisfait de l'avoir provoquée, une fois de plus, et à tous les niveaux, il se posta devant elle.

— Je peux m'asseoir ?

Elle n'eut pas le temps de répondre que déjà, agissant comme si les minutes incandescentes qu'ils venaient de partager n'avaient jamais eu lieu, il prit place dans le fauteuil rouge à côté du canapé en forme de L à motifs fleuris. C'est là qu'il avait dû s'asseoir en arrivant — sa sacoche était posée à côté du fauteuil.

Cette fois, elle se retint de se jeter sur lui pour le faire sortir de chez elle. Non pas parce qu'elle était calmée mais parce qu'elle ne sortirait pas indemne d'un nouveau contact physique.

Il en profiterait pour la tester et, le connaissant, il était capable d'aller plus loin, de la pousser jusqu'à ce qu'elle succombe à la tentation et le supplie de ne pas arrêter.

Les jambes frêles, l'esprit en ébullition, elle s'agita quelques instants, faisant mine de ranger des jouets ici et là.

Récemment, elle avait réaménagé l'espace pour qu'il soit parfaitement sécurisé pour Dora, et elle avait également refait faire la décoration pour égayer les lieux et contrer la mélancolie ambiante depuis le décès de Nadine et de Petros.

Reportant son attention sur Andreas, elle le vit remettre une mèche tombée sur son front pendant leur échange.

Il avait les cheveux plus longs qu'autrefois, et semblait plus viril, plus sauvage. Plus mystérieux. Plus séduisant. Depuis toujours elle le considérait comme un symbole de beauté masculine.

C'était d'ailleurs là tout le paradoxe de cet homme.

Il était divin à l'extérieur, monstrueux à l'intérieur.

— Tu ne t'assieds pas ?

— Je suis chez moi, je fais ce que je veux.

— Décidément, ma présence a l'air de t'être insupportable au plus haut point. Dois-je en déduire que tu rumines ces sentiments négatifs envers moi depuis quatre ans ?

Elle laissa échapper un petit rire sarcastique.

— Si je ne savais pas que tu avais de la famille, je me dirais que tu es un robot qui a été fabriqué dans un laboratoire. Tu n'as ni sentiments ni scrupules, lâcha-t-elle, ahurie, au bord de la crise de nerfs.

Cette insulte sembla glisser sur lui, sans le toucher. A lire son visage, il ne semblait ni offensé, ni amusé, ni provoqué.

Aucune émotion ne transparaissait, comme d'habitude.

— Si tu me vois comme ça, je n'y peux rien, répondit-il simplement. Mais j'ai une question. Tu crois vraiment que le robot que tu décris serait allé jusqu'à t'empêcher de le quitter ?

— Oui, parfaitement. Tu n'as fait ça que pour affirmer ta domination. Quand je pense que tu as mis six mois à signer les papiers du divorce ! C'était immonde de ta part. D'autant plus abject que tu ne m'as jamais vraiment épousée.

Tu as simplement scellé notre union dysfonctionnelle pour m'empêcher de mettre un terme à notre liaison lorsque j'ai voulu partir la première fois.

— Donc, d'après toi, si je t'ai empêchée de me quitter deux fois, c'était dans le seul but d'affirmer ma domination ? Tu ne penses pas que c'est beaucoup d'efforts à déployer pour arriver à ce résultat ?

— Pas pour toi, répondit-elle. Je te crois capable de déployer des efforts pharaoniques pour imposer ta domination et maintenir ton statut d'homme tout-puissant.

— Mon statut d'homme tout-puissant ?

— Tu ne vois vraiment pas ? demanda-t-elle, à bout de patience. Tu veux que tout le monde soit à ta botte, obéisse à tes ordres, et que tout soit fait selon ta volonté.

— C'est une perception intéressante de ma personnalité, mais cela n'a rien à voir avec la raison qui m'a poussé à te retenir à l'époque. J'essayais de tempérer la situation jusqu'à ce que ta crise soit terminée et que tu reviennes vers moi.

— Ma crise ? répéta-t-elle hors d'elle. C'est comme ça que tu as perçu cet épisode ? Très bien, admettons. Dans ce cas, qu'est-ce qui a bien pu te faire céder ? Pourquoi as-tu abandonné le combat ? Tu t'es dit : « Après tout, bon débarras » ? Cela dit, ce n'est pas comme si toute cette histoire t'avait épuisé… Tu as laissé tes avocats se charger de toute la procédure. Pratique.

— Je vois que tu débordes d'imagination. Je te laisse trouver la réponse à ces questions puisque visiblement tu as une théorie pour chacun de mes faits et gestes.

Comment rebondir ? Elle ne le connaissait que trop bien, il ne lui laisserait jamais avoir le dernier mot.

Elle bouillait intérieurement, contenant difficilement sa rage.

Après quelques instants de silence, il la relança.

— Alors, pourquoi ai-je « abandonné le combat », d'après toi ? s'enquit-il alors qu'elle ne disait plus rien.

— Parce que même une bataille par procuration, à

la longue, ça perd de son charme, surtout quand on peut s'amuser autrement, finit-elle par lâcher.

A ces mots son expression changea, imperceptiblement. On aurait dit…

Non, impossible. Il ne pouvait pas être blessé par ses paroles. Ce n'était pas le genre d'Andreas.

Pensif, il ne tenta pas de donner son point de vue, ou d'expliquer pourquoi au bout de six mois il avait décidé de signer les papiers du divorce.

D'ailleurs, aucune des raisons qu'il aurait pu fournir ne l'aurait satisfaite. Son analyse à elle était la plus logique. Il s'était lassé et il avait trouvé une remplaçante. Ou plusieurs.

Enfin, il reprit la parole.

— J'aimerais savoir pourquoi tu m'en veux autant.

— Tu ne vois vraiment pas ?

— Non. Eclaire-moi.

Il avait besoin d'une précision ? Très bien. C'était le moment de vider son sac.

— Petros t'a appelé sur son lit de mort. Tu n'as même pas pris la peine de revenir. Tu n'es pas venu lui rendre visite une dernière fois. Tu n'as pas assisté à l'enterrement.

Pour toute réponse, il cligna des yeux.

Il n'avait donc rien à dire ? Comment avait-il pu manquer à ce point de respect envers Petros ?

Stupéfaite devant tant d'indifférence, elle laissa éclater tout le ressentiment qu'elle avait accumulé pendant toutes ces années, pour le déverser en un flot confus.

— Tout le monde est venu ! hurla-t-elle. Les rivaux en affaires, les ennemis. Les gens savaient que Nadine était tout pour moi et que Petros était devenu comme un frère. Ceux qui n'ont pas pu se libérer pour venir présenter leurs condoléances ont au moins appelé pour me consoler. Mais toi, rien !

Il cligna de nouveau des yeux. C'était tout ce qu'il était à même de lui donner ? Il n'était donc capable d'aucune autre réaction, d'aucun sentiment humain ? Voilà pourquoi son absence l'avait blessée à ce point…

— Dans un sens, ton manque de respect a donné une tournure encore plus détestable à notre liaison, poursuivit-elle. J'avais toujours eu honte de m'être jetée à ton cou comme je l'avais fait, je me sentais coupable de tout ce qui était arrivé par la suite. Mais ce jour-là, je m'en suis profondément voulu d'avoir eu une relation avec quelqu'un d'aussi vil. Quand j'ai vu que tu n'avais pas répondu à l'appel de ton ami mourant et que tu ne m'avais même pas envoyé quelques mots de condoléances, pour la forme, j'ai souhaité ne jamais avoir été associée à toi, même en secret.

A ces mots il baissa les paupières. Mais elle n'était pas dupe. Tout ce qu'il cherchait à faire, c'était donner l'illusion qu'il était touché, voire troublé.

— A l'époque, je pensais que tu n'aurais ni envie de me voir, ni envie de m'entendre, expliqua-t-il d'une voix grave.

C'était cela, son excuse ? Il croyait vraiment pouvoir lui faire avaler cela ?

— Tu veux dire que tu n'es pas venu et que tu ne m'as pas contactée dans l'éventualité où je le prendrais mal ? C'était donc par égard pour moi ? Alors là, c'est la meilleure !

— Je te donne mon impression de l'époque. Je n'ai pas dit que c'était la raison pour laquelle je n'étais pas entré en contact avec toi.

Elle garda le silence, attendant qu'il continue.

Mais après tout, était-ce bien la peine de le laisser s'expliquer ? Il n'avait aucunement l'intention de satisfaire sa curiosité, de calmer son indignation ou de se justifier.

Ce n'était pas le genre d'Andreas.

La preuve, elle venait de lui avouer qu'elle avait eu besoin de tout le soutien possible pour traverser cette terrible épreuve, et il était là, immobile, face à elle, sans même prendre la peine de s'excuser, encore moins de la consoler.

Andreas était une source intarissable de déception et d'illusion.

Soudain, elle éprouva un sentiment écrasant de lassitude.

Elle s'efforçait depuis tellement longtemps de paraître forte, prête à relever les défis de la vie les uns après les autres. Tout d'abord sa mère, puis Nadine, puis Dora.

Mais elle arrivait au bout de ses forces et, face à Andreas, elle ne faisait pas le poids. Non seulement parce que en face d'Andreas personne ne faisait le poids, mais aussi parce que en sa présence elle était des plus vulnérables.

Pourquoi se battre contre lui alors qu'elle n'avait aucune chance de gagner ? Ce serait gâcher le peu de force qu'il lui restait, et qu'elle préférait garder pour Dora. Donc autant mettre fin à l'affrontement au plus tôt.

Baissant les armes, elle se dirigea vers lui. Il pouvait bien voir à quel point elle était fragile, à quel point elle constituait une proie sensible, cela n'avait plus aucune importance.

— Tu sais quoi ? Je me fiche de tes raisons. Tu as bien fait de ne pas venir à l'enterrement. Ta présence à l'époque n'aurait fait qu'empirer la situation pour moi. Tout comme elle me dérange aujourd'hui. Alors je te prierais de partir de chez moi.

En réponse, il lui prit subitement les mains pour l'attirer sur ses genoux, l'enveloppant de sa puissante chaleur masculine.

Elle n'eut pas le temps de réagir que le torse d'Andreas se mit à vibrer.

C'était son téléphone.

Le moment idéal pour lui échapper.

Mais il resserra son emprise.

— Pas si vite, *omorfia mou*, souffla-t-il du bout des lèvres, d'une voix magnifiquement suave, qui résonna dans tout son corps, la faisant trembler.

« Ma beauté. » Comme elle avait aimé qu'il lui susurre à l'oreille des mots doux en grec… Mais cela, c'était autrefois.

L'entourant d'un bras pour la garder prisonnière, il sortit son téléphone de sa poche à l'aide de sa main libre. Mais, au lieu de le mettre sur silencieux, il poussa un soupir en regardant l'écran.

— Désolé, je dois prendre cet appel. Mais après, je reprendrai où j'en suis resté, dit-il en la fixant d'un regard intense.

— Pas question, protesta-t-elle en réussissant enfin à se relever pour prendre ses distances.

Les yeux animés d'une lueur torride, il la contempla d'un regard qui en disait long. Elle pouvait toujours tenter de lui résister, il ferait comme il l'entendrait.

Il répondit en grec et, elle avait beau ne pas connaître cette langue, elle fut certaine d'entendre les noms « Stephanides » puis « Christos ».

Mon Dieu… Oui, cela ne faisait aucun doute, c'était bien lui. L'homme qui avait un jour menacé Malcolm et Naomi, par personnes interposées.

C'était comme cela que tout avait commencé entre elle et Andreas, six ans auparavant.

Elle s'était rendue en Crète avec Malcolm pour monter une succursale de leur compagnie. Ils étaient sur le point de conclure l'affaire lorsqu'un jour des voyous les avaient accostés pour leur faire part d'une menace provenant de Christos Stephanides, le magnat local du développement immobilier.

Le message était concis. Soit ils allaient s'installer ailleurs, soient ils ne quitteraient pas la Crète en un seul morceau.

Mais, avant que les voyous n'aient eu le temps de leur donner un avant-goût de ce qui les attendait, Andreas avait surgi de nulle part, tel un super-héros. Un seul mot avait suffi à les faire déguerpir.

Une fois la troupe de malfrats volatilisée, Andreas avait expliqué à Naomi et à Malcolm qu'il allait traiter avec leur chef pour régler le litige, mais qu'ils devaient néanmoins quitter la Crète au plus vite. C'était donc sans ergoter qu'ils avaient plié bagages.

De retour aux Etats-Unis, bien que secouée par cette expérience traumatisante, Naomi ne s'en était pas moins trouvée déçue. Pour une fois qu'un homme l'intéressait, l'homme en question n'avait pas du tout l'air de s'intéresser à elle.

Sa sœur, persuadée que l'apparition d'Andreas en Crète n'était pas liée au hasard, lui avait conseillé de prendre les devants lors de leur prochaine rencontre si jamais il persistait à rester en retrait.

Loin d'être convaincue par les idées romantiques de sa sœur, Naomi avait été néanmoins ravie de tomber sur Andreas dans le bureau de Malcolm quelque temps après l'incident en Crète.

De nouveau, il l'avait déshabillée du regard sans pour autant chercher à lui faire des avances.

Prenant son courage à deux mains, elle avait fini par appliquer les conseils de sa sœur et l'avait invité à dîner. C'est alors qu'il avait énoncé son avertissement, déclinant l'invitation.

Mortifiée par ce rejet, elle était allée se lamenter auprès de Nadine. Sa sœur, qui ne se laissait jamais démonter, avait tenté de la rassurer : il devait avoir ses raisons et pensait peut-être réellement qu'elle ne retirerait rien d'une relation avec lui. Après tout, elle ne savait rien de lui.

Mais Naomi n'avait pas besoin d'en savoir davantage — sa réputation parlait pour lui.

Tout le monde disait que c'était un iceberg, qu'il avait un cœur de pierre, que c'était un homme sans amis, coupé de sa famille, un milliardaire qui ne vivait que pour amasser toujours plus de richesses. Quant aux femmes, elles n'étaient pour lui qu'une suite ininterrompue de passades toutes aussi courtes les unes que les autres. Bref, n'importe qui aurait fui devant un tel portrait. Mais étrangement, pas elle. Aucun de ces éléments ne l'avait découragée.

Elle le voulait, plus que tout. Jamais elle n'avait voulu un homme à ce point, et ne pourrait chasser cet inconnu de son esprit tant qu'elle n'aurait pas assouvi le violent désir qu'elle avait de lui.

Sans se soucier des conséquences, inhabituellement intrépide, elle était revenue à la charge.

Cette fois, Andreas avait cédé et, sans y mettre les formes, lui avait donné rendez-vous dans sa suite d'hôtel.

Pour tester ses limites, sans aucun doute, et être clair dès le départ sur la nature de leur relation, qui serait purement physique. Mais, à l'époque, elle était convaincue de ne courir aucun danger : tout comme lui, elle n'avait aucune envie de mêler des sentiments à tout cela. Elle souhaitait uniquement assouvir ses pulsions. Elle avait donc accepté son invitation.

De but en blanc, il lui avait énoncé la situation très simplement. Jamais il n'avait désiré une femme comme il la désirait mais il y avait une chose dont elle devait bien être consciente : il était de nature insatiable et, au-delà de la passion et du plaisir, n'avait rien à lui offrir.

Comment lui en vouloir ?

Après tout, il n'avait fait qu'être honnête, et n'avait laissé planer aucune ambiguïté sur ses conditions.

Ivre de désir et d'insouciance, elle avait affirmé que c'était exactement ce qu'elle voulait. Ce qui, il fallait bien le dire, ne lui ressemblait pas.

Au décès de sa mère, Naomi, si jeune encore, était brutalement entrée dans le monde adulte. Elle avait grandi d'un coup, agissant toujours de manière on ne peut plus prudente, ne laissant pas de place au hasard ou à la spontanéité, aussi bien dans sa vie privée que professionnelle.

Mais voilà, Andreas avait beau avoir surgi dans sa vie sans qu'elle y soit préparée, elle voulait cet homme, comme jamais elle n'avait rien désiré auparavant.

Et pour assouvir cette envie, elle n'avait d'autre choix que de prendre des risques.

Alors, dans un élan de folie, elle avait fait le grand saut.

Dès le premier soir, elle avait eu le sentiment d'être emportée par une tornade, dans une liaison charnelle passionnée et tempétueuse, au-delà de ce qu'elle aurait jamais pu imaginer, même en rêve.

Leurs ébats sexuels étaient, même d'après Andreas,

incomparables, le plaisir toujours plus fort et l'excitation sans cesse plus intense.

Malheureusement, il ne lui avait pas fallu longtemps pour s'apercevoir qu'elle n'arrivait pas à garder ses émotions en dehors de cette liaison. D'ailleurs, elle n'allait pas se mentir : elle avait ressenti des sentiments profonds pour Andreas dès le début mais s'était voilé la face pour accepter les termes de son contrat, tout simplement.

Car, hormis son indifférence inhérente, elle admirait Andreas. Brillant, ambitieux, discipliné, entreprenant… Et ce n'était que le début. Il possédait un millier d'autres qualités qui lui plaisaient chez un homme.

Et puis, impossible de le nier : c'était un amant absolument époustouflant.

Chaque fois qu'il lui faisait l'amour, elle se posait la même question. Comment aurait-il pu être aussi passionné, répondre aussi parfaitement à ses envies charnelles s'il n'y avait pas eu une part d'amour dans son engagement envers elle ?

Cela étant dit, il n'y avait qu'au lit qu'elle pouvait se bercer d'illusions. En dehors, il redevenait l'iceberg que tout le monde connaissait.

Il lui avait fallu quatre mois pour arriver à la conclusion qu'elle devait quitter Andreas si elle voulait sortir indemne de cette relation atypique.

Lorsqu'elle lui avait annoncé son départ, il avait boudé, sans chercher à la retenir…

— Christos te dit bonjour.

Son cœur fit un bond dans sa poitrine.

Sa voix calme venait de la faire sortir brutalement de ses pensées.

Elle lui lança un regard noir.

Comment pouvait-il ainsi parader dans son salon comme si de rien n'était, comme s'ils étaient les meilleurs amis du monde ?

Cependant, elle fut surprise qu'il ait mentionné à Christos Stephanides qu'il était avec elle. Avant, il cachait toujours sa présence à quiconque le contactait et elle devait toujours jouer à la femme invisible.

— Tu sais très bien ce que je pense de Christos Stephanides, donc son bonjour, il peut se le mettre où je pense.

Andreas leva légèrement les sourcils, visiblement amusé.

— Il serait choqué d'entendre qu'une femme aussi distinguée que toi puisse être aussi… dure. Surtout qu'il t'aime beaucoup.

De cela, elle était au courant. Après leur fâcheuse mésaventure en Crète et l'intervention d'Andreas, Stephanides était par la suite revenu vers SUN Developments — enfin, surtout vers Naomi — et s'était montré un peu trop désireux de nouer des liens « étroits » avec elle.

— Le sentiment est loin d'être réciproque, répliqua-t-elle d'un ton sec.

— Tu n'en serais que plus attirante à ses yeux, insista-t-il. Un homme du commun des mortels comme lui est d'autant plus stimulé lorsque la déesse qu'il convoite se montre difficile à amadouer.

Parlait-il en tant que demi-dieu parfaitement conscient de l'effet qu'il avait sur les femmes du « commun des mortels » ?

Pour ce qui était de son statut de « déesse », elle ne pouvait pas l'accuser d'exagérer. Pendant les nombreuses nuits qu'ils avaient partagées, il n'avait jamais tari d'éloges sur elle, la couvrant de paroles surpassant parfois la poésie. C'était ce qui, en plus de leur alchimie charnelle parfaite, l'avait convaincue de rester avec lui.

Il posa son téléphone.

— Je comprends que tu trouves ma présence pénible. Mais pourquoi es-tu encore fâchée contre Christos ? Votre conflit est résolu depuis longtemps.

Rassemblant le peu d'énergie qu'il lui restait, elle s'adressa à lui sans détour.

— Ecoute, viens-en au fait. Je doute que tu sois venu pour me parler de Stephanides ou pour exercer ton pouvoir de séduction sur moi…

— Je n'avais pas l'intention de te toucher, en effet, la coupa-t-il. Pas ce soir, en tout cas. Mais on dirait que rien n'a changé. Nous sommes toujours irrésistiblement attirés l'un par l'autre.

Sa réponse calme et posée provoqua en elle une vague de frissons. C'était déroutant de l'entendre avouer qu'elle avait autant d'effet sur lui qu'il en avait sur elle.

Mais non. Elle devait se ressaisir.

Hors de question de se laisser de nouveau embobiner ou de donner libre cours à ses fantasmes pour cet apollon maléfique.

— Arrête ton petit jeu, Andreas, et dis-moi la vraie raison de ta venue, finit-elle par lâcher, impatiente.

Il la scruta en silence, jusqu'à ce qu'elle sente son corps se désagréger.

Puis il cracha le morceau.

— Je veux adopter Dorothea.

- 3 -

Naomi se leva d'un bond, stupéfaite.

— Si c'est une plaisanterie, elle est de très mauvais goût.

Il s'avança vers elle, de toute sa hauteur.

— Ce n'est pas une plaisanterie. Quand Petros a appelé…

— Tu n'es pas venu.

— C'était inutile. Il m'appelait pour…

— Je ne veux pas t'écouter, l'interrompit-elle d'une voix secouée par l'émotion. Je me fiche de ce que tu as à dire. Dora est à moi.

— Dora était à Petros, nuança-t-il calmement.

Naomi voyait trouble, le cœur battant à tout rompre.

— Et à ma sœur.

Le décès de sa sœur était encore tellement récent qu'elle n'avait pas entamé la procédure d'adoption, persuadée qu'elle avait le temps, que son droit à la garde de Dora serait incontestable, et incontesté.

— Petros étant fils unique, et ses parents étant morts, Dora n'a d'autre famille que moi. Donc elle m'appartient, argumenta-t-elle.

— Petros voulait que ce soit moi qui l'adopte, affirma-t-il.

Naomi secoua la tête comme pour remettre de l'ordre dans son esprit. Ce n'était pas possible, Andreas ne pouvait pas faire une chose pareille…

— C'est incroyable. Chaque fois que je crois avoir cerné l'étendue de ton inhumanité, je découvre des zones cachées. Mais là… ton comportement dépasse l'entendement. Quelle bassesse ! Quel… diabolisme !

Il la toisa d'un regard froid et neutre, la glaçant sur place.

— Comme je l'ai déjà dit, tu penses ce que tu veux de moi. Mais, une chose est sûre, c'est que Petros, le père de Dora, voulait que je l'adopte.

Enfin, leurs regards se croisèrent telles deux épées ennemies.

Il ne plaisantait pas.

Il était là pour lui prendre Dora.

Son cerveau ne lui jouait pas des tours.

C'était bien la réalité.

Un cauchemar, mais bien réel.

— Comment oses-tu ? lâcha-t-elle, la gorge serrée.

— Je comprends que tu sois choquée. J'avais espéré pouvoir te l'annoncer plus en douceur mais, étant donné l'hostilité que tu montres à mon égard, j'ai tout de suite vu que nous ne pourrions pas avoir une conversation normale et rationnelle.

— Mon hostilité ? répéta-t-elle ahurie. Mais pour qui te prends-tu ? Tu te crois vraiment au-dessus de tout ? Tu penses que tout t'est dû ? Tu voudrais peut-être que je m'excuse de me montrer hostile envers toi, comme tu dis, alors que tu débarques à l'improviste chez moi après quatre ans d'absence, pour me voler le bébé que j'ai adopté à la mort de ma sœur et de son mari ?

— Je ne suis pas là pour te voler Dora, tu exagères, fit-il en levant les yeux au ciel.

Des yeux qu'elle aurait pu lui arracher tellement il la révulsait. Mais ce n'était pas le moment de perdre son sang-froid. Hors de question de laisser ses émotions la guider, c'était trop risqué. Mieux valait se montrer diplomate.

Plus vite elle mettrait fin à cet entretien, mieux ce serait.

— Ecoute, Andreas, reprit-elle le plus posément qu'elle put, si tu souffres de culpabilité à retardement parce que tu n'es pas venu voir Petros quand il avait besoin de toi, et que tu te sens obligé de faire quelque chose pour sa fille, franchement, ce n'est pas la peine. Petros est mort. Ce que tu pourrais faire ou ne pas faire ne fera aucune différence.

Si tu pensais pouvoir te racheter en faisant une bonne action auprès de Dora, oublie, c'est une mauvaise idée. Je suis sûre que, dès que tu seras sorti de chez moi, cette idée te sortira de l'esprit comme elle t'est venue. Dora n'a pas besoin de toi. Elle est très heureuse ici, et je veillerai à ce qu'elle ne manque jamais de rien.

— Je suis certain que tu es une tante exemplaire…

— Je suis bien plus que cela pour elle ! le coupa-t-elle, révoltée. Je lui ai donné naissance !

Son intervention fut suivie d'un silence gêné.

Il n'était pas au courant ?

— Nadine et Petros voulaient à tout prix avoir un enfant, s'empressa-t-elle d'expliquer, mais d'après les médecins Nadine était trop fragile, elle n'aurait pas supporté une grossesse. J'ai voulu les aider en acceptant d'être leur mère porteuse. Dora est ma fille biologique.

— Je le savais.

Comment cela ? Il le savait ? Elle aurait pourtant juré qu'il avait l'air surpris…

— D'ailleurs, ça ne fait aucune différence, ajouta-t-il. Je suis là pour respecter le souhait de Petros.

— Le souhait de Petros ? Mais quand l'a-t-il formulé ? Par téléphone ? Quand il t'a demandé de venir le voir sur son lit de mort ?

— C'est ce que j'essaie de te dire depuis tout à l'heure. Ce n'est pas pour lui qu'il m'a demandé de revenir. Mais pour Dorothea.

— De mieux en mieux. Donc, si je comprends bien, il t'a appelé il y a trois mois pour te demander de venir et il t'a fallu tout ce temps-là pour arriver ? Tu étais censé voler au secours de Dora, mais tu as décidé de le faire uniquement quand ça t'arrangeait ? C'est ça ? Et Dora dans tout cela ? Tu as pensé à son bien-être ?

— Je savais que tu t'occuperais bien d'elle.

— Donc il n'y avait pas d'urgence ? C'est trop facile. Comme tu peux le constater, il n'y a toujours pas d'urgence ;

donc tu peux retourner là où tu as passé les quatre dernières années et ne jamais revenir.

— Je ne peux pas faire ça. Petros l'a spécifiquement écrit dans son testament.

Ces derniers mots lui firent l'effet d'une gifle. Elle était comme pétrifiée, et garda le silence pendant une longue minute.

— Je n'arrive pas à croire que Petros ait pu formuler ce souhait dans son testament, finit-elle par dire. Si c'est le cas, ça devait être après l'accident, pendant la période où il était entre la vie et la mort. Il savait que Nadine était morte et qu'il ne survivrait pas de ses blessures. Cela dit, je ne vois pas comment il a pu croire un seul instant que tu pourrais mieux t'occuper de Dora que moi.

— Il ne m'a pas demandé de m'occuper d'elle. Il m'a demandé de lui donner mon nom.

Quoi ? C'était insensé… Et pourtant, il avait l'air on ne peut plus sérieux.

C'en était trop.

Bouche bée, elle se laissa choir dans le fauteuil qu'il avait libéré, et ne dit pas un mot, abasourdie.

— C'est scandaleux, formula-t-elle enfin, dans l'incompréhension la plus totale. Petros m'aimait bien… Je sais qu'il t'aimait encore plus, mais comment a-t-il pu penser que Dora serait mieux avec toi qu'avec moi, celle qui lui avait donné naissance ? Comment a-t-il pu croire que tu ferais un meilleur parent ? Attends… Est-ce parce qu'il voulait que tu la mettes à l'abri financièrement ? Il craignait que mes revenus ne me permettent pas de garantir l'avenir financier de Dora, c'est cela ? Mais, venant de lui, cela n'a aucun sens… L'argent n'avait pas beaucoup d'importance pour lui. A moins que l'avenir de sa fille lui ait fait concevoir les choses différemment…

Complètement perdue, elle marqua une pause avant de reprendre.

— Mais de là à te demander d'être son père ? s'insurgea-t-elle. Toi ? Tu n'as aucun attachement pour personne ! Tu détestes les enfants !

— C'est faux, je ne déteste pas les enfants. Je n'ai jamais dit ça. J'ai dit que je n'aurais jamais d'enfants, nuance. Crois-moi, si j'avais eu le choix, j'aurais préféré ne pas être le candidat désigné par Petros. Mais il ne s'agit pas de mon choix. Petros a mentionné spécifiquement dans son testament qu'il voulait que j'adopte Dorothea. Et je compte bien respecter son souhait.

— Et moi, je te dis que je m'y opposerai. Ce ne sera pas difficile de prouver que Petros n'avait pas toute sa tête lorsqu'il a ajouté ce souhait à son testament.

— Tu te trompes, ce sera plus difficile que tu ne le crois. Il a formulé ce souhait sept mois avant l'accident, à la naissance de Dorothea.

Naomi était dévastée.

C'était tout un monde qui s'effondrait autour d'elle.

— Je ne te crois pas ! cria-t-elle. Si ce testament existait, son avocat m'en aurait parlé !

— Petros a fait appel à mon avocat qui m'a envoyé le testament directement, dit-il tout en s'avançant vers elle.

Non, impossible… Peut-être que si elle ne bougeait pas, si elle fermait les yeux, un raz-de-marée viendrait l'emporter et lui ferait tout oublier…

Une fois posté devant elle, il se baissa.

Elle eut un mouvement de recul, pensant qu'il allait la toucher. Il n'en fit rien, se contentant de ramasser la mallette qu'il avait posée au pied du fauteuil. Après l'avoir ouverte, il en sortit des documents puis les plaça sur les genoux de Naomi.

Sa vue se troubla, son cerveau ne fonctionnait plus. Puis, lorsqu'elle put enfin lire le document, chaque mot fut comme un coup au cœur.

C'était vrai.

Andreas ne lui avait pas menti.

La lettre de Petros avait été écrite deux jours après la naissance de Dorothea.

Cette trahison était pire que tout.

Comment Petros avait-il pu l'évincer de la vie de Dorothea, le bébé qu'elle avait mis au monde ?

Les mains tremblantes, elle replia le document.

Puis elle dévisagea Andreas, les yeux embués de larmes, le cœur fendu, l'esprit anéanti.

— Je veux vérifier l'authenticité du document, parvint-elle à articuler.

Il la regarda, interloqué.

— Je peux t'assurer que ce n'est pas un faux.

— Pourquoi je te croirais ?

— Pourquoi j'irais inventer une chose pareille ?

— Tu mens comme tu respires et tu manipules les gens dans l'ombre. Tu pourrais très bien agir dans le seul but de me nuire.

— Contrairement à ce que tu peux penser, mon but n'est pas de te nuire. Bien au contraire. Je ne veux que ton bien, mais visiblement j'ai échoué.

— C'est peu dire. Mais ce n'est pas le sujet. J'aimerais que tu me dises comment tu as fait pour que Petros te confie la garde de sa fille.

— Alors tu me crois maintenant ? Tu te rallies à l'idée que c'est bien Petros qui a écrit cette lettre ?

— Je donnerais n'importe quoi pour que ce document soit un faux, mais je sais que ce n'est pas le cas. Je me console en me disant que, lorsqu'il a rédigé ce testament, il se disait qu'il avait encore potentiellement une cinquantaine d'années à vivre et qu'il a fait ça par précaution. Après tout tu étais le premier sur la liste, tu étais son meilleur ami.

Il se tut quelques instants, comme s'il avait une autre mauvaise nouvelle à lui annoncer.

— En fait…, commença-t-il d'une voix hésitante, Petros savait qu'il ne vivrait pas vieux. Il a découvert qu'il avait une maladie cardio-vasculaire très grave deux ans après avoir épousé Nadine.

— Quoi ? fit-elle en levant brusquement la tête.

— Son père et son grand-père sont décédés de la même maladie vers quarante ans. A l'origine, quand il a appris la nouvelle, il ne voulait même pas avoir d'enfants mais Nadine en voulait absolument, et tu sais à quel point il était difficile d'aller contre la volonté de Nadine.

— Mais… ce n'est pas possible, il lui a forcément caché sa maladie, sinon elle n'aurait pas tant insisté pour avoir un bébé.

— Il ne lui a rien caché. C'est elle qui ne t'a rien dit. Elle voulait faire comme si de rien n'était, et vivre sans penser à cette maladie. Elle avait raison d'ailleurs. Finalement, ce n'est pas la maladie qui l'a emporté mais un chauffard ivre.

Naomi se releva, à bout de nerfs.

Comment son monde pouvait-il à ce point avoir été bâti sur des faux-semblants ?

— Je n'arrive pas à croire qu'elle m'ait caché cela, dit-elle, stupéfaite et blessée.

Andreas s'approcha d'elle.

— Tu pensais que ta petite sœur n'avait aucun secret pour toi. Tu t'es trompée. Ce n'est pas la fin du monde. Je crois que, si elle ne te l'a pas dit, c'est parce que ça lui permettait de se voiler la face et de prétendre que cette maladie n'existait pas. Ce qui n'était pas un mauvais choix, dans un sens. Ils ont vécu leur vie pleinement, sans se soucier du lendemain.

Naomi apercevait Andreas dans son champ de vision mais elle n'avait plus l'impression de faire partie de ce monde.

Les nouvelles, annoncées une à une, l'avaient plongée dans une réalité parallèle. Un monde dur, cru et instable où elle ne se reconnaissait plus.

Tout d'abord, elle n'avait jamais vu Andreas parler autant.

Et puis, le contenu de son discours ne lui ressemblait pas.

Enfin, elle semblait lire sur son visage une expression semblable à de la compassion. Comme s'il avait essayé de la ménager.

C'était là l'élément le plus improbable de l'équation.

Le comportement d'Andreas.

— C'est fini ou tu as encore d'autres choses à m'annoncer ? J'ai déjà touché le fond, donc tu peux y aller, ironisa-t-elle, désabusée.

— Je n'ai rien d'autre à ajouter, lui assura-t-il.

Elle n'était pas dupe. Il y avait forcément d'autres éléments croustillants dans cet embrouillamini. Peut-être attendait-il un moment plus propice pour les divulguer ?

Comment rebondir après un tel choc ? Et que faire des zones d'ombre qui subsistaient ? Il lui fallait des explications.

— Il y a quelque chose que je ne comprends pas, reprit-elle. Petros pensait qu'il ne vivrait pas assez longtemps pour voir sa fille grandir, admettons. Mais qu'en était-il de Nadine ? Pourquoi aurait-il souhaité que tu adoptes sa fille si Nadine était encore en vie ?

— Il voulait qu'elle ait une vraie famille, en plus de sa mère.

— Parce que, moi, je ne faisais pas partie de sa famille ?

Il marqua un temps d'arrêt, comme s'il cherchait ses mots.

— Il s'est dit que ce serait trop pour toi puisque tu étais le seul parent proche de Nadine.

— Mais il en a toujours été ainsi et cela ne m'a jamais posé de problème. Comment a-t-il pu croire que ce serait trop pour moi ? Il n'avait pas le droit de décider en mon nom, lança-t-elle, dépitée.

— Petros connaissait sa femme, expliqua-t-il encore. Il savait à quel point elle avait toujours été dépendante de toi, même après l'avoir épousé. Il craignait qu'à sa mort Nadine soit trop fragile pour élever Dora seule et qu'elle se repose entièrement sur toi. Il savait que tu volerais forcément à son secours, et que tu sacrifierais ta vie privée pour Nadine et Dorothea. Ce n'était pas juste vis-à-vis de toi, et il refusait de t'imposer cela.

— C'est lui qui t'a dit tout ça ? demanda-t-elle, sceptique.

— Oui.

— Et, pour lui, tu étais capable de t'occuper de Nadine et de Dora ? Tu étais l'homme de la situation pour soutenir une veuve et un enfant ? Le pilier, l'épaule consolatrice, un père-né en somme ? Tu es sûr qu'il était atteint d'une maladie cardio-vasculaire et non d'une maladie cérébrale ?

Elle regretta aussitôt cette pointe de sarcasme mais c'était plus fort qu'elle. Elle était trop désespérée pour se contenir.

Andreas, en revanche, était d'un calme olympien.

— Ecoute, Naomi, il est inutile de ressasser le passé. Petros m'a demandé de jouer ce rôle à sa mort et j'ai accepté, sans chercher à l'en dissuader.

— Dans ce cas, je m'inquiète pour ta santé mentale. Tu penses vraiment être capable d'assumer ce rôle ? Toi qui ne ressens rien pour personne et qui t'es juré de ne jamais avoir d'enfants ? Tu peux me dire comment tu comptes faire ?

— Comme tu l'as si bien fait remarquer tout à l'heure, je n'ai pas été conçu dans un laboratoire. J'ai une famille. Nombreuse, qui plus est.

— Une famille dont tu t'es coupé et qui ne sait rien de toi, répliqua-t-elle. La preuve, tu ne leur as jamais parlé de moi.

— Pour Petros et pour sa fille, je suis prêt à changer et à me rapprocher de ma famille, annonça-t-il d'un ton grave.

Bon sang, mais qu'est-ce que c'était que ces réponses calmes et toutes faites ? Ce n'était pas lui, ce n'était pas l'Andreas qu'elle connaissait ! Elle avait l'impression de devenir folle, avait le sentiment d'étouffer.

C'en était trop. Elle voulait mettre fin à cette conversation et sortir de ce cauchemar.

— Dora a déjà une famille ! s'écria-t-elle, désespérée. Moi, Hannah, la famille d'Hannah, mes amis, mes collègues. Elle grandira entourée de gens qui l'aiment et elle n'a surtout pas besoin de quelqu'un comme toi dans sa vie. Quelqu'un qui ne connaît rien aux émotions, qui ne s'intéresse pas aux autres et qui s'est juré de ne jamais avoir d'enfants !

Hors d'elle, elle avait hurlé ces derniers mots.

Visiblement choqué par la virulence de ses propos, il poussa un long soupir d'exaspération.

— Tu as fini ou tu as d'autres choses sympathiques à me dire ? J'adore t'entendre énumérer mes défauts et mes vices.

— Oui, j'ai fini. Tu peux décamper. Prends le testament de Petros avec toi, oublie-le et oublie-nous.

— Impossible. Petros était mon meilleur ami, son souhait est sacré pour moi. Je lui ai donné ma parole et je veillerai à ce que le testament soit exécuté.

— Si j'étais toi, je ne crierais pas victoire trop tôt, le menaça-t-elle. Je vais contester le testament. N'importe quel tribunal verra que tu n'es pas fait pour être père. N'importe quel juge verra qu'il faut me donner la garde de Dora.

— Très bien, fit-il calmement. Si tu le prends comme ça, alors je m'en remettrai à la justice et attendrai son verdict.

— La justice, c'est une chose. Tu oublies l'importance des liens émotionnels.

— Je ne comprends pas pourquoi tu t'acharnes. J'ai une lettre écrite du père me donnant officiellement la garde de sa fille. Devant un tribunal, c'est un élément irréfutable.

Naomi sentit son cœur s'arrêter, envahie subitement d'un sentiment de panique et de terreur.

Jamais sa sœur et elle n'avaient pensé à une telle situation.

Même après la mort subite de Nadine, jamais Naomi n'avait pensé que la garde de Dora puisse lui être contestée, voire lui être retirée. Au profit d'Andreas !

— Légalement, tu as sûrement plus de chance d'obtenir la garde de Dora, reprit-elle en tentant de garder son sang-froid. Mais as-tu pensé à l'après, une fois qu'elle vivra sous ton toit ? Crois-moi, à choisir, Dora serait mieux dans un orphelinat.

Avait-il tressailli ? Etait-il blessé par ses paroles ? Difficile de le savoir, tant il se montrait froid et distant.

— Je suis désolé que tu aies une si basse opinion de moi mais, dans mon esprit, Dorothea est déjà une Sarantos. Le reste, ce ne sont que des formalités. Cependant, pour le bien de Dorothea, ce serait bien de résoudre l'affaire en minimisant les conflits. Bien sûr, elle est encore très jeune, mais je suis sûr que cela aurait des répercussions si elle sentait à quel point tu es opposée aux nouvelles dispositions, lança-t-il, tournant les talons.

Visiblement satisfait d'avoir frappé un grand coup, il laissait derrière lui les ruines résultant de son pouvoir destructif, comme à l'accoutumée.

Avant de quitter le salon, qui s'apparentait davantage à un champ de bataille qu'à une pièce à vivre, il lui assena le coup de grâce.

— Malgré toute la rancœur que tu as accumulée contre moi, j'espère que tu ne choisiras pas la méthode forte, conclut-il sans même se retourner. Ce serait un combat coûteux, de longue haleine, et perdu d'avance.

- 4 -

— Je regrette, Mlle Sinclair, mais nous ne pouvons rien faire.

Le cœur en miettes, Naomi fixait l'avocat qui la regardait d'un air désolé.

— Vous êtes sûr et certain ? Vraiment rien ? demanda-t-elle avec une pointe d'espoir.

— M. Sarantos a en sa possession une preuve irréfutable, en plus de l'influence dont il jouit dans la société. Quoi que vous fassiez ou disiez, il aura le dessus. La seule chose qu'on pourrait envisager, c'est insister pour que vous gardiez un rôle important dans la vie de l'enfant. Mais ce serait à M. Sarantos et au juge d'en décider. Je suis sûr que l'on pourrait vous obtenir des droits de visite généreux, d'autant qu'il n'y a pas de litige, comme c'est souvent le cas lors de divorces traditionnels.

Pas de litige ? Voilà qui restait à prouver.

Avec Andreas, tout donnait lieu à une situation de litige. Il finissait toujours par passer son ennemi à la moulinette, même s'il n'avait rien à en retirer.

— Donc, même si je décide de me battre, je n'ai aucune chance d'obtenir la garde de Dorothea ?

— Etant donné la situation et les éléments à notre disposition, malheureusement, non.

Cette réponse n'était pas une surprise — elle s'y attendait avant d'entrer dans le bureau — mais le fait de l'entendre de la bouche de l'avocat lui fit prendre davantage conscience de la terrible réalité à laquelle elle devait faire face.

La gorge serrée, elle retint ses larmes.

— Vous avez des conseils à me donner ? réussit-elle à articuler, tant bien que mal.

— Si j'étais vous, j'éviterais de lancer une procédure judiciaire. Dans votre cas, le meilleur moyen est de rester en bons termes avec M. Sarantos et de faire appel à son bon vouloir.

Une heure plus tard, elle fixait son reflet dans la glace de l'ascenseur de son immeuble.

Le spectacle qu'offrait sa mine défaite était encore plus terrifiant qu'à la mort de Nadine trois mois auparavant.

Le teint blafard, les yeux éteints, la chevelure sans éclat, les lèvres pâles… elle faisait peur à voir. D'ailleurs, deux de ses collègues lui avaient demandé si elle se sentait bien. L'une d'entre elles l'avait même convaincue de rentrer chez elle.

Perdue dans ses pensées, elle sursauta quand les portes de l'ascenseur s'ouvrirent à son étage.

Le cœur lourd, elle glissa la clé dans la serrure de son appartement.

Habituellement, les cris joyeux de Dora l'emplissaient d'un bien-être inouï, réussissant à lui remonter le moral dans les moments les plus durs. Mais cette fois, cela ne fit que lui serrer un peu plus le cœur.

L'idée de perdre Dora était inimaginable, insupportable, insurmontable. Elle ne pouvait envisager une vie sans cette enfant, sans son amour, sans sa présence réconfortante.

Appuyée contre la porte, Naomi s'efforça de retenir les larmes qui menaçaient de couler à tout moment.

Elle devait se ressaisir. Elle n'avait pas le droit d'entrer dans le salon comme si le monde s'était arrêté de tourner. Pour Dora, elle devait se montrer forte. Surtout, ne pas imposer sa tristesse ou ses états d'âme en offrant un visage défait et larmoyant à la petite fille qui absorbait les émotions ambiantes et souffrirait de la situation.

D'autant qu'à l'origine tout était sa faute.

Si elle n'avait pas, dès le départ, laissé son désir pour Andreas l'aveugler au point de perdre toute logique et tout respect de soi, elle n'en serait pas là aujourd'hui.

Elle avait réussi à échapper à ses griffes une première fois mais, lorsqu'il était revenu à l'attaque avec une offre inespérée, elle était retombée dans le panneau, sans même se méfier.

Incapable de se détacher de cet homme, elle avait accepté son offre, pensant que c'était sa façon à lui de lui déclarer qu'elle avait de l'importance dans sa vie.

Quelle idiote ! Sans réfléchir, elle avait accepté ses conditions extravagantes. Elle n'avait pas bronché lorsqu'il avait stipulé que, pour des raisons compliquées, leur mariage resterait secret aux yeux de tous, et que seuls Nadine et Petros seraient au courant. Le jour de leurs noces, ils avaient signé des papiers, puis Andreas avait dû s'absenter pour affaires, si bien qu'elle avait déjeuné seule avec sa sœur et son beau-frère.

Mais cela ne l'avait pas dérangée. Elle savait que, dès le soir venu, elle retrouverait son amant et qu'ils replongeraient tous deux dans l'abysse délirant où seul leur désir charnel faisait loi.

A l'époque, elle avait bien l'intuition de ne pas être épanouie. Mais elle tentait de rationaliser son comportement, d'y apporter des explications, pour avancer dans la vie, tant bien que mal. Elle avait même fini par parvenir à se convaincre du bien-fondé de ce mariage secret.

A la réflexion, des années plus tard, ce qui la blessait le plus, c'était de n'avoir finalement jamais fait partie de sa vie privée tout en ayant partagé son intimité.

Il ne l'avait jamais amenée chez lui. Ils ne sortaient jamais à deux dans des lieux publics. Leurs rendez-vous avaient toujours eu lieu à l'hôtel ou dans des locations.

En résumé, il l'avait exclue de son passé, il n'avait jamais fait aucun projet d'avenir avec elle, et dans le présent elle avait dû jouer la femme invisible.

C'était seulement par hasard qu'un jour elle avait appris qu'Aristedes Sarantos était son frère, découvrant ainsi qu'il venait d'une famille nombreuse. Mais l'unique fois où elle avait voulu y faire allusion, il avait aussitôt refermé le sujet : il avait entièrement coupé les ponts avec sa famille, et ne voulait pas en entendre parler. Elle n'avait jamais tenté de savoir si c'était vrai ou non. Dans tous les cas, elle était certaine que sa famille ignorait tout de son mariage avec elle.

Parallèlement, pendant qu'Andreas et elle avaient continué à mener des vies séparées, hormis durant leurs ébats torrides, Nadine et Petros s'étaient rapprochés, puis s'étaient mariés.

C'était d'ailleurs ce rapprochement qui avait mis fin à l'état de transe dans lequel Naomi était entrée pour pouvoir accepter les conditions de son non-mariage avec Andreas.

Cette prise de conscience avait eu sur elle l'effet d'une claque qui l'avait ramenée à la réalité. Car l'idylle de sa sœur ne faisait que contraster avec l'absurdité de sa relation à elle.

En proie aux doutes les plus déstabilisants, elle s'était alors battue pour trouver un sens à sa situation. Mais n'en avait trouvé aucun : elle rêvait de ce que Nadine et Petros partageaient tout en sachant qu'Andreas ne lui permettrait jamais d'atteindre ce rêve.

Un matin d'été, Nadine avait annoncé à Naomi qu'elle voulait à tout prix un enfant. Naomi avait eu du mal à masquer son envie. Sa sœur, perspicace, lui avait demandé si elle avait déjà abordé le sujet avec Andreas. Elle n'avait rien répondu mais un déclic s'était opéré en elle.

Ce soir-là, au détour d'une conversation, Naomi avait trouvé le courage d'évoquer le sujet.

Elle n'oublierait jamais la réaction d'Andreas. Froide comme la glace, plus distante que jamais. De but en blanc, il lui avait dit qu'il n'aurait jamais d'enfants.

Sa déclaration cinglante avait fait l'effet d'un électrochoc à Naomi. Il fallait se rendre à l'évidence. Leur relation était fondée sur un abîme qui ne pourrait jamais être comblé. En restant avec lui, elle ne pouvait se projeter que vers un avenir vide de sens.

Comment avait-elle pu se lancer dans ce mariage secret dénué de sentiments ? Dès le départ, elle aurait dû se méfier. Elle n'avait jamais eu l'impression d'être sa femme, hormis au lit. Ils n'avaient jamais rien partagé, hormis un lit. Avait-elle jamais réellement existé à ses yeux ?

Le lendemain, elle lui avait demandé le divorce. Pensant qu'il montrerait aussi peu d'émotion que la première fois, elle avait été surprise par sa réaction furibonde. Bouillant de rage, il l'avait menacée. Il ne se laisserait pas contraindre à lui donner ce qu'elle voulait. C'avait été la phrase de trop. Elle avait à son tour laissé sa colère exploser, lui disant qu'il ne s'était jamais soucié de savoir ce qu'elle voulait.

Le cœur brisé, elle l'avait quitté, persuadée qu'Andreas lui octroierait un divorce rapide et sans complications.

C'était sans compter sur sa ténacité. Elle avait dû attendre six mois avant qu'il ne daigne signer les papiers.

Tout était sa faute. Si elle l'avait laissé tranquille dès leur première rencontre, elle ne se serait pas retrouvée dans cet imbroglio émotionnel infernal et Nadine n'aurait pas rencontré Petros.

Mon Dieu, mais qu'est-ce qui lui prenait de penser des choses pareilles ? Elle n'avait pas le droit de dire cela. Un trésor inestimable était né de l'union entre sa sœur et le meilleur ami d'Andreas.

Dora.

Le babillage de la petite fille la ramena au présent.

Cela lui avait fait du bien de pleurer. C'était douloureux de se replonger dans le passé, mais cela l'avait défoulée et, maintenant que les larmes ne coulaient plus, elle se sentait beaucoup plus apte à affronter son destin.

En entrant dans le salon, elle fut immédiatement enveloppée par une atmosphère de douceur et de réconfort. Dora était en train de jouer joyeusement avec Hannah tandis que Loki et Thor, leurs chats, contemplaient la scène confortablement lovés sur le canapé.

Dès que Dora tourna vers elle ses grands yeux bleus, Naomi fut déstabilisée. La confiance, la dépendance et l'amour qu'elle lut dans son regard lui firent presque perdre le contrôle qu'elle avait eu tant de mal à retrouver.

Aussitôt, l'enfant vint la rejoindre à quatre pattes, à la vitesse grand V.

— Oh ! ma chérie, viens dans mes bras, s'exclama-t-elle émue.

C'était tellement bon de serrer contre elle ce petit être qu'elle avait mis au monde, et pour qui elle éprouvait un amour sans bornes.

Dora poussait des petits cris, s'agrippant à elle, cherchant ses câlins, plongeant la tête dans son cou, pensant ainsi se cacher du reste du monde.

Naomi en fit autant dans la chevelure soyeuse de Dora, inhalant la douceur de son parfum de bébé, le cœur tremblant du tourbillon d'émotions qui l'assaillaient.

Surtout, faire comme si de rien n'était… Il ne fallait pas inquiéter Hannah. Mais sa nourrice la connaissait trop bien pour ne pas remarquer que quelque chose n'allait pas.

— Naomi, tu veux me dire ce qui ne va pas ?

— Non, tout va bien, ne t'inquiète pas, mentit-elle.

Hannah n'était pas dupe.

— C'est lié à la visite de M. Sarantos hier soir, n'est-ce pas ?

Que dire ? Naomi ne pouvait pas lui avouer la vérité. Pas maintenant. Inutile de l'inquiéter avant l'heure.

Elle devait trouver une excuse.

— Naomi ? insista Hannah.

— Disons qu'en le revoyant, commença-t-elle après un moment d'hésitation, j'ai repensé à l'accident, à la mort de Nadine, à cette période douloureuse qui n'est pas si loin derrière nous.

— C'est normal, la rassura Hannah. Au début, ces moments sont fréquents. Puis, petit à petit, ils s'espacent. Ensuite, ce sont des lieux, des objets ou des gens qui nous rappellent ces périodes, de manière sporadique. Parfois on verse une larme, parfois on verse dans la nostalgie, et parfois, eh bien… on est assez fort pour supporter ces rappels du destin. Et puis un jour, les bons souvenirs finissent par dépasser le chagrin et on se rappelle avec plaisir les instants passés.

Naomi réussit à sourire, touchée par le discours d'Hannah.

Puis Dora la rappela à la réalité du moment. Elle voulait absolument descendre et gigotait dans tous les sens.

Elle la reposa à terre, et Dora gambada dans l'appartement, vérifiant que Naomi la suivait bien partout. Conquise par sa bonne humeur enfantine, elle se laissa enfin aller, prenant le temps de s'amuser avec elle dans le bain et de lui donner son repas du soir.

Une fois Dora couchée, Naomi partit s'enfermer dans son bureau. Hannah lui avait proposé de regarder un film, mais elle n'avait pas la tête à ça, et avait prétexté devoir travailler.

Assise dans son fauteuil, le regard dans le vide, elle passa un long moment à rejouer en boucle la conversation qu'elle avait eue avec son avocat. Surtout la phrase de conclusion : elle devait veiller à ne pas contrarier Andreas dans l'espoir de faire appel à son bon vouloir.

Pour ce qui était de ne pas le contrarier, c'était trop tard. Quant à faire appel à son bon vouloir… autant abandonner directement.

Soudain, sans trop savoir pourquoi, elle eut envie de l'appeler. Sans réfléchir, elle prit son portable et composa son numéro, curieuse de savoir s'il était toujours d'actualité.

— Naomi, répondit-il au bout d'une seule sonnerie.

Sa voix profonde et galvanisante résonna dans tout son corps, la faisant fondre sur place.

Qu'est-ce qu'il lui avait pris de l'appeler ?

Elle pouvait encore raccrocher. Partir loin avec Hannah et Dora, attendre qu'il les oublie.

Non, Andreas Sarantos n'était pas du genre à oublier ou à laisser tomber facilement.

— Tu peux rappeler quand tu auras envie de parler, dit-il alors pour rompre le silence.

Sa suggestion faussement aimable stimula sa colère.

— Je te dérange ? Tu es pressé ? Tu as rendez-vous ? s'enquit-elle, sur la défensive.

Aussitôt, elle pensa à Andreas dans les bras d'une autre femme. Son sang se glaça.

— Figure-toi que j'avais rendez-vous avec ma douche.

Avec sa douche ? Pourquoi ne pas prendre un bain et s'y noyer, plutôt ?

Il fallait qu'elle se calme. Elle avait mille choses à lui dire, mais craignait de perdre son sang-froid. Elle laissa donc de longues secondes s'écouler, sans dire un mot.

— Mon rendez-vous peut attendre, fit-il enfin. Tu veux me dire pourquoi tu m'appelais ?

L'impatience dans son ton lui fit perdre le peu de raison qu'il lui restait.

— Je t'appelais pour te dire que tu es un monstre, lâcha-t-elle à bout de nerfs.

— Merci, c'est très aimable de ta part, répondit-il froidement. Autre chose ?

Elle avait envie de crier, de protester, de le supplier…

— Où es-tu descendu ? s'entendit-elle plutôt demander.

— Tu sais très bien où je suis.

Au Plaza, bien sûr.

C'était là qu'avait eu lieu leur première nuit, dans la suite royale de l'hôtel.

Des moments inoubliables à jamais gravés dans son esprit.

— Tu utilises quel pseudonyme, cette fois-ci ?

Le jour où elle avait découvert qu'il utilisait d'autres noms que le sien, elle avait été choquée. Il lui avait expliqué qu'il ne pouvait pas empêcher les gens de le reconnaître mais qu'il pouvait les empêcher de le suivre à la trace.

— Aucun, je suis descendu sous mon vrai nom.

Sa réponse inattendue lui transperça le cœur. Son intuition avait donc été la bonne…

Pendant un temps, elle avait espéré que l'utilisation de noms d'emprunt était uniquement liée à des raisons de sécurité. Mais aujourd'hui, alors qu'il était plus riche et influent que jamais, il descendait sous son vrai nom. Donc il ne craignait pas pour sa vie. Ce qui signifiait qu'à l'époque il s'était appliqué à utiliser des noms d'emprunt dans le seul et unique but de rendre impossible toute association entre lui et elle.

Sans un mot, elle raccrocha.

Il n'y avait rien à ajouter.

Il fallait agir.

Quinze minutes plus tard, elle scrutait la porte de la suite royale du Plaza.

C'était comme si elle était venue hier pour la dernière fois.

Le cœur battant la chamade, elle sonna.

Moins d'une minute après, la porte s'ouvrit et tout son système interne entra en fusion.

Andreas se tenait dans l'embrasure de la porte, les cheveux étincelants, vêtu d'une chemise blanche ouverte et d'un jean à taille basse. Tout était là, en exposition. Tout ce qu'elle avait deviné sous son costume hier soir, et senti contre elle lorsqu'il l'avait faite prisonnière l'espace d'une folle étreinte. Il semblait encore plus grand, plus athlétique, sa carrure plus imposante que jamais.

La tentation incarnée. Les muscles de son torse étaient si parfaitement sculptés, moulés sous une peau dorée à merveille. La puissance et la masculinité qui émanaient de lui étaient tout simplement divines.

Ses yeux acier la pénétrèrent, l'attirant comme des aimants alors qu'il s'effaçait pour la laisser entrer, sans un mot. Il la suivit de près dans le hall d'entrée, jusque dans le salon.

La pièce était somptueusement décorée, mais elle était trop troublée pour y prêter attention. Ses jambes la portaient difficilement, et son esprit était assailli d'images de leurs ébats passés.

Lentement, elle se tourna vers lui. Mon Dieu, avec quelle intensité il la regardait… Cela avait le don, chaque fois, de la faire défaillir.

— Je m'étais dit que tu laisserais passer un jour avant de venir me voir. Quand tu as appelé, j'ai revu l'échéance à une heure. Tu es arrivée plus tôt que mes estimations. Bravo…

Elle le gifla au visage.

Sa paume était en feu.

Horrifiée par son geste, elle regarda l'empreinte de ses doigts se former puis disparaître sur la joue d'Andreas.

— Ne t'avise pas de recommencer, la menaça-t-il.

— Sinon quoi ?

Elle leva l'autre main pour lui gifler l'autre joue.

Les yeux rivés sur elle, noirs de colère, il la fusilla sur place.

— Si tu me le permets, je vais m'éloigner de toi, la prévint-il en la dévorant du regard. Je crois que tu n'as pas conscience de ce que tu fais.

Mais il ne bougea pas, refusant de répondre à sa furie, lui laissant le choix de venir se heurter à lui.

Ce qu'elle fit sans plus attendre. C'était comme heurter un mur vibrant de millions de volts de magnétisme et de virilité. Elle tira sur sa chemise, tentant de susciter une réaction.

Il baissa la tête vers elle, et se contenta de l'observer, sans faire un seul geste. Au moyen d'une véritable torture, il lui faisait comprendre qu'il ne céderait pas à sa volonté. Pas tout de suite, du moins.

Alors elle alla un peu plus loin, et lui empoigna les cheveux, enfonçant sauvagement les doigts dans la profondeur de ses mèches rebelles.

Encouragée par un râle sensuel qui s'échappait de ses lèvres — preuve qu'il n'était pas indifférent —, elle se mit sur la pointe des pieds et l'attira à elle. Elle voulait sa bouche et n'attendait plus qu'une chose : qu'il daigne assouvir des années passées à être assoiffée de lui, sans même en avoir conscience.

Mais il n'était pas encore prêt à plier. Pas question pour lui de la rencontrer à mi-chemin. Son offre n'était pas assez totale à son goût. Elle devait prendre l'entière responsabilité de ses actes. C'était à elle de décider où elle voulait aller. Jusqu'où elle voulait aller.

En se maîtrisant, il lui faisait savoir que c'était elle qui devrait assumer la suite… comme toujours. Son rôle était de la tenter, de l'enflammer.

A elle de savoir si elle était vraiment prête à tenter le diable, à succomber à la plus exquise mais aussi la plus dangereuse des tentations, et à en payer le prix.

Comme la première fois… et les fois suivantes.

Mais en réalité, pour elle, la question ne se posait même plus. L'esprit perdu, le corps en feu, elle ne voulait plus qu'une chose : goûter au fruit de sa passion, quelles qu'en soient les conséquences.

N'écoutant plus que l'urgence de son désir, elle écrasa ses seins gonflés contre son torse et se frotta à lui, impatiente d'être caressée, malaxée, explorée de ses mains, de sa bouche, ondulant son bas-ventre contre son sexe qui ne cessait de se durcir.

Soudain, ce fut comme si ce corps d'éphèbe prenait vie, comme si ce monstre de virilité, colossal par sa splendeur, admirable par sa beauté, venait d'être réveillé.

A son tour, il lui empoigna fermement les cheveux, et approcha un peu plus son visage du sien, avec un gémissement de plaisir et d'impatience mêlés. Comme c'était bon de sentir son souffle chaud contre ses lèvres…

— C'est ça, Naomi. Ne t'arrête pas, l'encouragea-t-il d'une voix sensuelle.

L'instant d'après, il venait lui écraser les lèvres des siennes, fougueusement, rageusement.

C'était comme si, d'un seul coup, il brisait sa carapace, comme s'il laissait brutalement éclater tout le désir qu'il avait d'elle, et qu'il avait retenu jusque-là, attendant qu'elle soit totalement prête à s'abandonner à lui… sans condition.

Enfin ! Elle pouvait jouir pleinement de son contact, se délecter de cette union, sans se heurter à sa résistance. Il n'avait plus aucune retenue, se laissait aller à ses pulsions, la tourmentant jusqu'à la folie, lui donnant ce qu'elle était venue chercher, ce qu'elle avait tant attendu.

Haletant, il lui mordilla les lèvres, puis enfouit sensuellement sa langue dans sa bouche, jusqu'à lui faire manquer d'air.

Puis il s'arracha à ses lèvres.

Non !

La séparation la laissa orpheline, en état de choc.

Mais pour un court instant, heureusement.

Avec toute sa puissance, il la plaqua contre le mur, et se mit à parcourir son corps brûlant de ses mains fiévreuses, pour lui arracher ses vêtements. Chacun de ses mouvements montrait à quel point il avait attendu ce moment. A quel point il avait eu soif d'elle.

D'un geste sûr, il dégrafa son soutien-gorge, le laissa glisser le long de sa poitrine, et fit une pause pour admirer ses seins nus avec une intensité dévastatrice, et les emprisonner dans ses paumes…

Puis il se mit à genoux pour lui enlever sa culotte, enfouissant son visage dans son intimité, y plongeant ses lèvres avec une convoitise acharnée.

Mon Dieu… Elle crut s'évanouir de plaisir, et s'agrippa aux épaules d'Andreas pour trouver la force de tenir debout. Au bord de l'orgasme, la jouissance menaçait de l'emporter à tout moment…

Mais ce soir, ce n'était pas comme cela qu'elle voulait jouir.

Elle voulait Andreas. Elle le voulait en elle.

— Viens, s'il te plaît…, le supplia-t-elle en un souffle.

Elle n'eut pas besoin d'en dire plus. Il comprit son désir, comme toujours.

Se relevant, il vint sauvagement prendre possession de sa

bouche, et réclamer sa langue comme si elle lui appartenait, prenant son souffle comme s'il en était le maître.

Puis il la souleva sans peine, comme une plume, et la prit dans ses bras, calant ses jambes autour de ses hanches, nouant ses pieds dans le dos.

Enfin, il libéra son érection, et lui arracha un nouveau cri de plaisir.

C'était si bon de sentir son sexe dur pressé contre le sien… Mais Andreas la faisait languir encore un peu. Il allait la rendre folle… Elle désirait tellement l'avoir en elle, au plus profond d'elle-même, qu'elle en avait mal… Cette façon qu'il avait de caresser de son sexe l'entrée de son intimité avait beau être délicieuse, c'était une véritable torture.

Enfin, il abrégea ses souffrances et, d'un coup de rein expert, la pénétra, toujours plus profondément, provoquant en elle une onde de plaisir inouï.

Elle s'abandonna avec volupté à la brutalité de cette fusion, l'accueillant en elle sans aucune réserve. Il émit alors un grondement presque animal, et laissa échapper des paroles à peine perceptibles. Elle crut entendre : « Trop longtemps… Depuis trop longtemps. »

Quand sa bouche n'émettait pas des sons, il lui mordillait les épaules, le cou, il la torturait de plaisir en lui léchant les oreilles, la faisant frissonner au point de lui faire perdre toute raison.

Puis il se retira.

On aurait dit qu'en s'arrachant à elle il avait emporté avec lui toute sa force vitale. Elle resserra son étreinte, ses mains l'agrippant plus fermement autour du cou, le suppliant de revenir, de la posséder de nouveau.

Il obtempéra, revenant de plus belle, la pénétrant plus fort que précédemment, toujours plus profondément, jusqu'à ce qu'ils ne fassent plus qu'un, jusqu'à ce qu'il se fonde en elle… Elle aurait voulu que cet instant ne s'arrête jamais.

Accélérant le rythme de son va-et-vient, il l'emmena toujours plus loin, vers les rives de la folie.

Elle avait envie de crier sa frustration chaque fois qu'il s'écartait ne serait-ce qu'un peu d'elle, et de hurler son plaisir quand il revenait en elle. Mais, le souffle court, elle ne parvenait qu'à émettre de longs gémissements, en proie à une extase dont elle était prête à devenir prisonnière.

Il répétait son prénom, telle une litanie sensuelle, chaque coup de bassin accentué par les sons charnels de leurs corps claquant l'un contre l'autre.

L'odeur de leur désir et de leur abandon avait un tel pouvoir aphrodisiaque… Elle sentait son membre vibrer de mille flammes au plus profond de son intimité, attisant le feu de plaisir qui l'animait, et qui était sur le point de la consumer tout entière.

Elle avait tant besoin de ça, tant besoin de lui.

Comme toujours, elle n'eut pas à formuler son désir. Il savait exactement ce dont elle avait besoin, à quel moment et à quel degré d'urgence. Il se lança alors dans un va-et-vient frénétique entre ses cuisses offertes, son érection la submergeant d'un plaisir extraordinaire, qui fit vibrer chaque parcelle de son corps.

— Naomi ! cria-t-il, emporté à son tour par la jouissance.

Ils atteignirent l'orgasme ensemble, secoués par des spasmes violents, entraînés par une incroyable déferlante de plaisir. Puis, après avoir hurlé son prénom elle aussi, elle retomba inerte dans ses bras, totalement comblée.

Avant de recouvrer pleinement ses esprits, elle l'entendit dire « Pas assez, *agapi mou…* »

Inanimée contre lui, telle une marionnette à qui l'on aurait coupé les fils, elle tourna la tête, heureuse d'entendre de nouveau les paroles affectueuses qu'il n'avait jamais prononcées que durant leurs ébats.

Elle avait perdu toute notion de l'espace- temps, toute conscience du monde qui l'entourait.

Lorsqu'elle reprit connaissance, allongée sur un lit, elle le sentit s'approcher d'elle, nu, la réclamant de nouveau.

Ecartant ses cuisses encore tremblantes, lui repliant

délicatement les genoux, il revint sur elle, la prenant par les épaules, l'empêchant de bouger, comme pour la retenir prisonnière.

Se baissant vers elle, il vint prendre possession de sa bouche avec sa langue avide, puis la pénétra de nouveau, plongeant en elle son sexe durci pour s'enfouir au plus profond de son intimité.

Alors qu'il la pénétrait, elle qui se sentait pourtant comblée fut surprise par son propre désir qui refaisait surface, et se manifestait de nouveau avec urgence. La soif qu'elle avait de lui était décuplée, encore plus intense.

Après l'avoir possédée pour la première fois en quatre ans, de manière inattendue, voilà qu'il s'emparait d'elle encore plus méticuleusement, laissant libre cours à ses fantasmes, exploitant chaque parcelle de son corps avec ses mains, ses lèvres, sa langue.

Il la quittait rarement des yeux, la contemplant d'un regard incandescent, à la densité impénétrable.

Cette façon sauvage qu'il avait de la posséder rendait leurs ébats encore plus primitifs, leur effet plus hallucinant que jamais. Chaque contact, chaque morsure, chaque coup de rein était synonyme d'extase.

Elle sentit une nouvelle fois l'orgasme monter en elle, explosant en un torrent de sensations encore plus puissantes que la fois précédente. Cela faisait quatre ans qu'elle n'avait pas ressenti cela…

Emportés tous deux dans une spirale de jouissance, il la chevaucha de plus belle, plus rapidement, jusqu'à ce qu'il atteigne les profondeurs de ses entrailles, lui arrachant des râles de plaisir.

Alors que leurs deux corps étaient secoués par des spasmes d'extase, il lui donna un ultime coup de rein, le plus divin qui soit, qui lui procura le plus fulgurant des orgasmes.

Happée par un coma doucereux, elle le sentit s'affaler sur elle, sa respiration aussi saccadée que la sienne, son cœur battant à tout rompre, son physique d'apollon la dominant de tout son long.

Enfin, il se releva légèrement, la tira doucement pour que sa tête vienne se poser sur les oreillers, puis il l'étreignit contre lui.

Après de longues minutes passées allongés dans le silence à reprendre leurs esprits, il se souleva sur un coude pour couvrir son corps de caresses langoureuses, la contemplant d'un regard viril, presque triomphant… et incroyablement sexy.

— Maintenant que je t'ai prise deux fois, j'ai envie de te savourer.

Elle écarquilla les yeux, hébétée de constater que son corps se préparait de nouveau pour lui. Après quatre ans d'abstinence, loin d'être guéri de lui, son désir semblait s'être intensifié vers des sommets inimaginables.

Il passa son bras au-dessus d'elle pour prendre son portable sur la table de nuit, puis le lui tendit tout en mordillant un téton déjà rougi par ses milliers de baisers.

— Dis à Mme McCarthy que tu ne rentreras pas ce soir, lui demanda-t-il.

La gorge de Naomi se serra.

— Je dois rentrer.

— Pas question. Nous venons à peine de nous retrouver, dit-il avant de s'emparer de ses seins à pleine bouche, les titillant l'un après l'autre, pour son plus grand bonheur.

Néanmoins, elle trouva la force de le repousser pour échapper à son emprise, malgré l'onctueuse volupté que lui procuraient ses caresses et le désir qui renaissait dans son bas-ventre.

— Andreas, arrête, on doit parler, articula-t-elle le plus fermement possible.

— Désolé, ce soir, ce n'est pas au programme.

— Andreas, il faut qu'on parle.

— De quoi ? s'enquit-il en se redressant, l'air impatient.

— De Dora.

A ces mots, il se figea, la lueur qui brûlait dans ses yeux s'éteignant aussitôt.

En quelques secondes, il devint plus glacial que jamais.

Puis, sans même la regarder, il relâcha son étreinte et se leva du lit.

Vidée de son énergie, elle chercha à se couvrir avec le drap tout en le regardant enfiler son jean.

— C'est pour ça que tu es venue ? l'interrogea-t-il en se postant devant elle pour la toiser de son regard impénétrable. Pour me parler de Dorothea ? Tu voulais me faire chanter ?

— J'ai recours aux mêmes méthodes que toi, rétorqua-t-elle.

— Je ne me souviens pas d'avoir parlé de chantage.

— C'est ce que tu as insinué, de façon nette et précise.

— Alors tu as la mémoire courte, ou bien tu ne m'as jamais vraiment cerné. Je n'insinue jamais rien. Si j'avais voulu te faire chanter, j'aurais énoncé l'ultimatum « de façon nette et précise ».

La situation s'envenimait à la vitesse de l'éclair.

— J'ai vu ça comme du chantage. Tu m'as clairement fait savoir que tu avais envie de moi puis tu as dit que tu allais me prendre Dora. Pourtant, tu sais qu'elle compte plus que tout pour moi et que je ferais n'importe quoi pour la garder.

— Y compris te jeter dans le lit d'un requin comme moi ? Alors, dis-moi, quel était ton scénario ? Tu pensais que j'étais là pour me venger de toi sexuellement ? Qu'une fois que j'aurais eu ce que je voulais je repartirais, sans me soucier du testament de Petros ?

Naomi sentait son monde s'écrouler autour d'elle.

— Je n'avais pas de scénario précis en tête mais je ne vois pas comment tu peux sérieusement envisager de me prendre Dora. Tu as toi-même dit que tu ne voulais pas d'enfant. Tu sais très bien que tu n'es pas en mesure de lui offrir le foyer et la famille qu'elle mérite.

— Je n'ai jamais dit le contraire. Et je n'ai jamais eu non plus l'intention de te « prendre » Dorothea.

Son cœur reprit espoir.

— Vraiment ?

Il vint la rejoindre de son côté du lit, et posa un genou sur le matelas, pour la faire basculer légèrement vers lui.

— Vraiment, murmura-t-il.

Puis il glissa la main sous les draps à la recherche de ses seins qu'il caressa avec délectation.

— C'est toi que j'ai l'intention de prendre, déclara-t-il d'une voix virile et sensuelle.

La pointe de ses seins se durcit instantanément sous ses doigts experts.

— Tu m'as déjà prise, murmura-t-elle en gémissant, envahie de frissons délicieux.

— Mais ce n'est pas assez, gronda-t-il d'une voix possessive.

D'un geste sec, il enleva le drap pour venir s'emparer à pleine bouche de son autre téton. Après l'avoir titillé de sa langue, il l'emprisonna de ses dents puis tira fort dessus, lui arrachant un gémissement de plaisir.

— Tu pensais vraiment que j'allais me satisfaire de cela ?

— Que faut-il pour te satisfaire ? s'enquit-elle, résignée à devoir céder à ses conditions, et à succomber à la tentation.

— Nous avons fait l'amour un nombre incalculable de fois pendant que nous étions ensemble et cela n'a jamais suffi à me combler. Alors que dirais-tu de le faire encore et encore, jusqu'à épuisement ?

— Comme tu voudras, souffla-t-elle, pensant que sa capitulation suffirait à sceller leur pacte.

Il se releva, en silence, sans la quitter des yeux, le regard énigmatique.

Pendant de longues secondes, il la fouilla, la sonda jusqu'au plus profond de son être.

A quoi pensait-il ? Que manigançait-il ?

— A la vérité, je veux plus que cela, lui confia-t-il, l'air on ne peut plus sérieux.

Elle s'assit d'un bond dans le lit, la gorge serrée.

— Que veux-tu ? Mon âme ?

— Tu peux garder ton âme. Je veux tout le reste. Tout ce que tu me donneras quand tu te remarieras avec moi.

- 5 -

Où était passée son autre chaussure ?

Naomi la cherchait partout mais pas moyen de la trouver.

Il était fort possible qu'elle soit devant ses yeux et qu'elle ne la voie pas. Son esprit était des plus confus depuis la proposition révoltante d'Andreas.

Le premier choc passé, elle avait sauté hors du lit, comme s'il en allait de sa vie. Puis elle n'avait plus pensé qu'à une chose : s'habiller le plus rapidement possible pour fuir ce persécuteur et mettre un maximum de distance entre elle et lui.

Se remarier avec lui ?

Etait-il tombé sur la tête ?

Elle avait quasiment perdu la raison lors de son premier mariage avec lui. Hors de question de réitérer l'expérience.

— Sous le canapé.

Sa voix calme et posée la fit se tourner vers lui.

Il ne portait toujours que son jean, appuyé dans l'embrasure de la porte séparant le salon du hall d'entrée de la suite.

Elle regarda sous le lit et récupéra sa chaussure, pourtant certaine d'avoir cherché à cet endroit.

Une fois ses deux chaussures aux pieds, elle s'empara de son sac et se dirigea vers l'issue de secours qu'il bloquait.

Elle ne pourrait pas passer sans provoquer de contact physique. Et elle savait très bien ce qui en découlerait.

— Tu peux me laisser passer, s'il te plaît ? La situation est suffisamment odieuse comme cela, inutile d'en rajouter.

— Tu n'as toujours pas répondu à mon offre, dit-il sans

bouger. Cela dit, ton air indigné et ton impatience à quitter les lieux sont assez éloquents. Dois-je en conclure que c'est non ?

— Mon air indigné ? s'exclama-t-elle, au comble de l'irritation.

Il avait le don de la mettre hors d'elle, de provoquer les réactions les plus contradictoires chez elle. Mais plus question de se laisser mener par le bout du nez. C'en était trop.

Faisant appel au peu de sang-froid qu'il lui restait, elle tenta une nouvelle approche. Ne pas mêler ses émotions à cette équation déjà bien trop compliquée.

— Ecoute, Andreas, on s'entend à merveille au lit, ce n'est pas nouveau et c'est indéniable. C'est uniquement pour ça que nous avons un passé en commun. Je n'avais pas d'expérience, tu as été le premier homme avec qui j'ai fait l'amour et ma première passion. Tu as été très clair sur ce que tu attendais de moi, mais je n'ai pas réussi à dissocier ce désir intense de mes envies personnelles. Des envies qui n'avaient pas lieu d'être entre nous.

Il semblait se concentrer intensément sur les mots qu'elle prononçait, comme s'il les mémorisait.

— Tu n'as pas supporté mon départ car tu n'as pas compris mes raisons. De ton point de vue, je n'avais pas tenu la part de mon engagement. Aujourd'hui, je ne peux pas m'engager dans un nouveau mariage qui se solderait forcément par un échec. Toutefois, je veux bien reprendre une liaison informelle si tu promets de ne pas perturber la vie de Dora. Nous pourrions tous deux bénéficier de cet arrangement. Pour le reste, c'est hors de question.

— Pourquoi ? demanda-t-il seulement.

C'était tout ce qu'il avait à dire ? Le reste de son discours ne le faisait pas réagir ?

— Parce que je ne veux pas me lancer dans une nouvelle mascarade absurde avec toi, surtout si Dora se retrouve en otage entre nous deux.

— Et nos retrouvailles de ce soir alors ? Qu'en fais-tu ? Ce n'était pas une mascarade.

— Nous avons eu des rapports sexuels, rien de plus.

— Rien de plus ? demanda-t-il, manifestement surpris. Et notre attirance réciproque ? Tu me désires autant que je te désire, tu ne peux pas le nier.

— Cette fois, le désir n'entre pas en ligne de compte. Il y a eu des moments où je te désirais plus que tout au monde, et néanmoins ma relation avec toi m'a aussi procuré les pires moments de ma vie.

Le vide dans ses yeux s'intensifia.

C'est alors que, soudain, elle comprit quelque chose.

Ce vide était en fait synonyme d'émotions.

Plus il était surpris ou consterné, plus son regard se vidait.

Mais cette révélation arrivait trop tard dans le processus.

Pour l'heure, l'essentiel était de le faire revenir sur sa proposition de faux mariage.

— Accepter ton offre reviendrait à chambouler ma vie et m'empêcherait d'être une bonne mère pour Dora, reprit-elle. Et ça, je ne peux pas l'accepter.

Après l'avoir observée en silence comme s'il n'envisageait pas de lui répondre, il poussa un soupir impatient.

— Si tu es prête à faire l'amour avec moi aussi souvent que je le souhaite, je ne vois pas en quoi parler de « mariage » chamboulerait ta vie.

— C'est pourtant simple. Je préfère m'en tenir à une liaison sexuelle sans mariage puisque, de toute façon, c'est tout ce qui t'intéresse.

— Je viens de te dire que ce qui m'intéresse c'est de me marier avec toi.

— Pourquoi ?

— Parce que je ne veux pas uniquement d'une liaison sexuelle, maintenant que j'ai Dorothea.

— Dora n'est pas à toi. Elle est à moi.

— Pas d'après le testament de Petros.

Elle s'efforça de faire taire la vague agressive qui s'était soulevée en elle.

Andreas était un véritable requin. L'odeur du sang, à

savoir sa vulnérabilité et son désespoir, ne ferait que le rendre encore plus vicieux.

Faire appel à sa compassion, comme le lui avait conseillé son avocat, ne mènerait à rien puisque c'était un élément dont il n'était pas doté.

Il ne lui restait plus qu'un seul espoir. Jouer sur son caractère foncièrement égoïste.

— Je pense vraiment que tu n'as pas réfléchi au problème en profondeur. Tu crois peut-être que ce sera facile de t'occuper de Dora, grâce à ton argent et ton pouvoir, mais il n'y a rien de plus perturbateur que d'avoir un enfant dans sa vie, même avec une nourrice qui s'en charge dans la journée. Si tu réfléchis au problème, sans y mêler le sens du devoir et la fierté, avoue que tu n'es pas en mesure de prendre la responsabilité d'élever un enfant.

— Je sais, admit-il. Je n'ai jamais dit le contraire et j'ai déjà avoué mes lacunes dans ce domaine.

— Alors comment ferais-tu si tu prenais la garde de Dora ? Tu la ferais passer de nourrice en nourrice puis de tuteurs privés en tuteurs privés jusqu'à ce qu'elle soit assez grande pour aller en pensionnat, pendant que toi, tu pourrais continuer à vivre ta vie comme si elle n'existait pas ?

— Je t'ai déjà dit que ce n'était pas du tout dans mes intentions. J'ai toujours envisagé de vous avoir toutes les deux pour moi.

Elle s'arrêta net, ahurie.

L'idée du remariage ne datait donc pas d'aujourd'hui ? C'était son idée de départ ? Un paquet bien ficelé avec deux objets pour le prix d'un mariage ? Il pourrait profiter d'elle à sa guise tout en ayant la garde de Dora ?

Quel affront ! Elle était figée sur place, la gorge sèche, incapable de parler.

— Désolée, finit-elle par articuler, nous ne voyons pas les choses du même point de vue. C'est non pour le mariage.

Il inclina légèrement la tête, comme s'il acceptait son refus.

Puis il s'écarta pour la laisser passer.

Enfin ! Sa délivrance n'était pas loin… A ce détail près qu'il ne la lâchait pas d'une semelle, la conduisant à la porte.

— Un chauffeur va te suivre jusqu'à chez toi, annonça-t-il lorsqu'elle fut sur le point d'ouvrir la porte.

Elle secoua la tête, sans prendre la peine de se retourner.

— C'est inutile. J'en ai pour cinq minutes en voiture et le quartier ne craint rien.

— Peu importe.

Ces deux petits mots solitaires la firent pivoter vers lui.

Grave erreur. Le voir ainsi torse nu lui coupa le souffle, lui rappelant leurs ébats et les instants de plaisir intense qu'ils venaient de partager.

Il ouvrit la porte à sa place.

— J'aurais aimé te raccompagner mais je crois comprendre que tu m'as assez vu pour ce soir.

Soudain, elle se retrouva pressée contre son corps en érection, ses lèvres viriles la couvrant de baisers fiévreux, l'empêchant quasiment de respirer. Mon Dieu… Elle était sur le point de le supplier de la reprendre, de l'emmener dans la chambre, de la déshabiller et de faire ce qu'il voulait d'elle, quand il lui murmura quelques mots à l'oreille.

Stupéfaite, elle s'arracha à lui.

— Tu n'es qu'un monstre.

Cette fois, elle s'enfuit, comme si elle fuyait la peste.

Après l'une des pires nuits de sa vie, Naomi arriva au bureau le lendemain matin, l'esprit toujours obsédé par les dernières paroles d'Andreas qui ne cessaient de revenir en boucle.

« Tu es à moi. Cette fois, je ne te laisserai pas partir. »

La première chose qu'elle fit fut d'appeler son avocat. Ce dernier ne fit que répéter la même chose : elle n'avait aucun moyen de s'opposer à ce qu'Andreas ait la garde de Dora. Elle était prête à parier que, si elle parlait de l'offre d'Andreas à son avocat, il lui conseillerait de saisir sa chance au vol et de l'épouser sans plus tarder.

Après une heure de réflexion, une idée lui vint à l'esprit. Il lui fallait un allié. Mais pas n'importe lequel. Un allié aussi puissant qu'Andreas, et qui avait de l'ascendant sur lui.

Un seul homme sur terre remplissait ces critères.

Le frère aîné d'Andreas. Aristedes Sarantos.

Une heure plus tard, Naomi pénétrait dans le siège de la compagnie Sarantos Shipping, en proie à une grande nervosité — le rendez-vous avait été fixé si vite…

N'ayant ni la ligne personnelle ni le numéro de portable d'Aristedes, elle avait appelé le siège, passant par un tas d'options automatiques et d'intermédiaires avant de pouvoir enfin parler à quelqu'un de disponible. Un certain Dennis. Ce dernier lui avait dit d'emblée qu'elle ne pouvait pas parler à Aristedes en personne mais qu'elle pouvait laisser un message. Bien décidée à ne pas se laisser intimider, elle avait alors annoncé que son message était de la plus haute importance, qu'il était urgent, qu'il concernait le frère d'Aristedes et qu'elle souhaitait le livrer en personne.

Un long silence s'était fait, au point que Naomi avait pensé que l'homme avait raccroché. Puis Dennis lui avait annoncé que le frère de M. Sarantos était mort depuis longtemps.

Cette déclaration l'avait profondément choquée.

Etait-ce possible qu'Aristedes ne sache pas que son frère était encore en vie ?

Avant qu'elle n'ait eu le temps de réagir, Dennis s'était excusé en lui disant qu'elle devait parler de M. Andreas et non de M. Leonidas.

Décidément, Naomi allait de surprise en surprise.

Jusqu'à cet instant, elle ignorait qu'Andreas avait un autre frère nommé Leonidas et qu'il était mort.

Dennis l'avait alors fait patienter pour la mettre en relation avec l'assistante personnelle d'Aristedes. Cette dernière, très efficace, avait aussitôt contacté son patron et avait été en mesure de lui proposer un rendez-vous dans l'heure, si cela lui convenait.

Tout s'était enchaîné très vite, si bien qu'elle n'avait pas eu le temps de se préparer psychologiquement pour l'entretien, ce qui était loin de la rassurer. Déjà qu'Andreas n'était pas à prendre avec des pincettes, qu'en allait-il de son frère, dont la réputation était exécrable ?

Pourtant, impossible de reculer l'échéance. Elle devait affronter l'unique homme capable de s'opposer à Andreas.

Et voilà qu'à présent elle était dans l'entrée de ce gratte-ciel imposant, ne sachant ni où aller ni que faire.

Alors qu'elle avançait d'un pas incertain dans le hall immense, une jolie jeune femme brune vêtue d'un tailleur bleu marine impeccable vint à sa rencontre.

— Mademoiselle Sinclair ? Cora Delaney, l'une des assistantes de M. Sarantos. Veuillez me suivre, il vous attend.

Cora s'empressa de lui faire passer la sécurité et de la faire entrer dans un ascenseur privatif.

Etait-elle en retard ? Et si le rendez-vous partait sur une mauvaise base ? Et s'il n'avait pas le résultat escompté ? Qu'allait-elle dire à Aristedes ?

— Détendez-vous, lui dit Cora d'une voix douce.

Sa nervosité était-elle si visible que cela ? Ah, en effet… elle n'avait même pas remarqué qu'elle avait la main crispée autour de la barre en acajou. Dans un habitacle aussi réduit que l'ascenseur, son anxiété était forcément palpable.

— Je sais bien que M. Sarantos a la réputation d'être impitoyable en entretien, mais, si c'était vrai à une époque, ça ne l'est plus, la rassura-t-elle. Et vous verrez, aujourd'hui, il est tout spécialement disposé à être à l'écoute.

— Spécialement aujourd'hui ? C'est un jour spécial ?

— Il attend Mme Sarantos, sa femme.

Mme Sarantos. Ces mots la firent frissonner. Fut un temps où Naomi avait porté ce nom, en secret, et c'était étrange de l'entendre dire pour une autre.

Les portes de l'ascenseur s'ouvrirent en douceur… pour lui donner accès à l'antre du lion. A moins qu'elle soit sur le point d'avoir un avant-goût des enfers…

Quelques instants plus tard, Cora la fit pénétrer dans un bureau puis s'éclipsa.

Les jambes tremblantes, Naomi mit un pied devant l'autre, incertaine. D'une part, elle ne connaissait pas l'homme qu'elle s'apprêtait à rencontrer et, d'autre part, elle ne savait pas comment lui expliquer la raison de sa venue.

C'est alors qu'elle le vit se lever dans le fond de son bureau.

Même au loin, elle fut impressionnée par sa carrure.

A mesure qu'elle s'approchait de lui, elle constata qu'il avait des points communs physiques avec Andreas. Ils partageaient les mêmes atouts d'une beauté physique transcendante. Un mélange détonant de puissance naturelle et de virilité brute.

Ils avaient aussi la même couleur d'yeux et la même couleur de peau. Aristedes avait les cheveux plus foncés, grisonnants au niveau des tempes.

Le visage toujours fermé, il arriva à sa hauteur.

Naomi sentait son regard la fouiller comme s'il cherchait à déceler en elle la vérité sur sa présence.

Juste au moment où ils s'apprêtaient à se serrer la main, quelqu'un entra dans la pièce après avoir légèrement frappé à la porte.

Sa femme, sans aucun doute.

Se sentant comme une intruse, ne sachant que faire, elle garda les yeux rivés sur Aristedes. Et c'est ainsi qu'elle vit un changement extraordinaire.

Ses traits s'ouvrirent, ses yeux s'emplirent d'une lueur passionnée, son visage resplendissant de joie à la vue de sa femme.

— Selene, *agapi mou*…

Combien de fois Andreas lui avait-il dit ces mots affectueux… A cette différence près que c'était uniquement lorsqu'ils faisaient l'amour.

A entendre la façon dont Aristedes prononçait ces mots,

elle n'avait aucun mal à percevoir que Selene était l'amour de sa vie.

S'excusant brièvement, il alla droit vers sa femme.

Naomi ne voulait surtout pas être témoin de l'accueil que cet homme réservait à sa femme alors qu'il ne l'avait quittée pas plus tard que ce matin. Cependant, craignant de paraître impolie en tournant le dos à Selene, elle se retourna… pour voir la fin d'un baiser passionné que le couple venait d'échanger.

A peine le premier baiser terminé, Aristedes embrassa de nouveau sa femme, en profondeur. Puis, après un dernier regard complice, empli des secrets, des certitudes et des épreuves formant leur intimité, il reporta son attention sur Naomi.

C'est à cet instant qu'elle fut frappée par l'évidence. Andreas et son frère étaient foncièrement différents. Andreas avait enfoui ses démons en lui, les étouffant dès qu'ils menaçaient de refaire surface. Aristedes, lui, avait affronté ses démons, il en avait puisé une force sereine et, à présent, il était comblé et heureux.

C'était sans doute avec l'aide de Selene qu'il avait réussi à atteindre ce niveau de bonheur, et par le biais d'un soutien mutuel inaltérable et d'une confiance réciproque infaillible.

Et dire que ce niveau de complicité, Naomi avait un jour rêvé de pouvoir l'atteindre avec Andreas… Mais ce dernier lui avait bien fait comprendre qu'il était incapable de s'engager émotionnellement dans une relation.

Aristedes la tira de ses rêveries.

— Mademoiselle Sinclair, je vous présente ma femme, Selene.

Selene Sarantos était la personnification de son prénom. Une déesse de la lune, grande, voluptueuse, une longue chevelure soyeuse noire comme l'ébène, et des yeux bleu foncé comme Naomi n'en avait jamais vu.

Elle était très belle, c'était incontestable, mais le plus frappant chez elle, c'était ce bien-être émanant de sa personne. Le bien-être d'une femme vénérée par son mari.

Selene lui serra la main avec un sourire sincère. Elle était visiblement ravie de faire sa connaissance.

N'importe quelle autre femme aurait pu être jalouse de trouver son mari en compagnie d'une inconnue. Mais pas elle. Le fait qu'il ait une jeune et jolie assistante personnelle prouvait qu'elle avait entièrement confiance en sa fidélité et son amour pour elle.

— Ravie de vous rencontrer, madame Sarantos, déclara Naomi.

— Je vous en prie, appelez-moi Selene. En public, je suis Mme Sarantos mais en privé j'aime qu'on m'appelle Selene.

— En public, on t'appelle Mme Louvardis-Sarantos, intervint Aristedes.

Selene éclata de rire tout en lançant un regard complice à Naomi.

— Ne garderiez-vous pas un nom comme Louvardis, si vous le pouviez ?

Naomi fit le lien en un temps record. Elle était en présence d'une des héritières de Louvardis Enterprises.

— Absolument, répondit-elle avec un sourire. C'est un nom unique d'un chic incroyable.

Selene se tourna vers son mari pour lui faire les yeux doux et le caresser du regard.

— Ah, tu vois ?

— Oh ! mais je vois très bien, rétorqua-t-il sur un ton enjoué, ses yeux la caressant en retour.

A cet instant, Naomi eut un pincement au cœur. Malgré tous ses espoirs, elle n'avait pas eu la chance de Selene. Elle avait eu le malheur d'avoir le coup de foudre pour un homme incapable de la regarder avec une once d'amour, de deviner ses envies, de connaître ses besoins, de l'estimer à sa juste valeur… comme Aristedes semblait le faire avec Selene.

— Asseyons-nous, mademoiselle Sinclair, dit-il enfin.

— Vous pouvez m'appeler Naomi, monsieur Sarantos.

Il ouvrit la bouche mais elle s'empressa de reprendre la parole de peur d'avoir été maladroite.

— Pardon, je ne voulais pas insinuer que j'allais vous appeler par votre prénom, monsieur Sarantos.

— Pour cela, nous verrons plus tard, mademoiselle Sinclair. Une fois que j'en saurai plus sur la raison de votre visite.

Elle prit place dans un fauteuil tandis que sa femme et lui s'installaient sur un canapé.

Après une minute de silence, M. Sarantos reprit la parole.

— Je vous en prie, détendez-vous.

Un rire nerveux lui échappa.

— C'est exactement ce que Mlle Delaney m'a conseillé dans l'ascenseur, se risqua-t-elle à dire. Elle a ajouté que j'avais choisi le bon jour car votre femme vous rendait visite.

C'était quitte ou double… mais son honnêteté fut récompensée par un large sourire de M. Sarantos qui se tourna vers sa femme.

— En effet, acquiesça-t-il, la visite de ma femme est synonyme de jour de fête. Avec nos enfants et sa propre entreprise, elle n'a généralement pas une minute à elle, et celles qu'elle me consacre pendant la journée sont précieuses. Je vous ouvre donc des oreilles clémentes même si je ne me réjouis pas de devoir parler de mon frère ou de ses frasques éventuelles. J'imagine que ce n'est pas facile pour vous non plus, donc le mieux est de me raconter ce que vous avez à me dire, sans tourner autour du pot.

Naomi jeta un coup d'œil nerveux en direction de Selene.

— Vous pouvez parler devant ma femme, affirma-t-il en devinant ses pensées. Dans tous les cas, je lui raconterai tout, donc vous serez aimable de me faire gagner du temps.

Selene lui lança un regard fâché avant de se tourner vers Naomi.

— Je comprendrais tout à fait que vous préfériez parler en tête à tête avec mon mari. Je peux sortir, si cela vous met plus à l'aise, annonça-t-elle en se levant.

— Non, restez, je vous en prie, intervint aussitôt Naomi. Au contraire, je pense que c'est mieux.

— Vous craignez d'en venir aux mains avec mon mari,

c'est cela ? plaisanta-t-elle, certainement dans le but de la détendre.

Selene se rassit. Son mari lui prit la main, lui adressant un sourire satisfait.

Après avoir pris une longue inspiration, Naomi se lança dans un récit éprouvant.

Ils écoutèrent tous deux attentivement, même si leurs réactions semblaient aux antipodes.

Selene paraissait de plus en plus peinée, s'identifiant à une femme acculée à faire un choix émotionnel aussi traumatisant. Sur le visage d'Aristedes, elle lisait la colère d'un homme déçu.

Le temps qu'elle finisse, Aristedes avait le visage blême de rage. Naomi eut presque envie de défendre Andreas par quelques mots, mais se ravisa aussitôt. Elle ne pouvait pas protéger Andreas contre son frère alors qu'elle était venue lui demander son aide.

Seulement voilà, les choses n'étaient pas aussi simples que cela. Elle avait beau vouloir de toutes ses forces qu'Aristedes l'aide à garder Dora, ce n'était pas pour autant qu'elle voulait faire souffrir Andreas.

Quand Aristedes se leva, elle fit de même.

Il avança vers elle lentement, sans la quitter des yeux, ce qui l'intimida au plus haut point.

Qu'avait-il en tête ? Elle ne le connaissait pas, après tout. Avait-elle réellement bien fait de venir ici pour lui raconter toute cette histoire ? Peut-être valait-il mieux qu'elle s'excuse platement et qu'elle parte, tant qu'il en était encore temps…

Arrivé à sa hauteur, il prit ses deux mains dans les siennes et les serra de manière rassurante.

— Mademoiselle Sinclair… Naomi, commença-t-il d'un ton grave. Petros était comme un petit frère pour moi, en Crète. Puis nous avons été séparés. Je suis vraiment navré de ne pas avoir renoué mon amitié avec lui, de ne pas avoir connu sa femme, votre sœur, et de ne pas vous avoir connue avant. Maintenant que je connais l'existence de sa fille, je peux vous assurer que je la considère comme une nièce. Jamais je ne permettrai que la vie de cette enfant ou la vôtre ne soit perturbée — encore moins par Andreas. Faites-moi confiance, je vais m'en occuper.

Après l'avoir remercié, Naomi quitta le bureau, vacillante, l'esprit confus.

Elle était rassurée, mais espérait ne pas avoir déclenché une dispute qui provoquerait une scission irréparable entre les deux frères.

Mais pas question de faire machine arrière. Aristedes lui avait promis de faire pression sur Andreas pour qu'il change de cap. Il allait faire tout son possible, mais ce n'était pas encore gagné. Andreas était un adversaire de taille. Il se croyait tout-puissant et n'avait pas peur d'engendrer des pertes. D'ailleurs, il n'avait peur de rien. Ne tenait à rien. C'était ainsi qu'il avait fait fortune.

Elle quitta le bâtiment, satisfaite de sa démarche, quoique légèrement déboussolée.

C'était réconfortant de savoir qu'elle pouvait compter sur Aristedes comme un allié. Il lui permettrait d'avoir un peu de temps pour se retourner.

Mais elle ne pouvait pas exclure que sa démarche puisse se retourner contre elle et qu'Andreas se montre plus retors que jamais.

C'était une éventualité terrible mais le jeu en valait la chandelle.

Il en allait du bien-être de Dora, et du sien. Pour ne pas se retrouver l'otage du monde émotionnellement stérile d'Andreas, elle était prête à tout.

- 6 -

Andreas s'arrêta devant le siège de l'entreprise de son frère aîné. Aristedes Sarantos.

Aristedes l'avait appelé une heure auparavant, lui ordonnant de passer le voir au plus vite. Il avait tout d'abord refusé, arguant qu'il n'avait aucun droit de lui donner des ordres. Puis, devinant la raison de sa convocation, il n'avait pas cherché à s'opposer plus avant.

Naomi.

Il n'y avait pas d'autre explication.

En quatre ans, ils avaient dû se parler quatre fois au téléphone. Une fois pour l'enterrement de Leonidas, une fois pour son mariage, une autre pour le mariage de leur jeune sœur, Caliope, et une dernière pour le premier anniversaire du fils de Caliope.

A moins d'un autre événement familial, Naomi semblait la raison la plus plausible de cette sommation. Surtout le lendemain du soir où elle l'avait quitté en le traitant de monstre.

Perdue, elle avait certainement vu en Aristedes la solution de dernier recours. Non pas parce qu'il était son frère aîné. Elle savait que cela n'aurait aucune influence sur lui. Mais parce qu'il était Aristedes, tout simplement. Un homme extraordinaire, à tous les niveaux. S'il y avait bien un homme capable de s'opposer à lui, c'était son frère aîné.

Décidément, Naomi s'avérait être une lionne rusée, prête à tout pour protéger son lionceau.

La nuit précédente, pourtant, elle avait capitulé.

Elle était arrivée furieuse, se déchaînant sur lui comme jamais, le frappant, lui tirant les cheveux…

Puis elle s'était frottée à lui jusqu'à ce qu'il lui donne ce qu'elle était venue chercher.

Malgré les années, leur union n'avait rien perdu de son osmose. Au contraire. Leur désir semblait s'être décuplé pendant la période de temps où ils avaient été séparés. Leur intimité s'était avérée plus incandescente que jamais, leur plaisir plus brut, leur jouissance plus intense.

Mais dès qu'il avait compris ce qui l'avait poussée dans ses bras, son sang s'était glacé en lui. Malgré tout, il sentait que Naomi avait autant envie de lui qu'il avait envie d'elle. Et, même si elle était venue le voir au sujet de Dora, il savait que son désir n'était pas feint. Naomi n'était pas du genre à se jeter dans le lit d'un homme pour arriver à ses fins…

Cette idée le mit instantanément hors de lui, mais une collision physique mit une fin abrupte à sa folie possessive.

De mieux en mieux. Littéralement aveuglé par sa fureur, il venait de renverser un homme en entrant en trombe dans le bâtiment. Il l'aida à se relever puis traversa le hall d'entrée sans se soucier des regards scrutateurs, et reprit le fil de ses pensées.

L'irruption de Naomi dans sa suite, la veille.

Un moment phénoménal.

Ce qu'ils avaient partagé avant qu'elle ne prenne la fuite avait été de l'ordre du ravissement charnel. De l'extase à l'état pur. Des moments irréels bel et bien ancrés dans la réalité. D'ailleurs, dans son monde actuel, c'était la seule certitude qu'il avait. L'alchimie entre Naomi et lui était tout ce qu'il y avait de plus réel, d'incontournable. Le plaisir qu'ils prenaient à faire l'amour ensemble était tout simplement inouï, sublime… indescriptible. Et il ne cessait de s'en émerveiller.

Mais il avait fallu qu'elle le quitte pour qu'il prenne conscience de l'accoutumance sexuelle qu'il avait développée à son égard, tels une envie insatiable, un manque incommensurable, un désir sans cesse renouvelé.

Au fil des ans, son sexe se durcissait chaque fois qu'il revivait les moments où il avait été enfoui en elle, au cœur de son intimité l'accueillant sans limites, enivré du parfum distillé de sa féminité.

Après des années de tourmente, il avait été aussi enragé que Naomi, bien que pour des raisons différentes.

En effet, il était furieux de constater l'emprise qu'elle avait encore sur lui, l'asservissement charnel auquel elle le soumettait.

Cette fois, il était revenu pour la faire sienne, mais dans un contexte différent, pensant que l'accoutumance aurait disparu. Il était prêt à ressentir encore cette attirance physique, mais avait espéré la maîtriser cette fois-ci.

Or, dès qu'il l'avait vue et touchée, son envie pour elle était revenue, immédiate, urgente, plus virulente qu'avant.

Tout en elle avait un impact phénoménal sur lui.

La texture de sa peau, le son de ses gémissements, la mélodie de sa voix, le goût de ses baisers, le parfum de sa respiration, la magie de ses yeux, l'agilité de ses gestes… Chaque détail de sa personnalité avec quelque chose qui était de l'ordre du divin, et qui le projetait dans un état proche de la folie.

Puis la nuit dernière était arrivée.

Il pensait que se régaler à satiété des plaisirs qu'elle avait à offrir mettrait fin à l'emprise qu'elle avait sur ses sens.

Mais il s'était trompé. Cela n'avait fait qu'augmenter son désir pour elle.

A présent, il n'attendait qu'une chose : l'occasion de la faire sienne de nouveau pour se délecter de ses attributs divins.

La réunion au sommet qu'il s'apprêtait à avoir avec son frère ne s'annonçait pas comme une partie de plaisir, mais, alors qu'il aurait dû s'en inquiéter, il n'avait que Naomi en tête.

Naomi l'enveloppant de ses bras, son corps sous lui, son corps en sueur, brûlant, presque en transe, son corps dont la chaleur divine l'accueillait alors qu'il la pénétrait, et dont le plaisir était palpable.

Il s'arrêta net.

Bon sang, voilà qu'il avait une érection.

Son sexe était tellement dur que c'en était douloureux.

— Monsieur Sarantos ?

Il tourna la tête brusquement. Une jeune femme arrivait à sa hauteur. Il ferma un bouton de sa veste pour ne pas attirer l'attention sur son entrejambe.

— Cora Delaney, M. Sarantos m'a chargée de vous conduire à son bureau, annonça-t-elle en lui tendant la main.

La façon qu'elle eut de battre les paupières ne lui échappa pas. Il était prêt à parier que c'était un privilège qu'elle lui réservait, qu'elle ne faisait pas cela avec son frère. Puis elle lui sourit de nouveau, le regardant droit dans les yeux avec insistance. Plus un doute. Elle lui faisait savoir que, s'il était intéressé, elle était preneuse.

Sans desserrer la mâchoire, il se mit à marcher en silence, lui faisant savoir qu'il n'était pas intéressé.

Il avait cessé de céder aux liaisons d'un soir depuis que Naomi était arrivée dans sa vie.

Un ange voluptueux avec des rayons de soleil dans les cheveux et un rivage turquoise dans les yeux. Une fée vulnérable, vaillante, innocente et insatiable.

Il avait été aussitôt conquis.

Depuis, c'était elle ou rien.

Les femmes continuaient à lui faire des avances, partout où il allait. La plupart du temps, il se contentait de les ignorer mais, lorsque cela n'était pas suffisant, il disait qu'il était pris.

Ce qui n'était pas faux en un sens. Car, depuis le premier regard, tout son désir était exclusivement tourné vers Naomi. Il ne voulait rien d'autre.

Mais aujourd'hui, voilà qu'elle avait envoyé Aristedes à ses trousses.

Mlle Delaney l'amena jusqu'à la salle d'attente du bureau de son frère puis s'éclipsa, le gratifiant d'un regard lourd de sous-entendus.

Il pénétra dans l'antre de son frère. Ce dernier était debout au centre de son bureau tel un monolithe personnifiant le dieu de la justice. Impressionnant de puissance.

Pourtant, malgré ses appréhensions, la vue de son frère provoqua en lui un étrange mélange d'émotions, une envie de recréer un lien rompu de longue date. Comme si son instinct fraternel s'était réveillé d'un coup, dans toute sa pureté et son évidence.

A cause de ses choix, il n'avait jamais connu son plus jeune frère, Leonidas. Il s'était rattrapé avec Petros. Du moins, il l'espérait. Mais le sentiment de ne pas avoir été assez présent dans leur vie ne cessait de le hanter. Rongé par le remords, il aurait donné n'importe quoi pour pouvoir réparer cela. Mais il était trop tard, ils n'étaient plus de ce monde. Tous deux morts sur la route. Il ne lui restait plus qu'Aristedes, qui en ce moment même le fusillait du regard.

Malgré tout, mû par un instinct inné, sans trop savoir d'où lui venait ce geste, il s'approcha de lui et le prit dans ses bras pour lui donner l'accolade.

Aristedes se laissa faire, raide comme la justice, sans même avoir l'air de respirer. Peut-être même que son cœur, choqué par le geste, s'était arrêté.

Cela ne surprit pas Andreas — après tout, il n'avait jamais fait preuve d'affection physique ou verbale envers aucun membre de sa famille. Son frère devait tomber des nues.

Il le relâcha pour lui laisser le temps de reprendre ses esprits.

Aristedes semblait en transe.

L'instant d'après, il secoua la tête comme pour se forcer à sortir d'un état hypnotique provoqué par cette accolade impromptue.

— Qu'est-ce que ça veut dire ? demanda-t-il froidement.

Andreas haussa les épaules.

— Je crois qu'on appelle ça communément une accolade fraternelle, ironisa-t-il, tout en sachant très bien où voulait en venir son frère.

— Et depuis quand tu dispenses des « accolades fraternelles » ?

Il haussa de nouveau les épaules.

— J'ai eu envie de le faire. Je l'ai fait. C'est tout.

— C'est tout ? C'est comme s'il pleuvait des poissons, et que tu me disais qu'il n'y a rien d'anormal.

— Je suis sûr que c'est déjà arrivé par le passé, lors d'un fait météorologique inexpliqué mais qui ne se reproduira plus jamais. Comme cette accolade, qui était unique en son genre.

— Je te connais, insista son frère. Tu n'aurais jamais eu envie de me prendre dans tes bras s'il n'y avait pas une raison bien précise. Alors dis-moi ce qui se passe, s'il te plaît.

Andreas reprit brusquement son frère dans les bras puis le lâcha aussitôt.

— Voilà, je reprends mon accolade, lança-t-il exaspéré. Je t'ai remis dans ton état pré-accolade, comme si rien ne s'était passé. C'est mieux comme ça ?

— Si tu penses que je peux oublier cette accolade aussi facilement, tu te trompes. Elle a tout changé. Que se passe-t-il ? Es-tu malade ?

Il laissa échapper un petit rire sarcastique.

— Tu penses que je suis mourant ? Tu penses que je regrette mon comportement ? Ou que je suis venu pour me faire pardonner de tous mes péchés ?

Aristedes ne releva pas le ton sarcastique de ses propos, l'observant avec inquiétude.

— Peux-tu me dire si ça va ? Je m'inquiète pour toi. Si tu as un problème, dis-le-moi.

— Bon sang, Aristedes, ce n'était qu'une accolade ! répondit-il en perdant patience. Et je l'ai reprise. Que dois-je faire pour retourner à notre statu quo pacifique qui ne comportait aucune attente de part et d'autre ?

— Tu veux vraiment y retourner ?

— Au statu quo ? Tu veux dire qu'on en est vraiment sortis ? On avait le statu quo pré-accolade et on est passés au statu quo post-accolade ?

— Réponds-moi. C'est ce que tu veux ?

Connaissait-il seulement la réponse ? En réalité, il était

quelque peu dépassé par cette conversation, qui prenait une tournure qu'il n'avait pas prévue.

— Tu sais quoi ? Ne changeons rien, dit Andreas. Cela vaut mieux.

— Je ne suis pas d'accord, rétorqua son frère. Je crois que toi, tu dois changer.

— Comment le sais-tu ? Tu crois que, sous prétexte que tu es mon grand frère, tu as le droit de t'exprimer à ce sujet ?

— Je le sais parce que j'étais comme toi jusqu'à il y a quelques années. Jusqu'à ce que Selene me sauve. Elle a réussi à me montrer les bons côtés de ma personnalité et m'a donné une seconde chance.

Andreas avait encore du mal à croire qu'Aristedes soit tombé amoureux de la fille d'un de ses pires ennemis. Cela n'avait pas été une union facile et leur premier essai s'était soldé par une séparation, pendant laquelle Selene avait accouché de l'enfant d'Aristedes sans le lui dire.

Quand Aristedes était revenu vers elle, elle lui en avait fait voir de toutes les couleurs avant de lui octroyer le droit de connaître son fils et de lui donner une seconde chance.

Aristedes avait relevé tous les défis pour prouver qu'il était digne de Selene et de leur fils. A présent, ils étaient mariés et avaient même eu un second enfant. Une fille. Ils vivaient heureux et leur histoire était bien plus parfaite que le plus parfait des contes de fées.

— Alors je suis voué à l'échec puisque d'après toi je n'ai pas de bons côtés à faire valoir, déclara-t-il désabusé.

— J'étais pire que toi, lui confia Aristedes. En fait, le tout n'est pas de croire qu'on a le droit à une seconde chance. Ce qui compte c'est que quelqu'un soit prêt à te donner cette seconde chance.

Andreas admirait Aristedes. Sa détermination, sa volonté de réussir, coûte que coûte. Enfant, il avait été pour lui sa balise d'espoir et de force, sa bouée de secours dans un océan obscur et turbulent.

— Je ne te l'ai jamais dit, avoua-t-il en mettant temporairement de côté son orgueil, mais, quand j'étais enfant, tu étais mon idole, mon modèle.

— Ton modèle en matière de détachement émotionnel, tu veux dire ? ironisa son frère. En tout cas, cela m'étonne... J'ai toujours cru que tu n'étais pas conscient de mon existence.

— Comment as-tu pu penser une chose pareille ? Je t'admirais même... Enfin, quand tu étais présent.

— Tu sais très bien pourquoi je n'étais pas très présent, se justifia-t-il. Il fallait bien que je gagne assez d'argent pour nous tous.

— Pendant que moi j'étais à la maison, lui rappela-t-il. Ça n'a pas été une période facile pour moi non plus.

Andreas aussi avait eu son lot de responsabilités. Pendant que son frère faisait des journées de vingt heures pour faire vivre la famille et faire tourner la maison, Andreas avait été élu « chef de famille ».

Qu'est-ce qu'il n'avait pas dû faire pour honorer ce rôle...

— Tu veux parler de Petros ? demanda brusquement son frère. Je n'en reviens pas que tu n'aies pas jugé bon de nous avertir de sa mort. J'imagine que ça a dû être un coup dur, même si tu n'es pas prêt à l'avouer.

— Pourquoi je ne serais pas prêt à l'avouer ? se défendit-il. J'ai été très ébranlé par sa mort et je n'en suis pas encore totalement remis.

— Ah bon ? s'étonna Aristedes. Je ne te cache pas que ça me surprend. Disons que, pour un être humain normal, ce serait normal, mais toi...

— Je ne suis pas normal, c'est ça ? Petros était la personne dont je me sentais le plus proche. J'étais plus proche de lui que de vous tous.

— Ce qui n'était pas très difficile, avoue-le, puisque tu n'as jamais été proche d'aucun d'entre nous. Si je me souviens bien, c'est à tes treize ans que tu t'es éloigné de nous tous.

— Parce que tu étais irréprochable, peut-être ? s'insurgea-t-il. Quand tu étais là, c'était pour distribuer de l'argent à tout-va sans une once d'interaction humaine.

— Ce n'est pas une compétition, répondit calmement Aristedes. On ne cherche pas à savoir qui était le plus odieux de nous deux.

— Non, c'est vrai, je m'excuse, se reprit-il. Pardon. Tu as réussi à nous faire partir de Crète et c'est grâce à toi si on a pu venir s'installer aux Etats-Unis. Notre mère n'a pas vu les bonnes actions que tu avais accomplies parce qu'elle était aveuglément amoureuse de notre père qui était un salaud. Elle est morte le cœur brisé sans avoir cessé de faire les mauvais choix. Elle vénérait notre père alors qu'il ne faisait que lui mentir, l'empêchant de mener sa vie comme elle l'entendait.

Le regard d'Aristedes se fit plus dur en écoutant le résumé express d'Andreas. Comme s'il voyait leur vie et Andreas sous un nouvel angle.

— Ecoute..., commença-t-il à expliquer. Notre mère a beaucoup souffert et notre père aussi. Leur relation était pathologique, d'accord. Mais on a laissé tout ça très loin derrière nous, pour toujours. Leurs erreurs et leurs défauts ne doivent pas nous empoisonner la vie. De là à t'empêcher d'avoir des sentiments, il y a un monde tout de même ! Tu peux très bien éprouver des émotions sans te retrouver submergé.

Andreas ne put réprimer un petit soupir sarcastique.

— Comme les émotions que tu ressens pour Selene et tes enfants ? Je crois qu'on peut dire que tu es noyé dedans.

— Tout dépend de l'effet qu'ont les sentiments de l'autre sur ta vie. S'ils sont dégradants, déprimants ou destructeurs, alors c'est un problème. Mais, dans le cas de Selene et des enfants, c'est ce qui m'a permis de revivre, de remonter la pente, de rajeunir même... Oh ! et puis comment en est-on arrivés à cette conversation au fait ?

— C'est toi qui as commencé à me sermonner sur mes lacunes émotionnelles, lui reprocha Andreas.

— Non, je t'ai demandé si le changement qui s'était opéré en toi était lié à la mort de Petros.

— Bon sang..., gémit-il, lassé de cette discussion, je sens que je vais regretter toute ma vie de t'avoir pris dans mes bras. Dis-moi si vous me réservez d'autres surprises de ce genre, que je puisse m'y préparer. Est-ce que Caliope va m'envoyer un SMS et me convoquer elle aussi pour que je lui parle de mon potentiel émotionnel ?

Cette idée le rendit nerveux tout à coup. Il avait dit cela ironiquement, sans réfléchir, mais après tout c'était tout à fait plausible…

Caliope déployait beaucoup d'efforts pour le faire renouer avec la famille depuis qu'il avait commis l'erreur de se rendre à son mariage.

— Dans tous les cas, je t'en supplie, n'en parle pas à Caliope. Je suis prêt à faire tout ce que tu me demanderas.

— Y compris laisser Naomi tranquille ?

Le moment de vérité était arrivé.

La vraie raison de sa convocation par son frère.

Andreas se releva de son fauteuil, le regard rivé sur Aristedes.

— Elle t'a recruté pour m'éloigner d'elle, c'est cela ? lança-t-il, sur la défensive. Que t'a-t-elle dit, au juste ? J'aimerais savoir ce dont elle m'accuse avant de continuer.

Pendant les dix minutes qui suivirent, Aristedes lui fit un résumé coloré de la version de Naomi, sans manquer de lui dire ce qu'il pensait de ses actions.

Puis le silence se fit.

— Tu as fini ? dit-il avec une pointe d'arrogance dans la voix.

— Oui, et toi, tu vas arrêter, *ágori*.

— Tu ne crois pas que j'ai passé l'âge d'être un « petit garçon ».

— Pour moi, c'est encore ce que tu es.

— Tu veux qu'on voie qui est vraiment le plus fort ?

A ces mots, Aristedes se pencha vers lui, l'air soudain plus fermé que jamais, voire menaçant.

— Je veux que tu laisses Naomi tranquille, lui ordonna-t-il en détachant bien chaque syllabe. C'est mon dernier mot.

— Je ne savais pas qu'il s'agissait de marchander. Alors

voilà mon offre à moi. Je ne compte pas laisser Naomi tranquille.

— Andreas…

Il interrompit son frère d'une main levée.

— J'ai passé les quatre dernières années à ne penser qu'à elle et à chercher un moyen de la reconquérir. Maintenant que j'ai un moyen de la faire mienne de nouveau, je ne lâcherai pas l'affaire.

— Justement, il ne s'agit pas d'une affaire. Tu serais prêt à te servir du testament de ton ami pour l'attirer dans ton lit ? Tu te fiches du fait qu'elle n'a pas envie de retourner avec toi ?

— Elle ne demande que ça. Crois-moi.

— Je crois surtout ce qu'elle m'a dit et le tourment que j'ai lu dans ses yeux. Si tu penses qu'elle a envie que tu reviennes dans sa vie, tu te trompes.

— Tu ne sais rien de notre histoire.

— Je sais tout. Elle m'a tout raconté.

Stupéfait, Andreas marqua un temps d'arrêt.

Naomi avait divulgué des informations sur leur intimité ? Jamais il ne l'en aurait cru capable. Mais qu'avait-elle dit, au juste, pour susciter autant d'animosité chez Aristedes ?

— Ecoute-moi bien, poursuivit son frère sur un ton très calme. Cette femme a récemment perdu son unique sœur et n'a pas encore accepté cette perte tragique. Elle a hérité de la responsabilité de sa nièce…

— Je pourrai l'aider à élever Dorothea quand elle m'épousera, le coupa Andreas.

— Quand elle t'épousera ? répéta-t-il, les yeux écarquillés. Mais elle ne veut pas de ton aide ni d'un second mariage raté ! Aujourd'hui, elle ne vit que pour Dora.

— Justement, sa vie ne devrait pas uniquement tourner autour de cette enfant. Ce n'est bon pour personne. Ni pour Naomi ni pour Dorothea.

— Ah oui ? Et quelle est la bonne solution, alors ? Toi, peut-être ? L'homme qui a manqué de respect et de considération envers Naomi en lui imposant une mascarade déguisée en mariage ? Tu veux lui causer encore plus de chagrin en lui prenant Dora ? Tu n'as donc ni honneur ni cœur ?

— Je ferai ce qu'il me semble bon de faire. N'étais-tu pas prêt à tout pour reprendre Selene ? Ne le referais-tu pas si c'était à refaire ?

— Je ne la contraindrais jamais à faire quelque chose qu'elle n'a pas envie de faire. Je ne lui imposerais jamais mes choix, comme tu le fais avec Naomi.

— Je n'essaie pas de la contraindre à faire quoi que ce soit, se défendit-il. Je me suis seulement lancé à sa poursuite. Et je la suivrai jusqu'à ce qu'elle s'avoue la vérité.

— Quelle vérité ?

— La vérité, c'est qu'elle me veut de nouveau dans sa vie.

— Tu penses qu'elle se fait désirer ? lui demanda son frère, l'air sceptique.

— Pas tout à fait. Je pense qu'elle a honte d'avoir fait le premier pas par le passé. Et elle ne supporte pas l'idée que j'aie voulu garder secret notre mariage. C'est d'après moi l'une des raisons qui l'ont poussée à venir te raconter notre histoire, afin de réparer ce tort, rétroactivement. Cette fois, en la poursuivant, je lui restitue sa dignité. Et, si elle ne m'avait pas devancé, je serais venu te parler de nous deux dès qu'elle aurait accepté mon offre. Donc je n'ai pas l'impression de l'obliger à faire quoi que ce soit. Je lui donne l'occasion de vider son sac et de me dire mes quatre vérités afin qu'elle se sente libérée et que l'on puisse aller de l'avant. A deux. Mais le manque de désir pour moi ne figure pas parmi les raisons qui la poussent à me résister. Elle me désire autant que je la désire. Sur ce point, tu peux me croire.

— Parce que tu crois vraiment que l'attirance physique suffit à dépasser la haine qu'elle a de toi ? Bien s'entendre au lit ne fait pas tout ! Pour réussir un mariage, il faut bien plus que cela. L'alchimie doit être totale, au lit comme dans la vie de tous les jours. Ton scénario à toi est voué à la catastrophe ! As-tu vraiment envie de l'attirer sur un champ de bataille matrimonial ?

— Notre conflit va bientôt prendre fin, affirma-t-il.

— Et s'il ne prend pas fin ? lui fit remarquer son frère. D'après Naomi, le conflit ne fait que commencer. Tu serais prêt à l'entraîner dans un enfer conjugal rien que pour pouvoir assouvir ton désir sexuel ? Et, une fois ton désir assouvi, que feras-tu ? Tu te débarrasseras de Naomi ?

— Je ne veux pas et je ne peux pas me débarrasser de Naomi. Au contraire.

— Toujours est-il que tu n'as pour elle qu'une attirance physique.

Les paroles de son frère lui rappelèrent la conversation qu'il avait eue avec Naomi au sujet de leur relation.

— Je trouve que l'arrangement proposé par Naomi est un bon compromis, poursuivit Aristedes. Pour tous les deux.

— Je ne veux pas d'un compromis ou d'un arrangement. Je veux une situation permanente.

— Une « situation permanente » ? Sais-tu seulement ce que c'est ? Sois sérieux ! La seule relation durable que tu aies eue, si l'on peut appeler ça une relation, c'était avec Naomi, et encore : il a fallu que tu lui imposes une situation scandaleuse. Tu comptes vraiment l'achever en répétant la même erreur ? Tu ne crois pas qu'elle a assez souffert comme cela ? Pourquoi t'obstiner à retomber dans une situation qui se soldera forcément par un échec, comme la première fois ?

— Pour moi, ce n'était pas un échec, rectifia-t-il.

— Mais bien sûr, comme je suis bête ! s'exclama son frère en levant les yeux au ciel. Le divorce est la preuve irréfutable que le mariage a été un succès retentissant. C'est ça que tu essaies de m'expliquer ?

— Non, c'est la preuve qu'il y avait un obstacle. Elle t'en a sûrement parlé. Cet obstacle n'existe plus, donc nous avons toutes les chances de réussir.

Aristedes poussa un soupir d'exaspération.

— Tu es vraiment infernal ! Pourquoi n'avoues-tu pas tout simplement que tu t'es lancé à sa poursuite parce qu'elle a osé te quitter et te résister ? J'ai l'impression que tu es prêt à aller jusqu'au bout pour la récupérer et qu'ensuite tu te feras un malin plaisir de la quitter, selon ton bon vouloir.

— Et moi, j'ai l'impression que c'est selon son point de vue que tu analyses mes actions et mes motivations.

— Je suis encore capable de me faire un avis par moi-même, merci.

Andreas se leva d'un bond, agacé.

— Le sujet est clos. Je ne me répéterai pas.

Aristedes se leva à son tour, lui attrapant l'épaule.

— Tu veux que j'adopte ton point de vue ? Très bien, tout ce que tu veux c'est la posséder physiquement pour une période indéterminée, et la remercier quand tu en auras fini avec elle. Le voilà ton point de vue. Si cela ne concernait que vous deux, je serais resté en dehors de cette affaire, mais la vie d'une enfant est en jeu. Tu as pensé à Dora ? Si tu cherches à soumettre Naomi à ta volonté, votre vie de couple sera plus catastrophique qu'elle ne l'a jamais été et Dora se retrouvera coincée entre vous deux.

A ces mots, Andreas tiqua.

— Qui t'a dit que notre vie de couple était catastrophique ?

— Naomi, bien sûr.

— Ce n'était pas catastrophique et ça ne le sera pas plus cette fois-ci.

— Ce sont ta parole et tes projections contre les siennes. Et, même si tu as raison, qu'arrivera-t-il quand tu en auras eu assez de Naomi ? Tu as réfléchi à l'impact que cela aura sur Dora, le jour où tu décideras que Naomi ne peut plus vivre sous le même toit que toi ? Tu devras aussi chasser Dora, alors qu'elle te considérera comme un père ?

Il n'avait pas réfléchi à un tel scénario car, pour lui, ce scénario n'aurait pas lieu d'être. Comment pourrait-il se lasser de Naomi ? Etre assez cruel pour mettre à la rue l'enfant de Petros ? Mais il n'avait pas envie de rentrer dans les détails avec son frère. Pas pour le moment, du moins.

— Je compte établir une relation claire avec Dorothea

dès le départ et lui expliquer que je ne suis pas son père. Je ne me suis jamais fait d'illusions à ce sujet.

Son frère le fusilla du regard, l'attrapant fermement par le bras.

— Je savais que tu pouvais te montrer froid et distant mais je n'avais jamais réalisé que tu avais un cœur de pierre. Je te préviens, Andreas. Si tu continues sur cette voie, je ferai tout pour t'empêcher d'arriver à tes fins, même si je dois te faire du tort ou du mal pour que tu renonces à ton projet.

Il ne chercha pas à se soustraire à son emprise.

— C'est bon, tu as fini ? s'enquit-il, calmement.

Aristedes le lâcha.

— Alors voilà comment les choses vont se dérouler, reprit-il fermement. Je vais honorer le testament de Petros. Il voulait que Dorothea soit une Sarantos et je veillerai à ce qu'il en soit ainsi. Je veux que Naomi soit de nouveau ma femme, et je veillerai à ce qu'il en soit ainsi.

— Andreas…

Il leva les deux mains pour refouler la colère et l'intervention de son frère.

— Si pendant ce processus tu trouves que les craintes de Naomi ne diminuent pas ou que je fais du mal à Naomi ou à Dorothea, je t'autorise à faire tout ce qui sera en ton pouvoir pour m'empêcher d'aboutir à ces deux projets.

— Tu penses que je vais attendre les bras croisés jusqu'à ce que tu leur fasses du mal ?

— Pourquoi es-tu convaincu que je leur veux du mal ? N'es-tu pas le grand défenseur de la « seconde chance » ? Ne viens-tu pas de me faire une leçon sur le salut ? Ou penses-tu que je ne sois pas digne de ces deux concepts ?

Une lueur d'incertitude parcourut le regard d'Aristedes, dont l'agressivité sembla se dissiper.

— Si seulement je pouvais être sûr que c'est ce que tu recherches…

Andreas posa une main ferme sur l'épaule de son frère puis le regarda solennellement dans les yeux.

— C'est exactement ce que je recherche. Ni plus, ni moins.

Une heure plus tard, assis sur le lit où il avait fait l'amour à Naomi, Andreas ferma les yeux alors que les échos des moments magnifiques qu'ils avaient partagés résonnaient en lui.

Dieu qu'elle lui manquait ! Il s'enroula entre les draps qui avaient recouvert son corps exquis, chaud et merveilleusement parfumé, et enfouit son visage pour humer son odeur féminine si sensuelle.

La nuit dernière, il avait fini par aller dormir dans une autre pièce — ces draps et ce lit le rendaient fou, stimulant un désir qu'il n'avait aucun moyen d'assouvir.

Et qu'il n'était pas près d'assouvir.

Mais, au-delà de cette frustration physique, quelque chose le taraudait.

Ce n'était pas tant son entretien avec Aristedes qui le perturbait. Il était plutôt content de l'échange en lui-même et de l'affrontement verbal qui en avait découlé.

Même si son frère avait passé quatre-vingt-dix pour cent de son temps à le réprimander sur sa conduite, et à lui faire savoir à quel point il était déçu de son comportement, l'expérience n'avait pas été désagréable.

Il se sentait même apaisé.

De cette rencontre, il retenait un élément crucial, qui changeait sa façon de voir les choses.

Son frère s'inquiétait pour lui.

Soit, Aristedes n'y était pas allé de main morte en le menaçant de lui faire du mal s'il s'avérait que cette quête de seconde chance n'était en fait qu'une nouvelle mascarade, mais Andreas ne lui en tenait pas rigueur. Il était même amusé de sa méthode paternaliste et se réjouissait que Naomi et Dora aient un protecteur supplémentaire aussi puissant.

Non, ce qui le troublait, c'était ce que Naomi avait dit à Aristedes au sujet de leur mariage, qui d'après elle avait été un enfer.

En y réfléchissant, elle lui avait dit que cette période avait comporté les pires moments de sa vie mais il avait choisi de ne pas relever cette déclaration — elle n'avait pu dire cela que pour se venger, sous le coup de la colère.

Naïvement, il avait toujours cru que leur mariage, bien que peu conventionnel, avait été une expérience fantastique. Ils s'entendaient assez bien en général, sans parler de leurs ébats, qui étaient explosifs. Tout s'était relativement bien passé jusqu'au jour où il lui avait dit qu'il ne voulait pas d'enfants.

Pour lui, c'était la raison pour laquelle elle l'avait quitté. La preuve, le lendemain de leur conversation, elle avait demandé le divorce.

Mais voilà, aujourd'hui, il n'en était plus si sûr que cela.

Et si ce qu'elle avait dit à son frère était vrai ? Et si elle avait vraiment été malheureuse ? Non pas à cause de leur rupture et des raisons de celle-ci, mais malheureuse à ses côtés, à l'époque de leur mariage.

Certes, leur relation n'était pas fondée sur un schéma traditionnel. Sa proposition de mariage n'avait été qu'un moyen de la faire rester. En l'épousant, il lui garantissait qu'il lui appartenait et que c'était pour toujours. Il avait pensé à l'époque que ce compromis permettrait de résoudre son mécontentement et ses incertitudes. Car c'était certainement son besoin de permanence et d'exclusivité qui avait motivé son départ la première fois.

Il n'était pas un homme fait pour le mariage dans le sens strict du terme, et sa situation ne lui permettait pas de lui offrir autre chose que ce qu'il avait mis sur la table. Mais il avait cru qu'elle était satisfaite de ce qu'ils partageaient, que leur passion compensait tous les autres éléments manquants.

A aucun moment il n'avait soupçonné qu'elle puisse être malheureuse, ou qu'elle ait eu l'impression de vivre un enfer.

C'était la raison pour laquelle il avait tant résisté lorsqu'elle l'avait quitté, persuadé qu'elle finirait par revenir vers lui en verbalisant ses besoins ou ses attentes. Si elle était revenue, il aurait tenté de la persuader qu'ils avaient encore le temps avant d'envisager d'avoir des enfants. Et qu'en attendant pourquoi ne pas profiter de ce désir phénoménal qui les animait tous deux ?

Si leur vie sexuelle n'avait fait que renforcer son mal-être vis-à-vis de cette situation qui la rendait malheureuse, pourquoi était-elle restée aussi longtemps ? Et, si à présent sa raison principale pour refuser de se remarier avec lui était de ne pas retomber dans le schéma qui l'avait rendue malheureuse par le passé, que pouvait-il faire ?

La contraindre ? Par la force ? Le chantage ?

Non, il ne pourrait jamais faire une chose pareille.

Ce serait aller à l'encontre du but recherché.

Ce qu'il voulait, c'était sentir qu'elle avait naturellement envie et besoin de lui.

Pour cela, elle devait accepter son offre en toute liberté, sans aucune pression extérieure.

Comment y arriver ?

Naomi semblait attendre quelque chose qu'il n'avait pas été en mesure de lui donner à l'époque.

Aujourd'hui, même si leur situation était différente, il n'était pas plus avancé et les réactions de Naomi semblaient plus cryptiques et erratiques que jamais.

Malgré toute la volonté du monde, que ferait-il s'il n'était pas capable de la combler, en dehors de leurs rapports au lit ?

Et si Aristedes avait raison quand il avait dit que le mieux pour Dora et Naomi était qu'il quitte leur vie ?

Etait-il réellement capable de partir loin de Naomi, de tirer un trait sur leur histoire ?

Pour toujours ?

- 7 -

Naomi fixait son écran d'ordinateur, le regard vide.

Incapable de se concentrer.

Cela faisait trois jours qu'Aristedes l'avait appelée pour lui dire qu'il avait parlé à son frère et qu'il avait la situation en main.

Depuis, elle gambergeait. Du matin au soir. « La situation en main »... Mais qu'est-ce que cela voulait dire ? Et surtout, combien de temps devrait-elle attendre avant de voir les résultats tangibles de cet entretien ?

Sa volonté à elle était claire : Andreas devait oublier le testament de Petros. Ou du moins être prêt à négocier un compromis. Il pourrait par exemple, après l'adoption officielle de Dora par Naomi, devenir son parrain, ou son tuteur, quelque chose de cet ordre...

Mais, s'il y avait bien une chose qu'elle refusait catégoriquement, c'était de l'épouser de nouveau.

Tout sauf ça.

Cela dit, pour l'instant, la question de leur mariage ne se posait pas puisque depuis trois jours Andreas faisait le mort.

Pas un mot de ce dernier. Le silence absolu.

Ne disait-on pas « pas de nouvelles, bonnes nouvelles » ? Eh bien, en ce qui concernait Andreas, c'était tout le contraire. Son silence était forcément mauvais signe.

Ne pas savoir ce qu'il tramait en coulisses la rendait folle, incapable de se concentrer sur sa vie privée ou professionnelle.

Mais elle avait un autre problème.

Son corps, qu'il avait sauvagement ramené à la vie, la

tourmentait à tout instant. Elle avait terriblement envie de lui, nuit et jour.

Exaspérée, elle éteignit son ordinateur portable puis prit son sac à main et sortit du bureau. Inutile d'essayer de travailler alors qu'elle ne tenait pas en place sur une chaise et qu'elle n'arrivait pas à aligner deux pensées cohérentes.

Quinze minutes plus tard, elle rentrait chez elle, heureuse d'entendre le babillement incessant de Dora.

Elle sourit, sentant son corps se détendre alors qu'elle avançait vers le salon.

A mi-chemin, elle s'arrêta net.

Une voix profonde et masculine venait de la pièce.

L'estomac noué, la gorge serrée, elle mit un pied devant l'autre, les jambes flageolantes.

C'était peut-être Aristedes.

C'était sûrement lui.

Il lui avait dit qu'il passerait pour faire la connaissance de Dora, et elle lui avait lancé une invitation ouverte.

Sa voix était similaire à celle d'Andreas…

Elle secoua la tête, agacée.

Comment pouvait-elle être aussi naïve ?

Même si ses oreilles et son cerveau n'étaient pas en mesure d'identifier l'homme à cent pour cent, le reste de son corps connaissait son identité.

Andreas Sarantos.

Il était là.

Sans invitation.

A l'improviste.

Et avec Dora.

Il envahissait de nouveau son espace privé.

Elle aurait dû prévenir Hannah et lui donner comme instruction de ne pas lui ouvrir.

Avant de faire son apparition, elle jeta un coup d'œil discret dans le salon, sans se faire remarquer. Ce qu'elle vit manqua de la faire défaillir.

Andreas était assis sur le canapé, plus beau et viril que

jamais dans un costume beige léger qui allait très bien avec ses cheveux et la couleur de sa peau. Il était entouré des chats qui prenaient leurs aises, majestueux. Hannah était assise dans un fauteuil en face de lui et Dora jouait aux pieds d'Andreas.

Pour quelqu'un de l'extérieur, cette scène aurait paru tout ce qu'il y avait de plus normal, avec Andreas en grand habitué de la maison.

Hannah semblait avoir une conversation animée et joviale avec lui, Loki et Thor paraissaient plus détendus que jamais, et Dora lui tendait un à un ses jouets, les décrivant dans son jargon et posant inlassablement des questions incompréhensibles.

Tous les acteurs de cette scène se comportaient comme si Andreas était leur invité de marque.

Le plus étrange dans tout cela, c'était qu'il paraissait tout à fait à l'aise dans une situation dont il faisait pourtant l'expérience pour la première fois. Car il fallait bien le dire : le contexte lui était totalement étranger, voire extraterrestre.

Paralysée, à bout de souffle, elle ne savait pas quoi penser de cette scène. Tout était trop confus dans son esprit.

Cachée dans l'embrasure de la porte, elle en profita pour se ressaisir sans perdre ses moyens et sans se faire voir.

Mais un geste quasiment imperceptible d'Andreas lui fit comprendre qu'il savait qu'elle était là. La façon dont il avait baissé les cils alors que ses yeux se tournaient dans sa direction.

C'était une sorte de sixième sens chez lui, il avait toujours eu le don de repérer sa présence. Et elle était prête à parier qu'il faisait exprès de ne pas montrer qu'il s'en était aperçu.

Quoi qu'il en soit, qu'il l'ait remarquée ou non, il était temps pour elle de l'affronter et de faire son entrée.

Andreas s'assit sur le rebord du canapé, tenant encore dans la main le dernier jouet que Dora venait de lui donner.

Dès qu'il posa les yeux sur elle, une ondée de frissons

la parcourut. Mais pas question d'écouter les spasmes qui la tiraillaient.

Freinant ses envies, tels des chevaux lancés au galop dans la tempête, elle s'efforça de reporter son attention sur Hannah qui venait à sa rencontre, sourire aux lèvres.

— Ma chérie, tu es déjà là ? Tout va bien ?

— Oui, tout va bien. J'ai bouclé un dossier plus tôt que prévu, donc je suis rentrée, improvisa-t-elle, sentant le regard inquisiteur d'Andreas la détailler en tout point.

— C'est parfait. M. Sarantos n'aura plus à faire la conversation avec moi.

— Mais c'est moi qui suis étonné que vous ayez supporté ma conversation aussi longtemps, rebondit-il aussitôt.

Naomi tourna les yeux vers lui, étonnée de sa réponse calme, opportune et charmante.

— Et, comme je vous l'ai déjà dit, appelez-moi Andreas. Chaque fois que vous dites « M. Sarantos », j'ai l'impression que mon frère aîné est dans la pièce.

— Oh ! mais je suis sûre que vous êtes habitué à ce qu'on vous appelle M. Sarantos, dit Hannah, visiblement amusée par cet échange.

— Non, vraiment, j'insiste, continua-t-il sur la vague du succès.

— Soit, mais alors dans ce cas, appelez-moi Hannah.

— Avec plaisir, Hannah.

Hannah était aux anges, conquise, sous le charme d'Andreas.

Quand il reporta les yeux sur Naomi, ce fut comme s'il la déshabillait d'un regard incandescent embrasant son corps à la vitesse de l'éclair.

— Naomi, au cas où tu serais sur le point de me refaire la leçon pour avoir osé passer chez toi à l'improviste, je tiens à dire, pour ma défense, que j'étais persuadé de te trouver chez toi en venant.

— Je travaille le samedi après-midi, répondit-elle, glaciale, tout en s'efforçant de sourire, pour ne pas décevoir Hannah.

— Oui, c'est ce qu'Hannah m'a dit, je ne le savais pas, s'excusa-t-il.

— Tu aurais pu appeler pour te renseigner. Cela t'aurait évité d'avoir à attendre ou de venir pour rien, commenta-t-elle, ne sachant comment sortir de cette situation délicate.

— C'est vrai, mais ma visite spontanée m'a permis de goûter au délicieux gâteau aux noix d'Hannah, et de faire la connaissance de ta maisonnée, dit-il alors que les chats lui tournaient autour et que Dora demandait à être prise dans les bras.

Elle caressa légèrement les chats avant de prendre Dora pour trouver une excuse de s'éloigner un peu de la périphérie d'Andreas dont les yeux étaient animés d'une lueur énigmatique et profonde.

Hypnotisée par sa présence, elle tentait de briser le sort qu'il lui avait jeté.

Néanmoins, elle sentait qu'il l'observait en train de câliner Dora.

C'était dérangeant de sentir des spasmes d'excitation dès qu'elle était à proximité d'Andreas, même quand la situation ne s'y prêtait pas.

— Tu dois avoir faim, dit-il sur un ton anormalement attentionné.

Sa remarque attisa le désir qui l'animait, tout en sachant qu'il n'avait pas cherché à faire des insinuations déplacées.

Elle avait l'impression de transcender son corps, de participer à la scène sans y avoir été invitée.

— Hannah m'a dit que, quand tu rentrais, tu étais souvent affamée car tu ne manges pas au travail, continua-t-il.

Elle reposa Dora à terre, cherchant sa prochaine réplique.

— En effet, Hannah t'a bien renseigné. Mais aujourd'hui, je n'ai pas d'appétit, parvint-elle à répondre.

— Alors j'ai de la chance ! lança Hannah joyeusement. Heureusement que tu n'es pas affamée, j'ai complètement oublié de lancer le dîner. C'est la faute d'Andreas. C'est un compagnon fort divertissant.

Naomi la regarda, les yeux écarquillés.

Andreas ? Un compagnon fort divertissant ?

— Allez, je vais vite me mettre aux fourneaux. Le dîner sera prêt dans une demi-heure. Vous restez dîner avec nous, n'est-ce pas ? ajouta-t-elle à l'intention d'Andreas.

Oh non, pas cela… Naomi n'avait aucune envie qu'il s'invite à dîner.

— Avec plaisir, répondit-il. Mais à une condition.

Non, sans blague… Andreas avait une condition, pour changer ?

— Quelle est-elle ? demanda Hannah.

— Je veux venir en cuisine, annonça-t-il. Hors de question que je reste assis à ne rien faire. Je déteste me faire servir.

— Comme vous voudrez, Andreas ! s'exclama-t-elle, manifestement ravie de la proposition.

— Vous aviez déjà un menu en tête, Hannah ?

Naomi n'en croyait pas ses yeux… Décidément, ces deux-là s'entendaient comme larrons en foire.

— Du saumon rôti, une purée de pommes de terre et des légumes revenus à la poêle. J'ai déjà des crèmes brûlées pour le dessert. Mais je peux improviser autre chose si cela ne vous convient pas.

— Surtout pas, la rassura-t-il. Le menu est parfait.

Il aurait pu dire cela par pure politesse, mais il était sincère, elle pouvait en attester.

Hannah, la mine ravie, le prit alors par le bras, comme elle le faisait avec son fils David quand il venait lui rendre visite.

Le reste de la « maisonnée » leur emboîta le pas, les chats et Dora ne voulant pas être en reste.

L'espace d'un instant, Naomi resta sur place, interloquée. Est-ce que, par hasard, cela intéressait quelqu'un de savoir si elle était d'accord pour qu'Andreas reste dîner ? Visiblement non… Cela étant dit, elle n'avait pas envie de gâcher le plaisir des autres en faisant une scène. Elle les suivit donc elle aussi, mais à reculons.

Une fois dans la cuisine, Dora s'agrippa aux jambes

d'Andreas. Le message était clair : c'était à lui de la mettre dans sa chaise haute. Il baissa vers elle des yeux stupéfaits, comme si les chats s'étaient mis à lui parler.

Elle s'attendait à ce qu'il ignore la requête de Dora, mais non ! Il se pencha pour la prendre dans ses bras, le plus naturellement du monde, et la mit dans sa chaise, comme s'il avait fait cela toute sa vie. La scène avait quelque chose de surréaliste.

Avec un sourire satisfait, Dora lui montra du doigt les jeux rangés sur l'îlot central, pour qu'il les lui donne. Impatiente, elle se mit à gémir en s'agitant sur sa chaise.

Cette fois, il resta stoïque, la fixant d'un regard hypnotique. Elle lui offrit alors une mine engageante, montrant qu'elle savait se montrer polie pour demander les choses. Et c'est seulement à ce moment-là qu'Andreas accepta de lui donner ce qu'elle voulait.

— Et maintenant, les grands vont cuisiner et, toi, tu joues avec tes jouets, fit-il d'une voix posée.

Dora lui adressa un large sourire de contentement.

Naomi n'en revenait pas. Dora avait tout de suite compris qu'il était inutile de chercher à avoir le dessus sur Andreas et qu'il valait mieux se soustraire à son autorité.

Incroyable !

— Je vais m'occuper du saumon, j'ai une recette infaillible, dit-il à l'intention d'Hannah.

Un sourire jusqu'aux oreilles, Hannah joua la petite main avec plaisir, lui donnant tous les ingrédients dont il avait besoin pour sa recette.

C'est alors que Naomi décida de sortir de l'état de transe dans lequel la présence d'Andreas l'avait projetée.

Non seulement il était chez elle mais il préparait un repas dans sa cuisine ! Etait-ce un rêve ?

— Je vais m'occuper des pommes de terre, déclara-t-elle, espérant que cette phrase la ramènerait sur terre.

Andreas lui lança un regard impossible à déchiffrer.

— Jolie pièce de saumon, commenta-t-il.

— C'est moi qui l'ai choisie, déclara fièrement Hannah.

— Bravo. Et en plus, on dirait que votre petit doigt vous a dit que je venais ce soir : il y en a largement pour trois ou pour quatre, si Dora en mange elle aussi.

— Oh ! Dora mange de tout, vous savez. Elle n'est pas du tout difficile. Je dirais même que c'est la meilleure mangeuse des sept bébés dont je me suis occupée.

— Et Naomi, est-ce qu'elle mangeait bien ? s'enquit-il, étonnamment curieux.

— Mon Dieu, non ! dit-elle, amusée. Naomi était tout le contraire de Dora.

— Mais maintenant, je mange de tout, rétorqua Naomi comme une petite fille prise en faute.

— Oh ! oui, Naomi, tu t'es bien rattrapée depuis.

Andreas l'observait, l'air contemplatif. Il devait avoir du mal à imaginer une Naomi difficile dans la mesure où elle s'était montrée des plus dociles avec lui, acquiesçant à la moindre de ses volontés.

Après avoir retiré la peau du poisson, Andreas relança la conversation.

— En Crète, on ne mangeait que le poisson qu'on pêchait mais jamais de saumon — ça n'existe pas dans la Méditerranée. Quand j'ai découvert ça ici, je suis devenu accro.

— Et vous mangez de la viande ?

— Non. Quand j'étais petit, nous n'avions pas assez d'argent pour en acheter, expliqua-t-il. C'est à seize ans, en arrivant aux Etats-Unis, que j'ai découvert la viande, mais je n'ai jamais réussi à m'y faire.

Naomi était bluffée. Elle ne savait pas tout cela… Et voilà qu'au détour d'une discussion toute simple, et aux fourneaux, elle découvrait de nouvelles facettes d'Andreas !

C'était vraiment surprenant. Elle avait bien sûr remarqué qu'il ne mangeait pas de viande mais il ne lui avait jamais dit pourquoi et elle ne lui avait jamais demandé. Ce qui illustrait bien le degré de leurs échanges à l'époque.

Pour ce qui était de son passé, il avait à peine abordé le sujet.

Et voilà qu'aujourd'hui il répondait aux questions directement, parlait ouvertement, se montrant aimable.

Elle se doutait bien qu'Andreas avait grandi en Crète mais ignorait à quel âge il était arrivé aux Etats-Unis. Quant à la pauvreté de sa famille, elle n'en avait jusque-là aucune idée, et était bien surprise de l'apprendre.

Difficile d'imaginer Andreas petit garçon, pauvre et vulnérable. Mais, après tout, peut-être était-ce pour cela qu'il était devenu aussi hermétique aux émotions, inatteignable et incapable de s'attacher.

L'espace d'une seconde, elle éprouva une pointe de compassion envers Andreas. Mais la réprima aussitôt. Rien n'avait changé entre eux, et le destin de Dora était toujours en suspens, elle ne devait pas l'oublier. Pour l'heure, elle allait se concentrer sur sa tâche culinaire, et tout irait bien.

Ce qui était appréciable, c'était qu'il n'essayait pas de l'étouffer par sa présence. Ils s'effleurèrent à plusieurs reprises, en passant d'un plan de travail à un autre, mais à aucun moment il ne profita de ces occasions pour agir de façon déplacée.

C'était peut-être la présence d'Hannah. Ou autre chose, qu'elle ne parvenait pas à analyser.

Une part d'elle aurait aimé qu'il se laisse aller à la caresser ou à l'embrasser, ne serait-ce que furtivement. C'était tellement frustrant d'être si proche de lui, de le sentir à ses côtés, et de ne pouvoir le toucher…

Mais l'autre part ne voulait rien changer à cet instant presque magique. Avec quelle facilité, quelle efficacité ils œuvraient à deux en cuisine ! Comme si c'était tout naturel. Comme s'ils faisaient ça tous les jours.

Une fois le repas prêt, il mit le couvert pendant que Naomi nourrissait Dora et qu'Hannah nettoyait la cuisine.

Naomi goûta le saumon, subjuguée. C'était délicieux. Le meilleur qu'elle ait jamais mangé. Des saveurs exquises et une cuisson parfaite.

Ce qui l'étonnait le plus, c'était à quel point sa compagnie était agréable. Il était même drôle.

Elle aurait voulu se laisser pleinement aller et reconnaître ouvertement qu'elle passait un bon moment, mais la situation était si étrange… Elle ne pouvait s'empêcher de garder un certain recul sur ce qui était en train de se passer.

Alors qu'il racontait des anecdotes de son enfance, il en vint à faire allusion à son père.

— Mon père a été très peu présent dans mon enfance. Aristedes, mon frère aîné, était pour moi une entité à part entière que je ne définissais ni comme une fille ni comme un garçon. Mon frère Leonidas n'était pas encore né, à l'époque. Un jour, j'ai voulu avoir une robe, comme mes sœurs. Je me demandais pourquoi j'étais victime de discrimination en étant toujours affublé de bermudas et de pantalons. C'est ce jour-là que ma mère m'a appris que je ne pouvais pas porter de robe car j'étais un garçon. Vous ne pouvez pas imaginer à quel point cette nouvelle m'a choqué.

N'y tenant plus, Naomi éclata de rire.

Andreas, ce demi-dieu si viril et sûr de lui, était tombé des nues en apprenant qu'il n'était pas une fille ? Et l'avouait sans même rougir ? C'était tordant.

— Tu peux rire, lui dit-il avec un sourire amusé. Mes sœurs se sont moquées de moi pendant des jours. Surtout que je n'ai pas tout de suite accepté de me plier à la nouvelle.

— C'est-à-dire ? s'enquit-elle, intriguée.

— Je suis tombé dans le déni, puis la colère. Et puis j'ai fini par vouloir marchander.

— Marchander ? s'étonna-t-elle.

— J'étais persuadé qu'il devait y avoir un moyen de renverser le cours des choses.

Naomi s'esclaffa de plus belle.

— Je t'en prie, moque-toi, fit-il d'un ton faussement vexé. Si vous saviez comme j'étais malheureux. Je me suis senti vraiment trahi quand j'ai appris que ma condition de mâle serait permanente.

— Tu devais être jeune, à l'époque.

— Six ans. J'ai mis un an à accepter mon tragique destin.

Après quoi, la conversation changea de sujet mais continua à être joviale, animée et agréable.

Hannah resta légèrement en retrait, s'occupant davantage de Dora.

C'était tellement naturel de discuter avec lui autour d'un repas qu'à la fin du dîner Naomi en vint presque à se demander si l'invité du jour et l'Andreas du passé étaient bien un seul et même homme. Comment l'homme qui l'avait tenue à distance pendant leur relation — si on pouvait appeler cela une relation — pouvait-il, ce soir, se montrer aussi ouvert et bon vivant ? Il était tout simplement méconnaissable.

Laquelle des deux était sa véritable personnalité ? Celle de ce soir ?

Si c'était le cas, pourquoi l'avait-il gardée enfouie en lui et sous un bloc de glace pendant toutes ces années ?

Et surtout, qu'est-ce qui avait bien pu se produire pour qu'il brise cette carapace ?

Plus elle percevait en lui ces facettes positives, plus le désir qu'elle avait de lui s'attisait. Elle mourait d'envie de sentir ses mains sur ses joues brûlantes, sur sa poitrine avide de ses caresses. Se blottir simplement contre lui aurait déjà été un véritable bonheur en soi.

Hannah partit chercher le dessert en compagnie de Dora, les laissant seuls pour la première fois de la soirée.

Il l'observa quelques instants en silence.

Lisait-il en elle le tumulte qui l'animait ? Percevait-il ses envies ? Comptait-il la toucher ? Lui faire des avances ?

Comme il ne disait rien, elle saisit l'occasion d'obtenir des éléments de réponse à ses questionnements des derniers jours.

— Je pensais que tu étais reparti, lâcha-t-elle, regrettant aussitôt le ton de reproche dans sa remarque.

C'était plus fort qu'elle. Andreas provoquait en elle des émotions totalement contradictoires.

D'un côté, elle aurait voulu qu'il soit reparti, pour simplifier les choses avec Dora, mais, de l'autre, l'idée qu'il soit reparti sans un mot après la nuit qu'ils avaient passée était tout simplement insupportable.

Hannah revint avec les crèmes brûlées. Dora gambadait derrière elle.

— Je suis ici… pour un certain temps.

— Combien de temps ? lâcha-t-elle, la gorge serrée.

— Cela dépend.

— De quoi ?

— Du temps qu'il me faudra pour conclure l'affaire qui m'amène ici.

— Et si tu n'arrives pas à conclure ?

— Je suis confiant et ouvert aux propositions qui peuvent m'être faites. Je saurai me montrer flexible selon les scénarios qui seront mis sur la table.

Après ce petit intermède déstabilisant, elle réussit à reprendre le dessus et profiter de nouveau de la conversation.

Puis ils passèrent dans le salon pour prendre le café.

Les chats se précipitèrent sur lui dès qu'il eut pris place mais Dora montra sa force de caractère en parvenant à les détrôner.

Andreas laissa Dora l'explorer sans chercher à l'encourager. Elle se montra de plus en plus exigeante, voulant jouer avec son portable, tirant sur sa boucle de ceinture ou l'empêchant de parler à Hannah et Naomi. Quand il refusa de céder, elle manifesta son mécontentement.

Mais, loin de se laisser impressionner, Andreas garda son calme. Et pourtant, Naomi n'aurait pas été surprise de le voir perdre ses moyens, tant Dora était particulièrement pénible ce soir.

Ce qui n'était pas plus mal, tiens. Andreas tenait vraiment à adopter Dora ? Eh bien, voilà un parfait avant-goût de ce qui l'attendait s'il poursuivait son idée…

Quand la petite décida de vérifier si les poils blonds étaient véritablement attachés à son torse, la tension monta d'un cran. Il lui prit les mains pour l'empêcher de continuer, ce qui ne plut pas du tout à Dora, qui se mit à bouder.

— Tu es une petite coquine, lui dit-il en la regardant droit dans les yeux.

Elle fondit aussitôt en larmes.

— Et experte en manipulation, ajouta-t-il.

Alors que Dora s'apprêtait à recommencer, Naomi se leva pour la prendre.

Mais Andreas leva la main pour l'en empêcher.

Elle se rassit donc, un peu à contrecœur. Elle était peinée de voir Dora pleurer, ses petites mains potelées tenues en échec par Andreas.

Mais Andreas avait l'air sûr de lui, et il valait mieux le laisser faire, plutôt que de risquer d'envenimer la situation en la prenant de force. Et puis, elle était curieuse de voir comment il se sortirait de ce scénario.

Même si elle s'attendait au pire.

C'est alors que, d'une voix calme et posée, Andreas s'adressa à Dora en l'hypnotisant du regard.

— Ecoute-moi bien, Dorothea. Ces poils restent sur mon torse. Je ne veux plus te voir te mettre dans un état pareil pour tenter d'obtenir quelque chose qui n'est pas fait pour toi. Si tu es sage, je te promets que je te donnerai toutes les choses qui sont faites pour toi. C'est compris ?

Miraculeusement, Dora cessa de pleurer, comme si elle avait compris les propos adultes qu'Andreas venait de tenir.

L'instant d'après, elle lui adressa un large sourire avant de se jeter contre lui et d'enfouir son visage dans sa chemise.

Andreas avait beau ne pas serrer Dora contre lui, il ne cherchait pas non plus à l'en dissuader, et semblait plutôt à l'aise. Elle continua donc son câlin quelques instants, puis releva la tête, descendit de ses genoux et alla retrouver ses jouets.

La situation avait été résolue calmement et sans son intervention, mais Naomi se sentit néanmoins obligée de dire quelque chose.

— Je suis désolée. D'habitude, elle n'est pas comme ça. C'est peut-être le fait de découvrir une nouvelle personne. Un homme, qui plus est.

Le seul homme ayant joué un rôle permanent dans la vie de Dora était Petros, mais elle était trop jeune pour s'en souvenir.

— Elle ne voit aucun autre homme ?

— Aucun homme comme toi.

Il ne releva pas sa remarque mais la dévora d'un regard brûlant, qui embrasa la moindre parcelle de son corps. La tension entre eux était palpable, l'air chargé de désir.

— Dora a voulu tester ses limites avec toi, s'empressa-t-elle d'enchaîner pour reprendre ses esprits. Avec nous, elle connaît ses limites.

— Es-tu sûre qu'elle a des limites ? demanda-t-il d'un ton sceptique. Hannah et toi êtes constamment à son écoute, répondant à ses moindres besoins. Elle n'a même plus besoin de demander, vous lui donnez tout.

— Qu'est-ce que tu veux dire exactement ? s'enquit-elle, sur la défensive. Qu'on lui passe tous ses caprices ?

— Je ne critique pas, j'observe. En tant que personne extérieure, j'ai un recul qui me permet de voir certaines choses que vous ne voyez pas, parce que vous êtes habituées à cette dynamique et que vous êtes installées dans une routine. Mais je pense en effet qu'il faut veiller à ne pas trop lui passer ses caprices et ne pas lui faire croire qu'elle est le centre de votre univers.

— Tu es venu ici pour nous faire la morale ? lâcha-t-elle, outrée de recevoir des conseils de la personne la moins bien placée pour cela.

— Pas du tout, répondit-il. Tu sais, j'ai bien conscience que mon approche n'est que théorique, et que c'est autre chose de le vivre au quotidien. Et puis, étant donné la situation, c'est normal que vous essayiez de compenser. Mais il faut tout de même veiller à ne pas être trop laxiste.

— Donc tu veux dire que je suis une mauvaise mère ? exagéra-t-elle pour le provoquer et tester sa réaction.

— Je n'ai pas dit ça, se défendit-il en restant étonnamment calme. Tu sais très bien que je ne suis pas à même de juger tes aptitudes maternelles. D'ailleurs, je suis sûr que tu es aussi efficace dans ton rôle de mère que dans les autres domaines de ta vie. Je me demande juste si ta tendance à toujours vouloir te dépasser est applicable dans ce domaine.

— Ma tendance à vouloir toujours me dépasser ? s'enquit-elle, surprise de l'image qu'il avait d'elle.

— C'est un fait, non ? acquiesça-t-il. Et cela n'a rien de négatif, au contraire, tu peux en être fière. Dans ta vie professionnelle, c'est essentiel en tout cas. Mais pour ce qui est de l'éducation de Dora…

— Le risque est de passer tous ses caprices ?

— C'est ce que je pense, confirma-t-il. Mais, si tu dis que d'habitude elle n'est pas comme ça, je te crois. En tout cas, si elle a fini par être exemplaire, c'est parce qu'elle a vite compris que je ne céderais pas.

Naomi se mordit la lèvre pour ne pas avouer qu'il avait géré la situation calmement, de main de maître et que c'était lui qui avait été exemplaire.

Cependant, elle eut envie de continuer à parler de la personnalité de Dora.

— Elle a un esprit très curieux. Ce ne sont pas forcément des caprices. Quand elle réclame un objet et qu'elle l'obtient, elle peut passer un temps fou à l'étudier, en long, en large et en travers. Ses jouets favoris sont des objets qu'elle a trouvés dans l'appartement, pas forcément des vrais jouets pour enfant.

— Eh bien, je n'étais pas prêt à lui céder mon téléphone ou ma ceinture et, pour ce qui est de mes poils, c'est une zone interdite.

Cette remarque fit sourire Naomi qui sentit la tension se diffuser en elle. Il resta impassible mais la chaleur de son regard la combla davantage qu'un sourire ne l'aurait fait.

Quelques instants de silence s'ensuivirent avant qu'Hannah ne revienne de la cuisine, suivie des chats et de Dora qui reprit son poste sur les genoux d'Andreas, mais cette fois, avec un comportement irréprochable.

A 20 heures, comme à son habitude, elle s'effondra, confortablement blottie contre Andreas. Ce dernier regardait Dora comme si elle s'était transformée en extraterrestre.

Naomi se leva pour la prendre.

— Elle ressemble à Petros comme deux gouttes d'eau, murmura-t-il d'une voix sombre et suave.

— Oui, mais elle a les yeux de Nadine, dit Naomi, le cœur soudain lourd, les larmes aux yeux.

A cela, il ne répondit rien.

Elle alla coucher Dora puis revint dans le salon.

— Je vous laisse. Je suis fatiguée, je vais me coucher, dit Hannah.

Andreas se leva aussitôt.

Naomi écarquilla les yeux. Jamais elle ne l'avait vu dispenser des manières de gentleman. Cela dit, elle l'avait rarement vu avec d'autres gens.

Il serra la main d'Hannah et la remercia de nouveau de son hospitalité.

Hannah répondit que tout le plaisir était pour elle.

A en voir son expression, elle prenait clairement Andreas pour un dieu.

Mais il y avait autre chose. Naomi n'était pas dupe.

Hannah était en train d'espérer un rapprochement entre elle et Andreas. A tous les coups, elle faisait semblant d'être fatiguée pour les laisser seuls tous les deux, ne serait-ce que quelques instants.

Dès qu'elle eut disparu, Naomi se tourna vers Andreas.

A présent seule avec lui, elle allait pouvoir lui poser les questions qui lui brûlaient les lèvres.

Pourquoi était-il venu ?

Pourquoi avait-il été aussi aimable toute la soirée ?

Avait-il pris sa décision concernant Dora ?

Il s'approcha d'elle.

Allait-il l'embrasser ? Elle en mourait d'envie !

— Merci pour cette soirée, Naomi.

Immobile, elle attendit qu'il fasse le premier pas.

Rien.

Au contraire, il fit demi-tour.

Il était au milieu de la pièce quand elle prit conscience qu'il partait.

Souhaitait-il qu'elle lui coure après, qu'elle le supplie de rester ?

Se vengeait-il de la dernière fois quand elle avait insisté pour qu'il quitte son appartement ?

Quoi qu'il en soit, elle n'avait d'autre choix que de se plier à sa volonté. Une fois n'était pas coutume.

Il ne lui avait pas encore fait part de sa décision au sujet de Dora, elle se devait donc d'avancer avec précaution.

Elle le rattrapa dans l'entrée.

Il se tourna vers elle après avoir ouvert la porte, le regard impénétrable.

Son sang bouillait en elle, le désir palpitant dans ses veines. Elle aurait donné n'importe quoi pour qu'il la touche et assouvisse sa soif.

— *Kalinichta*, Naomi, se contenta-t-il de dire, avant de sortir.

Elle n'en revenait pas. Il venait de lui souhaiter bonne nuit en grec, et avait tourné les talons.

S'agrippant à la porte, elle le suivit de ses yeux avides et suppliants. Elle aurait voulu qu'il se retourne et qu'il voie à quel point elle avait envie qu'il revienne, qu'il la porte dans son lit et qu'il mette fin à ce désir qui la tiraillait de toute part.

Mais il continua à avancer, passant l'ascenseur pour se diriger vers la cage d'escalier. Puis elle entendit ses pas sur les marches en marbre. Le son diminua jusqu'à ce que le silence total se fasse.

Le cœur lourd, l'esprit confus, elle referma la porte avant de s'y adosser, stupéfaite.

Il était parti.

Etait-ce un vrai départ ? Allait-il revenir ?

Et, si ce n'était pas ce soir, quand reviendrait-il ?

Andreas ne revint pas.

Au bout de quelques jours d'absence et de silence, le doute s'installa en elle. Puis d'autres jours passèrent, toujours sans nouvelles de lui.

Une seule explication s'imposait à elle.

La soirée qu'il était venu passer chez elle était un test, pour voir s'il supporterait cette vie en famille, et le test n'avait pas été concluant. Au-delà de ça, il avait aussi peut-être découvert qu'il ne désirait pas Naomi autant qu'il le pensait.

La nuit qu'ils avaient partagée avait eu pour effet de raviver, après de nombreuses années, le désir incandescent qu'elle avait toujours eu et avait encore pour lui. Mais, de son côté à lui, il semblait que cette même nuit lui avait permis de tirer un trait sur leur histoire.

Quant à Dora, il avait sûrement fini par se rendre compte qu'il n'était pas fait pour l'élever seul.

En théorie, elle aurait dû se sentir soulagée. Dora était en sécurité sous son toit et Naomi ne serait pas obligée d'épouser Andreas.

Seulement, en réalité… elle était déçue.

Ou plutôt anéantie.

Comme s'ils avaient rompu de nouveau, sans même s'être remis ensemble.

Et cette fois, c'était pire.

Pire que tout.

Il lui avait donné un aperçu de ce dont elle avait rêvé dès la première fois qu'elle l'avait vu. L'avant-goût d'un Andreas à la compagnie agréable, drôle, avenant, prévenant, différent de ce colosse renfrogné et distant, de cet amant impétueux et insatiable.

Mais à peine son rêve s'était-il réalisé, l'espace d'une

soirée exquise et magique, qu'il s'était transformé en mirage inatteignable.

Andreas était parti après lui avoir administré, dans le corps et dans l'âme, une nouvelle dose de ce poison lent et insidieux, la laissant assoiffée et folle de désir, sans aucun espoir d'assouvissement.

Cette fois, ce poison qui avait déjà coulé dans ses veines menaçait de l'anéantir pour de bon, sans qu'elle connaisse le moindre antidote.

Les choses étaient devenues claires : Andreas ne pourrait jamais être à elle.

Elle ne serait plus jamais à lui.

- 8 -

— Je commençais à me dire que tu ne viendrais pas.

Naomi fut subjuguée à la vue d'une Selene élégante à couper le souffle.

Elle bafouilla quelques mots d'excuse, se gardant de préciser que, si elle était en retard, c'était justement parce qu'elle avait hésité à venir. Elle avait tergiversé pendant des heures ce matin, pour enfin trouver le courage de se préparer, de mettre Hannah et Dora dans la voiture et de se rendre à Manhattan Beach, pour la fête de famille des Sarantos qu'Aristedes et Selene avaient organisée aujourd'hui.

Non pas qu'Andreas ait été la cause de ses multiples hésitations. Car elle ne risquait pas de l'y croiser. Non seulement il ne supportait pas les réunions de famille, mais il n'avait pas manifesté le désir de la revoir, donc aucune crainte de ce côté-là. Il ne serait pas là.

Finalement, si elle avait décidé de venir, c'était pour que Dora puisse développer des liens avec les Sarantos. Aristedes lui avait dit qu'ils avaient toujours considéré Petros comme un frère et, même si Naomi avait le cœur brisé à cause d'Andreas, elle était prête à tout pour procurer à Dora des oncles et des tantes qui seraient toujours là pour elle, et des cousins de son âge avec qui elle pourrait s'amuser.

— Allons, venez, assez perdu de temps, déclara joyeusement Selene en la prenant par le bras, après avoir dit bonjour à Hannah et à Dora. Tout le monde a hâte de faire votre connaissance.

Une fois dans la villa, Naomi eut l'impression d'avoir été téléportée en Crète.

C'était un lieu spacieux décoré à merveille qui gardait néanmoins une certaine simplicité dans le style et dans la taille. Aristedes aurait pu se permettre une maison bien plus imposante, plus tape-à-l'œil, mais cette maison était la preuve que, pour lui et sa femme, ce qui comptait le plus était le confort, l'intimité, la sécurité… et leur vie en commun.

Naomi était perdue dans ses pensées quand elle vit toute la famille se regrouper pour les accueillir. Quatre sœurs, leurs maris, leurs enfants, des amis, des parents éloignés… Difficile de suivre le rythme.

Deux personnes retinrent tout particulièrement son attention. Caliope, la plus jeune des sœurs, et son mari, Maksim Volkov, un des magnats de l'acier les plus importants au monde.

Une fois le gros des présentations terminé, Naomi crut défaillir.

Arrivant de la terrasse, avec l'Atlantique comme toile de fond, Andreas fit son entrée, ignorant les voix qui lui reprochaient d'avoir tardé à venir accueillir Naomi.

— Naomi, Hannah, Dorothea.

Son discours d'accueil n'aurait pu être plus laconique. Il reporta ensuite son attention sur Dora qui se précipitait vers lui, à quatre pattes.

Arrivée à sa hauteur, elle se mit debout en s'agrippant à son pantalon. Lorsqu'elle lui offrit son plus beau sourire, il daigna se baisser pour la prendre dans ses bras.

Après un court moment de stupeur, le brouhaha des invités repartit de plus belle. C'était un miracle, disait-on, du jamais-vu, un moment historique. Certains se plaignaient même qu'il n'avait jamais pris leurs enfants dans ses bras.

Serein, Andreas regarda l'assemblée alors que Dora lui faisait des câlins, la tête plongée dans son cou.

— Je n'ai rien fait, déclara-t-il d'un air faussement naïf. C'est Dorothea qui m'a ensorcelé. Vous avez vu ce sourire et ce regard ? Demandez à Naomi. Cette enfant a un don :

elle obtient tout ce qu'elle veut. Là, elle a simplement voulu prendre un peu de hauteur, et elle a tout fait pour arriver à ses fins.

Il y eut un éclat de rire général. A l'exception de Naomi, qui gardait du recul sur la scène. Au fond d'elle-même, elle n'était pas dupe. Ce n'était pas Dorothea qui avait imposé sa volonté à Andreas. Mais tout l'inverse. Andreas avait dicté ses règles dès leur première rencontre et Dora s'y était pliée, avec le ressenti d'un enfant de son âge.

Dora alla ensuite rejoindre les enfants, les adultes se dispersèrent en petits groupes et, bizarrement, comme si tout le monde s'était donné le mot, Naomi se retrouva seule avec Andreas, qui annonça aussitôt qu'il retournait sur la terrasse.

Elle le suivit, non pas dans l'espoir de retrouvailles romantiques mais dans le but de clarifier la situation et de lui faire part de son mécontentement.

Le temps qu'elle le rejoigne, il était face à l'océan, les bras écartés sur la balustrade, les cheveux balayés par la brise, le regard vissé sur l'horizon.

Après avoir vérifié que personne ne pourrait l'entendre, elle regarda dans la même direction et entama les hostilités.

— Que fais-tu ici ? demanda-t-elle d'un ton sec.

— Je regardais l'océan, dit-il calmement en tournant la tête vers elle.

Elle croisa son regard.

Il avait l'air amusé.

Ce qui était loin d'être son cas. En réalité, elle était furieuse. Cela faisait dix jours qu'elle ruminait sa théorie sur la disparition d'Andreas et, alors qu'elle se faisait doucement à l'idée de ne plus le revoir, voilà qu'il refaisait son apparition !

— Je ne sais pas à quoi tu joues, mais ça ne me fait pas rire. Tu peux me répondre ?

— D'après toi, pourquoi je suis là ? Tu dois sûrement avoir une bonne douzaine de théories à ce sujet.

— Une seule. Tu essaies de me manipuler.

Il se raidit, visiblement interloqué.

— Pourquoi je ferais une chose pareille ? s'enquit-il, l'air soudain sérieux.

Si sérieux qu'elle eut un doute, tout à coup. Il semblait plutôt sincère. Elle avait prévu de déverser sur lui un flot d'accusations, mais… Et si ces dernières n'étaient pas fondées ?

S'était-elle trompée sur toute la ligne, en interprétant mal les signes ?

Après tout, peut-être avait-il décidé de venir à la réunion de famille sans même la prendre en considération. Si elle s'en tenait à sa théorie comme quoi elle ne l'intéressait plus, c'était logique.

Sans un mot ni un regard, elle rentra dans la maison, avec l'envie incontrôlable de partir le plus vite possible avec Dora et Hannah.

Son joli plan s'écroulait.

Bon sang, mais pourquoi était-elle venue ? Pour offrir à Dora cette famille par adoption ? Elle aurait dû se contenter de préserver ce qu'elles avaient. A présent, chaque fois qu'elle verrait la famille d'Andreas, elle repenserait à Andreas et à cet échec sentimental dont elle ne se relèverait peut-être pas.

Elle accéléra le pas, sentant la présence d'Andreas qui n'était pas loin derrière elle. Vite, il fallait qu'elle s'éclipse…

— Tu rentres déjà ? la surprit Caliope en la stoppant dans sa course. C'est le vent froid ou mon frère de glace qui t'a poussée à quitter la terrasse ? s'enquit-elle, perspicace.

— Merci, Caliope, je vois que je peux compter sur toi, rétorqua Andreas.

— Avoue, cher frère, que tu n'es pas l'être le plus chaleureux de la planète.

— « Cher frère » ? répéta-t-il avec une pointe d'ironie. Je croyais que je n'étais cher à personne ici.

Caliope éclata de rire.

L'amour que la sœur avait pour son frère était palpable. C'était l'un des grands paradoxes d'Andreas. Il avait beau tout faire pour que les gens ne s'attachent pas à lui, ces derniers finissaient toujours par l'aimer, naturellement.

— Tu as du culot de dire cela ! le gronda-t-elle. Tu ne viens jamais aux réunions de famille. Si tu te montrais un peu plus souvent, on aurait l'occasion de te prouver à quel point tu es cher à nos yeux.

— Ah bon ? Vraiment ? Si c'est aussi simple que ça, je vais tenter ma chance.

Les beaux yeux turquoise de Caliope s'illuminèrent davantage, brillant de surprise.

— C'est vrai ? Tu vas essayer d'être plus présent ? Ce serait super ! lança-t-elle en lui sautant au cou.

On aurait dit qu'il venait d'être frappé par la foudre.

C'était peut-être la première fois qu'elle le prenait dans ses bras. En un mouvement lent et méfiant, il étreignit à son tour sa sœur.

Caliope, au comble de la joie, l'embrassa sur la joue.

Jugeant visiblement qu'il était allé assez loin, Andreas s'arracha aussitôt à elle. Caliope ne chercha pas à le retenir, consciente qu'elle venait de vivre un moment rare.

— Je n'arrive pas à croire que tu vas vraiment essayer de venir plus souvent. C'était déjà tellement formidable que tu viennes à mon mariage. Tu sais ce que ça signifiait pour moi ? Je t'ai dit à quel point j'étais touchée ?

— Oui, trente-quatre fois.

— Ah, je croyais que c'était trente-cinq, ajouta-t-elle, taquine.

— Non, trente-quatre. C'est le nombre de fois que tu m'as appelé.

Caliope resta bouche bée.

— Tu comptes les appels des gens ?

— Les tiens. Et ceux d'Aristedes. Beaucoup plus rares. Je ne sais pas lesquels je redoute le plus.

Sa sœur rit de plus belle.

— Je voulais juste te tenir au courant de certaines choses, dit-elle sur un ton chaleureux. Et puis, j'avais envie que tu passes nous voir.

— J'apprécie tes efforts. Ce que je crains, en revanche, c'est ton envie de remodeler ma vie.

Caliope se tourna vers Naomi, l'air complice.

— Je crois que je n'ai plus à me soucier de ça.

Qu'insinuait-elle exactement ? Que c'était elle qui allait se charger du remodelage d'Andreas ? La pauvre, si elle savait…

Mais elle se garda bien de relever le sous-entendu. Ce n'était pas le moment de rentrer dans ces considérations. Pour l'heure, l'urgence était de prendre ses distances par rapport au clan Sarantos.

Andreas s'était tourné vers elle, s'attendant sûrement à ce qu'elle réponde à sa sœur.

Comme elle gardait le silence, il posa de nouveau les yeux sur Caliope qui se frottait le ventre en faisant la grimace.

— Tout va bien ? s'enquit-il, l'air inquiet.

Andreas s'inquiétait pour sa sœur enceinte ?

Incroyable !

— Oui, c'est Tatjana qui fait sa gymnastique.

— Tu l'as déjà baptisée ? lança-t-il, interloqué.

— Oui. Tatjana Anastasia. Ce sont le prénom de la mère de Maksim et celui de sa sœur.

— En tout cas, tu étais déjà magnifique à ton mariage mais là, je te trouve resplendissante. La vie de femme mariée te sied à ravir. Après les épreuves que tu as traversées, tu mérites d'être heureuse.

— Merci. C'est gentil. Les épreuves nous ont rendus plus forts et Maksim est le mari le plus merveilleux qui existe.

Andreas laissa échapper un sifflement.

— Le plus merveilleux qui existe ? répéta-t-il en ouvrant grand les yeux. Dis donc. Maksim doit être un être supérieur extraordinaire.

— Tu peux te moquer, mais c'est le cas, acquiesça Caliope avec le visage incroyablement radieux.

— Alors comme ça, mon beau-frère est un super-héros ? C'est bon à savoir, ça peut toujours servir, plaisanta-t-il alors que Maksim les rejoignait justement.

Caliope et Maksim dégageaient autant d'harmonie conjugale que Selene et Aristedes. Impossible de les regarder sans sentir les émotions puissantes qu'ils partageaient. Le lien entre Maksim et Caliope semblait encore plus fort. D'après Selene, ils avaient vécu de terribles épreuves dont ils s'étaient relevés grâce à leur amour inconditionnel qui leur avait donné la force d'avancer.

Maksim ne quittait pas sa femme des yeux, la choyant d'un regard empreint d'admiration, de fierté, et d'amour. Un amour tellement fort que Naomi avait du mal à ne pas avoir le cœur serré d'envie et de regrets.

Le rire de Caliope la tira de ses réflexions.

— Ah non, désolée, les dons de super-héros de Maksim sont exclusivement destinés à sa femme et à ses enfants. Je n'ai qu'un conseil à te donner. Trouve ton âme sœur et crée ta propre famille, tu verras, c'est pas mal du tout, et peut-être que toi aussi tu deviendras un super-héros.

Naomi tenta de se soustraire au regard de Caliope qui venait de se tourner vers elle, les yeux emplis de sous-entendus. Encore une fois ! Décidément, elle tomberait des nues quand elle apprendrait qu'elle et Andreas n'étaient pas près de fonder une famille.

A l'instant même où elle avait cette pensée, les yeux d'Andreas croisèrent les siens, la troublant plus que de raison.

Après l'avoir dévisagée, voire déshabillée du regard, il se tourna vers sa sœur pour rebondir sur son commentaire.

— Pour trouver mon âme sœur, il faudrait déjà que j'aie une âme.

— Tu en as une, crois-moi, le rassura-t-elle. Elle est simplement enfouie depuis des décennies sous des tonnes de poussière. On peut faire quelque chose pour toi, si tu veux.

— Si ça ne te dérange pas, je vais étudier la question, mais sans toi. Je t'aime beaucoup mais je préfère que tu ne te mêles pas du dépoussiérage de mon âme.

Naomi se sentait de plus en plus gênée, avec l'impression

de ne pas être à sa place dans cette conversation, aussi maladroite qu'un éléphant dans un magasin de porcelaine.

Elle fut sauvée par le gong grâce à l'intervention d'Hannah venue lui annoncer qu'elle emmenait Dora à la piscine. Et elle qui comptait s'éclipser…

Tant pis. Après tout, c'était une bonne chose que Dora profite de la fête. Elle n'allait pas lui gâcher son plaisir. Une fois que Dora aurait barboté un peu dans l'eau, elles rentreraient toutes les trois à la maison. Elle n'en avait plus pour très longtemps, il fallait juste prendre son mal en patience.

Le cœur lourd, elle tenta de faire comme si de rien n'était et de se montrer avenante envers les membres de la famille qui lui posaient des questions. Tout le monde se comportait comme si elle et Dora faisaient à présent partie intégrante de leur tribu, ce qui rendait sa décision de couper les ponts à jamais d'autant plus difficile.

De plus, elle commençait déjà à prendre goût à cette réunion de famille nombreuse. C'était si nouveau pour elle… Elle avait très peu connu son père, décédé quand elle avait cinq ans, et Nadine six. Puis, huit ans plus tard, sa mère, qui était fille unique, les avait quittées à son tour. Elle n'avait jamais su ce que c'était que d'avoir une grande famille.

Malgré le décalage qu'elle éprouvait par rapport à la jovialité ambiante, la réunion de famille présentait néanmoins un intérêt.

En effet, au détour des conversations, elle découvrit que les membres de la famille Sarantos aimaient beaucoup Andreas mais qu'ils ne le connaissaient pas vraiment, et que sa présence aujourd'hui parmi eux était un véritable mystère.

Plus elle regardait Andreas interagir avec eux, plus elle se rendait compte qu'il aimait lui aussi beaucoup sa famille, surtout Caliope et Aristedes.

Plus tard dans l'après-midi, elle se retrouva seule avec Caliope qui lui raconta l'histoire de leur famille en Crète, notamment la relation dysfonctionnelle entre leurs parents.

Leur père était un coureur de jupons qui s'était servi de leur mère. Il revenait vers elle pour lui faire des enfants, lui prenait le peu d'argent qu'elle avait, puis disparaissait jusqu'à nouvel ordre. Un jour, il avait complètement disparu de la circulation quand leur mère était enceinte de Caliope. Depuis, ils ne l'avaient jamais revu. Le cœur brisé, leur mère avait fini par renoncer à la vie.

Naomi ne savait pas tout cela… Tout à coup, elle voyait Andreas sous un nouveau jour. Ses frères et sœurs semblaient tous dotés d'une certaine capacité à vivre en communauté, à faire part de leurs émotions et à aimer autrui mais lui n'avait visiblement pas hérité des mêmes gènes émotionnels dans la loterie familiale.

Etait-il possible qu'il ait hérité à lui seul de l'insensibilité de son père ?

Dans tous les cas, en ce qui la concernait, le fait qu'il ait ou non de réels sentiments pour sa famille n'entrait pas en ligne de compte.

En effet, au cours de ce rassemblement familial, il n'avait pas cherché à éviter Naomi, mais n'avait pas non plus provoqué d'occasions pour se retrouver seul avec elle. Il avait même disparu de son champ de vision à plusieurs reprises, et elle avait eu le sentiment de passer son temps à se demander où il était.

En bref, l'attitude d'Andreas n'était qu'une confirmation supplémentaire de sa théorie.

Il ne voulait plus d'elle dans sa vie et, s'il l'avait désirée autrefois, ce n'était plus le cas aujourd'hui.

A la fin de la fête, alors qu'elle disait au revoir à tout le monde, faisant des promesses qu'elle ne tiendrait sûrement pas, elle constata qu'Andreas se tenait à l'écart, en poste d'observation.

Dora dormait à poings fermés. Hannah partit l'installer dans la voiture de Naomi après avoir annoncé qu'elle allait passer la nuit et la journée du dimanche chez sa fille. Il lui arrivait de faire cela le week-end, mais ce soir, Naomi la soupçonnait d'opter pour cette solution en espérant que quelque chose se passe en son absence entre Naomi et Andreas.

A sa grande surprise, il l'accosta au niveau de la porte d'entrée, et l'accompagna hors de la maison.

— Tu as passé un bon moment ? demanda-t-il simplement.

Le cœur gros, les larmes aux yeux, elle acquiesça sans mot dire, évitant à tout prix son regard.

— Je crois que Dorothea et Hannah ont aussi passé un bon moment, ajouta-t-il.

Où voulait-il en venir ? Pourquoi ne la laissait-il pas partir ? Elle se sentait minuscule, comme une petite souris attendant que son prédateur décide de son sort.

Sa gorge était trop serrée pour pouvoir parler.

— Tout le monde était ravi de vous voir.

« Tout le monde sauf toi. Et que veux-tu à présent ? Pas moi, visiblement », eut-elle envie de rétorquer.

Mais elle n'en fit rien, comptant les pas qui la séparaient de sa voiture.

Hannah fit ses adieux puis Andreas attendit que Naomi soit installée au volant de sa voiture avant de se pencher vers elle, la transperçant du regard.

— Je comptais venir chez toi demain. Je te préviens, puisque tu n'aimes pas les surprises.

La fureur eut raison de son chagrin.

— Je n'aime pas les gens qui pensent pouvoir débarquer chez moi à l'improviste.

— C'est pourquoi je te consulte.

— Tu m'informes de ta venue, c'est différent.

Son regard se troubla, comme s'il ne comprenait pas pourquoi elle était soudain si agitée.

— Naomi, puis-je passer chez toi demain ? demanda-t-il lentement.

« Pour ouvrir un nouveau chapitre de cette mascarade ? »

Elle ne posa pas la question à voix haute mais la réponse à la question d'Andreas s'imposa d'elle-même.

— Non.

Elle remonta la vitre avant de quitter le parking.

Une fois chez elle, elle coucha Dora puis se mit au lit avant d'éclater en sanglots.

- 9 -

Quand Naomi ouvrit les yeux, son oreiller était trempé.

De rage, elle en fit un punching-ball, s'imaginant qu'il s'agissait d'Andreas.

Puis elle se leva pour ne plus penser à lui et se jeter corps et âme dans la routine matinale, avant le réveil de Dora qui, après la journée de la veille, n'était pas près d'ouvrir les yeux. Il était rare qu'elle joue aussi longtemps avec autant d'enfants, et se dépense à ce point.

A peine eut-elle fini de se faire un café que la sonnette retentit.

Elle jeta un coup d'œil dans le judas, et sursauta.

Andreas.

Elle regarda de nouveau.

Andreas avec un bouquet de fleurs ?

Et pas n'importe quel bouquet. Un bouquet immense aux teintes dorées et turquoise.

Avait-il réellement hérité de la maladie de son père ? Comptait-il entrer et sortir de sa vie à sa guise jusqu'à ce qu'elle soit incapable de se relever ?

Hors de question.

Jusqu'à présent, elle s'était montrée faible, prête à jouer la victime docile, mais c'était terminé.

— S'il te plaît, Andreas, va-t'en, dit-elle, sans ouvrir la porte.

— Non, je ne partirai pas.

— Fais ce que tu veux, mais je ne t'ouvrirai pas.

— J'attendrai que tu sois obligée de sortir.

— Je n'avais pas prévu de sortir aujourd'hui.

— Alors je resterai là jusqu'à demain matin.

Le pire, c'est qu'il en était capable ! Il resterait là, derrière la porte, jusqu'à ce qu'elle aille au travail le lundi matin.

— Cela ne m'obligera pas à te parler en sortant de chez moi.

— Je te signale que c'est ce que tu es en train de faire, donc autant essayer d'avoir une conversation constructive.

— Tu veux un fait constructif ? Je suis allergique aux fleurs.

— Tiens, c'est nouveau, répondit-il d'un ton faussement étonné.

— Non, en fait, c'est à toi que je suis allergique, se reprit-elle.

— Décidément, j'ai le don de provoquer en toi les réactions les plus folles.

— Ces réactions ont une explication tout à fait rationnelle.

— Ah bon, laquelle ?

Il était coriace.

Elle était à court d'arguments.

— Ecoute, Andreas, ça ne rime à rien, lâcha-t-elle en perdant patience.

— Ah, enfin ! Nous voilà d'accord.

— Tu es là sur les conseils d'Aristedes ? Ou c'est Selene ou Caliope qui t'ont conseillé de tenter la technique du bouquet de fleurs ? J'imagine que c'était une décision prise en comité, étant donné la taille du bouquet et les couleurs des fleurs — mes préférées.

— Tu ne me croiras peut-être pas mais c'est moi qui ai eu l'idée du bouquet et c'est moi qui ai choisi les fleurs. Je pensais réussir à te convaincre d'enterrer la hache de guerre, même si je ne vois pas pourquoi tu te comportes de façon aussi conflictuelle envers moi.

— Vraiment ? Tu ne vois pas ?

— Non.

— Pourtant, moi, je vois plusieurs raisons.

— Tu peux m'en citer une ?

— Je ne supporte pas que tu prennes le droit de disparaître de ma vie puis de réapparaître en faisant comme si de rien n'était.

— Je n'ai pas disparu, se défendit-il.

— Tu as disparu pendant trois jours après ta visite chez Aristedes.

— Je te rappelle que c'est toi qui as contacté Aristedes pour qu'il me convoque. Mais en effet, après cette « visite » contrainte et forcée, j'ai pris mes distances pour te laisser le temps de te calmer.

— Me calmer ? s'indigna-t-elle. J'étais dans tous mes états ! J'attendais de connaître le résultat de ta rencontre avec ton frère.

— Je pensais que tu comptais sur Aristedes pour te faire un compte rendu de notre petite réunion au sommet, se justifia-t-il.

— Ce n'était pas à lui de me dire ce que tu avais décidé de faire au sujet de Dora, mais à toi. J'étais comme une lionne en cage à attendre de tes nouvelles ! Puis voilà que tu réapparais sans prévenir. Un soir, chez moi. Le plus naturellement du monde, et sans dire un mot au sujet de l'adoption de Dora. Et hop, tu disparais de nouveau ! Pendant une semaine. Puis, comme par enchantement, je te revois hier, mais tu restes toujours aussi mystérieux.

— Notre rencontre hier n'était pas un hasard.

Son intervention la cloua sur place.

Puis elle laissa échapper un rire sardonique.

— Et dire que j'avais presque réussi à me convaincre que tu n'essayais pas de me manipuler.

— Je n'ai jamais essayé de te manipuler. Je me demande d'où te vient cette idée.

— Appelle ça comme tu veux, mais ce que tu fais depuis ton retour, au sujet de Dora, c'est de la manipulation pure et simple.

— Je t'ai dit que j'honorerais le testament de Petros, je n'ai jamais dit que je te prendrais Dorothea.

La prenait-il pour une idiote ? En plus de se jouer d'elle,

il jouait sur les mots. Naomi était à bout, l'esprit confus, les nerfs en boule.

— Je suis désolé d'avoir disparu pendant une semaine, poursuivit-il, mais c'est le temps qu'il m'a fallu pour organiser la réunion de famille d'hier.

Elle ouvrit la porte d'un coup.

— Quoi ?

La vue d'Andreas eut un impact puissant sur chacun de ses sens, la faisant quasiment vaciller.

Il était là, devant elle, les jambes légèrement écartées comme s'il s'apprêtait à livrer un combat à la vie ou à la mort, un bouquet gigantesque pendant dans la continuité de son bras, ornant sa jambe athlétique. Il était beau à couper le souffle.

Pourtant, à y regarder de plus près, il avait les yeux hagards. Et son costume… N'était-ce pas celui qu'il portait déjà la veille ?

— J'ai le droit d'entrer ?

— Tu as dit ça pour me faire ouvrir la porte ? demanda-t-elle en ignorant sa requête.

— Tu m'accuses de nombreux vices mais je n'accepterai pas que tu me traites de menteur, dit-il fermement.

D'accord, là-dessus, il n'avait pas tort. S'il y avait bien une chose dont elle ne pouvait pas l'accuser, c'était d'être un menteur.

Mais alors… s'il n'avait pas menti, était-il possible qu'elle se soit trompée sur toute la ligne ? Avait-elle tiré des conclusions trop hâtives à son sujet ?

Comment savoir où était la réalité ? Elle était perdue…

Oh ! et puis zut… Elle n'avait pas le choix, il fallait bien qu'elle le laisse entrer si elle ne voulait pas s'étouffer avec ses théories et ses questionnements sans fin.

— Tu n'as rien de plus à dire sur l'accueil que je te réserve ? demanda-t-elle une fois la porte refermée derrière lui.

— Etant donné ton état, je n'oserais pas. Je tiens à ma peau, ironisa-t-il en avançant vers le salon.

Il entra dans la pièce, posa le bouquet puis se tourna vers Naomi.

— Dorothea n'est pas levée ? s'enquit-il, la mine déçue, voire anxieuse.

Une expression d'inquiétude qu'elle ne lui connaissait pas, et qu'elle avait découverte pour la première fois la veille, lors de son échange avec Caliope.

— Elle dort encore, répondit-elle. La journée d'hier l'a épuisée.

Son explication ne sembla pas le convaincre.

— Hannah dit qu'elle se lève généralement vers 6 heures. Il est 9 heures. Et si elle n'était pas bien ? Elle a passé beaucoup de temps au soleil et dans la piscine. Peut-être trop.

— Comment le sais-tu ?

— J'ai passé beaucoup de temps avec elle.

Alors c'était avec Dora qu'il avait passé son temps chaque fois qu'il disparaissait ?

Soudain, l'angoisse l'envahit. Se pouvait-il que Dora ait attrapé une insolation ?

Naomi se précipita dans la chambre de l'enfant, suivie de près par Andreas. Devant la porte, elle mit un doigt sur la bouche pour lui indiquer de ne pas faire de bruit puis ouvrit la porte le plus doucement possible.

Le cœur battant à tout rompre, elle se pencha au-dessus du lit pour venir poser sa joue contre le front de Dora. Puis toute la tension accumulée en un temps record disparut. Elle n'avait pas de température.

Naomi n'eut pas le temps de se relever pour informer Andreas de la situation. Il s'était déjà baissé lui aussi pour poser la main sur la joue de Dora.

Aussitôt, la petite fille gazouilla quelques mots, se retournant sur le côté après s'être emparée de ses grands doigts comme d'un jouet en peluche.

Ils étaient tous les deux entremêlés contre le lit de Dora, dans un imbroglio physique tragi-comique.

— Tu penses qu'elle va se réveiller si je retire ma main ? murmura-t-il, ses mots lui chatouillant la peau.

Elle tourna la tête, effleurant par mégarde son cou de ses lèvres.

— Dans tous les cas, elle a assez dormi et elle ne va pas tarder à se réveiller, chuchota-t-elle, troublée d'être si proche de lui.

— J'aimerais autant ne pas être responsable de son réveil.

— Si, il faut qu'elle se réveille, c'est mieux, sinon elle va être complètement décalée.

— Je pense quand même qu'il vaut mieux que ce soit toi qui la réveilles.

— Commence par retirer ta main, lui conseilla-t-elle.

D'un geste doux et lent, il tenta de retirer ses doigts.

Impossible. Dora gémit dans son sommeil tout en restant accrochée à lui.

— Je crois qu'il est temps de procéder à une approche plus directe, dit-elle à voix basse.

Mais Andreas passa son autre main autour d'elle, l'arrêtant avant qu'elle n'ait eu le temps de soulever Dora.

Il l'enveloppa de tout son corps.

A présent tournée vers lui, elle surprit la façon dont il observait Dora. On aurait dit qu'il était en proie à la plus vive émotion.

— C'est dommage de la réveiller. Elle a l'air tellement bien endormie.

Jamais Naomi n'avait entendu un murmure aussi profond, aussi troublant.

Andreas n'avait pas le cœur de réveiller Dora !

Andreas avait-il donc un cœur ?

Chamboulée par cette révélation, elle haussa la voix — il fallait bien que quelqu'un la réveille.

— Si on la laisse dormir, elle ne trouvera pas son sommeil au moment de la sieste, et va être ronchon toute la journée.

A regret, Andreas ôta sa main, calmement mais néanmoins fermement.

Dora ouvrit alors les yeux.

— Allez, ma belle, il est l'heure de se réveiller, lui dit doucement Naomi.

Comme à son habitude, elle lui offrit le plus beau des sourires, puis écarquilla les yeux de surprise à la vue d'Andreas.

L'homme et l'enfant se dévisagèrent.

L'instant d'après, Dora babillait d'excitation, se levant dans son lit, poussant des petits cris et sautant dans tous les sens.

— Elle est toujours comme ça quand elle se lève le matin ? s'émerveilla-t-il en caressant la joue de Dora.

— Elle est toujours de bonne humeur au réveil, mais je ne te cache pas que tu as droit à un traitement de faveur.

— C'est normal. Elle te voit tous les matins. Moi, c'est la première fois que je suis là quand elle ouvre les yeux.

Naomi eut envie d'être franche avec lui.

— Je ne l'ai jamais vue réserver un accueil aussi chaleureux à des nouveaux venus. On a essayé une autre nourrice, pour donner un peu de temps libre à Hannah, mais ce fut l'échec. L'autre jour, des voisins sont venus dîner, elle les a complètement ignorés.

Eh oui, force était de constater que Dora lui avait réservé un accueil sur mesure. Andreas semblait aux anges.

— Qu'est-ce que tu attends pour la prendre ? lui demanda-t-elle. A moins que tu veuilles encore lui faire la morale et lui dicter tes règles ?

— Tu es dure avec moi ! L'autre jour, elle était coquine. Là, c'est différent. Elle est…

— Adorable ?

— Oui, il n'y a pas d'autre mot.

— Alors vas-y. Là, je peux t'assurer qu'elle meurt d'envie que tu la prennes dans tes bras.

Il s'exécuta, ses mains de géant venant entourer son corps d'elfe.

— *Sygnomi*, Dorothea, fit-il d'une toute petite voix qui ne lui ressemblait pas. Quand tu t'accrochais à mes jambes hier, le message était plus clair pour moi.

Naomi éclata de rire en entendant ces mots.

Le duo se tourna vers elle, étonné de sa réaction.

— Ne vous inquiétez pas pour moi, tout va bien, lança-t-elle joyeusement tout en se dirigeant vers la table à langer.

Andreas y déposa Dora et regarda faire Naomi sans montrer le moindre signe de dégoût.

Une fois changée, il reprit Dora dans ses bras, s'excusant de ne pas avoir procédé à l'opération mais promettant d'apprendre pour la prochaine fois.

De nouveau, Naomi éclata de rire en se rendant dans la cuisine.

Elle était curieuse de connaître la raison de sa venue, mais elle voulait d'abord s'occuper de Dora. Pendant qu'elle se mettait à préparer le petit déjeuner, Andreas installa l'enfant dans sa chaise haute comme s'il faisait cela tous les matins.

Puis il aida Naomi, avouant qu'il n'avait pas mangé depuis la veille et qu'il avait une faim de loup.

De nouveau, comme l'autre soir, ils œuvrèrent de concert, sans heurt, harmonieusement. Cette fois, ce n'était pas de la poudre aux yeux, elle en était convaincue. Il était réellement là, avec elle.

Comme d'un commun accord, ils n'abordèrent pas le sujet de sa présence pendant le petit déjeuner.

Enfin, après avoir disposé le bouquet dans quatre vases, elle s'assit dans le salon avec Andreas. Il avait quelques explications à lui donner.

— Après avoir passé cette soirée chez toi, j'ai eu l'idée d'organiser une réunion afin de vous présenter, toi, Dora et Hannah au reste de la famille Sarantos. Mais j'ai d'abord dû trouver un lieu adéquat.

— Quoi ? fit-elle, stupéfaite. Tu veux dire que la villa n'appartient pas à Selene et Aristedes ?

— Non, ce n'est pas chez eux mais leur maison n'est pas loin. C'est moi qui ai acheté cette villa. C'est là que je vis maintenant.

Mais oui… C'est vrai qu'elle avait été invitée à « une

réunion de famille », à aucun moment Selene ne lui avait dit que c'était « chez eux ».

Ce qui voulait dire que… Tout le monde avait fait semblant afin de laisser le doute planer ?

Mais pourquoi ?

— Il m'a fallu une semaine pour trouver la maison, lancer les invitations et réunir tout le monde.

Il avait fourni toute cette énergie dans le seul but de lui faire rencontrer sa famille ? Si elle l'avait su, elle aurait sûrement passé un meilleur moment mais…

— Attends un peu. Je ne comprends pas. Tu as fait tout ça pour finalement m'ignorer ?

Il l'examina, éberlué.

— Franchement, je ne vois pas où tu vas chercher toutes ces interprétations. Je pensais que tu serais déjà pas mal occupée à parler à tous les gens impatients de faire ta connaissance et que nous aurions l'occasion de parler à un autre moment. Cela dit, j'ai eu l'impression que tu n'avais pas spécialement envie de me voir ou de me parler. A présent, je comprends pourquoi.

C'était bien ça.

Elle s'était trompée sur toute la ligne.

La réalité n'était pas ce qu'elle paraissait être.

— Tu aurais pu me prévenir, marmonna-t-elle, se sentant idiote tout à coup.

— Pour que tu puisses me faire le plaisir de ne pas venir et me laisser en plan ? Non, j'avoue, l'idée ne m'est pas venue à l'esprit, la taquina-t-il avec un sourire.

— Tu aurais pu m'appeler, fit-elle d'une petite voix.

— Pour te dire quoi ? dit-il en la regardant droit dans les yeux. J'essayais encore de trouver un moyen d'arriver à la solution que tu souhaitais.

Naomi secoua la tête, étonnée de constater à quel point il n'avait pas été habitué à engager ses émotions dans sa vie.

Pourtant, en peu de temps, il lui prouvait qu'il n'était pas insensible au monde alentour. Loin de là.

Visiblement, Petros avait beaucoup compté dans sa vie, même si elle n'avait jamais compris la relation qu'il avait entretenue avec lui. Et à présent, depuis sa rencontre avec Dora, le bonheur et le bien-être de la petite fille semblaient lui importer plus que tout.

Ce qui l'étonnait le plus, c'était de voir ces émotions apparaître chez lui. Des émotions dont il ne soupçonnait peut-être même pas l'existence. En effet, il avait fallu l'irruption d'un enfant dans sa vie pour que ces émotions enfouies en lui remontent à la surface, alors qu'il avait juré ne jamais avoir d'enfants.

Tout semblait dans l'ordre des choses, les éléments s'assemblant tel un puzzle comptant des milliers de petites pièces.

Cela expliquait aussi pourquoi il n'avait pas touché Naomi depuis leur première nuit de retrouvailles.

Elle n'était plus dans l'équation.

Tout tournait autour de Dora.

— Je ne t'ai jamais raconté mon histoire avec Petros, dit-il soudain.

— Tu ne m'as jamais rien raconté, lui fit-elle remarquer.

Il acquiesça, en silence, sans chercher à s'excuser.

Dans son regard mystérieux, elle devina qu'il était sur le point de lui raconter un pan important de sa vie.

— Avant ça, je dois te parler un peu de ma famille. Mon père était un salaud fini et ma mère était une sentimentale invétérée dont il s'est servi tout en lui faisant des enfants. En tant qu'aîné, Aristedes a quitté l'école assez jeune pour travailler et subvenir à nos besoins.

— Je sais, Caliope m'a raconté tout ça hier, l'interrompit-elle pour lui éviter de rentrer dans des détails trop douloureux.

— Ce qu'elle ne t'a pas dit, parce que personne d'autre ne le sait, c'est que, lorsque j'ai été en âge, moi aussi j'ai dû trouver des moyens pour faire vivre ma famille. Il y avait un clan qui « gouvernait » la zone où on habitait. Les familles craignaient les agissements de ces criminels. La seule façon d'avoir la paix était d'envoyer un fils à leur service. Je me suis donc porté volontaire, pour ma famille et au nom de Petros.

Naomi se releva d'un coup sur son siège, interloquée.

Elle s'attendait à tout sauf à une histoire aussi choquante.

— Tu t'es porté volontaire à la place de Petros ?

— Je n'avais pas le choix. Il a toujours été doux et frêle comme un agneau. Il n'aurait pas fait long feu alors que, moi, j'étais déjà une force de la nature, résistant, intrépide, prêt à me battre. Le chef du clan m'a pris sous son aile pour me former. Puis il m'a mis au travail.

Son sang se glaça. Il avait dû supporter cela, si jeune ? Elle en avait froid dans le dos. Inutile d'avoir davantage de détails. Quoi qu'il ait fait, il l'avait fait pour l'honneur de sa famille et pour protéger Petros, pris en otage par la vie.

Mais déjà Andreas continuait son récit.

— Trois ans plus tard, Aristedes a réussi à nous faire partir pour les Etats-Unis. Je n'ai rien dit au clan — ils ne m'auraient pas laissé partir. Ou pire… Mais j'ai promis à Petros que je ne le laisserais pas tomber. J'ai travaillé dur pendant mes études. J'envoyais une partie de l'argent que je gagnais à Petros, pour soigner ses parents malades et payer le clan en échange de ma désertion, afin que la famille de Petros ne soit pas inquiétée. Quand je suis retourné là-bas à la fin de mes études, j'ai découvert que Petros vivait dans une pauvreté abjecte. Le clan lui avait soutiré le moindre dollar que j'avais envoyé. Alors que je m'apprêtais à rapatrier Petros et ses parents avec moi, le clan m'a demandé trois millions de dollars pour les libérer. Quand je leur ai dit que je n'avais pas les fonds, ils m'ont dit de demander à Aristedes. Mais je ne voulais pas le mêler à cette histoire. Alors ils m'ont proposé une autre solution. Me porter volontaire pour être à leur service pendant cinq ans. J'ai accepté.

Le cœur de Naomi se serra tellement qu'elle crut qu'il allait cesser de battre.

Il avait accepté de devenir esclave de criminels pour protéger son ami !

— Pendant les cinq ans qui ont suivi, je suis devenu le roi de la fraude. Je leur ai rapporté des millions et moi aussi je me suis enrichi. Alors que la cinquième année tirait à sa fin, j'ai compris que je leur rapportais trop d'argent pour qu'ils acceptent de me laisser partir. Je suis allé voir leur chef, l'homme qui m'avait recruté et formé. Il n'a pas supporté que je veuille le quitter après tout ce qu'il avait fait pour moi.

— Il avait détruit ta vie ! s'écria-t-elle, hors d'elle. Etait-il fou en plus d'être un monstre ?

— Tu ne crois pas si bien dire, acquiesça-t-il. Il n'était pas tout à fait sain d'esprit. Il avait eu des fils mais, d'après lui, aucun n'était à la hauteur pour prendre sa suite. Il m'avait donc pris sous sa coupe, me traitant comme il aurait traité son fils aîné. Il était fier de moi et avait reposé tous ses espoirs sur moi. Il pensait que je m'étais fait à ce mode de vie et envisageait de me récompenser à la fin de cette période de cinq ans. Au lieu de me libérer, il m'aurait officiellement nommé comme son unique héritier. Mon père biologique n'avait jamais manifesté le moindre intérêt pour moi et voilà que mon bourreau avait développé une obsession pour moi au point de m'adopter et de me donner tout ce qu'il avait.

— Mais que cherchait-il au juste ? demanda-t-elle, révoltée. De la reconnaissance ? Que tu l'aimes inconditionnellement en retour ? Je ne peux pas imaginer ce que tu as vécu, mais, quand je t'entends, j'ai envie de tuer cet homme.

— Ne t'en fais pas, je m'en suis déjà chargé.

Elle poussa un cri de stupéfaction.

— Tu veux dire que…

— Oui, je l'ai tué. C'était de la légitime défense. J'imagine.

— Comment… Comment ça ? parvint-elle à peine à articuler, sous le choc.

— Il a dit qu'il était terriblement déçu que je détruise tous ses espoirs et qu'il ne pouvait pas me laisser partir avec ses secrets. Je ne m'étais jamais emporté en sa présence, mais là, ma colère a explosé. Je lui ai dit ce que je pensais de lui. A son tour, il a perdu la tête, se mettant à ma poursuite avec la machette qui ne le quittait pas. Puis quelques instants après, il était à mes pieds. Mort.

— Pourquoi tu dis « j'imagine » alors ? C'était de la légitime défense, ni plus ni moins.

— Oui, mais il était plus âgé que moi et j'étais beaucoup plus agile que lui. J'ai tout de suite su que ce serait lui ou moi. Ce que j'ignore, c'est si je me suis dit cela parce que je savais que j'étais en danger, ou parce que, si je ne le tuais pas, il risquait d'envoyer des hommes à mes trousses pour le faire. Il aurait pu en profiter aussi pour éliminer Petros et sa famille. Je ne sais pas.

— Alors tu peux te dire que c'était de la légitime défense et de la défense d'autrui, insista-t-elle.

Il n'eut pas l'air convaincu par son interprétation.

— Dans tous les cas, je m'en suis sorti. J'ai même voulu me dénoncer à la police mais ils étaient tellement soulagés que j'aie fait le sale boulot à leur place qu'ils n'ont pas cherché à entamer des poursuites contre moi. Ils se sont chargés de la version officielle en déclarant que c'était le chef d'un clan rival qui avait payé un tueur à gages pour l'éliminer. La police m'a même aidé à faire sortir Petros et ses parents de Crète. Je suis arrivé ici en pensant que je pouvais mettre ce cauchemar derrière moi. Mais j'ai vite découvert que ce n'était pas le cas.

— Quoi ? s'alarma-t-elle en lui prenant le bras. Dis-moi tout !

Il parut surpris par sa réaction, mais poursuivit.

— La femme de mon chef, qui avait repris les affaires de son mari, m'a contacté. Elle savait que j'étais responsable de sa mort. Elle m'a dit que j'avais tué l'amour de sa vie et qu'elle se vengerait sur mes proches. J'ai répondu qu'à cause de son mari je n'avais pas de famille et que Petros ne comptait pas pour moi.

— Elle t'a cru ?

— Pour Petros, oui. Mais elle m'a dit que, le jour où je

renouerais des liens avec ma famille ou que j'envisagerais d'en fonder une, elle se vengerait.

La réalité se mettait en place dans son esprit, tel un puzzle qu'on assemblerait à une vitesse phénoménale. C'était tellement horrible. Ce récit expliquait tant de choses, répondait à tant de questions.

— Je savais qu'elle était capable de me faire surveiller toute ma vie mais cela ne m'inquiétait pas. J'avais coupé les ponts avec ma famille depuis longtemps et je doutais qu'aucun de mes proches n'ait envie de renouer des liens avec moi. Cependant, au fil des ans, les membres de ma famille sont revenus vers moi. Chaque fois, je sentais cette épée de Damoclès menaçant de s'abattre sur moi à tout moment. Puis je t'ai rencontrée.

Son cœur manqua de s'arrêter.

Des vertiges insensés la terrassèrent, lui coupant le souffle, la laissant muette.

— Ne pouvant plus ignorer la situation, je suis allé en Crète pour négocier une alliance avec un cartel rival afin qu'il m'aide à neutraliser la menace provenant de I Kyria.

— I Kyria ? répéta-t-elle.

— Le nom de scène de cette sorcière.

— C'était au moment où j'étais en Crète avec Malcolm et que tu es intervenu pour nous arracher aux griffes des hommes de main de Christos Stephanides ?

— Oui, je savais que Malcolm voulait s'implanter en Crète. Quand j'ai su que tu venais avec lui, je me suis dit qu'il était temps de signer cette alliance.

— Tu nous suivais ?

— Je te suivais, toi.

Nadine avait raison.

Frissonnante, elle repensa aux balbutiements de sa relation avec Andreas, et aux conversations interminables avec sa sœur.

— Tu as toujours cru que je t'avais sauvé la vie mais, en réalité, je ne crois pas que Christos serait réellement passé à l'acte. Ce n'est pas un mauvais bougre. Il n'est pas aussi maléfique que le gang avec qui j'étais. C'est pour ça que j'ai réussi à négocier votre libération mais je n'ai pas réussi à m'assurer son soutien car je n'ai pas voulu lui dire pourquoi je voulais m'allier à lui.

— L'argent n'y a rien fait ?

— Dans ces cas-là, ce n'est pas une question d'argent. Les gens demandent un engagement inconditionnel et je ne voulais plus me retrouver à la botte de quelqu'un, j'avais déjà assez payé pour obtenir ma propre liberté.

— Que s'est-il passé ? s'enquit-elle, la gorge serrée.

— J'ai commis l'une des plus grosses erreurs de ma vie. Je suis retourné aux Etats-Unis et j'ai rendu visite à Malcolm, dans le but de te voir. Tu m'as fait des avances… Je n'ai pas pu résister. Tu connais la suite. Tu étais la première femme que j'aie jamais désirée réellement mais je savais que la menace I Kyria planait sur nous et que tu serais la cible idéale dès que quelqu'un apprendrait la vérité sur nos rapports.

Mon Dieu ! Voilà l'explication qu'elle attendait depuis toujours ! Voilà pourquoi il avait tout fait pour ne pas dévoiler la vérité sur leur relation et leur mariage.

Elle n'en revenait pas, était sous le choc. Tout se mélangeait dans son esprit. Cette révélation changeait sa vie, modifiait le cours des choses, donnait une nouvelle tournure au passé. Mais… était-ce pour autant synonyme d'espoir pour l'avenir ?

Elle s'en voulut immédiatement de s'être formulé cette question. Andreas était en train de se confier, de lui révéler les blessures de son passé, dont il n'était pas encore guéri, et voilà qu'elle ne pensait qu'à son avenir avec lui. En revanche, une autre question lui brûlait les lèvres.

— Pourquoi tu ne m'as rien dit ?

— Te dire quoi ? s'emporta-t-il aussitôt. Que j'étais un criminel, un assassin et que tu mettais ta vie en danger en me côtoyant ?

Naomi se leva d'un bond.

— Tu n'es ni un criminel ni un assassin ! Tu t'es plié aux

ordres des gens qui avaient un ascendant sur toi et ta famille. Quant à I Kyria, j'aurais compris le besoin de ne rien dire.

Il paraissait stupéfait par sa réaction.

— J'ai cru que tu ne comprendrais pas. J'ai eu peur que tu veuilles me quitter. D'ailleurs, ironiquement, le sort a finalement voulu que tu me quittes justement parce que je ne t'ai rien dit. J'espérais pouvoir mettre fin à cette malédiction. C'est pour ça que j'ai tout fait pour retarder la procédure de divorce. Pendant ce temps, j'ai tenté de négocier avec I Kyria. Au début, elle s'est montrée ouverte à la discussion, tant que j'accomplissais certaines « tâches » pour elle. Mais, au bout de six mois, elle m'a bien fait comprendre que c'était un mirage, que jamais elle ne me lâcherait et que j'étais voué à vivre comme elle, sans personne à aimer. Je savais que je ne pouvais pas espérer aller plus loin avec toi, que tout rapprochement entre nous te mettrait en danger. J'ai signé les papiers et je me suis coupé du monde. Y compris de Petros.

Le voile se levait sur des années de doute, d'incertitude, de frustration. A présent, tout avait un sens. Tout semblait logique. Une logique horrible, implacable.

— Je n'ai pas pu revenir pour l'enterrement de Leonidas ou le mariage d'Aristedes. Je suis allé au mariage de Caliope car c'était au fin fond de la Russie et que personne ne pouvait me pister. Quand les funérailles de Petros et de Nadine ont été annoncées, je ne pouvais pas risquer d'attirer l'attention d'I Kyria sur toi et Dorothea.

Quelle tragédie !

Il avait vécu toutes ces années hanté par la peur de mettre ses proches en danger et frappé de l'incompréhension des gens qui l'aimaient.

— Alors comment t'es-tu libéré, cette fois-ci ? s'enquit-elle d'une voix à peine audible.

— A ton avis ?

— Elle…

Le visage livide, elle le fixa, en proie à l'horreur la plus totale.

— Tu ne penses pas qu'elle le méritait ?

— Si, mais…

— Je ne l'ai pas tuée, la coupa-t-il, mettant fin à un doute atroce. Même si j'ai souvent eu très envie de l'envoyer rejoindre son mari. Elle est morte dans un accident. Mais je ne croyais pas que la situation changerait, persuadé qu'elle aurait laissé des instructions en vue de perpétuer mon calvaire. Je suis quand même allé à son enterrement.

— Pourquoi ? s'exclama-t-elle en ouvrant de grands yeux.

— Je voulais faire la paix avec elle. Après tout, j'avais tué son mari.

— Et que s'est-il passé ? demanda-t-elle, craignant le pire.

— Son fils aîné est venu me parler. Il m'a dit que la vendetta qui existait entre sa mère et moi avait disparu avec elle dans sa tombe. Il a ajouté qu'il condamnait l'activité criminelle de ses parents et qu'il était désolé pour le mal qu'ils m'avaient causé. Il a même imploré mon pardon.

— Vraiment ? C'est tout ?

— Oui, bizarrement, c'est tout. J'ai encore du mal à y croire. Cet entretien a eu un rôle clé dans ma vie. Pour la première fois depuis mes treize ans, je me suis senti affranchi, libre de faire comme bon me semblait.

Naomi aurait eu envie de se jeter dans ses bras mais elle était comme paralysée. Toutes ces révélations… C'était beaucoup d'émotions à gérer.

— Je suis aussitôt rentré aux Etats-Unis, poursuivit-il. Puis, après quelques obligations envers les médias, je me suis rendu chez toi sans plus attendre.

Oh ! Andreas !

Une chose prodigieuse venait de se produire.

Andreas souriait. Un sourire béat et serein.

Elle s'enfonça sur le canapé, chamboulée.

— C'est la première fois que je te vois sourire comme ça, articula-t-elle, émue aux larmes.

Son sourire se fit encore plus large.

— Je me sens tellement plus léger. Tu es la première

personne à qui je raconte cette histoire. Seul Petros était au courant. En partie.

L'esprit assailli d'interrogations, elle tentait de mettre de l'ordre dans ses idées, de remettre les choses en perspective, de trouver des réponses, des explications…

Lui avait-il vraiment tout dit ?

Avant même qu'elle n'ait eu le temps de formuler une question, il reprit la parole.

— Même si je me sens libéré d'un poids énorme, ce n'est pas aussi facile d'avancer. Et je ne peux pas expliquer mon comportement uniquement par le biais de ces épisodes. Mes relations familiales n'ont pas aidé.

— Tu veux parler de ton père ? devina-t-elle.

— Pas seulement. Mon père était loin d'être un modèle, c'est vrai, mais ce n'est pas tout. J'ai tellement été contraint de fuir, pendant des années, qu'il m'a toujours été difficile de rester attaché à un endroit. Et puis… je n'ai jamais su aimer les gens.

Elle se précipita vers lui pour lui prendre les mains, le cœur fendu par ces derniers mots.

— Ne dis pas ça, eut-elle besoin de le rassurer. Tu as donné des tonnes d'amour sans même t'en apercevoir. Tu t'es sacrifié pour ta famille, et pour Petros.

Il la regarda, perplexe.

— Je n'ai jamais vu ça sous cet angle. Je me suis toujours senti responsable mais je ne me suis jamais dit que j'agissais par amour pour les gens. Je savais que j'étais le seul à pouvoir remédier à la situation et j'ai foncé.

— Et pour ce faire, expliqua-t-elle, tu as été forcé d'enfouir tes émotions pour qu'elles ne viennent pas t'influencer, sinon tu n'aurais pas agi avec la même efficacité.

Il réfléchit à son analyse, n'ayant visiblement jamais considéré la question de ce point de vue.

— Tu as peut-être raison, finit-il par dire. Je n'ai jamais laissé aucune émotion m'aveugler dans ma mission. Pas même la colère. Je me suis habitué à vivre sous ma carapace, ne sachant plus si j'étais encore capable d'éprouver des sentiments. Mais Dorothea a changé ma vie. Au départ, je voulais réaliser le souhait de Petros parce que je suis un homme d'honneur. Maintenant, même si tu trouves que c'est un peu tôt pour dire ça, je suis prêt à être présent dans la vie de Dorothea, à cent pour cent. Je ne serai jamais le père que Petros aurait été pour elle mais je veux être là pour elle.

Sa déclaration alla droit au cœur de Naomi.

A présent, elle n'avait plus aucun doute. Il irait jusqu'au bout. De même qu'il avait protégé le père, il protégerait la fille.

Elle retint ses larmes.

— Je ne doute pas un seul instant que tu puisses honorer à merveille le rôle de père adoptif dans la vie de Dora.

— Mais pour cela, je dois faire partie de sa vie, lui annonça-t-il le regard grave, les yeux rivés sur elle.

Une légère vague de lassitude l'envahit.

Ce n'était pas de sa vie à elle qu'il voulait faire partie. Uniquement de celle de Dora. Et cela lui brisait le cœur.

Pourtant, elle devait accepter son choix, sa volonté.

Il y a encore une heure, Naomi était prête à tout pour défendre Dora des griffes d'Andreas mais, à présent que leur histoire avait été réécrite, elle était prête à lui donner tout ce qu'il voulait, pour tenter d'effacer la souffrance et l'injustice dont il avait été victime.

Une seule réponse s'imposait à elle.

— Demande-moi ce que tu voudras.

Les yeux emplis d'espoir, il lui serra les mains comme pour la supplier d'avance.

— Viens habiter avec moi.

- 10 -

— Attention, mesdames et messieurs, voici Super Dorothea !

Naomi leva les yeux de son journal.

Comme à chaque fois, elle était émerveillée par la vue d'Andreas et de Dorothea.

Vêtu d'un bas de survêtement et d'un haut lui moulant le torse à merveille, Andreas portait Dora d'une main dans les airs. Avec sa tenue bleue et rouge, jambes et bras écartés, on aurait dit une mini super-héroïne.

Ce matin, c'était Andreas qui s'occupait de Dorothea et de son petit déjeuner.

Dans l'ensemble, c'était une petite fille très heureuse mais elle semblait toujours plus excitée en présence d'Andreas, qui s'imposait de jour en jour comme un papa adoptif exemplaire.

Cela faisait un mois qu'ils vivaient ensemble dans la maison de Manhattan Beach.

Il prenait son nouveau rôle très au sérieux, s'adaptant au rythme de Dora et accomplissant toutes les tâches liées à son éducation. Il s'était comporté en hôte impeccable, les accueillant à bras ouverts chez lui.

Envers Naomi, il se montrait amical, attentionné, agréable… mais rien de plus.

Il ne l'avait pas touchée une seule fois depuis leur arrivée.

Les cris de joie de Dora la tirèrent de sa rêverie.

La petite fille atterrit dans sa chaise après un vol plané digne des plus grands acrobates.

Après avoir préparé le petit déjeuner de Dora, Andreas

se versa une tasse de café et vint rejoindre Naomi autour de l'îlot central.

— Quel est le programme de la journée ?

— Je vais dans le Connecticut dès que l'un de vous rentre du travail, répondit d'abord Hannah.

— Vous pouvez prendre votre journée et partir maintenant, si vous voulez, lui proposa-t-il. Je peux faire toutes mes réunions en ligne. Prévenez Steve dès que vous êtes prête.

Hannah lui adressa un sourire reconnaissant, visiblement aux anges.

— Même si je reste avec Susan et les enfants tout le week-end, je serais ravie de partir maintenant. Merci, c'est formidable. Si je peux me permettre, je préfère demander à Spiros, il est beaucoup plus drôle.

— Entendu. Donc, Naomi, ce soir, nous sommes tous les deux. Enfin, si tu es libre.

Eh bien non, justement.

— C'est gentil mais j'ai un dîner d'affaires avec Malcolm.

— Dommage, regretta-t-il, le regard légèrement déçu.

— Tu avais quelque chose en tête ? s'enquit-elle curieuse.

— Je voulais faire une petite fête.

— En quel honneur ?

— Cela fait un mois que l'on vit ensemble.

— Oh ! vous auriez dû le dire ! s'exclama Hannah.

— Il y aura d'autres occasions de faire la fête, ne vous inquiétez pas, la rassura-t-il, se levant pour nettoyer les dégâts autour de l'assiette de Dora, qui en mettait partout.

— Eh bien, moi, je vous laisse, dit Hannah qui ne manqua pas de fusiller gentiment Naomi du regard avant de quitter la pièce.

Elle lui en voulait sûrement de sortir dîner avec Malcolm alors qu'elle aurait eu l'occasion de se retrouver en tête à tête avec Andreas.

D'ailleurs, il allait falloir qu'elle mette les choses au clair sur ce point avec Hannah. Cette dernière devait comprendre qu'il était inutile de créer des créneaux pour la laisser seule avec Andreas. Pour lui, Naomi n'était plus que la mère adoptive de Dora, rien de plus.

Tout de même, quelle ironie !

Il avait retrouvé l'usage de ses émotions et de ses sentiments mais il n'était plus capable d'éprouver de la passion pour Naomi.

Leur nouvel arrangement avait beaucoup de bons côtés, certes, mais cela signifiait qu'elle devait accepter de passer sa vie aux côtés d'Andreas sans jamais plus être à lui, sans jamais plus l'avoir pour elle.

Etait-elle prête à relever un tel défi ?

En avait-elle la force ?

Il ne lui restait plus qu'à espérer qu'avec le temps elle n'éprouverait plus rien pour lui.

— Nous allons décrocher ce contrat, Naomi, je le sens.

— J'espère bien ! On s'est battus pour l'avoir, répondit-elle avec un sourire un peu forcé.

Les clients avec lesquels ils avaient dîné venaient de quitter le restaurant, les laissant à leur table, en tête à tête.

— On forme une équipe du tonnerre, toi et moi. D'ailleurs, je crois qu'il est justement temps de passer à l'étape supérieure, ajouta-t-il, le regard soudain sérieux.

Oh non, pitié…

Elle dut parvenir à masquer son dépit, car Malcolm continua sur sa lancée.

— Pense à ce que l'on pourrait représenter l'un pour l'autre. Nous pourrions former un couple uni au travail mais aussi dans notre vie privée. Je pourrais devenir le père adoptif de Dora…

N'y tenant plus, elle l'interrompit.

— Malcolm, je t'en prie, arrête. Je sais que tu ferais un mari formidable, comme tu l'as été pour Zoe, et un père tout aussi formidable, mais nous deux, ça ne marcherait pas. Je t'aime beaucoup comme ami et associé mais pour moi cela ne va pas plus loin. J'espère que ça ne changera rien entre nous.

Son expression lui rappela celle d'Andreas le matin même. Il était déçu mais compréhensif.

Il prit quelques instants pour digérer la réponse de Naomi et rectifier ce moment maladroit.

— Bien sûr que ça ne changera pas. Nous formons une bonne équipe au niveau professionnel, nous sommes amis et je comprends tout à fait que tu ne préfères pas aller plus loin, s'inclina-t-il, en vrai gentleman.

Un silence légèrement maladroit s'étira entre eux quelques instants, puis Malcolm retrouva le sourire.

— Tiens, d'ailleurs, il est possible qu'on décroche bientôt un autre contrat.

— Ah bon, avec qui ? s'enquit-elle avec étonnement.

— Andreas Sarantos. Il a appelé hier pour dire qu'il viendrait demain pour « parler affaires ». J'imagine qu'il va nous proposer un financement pour SUN Developments.

Quoi ? Andreas ne lui avait rien dit à ce sujet. Ce qui lui rappela qu'elle non plus n'avait rien dit à Malcolm concernant sa relation avec Andreas.

Il fallait qu'elle répare cela au plus vite. Maintenant qu'Andreas n'hésitait pas à dire à tout le monde qu'il vivait avec Naomi, elle ne voulait pas que son associé l'apprenne par quelqu'un d'autre qu'elle.

Alors elle lui raconta tout.

Du moins la partie concernant le testament de Petros et le fait qu'elle avait emménagé chez Andreas avec Dora et Hannah.

Malcolm écouta en silence puis siffla sa surprise.

— Dis donc, quelle histoire ! C'est un grand changement pour toi. Tu es satisfaite ?

— Oui. Andreas déploie beaucoup d'efforts pour que tout se passe le mieux du monde.

— Et tu dis que ça fonctionne bien avec Dora ?

— Dora l'adore.

— Est-ce à cause de lui que tu n'étais pas prête à envisager ma proposition ?

— Non, ce n'est pas à cause de lui.

— Allons, Naomi, avoue, je le vois bien. Tu n'as que lui dans la peau.

Après tout, pourquoi le nier ?

Malcolm avait raison, elle n'avait que lui dans la peau.

Elle acquiesça, en silence.

— Tu as eu le coup de foudre, n'est-ce pas ?

Elle hocha de nouveau la tête.

— Et lui, qu'a-t-il fait pendant toutes ces années ? Je n'arrive pas à croire qu'il n'ait pas cherché à conclure.

— Disons que c'est… compliqué.

— Oui, j'imagine.

Au bout d'un nouveau silence de réflexion, elle reprit la parole.

— Cela ne te dérange pas si nous y allons ?

Elle ne mourait pas d'envie de retourner voir Andreas mais cette conversation avec Malcolm l'avait vidée.

— Non, bien sûr.

Il paya l'addition et ils sortirent du restaurant.

— Je ne sais plus si j'ai envie de faire affaires avec Andreas, déclara-t-il tout à coup, alors qu'ils attendaient que le voiturier amène la voiture de Naomi.

— Ne dis pas de bêtises. Tu en rêves depuis toujours. Ma vie privée ne doit pas avoir d'impact sur nos affaires.

— C'est lié, inévitablement, expliqua-t-il. Il y a une heure, je le prenais pour un super-héros de la finance. Maintenant, je trouve que c'est un idiot qui ne voit pas qu'il a la plus belle perle du monde sous son toit.

— C'est gentil, le remercia-t-elle, touchée.

— Tu sais quoi ? Tu as raison. Je vais maintenir le rendez-vous pour déceler son problème et lui dire ce que je pense de son comportement envers toi, poursuivit-il sur un ton légèrement plaisantin.

— Si j'étais toi, je m'abstiendrais, répondit-elle, amusée.

— Si tu le dis…

— Et Malcolm… je suis désolée de t'avoir déçu.

— Tu ne m'as jamais déçu, dit-il avec conviction.

Pleinement rassurée que leur amitié soit intacte, elle le prit dans ses bras. Il l'étreignit en retour avant de la conduire jusqu'à sa voiture.

Après avoir refermé la portière, il se baissa au niveau de la vitre.

— Et surtout, ne t'inquiète pas. Rien ne change entre nous.

Elle acquiesça en silence. Cette amitié comptait beaucoup pour elle.

Puis elle partit, le cœur plus léger qu'il ne l'avait été depuis longtemps.

En arrivant dans la maison d'Andreas, son cœur s'alourdit de nouveau, comme si elle rentrait dans une prison.

Devait-elle lui dire ce qu'elle ressentait ?

Si seulement elle pouvait lui faire comprendre que, s'il la désirait encore, tout était encore possible entre eux. Pourquoi ne pas continuer à s'occuper à merveille de Dora tout en formant un vrai couple ?

Seulement voilà, chaque fois qu'elle pensait à ce scénario, la peur de rompre l'équilibre de Dora la bloquait. Qu'arriverait-il quand Andreas en aurait assez d'elle ? Qu'arriverait-il quand il déciderait de la remplacer par une autre ? Comment s'assurer que cela n'aurait pas d'impact néfaste sur Dora ?

A son arrivée, Loki et Thor se précipitèrent vers elle.

Elle les prit dans ses bras avant de se diriger vers le salon, où Andreas devait être en train de travailler sur son ordinateur.

Elle y entra, et s'arrêta net, stupéfaite. Andreas était debout, au milieu de la pièce, pieds nus, chemise ouverte sortie de son pantalon, un verre vide à la main.

L'air sérieux, la tête inclinée, il la regardait par-dessous ses paupières mi-closes comme un lion regarde une biche qu'il est sur le point de dévorer.

Elle n'osait plus avancer, n'arrivant pas à lire l'expression sur son visage.

— Dora va bien ? murmura-t-elle machinalement, pour dire quelque chose.

— Lâche les chats, dit-il en posant le verre sur la table basse, sans la quitter du regard.

Le souffle court, elle posa les chats à terre.

Puis doucement, elle leva des yeux incertains vers Andreas qui s'approchait d'elle tel un prédateur sûr de lui.

La gorge sèche, l'esprit confus, elle crut que son cœur allait défaillir.

— Cela fait quarante et une nuits que je me retiens, que je garde mes distances, que j'ai essayé de me montrer sous un autre jour. A présent, ça suffit.

Quoi ? Il avait donc compté les nuits depuis qu'ils avaient refait l'amour ce fameux soir ?

— Andreas…, lâcha-t-elle dans un souffle.

Ni une ni deux, il la prit dans ses bras.

L'instant d'après, elle se retrouva sur son épaule, comme un vulgaire sac de pommes de terre.

Choquée, elle laissa échapper un hurlement alors qu'elle sentait les doigts fermes d'Andreas maintenir ses cuisses et ses fesses en place.

Il l'emmena manu militari vers sa chambre, la happant dans une spirale vertigineuse de désir.

Puis il la fit glisser sur un lit. Son lit à lui.

Avant que son cœur n'ait eu le temps de reprendre un rythme acceptable, il la chevaucha, lui enlevant sa veste, son chemisier et enfin son soutien-gorge.

Il glissa le long de ses jambes tremblantes pour lui enlever sa jupe et sa culotte.

— Andreas…

C'était tout ce qu'elle pouvait dire.

Elle répétait son prénom en boucle.

— Vas-y, supplie-moi, j'aime t'entendre dire mon prénom. Je veux que tu le hurles quand je te pénétrerai.

Elle aurait pu le hurler en cet instant, si elle avait eu assez de souffle pour cela.

Mais tout ce qu'elle pouvait faire était de rester clouée sur le lit, le regardant se défaire à son tour de ses vêtements, à la hâte, férocement.

Une fois nu, il retomba sur elle, comme un prédateur affamé retomberait sur sa proie.

Sa poitrine se retrouva compressée sous son torse musclé, puis il se frotta à elle pour l'exciter jusqu'à ce qu'elle se contorsionne sous lui, intensifiant le contact.

— Voilà ce dont j'avais envie pendant les quarante et une dernières nuits.

Il entra en elle, enfonçant son sexe dur dans les profondeurs de son intimité. Enivrée de désir, elle ouvrit alors les cuisses pour s'offrir pleinement, arquant le dos, le suppliant de l'envahir de manière inconditionnelle.

Enfouissant une main dans sa chevelure, il lui releva la tête pour que ses lèvres viennent se souder aux siennes. Il déposa une pluie de baisers fiévreux sur ses joues, dans son cou, la mordillant au passage, réveillant la moindre parcelle de son corps, jusqu'à ce qu'elle sente sa force vitale fusionner avec la sienne.

L'instant d'après, il la retourna sur le ventre et vint se caler au-dessus d'elle, emprisonnant ses seins de ses paumes au passage, pour la pénétrer après s'être habilement frayé un chemin entre ses fesses.

Excitée au plus haut point, elle ne cessait d'onduler les hanches pour mieux le sentir venir en elle.

— Oh ! oui, vas-y, ma belle, montre-moi comme tu as envie de moi.

Elle s'exécuta, trop heureuse de se donner à lui, et de goûter le plaisir inouï qui palpitait en elle à un rythme infernal.

Tournant la tête, elle chercha ses lèvres, à l'aveuglette, gémissant sous lui, mue par une ardeur sans bornes. Il attrapa sa lèvre inférieure d'un grognement profondément viril, puis la suça, l'aspirant jusqu'à ce qu'elle gonfle de plaisir.

Chacune des parties de son corps se désintégrait.

Elle ne désirait qu'une chose, le garder en elle, le sentir la posséder, ne plus jamais le lâcher. Il la mordit fougueusement dans le cou, la figeant sur place, puis glissa une main sous elle, pour sentir son sexe brûlant sous ses doigts et l'entraîner un peu plus vers l'orgasme.

Poussant un coussin sous ses hanches, il lui écarta davantage les cuisses pour mieux la pénétrer.

Elle sentit alors la jouissance monter en elle, sur le point d'éclater, et cria son prénom alors qu'elle se laissait submerger par une déferlante de plaisir.

Andreas continuait son va-et-vient, de plus en plus rapide, de plus en plus intense, et grommelait des mots lascifs, en anglais et en grec, ravageant sa bouche de baisers incandescents. Son sexe gonflé ne cessait de l'envahir, toujours plus profondément, jusqu'à lui en faire perdre la tête.

A chaque coup de rein, le plaisir de Naomi était décuplé. La vague de jouissance dont elle était la proie menaçait de l'emporter à tout moment. Elle était sur le point de se noyer…

Mais, avant d'en arriver là, Andreas se retira d'elle pour la retourner sur le dos, et lui écarter de nouveau les cuisses, brusquement animé d'un désir urgent.

Il replongea aussitôt en elle, profondément, en quête du plaisir ultime.

— Allez, *agapi mou*. Viens… Maintenant, lui ordonna-t-il.

Elle obtempéra, happée dans une spirale enivrante, parcourue d'un désir insensé, en proie aux plus vives secousses. Elle hurla, se cambra, secouée de spasmes de volupté toujours plus intenses.

Il accéléra encore le rythme, augmentant l'effet des ondes de choc qui la traversaient de toute part, la faisant se contorsionner sous lui.

Ecrasée sous son corps, pleinement offerte, elle poussa un long gémissement de plaisir et se laissa envahir par un orgasme extraordinaire, se donnant à lui, l'accueillant au plus profond d'elle-même, se fondant en lui, pour enfin aboutir à une fusion charnelle inconnue jusque-là.

En proie à la plus exquise des folies, elle l'entendit gémir lui aussi alors qu'il atteignait le sommet de son plaisir, lui prodiguant ses derniers coups de rein. Mon Dieu… les sensations engendrées par leur union étaient si brutales, si primitives…

Quand elle revint à elle, elle ignorait si des minutes ou des heures s'étaient écoulées. Elle le trouva étalé sous elle, le sexe durci, pulsant en elle, déclenchant d'ultimes et subtiles décharges de plaisir qui la gardaient dans un état lascif dont elle espérait ne plus jamais sortir.

Il la contemplait avec le même regard de prédateur qu'au début de leur fusion.

— Appelle Malcolm et abrège son supplice, dit-il tout à coup.

— Quoi ? s'écria-t-elle, choquée.

Andreas la toisa d'un air menaçant.

— Il t'a demandée en mariage, oui ou non ?

— Non… Enfin, oui… Enfin… Comment le sais-tu ? demanda-t-elle interloquée, s'écartant légèrement de lui, sans qu'il lui oppose de résistance.

— Quand je lui ai parlé au téléphone pour fixer un rendez-vous, j'ai cru comprendre qu'il avait l'intention de passer à l'acte, expliqua-t-il. Alors ?

— Oui, en effet, il est passé à l'acte mais je lui ai dit que ça ne marcherait pas.

A présent, son cœur battait dans tous les sens, au rythme des pensées qui fusaient dans son esprit.

— Tu veux dire que l'unique raison pour laquelle tu m'as prise comme un sac de pommes de terre quand je suis rentrée était de me faire renoncer à Malcolm ?

Andreas l'étreignit contre son corps chaud et musclé, les yeux empreints d'une lueur possessive, comme s'il la pénétrait de nouveau.

— Disons que je n'avais plus envie de tourner autour du

pot. Plus question de passer pour le confident et laisser la porte ouverte à d'autres hommes.

Elle s'arracha à son emprise, perdant son équilibre à mesure qu'elle tombait toujours plus bas dans l'abysse de réalité qui s'ouvrait sous elle, quittant brusquement les cieux merveilleux où il l'avait emmenée.

— Il voulait pousser notre partenariat plus loin, j'ai refusé l'offre. Il a tout à fait compris. Si tu m'avais posé la question, je t'aurais expliqué la situation, tu n'avais pas besoin de te donner autant de mal.

— Oh que si, j'en avais besoin. J'étais littéralement aux abois. Tu n'as pas remarqué ? C'était un véritable supplice de vivre sous le même toit sans te toucher. Ton rendez-vous avec lui m'a simplement permis d'y voir plus clair et de passer à l'acte ce soir.

— Et tu es satisfait de toi ? ironisa-t-elle.

Andreas la bloqua sous lui, refermant la distance qu'elle avait voulu mettre entre eux, les yeux pétillants de désir pour elle.

— Je suis content de moi mais je suis loin d'être satisfait. Après tous ces jours d'attente, je vais avoir besoin d'un traitement personnalisé intensif pour pouvoir renouer avec la notion de satisfaction.

— Je pensais que je ne t'intéressais plus, que tu avais abandonné tous tes projets de remariage.

— En effet, j'ai abandonné mes projets de remariage.

Les mots furent comme autant de coups de sabre dans le cœur.

Certes, ce n'était pas une grande surprise. Elle avait deviné depuis longtemps qu'il avait abandonné son idée d'origine. Mais l'entendre le lui dire aussi crûment, et juste après ce qu'ils venaient de vivre…

— Je veux t'épouser, pour de vrai, lâcha-t-il soudain. La première fois ne comptait pas.

Elle le regarda, bouche bée. Son cœur s'était presque arrêté de battre.

— Tu ne dis rien ? Laisse-moi t'expliquer. En fait, pendant le mois qui s'est écoulé, j'ai tout fait pour te prouver que nous pouvions créer quelque chose, que ça pouvait fonctionner entre nous, que je pouvais être là pour Dorothea et toi, dans un cadre familial. Je n'ai pas voulu mêler le sexe à tout ça pour que ce soit un vrai test, et une preuve supplémentaire pour toi. Mais j'imagine qu'à présent on connaît nos limites.

C'était donc un test ?

Il avait voulu lui prouver et se prouver à lui-même qu'il pouvait assumer le rôle de père pour Dora ?

Avec quel immense soulagement elle accueillit cette révélation… Emue, elle lui caressa le visage, comme pour lisser la tension accumulée pendant cette conversation.

— J'aurais aimé que tu atteignes tes limites bien avant ce soir. Même si j'étais ravie de découvrir d'autres facettes d'Andreas Sarantos, ajouta-t-elle, mi-taquine, mi-sérieuse.

— Vraiment ? s'enquit-il, cherchant visiblement son approbation.

Elle lui baissa la tête pour déposer un baiser sur son front.

— Oui, sans aucun doute.

De nouveau, il l'étreignit, et cette fois elle le laissa faire.

— S'il te plaît, oublie tout ce qui s'est passé entre nous avant, la supplia-t-il.

Elle recula légèrement.

— C'est impossible, répondit-elle aussitôt, incrédule.

— Si, c'est possible. Je te promets de te donner les moments les plus fabuleux et les plus voluptueux du monde. Fais-moi confiance.

C'était un rêve devenu réalité.

Ou du moins une partie de son rêve.

Le rêve aurait été entier s'il avait dit qu'il l'aimait.

Cela dit, elle ne devait pas se montrer trop gourmande, et vouloir tout, tout de suite.

Pour l'instant il avait toujours et encore envie d'elle, il était prêt à tout donner à Dora, et à la famille qu'ils avaient formée autour d'elle. C'était déjà beaucoup.

Et puis, qui sait, peut-être que leur relation et les émotions qu'il éprouvait pour elle allaient s'approfondir avec le temps ?

Le tout était de ne pas perdre de vue qu'en l'épousant elle acceptait d'éprouver pour lui des sentiments bien plus profonds que ceux qu'il avait pour elle.

En attendant, elle prendrait ce qu'il avait à lui offrir, ce que Dora avait à lui offrir. Ces deux êtres constituaient les deux parties de son cœur, le ciment de son âme, de son monde.

Déjà, il avait commencé à lui refaire l'amour, mais, avant de s'unir à elle, il marqua une pause, en suspension au-dessus d'elle.

— Alors ? C'est oui ou c'est non ? souffla-t-il d'une voix rauque de désir, le corps tremblant.

Elle le fit entrer en elle, s'offrit à lui sans la moindre retenue, et laissa éclater sa réponse.

— Oui, Andreas !

- 11 -

L'annonce de leur mariage avait été un grand moment d'émotion pour Naomi, qui ne s'attendait pas à ce que tout le monde se réjouisse autant.

Andreas avait insisté pour célébrer le mariage en Crète, mettant tout en œuvre pour l'organisation tandis que Naomi s'était retrouvée du jour au lendemain le centre d'attention d'une famille nombreuse.

Dora et elle n'étaient pas les seules à suivre le processus d'intégration dans la famille Sarantos. Andreas découvrait aussi sa propre famille, dont il s'était détaché depuis son enfance. C'était extrêmement touchant de le voir se fondre dans la chaleur familiale et nouer avec ses proches des liens émotionnels de plus en plus forts.

Et puis, avec elle, Andreas était… tout simplement délicieux. Lui procurant un bonheur qui lui faisait tourner la tête, et lui donnait des tonnes d'espoir concernant l'avenir.

Jour après jour, il devenait devant ses yeux l'homme dont elle avait soupçonné l'existence sous une carapace froide et distante.

Heure après heure, il s'ouvrait à elle, se montrant attentionné de mille et une façons, lui donnant tout ce qu'il ne lui avait pas donné par le passé et même des choses qu'elle n'aurait jamais pu espérer. Enfin… presque tout.

Ils étaient arrivés en Crète trois semaines auparavant et c'était elle qui avait eu l'honneur de choisir la maison où ils logeraient pendant leur séjour dans la patrie d'origine d'Andreas.

Il lui donnait carte blanche dans tous les domaines.

A tel point qu'elle avait parfois envie de lui dire de ne pas se montrer aussi généreux et attentionné envers elle car cela ne faisait que renforcer l'amour qu'elle avait pour lui. Une pensée qu'elle n'avait jamais osé formuler à voix haute de peur de gâcher leur union harmonieuse.

Pour ce qui était du choix de la villa, elle s'était régalée pendant les recherches et avait vite trouvé leur bonheur.

Leur nouveau cocon était situé dans la région du Réthymnon, la plus petite préfecture de Crète. C'était une zone magnifique où montagnes et mer se jalousaient le paysage tout en rivalisant de splendeur. Des grottes légendaires, des vieux monastères, des monuments historiques, des petits villages à flan de colline et des villas somptueuses en bord de mer formaient un tout idéal pour la toile de fond de leur mariage.

Naomi avait été aussitôt capturée par la beauté de la nature, l'atmosphère mythique et l'isolement serein du lieu.

La villa, où Andreas et elle s'étaient sentis chez eux dès l'instant où ils étaient entrés, était dominée par la Lefka Ori, une chaîne de grandes montagnes blanches.

Surplombant les eaux cristallines de la mer de Crète, elle était nichée au cœur d'une splendide plage de sable doré. Un lieu idéal et assez isolé pour leur garantir l'intimité dont ils rêvaient et oublier le monde alentour.

D'ici une heure, au coucher du soleil, leur mariage aurait lieu dans cet environnement magique.

Pour échanger leurs vœux, ils avaient choisi une petite cérémonie modeste rassemblant leur famille et leurs amis proches.

— J'espère que tu es prête ! lança Caliope en entrant dans la pièce où Naomi s'habillait.

Elle en était à son huitième mois de grossesse, et était vêtue d'une robe bleu turquoise assortie à ses yeux et aux eaux qui entouraient la villa.

Selene, qui l'accompagnait, portait une robe dans des tons similaires mais près du corps.

— Andreas est sur le point de perdre la tête, annonça Selene.

— Mais pourquoi ? s'enquit Naomi, incrédule.

Caliope éclata de rire.

— Ne comprends-tu pas que tu as déclenché l'éruption d'un volcan dormant sous une chape de glace ? Il meurt d'envie de t'épouser, de nouveau… Même s'il maintient que, pour lui, c'est la première fois. Aristedes nous a envoyées te chercher d'urgence : Andreas panique…

Sa gorge se serra.

— Il panique ? Mais pourquoi ? demanda-t-elle en regardant les deux sœurs avec inquiétude.

— Parce qu'il a le malheur de trop aimer, répondit Selene.

— Je n'aurais pas pu mieux dire, la seconda Caliope.

Pour Selene et Caliope, Andreas l'aimait ? Comme leur mari les aimait ? Etait-ce possible ?

Elle se regarda une dernière fois dans la glace, le cœur gonflé d'espoir en voyant la jolie mariée qui la contemplait en retour.

Andreas lui avait acheté la robe de mariée la plus luxueuse qu'elle ait jamais vue, un cocktail de tulle, de satin et de dentelle qui mettait en valeur sa silhouette et faisait ressortir ses atouts féminins. L'influence crétoise était présente dans les tissus, la coupe et les ornements. La robe longue lui donnait l'impression d'être une héroïne de la Grèce antique, une mortelle sur le point de s'unir au dieu qui l'avait choisie comme épouse pour l'éternité.

Caliope poussa un soupir admiratif.

— Naomi, tu es superbe. Tu mérites bien le titre de déesse dorée qu'Andreas t'a décerné.

Selene pouffa avant de faire écho aux pensées de Naomi.

— Allez, déesse dorée, dépêchez-vous d'aller rejoindre votre dieu adoré avant que son ire ne s'abatte sur les pauvres mortels participant à la cérémonie céleste.

Naomi sortit de la pièce en éclatant de rire, impatiente et comblée d'aller à la rencontre de sa destinée.

Une fois dans le jardin éclairé par une magnifique lumière de fin de journée, le trio rejoignit les autres demoiselles d'honneur ainsi qu'Hannah et Dora.

L'estrade où se déroulerait la cérémonie s'élevait devant la piscine dont les eaux se fondaient avec celles de la mer.

Le ciel prenait des teintes orange et rouge vif, alors que le soleil disparaissait à l'horizon, suivant irrévocablement sa trajectoire.

Ils avaient beau être entourés d'une foule d'invités, Naomi n'avait d'yeux que pour Andreas. Seule sa présence à ses côtés comptait. L'homme pour qui elle avait eu le coup de foudre et qu'elle aimerait toute sa vie.

Les cheveux mi-longs d'Andreas volaient au vent, chaque mèche reflétant les différentes teintes du soleil couchant. Splendide, vêtu d'un costume blanc, d'une chemise blanche ouverte, une rose dorée à la boutonnière, il l'attendait, prêt pour leur union. Une union qui marquerait un nouveau départ entre la simple mortelle qu'elle était et le dieu grec descendu sur terre venu la prendre pour épouse.

Naomi n'arrivait pas à croire que son rêve puisse devenir réalité.

Dès qu'il la vit, il quitta le groupe d'hommes avec qui il était pour courir à sa rencontre. L'instant d'après, il l'étreignait, la faisant tourner dans les airs.

Riant, pleurant, criant, elle s'accrocha à son cou alors qu'il l'emmenait devant le prêtre vêtu en habits cérémoniaux crétois.

La cérémonie, qui eut lieu en grec et en anglais, fut de courte durée. Dès que les anneaux furent échangés et à peine le prêtre eut-il terminé son discours qu'Andreas s'empara des lèvres de Naomi avec avidité.

Ce n'était pas difficile pour elle de s'abandonner à sa passion dans la mesure où elle lui avait déjà cédé son cœur et son âme.

Soudain, des cris de surprise les arrachèrent à leur tourbillon fougueux et exclusif.

Alertés par le brouhaha, ils se tournèrent pour voir Dora debout devant Hannah, en pleurs.

Sous leurs yeux ébahis, Dora fit son premier pas.

Naomi et Andreas se précipitèrent alors vers elle, bras tendus, l'encourageant par la parole à venir rejoindre le cercle de leur union nouvellement scellée.

Sous les applaudissements, Dora continua à mettre fièrement une jambe potelée devant l'autre jusqu'à ce qu'elle se jette dans les bras d'Andreas puis de Naomi.

Alors que Naomi, les larmes aux yeux, était blottie contre Andreas avec Dora dans leurs bras, elle pria en silence pour avoir le bonheur d'aimer et de chérir ces deux êtres pour le restant de ses jours.

— Ce n'est pas une coutume crétoise mais un rituel crétin ! s'exclama Andreas alors qu'il ruminait de devoir attendre que son épouse se prépare avant d'aller la rejoindre.

— Assieds-toi, j'aimerais te parler, insista son frère aîné.

— Tu plaisantes ? Le soir de mon mariage ? J'ai mieux à faire. Je dois aller rejoindre Naomi. Gare à celui qui tentera de m'en empêcher.

Autour de lui les gens éclatèrent de rire, mais Andreas ne plaisantait pas. Il avait besoin de prendre possession de Naomi. Au plus vite.

Après avoir passé sa vie à contrôler ses émotions, il avait du mal à gérer ses impulsions. Il apprenait à se connaître dans cette nouvelle peau, testant ses limites tout en laissant libre cours à ses envies. Et ses envies avaient été décuplées par le retour de Naomi dans sa vie.

Il ne supportait pas de ne pas être avec elle, de ne pas l'avoir dans son champ de vision. La panique s'emparait de lui chaque fois qu'il était séparé de Naomi ou de Dorothea.

Ce qu'il éprouvait pour elles était tellement fort, par moments, tellement bouleversant, qu'il lui arrivait presque de regretter l'époque où ses émotions endormies ne lui jouaient pas de mauvais tours.

Mais, dans ces moments, il se rappelait aussi la chance qu'il avait et tous ses doutes s'effaçaient.

N'y tenant plus, il écarta les autres sur son passage, et se rendit d'un pas décidé dans la chambre nuptiale, dont il ouvrit délicatement la porte.

Naomi était allongée sur le lit, dos à la porte d'entrée.

Dès qu'il fit irruption dans la pièce, elle se tourna vers lui, le regard incandescent, reflétant l'ardeur qui l'animait.

Quel soulagement de voir qu'elle éprouvait un désir aussi fort que le sien !

Ils avaient tous deux survécu tant bien que mal pendant cette longue séparation, mais à présent ils avaient besoin de se ressourcer, de respirer à pleins poumons le même air pour pouvoir revivre et reprendre leur envol.

Il s'agenouilla au pied du lit.

Sa robe de mariée, qui faisait d'elle une femme mi-ange, mi-déesse, était remontée jusqu'aux cuisses, offrant à sa vue ses jambes exquises.

La bête en lui voulait la posséder, la dominer, l'envahir, la faire sienne.

Il avait beau l'avoir fait mille fois par le passé, leur avoir procuré une extase mutuelle explosive, cette fois-ci, c'était différent.

Ils venaient de pénétrer dans un autre royaume.

Il souhaitait la choyer plus que tout, lui faire la démonstration des choses incroyables qu'elle avait décelées en lui.

Elle laissa échapper un léger souffle de surprise quand il entreprit de lui retirer ses chaussures. Alors qu'elle s'apprêtait à se tourner vers lui, il l'arrêta d'une main douce mais ferme posée dans le dos. Elle se plia à sa volonté, gémissante de plaisir, la chair sensuelle de sa lèvre inférieure prisonnière de ses dents blanches.

Puis elle le regarda se mettre à quatre pattes avant de couvrir son corps de baisers et d'en mordiller chaque parcelle.

Commençant par les pieds, il remonta langoureusement le long de ses mollets, de ses cuisses, de ses fesses, de son dos, de sa nuque. Pendant ce temps, ses mains expertes entreprirent de délacer la dentelle, de défaire des boutons et de progressivement lui ôter sa robe pour découvrir son corps modelé à merveille.

Angélique, abandonnée, elle se contentait de s'offrir à lui, docilement, de gémir à chaque baiser, d'onduler sous chaque caresse.

L'instant où sa bouche vint prendre possession de ses lèvres avides, elle poussa un cri de désir intense, se tordant dans tous les sens, tentant de s'accrocher à ses lèvres comme s'il en allait de sa vie, s'adonnant à un baiser passionné et chavirant.

Il la renversa sur le lit et mit un peu de distance entre eux pour observer sa parfaite nudité. Aucun fantasme n'avait pu faire disparaître la femme sublime qui retenait sa libido en otage depuis leur première rencontre.

— *Monadikos, agapi mou…* unique.

A ses yeux, elle était unique.

Sa beauté faisait ombrage aux centaines de roses blanches, crème et dorées dont il avait fait orner leur chambre.

Impatient de la vénérer, de transformer cette soif irrésistible en tendresse, il se surprit à trembler alors qu'il se déshabillait devant ses yeux grands ouverts et ses encouragements fébriles.

Puis il vint de nouveau la recouvrir, la caresser, la goûter, la malaxer, la mordiller en tout point, faisant vibrer son corps de plaisir.

Bras tendus, comme flottant au-dessus d'elle, il se régala de cette vue imprenable, subjugué par son parfum, comblé par son abandon qu'il savait total. Il avait envie d'aller doucement, de faire durer ce moment magique, mais elle le rendait fou ! Chaque tremblement, chaque gémissement était un appel à venir en elle.

Le sang pulsait dans sa tête, dans son sexe, lui ôtant tout son sang-froid.

Ses douces mains fragiles lui agrippant les fesses et l'implorant de la prendre sur-le-champ marquèrent le glas de sa retenue.

A son tour de s'abandonner.

Il descendit entre ses cuisses frémissantes, et écrasa son torse contre ses seins vibrants de désir. Elle l'accueillit alors, posa ses lèvres fragiles contre son front et murmura son nom à plusieurs reprises, comme une prière. Ses bras l'enveloppaient comme si elle n'arrivait pas à croire que c'était bien lui. Ce moment poignant le déstabilisa, l'étouffant d'émotions. Il voulait lui prouver qu'il serait toujours là, toujours à elle.

Se mettant à genoux, il lui souleva la tête d'une main pour venir réclamer sa bouche et, de l'autre, lui prit les fesses pour l'incliner vers lui et la pénétrer. Il commença par caresser l'entrée de son intimité, tout doucement, du bout de son sexe gonflé de désir pour elle, lui arrachant, sous la torture de cette caresse, un cri de plaisir.

Ne supportant plus cette torture, il s'arracha à elle juste le temps de voir l'ardeur animant ses yeux alors qu'il s'enfonçait en elle. Comme c'était bon de s'enfouir en elle, dans la chaleur de son sexe étroit…

A cet instant elle s'agrippa plus fermement à lui, ancrant ses doigts dans ses épaules pour le faire entrer plus profondément en elle. Elle hurla, exaltée de plaisir. Il gémit de fierté.

A aucun moment elle ne l'avait quitté des yeux, lui offrant le loisir de voir toutes ses réactions au naturel, d'être aux premières loges des sensations qui la parcouraient de part et d'autre, témoin de son teint de miel se faisant plus éclatant à mesure que sa jubilation augmentait.

— *Panemorfi*… Ta beauté est indescriptible, *agapi mou*. Les maîtres auraient donné leur sang pour capturer ta beauté pour l'éternité. Et à l'intérieur tu es… tout aussi magnifique. Tu me rends fou.

Elle secoua la tête, ses cheveux s'éparpillant en mille teintes dorées sur l'oreiller foncé.

— C'est toi qui es beau à couper le souffle… C'est toi qui

me possèdes à merveille, qui es magnifique en moi. Donne-toi à moi, *agapi mou*. Prends-moi autant que tu veux…

Il manqua de s'écrouler sur le lit en l'entendant prononcer ces mots grecs affectueux de ses lèvres tremblantes. Jamais il ne les avait entendus de sa bouche.

Galvanisé par cet instant, il se souleva sur les bras, et l'observa de ses yeux enfiévrés. Naomi était-elle en train de développer de nouveaux sentiments envers lui ? Ou est-ce que cette exclamation n'était liée qu'au plaisir qu'elle éprouvait avec lui et son irrésistible envie de jouir ?

Dans un sens, cela n'avait pas vraiment d'importance.

Aujourd'hui, elle s'était solennellement engagée à partager sa vie avec lui et Dorothea. Il prendrait tout ce qu'elle avait à lui offrir, et la laisserait faire de même avec lui, lui offrant plus encore.

Pour l'heure, elle ne vivait que pour cet instant de jouissance, tout comme lui, et il comptait la combler comme jamais il ne l'avait fait.

Attisant son excitation par des baisers possessifs et des caresses enivrantes, il s'ancra plus profondément en elle, la contemplant alors qu'elle l'acceptait en lui, toujours plus loin, totalement offerte à lui, s'abandonnant lascivement à son assaut.

Puis sa langue se mit à chercher la sienne, avide, gourmande, insatiable. Leurs lèvres en demandaient toujours plus et semblaient ne plus être capables de se décoller. Le cœur de son intimité vibrait autour de son sexe plongé en elle, exigeant qu'il la prenne plus fort, plus vite.

Ses désirs étaient des ordres.

Accélérant la cadence, il se mit à la chevaucher plus ardemment, atteignant un rythme frénétique avant d'entendre ses cris d'extase résonner en lui comme des étincelles. Elle se cambra, jouissant autour de lui en un orgasme d'une intensité inouïe, lui arrachant des gémissements saccadés d'une fulgurance incroyable.

Le fait de sentir à quel point il l'avait satisfaite le poussa au bord du précipice, emporté lui aussi par un violent orgasme, extraordinaire, explosif.

Priant pour que sa semence prenne un jour racine en elle et accomplisse un miracle comme Dorothea, il prolongea son orgasme en un ultime coup de bassin, jouissant en elle par à-coups, se laissant emporter avec elle dans une spirale de plaisir toujours plus intense.

Alors qu'il pensait que son cœur était sur le point de s'arrêter, le tumulte laissa place à la chaleur et au bien-être de la satiété. Il la sentit fondre sous lui, le visage étincelant de satisfaction et d'admiration.

— *Omorfi gynaika mou*, grommela-t-il alors qu'il se tournait pour se retrouver sur le dos et la mettre sur lui tout en restant profondément ancré en elle.

Ce qu'elle dit manqua de lui arracher le cœur de sa poitrine.

— *Omorfi syzygo mou.*

Il tressaillit de surprise, la serrant davantage contre lui.

— Tu as compris.

Elle acquiesça, souriante, couvrant son torse de baisers.

— J'ai plus d'un mot grec dans mon sac, ajouta-t-elle, malicieuse.

Plongeant son regard dans ses yeux embués de désir, il sentit les battements de son cœur tambouriner contre son torse.

Elle avait appris des mots grecs. Pour lui faire plaisir sans aucun doute. Et, grâce à cela, elle avait compris ses paroles et l'avait en retour appelé « son merveilleux mari ». Cette révélation le combla de bonheur.

Les mots avaient été prononcés d'une voix si basse, si sensuelle et provocante, qu'il sentit son désir renaître instantanément en lui.

Elle se leva légèrement, lui caressant le torse de ses cheveux.

— Et maintenant que tu t'es montré tendre avec moi, j'ai envie que tu me dévores et que tu me prennes fort.

Il l'étreignit avec une puissance décuplée, ayant soudainement une faim renouvelée, comme s'il n'avait pas assouvi son désir pour elle depuis longtemps.

— A vos ordres, ma belle…

— Vraiment ?

— Disons que ce que tu viens de vivre n'était qu'une mise en bouche, déclara-t-il d'une voix suave. Le festin est prévu pour cette nuit.

— Oh ! oui, prends-moi ! J'ai hâte de goûter au menu, gémit-elle, manifestement heureuse de s'abandonner de nouveau à lui, le visage radieux.

Elle ouvrit alors son corps sous lui et se mit à onduler de plus belle en une danse des plus sensuelles, montrant son désir de l'accueillir encore en elle.

— Je vais te prendre et te donner du plaisir, lui promit-il. C'est tout ce qui compte pour moi. Je ne vis plus que pour ça.

Sur ces mots, il la prit dans ses bras et la souleva du lit.

Naomi fermement accrochée à son cou, il traversa la maison maintenant déserte jusqu'à la piscine où ils avaient uni leurs vies.

En chemin, elle le caressa et l'embrassa, se collant à son corps comme si elle en était une partie intégrante.

Pour le restant de la nuit, tous deux prisonniers d'une spirale de jouissance sensuelle, il la posséda, la fit sienne, se donna à elle, exploitant tout le potentiel d'extase qu'il pouvait exercer sur elle. Et elle sur lui.

L'aube apparut au moment où Andreas finissait d'honorer sa promesse, ayant offert à Naomi une nuit de noces dépassant les nuits les plus explosives qu'ils avaient pu passer ensemble lors du premier pan de leur histoire.

Chaque contact, chaque souffle avait engendré une extase d'une pureté et d'une puissance extraordinaires.

A présent, elle était nichée contre lui, pour la première fois consciente de la signification du mot « perfection ».

Mais la perfection était-elle vraiment possible ?

Les choses pouvaient-elles rester ainsi entre eux ?

Pour toujours ?

La vie lui avait appris que toute dose de bonheur avait son pendant de malheur.

Quel serait le prix de cette félicité ?

Et quand devrait-elle en payer le prix ?

- 12 -

Se réveiller au lit avec Andreas, faire l'amour jusque tard dans la nuit, être avec lui, leurs corps entremêlés, savourant les échos de leur passion, se préparant pour le prochain assaut charnel, tout en parlant…

Voilà en quoi consistait la nouvelle obsession de Naomi.

Mais ce n'était qu'un des nombreux plaisirs que leur procurait leur nouvelle vie.

Elle aimait beaucoup jouer à « dans quel lit je suis ce matin » dans la mesure où ils partageaient leur vie entre la Crète et New York.

Ce style de vie très varié leur offrait une grande flexibilité et leur permettait d'allier le meilleur des deux mondes.

Ils jonglaient à merveille avec leurs divers engagements et responsabilités, partageant leur vie entre leurs activités familiales et professionnelles, tout en trouvant le temps de se retrouver pour des plages d'intimité passionnée, et d'être des parents à l'écoute et attentionnés.

Cet équilibre harmonieux était rendu possible grâce à l'aide de leur famille.

Andreas était métamorphosé, pour le plus grand bonheur de Naomi. Et il ne cessait de s'en émerveiller, insistant pour dire que, sans elle, il n'aurait jamais pu envisager de vivre une telle existence. Il apprenait à se découvrir, jour après jour, et elle avait confiance : sans même s'en rendre compte, il arriverait à puiser dans le trésor d'émotions dont il regorgeait.

Et ce n'était que le début. Ce prince charmant atypique

lui réservait d'autres facettes cachées, et d'autres raisons de l'aimer, elle en était persuadée.

Alors, si elle avait beaucoup souffert avec lui par le passé, ce n'était pas cher payé au vu des privilèges de bonheur dont elle bénéficiait à présent.

Grâce à la confiance qu'ils avaient pu établir entre eux, ils avaient réussi à accomplir une union miraculeuse.

Relevant la tête après l'avoir embrassée dans le cou, il la caressa dans le dos, manifestant sa satisfaction et son envie de la posséder. Ses yeux aux lueurs ardentes ne venaient que renforcer son geste.

Ils avaient passé en revue la fête d'anniversaire de Dora, qui s'était déroulée à merveille, plaisantant sur le fait qu'ils devraient déjà s'atteler à préparer ses deux ans.

Enfin, si Naomi plaisantait, ce n'était visiblement pas le cas d'Andreas, qui avait l'air de prendre les choses très au sérieux.

— J'imagine qu'il vaut mieux attendre un peu, suggéra-t-il, car, d'ici un an, c'est elle qui nous dira ce qu'elle veut faire pour son anniversaire.

Elle éclata de rire.

— C'est bien ce que je craignais, tu étais sérieux.

— Dis donc, toi ! s'insurgea-t-il en lui emprisonnant les jambes entre les siennes. Je te rappelle que tu te moques d'un homme qui est passé d'un extrême à l'autre en un temps record.

Attendrie, elle enfouit une main dans ses cheveux, et se frotta légèrement contre lui, pliant une jambe entre ses cuisses viriles.

— Je me moque parce que je sais que tu es heureux de ce revirement de situation.

A ces mots, il se souleva sur un coude et la regarda, l'air soudain grave.

— Oui, c'est vrai, je suis heureux. Et pourtant je me souviens encore du soir où nous nous sommes disputés, la veille de ta demande de divorce. Je m'en veux terriblement d'avoir réagi comme je l'ai fait.

Elle ne l'avait pas oublié, elle non plus. C'était le soir où elle avait abandonné tout espoir de pouvoir partager un projet d'avenir avec Andreas parce qu'il lui avait dit de but en blanc ne jamais vouloir d'enfants.

— Il ne faut pas t'en vouloir, le réconforta-t-elle. Tu as traversé beaucoup d'épreuves, et tu craignais d'être aussi insensible que ton père. Mais tu n'as rien à voir avec lui. La preuve.

— C'est vrai, j'avais peur d'être comme mon père et je ne voulais pas faire subir la même épreuve à un enfant. Mon enfant. Et puis… Dorothea m'a délivré, même si, techniquement, ce n'est pas mon enfant.

Il avait prononcé ces mots avec une telle émotion dans la voix que Naomi en frissonna.

Elle en profita pour faire une remarque d'ordre général qui lui brûlait les lèvres depuis longtemps.

— C'est marrant, j'ai remarqué que tu ne l'appelais jamais Dora.

Après un moment de réflexion, il lui répondit.

— C'est comme ça que je pense à elle depuis le départ. Dorothea, la petite créature venant d'un royaume où jamais je n'aurais cru entrer… Mais je peux l'appeler Dora, si tu préfères.

— Oh ! non, j'adore que tu l'appelles comme ça. Elle aussi d'ailleurs, j'en suis sûre, et cela fait partie du lien unique qui s'est développé entre vous.

— Dès que je l'ai vue, quelque chose s'est produit en moi. Même si, à l'époque, je n'étais même pas en mesure de comprendre ce qui m'arrivait. Je crois qu'elle a su instinctivement que je jouerais un rôle important dans sa vie. J'ai tout de suite eu envie de la protéger. Mais j'ai mis du temps à mettre toutes les pièces du puzzle en place.

— Je trouve que tu as admirablement tiré ton épingle du jeu.

— J'ai été conquis dès le premier soir, et mes doutes se sont confirmés dans la maison de Manhattan Beach. Mais je ne savais toujours pas si j'étais capable d'être à la hauteur sur le long terme. Après le mois que nous avons passé chez moi, j'ai su que j'en étais capable, que le lien que j'avais ressenti dès le départ était fondé et qu'il ne pouvait que se renforcer avec le temps. Je suis prêt à tout pour elle. Et je ne crois pas pouvoir aimer un autre enfant autant que Dorothea.

« Même pas ton propre enfant ? », ne put-elle s'empêcher de penser.

Mais il était encore trop tôt pour en parler.

Néanmoins, le doute commença à s'installer.

Et si Andreas ne voulait pas d'autre enfant ?

Devait-elle lui en parler ou fallait-il encore attendre ?

Mais déjà il la caressait, possessif, avec la ferme intention de la faire sienne. Comme chaque fois, le monde alentour disparut et elle se laissa happer dans un tourbillon sensuel de plaisir et de passion.

Pourtant, plus tard, malgré toute la satisfaction sexuelle et le bien-être que lui procurait Andreas, le doute refit surface.

Elle était ravie qu'il aime Dora comme si c'était sa fille. Ravie pour lui et pour Dora. Mais ce doute concernant son rejet potentiel d'avoir un autre enfant en amena un autre. Et si Naomi n'avait qu'un rôle secondaire dans cette histoire ? Après tout, il lui avait fait part de son amour pour Dora mais il ne lui avait toujours pas dit ce qu'il ressentait pour elle.

S'était-il comporté de façon admirable envers elle uniquement dans le but de garantir le meilleur environnement pour Dora ? Et si ses actions étaient stimulées par ses envies paternelles ?

Etouffant ses doutes, par peur de déranger l'équilibre qu'ils avaient atteint, elle se rappela à l'ordre pour éviter de tomber à pieds joints dans cette spirale de négativité.

Pas question de se torturer le cœur ou l'esprit.

Elle se montrerait à jamais reconnaissante de partager sa vie avec Dora et Andreas.

*
* *

Deux semaines plus tard, de retour à New York, elle tentait de s'en tenir à sa décision et de se montrer reconnaissante de son destin.

Cependant, malgré tout, ses doutes étaient devenus de plus en plus intenses jusqu'à ce fameux cauchemar qu'elle avait fait, une nuit. Dedans, Dora et Andreas disparaissaient à l'horizon, sans lui laisser le choix. Paniquée, elle se mettait à leur poursuite en hurlant.

Andreas, l'entendant crier dans son sommeil, l'avait réveillée en sursaut. Mais ensuite, ses efforts pour la consoler étaient restés vains.

Elle lui avait vaguement raconté son rêve, mais n'avait surtout pas voulu attirer l'attention sur ses doutes, de peur de paraître ingrate envers tout ce qu'Andreas lui donnait.

Seulement voilà, pour elle, ce n'était ni un rêve ni un cauchemar mais bien une prémonition.

Le matin du cauchemar, Andreas avait insisté pour passer la journée avec elle mais elle avait usé de tout son pouvoir de persuasion pour l'en dissuader, notamment parce qu'elle avait rendez-vous chez son gynécologue et qu'elle préférait y aller seule.

C'était la première fois qu'elle retournait chez la gynécologue qui l'avait suivie pour l'accouchement de Dora. Après la mort de Nadine, elle avait préféré aller voir un autre gynécologue pour la pose d'un stérilet, ne souhaitant pas remuer le couteau dans la plaie et devoir reparler de l'accident avec des gens qui avaient connu Nadine.

Mais cette fois-ci, elle avait recontacté le Dr Miriam Summers. Ses règles étaient anormalement douloureuses, et elle préférait consulter le médecin qui avait tout son dossier.

— Côté stérilet, tout va bien, lui annonça la gynécologue.

— Et pour le reste ?

— Vous avez une congestion au niveau du pelvis, ce qui peut provoquer des douleurs et des lourdeurs.

— C'est possible que ce soit d'ordre psychologique ?

— C'est justement d'ordre psychologique car c'est un signe classique de frustration sexuelle. Vous savez que vous pouvez continuer à avoir des rapports sexuels quand vous avez vos règles ?

Non, Naomi ne le savait pas ! Andreas avait insisté pour essayer mais elle avait refusé, craignant de ne pas être assez attirante pour lui.

La gynécologue parut inquiète de son manque de réaction.

— Pardon. Vous n'êtes pas mariée ? Excusez-moi si j'ai fait un faux pas. Je ne vous ai pas vue depuis la naissance de Dora. D'ailleurs, comment va votre sœur ?

Naomi la dévisagea, les yeux écarquillés, sans dire un mot. Miriam Summers n'avait aucune raison d'avoir eu vent du décès de Nadine.

— Décidément, on dirait que, chaque fois que j'ouvre la bouche, je dis une bêtise. Vous ne dites plus rien. Un problème ?

— Non, c'est juste que…

Après quelques instants d'hésitation, Naomi l'informa de la situation.

La gynécologue, choquée par la nouvelle, laissa s'installer dans son cabinet un silence oppressant.

Puis, après de longues secondes, elle reprit la parole.

— Je suis affreusement désolée. Veuillez accepter toutes mes condoléances mais…

Elle s'arrêta, hésitante.

— Mais quoi ? demanda Naomi, intriguée.

— Maintenant que Petros et Nadine sont morts, je pense que vous devriez connaître la vérité.

La vérité.

Et quelle vérité !

Les mots résonnaient dans la tête de Naomi tandis qu'elle déambulait sans but dans les rues de New York.

La vérité sur Dora.

La vérité sur Nadine.

Nadine n'avait jamais pu ovuler. Sachant à quel point elle voulait ce bébé, Petros avait supplié le Dr Summers de lui cacher la vérité et de trouver un donneur tout en faisant croire à Nadine que c'était son œuf.

Si bien que Dora n'était pas la fille de sa sœur !

Dora n'était pas liée à Naomi !

Mon Dieu, et Andreas… Qu'arriverait-il quand il apprendrait qu'elle n'était pas liée par le sang à Dora, l'enfant qu'il aimait plus que tout ? Il n'avait jamais dit qu'il envisageait d'avoir d'autres enfants…

Les soupçons devinrent vite insoutenables.

Et si Andreas savait la vérité depuis le début ?

Peut-être qu'il avait l'intention d'adopter Dora officiellement mais que Naomi ne serait jamais sa mère officielle ?

Peut-être qu'il avait eu besoin d'elle le temps d'apprivoiser Dora ?

Peut-être qu'il l'avait uniquement épousée parce qu'il sentait que ce serait bien pour l'équilibre de Dora ?

Après le choc de la révélation, Naomi tenta de reprendre ses esprits.

Bon. Il y avait deux possibilités.

La première : Andreas ne connaissait pas la vérité. Quand il l'apprendrait, il accepterait quand même de l'inclure dans leur vie, au moins pour Dora.

La seconde, la pire : il savait tout depuis le début et elle devrait donc sortir de leur vie le plus vite possible.

Il ne pouvait pas y avoir de troisième possibilité car Andreas ne lui avait jamais dit ouvertement qu'il l'aimait.

S'il avait éprouvé de l'amour pour elle, il le lui aurait dit. Ce qu'il n'aurait pas été en mesure de faire il y a quatre ans, il en était capable aujourd'hui. Car il était désormais suffisamment à l'aise avec ses émotions pour lui en faire part.

Or il n'en avait rien fait.

CQFD.

*
* *

Tant bien que mal, elle réussit à retrouver le chemin de la maison, mais s'y dirigea à reculons. Ce n'était pas chez elle. Cela ne l'avait jamais été.

Une fois dans l'antre d'Andreas, elle le vit sortir de son bureau, l'air inquiet.

Il la serra dans ses bras avant de lui couvrir le visage de baisers.

— J'étais sur le point de partir à ta recherche.

Elle s'écarta de lui.

Il fit un geste pour la reprendre dans ses bras mais elle l'en empêcha avec trois mots.

— Je sais tout, lâcha-t-elle sans préambule.

En voyant sa réaction, ses doutes s'envolèrent.

Le pire était arrivé.

Lui aussi savait.

Depuis le début.

Sa prémonition devenait réalité.

Andreas et Dora ne lui avaient jamais appartenu, mais ils formaient un duo inséparable. Tôt ou tard, ils n'auraient plus besoin d'elle, et ils disparaîtraient à l'horizon.

Elle n'attendrait pas d'être happée dans un processus interminablement long. Le mieux était d'en finir, au plus vite.

— Naomi…

— Maintenant que je sais que je n'ai aucun lien avec Dora, le coupa-t-elle, je comprends pourquoi Petros ne m'a pas citée dans son testament et pourquoi il voulait que ce soit toi qui t'en occupes. Tu es là, donc mon rôle dans sa vie est terminé. Je n'ai plus qu'à partir.

— Comment peux-tu dire ça ? Dorothea a besoin de toi…

— Je sais que tu es prêt à tout pour lui fournir l'environnement idéal mais je ne peux pas continuer comme ça. Elle t'aime et elle ne tardera pas à m'oublier une fois que j'aurai disparu.

— *Theos*, Naomi, ne…

— Je vais tout raconter à Hannah et je lui demanderai de rester si tu le souhaites. Ensuite je partirai. Cette fois, ne va pas croire que tu pourras me faire changer d'avis. C'est trop tard.

Andreas regarda Naomi partir, avec cette impression de déjà-vu.

Mais c'était pire que dans le passé.

La froideur émanant d'elle l'avait glacé sur place.

Comme si elle avait été vidée de toute émotion.

Comme si, dès l'instant où elle avait découvert que Dorothea n'était pas l'enfant de sa sœur, elle avait perdu tout intérêt pour l'enfant. Et pour lui.

Certes, c'était sûrement une erreur de lui avoir sciemment caché la vérité, mais jamais il n'aurait imaginé que cela puisse avoir de telles répercussions.

Il n'avait pas eu le cœur de lui annoncer que Dorothea, le bébé qu'elle avait porté et mis au monde, n'était pas l'héritage laissé par sa sœur.

Mais alors… Si elle réagissait comme cela, cela voulait-il dire qu'elle n'aimait pas Dorothea comme si c'était sa propre fille ? Non, ce n'était pas possible…

N'avait-elle eu des sentiments pour elle uniquement parce qu'elle pensait que l'enfant la reliait à sa sœur ?

Et lui, dans tout ça ?

Il aurait pourtant juré que les sentiments qu'elle avait pour lui étaient forts et véritables. Qu'elle avait autant besoin de lui pour vivre qu'il avait besoin d'elle.

S'était-il trompé sur la nature de ce qu'ils partageaient ?

Il eut envie de courir après elle, de hurler qu'il ne la laisserait pas partir, qu'elle n'avait pas le droit de lui faire ça. Mais comment espérer la garder, si l'amour qu'elle portait à Dorothea s'était évanoui avec la découverte de son secret ?

*
* *

— Tu es sûr de ne pas te tromper sur la nature de son départ ?

Andreas fixait Aristedes, le regard dans le vide.

Pour la première fois de sa vie, ne sachant plus à quel saint se vouer, Andreas s'était tourné vers sa famille pour demander conseil. Mais il était toujours aussi perdu. Rien de ce que Caliope et son frère avaient dit n'avait de sens.

Il leur avait fait le récit des événements puis avait tenté de répondre aux questions. Sans conviction.

— Es-tu sûr que le problème vient de Dora ? demanda encore Aristedes. D'accord, la nouvelle a dû la secouer, mais cela ne justifie pas une telle réaction.

— Connaissant Naomi, intervint Caliope, je crois que c'est la goutte d'eau qui a fait déborder le vase.

— Quel vase ? Tout était parfait jusqu'à…

Soudain, il se souvint du terrible cauchemar qu'elle avait fait, et leur en fit part.

— Je ne comprends pas comment ce cauchemar a pu avoir autant d'impact sur elle.

— Peut-être que ce n'était pas un cauchemar mais la manifestation de ses doutes, de ses craintes et de ses incertitudes, tenta d'expliquer Caliope, l'air perplexe.

— Tu veux parler de notre passé ? devina-t-il. Mais les choses ont changé. J'ai changé ! A moins que… Tu penses qu'elle ne s'est jamais remise du dommage émotionnel que je lui ai causé et que c'est la raison pour laquelle elle ne peut pas m'aimer aujourd'hui ?

Aristedes secoua la tête.

— D'après ce qu'elle m'a dit et d'après ce que j'ai pu voir, le passé joue un rôle dans votre relation, mais pas de la façon dont tu le penses. Tu as peut-être changé, mais ton attitude envers elle est la même, elle.

— Tu plaisantes ? s'écria-t-il. Elle n'a pas arrêté de me dire que j'avais changé du tout au tout.

— D'accord, mais lui as-tu déjà dit ce que tu ressentais réellement pour elle ? Eprouves-tu des sentiments pour

Naomi ? Et je veux parler de la femme qui a besoin d'être aimée, pas de l'élément indispensable à votre trio familial.

— J'ai toujours eu des sentiments pour Naomi, répondit-il sans une once d'hésitation, même quand je ne le savais pas moi-même. Bien sûr que je l'aime. Je l'ai toujours aimée. Je l'aime davantage de jour en jour. Je la vénère et je ne peux pas envisager de vivre sans elle. J'aime Naomi comme je ne pourrais aimer personne d'autre.

Aristedes et Caliope échangèrent un regard silencieux. Lui bouillait sur place, prêt à tout casser. Comment pouvaient-ils seulement mettre en doute l'amour qu'il lui portait ?

— Tu lui as déjà dit ? s'enquit alors son frère, calmement.

— Bien sûr…

Il se figea, le cœur manquant de s'arrêter, frappé par l'énormité de la révélation qui éclatait au grand jour.

Non.

Il ne le lui avait pas dit.

— En fait, non… Pourtant je le lui ai montré…

Autant s'arrêter là tout de suite, il s'embourbait.

— Tu ne lui as jamais dit ce que tu viens de nous dire ? demanda Caliope, l'air effaré.

Il ferma les yeux, le sang glacé, le corps frissonnant.

— Non. Jamais.

— Jamais ? Même dans le passé ? insista-t-elle, comme si c'était impensable.

Les yeux exorbités, il s'était liquéfié, incapable de parler tant la réalité l'étouffait.

Caliope poussa un profond soupire.

— Très bien. Alors je vais te dire ce que pense Naomi, d'après moi. Elle t'a toujours aimé, ça se sent dans son regard, dans son attitude envers toi, dans le son de sa voix quand elle parle de toi. Mais tu ne lui as jamais rendu la pareille, hormis au lit. Elle t'a quitté, désespérée. Puis tu es revenu dans sa vie, mais la moindre de tes émotions était réservée à Dora. Naomi pense que tu l'as épousée pour fournir un environnement familial équilibré à Dora. De son point de vue, tu ne l'as jamais aimée en tant que femme à part entière. Toi, tu penses que toutes tes attentions étaient suffisantes pour prouver ton amour, mais elle a toujours pensé que c'était pour Dora que tu faisais tout cela, et non par amour pour elle. Elle a fini par croire que tu te servais d'elle mais que tu ne l'aimais pas réellement. En apprenant qu'elle n'était même pas liée par le sang à Dora, elle a dû se sentir complètement inutile et se dire que, le jour où tu voudrais te débarrasser d'elle, tu n'aurais qu'à claquer des doigts. Pour éviter cela, elle a préféré partir maintenant, et d'elle-même, afin de ne pas souffrir plus tard, et de ne pas faire souffrir Dora.

La théorie de Caliope semblait d'autant plus plausible que chaque mot était comme un coup de poignard dans son cœur.

Et tout fit sens. La vérité, c'était qu'il avait foncé à l'aveuglette, sans se soucier de savoir si Naomi comprenait l'amour qu'il avait pour elle.

— Je ne peux pas perdre Naomi ! hurla-t-il, s'arrachant les cheveux.

Sa sœur se précipita vers lui pour le prendre dans ses bras.

— Tu ne l'as pas complètement perdue, affirma-t-elle. Tu peux encore aller la voir et lui dire ce que tu viens de nous dire.

C'est alors qu'Aristedes intervint, en grand sage.

— Non, Caliope, cette fois, les mots ne suffiront pas. Andreas, Naomi t'aime du fond du cœur. Si elle t'a quitté une première fois, c'était parce que tu ne l'aimais pas comme elle t'aimait. Et, si elle vient de te quitter de nouveau, c'est pour la même raison. Cette fois, tu dois lui donner la preuve que tu l'aimes plus que tout. Si tu n'arrives pas à lui fournir une preuve tangible, tu la perdras.

Perdre Naomi ? Il n'en était pas question. Il ne pouvait tout simplement pas vivre sans elle.

*
* *

Le lendemain matin, Andreas se trouvait devant la porte de Naomi, s'attendant à une nouvelle rebuffade.

Bizarrement, elle ouvrit la porte du premier coup.

En voyant devant lui l'amour de sa vie, il eut le désir urgent de la prendre dans ses bras, de la serrer très fort contre lui, de lui murmurer les mots qu'il n'avait jamais osé lui dire…

Mais il se ravisa.

Aristedes l'avait prévenu.

Pas de paroles.

D'abord la preuve.

Il referma la porte avant de faire face à Naomi.

— Naomi, tu me crois quand je dis que j'aime Dorothea et que j'y tiens comme à la prunelle de mes yeux ?

Après un instant de surprise, elle acquiesça, en silence.

— Tu sais que je suis prêt à tout pour elle, poursuivit-il. Sais-tu aussi que je préférerais mourir plutôt que de la perdre ?

De nouveau, elle hocha la tête.

Alors il lui tendit les papiers.

— Voilà les papiers d'adoption pour Dorothea. J'accepte de te céder entièrement sa garde. Si tu le souhaites, tu peux faire une demande pour être l'unique parent adoptif.

Elle fixa les documents, sans mot dire.

Puis elle leva les yeux vers lui.

Des yeux au regard perdu, frappés de stupéfaction.

Le silence sembla durer une éternité.

— *Agapi mou*, explosa-t-il enfin, je t'offre la preuve que Dorothea n'a rien à voir avec nous, avec la raison qui m'a poussé à t'épouser. Tu sais que j'ai eu envie de toi l'instant où je t'ai vue. Mais ce que tu ne sais pas, parce que je ne te l'ai jamais dit, c'est que je t'aime depuis notre première rencontre. Je t'aime, Naomi. Je n'ai jamais été capable d'exprimer clairement mes émotions, j'ai même eu peur de le faire. Comme un idiot, j'ai pensé que ce serait plus simple de te montrer à quel point je t'aimais, plutôt que de te le dire, et c'est ce que j'ai fait depuis mon retour dans ta vie. J'ai tant à apprendre sur la façon dont je peux exprimer mon amour pour toi. C'est d'autant plus effrayant que l'amour que j'ai pour toi est incommensurable. Je m'y perds tellement je t'aime. Naomi, tu es tout pour moi et, sans toi, ma vie n'a aucun sens.

Elle continuait à le fixer, immobile, dans le silence le plus total.

Alors le doute s'immisça en lui.

Il était temps pour lui d'avoir des réponses.

— M'as-tu quitté parce que tu n'étais pas sûre de la raison pour laquelle je t'avais épousée ? Ou es-tu partie parce que tu ne m'aimes plus ? Ai-je annihilé les sentiments que tu avais pour moi ? Ou ne m'as-tu jamais aimé ?

L'instant d'après, elle le prenait dans ses bras, le serrant comme elle ne l'avait jamais serré, au point de l'étouffer.

Ses lèvres agitées furent vite recouvertes par sa bouche tremblante, leurs larmes donnant à leur étreinte un goût salé.

Elle couvrit son visage de baisers tout en s'accrochant à lui comme s'il en allait de sa vie.

— Oh ! Andreas, mon amour…, dit-elle, des sanglots dans la voix. Je t'aime depuis le premier regard et je t'aimerai toujours.

Il eut envie de laisser éclater son bonheur, mais, avant cela, il devait clarifier encore un point.

— Et Dorothea ?

— J'ai cru mourir en la quittant mais je me suis dit que je devrais un jour la quitter et que le plus tôt serait le mieux.

Andreas écrasa Naomi dans ses bras. Des bras tremblants d'amour, de soulagement et de reconnaissance.

— Alors, ma chérie, tu veux bien nous reprendre tous les deux ? Acceptes-tu que je te vénère pour le restant de mes jours ? Acceptes-tu d'être ma femme, mon amante, la maîtresse de mon cœur ? Acceptes-tu d'être la mère de Dorothea, le pilier de son existence ? Ce précieux bébé né de l'amour de Petros et de Nadine, que tu as porté, et que l'on va élever et chérir pour le restant de nos vies ?

Il reçut son oui avec délectation alors qu'il sentait son

corps entier et son âme s'abandonner à lui, lui offrant les baisers les plus passionnés. Aucun doute, il était, à compter d'aujourd'hui, le plus heureux des hommes.

Soudain, le téléphone de Naomi sonna.

Ils ignorèrent l'appel.

Mais, la troisième fois, Naomi finit par répondre, anxieuse.

Apparemment, c'était un médecin.

La gynécologue qu'elle était allée voir la veille ?

Alors que Naomi écoutait la voix à l'autre bout de la ligne, il la vit blêmir au point de vaciller.

Aussitôt, il la rattrapa pour venir l'allonger sur le canapé alors qu'elle raccrochait.

— Qu'y a-t-il, mon amour ?

— Hier, j'ai fait une analyse de sang.

— Et alors ? demanda-t-il sur un ton angoissé.

— Je… je suis enceinte.

Le temps s'arrêta l'espace d'un instant. Il l'observa, bouche bée.

— Mais tu avais tes règles ! finit-il par articuler.

— De fausses règles apparemment. Je suis enceinte de deux semaines.

Il n'arrivait pas à déceler le ton de sa voix, ni même à lire l'expression de son visage encore assez pâle.

— Dis-moi, Naomi, es-tu inquiète ?

— Inquiète ? Mais de quoi ?

— D'avoir un autre bébé aussi vite après Dora ?

— Non, pas du tout ! répondit-elle aussitôt. Au contraire ! C'est plutôt pour toi que je m'inquiète. Tu aimes tellement Dora. Je me demande si tu as envie…

Il la fit taire en recouvrant ses lèvres des siennes. Puis il la regarda de nouveau.

— Mais enfin, Naomi, bien sûr que je veux de cet enfant. Je veux autant d'enfants que tu voudras. Avec toi, je veux tout.

Se reculant pour lire dans ses yeux à quel point il disait vrai, elle laissa couler ses larmes à flots, soulagée, aux anges.

— Et moi, je veux tout avec toi, mon amour, pour le restant de nos jours.

A son tour, il cessa de retenir ses larmes, rasséréné, au comble de la joie.

— Jamais plus tu ne te sentiras seule. Jamais plus je ne te laisserai sans moi ou sans mon amour. Je passerai ma vie à te prouver que tu as ravivé mon cœur, que tu m'as donné une raison de vivre, que tu m'as sauvé et que tu m'as béni du plus bel amour dont un homme puisse rêver. Oh ! Naomi, ma chérie, l'amour de ma vie ! conclut-il avant de sceller leur réunion par un baiser d'une tendresse amoureuse inouïe.

CYNTHIA THOMASON

Précieuses retrouvailles

Traduction française de
AGNÈS JAUBERT

PASSIONS

HARLEQUIN

Titre original :
HIS MOST IMPORTANT WIN

Ce roman a déjà été publié en 2012.

- 1 -

Rosalie jeta un coup d'œil à sa montre en descendant de voiture. Le parking du lycée était bondé mais, par chance, elle avait trouvé une place.

— Encore trois minutes. En pressant le pas, je serai pile à l'heure.

Avec une pointe de regret, elle repensa aux lasagnes de sa mère. Dire qu'à cette minute précise, elle aurait pu être en train de se régaler en famille ! Quelle urgence soudaine avait bien pu pousser le proviseur à organiser une réunion à l'heure du dîner ? Elle n'en avait pas la moindre idée. La secrétaire s'était contentée de préciser qu'il souhaitait la présence de tous les professeurs restés à Whistler Creek durant l'été.

— Hé, Rosalie, attends-moi !

Shelby, sa collègue et amie, arrivait dans sa direction. Elle lui fit signe de hâter le pas.

— Je vois que je ne suis pas la seule en retard, lui lança-t-elle. Sais-tu ce qui nous vaut cette convocation ?

— Aucune idée, répondit Shelby, un peu essoufflée, en la rejoignant, mais je donnerais cher pour être ailleurs. Juillet n'est pas un mois pour penser au lycée.

Déjà, elles arrivaient devant l'entrée de l'imposant bâtiment en briques. Rosalie ouvrit la porte et s'effaça devant son amie.

— En tout cas, j'espère que Canfield ne compte pas sur nous pour nous porter jardiniers volontaires, fit-elle. Entre le magasin de primeurs de maman et le centre des Lendemains qui chantent, je suis bien assez occupée comme ça.

— Pourquoi ? Tu as de nouveaux petits protégés ?

— Non, mais tu sais, il faut du temps pour faire le deuil d'un être aimé. C'est important d'aider les enfants à panser les blessures de l'absence.

Shelby lui jeta un coup d'œil inquiet.

— Tu crois que c'est bon pour toi de baigner dans toute cette tristesse, Rosalie ?

Elle poussa un soupir.

— Ça va faire seize ans que j'ai perdu mon frère, Shelby, murmura-t-elle.

— Bon… Tu sais ce que tu fais, après tout.

Au bout du couloir principal du lycée, les portes de la médiathèque, grandes ouvertes, laissaient échapper l'odeur caractéristique des vieux livres mêlée à celle, plus moderne, des équipements multimédias.

La pièce bourdonnait d'activité. Manifestement, le bouche à oreille avait fonctionné. Aux trois quarts des professeurs présents, venaient s'ajouter une douzaine de délégués de parents d'élèves et quelques notables de la ville. Après un bref salut à la ronde, Rosalie et Shelby trouvèrent deux places au fond de la salle.

Debout sur l'estrade, Dexter Canfield, le proviseur, frappa sur le bureau pour réclamer le silence. Tous les yeux se tournèrent vers lui. De la voix de baryton qu'il réservait aux annonces publiques, il commença par remercier les membres de l'assistance pour leur présence.

— Nous regrettons tous le récent départ à la retraite de Bucky Lowell, enchaîna-t-il.

A l'unisson avec le public, Rosalie acquiesça d'un hochement de tête. Du plus loin qu'elle se souvienne, l'entraîneur des Wildcats, l'équipe de football américain du lycée, était une institution à Whistler Creek. Jamais ses joueurs n'avaient perdu un match. A soixante-treize ans toutefois, l'heure de la retraite avait sonné pour lui. Depuis, les spéculations allaient bon train. Sur qui le conseil d'administration porterait-il son choix pour lui succéder ? La voix de stentor de Canfield la fit sursauter.

— Et maintenant, mesdames et messieurs, préparez-vous à une surprise de taille. Vous êtes sur le point de découvrir le nouvel entraîneur des Wildcats. Il a signé son contrat hier. Je pense que vous serez tous d'accord sur le fait que notre équipe n'aurait pu rêver meilleur remplaçant pour Bucky.

Intriguée, Rosalie balaya la salle du regard. L'impatience était à son comble. Mettant un terme au suspense, Canfield se dirigea vers la porte d'une salle annexe et l'ouvrit en grand.

Pétrifiée, elle sentit ses poumons se vider d'un coup de leur oxygène. Avait-elle des visions ? Pour un peu, elle se serait pincée. La salve d'applaudissements qui s'éleva autour d'elle lui parvint comme étouffée. A l'exception des nouveaux venus, tous les habitants de Whistler Creek avaient reconnu l'enfant du pays, Bryce Benton, immense star du football et héritier de la plus importante exploitation agricole de la région.

Vêtu d'un T-shirt de l'université du Texas et d'une casquette de base-ball, il s'avança vers le bureau, l'air mal à l'aise.

S'extirpant de son hébétude, Rosalie s'obligea à le regarder. Depuis son départ pour l'université, seize ans auparavant, elle ne lui avait pas adressé la parole. Les deux fois où elle l'avait aperçu en ville, elle l'avait évité. Pourtant, à le voir irradier cette assurance décontractée de ceux qui ont eu la chance de naître dans une famille aisée et de faire de bonnes études, elle sentit les années fondre et sa gorge se dessécher. Elle déglutit. Malgré tous ses efforts pour tourner une page définitive sur leur passé commun, elle avait soudain l'impression d'avoir de nouveau dix-sept ans.

Que diable se passait-il ? Quelle raison avait bien pu pousser Bryce à renoncer à sa flamboyante carrière de joueur professionnel au Texas ? D'abandonner son poste d'entraîneur de la célèbre équipe universitaire des Texas Tech pour choisir d'entraîner les Wildcats, l'équipe du lycée de sa ville natale ? C'était incompréhensible.

Les nerfs tendus comme des cordes, elle prit soudain conscience des conséquences de ce retour et un frisson de terreur la traversa. Combien de temps allait-elle pouvoir lui cacher qu'il était le père de Danny ?

Le rire narquois de Shelby vint interrompre le fil de ses sombres pensées.

— Quelle mouche a bien pu piquer Canfield ? Tu as vu la façon dont il exhibe son étalon ? Cela dit, il est indiscutable que c'est une affaire, ajouta-t-elle en décochant un petit coup de coude à son amie.

Sans trop savoir comment, Rosalie parvint à retrouver sa voix.

— C'est vrai, tu ne connais pas Bryce, fit-elle remarquer, affichant une désinvolture qu'elle était à mille lieues de ressentir.

— Pas encore. Il est libre ? s'enquit son amie avec un sourire entendu.

Shelby n'habitait Whistler Creek que depuis trois ans.

— Divorcé.

Le cœur lourd, elle laissa de nouveau ses pensées dériver. Whistler Creek était une petite ville où tout se savait. Bien malgré elle, elle avait été tenue informée de tous les détails de la vie de Bryce.

Elle baissa les yeux sur ses mains tremblantes. Il lui était intolérable de voir ce beau visage hâlé se rengorger sous l'admiration d'un public qui, de toute évidence, avait oublié certains détails du passé de leur nouveau héros. Oublié, ou pardonné !

Incapable d'endiguer le flot de souvenirs qui l'envahissait, elle sentit la honte lui brûler les joues. Comme elle était naïve, à l'époque ! Dire qu'elle avait cru être amoureuse de cet homme qui se laissait ainsi exhiber par Canfield devant la population enthousiaste de Whistler Creek ! Les gens avaient la mémoire courte !

Pourtant, certains drames laissent des traces indélébiles.

*
* *

Devant la bonne centaine de regards braqués sur lui, Bryce refoulait sa colère. Jamais, de sa vie, il ne s'était senti aussi ridicule. Canfield lui avait demandé d'attendre en coulisses pour lui laisser le temps d'attiser la curiosité de ses concitoyens. Il avait commencé par protester, pensant qu'il était peut-être préférable d'atténuer l'effet de surprise que créerait son retour, mais il avait fini par céder. Après tout, en seize ans, il n'était venu à Whistler Creek qu'une dizaine de fois. Il regrettait maintenant de s'être laissé manipuler par le proviseur, qui avait voulu faire de lui une sorte de bête de foire.

Il leva les mains pour essayer de faire taire le brouhaha animé. Quand Canfield l'avait appelé pour lui proposer la succession de Bucky, il n'avait pas hésité une seconde. Malgré la tragédie qui le hanterait sans doute toute sa vie, la perspective d'entraîner les joueurs du lycée de sa jeunesse comblait toutes ses attentes.

Rayonnant, Canfield se tourna vers lui.

— Bryce a accepté de quitter la prestigieuse équipe de l'université du Texas pour rejoindre notre modeste lycée. Je tenais donc à vous faire partager ce grand moment.

Bryce réprima un geste d'humeur. Son agacement allait croissant. Il avait l'impression d'être un poney de cirque attendant les ordres du dresseur pour commencer son numéro. Malgré l'importante différence de salaire, il ne s'était pas fait prier pour signer le contrat le liant à Whistler Creek. Une décision qui, pour beaucoup, passerait pour insensée.

Mais il aimait le risque. Et il savait qu'entraîner des adolescents lui apporterait beaucoup plus de satisfactions pédagogiques que s'occuper de professionnels.

Son regard se posa sur son père, assis au premier rang. Une lueur de fierté brillait dans ses yeux. C'était aussi pour lui qu'il était revenu. Depuis son infarctus, Roland Benton avait besoin de lui.

Prenant une profonde inspiration, il commença :

— Asseyez-vous, mes amis ! Il s'agit plus ici d'une occasion de faire connaissance que de fêter mon nouveau poste. Je pourrais même dire, de refaire connaissance, pour la plupart.

— Tu veux rire, Bryce ! cria une voix du fond de la salle. Avec toi, notre équipe va se surpasser !

Surpris par ce manque de délicatesse vis-à-vis de Bucky, qui était assis à côté de lui, il grimaça un sourire.

— Bucky me laisse une sacrée réputation à honorer, alors ne nous emballons pas ! répliqua-t-il d'une voix ferme. Et attendons d'avoir gagné quelques matchs avant de crier victoire.

Un sourire satisfait aux lèvres, Dexter Canfield reprit :

— Tu comprends maintenant pourquoi je t'ai fait venir, Bryce. Nous apprécions tous l'immense travail qu'a réalisé Bucky, mais une nouvelle ère s'ouvre aujourd'hui pour le football de Whistler Creek. Et sache que nous sommes tous derrière toi et ton équipe.

— J'apprécie ce bel enthousiasme et je souhaite qu'il nous porte vers de nombreuses victoires. Mais n'oublions pas les absents ; ce sont nos jeunes joueurs qui auront le plus besoin de votre soutien.

Il marqua une pause avant d'ajouter :

— Et pour ne pas faillir à la tradition, notre équipe restera une grande équipe. Alors, merci à tous d'être venus ce soir et de m'avoir réservé un accueil aussi chaleureux. Et maintenant, vous n'avez plus qu'à rentrer chez vous. Tout en sachant que ma porte vous sera toujours ouverte.

Le public commença à se disperser. Réprimant son impatience, Bryce dut serrer un nombre incalculable de mains. Au bout d'un temps qui lui parut interminable, il put enfin prendre congé de Canfield. Puis, emboîtant le pas à son père, il se dirigea vers la porte d'entrée. Ils s'apprêtaient à sortir dans la moiteur de la nuit de Géorgie quand il retint son père par le bras.

— Attendons que tout le monde soit parti, tu veux ?

Roland Benton sourit.

— Toute cette excitation te mettrait-elle mal à l'aise, par hasard ?

— Oui. Je ne m'attendais pas à un tel accueil après tant d'années.

— D'un autre côté, tu as toujours voulu revenir.

Il hocha la tête et adressa un signe à un conducteur qui, vitre baissée, levait un pouce en signe de victoire.

— Je ne pensais pas qu'ils seraient aussi contents de m'avoir comme entraîneur du lycée. Tu sais bien papa, quand on place la barre trop haut, la déception n'en est que plus brutale.

— Contente-toi de bien faire ton travail, Bryce. On te demande simplement de donner le meilleur de toi-même. C'est bien ce que tu attends toi-même de tes joueurs ?

— C'est vrai, répondit-il en s'avançant sur le parking presque désert désormais.

Il allait atteindre sa voiture lorsqu'il se figea. A une trentaine de mètres, deux femmes bavardaient et il éprouva un pincement au cœur familier. Il aurait reconnu entre mille l'opulente chevelure brune qui cascadait sur les épaules de l'une d'elles.

Il se tourna à demi vers son père sans cesser de fixer les deux femmes.

— Papa, n'est-ce pas Rosalie Campano, là-bas ? murmura-t-il, la gorge serrée.

— Oui, c'est bien elle, acquiesça l'intéressé en plissant les yeux.

— Sa mère tient toujours le magasin de primeurs sur Fox Hollow Road ?

— Tout à fait. Claudia est l'une de nos meilleures clientes. Rosalie habite toujours la maison familiale. Elle enseigne les lettres au lycée.

— Je me souviens, maintenant, maman me l'avait dit. J'aurais dû me douter qu'elle serait là ce soir.

Toujours absorbée par sa conversation, Rosalie riait.

Sentant son pouls qui battait à tout rompre, il esquissa un sourire. Il n'avait rien oublié de la clarté de sa voix aux intonations vives et joyeuses.

Seulement, un étau lui broyait la poitrine. Durant toutes ces années, le souvenir de Rosalie n'avait jamais quitté ses pensées. Elle avait tant compté dans sa vie, autrefois ! Jusqu'au jour où il lui avait brisé le cœur. Certaines blessures ne cicatrisaient jamais.

— Elle s'appelle toujours Campano ? murmura-t-il, envahi par une vague de tristesse.

— Tu veux savoir si elle est mariée ?

— Oui.

— Non, elle est toujours célibataire. D'après ce que je sais, elle a failli se marier une ou deux fois, mais cela ne s'est pas fait.

Un espoir aussi fou que stupide inonda Bryce malgré lui. Rosalie ne s'était jamais mariée ? Allons ! Il devait prendre sur lui, essayer de maîtriser ses pensées indisciplinées. Sentant la main de son père sur son bras, il se laissa entraîner jusqu'à leur voiture, garée dans la direction opposée, puis il pila net. Non, il ne pouvait pas s'en aller comme ça, sans l'avoir saluée. Et tant pis s'il savait qu'il s'engageait en terrain dangereux.

— Attends, je veux lui dire bonsoir.

— Ce n'est peut-être pas le moment, fit valoir Roland.

Bryce lui jeta un coup d'œil surpris. Pourquoi avait-il l'air aussi inquiet tout à coup ?

— Pourquoi ? répliqua-t-il. Je vais être amené à la croiser souvent. Nous allons travailler dans le même bâtiment, enseigner aux mêmes élèves. C'est le moment idéal, au contraire.

Sans plus attendre, il se dirigea vers elle. C'était fou, il le savait. Plus il s'approchait, plus son cœur battait. Seigneur ! Cela faisait seize ans que Ricky était mort et depuis, Rosalie et lui avaient continué leur chemin, chacun de leur côté. Mais, bon sang, elle était à cent mètres et, cette fois, elle ne pourrait pas l'esquiver. Il s'était toujours demandé si la vie lui offrirait un jour une chance de lui dire encore une fois à quel point il regrettait. Il accéléra le pas.

Elle parut le remarquer soudain, un coup d'œil furtif, comme si elle ne l'avait pas aperçu plus tôt. Aussitôt, son sourire s'évanouit, elle se tourna vers son amie et, tout en parlant, ouvrit la portière de sa voiture rouge. Il s'immobilisa. Sans lui laisser le temps de la rejoindre, elle était montée en voiture, avait fait marche arrière et, déjà, elle roulait vers la sortie.

Et, pour la deuxième fois de la soirée, il se sentit complètement ridicule.

- 2 -

Rosalie se gara et contourna la maison pour entrer par la porte de la cuisine. Dixie, le golden retriever familial, l'accueillit en remuant joyeusement la queue. D'un geste affectueux, elle lui gratta l'oreille. Une délicieuse odeur de pain frais et d'herbes de Provence flottait dans la pièce accueillante. Sur la table, un plat de lasagnes à moitié plein et un reste de salade dans un saladier de bois.

— Maman, tu es là ? appela-t-elle.

S'essuyant les mains sur un torchon, Claudia émergea de l'arrière-cuisine.

— Je vais te faire réchauffer les lasagnes, ma chérie.

— Non, merci, ce n'est pas la peine, je ne vais pas tarder à ressortir.

— Ah bon ? Tu vois Ted ?

Elle nia de la tête. Sa mère était l'une des rares à savoir qu'elle avait accepté quelques invitations à dîner de l'entraîneur de base-ball du lycée. Très pudique, elle n'aimait pas voir sa vie privée étalée au grand jour.

— Non. Il a ses enfants ce week-end. Je dois retrouver Shelby à la taverne de Creek Side. Danny est là ? enchaîna-t-elle en jetant un coup d'œil à la salle de séjour.

— Il est sorti. Ses copains sont venus le chercher il y a vingt minutes.

Avec un soupir de soulagement, elle s'affala sur une chaise de la cuisine. Pour une fois, son fils ne lui manquerait pas.

— Tant mieux ! Comme ça, je n'aurai pas besoin de faire semblant que tout va bien.

Sa mère lui lança un coup d'œil entendu.

— En tout cas, pas avec moi. Je suis au courant. Sharon Potter a assisté à votre réunion. Elle m'a téléphoné en rentrant.

— Donc, tu sais déjà qui est notre nouvel entraîneur de football ?

— Oui. De toute façon, j'ai toujours pensé que Bryce reviendrait. Entre son divorce et l'opération de son père, cela me semblait logique.

Rosalie jeta un coup d'œil surpris à sa mère. Ainsi, le retour de Bryce ne l'étonnait pas ?

— J'avais pourtant prié pour que cela me soit épargné, soupira-t-elle.

Claudia prit place de l'autre côté de la table.

— Ne crée pas de problèmes inutiles, Rosalie. Sa présence ici ne va rien changer.

— Moi, je pense que si, au contraire, répondit-elle, déjà résignée. Du moins pour moi. Je ne pourrai pas l'éviter au lycée à la rentrée et je suis condamnée à le croiser quand j'irai chercher nos commandes chez les Benton.

Elle tressaillit. Seigneur ! Comment avait-elle pu oublier ? Elle avait prévu d'y aller le lendemain matin.

— A commencer par demain, par exemple. Imagine un peu si je tombe sur lui ?

Avec une pression de main réconfortante, Claudia répondit :

— Nous ne savons pas si Bryce va s'installer chez ses parents. De toute façon, même si c'était le cas, tu peux toujours arriver aux aurores, bien avant qu'il soit levé.

— Oui, tu as raison, acquiesça-t-elle. Vois-tu, maman, malgré moi, j'ai peur que ce retour de Bryce ne mette le feu aux poudres. Boum ! acheva-t-elle, les deux mains levées.

— Tu sautes à des conclusions trop hâtives, Rosalie. Depuis la naissance de Danny, le secret n'a jamais filtré. Nous sommes quatre dans cette ville à savoir que Bryce est le père de Danny. Et aucun d'entre nous n'a jamais rompu sa promesse de se taire.

Elle détourna le regard, mais Rosalie surprit une ombre

mélancolique sur son visage. Claudia avait toujours regretté que Bryce ne soit pas mis au courant de son lien avec Danny. Néanmoins, elle n'avait pas cherché à aller à l'encontre de la décision de sa fille.

— J'aimerais être aussi confiante que toi, maman, fit Rosalie en émiettant distraitement une tranche de pain. Mais je ne peux pas m'empêcher d'imaginer Bryce en présence de Danny, frappé par un éclair de lucidité. Comme si une évidence allait les pousser à se reconnaître mutuellement.

— Cela n'arrivera pas, chérie, assura sa mère en lui retirant le pain de la main. Nous avons toujours été prudentes. Et Danny n'a jamais posé la moindre question sur son père.

— Jusqu'à la mort de papa, l'année dernière. Jamais Danny n'aurait pu rêver meilleur père que son grand-père. Je ne te l'ai jamais dit, maman, mais ce deuil l'a poussé à m'interroger sur l'identité de son vrai père.

— Et que lui as-tu dit ?

— J'ai tenu ma promesse. Je lui ai répondu que son père et moi ne nous étions pas connus longtemps.

Elle s'interrompit, réprimant un soupir. L'idée d'avoir menti à son fils lui était odieuse. Bryce et elle ne se connaissaient-ils pas depuis leur naissance ?

— Que notre histoire n'avait été qu'un feu de paille, poursuivit-elle. Que son père n'était pas prêt à endosser la responsabilité d'un enfant.

De savoir que là, au moins, elle avait dit la vérité la réconfortait un peu.

— Et je lui ai répété qu'il avait été le plus grand bonheur de ma vie et que papa et toi l'aimiez comme un fils.

Claudia opina du chef.

— Tes réponses l'ont satisfait ?

— Je crois. J'ai fini par lui promettre que, plus tard, s'il le souhaitait, je l'aiderais à retrouver son père. Tout en espérant que jamais il ne me le demande.

— Et pour le moment, il n'en a rien fait. Alors je ne vois pas en quoi le retour de Bryce changerait quoi que ce soit. La ressemblance physique est quasi inexistante. Danny n'aura jamais besoin de savoir.

Les pupilles soudain dilatées, Claudia esquissa un sourire énigmatique.

— A moins que tu ne décides de le lui dire…

Elle sursauta. Quelle mouche avait piqué sa mère ?

— Pardon ? Je n'envisage même pas cette option, maman. J'aimerais juste pouvoir me débarrasser de ce pressentiment que j'ai qu'une chose terrible va arriver.

Elle pressa un doigt contre sa tempe pour dissiper la migraine qui s'annonçait.

— Laisse passer un peu de temps, Rosalie. Bryce va s'installer. Tu continueras ta vie. Tes cours, ton bénévolat. Tu verras, les choses finissent toujours par s'arranger. Et maintenant, ajouta-t-elle en lui frôlant la joue d'un geste affectueux, file te préparer et va retrouver tes amis. Il faut te changer les idées.

Docile, elle se leva et se dirigea vers la porte.

— Je ne pense pas être de très bonne compagnie, ce soir.

— Rosalie ?

— Oui, maman ? demanda-t-elle en se retournant.

— Tu lui as parlé ?

— Non. Après la réunion, nous nous sommes aperçus de loin, sur le parking. Quand j'ai vu qu'il venait vers moi, j'ai paniqué, je suis montée en voiture et j'ai filé.

Elle s'interrompit et se mordit la lèvre. Ce qu'elle n'avouait pas, c'était qu'elle avait dû se faire violence pour refouler un besoin instinctif d'aller se blottir au creux de ses bras.

— Je n'étais pas prête à lui faire face, reprit-elle. Je ne pense pas l'être un jour, d'ailleurs.

Claudia hocha de nouveau la tête.

— On verra bien.

— Que veux-tu dire par là ? demanda-t-elle, agacée. J'ai bien vu ce soir que, même après seize ans, Bryce Benton ne me laissait pas indifférente. Alors, crois-moi, je vais tout faire pour l'empêcher de revenir dans ma vie.

Sur ces mots, elle enfila le couloir. Il était temps de le chasser de son esprit, d'aller retrouver la sérénité de sa chambre douillette, son sanctuaire. Elle pila devant celle de Danny, posa la main sur la poignée et aspira une longue bouffée d'air. Cette chambre avait été celle de Ricky. Après sa mort, elle était restée condamnée pendant trois mois. Jusqu'au jour où, finalement, son père en avait poussé la porte et s'était résolu à emballer les affaires de son fils. Car, malgré le deuil, la vie devait continuer. Bientôt, cette pièce accueillerait un bébé.

Elle entra. Au-dessus du bureau de Danny, Ricky lui souriait. Bien qu'il ne l'ait pas connu, l'adolescent avait voulu garder une photo de son oncle avec le maillot des Wildcats.

Elle s'avança pour la regarder. Chaque fois qu'elle contemplait ce visage familier, elle se sentait à la fois réconfortée et envahie par une tristesse déchirante. La gorge nouée, elle eut un petit sourire ; elle avait devant elle l'image de sa moitié, de l'autre partie d'elle-même. Avec son casque de football sous un bras, ses épaules dont le rembourrage accentuait la robustesse, ses cheveux bruns à la coupe militaire, comme s'il était prêt à mener un combat sur le stade, Ricky était l'incarnation même de la confiance invincible.

D'un geste tendre, elle frôla les lettres du maillot du bout d'un doigt. Comme elle avait été fière de lui ! Le meilleur quarterback des Wildcats, il avait obtenu une bourse pour l'université de Floride. Même aujourd'hui, en regardant son sourire un peu frondeur, elle sentait son cœur fondre.

— Tu me manques, murmura-t-elle.

Si elle sentait toujours sa présence dans la maison, l'impression s'accentuait dans cette chambre. Rien ne pouvait séparer des jumeaux, ni le temps ni même la mort.

Se ressaisissant, elle laissa son regard errer sur les objets du monde de Danny : un gant éculé devenu trop petit, des portraits de stars du base-ball aux murs, une casquette portant l'autographe de l'un de ses héros, une photo de lui en tenue de joueur.

Le jour de ses trois ans, elle avait su que son fils serait un athlète. Il en avait la passion, la détermination, ne craignait jamais de s'égratigner les genoux. Ce jour-là, au parc, elle l'avait vu revenir brandissant fièrement un ballon de football américain. L'espace de quelques longues et douloureuses secondes, elle avait senti les battements de son cœur s'interrompre. Elle lui avait retiré le ballon des mains et elle l'avait emmené au centre commercial dans le but de lui faire découvrir d'autres sports. A son grand soulagement, l'intérêt de l'enfant pour le football avait paru s'émousser et, quand il avait été en âge de choisir, il avait opté pour le base-ball.

Jamais elle n'avait regretté de l'avoir poussé dans cette voie. Elle n'avait eu de cesse de l'encourager et avait pu assister à tous ses matchs sans craindre de le perdre. Un frisson de terreur la traversa. Jamais elle ne supporterait de revivre une telle douleur. Pas plus qu'elle ne pourrait supporter de revoir Bryce Benton…

Chassant ses sombres pensées, elle referma la porte sur le passé et pressa le pas vers sa propre chambre. Elle allait se doucher et se changer. Mais elle ne voulait pas rentrer tard. Elle avait bien l'intention de suivre le conseil de sa mère et d'aller chercher la commande chez les Benton aux premières lueurs de l'aube le lendemain.

Il était 6 h 45. Au volant du vieux pick-up familial, un gobelet de café à la main, elle roulait sur la route peu fréquentée qui serpentait à travers les vastes champs que venaient réchauffer les premiers rayons du soleil. Huit kilomètres séparaient Whistler Creek de la ferme des Benton.

Se lever avant l'aube n'avait pas été un problème. La veille au soir, après son dîner à la Whistler Inn, elle était rentrée tôt et avait dormi d'un sommeil agité. Au saut du lit, elle avait enfilé à la hâte un jean et un T-shirt, attaché ses cheveux indisciplinés d'une simple barrette et était sortie dans la cour sur la pointe des pieds.

L'entrepôt de primeurs ouvrait à 7 heures et elle serait la première cliente.

Même si les Benton étaient liés au plus grand chagrin de sa vie, elle parvenait à maintenir des rapports cordiaux avec eux. Mais elle remerciait le ciel que Danny ait hérité des yeux noirs, du teint mat et des cheveux bruns des Campano, et non de la blondeur et de la peau claire de son père. Personne à Whistler Creek ne se doutait qu'il était le fils de Bryce. Elle était même allée jusqu'à modifier sa date de naissance sur ses papiers officiels.

Chemin faisant, elle ne pouvait empêcher ses pensées de dériver vers les événements de la veille. Une multitude de questions l'assaillaient : qu'est-ce qui avait bien pu pousser Bryce à renoncer à sa brillante carrière à l'université du Texas ? Sa ville natale lui manquait-elle tant que ça ? Se sentait-il une obligation vis-à-vis de ses parents ? Avait-il eu besoin de revenir à Whistler Creek pour se ressourcer après son douloureux divorce ? Elle l'aurait aisément compris. Pour sa part, elle ne s'imaginait vivre nulle part ailleurs.

Pourtant, le Bryce qu'elle avait connu et cru aimer lui avait toujours donné l'impression d'avoir suffisamment confiance en lui pour pouvoir affronter n'importe quelle épreuve de la vie. Après tout, il n'avait pas été bien long à se remettre de la mort de son meilleur ami.

Et qu'est-ce qui l'avait poussé, la veille au soir, à venir vers elle, provoquant sa fuite précipitée ? Avait-il compris qu'elle l'avait évité délibérément ? Avait-il été convaincu par son air dégagé ? Ou bien s'était-il douté que ces retrouvailles étaient au-dessus de ses forces ? Qu'elle ne voulait pas ranimer les souvenirs, ne pouvait pas risquer d'en créer de nouveaux ?

Chassant ces interrogations de son esprit, elle se félicita de voir que, malgré ses quelques minutes d'avance, le portail électrique des Benton était déjà ouvert. Et quand elle arriva devant l'immense hangar, elle constata qu'elle était bien la première cliente. La chance lui souriait ! Les employés qui s'affairaient déjà lui adressèrent un signe de main.

Elle sauta du pick-up et salua le fidèle Juan Gonzalez, qui avait travaillé avec Enzo, son père, à l'époque où celui-ci était responsable des ventes de l'exploitation Benton.

— Bonjour, Juan ! Voilà ma liste : des poivrons rouges, dix cageots de maïs et quatre kilos d'oignons Vidalia.

— Ce sera prêt dans deux minutes, Rosalie.

Le laissant préparer la commande, elle s'avança dans les allées bordées de cageots de splendides fruits et légumes tout juste récoltés.

Elle venait de s'arrêter pour soupeser une belle tomate au creux de sa paume quand elle sentit une main légère se poser sur son épaule.

— Bonjour, Rosalie. Ça fait longtemps, murmura une voix masculine.

Ce timbre familier, elle l'aurait reconnu entre mille. Elle sursauta, comme traversée par une décharge électrique, et fit volte-face. La tomate alla s'écraser à terre, attirant une multitude de petits insectes ailés. La gorge nouée, elle leva la tête vers les magnifiques yeux bleus qui avaient hanté ses rêves d'adolescente. Que diable faisait Bryce ici de si bon matin ?

— Je suis désolée, murmura-t-elle en regardant la masse pulpeuse à côté de ses baskets.

— Ce n'est pas grave, affirma-t-il avec un geste en direction des piles de cageots. Comme tu peux le voir, nous en avons d'autres.

Il prit une serviette en papier, ramassa la tomate et la jeta à la poubelle. Dieu merci, il ne semblait pas vouloir lui serrer la main. Elle n'avait pas la moindre envie de tester sa propre réaction à un nouveau contact.

— Je t'ai vue hier soir sur le parking du lycée, reprit-il.

Elle battit des paupières, comme éblouie. La veille, il était de l'autre côté de la pièce, une casquette de base-ball bas sur le front. Ce matin, elle le voyait en pleine lumière. Un visage qu'elle aurait reconnu n'importe où. Un coin de sa bouche remonta en un demi-sourire, exactement comme dans son souvenir. Il plissa les yeux derrière ses épais cils bruns. Des mèches de cheveux, d'un châtain plus foncé que dans son souvenir, lui barraient le front.

Troublée par l'intensité de ce regard azur pailleté d'indigo qui semblait la pénétrer dans toutes les fibres de son corps, elle sentit une sensation d'intense excitation vibrer au creux de son ventre.

— Rosalie ? Tout va bien ? demanda-t-il, tandis que son sourire s'élargissait.

Bien sûr, elle aurait dû s'attendre à cette question. Cela faisait déjà plusieurs minutes qu'elle était plantée là, comme changée en statue de sel. Si elle ne voulait pas passer pour une idiote, il était grand temps de recouvrer ses esprits et d'articuler quelques paroles intelligibles. Elle secoua la tête pour essayer de s'éclaircir les idées. Qu'avait-il dit ? Quelque chose au sujet du parking du lycée. Feignant la désinvolture, elle répondit avec un petit haussement d'épaules.

— Oui, j'étais au lycée hier soir. Canfield voulait tout le corps enseignant pour témoin…

Elle se tut. Elle était sur le point de terminer sa phrase sur une note moqueuse.

— … de son spectacle ? acheva-t-il.

— Ce n'est pas ce que je voulais dire.

Elle se maudit. Décidément, elle n'arrêtait pas de mentir. C'était exactement le mot qu'elle allait employer.

— C'était un vrai gala, pourtant, approuva-t-il dans un éclat de rire. Il ne manquait plus que la fanfare des Wildcats.

— Manifestement, certains considèrent ton retour comme un miracle. Quoi de mieux pour succéder à Bucky qu'un champion de football revenu dans sa ville natale ? persifla-t-elle.

Un frisson la traversa. Elle n'avait eu aucune intention de se montrer sarcastique. Feindre l'indifférence aurait été beaucoup plus habile de sa part.

— A voir, se contenta-t-il de répondre.

La voix de Juan les interrompit.

— Rosalie !

Bénissant la diversion, elle se retourna.

— Ma commande doit être prête, déclara-t-elle.

— Je vais aller aider Juan, proposa Bryce.

Elle le précéda et, ensemble, ils se dirigèrent vers le pick-up. Tandis qu'elle avançait, la peau de sa nuque était parcourue d'une multitude de picotements et elle avait une nette impression de lourdeur dans les jambes.

Une file de pick-ups et de camionnettes s'était déjà formée derrière son véhicule.

— Nous ferions bien de nous dépêcher, dit-elle. Tu as d'autres clients.

Une fois la commande chargée, elle s'empressa de rédiger un chèque et le remit à Juan. Puis, ignorant Bryce, elle se hissa sur le siège de sa voiture et mit le contact.

— Ton père doit être content que tu sois revenu, lança-t-elle.

— J'ai l'impression que oui, répondit-il en se penchant vers la vitre ouverte. En tout cas, j'espère que ma présence lui fera du bien. C'est étrange, mais dès que je me suis retrouvé au milieu des récoltes, ce matin, tout m'est revenu. Je suppose que j'ai cette terre dans le sang.

— Comme tu as le football dans le sang.

— Oui, comme j'ai le football dans le sang.

Elle fixa un point droit devant elle. Il lui suffisait de démarrer pour mettre un terme à cette épreuve. Maintenant qu'elle avait survécu à un face à face avec Bryce, peut-être pourrait-elle le croiser dans les couloirs du lycée sans perdre tous ses moyens. Mais pour le moment, elle ne voulait pas prendre le risque de le regarder encore une fois.

— Bon, à bientôt, fit-elle en levant une main. Tu salueras tes parents pour moi.

— Je n'y manquerai pas. Et embrasse Claudia.

— Sans faute.

Sans détourner les yeux, les lèvres pincées, elle démarra. Elle n'avait plus qu'à retirer son pied du frein.

— Rosalie, lança-t-il soudain.

Son cœur s'emballa et elle tourna imperceptiblement la tête.

— Oui ?

— On peut se voir, un de ces jours ?

Elle planta son regard dans le sien sans ciller. Il blaguait, sans nul doute. Mais non, il avait l'air sincère.

— Pourquoi pas aujourd'hui, d'ailleurs ? Nous pourrions nous retrouver à Whistler Inn pour déjeuner.

— Pour déjeuner ? répéta-t-elle.

Les mains crispées sur le volant, elle se maudit. Pour un professeur de lettres, elle manquait singulièrement de repartie.

— Oui, le repas du milieu de la journée, précisa-t-il avec un petit rire. La plupart des gens déjeunent.

Voilà qu'il se fichait d'elle, maintenant ! Elle prit son air le plus revêche.

— Je ne peux pas, répliqua-t-elle d'un ton sec.

— Tu es sûre ? Je me disais que tu pourrais m'aider à rattraper seize ans de commérages à Whistler Creek.

— Demande à tes parents, ils sont au courant de tout.

— Je me fiche bien des membres du country club.

C'était exact. Il avait toujours préféré la simplicité de la famille Campano. Eh bien, cette époque était révolue !

— Je ne peux pas, voilà tout ! Je dois tenir le magasin.

C'était un mensonge. Le samedi, elle faisait des courses. Il ne lui restait plus qu'à espérer que Bryce ne passe pas devant chez elle.

— Une autre fois, alors ?

Elle relâcha le frein et, soulagée, démarra enfin.

— Peut-être. Qui sait ?

— Rosalie ? appela-t-il de nouveau.

— Oui ?

— Il me manque encore, à moi aussi.

Enfonçant la pédale de l'accélérateur, elle s'éloigna, des larmes lui brûlant les paupières. Un coup d'œil au rétroviseur lui indiqua que Bryce n'avait pas bougé. Les mains sur les hanches, il la suivait du regard.

- 3 -

Marjorie Benton déposa un autre pancake au sommet de la pile sur l'assiette de Bryce.

— Je te ressers du bacon ? demanda-t-elle.

— Maman, assez ! implora-t-il. Je ne suis rentré que depuis quelques jours et je suis sûr que j'ai déjà pris au moins trois kilos.

— On est dimanche, Bryce, répliqua-t-elle en poussant vers lui la bouteille de sirop d'érable. Le week-end, nous avons l'habitude de faire un petit déjeuner consistant, rappelle-toi.

— Parce que cette assiette d'œufs brouillés et de saucisses que tu m'as apportée à l'entrepôt vendredi matin était un repas léger ? demanda-t-il alors en jetant un regard plein d'espoir vers son père.

Dissimulé derrière son journal, Roland émit un petit rire.

— Prendre quelques kilos ne te fera pas de mal, répliqua sa mère en s'installant à côté de lui. Je sais que tu ne cuisines pas, puisque tu es célibataire. Et je sais que ton ex-femme n'était pas très portée sur les tâches ménagères.

Il s'apprêtait à se défendre : il était bon cuisinier. Mais à quoi bon ? La bouche pleine, il sourit. Elle devait imaginer qu'ils avaient vécu quatre ans dans un taudis, Audrey et lui. Or, ils avaient une femme de ménage et se faisaient livrer des plats régulièrement. L'échec de leur mariage n'était pas dû à de simples problèmes domestiques.

— Mais je pense qu'il est temps d'aborder le sujet qui te préoccupe vraiment ce matin, enchaîna-t-elle en agitant l'index.

Bryce réprima un soupir résigné et but une longue gorgée de lait. Il savait d'avance qu'il n'y couperait pas.

— Maman, sommes-nous obligés de parler de ça ? plaida-t-il en repoussant son assiette.

D'un ongle manucuré, elle tapota la nappe.

— Je ne vois pas pourquoi tu as déjà pris rendez-vous avec un agent immobilier, Bryce. Rien ne presse.

Il s'accouda à la table et la regarda.

— Tu veux voir mon permis de conduire, maman ? Pour te rappeler que j'ai trente-trois ans ?

Elle se raidit.

— Je connais ton âge, Bryce. J'étais présente le jour de ta naissance, figure-toi.

— Mais tu n'as pas partagé les seize dernières années de ma vie, répliqua-t-il. J'ai perdu l'habitude de vivre chez mes parents. Maman, je t'aime beaucoup, tu le sais. Mais j'ai besoin d'être chez moi. Et je veux quand même vivre à Whistler Creek.

Avec une moue affligée, elle tourna la tête vers les champs de la ferme familiale, qui s'étendaient à perte de vue.

— Mais tu es chez toi ici, Bryce. Et, un jour, cette terre sera la tienne.

— Peut-être, maman. Et je serai heureux d'aider papa quand il aura besoin de moi. Mais pour le moment…

Marjorie s'apprêtait à protester quand Roland replia son journal et le posa sur la table. Il était peu loquace de nature et, quand il parlait, tout le monde l'écoutait.

— Bryce est un grand garçon, Marjorie. Laisse-le partir. Il ne sera pas loin, de toute façon.

D'un geste distrait, Marjorie joua quelques secondes avec les boutons de sa robe. Puis, drapée dans sa dignité, elle se leva, ramassa l'assiette de Bryce et se dirigea vers l'évier.

— Très bien ! lâcha-t-elle en ouvrant le robinet à fond.

Bryce resta coi. Un silence gêné s'était installé entre ses parents. Préférant ne pas intervenir, il se leva à son tour, déposa un baiser rapide sur la joue de sa mère et sortit.

*
* *

Posté au milieu de l'allée de vieux chênes, Bryce contemplait la bâtisse de bois patinée par le temps.

— Quand je pense au nombre de fois où je suis passé devant ces arbres sans jamais me douter de ce qu'ils dissimulaient, déclara-t-il à l'intention de Lisa, l'agent immobilier.

Il leva les yeux vers le toit. Quelques bardeaux manquaient, les briques de la cheminée s'écroulaient.

— Elle a besoin d'une sérieuse rénovation, fit-il remarquer. Le toit, la peinture…

Déjà, les mains le démangeaient de se mettre au travail. Quand il avait vu cette maison se profiler derrière les hautes frondaisons, une heure auparavant, il avait eu le coup de foudre. D'emblée, il avait aimé le deuxième étage au toit mansardé, les deux fenêtres sur les pignons, l'accueillante véranda qui courait le long de la façade. De plus, l'agencement intérieur correspondait exactement à ses désirs : au rez-de-chaussée, un vaste salon avec sa cheminée en pierres, une belle salle à manger, une cuisine assez spacieuse pour accueillir une table et des chaises, une chambre et une petite pièce où il pourrait aménager son bureau. L'étage comptait deux chambres supplémentaires.

Ils contournèrent la maison pour se retrouver dans un jardin envahi par les mauvaises herbes, avec, en son centre, un puits couvert de mousse. Un petit bois de magnolias parfumés le prolongeait. Il s'y enfonça et, quand il revint, son esprit bouillonnait de projets.

La voix de Lisa vint interrompre ses pensées.

— Alors, qu'en pensez-vous ? Je vous imagine très bien vivre ici. Et, en habitant Fox Hollow Road, vous êtes tout près du centre.

Et des Campano, ajouta-t-il en son for intérieur.

En venant, il avait aperçu des voitures de clients garées devant le magasin de primeurs. Et, comme chaque fois qu'il passait devant cette maison où il avait connu le bonheur, son cœur avait bondi dans sa poitrine. Il n'avait pas vu Rosalie, mais il avait décidé de s'arrêter pour saluer Claudia au retour.

— Je vais commencer par la faire expertiser, répondit-il. Vérifier le toit, la plomberie, l'électricité.

— Tant mieux. Nous pourrons rédiger l'acte de vente dès que l'expertise vous aura donné satisfaction, approuva-t-elle en tapotant son dossier.

— Si tout se passe bien, je suis preneur, ajouta-t-il, avec un frisson d'excitation.

Cette maison serait à lui, il le savait.

— Rendez-vous dans une demi-heure à l'agence. Je vais commencer à rédiger les papiers.

— A quelle heure tes copains viennent-ils te chercher pour aller au stade ? demanda Rosalie à Danny en le rejoignant au magasin.

Tous les dimanches après-midi, l'adolescent jouait au base-ball.

— Ils ne vont pas tarder, répondit-il avec un coup d'œil à sa montre. Je dois aller chercher mes affaires. Tu peux rester aider grand-mère ?

— Oui. J'ai l'impression que la journée a été bonne.

Il acquiesça d'un signe de tête et partit en courant. Au même moment, une Honda Civic s'engagea dans l'allée pour remonter jusqu'à la maison. C'était les amis de Danny qui venaient le chercher. Après leur avoir adressé un petit salut de la main, Rosalie prit une pile de corbeilles, qu'elle entreprit de remplir avec les tomates d'un cageot.

Elle était absorbée dans sa tâche quand un bruit de moteur lui fit relever la tête. Un gros pick-up noir s'immobilisait devant le magasin. A qui pouvait-il bien appartenir ? Elle baissa les yeux vers la plaque minéralogique : celle-ci indiquait Texas Tech University. Elle tressaillit, mais déjà, Bryce descendait de voiture.

Il fit quelques pas dans sa direction et s'arrêta net. Claudia avait poussé un tel cri qu'une cliente en avait lâché son sac de pêches.

— Bryce Benton ! Oh ! mon Dieu ! Dans mes bras !

La gorge nouée, Rosalie le vit contourner l'étal pour aller serrer Claudia contre son torse vigoureux. Quand, enfin, il la relâcha, Claudia posa la main sur son cœur et leva les yeux vers lui.

— Tu es encore plus beau qu'avant, pour peu qu'une telle chose soit possible ! s'exclama-t-elle.

Les mains tremblantes, Rosalie aida machinalement la cliente à ramasser ses pêches. Pourquoi sa mère était-elle si heureuse de revoir Bryce ? Elle semblait avoir gommé le passé. Après tout, libre à elle de le faire ! Toutefois, si sa mère avait décidé de passer l'éponge, sa rancœur à elle restait intacte.

Pourtant, après la mort tragique de Ricky, à tort ou à raison, l'amertume envers Bryce était ce qui les avait soudés, ses parents et elle, pour affronter le malheur.

Et quand son fils Danny était arrivé, redonnant un sens à leur vie, elle avait continué à pleurer son frère toutes les nuits. Son père, Enzo, avait refoulé son chagrin au plus profond de lui-même, la poussant souvent à se demander s'il s'autorisait même à penser à Ricky. Quant à sa mère, elle avait consacré tous ses efforts à créer un foyer heureux pour son petit-fils.

Contrairement à son mari et à sa fille, elle avait décidé qu'il était temps de redonner une chance au bonheur. Mais Rosalie s'était souvent demandé si Claudia avait pu pardonner à Bryce. Or, à voir la joie avec laquelle elle l'accueillait aujourd'hui, la réponse à cette question était évidente.

— Tout le monde parle de toi en ville, s'exclamait-elle.

Il esquissa un petit sourire modeste et ils se mirent à bavarder comme si de rien n'était. Rosalie décida de les ignorer et de s'occuper de sa cliente. Sa tranquillité fut toutefois de courte durée. A peine la cliente repartie, Bryce s'avança vers elle.

— Alors, comment vont les affaires, Rosalie ?

— Pas trop mal, répliqua-t-elle, laconique.

A ce moment précis, la Honda passa devant eux, Danny sur la banquette arrière et, après un coup de Klaxon, s'engagea dans Fox Hollow Road.

Bryce suivit la voiture des yeux, puis se tourna vers Rosalie avec un claquement de doigts.

— Ah oui, c'est vrai ! s'écria-t-il. Tu es maman. Il paraît que tu as rencontré le père à la fac.

— C'est exact.

— C'est un garçon ?

— Oui.

— Et tu es revenue habiter à Whistler Creek, chez tes parents ?

— Toujours exact.

Elle regarda la voiture disparaître à un détour de la route. Pourvu que la conversation en reste là. Hélas, Bryce semblait déterminé à insister.

— Ton fils est déjà au lycée ?

Un sombre pressentiment l'envahit. Il fallait à tout prix détourner son attention, rester vague, aussi vague que possible. Prenant son air le plus affairé, elle arrangea ses corbeilles.

— Il y entre cette année.

Il restait planté devant elle sans comprendre, manifestement, qu'elle était occupée.

— Je suppose que tu n'es pas ici pour faire ton marché ? ironisa-t-elle.

Avec un sourire en coin, il répondit :

— Pas aujourd'hui.

— Alors ?

— Si je te disais que je suis passé voir si nos produits se vendaient toujours aussi bien, tu me croirais ?

Refoulant son exaspération, elle continua à empiler des tomates et arbora son expression la plus rébarbative. Elle devait se faire violence pour ne pas trahir ses émotions à fleur de peau.

— Comme tu peux le constater, j'ai du travail, reprit-elle. Si tu veux aller inspecter un autre revendeur, surtout ne te gêne pas.

Nullement découragé par cette rebuffade, il restait là, à se dandiner sur place. Que lui voulait-il, à la fin ?

— En fait, ce n'est pas vraiment la raison qui m'amène, finit-il par avouer avec un sourire.

— Mais encore ?

— Figure-toi que toi et moi, nous allons être voisins.

Il se retourna et indiqua la route d'un geste vague.

Abasourdie, Rosalie abandonna ses tomates et serra convulsivement les poings.

— Que veux-tu dire ? demanda-t-elle, le cœur battant.

— Je suis sur le point d'acheter la ferme des Harbin.

Bouche bée, elle le contempla. Les mots lui brûlaient les lèvres. Il n'avait pas le droit ! Elle ne voulait pas qu'il vienne habiter si près ! Ne voulait pas être obligée de penser à lui chaque fois qu'elle sortirait de chez elle, ne voulait pas le voir de nouveau envahir l'espace qu'il remplissait dans son cœur autrefois. Elle prit cependant son expression la plus neutre et se contenta de faire remarquer :

— Voilà un moment qu'elle n'est plus habitée.

— Je sais. Il y a beaucoup de travaux à faire. Tu connais cette maison ?

Elle hocha la tête.

— J'y suis allée une ou deux fois avec mon père, pour livrer des fruits et des légumes aux Harbin. Mais je n'en ai aucun souvenir.

Un éclair d'enthousiasme passa dans le regard bleu azur.

— C'est une très belle propriété, Rosalie. Avec un potentiel énorme. J'ai hâte de la rénover.

Elle se composa un visage de marbre, mais son sentiment de frustration allait croissant. Comme si le fait de devoir travailler avec lui entre les murs du lycée ne suffisait pas, ils allaient désormais être voisins ! Quel besoin avait-il de venir s'incruster si près de chez eux ? Whistler Creek était pourtant assez étendue !

S'extirpant de ses pensées, elle s'obligea à l'écouter. Il avait enchaîné :

— Je veux vraiment acheter cette maison, Rosalie. Je n'aurai vraiment l'impression de faire de nouveau partie de cette ville que quand j'aurai emménagé chez moi.

Il se tut. Il était manifeste qu'il attendait sa réaction. Eh bien, elle n'avait rien à lui dire. Quelques secondes passèrent.

— Tu ne me félicites pas ? finit-il par demander.

D'une voix étranglée, elle murmura, à contrecœur :

— Félicitations, Bryce.

Intérieurement, elle fulminait. Tout ce qu'elle rêvait de lui lancer, c'était : « Comme d'habitude, tu n'en fais qu'à ta tête ! »

Pourtant, elle se contint. Claudia ne manquerait pas de l'entendre. Elle se contenta donc d'ajouter :

— J'espère que tu y seras heureux.

— Puisque nous serons si proches voisins, tu pourras m'apporter du lait si je suis en panne, suggéra-t-il avec un sourire.

C'en était trop ! La colère déferla en elle comme une vague et elle jeta un coup d'œil à sa mère qui, bien entendu, ne perdait pas une miette de la conversation. Tant pis ! Elle était sur le point d'exploser et elle n'allait pas se gêner.

— Regarde autour de toi, Bryce. Des champs, des granges, des plaines à perte de vue… Tu n'es pas à Wisteria Lane, bon sang ! Ici, on n'a pas le temps de prendre le café ou de siroter des margaritas avec ses voisins.

Elle sentit le dard du regard de Claudia la transpercer. Eh bien, sa mère pouvait penser ce qu'elle voulait, après tout. Vider son cœur lui avait fait un bien fou !

Une peine sincère se peignit sur le beau visage masculin.

— Je suis un peu déçu, Rosalie, murmura-t-il. J'espérais que nous pourrions faire table rase du passé.

Accablée, elle laissa échapper un soupir. Sa colère était retombée. D'un ton radouci, elle déclara :

— Bryce, je te souhaite tout le succès possible. Mais

pour moi, le passé se dressera toujours entre nous. Il m'est impossible de l'effacer. Il nous a façonnés, il a fait de nous les adultes que nous sommes devenus.

« Et ton retour n'y changera rien, conclut-elle en son for intérieur. C'est impossible. »

Croisant les bras, il l'enveloppa d'un regard désolé. Elle comprit, à sa voix sourde, qu'il ne voulait être entendu que d'elle seule.

— Rosalie, je n'ai plus jamais eu d'ami comme Ricky. Ni d'amie comme toi. Et plus jamais, je n'ai aimé comme je t'ai aimée. Je ne peux pas oublier, je ne veux pas…

— Alors tu vas devoir apprendre à vivre avec ce sentiment de néant. Comme moi.

Il ne répondit pas : deux voitures venaient de s'arrêter devant le magasin, amenant de nouveaux clients. Un éclair de tristesse, ou de regret, ou peut-être des deux, traversa son regard dont le bleu s'était assombri.

— A bientôt, Rosie, murmura-t-il. Tout cela est d'une telle tristesse…

— Là-dessus, nous sommes d'accord, répondit-elle d'une voix qu'elle s'appliqua à garder posée.

Son cœur s'était pourtant remis à battre la chamade. Bryce l'avait appelée « Rosie », le surnom de son enfance.

Après avoir pris congé de Claudia, il remonta dans son pick-up et s'éloigna. Refusant de se laisser déstabiliser par la lueur de désapprobation qui brillait dans les yeux maternels, Rosalie chassa ses regrets et salua les nouveaux arrivants.

- 4 -

Bryce sortit de la douche, s'essuya et enfila un T-shirt et un jean. Ce matin-là, il prenait officiellement ses fonctions au centre sportif du lycée de Whistler Creek. Toutes ses pensées auraient dû être concentrées sur cet événement. Alors pourquoi n'arrivait-il pas à faire taire la petite voix intérieure qui, depuis la veille, ne cessait de lui marteler : « Tu vas devoir apprendre à vivre avec ce sentiment de néant » ?

Il dévala l'escalier de la maison familiale pour gagner la cuisine, posa un rapide baiser sur la joue de sa mère, se versa un café et, sans lui laisser le temps d'aborder le sujet de l'achat de la ferme des Harbin, sortit précipitamment pour gagner son pick-up. Il n'était pas d'humeur à discuter.

Quelques minutes plus tard, il roulait sur la large route jalonnée de coquettes maisons, indifférent à la beauté du paysage. Les mots de Rosalie persistaient à le hanter. Tenant sa tasse d'une main, il but une gorgée du breuvage brûlant.

— Qu'est-ce qu'elle attend de moi exactement ? s'interrogea-t-il tout haut.

Il se rabroua. Il était vraiment trop bête. Autant se faire une raison, Rosalie n'attendait rien de lui, voilà tout. Alors pourquoi se fatiguer à chercher des réponses ?

Il poussa un soupir accablé. Il savait très bien pourquoi, en fait. Rosalie n'était-elle pas ce qu'il avait eu de plus précieux au monde ? Des années durant, Ricky et elle avaient été ses compagnons de jeux. Jusqu'à ce merveilleux matin de printemps, le lendemain du bal de fin de terminale, où il avait compris qu'il était fou amoureux d'elle. Pour la première et l'unique fois de sa vie, il avait ressenti un merveilleux sentiment de pure exultation, un raz-de-marée d'émotions balayant tout sur son passage.

Et quand il repensait à ce jour mémorable, il savait que Rosalie avait vibré de la même évidence. Les souvenirs affluaient maintenant à sa mémoire. Le lendemain du bal, un brunch avait été servi chez ses parents, au bord de la rivière. Epuisés par leur soirée de la veille, leurs cavaliers respectifs avaient déclaré forfait. Et, tout naturellement, Rosalie et lui s'étaient retrouvés ensemble. N'étaient-ils pas de vieux amis ?

Le cœur étreint par une émotion sourde, il se revit entraînant Rosalie vers le champ de pêchers, une bouteille de champagne glacée à la main. En riant, il avait fait sauter le bouchon et des paillettes dorées avaient jailli sur la robe à bretelles qu'elle portait.

Pour plaisanter, il lui avait suggéré de boire en croisant les bras, à la façon des amoureux. Après tout, quel mal y avait-il à s'amuser ? Quand Rosalie avait acquiescé d'un battement de ses longs cils noirs, que toutes les filles du lycée lui enviaient, il lui avait déposé un baiser spontané sur la joue. Un baiser chaste, sans arrière-pensées. Pourtant, comme mû par une force incontrôlable, il s'était ensuite emparé de ses lèvres. Aujourd'hui encore, il ignorait ce qui l'avait poussé. Il savait juste que, depuis l'instant où leurs bouches s'étaient unies, celle de Rosalie aussi douce que la brise matinale, plus rien n'avait jamais été comme avant.

Hélas ! Autant se rendre à l'évidence. Aussi doux que soit ce souvenir, il appartenait à un passé bien révolu. Aujourd'hui, il ne devait penser qu'au présent et à cette nouvelle page de sa carrière qui s'ouvrait.

Après avoir traversé sans encombre le centre-ville animé, il arriva au lycée et se gara sur le parking réservé aux professeurs. La seule autre voiture était une berline grise. Il déchargea les cartons de l'arrière de son pick-up sur un chariot et gagna le centre sportif.

A l'intérieur, l'odeur si caractéristique de transpiration

mêlée au parfum indéfinissable des rêves masculins l'assaillit. Il enfila un couloir aux murs décorés des plaques commémorant les donateurs grâce auxquels le centre avait vu le jour. Avisant la première porte sur sa droite, il lut « Bryce Benton, entraîneur » et entra.

Il esquissa un sourire satisfait. En prévision de son arrivée, les murs, débarrassés des diplômes et des photos de Canfield, avaient été repeints en beige. Après avoir posé un à un ses cartons sur le grand bureau métallique, il entreprit de les vider.

Une fois cette tâche accomplie, il s'assit et poussa un soupir d'aise. Ses propres diplômes et récompenses aux murs, il pouvait maintenant se plonger dans ses notes. Il était temps d'étudier sa stratégie de travail.

Après deux heures de concentration intense, il s'interrompit et savoura l'instant. Comme il était bon de se retrouver ici, dans cet endroit où il avait toujours rêvé de travailler ! Il se leva et, de la baie vitrée, regarda le stade. C'était là que, dans quelques jours, il entraînerait des débutants pour en faire de grands joueurs de football américain. Un homme en short et polo et deux jeunes attirèrent aussitôt son attention. Un entraînement de base-ball battait son plein.

Il resta un moment à les observer. Il savait à quel point le lien qui unissait un sportif à son entraîneur comptait. L'équilibre personnel de chaque joueur était essentiel au succès de toute l'équipe. Un équilibre qui ne pouvait exister sans soutien familial.

Un sentiment de nostalgie l'envahit alors. Du temps de Bucky, le bureau devait être rempli de photos de famille. Le sien, en revanche, resterait tristement vide. Il savait pourtant à quel point s'inspirer d'un visage aimé pouvait aider à prendre les décisions qui affectaient tant de vies et tant de rêves.

Il refoula son regret. S'il achetait la ferme des Harbin, il prendrait un chien, un chien photogénique. Et si la chance tournait vraiment en sa faveur, peut-être se remarierait-il un jour. Peut-être serait-il enfin père. N'avait-il toujours pas rêvé d'avoir deux enfants ? Il tressaillit. Le prenant par surprise, la vision de Rosalie s'était imposée à son esprit. La Rosalie d'aujourd'hui qui, en dépit de son regard empreint des ombres du passé, n'avait rien perdu de la renversante sensualité de ses dix-sept ans.

Il secoua la tête avec résignation. Il aurait été déraisonnable de se bercer d'illusions.

— Ne t'aventure pas sur ce terrain, Bryce, s'admonesta-t-il en se levant. Elle a été très claire sur sa position.

Il était temps de se changer les idées et d'aller voir d'un peu plus près les joueurs de base-ball. Quittant son bureau, il gagna le stade. En le voyant approcher, l'entraîneur lui adressa un signe de bienvenue.

— Ted Fanning, se présenta-t-il. Bienvenue à Whistler Creek, Bryce. Ou plutôt, content de te retrouver, devrais-je dire.

Il serra la main tendue.

— Merci et enchanté. Je suppose que ces deux-là sont les stars de l'équipe, enchaîna-t-il en se tournant avec intérêt vers la pelouse sur laquelle évoluaient les deux garçons.

— C'est exact, répondit Ted. Regarde ce lanceur. Il va t'étonner.

Attentif, Bryce admira le jeune joueur, qui exécuta un lancer d'une qualité remarquable.

— Magnifique ! Ce gamin est un as !

— Oh que oui ! s'exclama l'entraîneur en plaçant les mains autour de sa bouche. Montre-nous un *fastball*, Danny.

Sans se faire prier, le garçon se mit en position et visa le batteur.

— Bon sang ! fit Bryce avec un sifflement d'admiration. Cette balle allait à bien 120 kilomètres par heure.

— Je l'ai chronométrée à 125, répondit Fanning avec un sourire. Et cette précision ? Le lanceur bouge à peine le bras. Et je ne te parle pas de sa passion pour le sport. Si je l'écoutais, il consacrerait tout son temps libre à l'entraînement.

Bryce continua à regarder le lanceur phénomène avec une admiration croissante.

— Quel âge a-t-il ? finit-il par demander.

— Quinze ans. Difficile à croire, non ? Il va faire partie de mon équipe pendant quatre ans. Un rêve d'entraîneur.

Bryce garda un silence pensif. Il pensait à sa propre équipe de football. N'avait-il pas devant lui le quaterback idéal ? Une position qui, justement, serait vacante à la fin de la saison en cours chez les Wildcats. Or, il n'avait aucun candidat en vue pour le moment. A moins que…

— Dis-moi, Fanning, y a-t-il une chance de l'intéresser aussi au football ?

Le sourire de Fanning s'évanouit.

— J'espère que tu n'envisages pas de me piquer mon joueur ?

— Non, bien sûr. Mais le base-ball et le football sont tout à fait compatibles. Et il a un bras de quarterback.

Fanning hésita un instant, puis haussa les épaules.

— Les deux saisons ne se chevauchent pas, répondit-il. Et je sais qu'il ne rechignera pas à s'entraîner davantage.

Bryce le dévisagea avec attention. A quoi était due sa réticence ?

— Dans ce cas, quel est le problème ? Tu ne veux pas le partager ?

— Je dois dire que je n'aimerais pas qu'une blessure de foot handicape son jeu au base-ball. Et puis…

— Et puis ?

— Je connais sa mère. Je crois qu'elle ne tient pas particulièrement à le voir jouer au football américain. Elle estime que c'est un sport dangereux.

— Si ce n'est que ça, je lui parlerai.

Pour lui, c'était loin d'être un problème majeur. Il avait déjà persuadé bien des parents réticents.

— Tu pourras toujours essayer, mais elle est aussi très à cheval sur ses résultats scolaires.

— Le petit est-il assez intelligent pour gérer ses devoirs et deux sports ?

Après avoir fait signe à ses joueurs, Fanning répondit d'un air prudent :

— Sans aucun doute, mais tu sais, sa mère est vraiment un cas. Elle ne va pas être facile à convaincre. Je suis bien placé pour le savoir, je sors plus ou moins avec elle.

— Je peux toujours essayer, répondit-il en regardant les deux garçons s'avancer vers eux.

Quand ils arrivèrent à leur hauteur, Fanning posa une main sur l'épaule du lanceur.

— Beau travail, Danny ! Les garçons, je vous présente Bryce Benton, le nouvel entraîneur de football américain.

Ils le saluèrent. Puis, laissant son copain prendre la direction des douches, Danny déclara :

— J'ai entendu parler de vous.

— Et moi, je t'ai observé, répondit Bryce. Tu as un style magnifique.

Bryce le vit donner un coup de pied dans une motte de terre. Manifestement, il était embarrassé par le compliment. Très grand pour son âge, sa carrure d'athlète en faisait le quarterback rêvé.

— Merci, murmura-t-il.

Fanning les regarda tour à tour.

— En fait, Danny, Bryce se demandait si tu aimerais faire partie de l'équipe de football américain.

— Vraiment ? s'exclama le garçon, les yeux écarquillés.

— Oui, j'y ai pensé. Mais il faudrait que tu t'entraînes.

L'enthousiasme de l'adolescent fut de courte durée.

— Je ne sais pas si ma mère serait d'accord, dit-il, pensif. Son frère…

Danny s'interrompit. Saisi d'un pressentiment, Bryce le dévisagea avec intensité. L'estomac soudain noué par la douleur qui, depuis seize ans, était tapie au creux de son ventre, il demanda d'une voix rauque :

— Qui est ta mère, Danny ?

— Elle est professeur de lettres au lycée. C'est Mlle Campano.

Bouche bée, Bryce le fixa un long instant.

— Tu es le fils de Rosalie ? finit-il par bredouiller.

— Oui.

Bon sang ! Son idée d'en faire le nouveau quarterback des Wildcats allait vite tomber à l'eau. Rosalie ne voudrait jamais que son fils joue au football, et encore moins dans l'équipe dont il était le nouvel entraîneur.

Prenant Fanning en aparté, il chuchota :

— Tu connais mon lien avec la mère de Danny, n'est-ce pas ?

— Vaguement. Mais je ne veux pas me mêler de ce qui ne me regarde pas. Tout ce que je sais, c'est que le passé finit souvent par nous rattraper.

Bryce hocha la tête sans rien dire. Un long silence s'installa, puis il s'aperçut qu'il devait avoir l'air stupide. Alors, il se força à sourire et lança :

— Eh bien, je suis content de t'avoir rencontré, Danny ! A bientôt.

Il reprit bientôt la direction de son bureau, encore sous le choc de cette rencontre. Comment le sort pouvait-il jouer de tels tours ? A peine pensait-il avoir repéré une future star du football que la chance lui filait entre les doigts. Pourtant, bizarrement, c'était les paroles de Fanning qui le perturbaient le plus : « Je sors plus ou moins avec elle. » Il ne pouvait s'empêcher de les ruminer.

Quand Rosalie s'engagea dans le parking du lycée, elle remarqua tout de suite le pick-up familier garé à l'ombre d'un chêne.

— Super ! murmura-t-elle pour elle-même en choisissant une place aussi éloignée que possible.

Elle jeta un coup d'œil à sa montre. Il était un peu moins de midi. D'ici peu, si Danny était à l'heure, ce qui n'arrivait pas souvent quand il sortait de l'entraînement, elle le verrait foncer à travers le stade. Avec un peu de chance, tous deux seraient partis avant que Bryce ne regagne son pick-up.

Hélas, la silhouette masculine qu'elle aperçut quelques minutes plus tard n'était pas celle de son fils. Même à cette distance, elle reconnaissait celui qui, après avoir été son ami d'enfance, était devenu l'amour de sa vie. Elle baissa ses lunettes de soleil et l'observa, savourant un instant le plaisir coupable d'apprécier la grâce naturelle de sa démarche sportive et pleine d'assurance. Malgré elle, elle esquissa un sourire. Bryce dégageait toujours le même charme insensé !

Un flot de souvenirs l'assaillit alors : ce matin de printemps, le parfum des pêches se mêlant à son aftershave, leur baiser enfiévré, foudroyant, ces belles mains puissantes qui, pour la première fois, avaient fait vibrer de plaisir son corps juvénile. Pour la première fois, ils… Soudain terrassée par le chagrin, elle ferma les yeux. Comme toujours, son souvenir le plus tendre était gommé par l'image de son frère gisant inconscient sur le sol, par le son de ses propres sanglots et le cri de terreur de Bryce.

Tous les sens en alerte, les émotions à fleur de peau, elle s'obligea à se ressaisir. Elle devait à tout prix garder son sang-froid. Ils seraient désormais amenés à se croiser souvent et elle devait s'y préparer. N'était-elle pas parvenue à tomber sur lui trois fois déjà depuis son retour surprise, vendredi soir ? Toutefois, elle ne voulait pas le revoir dès aujourd'hui, c'était trop rapide. Et surtout pas en présence de Danny.

S'affalant dans son siège, elle tira un roman de la boîte à gants. Elle allait essayer de lire. Même si Bryce l'apercevait, il la verrait occupée et passerait poliment son chemin.

Elle ravala sa frustration. Bien entendu, le regard fixé sur sa page, elle était incapable de déchiffrer un traître mot. Quand, quelques minutes plus tard, elle entendit une portière s'ouvrir et claquer, elle poussa un soupir de soulagement et guetta le bruit du moteur. Pourtant, elle peinait à analyser ses sentiments. Etait-elle soulagée ? Ou déçue ?

Seigneur ! Comment pouvait-elle se montrer aussi indécise ? Une voix masculine qu'elle aurait reconnue entre toutes la fit soudain sursauter.

— Salut Rosalie ! Il me semblait bien avoir reconnu ta voiture.

Réprimant une exclamation, elle tourna vivement la tête pour voir son propre visage se refléter dans les verres des lunettes Aviator. En fait, il n'était pas parti.

— J'ai l'impression que nous n'arrêtons pas de nous rencontrer par hasard en ce moment, ironisa-t-il en se penchant vers sa vitre baissée.

Elle se força à sourire.

— Il est vrai que c'est bizarre, dans une ville de cette taille, répondit-elle sur le même ton moqueur.

Retirant ses lunettes, il pointa une branche en direction du centre sportif.

— J'ai fait la connaissance de ton fils tout à l'heure. Un gamin très sympathique. Et talentueux, en plus ! Quel lanceur !

Machinalement, elle pressa la main contre son ventre. Une boule d'angoisse lui nouait l'estomac. De quoi se protégeait-elle au juste ? Du secret trop lourd qu'elle portait depuis tant d'années ?

— Il paraît, en effet.

— A propos, j'ai aussi rencontré ton petit ami, ajouta-t-il en remettant ses lunettes.

— Mon petit ami ? répéta-t-elle d'un ton qu'elle voulait innocent.

Comme elle regrettait que les verres des Ray-Ban dissimulent maintenant le regard bleu !

— Ted, l'entraîneur de base-ball. Il m'a dit que vous sortiez ensemble.

Elle réprima un geste de mauvaise humeur. Génial ! Combien de fois avait-elle accepté de sortir avec Ted, cet été ? Six fois, au bas mot. Et, hormis Shelby, elle n'avait parlé à personne de cette relation. Il fallait faire comprendre à Bryce qu'il devait rester discret.

— Tu ne devrais pas croire tout ce que les gens racontent.

— Tu ne sors pas avec lui ?

— En tout cas, je n'en discuterai pas avec toi, répondit-elle d'un ton aussi désinvolte que possible.

— Comme tu voudras. Tiens, je crois que Danny arrive, enchaîna-t-il.

Elle jubila. L'enfant tombait à point ! Il ne restait plus qu'à renvoyer Bryce à son pick-up et à emmener Danny loin d'ici. Puis elle pourrait reprendre la routine de sa semaine. La chanson de Bruce Springsteen, *Born to Run*, résonna soudain. Reconnaissant une sonnerie de portable, elle jeta un coup d'œil à Bryce.

— Tu ne réponds pas ?

Il hocha la tête, tira un téléphone de sa poche et vérifia l'identité s'affichant à l'écran.

— C'est mon agent immobilier. A bientôt, Rosie, ajouta-t-il en partant vers son pick-up.

Pour la première fois depuis d'interminables minutes, elle eut l'impression de retrouver une respiration normale. Danny s'approchait de son pas athlétique. Brun, la peau mate, il ressemblait un peu plus à Ricky chaque jour. Une ressemblance qui donnait confiance à Rosalie. Si elle parvenait à le tenir à l'écart de Bryce, jamais il ne se douterait qu'il était son père.

Une nouvelle fois, ses pensées dérivèrent vers le passé. Les quinze jours qui avaient suivi ce premier baiser dans le verger, par quelque enchantement, la magie de l'amour opérant, elle avait vogué en pleine extase. Aujourd'hui encore, elle s'étonnait que Bryce puisse avoir été responsable de ce miracle. Ne l'avait-elle pas toujours considéré comme un frère ? Pourtant, pas un instant, elle n'avait douté de l'évidence de ce qui les unissait : il serait son premier amant.

Ses parents étaient de la vieille école. Elle avait donc décidé, d'un commun accord avec lui, de prendre la pilule à leur insu. Et deux semaines avant le départ de Bryce pour l'université du Texas, ils avaient profité d'un voyage des Benton pour leur première fois.

Oubliant tout, elle s'était laissé porter par la fièvre du moment. Par la passion fusionnelle qui lui avait fait découvrir la volupté, le bonheur de voir son corps exulter sous les caresses de celui que son cœur avait choisi. Comment aurait-elle pu s'imaginer alors qu'ils faisaient l'amour pour la dernière fois ?

Par un atroce coup du destin, Ricky était mort le lendemain même. Et quelques jours plus tard, Bryce quittait la ville.

Il était parti depuis plusieurs semaines déjà quand elle avait découvert qu'en quelques cas rarissimes, la pilule n'était pas fiable. Elle avait pris ses précautions en vain. Et Danny était arrivé.

Bien sûr, en d'autres circonstances, tout aurait pu s'arranger. Mais avouer la vérité au responsable de l'accident qui avait été fatal à son frère lui avait été impossible. Ne savait-elle pas que cette tragédie avait sonné le glas de leur amour ? Comment aurait-il pu en être autrement ? D'autant que, depuis ce jour, le football lui inspirait une peur et une haine viscérales.

La voix joyeuse de son fils la fit retomber sur terre.

— Salut maman ! lança-t-il en s'installant sur le siège côté passager. Désolé de t'avoir fait attendre.

Chassant le passé de son esprit, elle rendossa son rôle de mère et mit le contact.

— Ce n'est pas grave.

Elle lui jeta un coup d'œil avant de démarrer et s'aperçut avec surprise qu'il la regardait d'un air étrange. Intriguée, elle résolut toutefois de ne pas lui poser de question et d'attendre qu'il prenne la parole.

— Je crois qu'aujourd'hui, j'ai pris une décision, annonça-t-il tout à coup.

— Ah oui ? Laquelle ?

— Je vais essayer le football américain.

Elle sursauta et donna un brusque coup de volant, manquant de peu le majestueux chêne séculaire sous lequel, quelques instants plus tôt, était garé le pick-up de Bryce.

- 5 -

— Parce que tu es un joueur de base-ball, voilà pourquoi ! s'exclama-t-elle, maudissant l'irritation qui perçait dans sa voix.

Leur dispute, qui s'était apaisée pendant le dîner, avait repris de plus belle. Les laissant ranger la cuisine, Claudia était prudemment partie regarder la télévision.

— Ce n'est pas une raison, maman !

— Si, c'est une très bonne raison ! Tu joues au base-ball depuis l'âge de quatre ans. Si tu changes maintenant, tu vas perdre tout ton acquis.

— Je ne vois pas ce qui m'empêcherait de faire les deux. J'en suis capable.

— Ecoute Danny, je suis ta mère et…

Elle s'interrompit juste à temps. Elle était sur le point d'invoquer le vieux cliché du « c'est moi qui décide ! ».

Elle ravala sa rancœur. Tout était la faute de Bryce. Il était allé mettre des idées dans la tête de Danny et maintenant, c'était elle qui tenait le rôle de la méchante ! Après avoir raccroché le torchon au-dessus de l'évier, elle prit une inspiration pour recouvrer un semblant de calme et se tourna de nouveau vers l'enfant.

— Chéri, je suis fière de toi, tu le sais. Je sais qu'à force d'efforts et d'entraînement, tu as atteint un excellent niveau de lanceur. Alors à quoi bon prendre le risque de gâcher tout ce travail ?

— Je ne vais rien gâcher du tout, s'obstina Danny en empilant bruyamment des assiettes dans le placard. Les deux sports ne se pratiquent pas à la même saison. Je peux me concentrer sur chacun d'entre eux à tour de rôle.

Puis, la fixant droit dans les yeux, il enchaîna :

— Maman, même mon entraîneur de base-ball me donne son feu vert. Alors pourquoi pas toi ?

Un peu désorientée, elle plissa les yeux et se frotta les paupières. Elle devait prendre sur elle, rester rationnelle. Hélas, ses émotions l'empêchaient de faire preuve de discernement. Elle le savait et elle soupçonnait Danny de le deviner. Même si, bien sûr, il ne connaissait pas toutes les raisons de sa réticence. Au bout d'un moment, elle lui fit signe de s'asseoir et, prenant place en face de lui, les mains croisées sur la table, elle commença :

— Danny, la vérité, c'est que je ne veux pas que tu joues au football américain. Et tu sais pourquoi.

— A cause de l'oncle Ricky ?

— Exactement.

Il poussa un soupir exaspéré.

— Je sais que c'était ton frère jumeau, mais là, ta réaction est carrément démente.

Elle tressaillit et le foudroya du regard. Ces mots lui faisaient l'effet d'un coup de poignard en plein cœur. Peut-être parce qu'ils étaient trop proches de la réalité. Elle savait, bien entendu, que la peur panique que lui inspirait le football américain était liée à la tragédie familiale. Et même si sa réaction tenait de la phobie, elle était incapable de se contrôler. En perdant Ricky, elle avait perdu une moitié de son âme, de son cœur. Depuis, elle avait passé des heures à faire des recherches pour essayer de comprendre l'accident. Des années plus tard, elle était arrivée à la conclusion que, malgré les progrès des équipements, les footballeurs étaient encore trop souvent victimes de blessures à la tête. Les plus touchés étant justement les quarterbacks, comme Ricky, et peut-être comme Danny si elle cédait à ses désirs.

Baissant la tête, il se prit le front entre les mains.

— Je suis désolé maman, je n'aurais pas dû dire ça, murmura-t-il.

— Ce n'est pas grave.

Quand il releva les yeux, qu'il avait du même bleu que ceux de Bryce, la lueur de détermination qui y brillait depuis le début de la soirée était toujours là. Peut-être regrettait-il de l'avoir traitée de démente, mais il n'avait pas dit son dernier mot.

— Je sais que tu aimais beaucoup l'oncle Ricky. J'ai grandi bercé par sa légende de type génial, d'immense joueur de football. Peut-être que j'ai juste envie de marcher sur ses pas ? De lui ressembler ?

— Tu n'as pas à lui ressembler, rétorqua-t-elle. De toute façon, c'est impossible. Tu es toi-même, tu fais tes propres choix, tu construis ta personnalité de manière différente.

Il la fixa sans ciller.

— Je suis au courant du lien entre la mort de l'oncle Ricky et l'entraîneur Bryce Benton, mais tu sais, maman, personne ici ne le tient pour responsable. C'était un accident, c'est tout ! Un accident très triste, mais un accident…

« Un déplorable accident »

Les journaux avaient employé cet adjectif pour qualifier l'inconcevable dans leurs gros titres. Elle savait pourtant que ce type d'accident était plus fréquent qu'on ne le pensait. Et si la raison lui soufflait que personne n'était vraiment responsable, ses émotions liées à cette journée restaient à vif.

Avec tous leurs camarades de terminale, Ricky, Bryce et elle étaient partis pique-niquer au parc pour fêter les résultats du bac. C'était le printemps, elle était amoureuse et l'avenir était porteur de mille promesses. Les économies de ses parents étant destinées à compléter la bourse de Ricky, elle allait commencer par travailler un an pour financer ses propres études de lettres.

Et puis, un jour, elle épouserait Bryce. Sans pour autant abandonner l'université. Oui, en cette belle journée éclaboussée de soleil, elle avait eu le sentiment que le monde lui appartenait.

La laissant disposer les plats de leur pique-nique sur une couverture, les deux garçons avaient commencé à faire les pitres avec un ballon de football américain.

Voyant que Bryce jouait le cador, Ricky s'était mis à courir de l'autre côté de la pelouse.

— Allez, lance ! avait-il crié, le mettant au défi. Je parie que le ballon ne me frôlera même pas.

Bryce s'était exécuté avec une précision mécanique, visant sans le vouloir Ricky à la tempe. Touché, ce dernier était resté immobile, jambes écartées, bras ballants, son rire insouciant résonnant à travers le parc, comme si, forte de l'arrogance de sa jeunesse, la vie l'emportait sur tout.

Et puis soudain, à la stupeur générale, il s'était effondré, inerte. Il avait été déclaré mort dans l'ambulance qui l'emmenait à l'hôpital.

D'après les médecins qui l'avaient examiné, un ancien traumatisme crânien avait provoqué une rupture d'anévrisme. Un diagnostic d'une rareté extrême : les probabilités pour qu'un tel accident se produise étaient proches de zéro.

Depuis, pas un jour ne s'écoulait sans qu'elle ne se pose cette question à laquelle elle ne pouvait répondre : pourquoi Ricky n'avait-il pas arrêté le ballon de la main ? Mais les faits étaient là, tragiques, atroces. Et la vérité restait que jamais, cela n'aurait dû arriver.

— Maman, tu m'écoutes ?

La voix de Danny, à laquelle s'ajoutait la douleur de ses ongles fichés dans ses paumes, la fit retomber sur terre, loin des ombres écrasantes du passé. S'obligeant à desserrer les poings, elle regarda son fils.

— Pardon. Que disais-tu ?

— Tu me permets d'essayer, au moins ?

Elle laissa échapper un long soupir résigné.

— J'ai besoin de réfléchir, Danny. Ta grand-mère va

chercher la commande chez les Benton demain matin. Tu peux y aller avec elle ?

— Oui, acquiesça-t-il du bout des lèvres.

— Moi, je dois passer au centre académique prendre le livre du nouveau programme de littérature. Nous nous verrons après.

— Et tu me donneras ta réponse ?

Elle réprima son irritation.

— J'essaierai. Mais, de grâce, ne me mets pas la pression ! Si tu crois que c'est une décision facile pour moi…

Il fit la grimace. Une lueur de défi brillait dans son regard et il avait la mâchoire crispée. Jamais elle n'avait vu cette expression à son fils.

— Je vais dans ma chambre, annonça-t-il en se levant.

— Très bien.

Elle resta assise un long moment après son départ, en proie aux pires doutes. Que diable allait-elle décider ? La voix de Claudia qui entrait dans la cuisine, Dixie sur ses talons, la tira de sa rêverie.

— Comment ça s'est passé ? s'enquit-elle.

— Mal… Quelle est la meilleure chose à faire quand on a un problème, maman ? répondit-elle en caressant la tête de la chienne.

S'adossant à l'évier, Claudia croisa les bras.

— Le prendre à bras-le-corps, je suppose.

— Exactement. Et c'est ce que je compte faire. J'ai un problème. La meilleure façon de le régler est d'aller trouver la personne qui en est à l'origine.

— Seigneur ! murmura sa mère.

Le lendemain matin, une fois seule, Rosalie composa le numéro des Benton. Même après seize ans, elle ne l'avait pas oublié.

— Allô ?

— Madame Benton ? C'est Rosalie Campano.

Après une fraction de seconde, Marjorie répondit :

— Rosalie. Quelle surprise ! Que puis-je faire pour toi ?

— J'ai besoin de parler à Bryce. Il est là ?

— Non, il avait rendez-vous pour faire expertiser une maison voisine de la vôtre. L'ancienne ferme des Harbin.

— Merci. Je vais aller le rejoindre.

— Tu veux son numéro de portable ?

Après une courte hésitation, elle répondit :

— Oui, je veux bien.

Elle le griffonna sur un morceau de papier qu'elle fourra dans la poche de son jean. Autant l'avertir de son arrivée. Mais elle ne l'appellerait qu'à la dernière minute. Sinon, il ne manquerait pas de deviner la raison pour laquelle elle cherchait soudain à le voir. Elle ne voulait pas lui donner le temps de se préparer une défense.

Une dizaine de minutes plus tard, au volant de sa voiture, elle composait son numéro.

— Allô ?

— Bryce ? C'est Rosalie.

— Rosalie ! Ça va ?

Ignorant sa surprise manifeste, elle expliqua :

— Ta mère m'a dit que tu étais à la ferme des Harbin. Je voudrais passer te voir.

— Je t'attends.

Perplexe, il s'assit sur les marches de la véranda.

L'expert venait de prendre congé, après un compte rendu très positif sur l'état général de la maison. A présent, la perspective de l'arrivée de Rosalie gâchait un peu son enthousiasme. Pourquoi diable souhaitait-elle le voir ? Il avait senti à sa voix qu'elle était contrariée. Ce devait être lié à Danny, sans aucun doute. Malgré ses appréhensions, il esquissa un sourire amer. Pourquoi était-il surpris qu'elle lui en veuille ? Elle devait lui en vouloir depuis son retour, et sans doute même depuis seize ans.

Il fixa l'allée en friche, guettant la petite voiture rouge. Une chose était sûre, il ne capitulerait pas sans se battre. Même Fanning était d'accord pour dire que Danny pouvait pratiquer les deux sports. De plus, rien n'était décidé. Il devait commencer par lui faire passer des tests.

Il se leva d'un bond en voyant apparaître la Ford de Rosalie, qui s'arrêta devant lui dans un nuage de poussière. Elle descendit et, la main en visière, inspecta la maison.

— Je viens tout juste de la faire expertiser, annonça-t-il.

— En fait, si l'on considère qu'elle est inhabitée depuis plusieurs années, elle paraît en bon état, fit-elle remarquer.

Encouragé par l'intérêt qu'elle semblait manifester, il brandit la clé.

— Je te fais visiter ? suggéra-t-il.

— Peut-être une autre fois. Je suis pressée, ce matin.

Il esquissa un petit haussement d'épaules qu'il voulait indifférent. Malgré lui, il était déçu. Il avait essayé de se préparer à cette visite, mais la présence de Rosalie le troublait plus que de raison. Il refoula la vague de nostalgie qui menaçait de l'envahir. Il ne souhaitait qu'une chose : lui arracher un sourire.

— Tu es jolie, ce matin, la complimenta-t-il.

Il avait dit « jolie », mais il pensait « sublime ». Avec son soupçon de maquillage et sa cascade de cheveux bruns retenus en queue-de-cheval par une barrette, elle était d'une fraîcheur délicieuse. Son jean noir et son débardeur rouge en V ne laissaient rien ignorer des douces rondeurs de sa silhouette, ses sandales noires laissaient apparaître des ongles soigneusement vernis. Diablement sexy ! Se morigénant, il s'empressa de chasser ce mot de son esprit. De telles pensées lui étaient interdites !

— J'ai rendez-vous au centre académique, expliqua-t-elle.

— Tu veux t'asseoir avec moi sur les marches ?

Elle lui jeta un regard mordant.

— Je n'ai pas besoin de m'asseoir pour dire ce que j'ai à dire.

Il essaya de dissimuler sa frustration derrière un nouveau sourire.

— Si je comprends bien, il ne s'agit pas d'une visite de courtoisie ?

Elle leva les yeux au ciel.

— Tu sais bien que non ! Bryce, tu as mis le feu aux poudres, chez moi.

— Comment ça ? s'enquit-il de son air le plus innocent, sachant néanmoins qu'il ne faisait que reculer pour mieux sauter.

Il ne couperait pas à la confrontation, elle était inévitable.

— Tu n'avais pas le droit de faire miroiter à Danny les joies du football américain.

Il pinça les lèvres. Là, elle y allait un peu fort. De plus, elle se trompait sur le déroulement des événements.

— Je te signale que c'est ton petit copain qui nous a présentés.

— D'abord, ne dis pas « ton petit copain », c'est immature ! lui enjoignit-elle sèchement.

— Bien, acquiesça-t-il, docile. L'entraîneur de base-ball, Ted Fanning, que tu connais, je crois, nous a présentés. J'ai remarqué les qualités athlétiques de Danny et la conversation a dérivé tout naturellement sur le football.

— Et à aucun moment, le problème ne t'a effleuré ? lâcha-t-elle, glaciale.

Refusant de se laisser déstabiliser, il répliqua du tac au tac :

— Comment aurais-je pu me douter qu'il s'agissait de ton fils ?

— Je te l'accorde. Mais quand tu l'as compris, y as-tu pensé ?

— Oui, reconnut-il. A cause de la rancœur que je t'inspire.

S'il avait espéré l'entendre nier, il en fut pour ses frais.

Elle le toisa de la tête aux pieds et, toujours aussi vertement, répliqua :

— Pourtant, tu ne l'as pas découragé. Je te le répète, tu n'avais pas le droit.

Il contint son irritation. Un bon entraîneur savait se défendre aussi bien qu'attaquer. Il était grand temps de mettre cette théorie en pratique. Il s'était juré qu'il ne se laisserait pas marcher sur les pieds par Rosalie et pourtant, c'était exactement ce qui était en train de se passer.

Croisant les bras, il se drapa dans sa fierté et déclara :

— Tu as peut-être oublié qu'en tant qu'entraîneur de l'équipe de football américain, j'ai certains droits, Rosalie. C'est mon droit, aussi bien que mon travail, de chercher à constituer la meilleure équipe possible. Pour ce lycée, pour la ville et, surtout, pour les joueurs. Autrement dit, il est de bonne guerre de repérer un champion potentiel.

Elle le foudroya du regard.

— Pas mon fils ! rétorqua-t-elle, furieuse. Et je n'ai pas à te rappeler pourquoi.

Il se radoucit à ces mots.

— Je sais, Rosalie, fit-il. Mais sois raisonnable. Crois-tu vraiment qu'un coup du sort aussi tragique puisse se répéter ? Les risques ne sont-ils pas minimes ?

— Ne l'étaient-ils pas la première fois ? murmura-t-elle d'une voix altérée.

Il poussa un soupir résigné. Il comprenait à quel point il était difficile pour Rosalie de voir son fils à un croisement de sa vie, désireux de s'engager sur une voie qui réveillait le drame d'un passé impossible à effacer. Tant pour elle que pour lui-même…

Un sursaut d'orgueil surgit du fond de son découragement. Il devait essayer. Il en avait l'intuition. D'abord pour sa propre carrière. Son avenir ne dépendait-il pas de ses résultats à Whistler Creek ?

Et aussi pour Danny. Même s'il le connaissait à peine, il devait regagner la confiance de Rosalie. Danny Campano ne devait pas payer pour une tragédie qu'il n'avait même pas vécue.

un geste hésitant, il lui posa une main sur le bras. Elle ecula pas. C'était encourageant. Qui sait, peut-être avait-il r eillé une émotion de la Rosalie du passé.

— Ne nous emballons pas, Rosalie. En vérité, Danny ne semblait pas y tenir plus que ça. Il m'a même dit que tu ne serais sans doute pas d'accord.

— Et il avait raison !

Avec un sourire en coin, il laissa retomber sa main.

— Et puis, je ne sais même pas s'il était intéressé.

— Mais maintenant, nous savons qu'il l'est.

Son pied tapotait nerveusement le sol. Il était évident qu'elle se demandait à quel jeu il jouait. Il s'empressa de satisfaire sa curiosité.

— Avant toute chose, il faut s'assurer qu'il ne change pas d'avis. Et puis, peut-être ne sera-t-il pas sélectionné, ajouta-t-il d'un ton qu'il voulait détaché.

Elle resta un instant bouche bée, puis s'exclama d'une voix enthousiaste :

— Exactement ! Il ne sera pas sélectionné. Tu peux empêcher…

D'une main levée, il l'interrompit.

— Non, Rosalie ! Ce n'est pas possible. Tu ne peux pas me demander…

— Si, c'est ce que j'attends de toi, Bryce. Promets-moi de ne pas sélectionner mon fils, et surtout pas comme quarterback.

Accablé, il baissa la tête. Quand il croisa de nouveau son regard, elle le dévisageait, pleine d'espoir.

— Je ne te promets rien, Rosalie. Tu me demandes de prendre une décision alors que je n'ai même pas vu ton fils lancer un ballon de football américain.

— Je te demande de faire preuve de décence, Bryce. Pour mon fils, pour moi, pour ma famille. N'avons-nous pas assez souffert de ce fichu sport ? Les Campano doivent-ils payer encore ?

Elle avait à présent les yeux brouillés de larmes et ses

épaules tremblaient. Devant tant de détresse, il se sentit soudain catapulté des années en arrière. Ce matin de printemps, les pêchers en fleurs, le champagne glacé, le baiser qui avait bouleversé sa vie. Il crispa les poings, se faisant violence. Il aurait tant voulu la prendre dans ses bras, la serrer contre son cœur, lui murmurer des paroles apaisantes au creux de l'oreille.

Autrefois, il était capable de la faire rire et de la faire vibrer sous ses caresses. Mais c'était le passé. Désormais, il pouvait oublier ses rêves où la flamme entre elle et lui se ranimait, intacte, réchauffant leurs deux cœurs engourdis depuis seize ans. La seule émotion qu'exprimaient ces yeux veloutés quand elle le regardait, c'était le regret.

Que n'aurait-il donné pour l'aider à oublier son chagrin ! Un chagrin si intense, si profondément ancré en elle que ce serait perdu d'avance. Quoi de plus normal, après tout ? Les images de cette journée fatidique persistaient à le hanter, lui aussi, son cœur saignait encore de l'injustice de cette mort. Par une effroyable ironie du sort, il avait signé le malheur de la femme qu'il avait voulu protéger de toute souffrance. Et il lui était impossible de réparer quoi que ce fût. De lui rendre cette joie de vivre dont il l'avait privée.

Le chagrin enfla en lui, lui laissant un immense sentiment de vide et de découragement.

— Alors, tu ne le prendras pas dans ton équipe ? le pressa-t-elle.

— Rosie, ne me demande pas ça, plaida-t-il.

— Mais si, je te le demande.

Il la regarda en silence. Elle renifla et essuya ses larmes d'un revers de main.

— Je dois y aller.

La gorge soudain nouée, il chuchota :

— Rosalie, jamais tu ne sauras à quel point je regrette, encore aujourd'hui. Je te l'ai déjà dit au moins cent fois, mais c'est toujours vrai. J'aimais Ricky comme un frère.

Se mordillant la lèvre, elle ne répondit pas tout de suite.

— Moi aussi, Bryce, finit-elle par dire. Moi aussi.

Puis, droite comme un i, elle tourna les talons et se dirigea vers sa voiture.

— J'ai promis à Danny de lui donner ma réponse aujourd'hui.

— Que vas-tu lui dire ? s'enquit-il.

Elle ouvrit la portière et resta un instant à le considérer.

— Je n'en ai pas la moindre idée !

- 6 -

Un pichet de thé glacé à la main, Rosalie sortit dans la véranda. Dixie lui emboîta le pas et s'affala sur les marches. Avec un sourire d'aise, elle prit place dans le rocking-chair. La cuisine était en ordre, elle pouvait se détendre. Claudia, ses lunettes de lecture sur le nez, brodait avec adresse un chemin de table.

— C'est joli, la complimenta-t-elle. Où vas-tu le mettre ?

— Je ne sais pas. Ce sera sans doute un cadeau de Noël.

Le silence se fit, puis, avec un soupir, elle reprit :

— Il a quinze ans, Rosie. C'est normal pour un adolescent de préférer dîner avec ses copains.

— Je sais. Mais ce n'est pas le genre de Danny.

— Il a téléphoné, lui rappela Claudia.

— Il est presque 20 heures, bougonna-t-elle en regardant la route, au-delà de la pelouse. Ce qui m'inquiète, c'est de savoir qu'il est furieux après moi.

— A mon avis, il aurait trouvé une autre façon de te punir que de t'épargner de cuisiner pour lui ce soir, plaisanta sa mère.

Celle-ci reposa son ouvrage et couvrit Rosalie d'un regard interrogateur.

— Alors, qu'est-ce que tu as décidé ? demanda-t-elle.

— Pour le moment, rien, marmonna Rosalie en détournant les yeux. C'est difficile pour moi, maman. Je ne veux pas qu'il joue au football américain.

— Ça, je crois que nous avions compris.

— Tu n'es pas d'accord ?

— Je n'aimerais pas le voir malheureux, Rosie.

— Dans ce cas, tu me comprends ? Ma priorité, c'est de l'empêcher de souffrir.

Avec un sourire patient, Claudia précisa :

— Tu ne m'as pas laissée finir. Il y a plus d'une façon pour un garçon de cet âge de souffrir. Bien sûr, il pourrait se blesser physiquement. Mais les bleus à l'âme sont tout aussi graves.

A ces mots, Rosalie se leva et, le cœur serré, s'accouda à la balustrade.

— Que cherches-tu à me faire comprendre, maman ?

— Que tu ne peux pas enfermer ton fils dans un cocon toute sa vie.

— Ce n'est pas ce que je fais.

— Tu crois ? Il faut le laisser respirer, ma chérie, même si cela va à l'encontre de tes propres désirs. Tu dois le laisser libre de faire ses propres expériences, de prendre ses propres décisions.

Une vague d'amertume submergea Rosalie. Comment sa propre mère pouvait-elle lui prodiguer des conseils aussi cruels ? Le souffle court, elle répondit :

— Je ne comprends pas que tu ne me soutiennes pas. Après tout ce que nous avons traversé… Pour un peu, je pourrais penser que tu as oublié.

Quand elle se retourna, la peine qu'elle découvrit dans les yeux de sa mère la bouleversa. Elle se détesta tout à coup. Pourquoi ne réfléchissait-elle pas avant de parler ?

— Je suis désolée, maman. Ce n'était pas ce que je voulais dire.

— Ne t'inquiète pas. Nous sommes tous un peu à cran.

Un court silence s'installa.

— Donc, si tu étais à ma place, tu lui donnerais ton feu vert ? interrogea Rosalie.

— Je ne pense pas que tu aies le choix, répondit sa mère d'une voix douce.

— Ça, ce n'est pas dit ! Pour qu'un enfant ait le droit de pratiquer un sport, ses parents doivent signer une décharge.

— A ce propos…

Pourquoi sa mère semblait-elle si gênée, soudain ?

— Maman, tu sais quelque chose. De quoi s'agit-il ? la pressa-t-elle en se rasseyant.

— Danny m'a parlé de la décharge.

Elle fronça les sourcils.

— Il est venu te trouver, toi ?

Claudia hocha la tête.

— Il est déchiré. Il veut jouer, mais il voudrait avoir ta permission sans se fâcher avec toi.

Elle marqua une pause, avant d'ajouter :

— Apparemment, il a un plan.

— Quel plan ?

Claudia secoua la tête, visiblement gênée.

— Il m'a parlé de son père… murmura-t-elle.

— Ce n'est pas vrai ! s'exclama Rosalie en fermant les yeux. Et qu'a-t-il dit ?

— Il m'a demandé si je le connaissais.

Une image de la ferme des Harbin passa derrière ses paupières closes. Il n'était pas question que Danny découvre que, bientôt, son père vivrait à moins d'un kilomètre de lui. Réprimant un frisson d'angoisse, elle rouvrit les yeux.

— Que lui as-tu répondu ?

— Tu connais mon horreur du mensonge.

— Maman, je t'en prie, plaida-t-elle, que lui as-tu dit ?

— Que j'ignorais où était son père à cet instant précis. Ce qui était la vérité, puisque je ne savais pas où se trouvait Bryce au moment de notre conversation.

Se forçant à ignorer la petite pointe douloureuse qui lui vrillait le cœur, Rosalie insista :

— Et après ?

— Il m'a demandé si son père vivait à proximité. Je lui ai répondu qu'il n'était pas loin.

— Oh ! mon Dieu ! s'exclama-t-elle, la gorge nouée. Maintenant, il va chercher à le retrouver, je le sais.

— J'en ai bien l'impression moi aussi, ma chérie.

— Il doit se dire que si je refuse de signer les décharges, son père, lui, le fera.

Elle s'interrompit. Elle commençait tout juste à assimiler les conséquences du plan de Danny.

— Maman, mes pires craintes sont sur le point de se concrétiser, reprit-elle d'une voix sourde. Il ne s'agit plus seulement du football, même si c'était déjà un problème de taille. Il s'agit aussi de Bryce. Je ne veux pas que Danny et lui se rapprochent l'un de l'autre. Ils ne doivent rien savoir de ce que j'ai fait.

Une ombre de compassion passa sur le visage de Claudia.

— Ta douleur t'appartient, Rosalie. A toi seule. Tu ne peux pas infliger les regrets de ton passé à Danny.

— Mais je ne peux pas lui dire la vérité ! protesta-t-elle.

— Alors, considère ce que je t'ai raconté comme un avertissement. Que tu le veuilles ou non, tu vas devoir signer ces décharges. Sinon, tu n'auras pas d'autre choix que de trouver une sacrée bonne histoire pour te justifier de lui avoir caché si longtemps l'identité de son père. Ce que tu seras bien obligée de faire un jour ou l'autre, de toute façon.

Assaillie par la culpabilité, Rosalie réprima les sanglots qui lui montaient à la gorge.

— Tout était si simple quand Danny était petit ! Désormais, la vérité peut éclater d'un jour à l'autre. Comment ai-je pu me fourrer dans ce pétrin ?

— Tu n'es pas seule responsable, la rassura Claudia en lui prenant la main pour la réconforter. Nous avons tous notre part de responsabilité : ton père, moi, Roland et Marjorie.

— Pourtant, à l'époque, nous avions pensé prendre la bonne décision.

— Peut-être. Mais aujourd'hui, je ne suis plus si sûre que nous ayons eu raison.

Durant quelques interminables secondes, ces derniers mots planèrent entre elles. Malgré ses tentatives pour juguler les souvenirs douloureux, le passé resurgit alors du fond de sa mémoire. Elle se revit dans la salle à manger des Benton, écoutant la discussion animée qui devait décider de son avenir et de celui de son enfant, chacun campant obstinément sur ses positions. Pourtant, en fin de compte, tous s'étaient rangés à son désir : elle voulait garder le bébé, mais ne rien dire à Bryce. Rien, pas même cette paternité fortuite, ne devait entraver son rêve de faire carrière dans le football professionnel. Pourtant, une question l'intriguait toujours. Durant tout le débat, Claudia avait à peine ouvert la bouche. Il était peut-être temps d'en avoir le cœur net.

— Maman, commença-t-elle, j'avais quelque chose à te demander. Ce soir-là, chez les Benton…

Elle s'interrompit. Dixie s'était levé d'un bond et, debout sur le perron, il battait joyeusement de la queue. Claudia jeta un coup d'œil à l'allée.

— Pas maintenant, Rosalie. Voilà Danny.

Elles le regardèrent descendre de la voiture de son ami, auquel il adressa un rapide salut de la main avant de venir les rejoindre sous la véranda. S'arrêtant sur les marches pour tapoter la tête de Dixie, il leva les yeux et demanda :

— Tu as pris ta décision, maman ? Je peux voir l'entraîneur, demain ?

Elle tressaillit. Au moins, il allait droit au but. Mais elle ne se sentait pas encore prête à lui donner son assentiment. Esquissant un sourire, elle déclara :

— Rentrons dans la maison, tu veux, Danny ?

— Pourquoi tenir mamie à l'écart ? s'étonna-t-il.

Elle préférait s'entretenir avec lui en tête à tête. Encore sous le coup de l'avertissement de sa mère, elle jeta à celle-ci un coup d'œil furtif. Claudia avait ramassé son ouvrage et semblait soudain totalement absorbée par sa couture.

— J'ai pensé que tu avais peut-être faim ?

— Non, je sors de Kentucky Fried Chicken.

— Eh bien, moi, j'ai envie de thé. Rentre avec moi.

Une fois dans la cuisine, elle se versa un grand verre de thé glacé.

— Assieds-toi, mon chéri.

Se laissant tomber sur une chaise, il la fixa, une lueur belliqueuse dans ses yeux bleus. Elle prit place en face de lui et but une gorgée dans l'espoir de rafraîchir sa gorge desséchée. Elle cherchait à gagner du temps, mais, devant l'expression de Danny, elle sentit sa résolution fondre. Comment son visage pouvait-il afficher un tel mélange de détermination et d'espoir ?

— Alors, maman, je peux ?

Serrant son verre si fort que ses jointures en blanchirent, elle répondit :

— J'y ai réfléchi toute la journée. Tu connais mon sentiment.

— Oui, soupira-t-il en s'accoudant à la table. Et tu connais le mien. J'en ai parlé à Greg. Je ne pense pas que tu aies le droit de m'empêcher de jouer au football.

Devant son attitude pleine d'une défiance toute masculine, elle sentit une sueur froide lui mouiller la nuque.

— Tu te trompes, riposta-t-elle d'une voix aussi catégorique que possible. Je dois signer des papiers pour que tu aies le droit de jouer.

Avec un nouveau soupir exaspéré, il fixa la nappe. Ses nerfs tendus comme des cordes, elle guetta sa réaction. A sa grande surprise, elle l'entendit déclarer d'un ton radouci :

— Tu ne m'empêcherais pas de faire ce que j'aime, maman. Tu n'es pas comme ça.

Elle sentit son cœur se gonfler de tendresse. Non, elle n'était pas « comme ça ». Du moins, elle ne l'avait jamais été. D'un autre côté, jamais il ne lui avait demandé de prendre une décision qui mettait à mal ses certitudes les plus intimes. Jamais il ne l'avait fait souffrir ainsi.

Elle le regarda : son fils, la lumière de sa vie, la merveilleuse compensation qui, depuis la mort de Ricky, donnait un sens à chacune de ses journées. L'enfant de celui qu'elle avait aimé de toutes les fibres de son être. Elle n'avait jamais rien refusé à ce fils. Mais ce qu'il lui demandait aujourd'hui lui arrachait le cœur.

Il leva la tête et lui lança un regard dans lequel elle lut

un tel espoir, une telle confiance, qu'elle sentit ses yeux s'embuer de larmes.

— Maman, s'il te plaît.

Ce soir non plus, elle ne pouvait rien lui refuser. Paupières closes, elle pensa à Bryce. Il connaissait sa position. Il avait compris ce qu'elle lui avait demandé la veille. Peut-être prendrait-il la seule décision raisonnable. Du moins, elle l'espérait. Elle pouvait gagner du temps. Peut-être demain…

Ses épaules s'affaissèrent et elle s'humecta les lèvres.

— Tu peux aller parler avec lui, acquiesça-t-elle enfin.

Bondissant de sa chaise, Danny leva un poing victorieux en l'air.

— Maman, tu es géniale !

Une peur glaciale inonda alors Rosalie. Cet enthousiasme ne faisait que décupler ses craintes. Comme son fils ressemblait à Ricky !

— J'ai dit que tu pouvais parler avec lui. Parler, c'est tout ! répéta-t-elle, catégorique. Nous ne savons pas encore ce qui va se passer. Peut-être ne seras-tu pas sélectionné.

Il sortit une bouteille de lait du réfrigérateur et s'en versa un grand verre.

— Tout est possible, déclara-t-il.

— Tu peux aussi changer d'avis.

— Non. Si j'ai la chance d'être sélectionné, je jouerai. C'est ce que je veux maman.

Se rendant sans doute compte qu'il s'emballait un peu, il ajouta :

— Ça et le base-ball. Je peux faire les deux, je le sais.

— Ne rêve pas trop, lui conseilla-t-elle sans grande conviction.

Gênée, elle détourna les yeux. Désormais, elle plaçait tous ses espoirs en Bryce. Lui seul pouvait décider que Danny ne serait pas footballeur. Quelle mère indigne elle faisait !

— Tu pourras me conduire au lycée demain matin, maman ? Je sais que l'entraîneur arrive tôt.

Malgré la raideur de sa nuque, elle acquiesça d'un hochement de tête.

Bryce était assis à son bureau, les dossiers de ses joueurs étalés devant lui. Arrivé tôt en ce jeudi matin, il était déterminé à lire les appréciations de Bucky sur chacun d'entre eux. La semaine suivante, l'entraînement commencerait et il voulait connaître l'évaluation qui avait été faite sur eux avant de se forger sa propre opinion en les voyant en action, sur le stade.

Il réprima un soupir de frustration. En dépit de ses bonnes résolutions, il n'arrivait pas à se concentrer. Depuis sa visite à la ferme des Harbin, Rosalie ne quittait plus ses pensées. Force lui était de se rendre à l'évidence : en revenant à Whistler Creek, il avait nourri certains espoirs. Pas au point de croire qu'ils allaient reprendre leur histoire là où elle s'était arrêtée, non… Mais il avait néanmoins cru à la possibilité de rétablir un lien entre eux.

Bien sûr, après son départ, seize ans plus tôt, il avait collectionné les conquêtes. Il s'était même marié. Pourtant, jamais il n'avait pu oublier le jour où il avait embrassé Rosalie pour la première fois, son cœur prêt à exploser dans sa poitrine, le torrent furieux du désir dans ses veines. Jamais aucun autre baiser, par la suite, ne l'avait bouleversé à ce point. En une fraction de seconde, l'avenir s'était rempli d'espoir. Un espoir que la fatalité avait fait fondre à jamais.

A l'enterrement de Ricky, il n'avait cessé d'observer Rosalie à la dérobée. Elle était figée comme une statue et seules ses lèvres remuaient, murmurant une prière silencieuse. Plusieurs fois ensuite, il avait essayé de reprendre contact avec elle : lui avait téléphoné chez elle, laissé des messages, envoyé d'innombrables lettres… Elle n'avait jamais répondu. Avait-elle même ouvert ses lettres ? Il en doutait. Des années plus tard, après son divorce, les e-mails et les réseaux sociaux étaient devenus le moyen de communication le plus courant. Plusieurs fois, il avait commencé un message à l'intention de Rosalie, avec un « salut, comment vas-tu ? » de vieux copains, avant de le supprimer.

Il s'était tenu informé de la vie de la jeune femme, de loin. L'année qui avait suivi son départ, anéanti par la nouvelle de la naissance de son fils, il avait cessé de lui écrire. Manifestement, Rosalie avait tourné la page, s'était consolée dans les bras d'un autre. Son diplôme universitaire en poche, elle avait accepté un poste au lycée de Whistler Creek. Et, à son tour, il avait tourné la page.

Mais maintenant qu'il l'avait revue, toutes les émotions larvées remontaient à la surface. Il voulait leur donner une nouvelle chance, une chance qu'elle leur refusait. Et pour tout arranger, il y avait maintenant le problème de Danny. Peut-être Rosalie avait-elle convaincu l'adolescent de ne pas passer les tests. Peut-être avait-elle refusé de lui accorder sa permission. Gâcher un tel talent serait regrettable, bien sûr, mais, d'un point de vue moral, il devait s'avouer qu'il en serait soulagé.

S'extirpant de ses réflexions, il se plongea dans un dossier. Il avait du pain sur la planche. Plus il serait occupé, moins il penserait à Rosalie.

Un grattement à la porte lui fit lever les yeux. Il eut un mouvement de surprise.

— Pardon, Bryce. Je peux vous parler ? demanda une voix timide.

Danny se tenait sur le seuil. Avec ses cheveux bruns mi-longs et embroussaillés comme s'il venait de tomber du lit, son T-shirt gris à l'emblème des Wildcats, un bermuda en Nylon qui découvrait ses solides mollets, ses grandes baskets noir et blanc, il ressemblait à n'importe quel adolescent. A la différence près que c'était le fils de Rosalie. Les poings sur les hanches, les épaules en arrière, il se tenait bien droit, feignant l'assurance.

Machinalement, Bryce commença à se lever, mais dut se rasseoir aussitôt. Son cœur battait à coups redoublés.

— Bien sûr, Danny, tu peux entrer, fit-il en lui montrant la chaise devant son bureau. Que puis-je faire pour toi ?

L'adolescent s'exécuta et, croisant les mains sur ses genoux, déclara :

— Je viens passer les tests. Je veux faire partie de l'équipe de football américain.

— Très bien… répondit Bryce en retenant la question qui lui brûlait les lèvres : comment diable le garçon était-il parvenu à convaincre sa mère ? Je ne t'ai pas demandé, l'autre jour : as-tu la moindre expérience dans ce sport ? demanda-t-il.

— Non. A part les matchs à la télévision. Mais je connais les règles et j'ai toujours voulu jouer. Même quand j'étais petit.

Bryce connaissait la réponse à sa question suivante, mais il la posa malgré tout.

— Alors pourquoi ne l'as-tu pas fait ?

Après un coup d'œil vers la fenêtre, Danny le considéra d'un air grave.

— Sans doute parce que je suis toujours parti du principe que j'étais un joueur de base-ball. Pourtant, je crois que je préfère le football.

S'adossant à sa chaise, Bryce croisa les bras. Il était temps d'en avoir le cœur net.

— Danny, ta mère sait-elle que tu es ici aujourd'hui ?

— Oui, elle est d'accord. C'est même elle qui m'a déposé.

Une fraction de seconde, il resta sans voix. Il n'en croyait pas ses oreilles.

— Tu lui as dit que tu allais passer des tests pour la position de quarterback ?

— Oui.

De plus en plus surpris, il le dévisagea attentivement. Danny semblait sincère. Il aurait donné cher pour savoir ce qui s'était dit chez les Campano. Mais le moment était sans doute venu de faire tomber la dernière barrière entre eux. Aucune zone d'ombre ne devait subsister.

— Danny, commença-t-il d'une voix prudente, tu connais mon rôle dans la tragédie qui a frappé ta famille ?

— Bien sûr. Comme tout le monde.

Il marqua une pause, avant d'ajouter :

— Et personne ne vous en tient pour responsable.

Il réprima un sourire d'amertume. Personne, à l'exception de Rosalie.

— Je suis content de le savoir. Néanmoins, tu es la seule personne qui m'intéresse, pour le moment. Je ne sais pas encore ce que tu vaux.

— Je sais, mais j'apprends vite et je sais travailler dur.

— Je n'en doute pas, mais l'intelligence et le courage ne te suffiront pas. Il te faudra aussi le talent.

Danny hocha la tête.

— Tout ce que je demande, c'est qu'on me donne ma chance d'entrer dans l'équipe, comme n'importe quel autre garçon.

Bryce laissa échapper un soupir et répondit :

— Très bien, je vais te donner cette chance, mais n'oublie jamais une chose : si, pour une raison ou pour une autre, tu ne penses pas pouvoir me faire confiance, si les événements du passé te poussent à remettre en question mon autorité, mon jugement et mes décisions, nous ne pourrons plus travailler ensemble.

Danny secoua vigoureusement la tête.

— Cela n'arrivera pas.

— Bien, puisque nous sommes d'accord, allons voir de quoi tu es capable. Tu vas faire une demi-heure d'échauffement. Je te rejoins sur le stade.

— D'accord.

Dès qu'il fut sorti, Bryce prit son téléphone et composa un numéro de mémoire. Il ne lui restait plus qu'à demander à son vieil ami, Gordon Capps, alias Cappy, ancien champion de l'équipe d'Atlanta, de venir lui prêter main-forte. Il avait besoin d'un point de vue objectif pour évaluer le potentiel de Danny, quelqu'un qui ne serait influencé ni par un passé douloureux ni par un présent conflictuel.

Vingt minutes plus tard, Bryce présentait Gordon Capps à Danny, émerveillé. Puis, après avoir confié le jeune garçon à la star du football américain, il les envoya tous deux sur le stade avec un sac de ballons et une pile de cônes orange.

Au bout de deux heures, il les rejoignit. Gordon Capps lui confirma que son intuition ne l'avait pas trompé : Danny était une graine de champion.

Troublé, il resta un moment à les regarder. Les paroles de Rosalie persistaient à le hanter. Comment pouvait-il empêcher cet adolescent de jouer en décidant de ne pas le qualifier ? Danny avait beau lui avoir dit qu'il avait l'accord de sa mère, il voulait en avoir confirmation.

Ruminant ses pensées, il regagna son bureau. Il venait de s'engager dans le couloir quand il pila net. Devant sa porte fermée, Rosalie regardait par la vitre.

Vêtue d'un jogging et de baskets, la lourde masse de sa chevelure brune retenue en queue-de-cheval dégageait un visage rosi par l'effort. Devant sa fraîcheur juvénile, il eut l'impression de remonter le temps. Le cœur étreint d'une émotion indicible, il avait devant lui la Rosalie de sa jeunesse.

- 7 -

— Rosalie ?

Elle se retourna avec l'impression d'avoir été prise la main dans le sac. Mais non, se rassura-t-elle, elle ne faisait rien de mal. Elle se composa un visage impassible. Pourquoi le son même de la voix de Bryce la faisait-elle culpabiliser ?

Il avait un timbre un peu éraillé, comme s'il peinait à prononcer son nom. Il s'approchait d'un pas lent, le regard fixé sur elle. Soudain consciente que son haut en Lycra dévoilait son nombril, elle croisa les bras.

Voyant que Danny était en retard, elle était descendue de voiture pour venir le chercher. Du moins, c'était ce qu'elle s'était dit.

Mais à présent, face à Bryce, devant ce visage et ces bras hâlés, ce corps toujours aussi mince et ces jambes d'athlète, le doute s'insinua dans son esprit. Peut-être que, sans se l'avouer, elle avait espéré cette rencontre.

Elle s'empressa de se rabrouer. Elle ne devait pas oublier qu'il s'agissait de Bryce. Seize ans avaient passé, seize années trop riches en événements pour remuer le passé.

— Bonjour Bryce ! le salua-t-elle d'un air qu'elle voulait dégagé. Je suis venue chercher Danny. Je pensais le trouver dans ton bureau.

Il lui ouvrit la porte et s'effaça devant elle.

— Il est sur le stade. Je suis venu chercher un chronomètre. Nous sommes en train de chronométrer ses sprints.

— Nous ? s'étonna-t-elle. Qui d'autre est là ?

— Gordon Capps.

— L'ex-star du football américain, celui qui a repris le restaurant à Donaldson ?

Bryce acquiesça.

— C'est ça. Cette année, il va m'aider avec les Wildcats.

Elle contint sa surprise. Avoir comme entraîneur une star nationale tenait presque du prodige.

— Que fait-il avec Danny ?

Très à l'aise, Bryce s'assit sur le rebord du bureau.

— J'avais besoin de son avis pour évaluer le potentiel de Danny.

Elle lui lança un regard incrédule.

— Attends un peu ! explosa-t-elle. J'ai autorisé Danny à venir te parler. C'est tout. Il n'a jamais été question de lui faire passer des tests.

Bryce parut gêné et baissa les yeux, se frottant le menton de l'index d'un geste machinal.

— Ah ! Voilà qui est délicat…

Mais quand il releva la tête, son regard n'exprimait aucun doute.

— Danny m'a dit que tu étais d'accord. Pour être franc, je me suis étonné d'un tel changement de cap.

Elle refoula sa colère. Elle devait rester raisonnable. Bryce n'y était pour rien. Danny était seul responsable de cette méprise.

— Il est évident que mon fils a interprété notre conversation à son avantage. Je comprends maintenant pourquoi je l'attends au parking depuis une demi-heure. Je reviens de la gym, acheva-t-elle en repoussant une mèche de cheveux de son front.

Elle sentait soudain un besoin inexplicable de justifier son apparence.

Bryce esquissa un sourire.

— J'avais cru le remarquer.

Elle esquissa un pas vers la porte.

— Bien, il ne me reste plus qu'à aller le chercher sur le stade.

— Attends une seconde ! Tu ne veux pas en discuter ?

Elle tressaillit. Non, elle ne voulait pas en discuter. Quels arguments pouvait-il invoquer pour la convaincre que Danny devait jouer au football américain ? D'un autre côté, une fuite serait lâche et ne ferait qu'affaiblir sa position.

— Si tu veux, acquiesça-t-elle.

Répondant à une invitation muette, elle s'assit et croisa les jambes. Malgré elle, son pied droit tapota le sol, trahissant sa nervosité.

— Qu'attendais-tu au juste de cette évaluation ? demanda-t-il.

Resté debout, il scrutait son visage. Elle déclara d'un ton sans réplique :

— Tu connais ma réponse. Je ne veux pas que Danny joue au football américain.

L'air grave, il croisa les bras.

— Tu ne crois pas qu'il est temps d'abattre tes cartes ? Tu ne veux pas qu'il joue au football ou tu ne veux pas qu'il joue pour moi ?

Elle lui jeta un coup d'œil, méfiante. Comment lui faire comprendre que, pour elle, les deux se valaient ?

— Je ne veux pas qu'il joue au football, précisa-t-elle. Et hier, j'avais cru comprendre que nous étions d'accord.

— Que je ne devais pas le qualifier ?

— Oui. C'était ce que j'espérais de toi.

— Pour te faire plaisir ?

— Oui… Enfin, non ! bafouilla-t-elle. Parce que c'est mieux pour tout le monde.

Un silence s'installa, puis Bryce laissa échapper un long soupir.

— Depuis mon retour, nous avons pris un départ chaotique, toi et moi. Rien ne me ferait plus de peine que de te contrarier encore.

— Dans ce cas, il te suffit de…

— Le problème, c'est que je ne suis pas d'accord avec toi, l'interrompit-il avec fermeté. Je ne pense pas qu'il soit juste de mentir à ton fils sur son potentiel et de le priver d'une place méritée dans l'équipe des Wildcats.

Il s'interrompit pour la regarder droit dans les yeux.

— Je pense même que ce serait tout à fait malhonnête, ajouta-t-il.

S'avançant, il posa les mains sur les bras du fauteuil qu'elle occupait et se pencha vers elle.

— Il est doué, Rosalie. Et il veut cette place.

Elle tressaillit et son souffle se fit saccadé. « Et moi, ce que je veux, ça ne compte pas ? » faillit-elle demander. Des paroles que jamais une mère ne devait prononcer. Le visage de Bryce n'était qu'à un souffle d'elle. Elle voyait les paillettes turquoise dans ses pupilles azur et les reflets dans ses cheveux dorés par le soleil, elle sentait l'odeur de son aftershave boisé s'infiltrer dans ses narines. Son trouble était tel qu'elle ne voulut pas répondre. Elle ne se faisait pas confiance. Elle se contenta de baisser les yeux.

— Ecoute, reprit-il d'une voix radoucie en se penchant encore. Je comprends à quel point tout cela est difficile pour toi. C'est pourquoi j'ai chargé Gordon Capps de prendre la décision. En toute neutralité. Je ne voulais que ni notre passé ni notre présent ne puissent influencer l'avenir de ton fils chez les Wildcats.

Elle releva la tête et soutint son regard qui, assombri par la tristesse, tirait sur l'indigo. Un frisson la traversa. Sa propre expression exprimait-elle la même peine ? Si seulement Bryce pouvait se douter qu'ils étaient tout aussi liés aujourd'hui qu'ils l'avaient été dans le passé ! Peut-être plus encore !

— D'après Cappy, Danny est vraiment doué, ajouta-t-il. Je ne peux pas mentir à ton fils. Ce serait malhonnête et, en plus, il le saurait. Danny est tout à fait conscient de son niveau.

L'espace de quelques secondes, il pinça les lèvres, comme s'il pesait chacune des paroles qui allaient suivre.

— Pour résumer, Rosalie, je te laisse seule responsable d'annoncer à Danny qu'il ne sera pas qualifié. S'il m'a menti sur le but de sa venue ici aujourd'hui, ta colère est justifiée.

Mais cela doit se régler en famille. Je ne suis que l'entraîneur, je refuse de m'en mêler.

« En famille ». Ces derniers temps, pas un jour ne semblait passer sans que la décision qu'elle avait prise seize ans plus tôt avec leurs parents respectifs lui soit rappelée. Une décision qui excluait Bryce. Et chaque fois que le lien de celui-ci avec Danny était évoqué, son cœur saignait un peu plus. Le poids de la culpabilité s'alourdissait. Comment allait-elle jamais survivre à la saison de football, à l'année scolaire… au restant de ses jours ?

A son grand soulagement, Bryce recula enfin. Sa proximité l'avait mise au supplice. Contournant son bureau, il prit le chronomètre dans un tiroir et revint vers elle, la main tendue.

— Viens avec moi, nous allons le regarder des gradins. Cela t'aidera peut-être à comprendre.

Elle lui jeta un coup d'œil sceptique. Puis, fixant les doigts vigoureux qui, autrefois, s'entrelaçaient si naturellement aux siens, elle lui prit la main d'un geste spontané. Il l'aida à se lever et, ensemble, ils quittèrent la pièce.

Assise dans les gradins, elle balaya le stade du regard. Elle s'était toujours sentie chez elle ici. Que d'heures passées à assister aux entraînements de Ricky, de Bryce, à tous ces matchs… et aujourd'hui, c'était son fils qu'elle venait voir.

— Salut, maman ! lança la voix de Danny, la tirant de ses réflexions. Je suis un peu en retard, je crois.

Il s'était approché et regardait sa montre.

— Ce qui m'embête le plus, répondit-elle, c'est de voir que nous ne nous sommes pas compris hier soir. Pour moi, tu venais voir l'entraîneur Benton pour un simple entretien.

— Maman, tu ne peux pas m'en vouloir ! plaida-t-il d'un ton implorant. Regarde qui est venu me faire travailler !

Gordon Capps s'avançait vers eux à grandes enjambées.

— Tu as le chronomètre ? demanda-t-il à Bryce.

— Cappy, je te présente la maman de Danny, Rosalie Campano.

Le visage du champion se fendit d'un large sourire.

— Vous pouvez être très fière de votre fils, madame Campano. Ce garçon est vraiment très doué, ajouta-t-il en posant la main sur l'épaule de Danny.

— Merci, répondit-elle avec un sourire crispé, j'apprécie votre compliment, monsieur Capps.

— Appelez-moi Cappy, comme tout le monde.

— Regarde, maman, je vais te montrer quelque chose.

Cappy et lui regagnèrent le terrain. Bien campés sur ses deux jambes, Danny se mit en position et, à plusieurs reprises, lança le ballon. Devant la perfection de la démonstration qu'il lui offrit, Rosalie se sentit soudain gagnée par un étrange mélange de fierté et d'appréhension. Les yeux embués, elle croisa les jambes et posa les mains sur ses genoux.

— Comme il est beau ! murmura-t-elle pour elle-même.

— Tu as dit beau, Rosie ? s'étonna Bryce en se penchant vers elle.

— Oui, beau. Tant de grâce, d'équilibre, de précision…

Elle se tut, regarda droit devant elle et, d'une voix étranglée, chuchota :

— Exactement comme Ricky.

La main de Bryce couvrit la sienne et il pressa ses doigts, faisant affluer une chaleur diffuse dans tout le corps de la jeune femme. Malgré les larmes qui lui brûlaient les yeux, elle répéta, sans essayer de se dégager :

— Exactement comme Ricky.

Quand Gordon Capps déclara la séance terminée, Rosalie et Bryce descendirent sur le stade.

— Je pense que nous avons trouvé notre quarterback remplaçant, déclara l'ex-champion.

— C'est super, maman, non ? s'exclama Danny, rayonnant.

Elle aurait voulu lui répondre, mais elle ne se faisait pas confiance : allait-elle pouvoir parler sans trahir ses émotions ? Dissipant le silence qui commençait à se faire gênant, Bryce déclara :

— Tu as été excellent, Danny. Il n'y a plus que les formalités à régler. Tu dois faire signer les formulaires d'autorisation et passer une visite médicale.

Le sourire de Danny s'évanouit.

— Ce n'est pas un problème, n'est-ce pas maman ? s'enquit-il d'une voix inquiète.

— Nous verrons, répondit Rosalie, évasive.

— Il faut que tu discutes de cette décision avec ta famille, Danny. Etre membre de l'équipe exige un engagement qui implique tous tes proches, ajouta Bryce en la fixant droit dans les yeux.

Elle esquiva son regard. Peut-être était-il en train de lui offrir une dernière chance de se rétracter, mais elle savait maintenant qu'elle ne la saisirait pas. Elle en était incapable. Et tant pis si elle devait ravaler sa fierté et ses inquiétudes, l'enthousiasme de son fils n'avait pas de prix. Danny ferait partie de l'équipe des Wildcats.

— Nous devons fêter ça, déclara Cappy en posant une main sur l'épaule de Danny. Et si vous veniez tous dîner à mon restaurant samedi soir ? Nous pourrons regarder le match des Braves sur écran géant.

Avec un coup d'œil vers elle, Danny s'écria, plein d'espoir :

— Ce serait formidable ! Maman, tu n'as rien de prévu ?

— Je ne sais pas. Il faut que je voie si je suis libre.

— Venez avec votre mari, Rosalie, ajouta Cappy. Et qui vous voudrez.

— Elle n'est pas mariée, précisa Danny.

Le regard intrigué de Cappy à Bryce ne lui échappa pas et elle sentit une main glacée lui étreindre le cœur. Comme elle se sentait embarrassée, tout à coup ! Dissipant l'instant de gêne, la voix de Danny s'éleva de nouveau.

— Je peux amener mon ami Greg ?

— Bien sûr. Plus on est de fous…

Tous trois se tournèrent vers Rosalie, attendant sa réponse.

— Pour le moment, je ne vois pas de raison qui nous en empêcherait.

Elle refoula sa frustration. Elle allait être obligée de convaincre sa mère de les accompagner.

— Si vous voulez, je passerai vous chercher, proposa Bryce.

— Non, merci. C'est très gentil, mais je préfère conduire. Allons-y, mon chéri, ajouta-t-elle à l'intention de son fils. Il est tard.

— A samedi ! les saluèrent Bryce et Gordon Capps.

Suivie de Danny, elle regagna le parking.

— Tu sais, tu es vraiment géniale, maman ! jubila Danny en s'installant à côté d'elle.

Elle lui offrit un sourire placide. En apparence, peut-être. Mais sa main tremblait tellement que la clé de contact faillit lui échapper. Tout allait si vite. Trop vite ! Presque comme une prière, elle murmura :

— Reste la question de la visite médicale.

— Ce ne sera pas un problème, répondit Danny en bouclant sa ceinture. Je les ai toutes passées pour le base-ball.

Il avait raison. Ce ne serait pas un problème. Un poids oppressant dans la poitrine, elle aspira une longue bouffée d'air et jeta un coup d'œil au rétroviseur. Le panneau d'affichage des scores dominait les gradins. Comme un symbole de changement. Un changement irrémédiable qui menaçait sa vie. Une vie qu'elle avait mis tant de soin à protéger.

Le samedi suivant, après avoir fermé le magasin de primeurs, Claudia demanda d'un air songeur à sa fille :

— Qu'est-ce que je vais bien pouvoir mettre pour la fiesta de ce soir ?

— Ce n'est pas une fiesta, maman. C'est dans un restaurant pour fans de sport. Inutile de te mettre sur ton trente et un.

— Je sais. Je me disais justement que ce serait une bonne occasion de porter mon nouveau jean.

Rosalie esquissa un sourire. Depuis la mort de son mari, Claudia avait suivi ses conseils et adopté un style plus jeune. Une heure plus tard, elle redescendait de sa chambre, douchée et vêtue du fameux jean et d'un chemisier de style paysan froncé à la taille.

— Tu es superbe ! la complimenta Rosalie.

Elle avait, pour sa part, opté pour un haut à broderies anglaises et une jupe blanche avec un petit volant au genou. Même si, bien sûr, elle n'avait nulle intention de flirter, elle aimait se sentir jolie.

Après être passée chercher Greg, elle prit la route de Donaldson, les deux garçons surexcités à l'arrière. Arrivés au restaurant, ils furent chaleureusement accueillis par Gordon Capps. L'ex-star de l'équipe d'Atlanta donna l'accolade à Greg, puis serra la main de Claudia un peu plus longtemps que nécessaire sans chercher à dissimuler l'admiration qu'elle lui inspirait. Après avoir installé le petit groupe sur les confortables banquettes d'un box, il leur tendit les cartes et une télécommande.

— Je vous laisse zapper, déclara-t-il, en désignant la télévision au-dessus de leurs têtes. Baseball, actualités, vous avez l'embarras du choix !

Un coup d'œil à Danny, et Rosalie comprit que le choix serait vite fait.

— Que buvez-vous ? reprit Cappy.

— Un verre de vin, s'il vous plaît, monsieur Capps, répondit Claudia en battant des cils.

Perplexe, Rosalie regarda sa mère. Jamais elle ne l'avait vue minauder de la sorte.

— Appelez-moi Cappy, s'il vous plaît, rectifia-t-il en riant. Et permettez-moi de vous recommander la sangria. Elle est légère et fruitée.

Claudia approuva avec chaleur. Rosalie commanda une bière, les garçons des sodas. Deux minutes plus tard, Cappy revenait avec les boissons.

— Maintenant, je vous laisse choisir vos plats, déclara-t-il en tirant son calepin de sa poche. Prenez ce qui vous fera plaisir. C'est la maison qui offre.

— Ce n'est pas nécessaire, répondit Rosalie, nous…

— Je vous ai invités, souvenez-vous.

— C'est votre habitude de servir vous-même à table ? s'étonna Rosalie

D'autant qu'une armée de jolies serveuses en tenue de sport, que Greg et Danny dévoraient des yeux, virevoltait dans le restaurant.

— Non, mais c'est une occasion particulière, répondit-il avec un sourire à l'intention de Claudia.

Après avoir noté leurs choix, il les laissa. Feignant de s'intéresser au match, Rosalie dégusta sa bière à petites gorgées. Tous les sens soudain en alerte, elle sentit sa gorge se dessécher. Du coin de l'œil, elle avait vu Bryce approcher de sa démarche souple, dégageant comme à l'ordinaire son charme magnétique.

— Vous êtes tous là ! les salua-t-il. Tant mieux ! Je suis en pleine partie de billard, mais je vous rejoins tout de suite après.

Ignorant les battements désordonnés de son cœur, Rosalie se composa un visage impassible.

— Nous ne voudrions surtout pas perturber ta soirée, Bryce, déclara-t-elle. De plus, nous n'allons pas rester longtemps.

— Ah bon, pourquoi ? s'enquit-il avec un sourire. On est samedi.

— Le dimanche, nous avons une matinée chargée. Je te rappelle que le magasin est ouvert.

— Il est à peine 20 heures, répliqua-t-il en regardant sa montre. Même Cendrillon avait la permission de minuit. Attends-moi, Rosalie ! insista-t-il. Je reviens d'ici trois quarts d'heure.

Elle se félicita : en trois quarts d'heure, ils avaient largement le temps d'avaler leur dîner et de partir.

Quarante-cinq minutes plus tard, leurs assiettes étaient vides et la partie de billard battait toujours son plein. Bryce n'était pas revenu et elle estima lui avoir laissé bien assez de temps. Le moment était venu de demander l'addition à Cappy, qui continuait à se montrer aux petits soins avec eux.

Devant son insistance à les inviter, elle céda. Au moment où elle prenait son sac, Danny demanda :

— On peut faire un jeu vidéo, Greg et moi ?

— Non, je veux rentrer.

— Je n'ai pas fini mon vin, Rosalie, fit remarquer Claudia.

Elle étouffa un soupir exaspéré. Si sa mère s'y mettait, maintenant !

— Bon, je vais me laver les mains. Maman, tu termines ton verre et vous, les garçons, vous avez droit à une partie.

Traversant la salle animée, elle se dirigea vers les toilettes. Après s'être rafraîchie et recoiffée, elle ressortit dans le couloir obscur. Soudain, une main vigoureuse se posa sur son épaule. Prise de panique, elle sursauta. Mais qui diable l'entraînait ainsi de force vers la porte de secours ? Son imagination s'emballa et elle inspira profondément pour calmer son pouls affolé.

- 8 -

C'était l'occasion ou jamais de mettre en pratique les bases fondamentales d'autodéfense que lui avait enseignées son père. Enroulant la bandoulière de son sac autour de son poignet, elle visa la tête de son agresseur, qui s'accroupit pour esquiver le coup.

— Rosie, mais qu'est-ce qui te prend ?

Surprise, elle cligna des yeux. Une faible lumière éclairait la terrasse sur pilotis surplombant la rivière, où ils avaient débouché.

— Bryce ? Mais tu es devenu fou ?

Il la regarda, stupéfait.

— Moi, fou ? Mais tu as failli me décapiter !

D'un geste rageur, elle remit son sac en bandoulière.

— Tu as de la chance d'avoir de bons réflexes, bougonna-t-elle. J'aurais pu te faire tomber à l'eau.

— Je n'en doute pas une seconde.

— Qu'est-ce qui t'a pris, aussi, de me traîner comme ça ? Tu te prends pour un homme des cavernes ?

— Mais je ne t'ai pas…

Il s'interrompit avec un soupir. Il semblait avoir renoncé à prendre la peine de se justifier.

— Il faut qu'on discute, tous les deux, finit-il par déclarer. Chaque fois que j'essaye de parler avec toi, tu trouves un prétexte pour t'échapper. Je voudrais juste avoir une chance de te dire deux mots au calme.

Elle frotta ses bras nus et leva les yeux vers l'ampoule unique de la petite terrasse, assaillie par les insectes.

— Je ne tiens pas à rester ici. Il fait sombre et nous allons nous faire dévorer par les moustiques.

— Non, nous ne craignons rien : le ventilateur du restaurant nous protège des moustiques. Et puis, regarde comme c'est joli là-bas ! ajouta-t-il en lui désignant l'autre rive.

Elle tourna la tête vers les centaines de petits points brillants qui clignotaient dans les arbres.

— C'est vrai que c'est joli. On dirait un congrès de libellules.

Vaincue, elle s'adossa à la balustrade.

— De quoi voulais-tu me parler ? s'enquit-elle.

— De Cappy. Tu n'as pas remarqué que ta mère lui avait tapé dans l'œil ?

— Si, et j'ai l'impression qu'elle n'est pas indifférente à ses attentions, acquiesça-t-elle avec un petit sourire.

— Je dois dire que je comprends Cappy : quand Claudia se met à battre des cils… ces cils sublimes dont tu as hérité !

Elle lui opposa un visage impassible. S'il cherchait à la flatter, il perdait son temps.

— Elle a changé, reprit-il. Sa nouvelle coiffure lui va bien. Elle me rappelle Gina Lollobrigida, tu sais, cette actrice italienne si sexy…

— N'oublie pas que c'est ma mère dont tu parles ! protesta-t-elle, feignant d'être offensée. Mais il est vrai qu'après la mort de papa, j'ai tout fait pour l'empêcher de se laisser aller.

Bryce hocha la tête.

— Elle a un petit ami ?

— Oh non ! Elle est bien trop occupée, entre le magasin, la paroisse et ses amies.

— Mais tu crois qu'elle accepterait de dîner en tête à tête avec Cappy ?

— Cela m'étonnerait, répondit Rosalie avec un haussement d'épaules, mais on ne sait jamais.

Un silence s'installa, que Rosalie ne fit rien pour briser.

— On m'a dit que tu faisais du soutien psychologique pour les personnes en deuil, reprit enfin Bryce.

— Des enfants et des adolescents, précisa-t-elle.

— C'est bien.

Le regard brûlant dont il l'enveloppait exprimait une tendresse dont elle se serait bien passée.

— On peut être très seul quand on a de la peine, expliqua-t-elle, vaguement troublée. Il est important de savoir qu'il y a des gens prêts à vous écouter.

Elle marqua une pause, ajoutant d'une voix étranglée :

— Et puis, je sais ce que c'est, je me reconnais dans leur chagrin… Du coup, je les comprends mieux que quiconque.

Bryce baissa la tête, puis se détourna vers la rivière.

— Bien sûr, je comprends, souffla-t-il, le regard perdu sur l'eau.

Rosalie sentit un frisson la traverser. Elle n'était pas d'humeur à reparler de Ricky avec lui.

— Bon, je retourne à l'intérieur. Maman et les garçons m'attendent pour partir.

Bryce secoua la tête avec un sourire narquois.

— Ce n'est pas l'impression qu'ils m'ont donnée ! Juste avant que je t'entraîne sur la terrasse, Cappy et Claudia étaient en grande conversation et les garçons, eux, jouaient à des jeux vidéo.

Agacée, Rosalie s'efforça de refouler son irritation.

— Peu importe ! Si tu n'as rien d'autre à me dire…

— Si, j'ai encore quelque chose à te dire.

— Ah bon ?

— Ecoute… Comme je m'apprête à prendre ton fils en entraînement, je pensais… enfin, j'espérais… que tu pourrais peut-être me parler de son père.

A ces mots, Rosalie eut l'impression qu'un trou abyssal s'ouvrait sous ses pieds. Elle se sentit prise de vertige, mais puisa la force de rester calme dans une grande inspiration. A aucun prix elle ne devait lui laisser entrevoir qu'elle était sur la défensive. Elle déglutit pour répliquer, de sa voix la plus posée :

— Et en quel honneur devrais-je te parler du père de Danny ?

— J'ai entraîné beaucoup de jeunes, Rosalie, et je sais que les pères viennent souvent au stade. Il y en a qui se contentent d'observer. D'autres pensent s'y connaître mieux que moi et ne se gênent pas pour me donner des conseils. Je voudrais juste savoir s'il y a des chances que je me retrouve un jour nez à nez avec le père de Danny.

Rosalie avait saisi la balustrade et elle l'agrippait à présent, si fort que ses jointures étaient blanches.

— Aucun risque !

— Comment peux-tu en être aussi sûre ? Il ne s'est quand même pas volatilisé dans la nature ?

— Eh bien si, figure-toi !

Moins elle en disait, mieux ce serait. Quitte à enchaîner les mensonges.

— Très bien… acquiesça Bryce. Dans ce cas… Mais tu ne peux pas me reprocher ma curiosité, ajouta-t-il en se reprenant. Il fut un temps, juste avant l'arrivée de cet homme dans ta vie, où nous étions proches, toi et moi. Très proches, même. Tu ne dois rien trouver d'étonnant à ce que je cherche à savoir qui m'a succédé.

Elle le défia du regard. Il ne se doutait pas que ses paroles lui offraient la contre-attaque idéale.

— Donc, ce n'est pas de Danny qu'il s'agit, en fait, mais de moi ?

Il la considéra un instant, puis secoua la tête.

— Ou plutôt de nous deux, suggéra-t-il.

Se maudissant d'avance pour le mensonge qu'elle s'apprêtait à proférer, elle rétorqua :

— De toute façon, l'identité du père de mon enfant ne te regarde pas, Bryce !

Elle leva les yeux vers le ciel étoilé, s'attendant à être frappée par la foudre.

— Comment peux-tu dire une chose pareille ?

La voix masculine avait pris une intonation glaciale qui la surprit.

— J'ai essayé de te joindre des dizaines de fois, enchaîna-t-il. Tu as ignoré tous mes appels, toutes mes lettres. Et j'étais à peine parti que, déjà, un autre m'avait remplacé.

Il lui semblait sentir le sang bouillonner dans ses veines et elle brûlait d'envie de l'envoyer balader pour mettre fin à cette conversation. Cependant, même si sa réputation en souffrait, c'était cela que Bryce devait croire : qu'elle avait vite tourné la page après son départ. Aussi préféra-t-elle se taire.

— Je te connais, Rosalie, poursuivait-il néanmoins. Tu es très exigeante. Le type qui m'a remplacé devait être exceptionnel.

— Loin de là, affirma-t-elle en luttant contre les larmes qui montaient. Seulement, je souffrais. Je venais de vous perdre tous les deux, Ricky et toi.

Il la dévisagea d'un air soudain très grave, avant de murmurer :

— Tu ne m'avais pas perdu, Rosalie. Tu m'avais repoussé.

Elle soutint son regard sans ciller. Il était impossible de nier cette évidence.

— D'accord, je le reconnais. N'empêche que je me sentais seule et que j'ai fait une bêtise, voilà tout… Et que j'ai pris la décision d'élever Danny à la maison, avec mon père et ma mère. Ce choix, je ne l'ai jamais regretté.

Il l'observait, les sourcils froncés. Quelque chose semblait le perturber.

— Mais dis-moi, Rosalie, j'ai une question : le père de Danny sait-il qu'il a un fils ?

Prise de court, elle cligna des yeux. Comment contourner la question, cette fois ? Si seulement son cerveau était plus réactif !

— Rosie ? insistait Bryce.

Elle secoua la tête et prit une profonde inspiration.

— Là, tu t'aventures sur un terrain que tu n'as pas le

droit d'explorer, Bryce. C'est mon histoire. Je l'ai gérée de la meilleure façon possible. Je ne te dois aucune explication.

Ignorant l'éclair de douleur dans le regard de son interlocuteur, elle baissa les yeux et posa la main sur son cœur, qui cognait dans sa poitrine. Combien elle s'en voulait de lui mentir ainsi ! Toutefois, elle ne pouvait faire autrement. Elle devait penser à Danny… et à elle-même.

Elle releva brusquement la tête en sentant la main de Bryce se poser sur son bras.

— T'arrive-t-il de repenser à nous, Rosie ? interrogea Bryce. A ces semaines de printemps ?

Un long frisson la parcourut à ces mots. « Si je pense à nous ? avait-elle envie de lui hurler. Mais j'y pense tout le temps, chaque fois que je croise le regard bleu ciel de mon fils, chaque fois que je regarde d'anciennes photos de classe, chaque fois que je vais à l'entrepôt de tes parents pour chercher de la marchandise, chaque fois que je vois une photo de Ricky ! »

Cependant, c'était impossible. Elle devait prendre sur elle, se faire violence.

— J'ai appris à ne pas ressasser le passé, affirma-t-elle d'une voix neutre.

— Super… Bravo… répliqua-t-il d'un ton dénué d'enthousiasme qui contrastait avec les mots. J'avoue que moi, je n'ai pas encore réussi à en faire autant.

Elle ne pouvait ignorer l'immense tristesse qui perçait dans sa voix. Elle lui lança un regard étonné.

— Je ne comprends pas, dit-elle. Je sais que tu as été marié. Cela prouve bien que, comme moi, tu es passé à autre chose.

Il fixait à présent ses propres doigts, qui tapotaient la balustrade.

— Je suis passé à autre chose parce je pensais que c'était le plus raisonnable, expliqua-t-il. Ce qui ne veut pas dire que je n'ai pas aimé ma femme, attention ! précisa-t-il en relevant la tête vers elle. J'ai vraiment été amoureux. Et j'ai voulu ignorer les signes qui me disaient que nous n'étions pas faits l'un pour l'autre.

— Quels signes ?

— Nous n'avions pas la même conception de la vie. Pour commencer, je voulais avoir des enfants. Pas elle.

Accablée, Rosalie sentit le chagrin l'envahir. S'il savait qu'en réalité, il en avait déjà un !

— Elle comptait sur deux bons salaires pour nous faire vivre confortablement et ne trouvait pas mes revenus d'entraîneur sportif suffisants. Elle rêvait de faire une belle carrière et de vivre dans une métropole. Moi, je voulais revenir en Géorgie.

Le regard perdu au loin, il ajouta :

— Maintenant que j'y suis, je sais que j'ai pris la bonne décision, même si cela m'a coûté mon mariage.

— Où est ton ex-femme, maintenant ?

— Dans le Maryland. Elle est journaliste à la télévision et elle est avec un homme qui a vingt ans de plus qu'elle. Tout est bien qui finit bien !

— Pour toi aussi, approuva-t-elle.

Il émit un petit rire désabusé.

— Je ne dirais pas ça.

— Ah bon ?

— Non. Parce qu'il y a toujours… toi.

— Moi ?

Elle se sentit rougir, mais fut incapable de détourner les yeux. Une décharge électrique venait de la traverser, un tourbillon d'émotions familières resurgissait du fond de son cœur. Bryce la fixait sans ciller.

— Je ne vois pas quel est mon rôle dans ton avenir, Bryce, hasarda-t-elle.

Il esquissa une ombre de sourire.

— Allons, Rosie ! Tu fais partie de mon passé, de mon présent. Et maintenant que je vais entraîner Danny et que je vais te voir régulièrement, comment imaginer que tu ne joueras pas un rôle dans mon avenir ?

— Minime, s'empressa-t-elle de préciser. Le football, c'est entre Danny et toi.

La mâchoire crispée, il rétorqua :

— En attendant, je ne suis pas dupe. Je sais très bien que tu n'es pas du tout emballée par la sélection de Danny.

— J'ai accepté la décision de mon fils.

— Mais dans le fond, tu espères qu'il change d'avis, nuança-t-il avec un sourire teinté d'ironie.

Elle ne put qu'acquiescer. C'était la vérité, même si elle savait que cela n'arriverait pas.

— De plus, reprit Bryce, je ne parle pas seulement du football.

Une sourde angoisse lui étreignit la poitrine. Cette conversation était sur le point de prendre une tournure trop intime. Elle était devant la personne qui avait le plus compté dans sa vie et elle pressentait que les paroles qu'il s'apprêtait prononcer pouvaient faire soudain fondre toutes ses bonnes résolutions, mettre son cœur à l'épreuve, ranimer les douleurs du passé. Les jambes en coton, elle chancela et se rattrapa de justesse à la balustrade.

— Je dois y aller, murmura-t-elle.

Il la retint par le bras.

— Pas encore, Rosie.

— Bryce…

— Tu ne comprends pas ? demanda-t-il, la voix fiévreuse, tout à coup. Notre histoire n'est pas terminée, Rosie. Elle ne l'a jamais été. Je voudrais nous donner une nouvelle chance. Savoir comment ce serait si nous étions ensemble.

La main qu'il posait sur son bras la brûlait. Elle devait se dégager, fuir. Même si une partie d'elle-même mourait d'envie de rester pour voir si, ranimant les heures incandescentes du passé, la caresse pourrait la réchauffer au plus profond de son être, lui faire oublier ses peurs et ses peines. Mais non : elle connaissait déjà la réponse. Ce n'était pas une bonne idée.

— Seize ans ont passé, Bryce. Cela fait longtemps, trop longtemps, murmura-t-elle d'une voix faible.

— Je ne suis pas d'accord.

— Alors c'est que tu as un peu trop bu ce soir. Toi et moi, nous sommes victimes d'un passé qui nous a fait tellement de mal que…

Elle ne put poursuivre : il avait levé la main pour repousser d'un geste tendre une mèche rebelle, qu'il lui cala derrière l'oreille, avant de lui caresser la joue du bout des doigts. Un lent frisson l'électrisa.

— Nous ne sommes pas des victimes, Rosie, poursuivit-il. Nous sommes vivants. Nous sommes là. Nos émotions sont intactes. Nous nous devons de…

Tout en parlant, il avait penché la tête vers elle et sa bouche n'était plus qu'à un souffle de la sienne. Sentant la panique monter en elle, elle secoua la tête avec frénésie.

— Non…

Mais déjà, il lui frôlait les lèvres des siennes. Une première fois, une deuxième, avec douceur, en un baiser léger, puis plus fervent. Elle avait à la fois le cœur battant et l'estomac noué. Son instinct lui soufflait de reculer, de prendre ses jambes à son cou et pourtant, une foule d'images l'assaillaient, son esprit s'était mis à tournoyer et elle ne pouvait que rester, savourer, répondre à cette tendresse inattendue.

Toute cette chaleur qui l'inondait faisait remonter en elle des sensations oubliées. Car il était inutile de persister à se mentir, jamais aucun homme n'avait jamais fait réagir son corps avec autant d'intensité.

Il l'avait prise dans ses bras à présent, tout naturellement, et elle sentait ses nerfs tendus comme des cordes.

Quand il revint à l'assaut de sa bouche, ce fut avec une telle soudaineté qu'elle n'eut pas le temps de réagir. De toute façon, elle eût été incapable de se dérober à de telles sensations. Etouffant son gémissement, il resserra l'étreinte, la forçant à se cambrer contre lui. Ils échangèrent alors un baiser violent, enflammé, sauvage, comme pour assouvir une faim creusée par des années de privation.

Puis il se détacha légèrement et rouvrit les yeux. Sous

ses sourcils froncés, il la fixa comme s'il la voyait pour la première fois.

Elle avait le souffle court et la tête lui tournait. A la seconde précise où il l'avait prise dans ses bras, elle n'avait plus eu aucune volonté propre et s'était abandonnée. Et maintenant qu'il la relâchait, elle devait lutter pour retrouver son équilibre.

Sa main chercha la rambarde. Une brise fraîche éventait ses lèvres humides. Bryce lui souriait.

— J'étais obligé de t'embrasser, Rosie, lui murmura-t-il. Il fallait que je sache…

Alors Rosalie reprit soudain ses esprits et son cerveau embrumé s'éclaircit. Seigneur ! Qu'avait-elle fait ? Le poids de la culpabilité l'oppressa, plus lourd que jamais.

— Je… Il ne faut pas que… que ça se reproduise… bredouilla-t-elle.

— Je crois que tu ne parles pas sérieusement, répondit-il sans cesser de sourire.

— Si. Nous ne pouvons pas retourner en arrière.

— Pourquoi ? Parce que tu ne me pardonneras jamais ce qui est arrivé à Ricky ? interrogea-t-il en se rembrunissant.

Elle n'eut pas le cœur à le faire souffrir. Certes, elle n'oublierait jamais le jour de la mort de Ricky, ni la façon dont il était mort, mais elle avait pardonné à Bryce.

— Mais non, ce n'est pas ça…

— Explique-moi, je ne comprends pas.

Elle refoula la vague de chagrin qui menaçait de la suffoquer. Comment expliquer que c'était à elle-même qu'elle ne pardonnerait jamais ?

— Il faut que j'y aille, répéta-t-elle en secouant la tête.

— Ne t'en fais pas, tout ira bien, assura-t-il en lui frôlant la joue du bout des doigts.

Elle le regarda avec l'impression d'être un animal aux abois. Avait-il compris ? Devinait-il à quel point elle était bouleversée ? La voyait-il comme elle était vraiment ? Une dernière fois, elle hocha la tête et regagna l'intérieur du restaurant.

- 9 -

A la minute même où elle monta en voiture, Rosalie alluma la radio, signal tacite qu'elle ne voulait pas être interrompue dans ses réflexions. Une fois sur l'autoroute, son esprit ne cessa d'être assailli de pensées qu'elle était incapable d'ignorer.

Comment aurait-elle pu prétendre que ce baiser n'avait pas existé ? Ils s'étaient embrassés. Elle sentait encore les lèvres de Bryce sur les siennes. Chaudes, avides, aussi parfaites que dans son souvenir. Elle réprima un frisson. Qu'était-elle censée faire, désormais ? Le laisser l'embrasser de nouveau comme elle savait qu'il en avait envie ? Comme elle en rêvait ? Ce serait de la folie, une pente bien trop dangereuse sur laquelle elle ne devait pas se risquer. Et pourtant, elle ne pouvait pas plus effacer ce baiser que changer le passé.

Les yeux rivés sur les bandes blanches de la route à deux voies, elle accéléra. Mais son esprit vagabond l'avait catapultée seize ans en arrière, à un tout autre endroit. Elle était dans la cuisine des Benton, baignée de la lumière du couchant. Elle les revoyait, tous les cinq, prêts à décider de l'avenir sans même solliciter l'opinion de celui qui, sans le savoir, était au cœur du dilemme. Bryce avait rejoint l'université du Texas deux semaines auparavant.

Ce même matin, quand il avait appris qu'elle attendait un enfant, son père avait téléphoné aux Benton pour annoncer leur visite. Le deuil qui venait de le frapper l'avait poussé à agir de façon rationnelle, sans laisser place aux émotions. Il n'avait pas vu d'autre solution que d'aller trouver les parents de Bryce.

Après les préambules de rigueur, Marjorie leur avait proposé du café, mais ils avaient refusé. Puis Enzo avait parlé.

— Roland, toi et moi, nous nous connaissons depuis longtemps. Nos relations professionnelles nous poussent à nous respecter mutuellement.

Le père de Bryce avait acquiescé d'un hochement de tête.

— Le respect est partagé, Enzo.

— Alors, je vais vous dire ce qui nous amène : Rosalie attend un enfant. Bryce en est le père.

La main sur la bouche, Marjorie avait étouffé un cri d'effroi. Roland, lèvres pincées, avait fixé ses doigts croisés pendant un moment qui avait paru interminable à Rosalie. Puis il avait levé les yeux vers elle.

— Tu es sûre ?

— Certaine.

— Mais comment pouvez-vous affirmer que Bryce est le père ? avait objecté Marjorie.

— Marjorie ! l'avait coupée son mari d'un ton sévère.

L'air sombre, il avait alors demandé :

— Que comptez-vous faire ?

— Garder le bébé, avait répondu Enzo en tapotant la main de sa fille en un geste réconfortant.

Même ce soir, alors qu'elle conduisait sur cette route sombre, Rosalie revoyait la main solide de son père sur la sienne, les poils noirs sur ses phalanges vigoureuses de travailleur, les traces de la terre des Benton sous ses ongles. A cet instant précis, elle avait eu l'impression qu'elles lui insufflaient leur force. Enzo avait parlé en leur nom à tous les trois : aucune autre option n'était envisageable.

Marjorie avait émis un petit son qui ressemblait à un sanglot.

— Tu comptes le faire adopter ? avait-elle demandé sur un ton où perçait l'espoir.

— Non, madame, avait-elle répondu.

— Dans ce cas, qu'attends-tu de nous ? L'as-tu dit à Bryce ?

Elle avait secoué la tête.

— Je vais l'appeler pour lui demander de rentrer, avait déclaré Roland en se levant.

Encore aujourd'hui, elle se revoyait lui intimer, d'une voix qu'elle était parvenue à rendre catégorique :

— Non !

— Tu veux l'appeler toi-même ? Bien sûr, je comprends.

— Non, monsieur.

Roland s'était rassis en la dévisageant, les sourcils froncés.

— Je sais que Bryce et toi aviez des sentiments l'un pour l'autre avant… avant la tragédie. Tout le monde en était conscient. Bryce fera ce qu'il doit faire, Rosalie.

— Vous voulez parler de mariage ? avait alors demandé Enzo.

Marjorie avait étouffé un nouveau sanglot.

— Bien sûr, avait affirmé Roland en décochant un regard sévère à sa femme. Nous serons heureux d'accueillir Rosalie dans notre famille.

Avec un hochement de tête approbateur, Enzo avait dit :

— Nous voyons donc les choses de la même façon. J'ai moi-même tout de suite considéré le mariage comme la seule solution.

— Dans ce cas, il faut prévenir Bryce dès que possible.

C'est alors qu'elle était intervenue. Il était temps de faire comprendre aux Benton qu'elle ne comptait pas épouser leur fils. Elle préférait ne rien lui dire, plutôt que de le voir obligé d'endosser cette paternité et de renoncer à sa carrière de footballeur. Pour rien au monde, elle n'aurait voulu prendre le risque d'être haïe un jour par lui pour avoir brisé son rêve.

— Monsieur Benton, je ne veux pas me marier.

Elle avait feint de ne pas entendre le soupir de soulagement de Marjorie.

Enzo avait levé la main, presque suppliant.

— Vous êtes témoins de son obstination ! avait-il déclaré. C'est pour cela que nous sommes venus ce soir. Pour que vous puissiez m'aider à persuader ma fille.

— Tu ne veux pas que ton enfant ait un père ? avait demandé Roland en se penchant vers elle.

D'une voix étranglée par l'émotion, elle avait répondu :

— Je ne veux pas qu'il ait un père malheureux. Bryce a quitté Whistler Creek pour réussir sa vie. Pourquoi devrait-il sacrifier tout ce pour quoi il a travaillé à cause d'une erreur de parcours ?

Elle aurait pu mettre plus de conviction à défendre sa cause, ajouter que la mort de Ricky avait brisé le lien entre Bryce et elle de façon irrémédiable. Mais elle soupçonnait Roland de l'avoir déjà deviné. D'un air entendu, ce dernier avait répondu d'une voix douce :

— Parce ce que le résultat de cette erreur, c'est un bébé. Le bébé de Bryce.

Devant le sourire encourageant de Marjorie, elle avait repris :

— Tout ira bien. Ma mère et moi, nous en avons discuté. Je l'élèverai chez mes parents. Mon père sera là pour lui.

— Je suis d'accord, Rosalie, bien sûr, avait acquiescé Enzo. Mais ce n'est pas la même chose.

— En effet, avait renchéri Roland. Bien sûr, cet enfant ne pourrait rêver meilleur tuteur qu'Enzo. Mais as-tu pensé à ton avenir, Rosalie ? Tu vas devoir sacrifier tes études pour l'élever.

Elle avait réfléchi un instant. La mort de Ricky avait déjà retardé ses projets d'études de toute façon, et elle allait être obligée de les remettre encore.

— Oui, Rosalie, avait renchéri Marjorie. Si tu élèves l'enfant à Whistler Creek, les gens vont jaser. Et si ta réputation en souffrait ? Et si tu ne trouvais pas de travail pour faire vivre le bébé ?

— Je ne m'inquiète pas de ça, avait-elle répondu. Au début, c'est vrai, les gens vont en parler, mais ils se lasseront vite. Je suis chez moi ici. C'est ici que je veux élever mon enfant.

— Mais tout le monde va savoir ! avait insisté Marjorie.

— Ce qu'ils sauront, c'est que j'ai eu un bébé. Mais

personne ne connaîtra l'identité du père. C'est un secret qui ne devra pas filtrer de cette pièce.

— Mais Bryce, lui, doit savoir ! avait protesté Roland. C'est de son enfant qu'il s'agit.

— Je pense que Rosalie a pris la bonne décision, était alors intervenue Marjorie.

Roland lui avait lancé un regard dur et un silence gêné s'était installé. Puis, un instant, il avait pianoté sur la table d'un air distrait, avant de s'adresser de nouveau à Rosalie.

— C'est à toi de décider et je respecterai ton souhait. Cependant…

— Je ne changerai pas d'avis. Bryce est parti. Son avenir est tout tracé, monsieur Benton. Voulez-vous gâcher la vie de votre fils ? Non ! Je vais élever cet enfant avec mes parents et il grandira dans un foyer aimant et équilibré.

Avec un long soupir accablé, Roland s'était frotté la nuque. Il l'avait enveloppée d'un regard plein de tristesse avant de murmurer :

— Je n'aime pas ça, Rosalie. Ce n'est pas honnête.

— N'est-ce pas tout aussi malhonnête de se marier si on ne s'aime pas ? avait-elle fait valoir. Laissez Bryce vivre sa vie ! Je ne veux pas qu'il soit impliqué dans la mienne. Je vous demande de respecter mes souhaits, mon intimité. Je ne serais même pas venue vous trouver ce soir si papa n'avait pas insisté. Je vous en prie, monsieur, c'est le mieux pour tout le monde.

— Et toi, Rosalie ? Est-il juste que tu renonces à tes propres rêves ?

— Depuis la mort de Ricky, mes rêves ne comptent plus beaucoup, monsieur Benton. Et puis, j'ai un nouveau rêve, désormais, avait-elle ajouté en posant une main sur son ventre. Et tout va bien.

Elle revoyait encore les yeux empreints de tendresse de Roland.

— Je comprends, avait-il soupiré. Mais tu comptais aller à l'université…

— Je voulais être professeur, oui, confirma Rosalie. Mais peut-être que ce sera malgré tout possible un jour.

Roland avait consulté sa femme du regard. Celle-ci semblait suspendue à ses lèvres.

— Dans ce cas, laisse-nous t'aider financièrement jusqu'à ce que tu puisses gagner ta vie pour élever ton enfant, avait-il proposé.

— Ce ne sera pas nécessaire, était intervenu Enzo dans un sursaut de fierté. Je suis capable de prendre soin de ma famille.

— Je sais bien, Enzo, mais, vu la situation, ce n'est que justice. Je tiens à financer les études de Rosalie.

— Pardon ? avait-elle murmuré, peinant à croire à sa chance.

— Pour nous, ce serait un honneur.

Une étincelle de joie pure avait jailli en elle. Après des semaines d'un chagrin implacable, elle avait l'impression de renaître à l'espoir. Son père allait-il accepter la généreuse proposition de Roland ?

— Nous ne voulons pas de votre charité, avait décrété Enzo.

Le cœur serré, elle avait baissé la tête, tandis que Roland reprenait la parole.

— Ce n'est pas de la charité, Enzo. C'est un cadeau à la fille d'un collaborateur de longue date. Et c'est un investissement dans l'avenir de notre petit-fils. J'y tiens. Même si je ne peux pas reconnaître ce bébé en tant que membre de ma famille, permets-moi au moins, pour ma tranquillité d'esprit, de faciliter son arrivée au monde.

— Papa, je t'en prie ! avait-elle alors plaidé en se tournant vers Enzo.

— C'est une chance unique, Enzo… avait réchenri Claudia, prenant la parole pour la première fois.

Tous les yeux étaient braqués sur l'intéressé.

— Si c'est ce que tu souhaites, Rosie, avait-il fini par soupirer.

Le cœur gonflé d'allégresse, elle s'était jetée à son cou.

C'est alors que Marjorie avait prononcé des paroles qui ne devaient plus jamais quitter sa mémoire.

— Je compte sur toi pour ne pas oublier ta promesse, Rosalie. Bryce ne devra jamais rien savoir.

Retombant soudain sur terre, elle s'aperçut qu'elle arrivait à l'embranchement qui menait chez Greg. L'esprit encore embrumé par tous ces souvenirs, elle comprenait soudain l'indéniable réalité : s'il lui avait été facile de faire cette promesse à l'époque, elle n'était pas sûre de pouvoir la tenir désormais.

Attablée face à Claudia devant un mug de café fumant, Rosalie étouffa un bâillement. Il était 8 heures en ce lundi matin et elle était encore en peignoir.

— Je t'ai entendue rentrer hier soir, déclara sa mère. Je pensais que tu viendrais me raconter ta soirée avec Ted.

— Il n'y avait pas grand-chose à dire, tu sais…

— Vous n'êtes pas allés au cinéma ?

— Si.

— Qu'avez-vous vu ?

— Un film d'action, avec Tom Cruise.

— Et après, vous êtes sortis ?

— Non, j'avais mal à la tête.

— Ah bon ? Tu n'es pourtant pas sujette aux migraines.

C'était exact. Mais, ces dix derniers jours, elles s'étaient faites de plus en plus fréquentes.

— Où veux-tu en venir au juste ? s'impatienta-t-elle.

— Nulle part. J'ai juste l'impression que ça ne marche pas fort, entre Ted et toi.

Rosalie mit deux tranches de pain dans le grille-pain et enfonça le bouton d'un geste rageur.

— Nous n'avons jamais été proches, maman ! Nous sommes juste de bons amis.

— Vraiment ? Je doute qu'il soit d'accord avec ta vision des choses.

— Qu'est-ce que tu en sais ?

— Vous ne vous embrassez pas ?

Elle réprima son exaspération. Bien sûr que si, ils s'embrassaient. Ils s'étaient encore embrassés la veille au soir. Mais ce baiser ne lui avait fait ni chaud ni froid.

— Y a-t-il une raison à cette inquisition ? s'enquit-elle.

Claudia prit un air entendu.

— Qu'est-ce que tu n'aimes pas chez Ted ? Le fait qu'il ait deux enfants ?

— Comment peux-tu suggérer une chose pareille ? Tu sais très bien que j'adore les enfants. Crois-tu que je travaillerais au centre des Lendemains qui chantent, sinon ?

— Dans ce cas, Ted doit avoir un problème.

— Mais pas du tout ! protesta-t-elle en posant son mug sur la table d'un coup sec. Ted est quelqu'un de bien. Il est gentil. Adorable, même. Seulement, j'ai décidé de mettre un terme à notre relation. Si tu me le permets, bien sûr.

Claudia garda les yeux rivés sur le café qui coulait dans la cafetière. Il ne faisait guère de doute qu'elle était contrariée.

— C'est toi qui décides, bien sûr, soupira-t-elle. Je suis la dernière personne à vouloir interférer dans ta vie, Rosie.

Rosalie étouffa un soupir. Sa mère avait droit à une explication.

— Ted mérite de trouver une femme qui soit vraiment amoureuse de lui, c'est tout. Moi, je le mène en bateau, et je n'en ai pas envie. Je ne vois vraiment aucun avenir pour nous deux.

— Surtout depuis que Bryce est revenu, murmura Claudia.

Rosalie sursauta. Avait-elle bien entendu ?

— Qu'est-ce que tu dis ?

— Rien du tout, répondit sa mère de son air le plus innocent. Passe-moi une tranche de pain grillé, s'il te plaît. Tu n'es pas pressée ?

— Non. Je vais préparer mes cours pour la rentrée dans ma chambre. Cette année, je veux être parée.

— Ça tombe bien, je voulais te parler d'autre chose.

Manifestement, pensa Rosalie, sa mère était en verve ce matin. Elle poussa un soupir résigné.

— D'accord, mais s'il s'agit de Ted …

Claudia secoua la tête en souriant.

— Non, il s'agit de moi.

Surprise, Rosalie fronça les sourcils.

— Je t'écoute.

— Tu sais à quel point j'aimais ton père, commença sa mère, tout en étalant de la confiture sur son toast.

— Bien sûr, maman.

— De toute ma vie, je n'ai jamais regardé un autre homme.

— Je sais, répondit-elle gravement. Papa et toi, vous formiez le couple idéal.

— Idéal, approuva sa mère. Mais voilà deux ans qu'Enzo nous a quittés. Or, hier soir, j'ai reçu un coup de téléphone de Gordon Capps.

— Ah bon ? Que voulait-il ?

— M'inviter à dîner mercredi soir. Tu imagines ? Un homme qui m'invite à dîner ?

Rosalie hocha la tête. Il n'était pas question de laisser entrevoir sa stupéfaction à sa mère.

— Et pourquoi pas, maman ? Tu es une femme séduisante.

— J'ai été tellement prise au dépourvu que j'ai accepté sans réfléchir. Qu'en penses-tu, Rosie ?

A dire la vérité, l'idée de sa mère amoureuse la laissait un peu perplexe. Et Gordon Capps était très proche de Bryce. Malgré le flot d'émotions contradictoires que cette nouvelle suscitait en elle, elle répondit :

— Je pense que c'est tout simplement merveilleux.

Un sourire radieux illumina le visage de Claudia.

— Vraiment ?

— Vraiment.

— Je ne suis pas sûre de bien connaître les codes d'aujourd'hui, reprit-elle néanmoins. Et puis, de quoi allons-nous bien pouvoir parler ?

— Parle football, c'est un sujet sans risques avec lui, lui conseilla-t-elle. Tout ira bien.

— Les hommes ! soupira Claudia comme si elle portait soudain tout le fardeau du monde sur ses épaules. Dieu sait qu'ils nous font tourner en bourrique ! Et pourtant, c'est si bon de se sentir à l'aube d'une nouvelle aventure, de voir toutes ces possibilités s'ouvrir devant vous. Si revigorant !

Avec un petit sourire, Rosalie se leva et commença à débarrasser la table du petit déjeuner. Si seulement sa mère avait pu se douter à quel point elle la comprenait !

- 10 -

Le mardi suivant, Bryce se gara devant la maison de ses parents et descendit de voiture dans la chaleur accablante de la mi-journée. éeorgie du Sud. Il avait beau avoir poussé l'air conditionné à fond sur la route qui le ramenait du lycée, son T-shirt poisseux lui collait à la peau. En attendant, les trois heures passées en compagnie de Cappy et du jeune Campano l'avaient convaincu d'une chose : Danny n'était pas une mauviette ! La température extrême n'avait rien fait pour diminuer son enthousiasme.

Il commença par charger dans son coffre quelques-uns des cartons entreposés dans le garage de ses parents. Un dernier voyage et il aurait déménagé toutes ses affaires dans sa nouvelle résidence.

Une fois sa tâche accomplie, il alla dans la cuisine, où il trouva sa mère devant l'évier, un arrosoir à la main. Elle se tourna vers lui.

— Il m'avait bien semblé t'avoir entendu dans le garage. Mais… tu es en nage ! s'exclama-t-elle avec une grimace.

— Je sais, répondit-il en ouvrant la porte du réfrigérateur. Et je meurs de soif.

— Tu ne veux pas un sandwich ? Je m'apprête à en préparer un pour ton père.

— Non, merci. La chaleur me coupe l'appétit. Où est papa ?

— A l'entrepôt. Je lui ai bien dit qu'il n'était pas prudent de sortir par cette canicule. On pourrait croire qu'après son infarctus, il serait plus raisonnable, mais non.

— Tout ira bien, la rassura Bryce en s'asseyant à la table. Les ventilateurs sont très efficaces.

— Tu es sûr que tu ne veux rien manger ?

— Non, merci, maman, je t'assure. Je m'arrêterai à un drive-in en rentrant chez moi si j'ai faim.

Elle se renfrogna à ces mots et se reconcentra sur l'arrosage de ses plantes.

— *Chez toi.* Jamais je ne m'y habituerai ! Tu signes toujours le contrat de vente demain ?

— Oui.

Elle secoua la tête d'un air affligé sans cesser son travail d'arrosage.

Pensif, Bryce but une gorgée d'eau et fit tourner la bouteille glacée entre ses mains.

— Maman, j'ai quelque chose à te demander, commença-t-il d'un ton hésitant. Toi qui es toujours au courant de tout dans cette ville, j'ai une question concernant Rosalie.

Elle posa l'arrosoir sur le comptoir.

— Ah oui ? Et que veux-tu savoir au juste ? demanda-t-elle sans le regarder.

— Tu sais que je vais entraîner son fils ?

— Quoi ? s'exclama-t-elle en se retournant. Mais je croyais qu'il jouait au base-ball ?

— Oui, mais la semaine dernière, il est venu me voir en exprimant son intérêt pour le football américain. Je lui ai fait passer des tests et maintenant, il fait officiellement partie de l'équipe, comme quarterback remplaçant.

Figée comme une statue, sa mère le fixait d'un air abasourdi. Bryce fronça les sourcils. Jamais il n'aurait pensé que cette nouvelle, somme toute anodine, puisse produire un tel effet sur elle.

— Ce gamin a un talent fou, jugea-t-il bon d'expliquer. On dirait qu'il a le football dans le sang.

De plus en plus surpris, il crut qu'elle allait défaillir. Elle se ressaisit cependant et fit remarquer :

— S'il tient de son oncle Ricky, cela ne m'étonne pas.

— Nous sommes d'accord. Néanmoins, j'aurais bien aimé savoir qui est son père.

Sa mère se pencha sur ses plantes.

— Je n'en ai aucune idée, assura-t-elle.

— Tu ne l'as jamais rencontré ? insista-t-il.

— En quel honneur l'aurais-je rencontré ?

— Je ne sais pas. Tu connais tout le monde, ici.

— Peut-être n'est-il jamais venu à Whistler Creek, hasarda-t-elle d'un ton dégagé.

— Mais tu as sûrement entendu parler de lui ! Dans une petite ville comme celle-là, l'arrivée d'un enfant de père inconnu, ça fait encore jaser.

Il la vit se raidir. Puis elle posa l'arrosoir d'un geste rageur et se retourna vers lui, apparemment exaspérée.

— Bryce, tu veux que je répète ce que je t'ai écrit au moment de la naissance ?

Il n'avait pas oublié la lettre qu'elle lui avait envoyée pour lui annoncer la nouvelle. Néanmoins, ces derniers jours, il éprouvait le besoin de clarifier les choses, de préciser les faits. Ce bébé n'avait pas pu être conçu longtemps après que Rosalie et lui s'étaient unis. Cela le troublait et il avait besoin de certitudes.

— Si ça ne te fait rien, oui, acquiesça-t-il.

Elle poussa un soupir affligé, puis, docile, commença :

— Comme tu le sais déjà, après la mort de Ricky, Rosalie était anéantie. Pensant que l'université lui mettrait un peu de baume au cœur, ses parents ont décidé de financer ses études avec les économies initialement destinées à Ricky. L'été d'après, elle est revenue avec un bébé.

— Un bébé de quel âge ?

— C'était un bébé, Bryce ! rétorqua-t-elle avec irritation. Quinze jours, au plus.

Il refit un rapide calcul, qui le mena à la même conclusion que d'habitude : Danny était né douze mois après son départ pour le Texas.

— A-t-elle jamais parlé du père ? s'enquit-il.

— Voyons, Bryce ! Je suis bien la dernière personne à qui elle serait venue se confier ! Je n'ai jamais été proche des Campano. Je suppose qu'elle en a discuté avec ses parents. Etant donné qu'ils l'ont recueillie avec le bébé, ils devaient savoir qui était le père.

Il sentit son cœur se gonfler de tendresse. Bien sûr, Claudia et Enzo avaient recueilli Rosalie. Comment aurait-il pu en être autrement, avec des parents d'une telle générosité ?

— Ainsi, tu n'as jamais eu la moindre idée de l'identité du père de Bryce ?

Marjorie poussa un nouveau soupir excédé.

— Combien de fois dois-je te le répéter, Bryce ? Non ! Tu penses bien que je n'ai pas posé de questions. Cela ne me regardait en rien. A la fin de ses études, Rosalie a été recrutée comme professeur de lettres au lycée et le petit Danny a grandi comme n'importe quel autre gamin de Whistler Creek. Même en province, une mère célibataire n'est plus un objet de médisance de nos jours. Et Rosalie est très populaire.

Certes ! Jamais il n'avait surpris la moindre critique à l'encontre de Rosalie. Mère dévouée, excellent professeur, membre actif de la communauté locale… Il haussa les épaules. Inutile de chercher midi à quatorze heures : elle était sortie avec un copain de fac et ils avaient vite rompu.

Une douleur sourde lui étreignait le cœur. Cette pensée lui était toujours aussi intolérable. Et toute sa vie, la même question le tarauderait : après le drame qu'ils avaient vécu, et étant donné leurs sentiments réciproques, pourquoi ne s'était-elle pas tournée vers lui ? Il avait fait son possible pour rester en contact avec elle. Pourquoi n'avait-elle pas pu lui pardonner quand elle avait eu besoin d'une épaule pour pleurer ? La sienne n'était-elle pas assez solide ?

— Roland, que fais-tu ?

Le cri de sa mère interrompit ses sombres pensées. Suivant son regard, il se tourna vers la porte et vit son père chargé d'un lourd cageot de primeurs. Se levant d'un bond, il s'empressa de le lui prendre des mains et le posa sur la table.

— Merci, mon fils, fit Roland, avant de s'adresser à sa femme. J'apporte la liste que tu m'as demandée, Marjorie. Les poivrons verts, le maïs, les pommes de terre, les pêches.

— Tu aurais dû te faire aider.

— Oui, papa, renchérit Bryce. Le docteur t'a déconseillé de porter des objets lourds.

— Je ne suis pas un invalide, Bryce. Je suis encore capable de soulever un cageot de légumes.

— Tu vois ce à quoi je dois me confronter, Bryce ? s'exclama Marjorie.

Bryce lui répondit par un sourire.

— Bon, je vais prendre une douche. Ensuite, j'irai…

Il s'interrompit net. Il avait été sur le point de dire encore « chez moi », mais mieux valait s'abstenir. Sa mère était bien assez énervée.

— … à la ferme des Harbin.

— Tu dors ici ce soir ? demanda-t-elle alors.

— Oui. Mais mon nouveau lit doit être livré aujourd'hui. Donc, demain, j'emménage.

La tristesse s'inscrivit sur le visage de sa mère, qui entreprit de vider le cageot.

— Je n'ai toujours pas compris pourquoi…

Il s'arrêta sur le seuil.

— Maman !

— Très bien, d'accord. File prendre ta douche.

Quand il arriva à l'étage, il avait pris une décision. Il allait ralentir en passant devant chez les Campano. Avec un peu de chance, Rosalie tiendrait le magasin familial. Il avait besoin de s'assurer d'une chose : avait-elle repensé à leur baiser de samedi soir ? Lui, pour sa part, avait été incapable de le chasser de son esprit.

*
* *

Rosalie rendit la monnaie à sa cliente.

— Merci, Betty, fit-elle en lui tendant ses tomates. Je suis sûre que ton ragoût sera délicieux.

Laissant la voiture s'éloigner, elle se rassit sur la chaise de jardin à côté de Shelby.

— Je ne pensais pas te voir rentrer si vite de Caroline du Sud.

— Je commençais à m'ennuyer, chez mes parents, répondit son amie d'un ton désinvolte. Nous ne sommes pas si proches que ta mère et toi. Tu veux venir faire un tour dans les magasins, cet après-midi ?

— Il faut que j'attende que ma mère ou Danny viennent me remplacer.

— Où est Danny ?

— Il lave des voitures avec Greg pour se faire de l'argent de poche.

— Et Claudia ?

— Tu veux un scoop ? demanda-t-elle, savourant d'avance la surprise de son amie. Maman est partie s'acheter une nouvelle tenue ; elle a un rendez-vous galant demain soir.

Elle jubila devant l'air abasourdi de Shelby. Elle avait réussi son effet !

— Pardon ? Sainte Claudia a rendez-vous ? Avec qui ?

— Tu as dû entendre parler de lui. C'est une ancienne star du football de l'équipe d'Atlanta. Il a acheté un restaurant à Donaldson.

— Gordon Capps.

— C'est ça.

Shelby émit un petit sifflement d'admiration.

— Ta mère a bon goût ! J'ai vu Capps une ou deux fois. Brun, athlétique, bronzé, les yeux bleus : il est très bel homme.

— Tant mieux ! Je suis contente pour maman. J'espère simplement qu'il ne la fera pas souffrir.

— Eh, n'oublie pas que c'est elle, la mère ! la rabroua Shelby en riant. Et maintenant, raconte : comment a démarré cette idylle ?

— Par le biais de Danny. Capps nous a tous invités à dîner dans son restaurant samedi soir.

— Et comment connaît-il Danny ?

Rosalie lui jeta un coup d'œil. Inutile de chercher à lui cacher la décision de son fils. Toute la ville serait bientôt au courant.

— C'est le deuxième scoop : Danny fait désormais partie de l'équipe de football américain.

Shelby s'étrangla avec un morceau de pêche.

— Tu plaisantes ? Je croyais que tu refusais catégoriquement de le voir pratiquer ce sport ?

— Je sais, mais depuis quelque temps, il a envie d'indépendance et il cherchait ses marques. Il les a trouvées.

— Ma pauvre !

Elle préféra ne pas relever. Si seulement Shelby avait pu se douter de l'étendue du désastre ! Comme si elle lisait dans ses pensées, son amie enchaîna :

— A propos de bel homme, tu as vu le nouvel entraîneur de football du lycée ? Canon, non ?

Rosalie se sentit pâlir. Oh oui, elle l'avait vu ! Elle avait même entendu le son de sa voix, senti le parfum de sa peau, goûté la saveur de sa bouche…

— Je l'ai croisé, répondit-elle du bout des lèvres.

— J'imagine que ce n'est pas très facile pour toi.

Elle lui lança un regard étonné. Qu'est-ce qui pouvait bien la pousser à cette conclusion ? Shelby n'habitait Whistler Creek que depuis trois ans et jamais elles n'avaient abordé le sujet ensemble.

— Pourquoi dis-tu ça ? demanda-t-elle.

— Je n'aime pas trop remuer le passé, rétorqua son amie avec un sourire malicieux, mais comme tu ne m'as jamais rien raconté, j'ai dû mener ma petite enquête.

— Pardon ? articula-t-elle, tout en sentant son cœur s'accélérer.

— Tu te rappelles le soir où Benton a été présenté au lycée ?

Elle tressaillit. Comment aurait-elle pu oublier ? C'était

le soir qui avait tout fait basculer dans sa vie, réveillant cette vieille culpabilité qu'elle pensait avoir domptée à jamais.

— Oui, et alors ? s'enquit-elle de son air le plus innocent.

— Eh bien, tu as filé si vite que nous n'avons pas eu le temps de discuter de ce très bel entraîneur.

— Qu'y avait-il à en dire ?

— Simplement que c'est lui qui a lancé le ballon qui a coûté la vie à ton frère.

A ces mots, Rosalie refoula son intense sentiment de frustration. Décidément, tout partait à vau-l'eau ! Ses pires appréhensions étaient en train de se confirmer : le passé était déterré, réinterprété, analysé. Autant tout raconter à Shelby, maintenant. Elle savait qu'une fois sa curiosité satisfaite, son amie n'aborderait plus le sujet.

— Les gens doivent se souvenir, reprit Shelby, ils parleront. Il faut t'y préparer, Rosalie.

— Je sais. Je pense que je dois me faire discrète, me protéger de tout ce qui pourrait me faire revivre l'horreur de cette journée.

— Tu as raison. En tout cas, tu peux compter sur moi pour ne plus aborder le sujet.

— Merci, murmura-t-elle, envahie d'une bouffée de reconnaissance. J'apprécie ta compréhension.

— Néanmoins, je peux t'assurer que les souvenirs ont la vie dure dans une petite ville. Tiens ! reprit-elle en se levant soudain pour examiner la route. N'est-ce pas justement la voiture de notre nouvel entraîneur que j'aperçois là-bas ?

Le pick-up noir approchait en effet.

Résignée, Rosalie exhala le soupir qu'elle retenait. De toute façon, il était trop tard pour courir se cacher dans la maison. Il ne lui restait plus qu'à prier pour que Bryce passe son chemin. Hélas, il avait déjà mis son clignotant.

- 11 -

Le cœur bondissant d'allégresse, Bryce se gara devant le stand et coupa le contact. Comme il l'avait espéré, Rosalie était là, mais il ne connaissait pas la jeune femme blonde qui lui tenait compagnie. Qu'importait ? Depuis leur baiser de samedi soir, Rosalie ne quittait pas ses pensées. Alors autant ne pas feindre une indifférence qu'il était loin de ressentir et lui montrer qu'il trouvait bon de la revoir. Il sauta de sa voiture et se dirigea vers les deux femmes.

— Bonjour, mesdames.

— Bonjour à vous ! le salua l'inconnue.

Rosalie fit les présentations :

— Bryce Benton. Shelby Lebeau.

— Je sais qui vous êtes, fit Shelby en lui serrant la main. J'étais à la réunion du lycée, l'autre soir.

Gêné, il sentit son cou s'empourprer. Que n'aurait-il donné pour effacer ce moment de gloire des mémoires.

— J'aurais préféré un accueil plus discret, précisa-t-il.

— Aucun nouvel arrivant ne passe inaperçu à Whistler Creek, assura Shelby avec un sourire. Quand j'ai emménagé ici, il y a trois ans, le proviseur a invité cent cinquante femmes à un traditionnel thé du vieux Sud. J'avais l'impression d'être exposée dans une vitrine de grand magasin. Vivre ici me fait encore cet effet-là, parfois.

— Et comme je vous comprends ! Comment ça va, Rosie ? enchaîna-t-il alors.

— Très bien. Que me vaut l'honneur de ta visite, Bryce ?

fit-elle avec une inflexion teintée d'ironie, tout en s'accoudant à un étal de fruits.

Elle n'avait pas changé. Fidèle à son habitude, elle allait droit au but. S'emparant d'un panier vide, il commença à le remplir de légumes.

— Je signe mon contrat de vente demain. Mais comme j'ai déjà la clé, j'y emporte quelques affaires, expliqua-t-il en désignant les cartons à l'arrière du pick-up. J'ai pensé en profiter pour faire un peu de réserves au passage.

— Et qu'est-ce qui t'amène à faire tes courses ici, alors que tous nos produits viennent de ta ferme familiale ?

Ignorant le ton railleur, il répondit :

— C'est plus pratique. Vous êtes sur mon chemin.

Il était conscient de la platitude de ce prétexte. Pourvu, surtout, qu'elle ne voie pas le sac de légumes que Marjorie l'avait obligé à emporter.

— Très bien. Mais ne compte pas sur moi pour te faire une ristourne !

— Je ne peux même pas espérer une corbeille de fruits en cadeau de bienvenue, Rosalie ? plaida-t-il avec un sourire.

— Je t'ai déjà donné un quarterback remplaçant, fit-elle remarquer avec une pointe d'amertume. Décidément, certains hommes ne sont jamais satisfaits.

— En ce qui me concerne, la plupart du temps, tu me satisfais amplement, répondit-il du tac au tac.

Shelby se couvrit la bouche d'une main, mais, ignorant la provocation, Rosalie encaissa les achats qu'il avait faits.

— Ça te fera dix dollars et soixante-quinze cents.

Il lui tendit onze dollars.

— Garde la monnaie.

— Merci. Et maintenant, si tu as terminé…

— Je n'ai pas terminé.

— Que veux-tu d'autre ?

— Un conseil. J'espérais te convaincre de venir chez moi pour me donner quelques tuyaux en matière de décoration.

Elle lui lança un regard outragé.

— Tu plaisantes ?

— Non. Un point de vue féminin ne serait pas un luxe.

L'air éperdu, Rosalie bredouilla :

— Et si tu demandais à Shelby ? Elle est bien plus qualifiée que moi en la matière.

Un sourire entendu aux lèvres, Shelby secoua la tête.

— Je ne peux pas, les enfants. J'ai prévu une séance shopping.

Bryce lui lança un coup d'œil reconnaissant. Décidément, cette femme lui était très sympathique.

— Dans ce cas, Rosalie, puis-je me permettre d'insister ?

— Je surveille le magasin, Bryce. Je ne peux pas m'absenter comme ça.

— Bien sûr que si ! protesta Shelby. Je vais rester jusqu'au retour de Claudia. Ce ne sera pas long, je pense.

— Mais tu n'as jamais fait ça. Tu ne connais pas les prix.

Shelby brandit une ardoise placée sur le comptoir.

— Tout est là, non ? Deux concombres pour un dollar, deux dollars le kilo de pêches… Je sais lire Rosie. Va, amuse-toi !

Bryce tourna les talons pour regagner son pick-up et ouvrit la portière côté passager.

— Affaire conclue ! Je te promets de te ramener très vite.

Le regard de Rosalie alla de l'un à l'autre. Ses lèvres bougeaient comme si elle essayait de trouver une excuse pour ne pas accepter. Puis elle haussa les épaules en signe de capitulation.

— Pourquoi pas, après tout ? J'ai mon portable. Appelle-moi si Claudia n'est pas revenue quand tu voudras partir, Shelby.

— Entendu !

Bryce posa le sac de primeurs à l'intérieur, puis s'effaça pour laisser monter la jeune femme et referma la portière. Quand il contourna son pick-up, il souriait. Pourquoi tenait-il tant à montrer sa nouvelle maison à Rosalie ? Il aurait été bien incapable de l'expliquer. Néanmoins, il se sentait soudain pousser des ailes.

***

Dès qu'ils s'engagèrent dans le chemin qui menait à la ferme des Harbin, Rosalie remarqua de subtiles différences depuis sa dernière visite. L'allée avait été nettoyée, les plantes grimpantes qui envahissaient la véranda, arrachées. Une fois repeinte, ce qui ne saurait tarder, la maison aurait fière allure.

Bryce gara le pick-up devant la façade et resta un moment à contempler sa nouvelle demeure. Sa fierté était évidente.

— Tu as déjà fait pas mal de travaux, fit remarquer Rosalie.

— Je savais que je finirais par signer. Et puis, l'agent immobilier m'avait donné la clé. C'est ce qu'il y a d'agréable dans les petites villes. Les gens se font confiance.

Il descendit du pick-up et, toujours galant, le contourna pour venir lui ouvrir. Puis il la précéda en haut des marches et poussa la porte d'entrée.

— Après toi, fit-il en s'effaçant devant elle. Je te préviens, c'est encore un chantier.

Une fois à l'intérieur, elle étouffa une exclamation de surprise. Elle s'était attendue à trouver une épaisse couche de poussière et des toiles d'araignées partout. La maison n'était-elle pas vide depuis plus de trois ans ? Certes, l'endroit était bien un peu poussiéreux, mais pas une toile d'araignée en vue. La salle de séjour avait commencé à être rénovée. Une fois le plancher de pin poli, il pourrait être ciré. Le manteau de la cheminée semblait neuf. Quant aux traces de feux de bois dans le foyer, elles seraient faciles à faire disparaître.

Malgré le serment qu'elle s'était fait de ne manifester que de l'indifférence, elle ne put s'empêcher d'être enchantée en découvrant le mobilier : canapé et fauteuils en érable, chaises et tables du même bois. Des meubles solides, massifs, virils, qui, d'une certaine manière, correspondaient parfaitement à Bryce.

— J'ai l'impression que c'est un peu vétuste, déclara-t-il. D'où mon besoin d'un avis extérieur. Qu'en penses-tu, Rosalie ? Je donne tout ou je remets tout en état ?

Il se dirigea vers le canapé et le tapota, soulevant un nuage de poussière.

— Si c'était moi, je garderais tout, dit-elle.

— Vraiment ?

Elle hocha la tête.

— Bien sûr, il faudra faire recouvrir le canapé et les fauteuils. Et nettoyer le bois. Mais j'aime tout dans cette pièce. Il faut tout garder, ces meubles sont la mémoire de la maison. Un peu de son âme.

— Et pour quels tons opterais-tu ? fit-il d'un air très intéressé.

— Un cuir tabac ou une microfibre chocolat. Tu y ajouteras des coussins et des plaids de couleurs vives pour les égayer.

Se prenant soudain au jeu, elle envisagea une multitude de possibilités qui se mirent à tournoyer dans sa tête. Elle alla vers une fenêtre et palpa les tentures.

— Il faudra remplacer ça par des stores de bois.

Sentant soudain le regard de Bryce posé sur elle, elle s'interrompit. Pour une maison qui n'était pas la sienne, son enthousiasme était déplacé. Elle déglutit et se tourna vers lui. Il la regardait, un sourire éclatant aux lèvres. Elle tressaillit.

— Quoi ? demanda-t-elle.

— Tu es engagée.

— Mais non !

— Rosie, je t'en prie, dis que tu vas m'aider ! Mes séances d'entraînement me laisseront pas mal de temps libre d'ici la rentrée. Nous pourrions travailler ensemble à la décoration. Qu'en dis-tu ?

— Bryce, c'est non, il n'en est pas question ! rétorqua-t-elle, catégorique.

Pourtant, elle brûlait d'envie de laisser libre cours à sa créativité. Hormis l'année où elle avait partagé un appartement à l'université, elle avait toujours habité la maison familiale. Toute sa vie, elle avait dormi dans la même chambre, pris ses repas à la table de ses parents, profité de leur canapé. Elle n'avait jamais possédé un meuble à elle, une lampe à elle, n'avait jamais pu apporter sa touche personnelle à un endroit, en faire le reflet de ses goûts. Exception faite de sa salle de classe au lycée, dont, au début de chaque année scolaire, elle changeait le décor.

Elle se rabroua. Il était temps de se ressaisir. Elle n'était pas chez elle. Que la pensée d'apporter des touches personnelles à cette maison puisse même l'effleurer était de la pure folie. Pourtant, elle avait du mal à se raisonner ; elle imaginait déjà des couleurs pastel aux murs, des jetés de canapés chaleureux, une véranda pour le salon de rotin recouvert de cretonne fleurie. Un intérieur reflétant le Bryce qu'elle connaissait et qu'elle avait aimé. L'homme qu'elle pensait ne jamais voir revenir à Whistler Creek, mais qui, à cette seconde précise, se tenait à trois mètres d'elle.

— Je ne veux confier cette mission à personne d'autre, Rosalie.

Et qui serait aussi heureuse qu'elle-même de l'accepter ? Elle préféra ignorer la petite pointe douloureuse qui lui vrillait le cœur chaque fois que la réalité la rattrapait. Elle devait refuser, elle le savait.

— Tu es la personne qui me connaît le mieux, ici, insista-t-il.

Elle le savait. Pourtant, elle ne pouvait pas accepter.

— D'abord, tu m'empêcheras de faire de cette maison une horreur, reprit-il avec un petit sourire. Et en plus, ce sera amusant.

Elle le fixa à travers la barrière de ses cils baissés. Amusant, ça le serait. Follement. Pour cela, il suffirait que tous deux parviennent à se libérer de la tension qui restait palpable entre eux.

Il lui frôla le coude des doigts, envoyant une décharge électrique qui lui remonta le long du bras.

— Alors, qu'en dis-tu ?

Elle poussa un soupir résigné et répondit sans réfléchir, d'une voix qui n'était pas la sienne :

— Je ne sais pas, je pourrais essayer…

— Magnifique !

— A une condition : que cela ne me prenne pas trop de temps.

— Mais non, je te le promets. Nous nous organiserons en fonction de ton emploi du temps. Allons jeter un coup d'œil dans la cuisine, ajouta-t-il en l'entraînant avec lui. Je n'ai pas envie de me lancer dans des travaux de rénovation complets, mais tu auras peut-être quelques suggestions pas trop compliquées.

Elle le suivit dans la grande pièce baignée de soleil. Il suffirait de remplacer l'équipement électroménager, de lessiver les murs et de leur donner une bonne couche de peinture, et le tour serait joué.

— C'est un bel espace, très agréable pour cuisiner, fit-elle remarquer.

Il se mit à rire.

— Tant que tu prévois un bel espace pour le micro-ondes !

Son enthousiasme était contagieux. Elle retrouvait des sentiments comparables à ceux qu'elle avait connus à l'époque où elle et lui étaient deux amis inséparables. Bien sûr, la possibilité de ranimer l'étincelle de leur adolescence était trop difficile à envisager. Aujourd'hui, le simple fait de passer du temps en compagnie de cet homme relevait du défi. Ils avaient un lourd passé en commun et n'étaient plus des enfants. Mais elle n'oubliait pas qu'un jour, elle l'avait aimé d'amitié et, malgré leur baiser de samedi soir, elle pouvait redevenir son amie.

La voix masculine la fit sursauter. Elle avait laissé ses pensées vagabonder.

— Attends-moi une seconde, je vais au pick-up. Je reviens.

Restée seule, elle fit quelques pas dans la pièce lumineuse, ouvrit les placards et les tiroirs. Elle voulait s'occuper l'esprit, car elle refusait de penser à l'engagement qu'elle venait de prendre. Déjà, Bryce était de retour. Luttant contre son émoi, elle réprima un mouvement de surprise : elle avait devant elle le Bryce du passé. Dans son T-shirt des Dallas Cowboys, son bermuda gris et ses sandales, il lui rappelait le garçon qui avait été son meilleur ami. A l'époque, elle avait été incapable de lui résister quand il voulait l'associer à ses projets, et l'histoire semblait se répéter. Toutefois, se répéta-t-elle, ils n'étaient plus des enfants, tous les deux.

Il posa deux bouteilles de bière glacées sur le comptoir, les ouvrit et lui en tendit une.

— Il faut fêter ça. Ça te dirait de voir l'extérieur ?

Opinant d'un hochement de tête, elle le suivit dans l'immense jardin où s'entassaient en piles nettes des troncs d'arbres récemment coupés.

— L'une des premières choses dans lesquelles je vais investir, c'est un tracteur-tondeuse. Et des meubles de jardin neufs. Je veux pouvoir profiter de l'extérieur.

Elle prit place sur une chaise de jardin rouillée et inspira longuement. Le parfum de l'herbe coupée se mêlait à une odeur boisée, celle d'un aftershave, peut-être. Ou bien du shampoing qu'il utilisait. Apparemment, il venait de prendre une douche. Elle songea qu'elle aurait bien eu besoin d'en prendre une, elle aussi. Malgré son short et son débardeur, elle avait la peau moite et sa nuque la picotait sous ses longs cheveux. Renversant la tête en arrière, elle offrit son visage à la brise fraîche qui soufflait à l'ombre du chêne séculaire. Puis, après avoir bu une gorgée de bière, elle pressa la bouteille froide contre sa joue.

— Tu as chaud ? s'enquit-il.

— Non, tout va bien.

Un moment, ils restèrent assis sans rien dire. Il finit par briser le silence.

— Je commence à bien connaître Danny, dit-il. Aujourd'hui, l'entraînement s'est très bien passé et nous avons profité des pauses pour discuter.

Soudain alarmée, elle demanda, d'une voix aussi détachée que possible :

— Ah oui ? De quoi ?

— De ses projets, de sa famille, de comment il s'en sort à

l'école. J'aime connaître les joueurs que j'entraîne. Et Danny est un gamin formidable, Rosalie ! Tu l'as très bien élevé.

Gardant le silence, elle avala une gorgée et sentit le breuvage lui brûler la gorge.

— Je ne l'ai pas élevé toute seule, répondit-elle enfin d'une voix étranglée. Maman et papa m'ont aidée.

— Ça se voit. Je reconnais en lui la détermination d'Enzo et son éthique de travail, la sagesse discrète de Claudia… Mais surtout, ce que je retrouve en lui, c'est votre vitalité. Votre âme. Il te ressemble, Rosie, il est gentil, attentionné, intelligent. Aucun doute, c'est bien ton fils.

Gentil, attentionné ? Elle laissa son regard se perdre au loin, sur les arbres. Si elle osait fixer Bryce maintenant, ses yeux la trahiraient-ils ? Pourrait-il y lire à quel point il se fourvoyait sur les qualités qu'il lui prêtait ?

— Je peux te demander quelque chose, Rosalie ? reprit-il alors, dissipant le silence.

— Tant que ce n'est pas trop personnel.

— Ça l'est un peu, avoua-t-il.

— Bryce, je ne pense pas que nous devrions ressasser nos histoires personnelles.

— Je t'en prie. Exception faite de ces seize dernières années, ton histoire personnelle est, en gros, la mienne. J'étais là quand tu t'es cassé le poignet en tombant de vélo. Je me rappelle l'été de tes dix ans, quand Ricky, toi et moi avons nagé nus au vieux moulin de Whistler Creek. Mon père m'a menacé d'une bonne raclée si je m'avisais de recommencer avec une « jeune fille », acheva-t-il dans un éclat de rire.

Il reprit son sérieux et, après un instant de réflexion, enchaîna :

— Le jour où tu t'es fait arracher une dent, je t'ai cueilli un bouquet de fleurs sauvages, tu te souviens ? Et je te revois à côté de Johnny Baxter au bal de fin d'année de terminale. Dans cette robe jaune, vaporeuse, tu étais la plus belle vision au monde. Et je haïssais Johnny Baxter.

— Allons ! Johnny était très sympa !

— Je sais, mais je le haïssais quand même. Ce n'est que le lendemain matin, quand nous nous sommes retrouvés tous les deux dans le verger de chez mes parents, avec le champagne, que j'ai su pourquoi. Quand j'ai enfin compris que je t'aimais. Alors, laisse-moi te poser une question, Rosalie.

Elle avait beau savoir qu'ils s'aventuraient sur un terrain dangereux, elle ne put s'empêcher de sourire.

— D'accord, mais je me réserve le droit de ne pas répondre.

— Très bien ! acquiesça-t-il en la regardant droit dans les yeux. Rosalie, cette nuit-là, la nuit où nous avons fait l'amour…

Tous ses sens en alerte, elle attendit. Pourquoi s'interrompait-il ? Si seulement il avait pu se douter que son cœur s'était mis à battre la chamade sous l'effet du flot de souvenirs qui, soudain, envahissait son esprit.

— Bryce, de grâce ! murmura-t-elle.

— Non, laisse-moi finir. Je sais que tu prenais la pilule. D'accord, la mort de Ricky avait sonné le glas de notre relation. Et tu partais loin de chez toi. Vers une nouvelle vie, de nouvelles rencontres, de nouvelles aventures. Tu as arrêté de la prendre ?

Elle se rabroua intérieurement. Elle aurait dû être préparée à ce type de question. Mais, ces quinze derniers jours, elle avait découvert qu'elle n'était pas préparée à grand-chose. Et que cela pouvait devenir dangereux. Fixant le goulot de sa bouteille, elle répondit :

— J'avais arrêté, car je ne pensais pas rencontrer quelqu'un.

— C'est pourtant ce qui s'est passé. Et tu n'as pas perdu de temps.

— Si on veut. Mais c'était un accident, une aventure d'une nuit.

— Je ne comprends pas, Rosalie. Coucher avec un homme sans penser à mettre une protection, ça ne te ressemble pas.

Elle lui lança son regard le plus mordant. Peut-être allait-il enfin mettre un terme à son inquisition. Hélas, il était évident qu'il attendait une réponse.

Elle se leva pour aller s'adosser au tronc du vieux chêne. De là, sans le regarder, elle répondit :

— Tu n'as pas à comprendre, Bryce. En plus, nous avons déjà abordé ce sujet, toi et moi.

— Non. L'autre soir, tu t'es contentée de me donner quelques réponses vagues. Aujourd'hui, je te demande de me raconter ce qui est vraiment arrivé.

Elle réprima un soupir indigné, entendit le frottement de la chaise sur la pierre et le bruit de pas derrière elle. Il était tout près d'elle, à présent.

— Tu m'en veux ?

Fixant le sol, elle répondit :

— Non, j'essaye simplement de réfléchir. Tu ne seras pas satisfait tant que tu n'auras pas eu tous les détails, c'est ça ?

— J'aimerais bien les entendre, en effet. J'aimerais savoir comment tu as pu passer aussi vite d'une histoire aussi belle que la nôtre à cette aventure d'une nuit. A une époque, enchaîna-t-il en posant une main sur son épaule, tu étais tout pour moi, Rosie. Ça a été l'époque la plus heureuse de ma vie. Jusqu'à cette horrible journée…

Elle devait lui fournir une explication. De toute façon, voilà longtemps qu'il avait compris qu'elle n'était pas la douce et pure Rosie de leur jeunesse. Mais si elle gardait le silence, il allait se faire des idées, l'imaginer menant une vie dissolue à la fac, collectionnant les aventures sans lendemain. Ou, pire encore, penser qu'hébétée par le chagrin, elle n'avait pas mesuré les conséquences de ses actes et avait perdu le contrôle de sa vie. Un frisson d'appréhension la parcourut. Elle préférait encore mentir que lui offrir cette image-là.

Se tournant vers lui, elle croisa les bras d'un air décidé et se cala contre le tronc. Ses jambes en coton semblaient ne plus vouloir la soutenir.

— Bon, puisque c'est ce que tu veux, tu vas tout savoir, commença-t-elle. Je suppose que tu peux imaginer l'état dans lequel j'étais quand je suis partie à l'université.

— Bien sûr. Mais…

— Ne dis rien ! lâcha-t-elle. Si tu veux que je te raconte mon histoire, laisse-moi parler.

Même si c'est pour dire un mensonge, ajouta-t-elle en son for intérieur.

— Excuse-moi.

— Pourtant, malgré ma détresse, je croyais à ma chance : j'allais faire des études de lettres, devenir professeur. Mon rêve allait se concrétiser.

Soudain hésitante, elle scruta le visage masculin. Se doutait-il de la part qu'avaient jouée ses parents dans le financement de ces études ? Mais non, à voir son expression impassible, il semblait tout en ignorer. Soulagée, elle reprit :

— Pour tenter de divertir mes pensées de la mort de Ricky, j'ai travaillé très dur. Je ne m'intéressais ni aux sorties ni aux garçons.

Elle laissa échapper un soupir. Pour le moment, elle disait la vérité. Hélas, les choses n'allaient pas tarder à se compliquer.

— Bien sûr, je ne m'attendais pas à rencontrer quelqu'un. Pourtant, c'est ce qui est arrivé. Peu importe de qui il s'agissait. Un beau jour, il s'est trouvé là. Il était très sympathique. Nous travaillions nos cours ensemble, nous faisions des balades. Rien de bien méchant. Et puis, un soir, il est arrivé avec une bouteille de vin, nous avons bu et les choses ont commencé à déraper. J'ai fait une bêtise : j'ai couché avec lui une fois, une seule. Quelques jours plus tard, il m'avait déjà remplacée.

Il la fixait, une lueur inquisitrice dans le regard.

— C'est tout ?

— C'est tout ! Est-ce que je regrette ? Certes, je regrette ma bêtise, ma candeur. Mais pas un jour ne passe sans que je bénisse le ciel de m'avoir donné Danny.

— Et ce type, il l'a su ? insista-t-il d'un air soupçonneux.

— Il ne s'en est jamais douté, l'assura-t-elle, dissimulant son soulagement.

Elle n'était pas mécontente de pouvoir revenir à la vérité.

— Et c'est ce que tu veux ?

— C'est le mieux pour tout le monde.

— Tu n'as jamais pensé que ce garçon aurait fait un bon père ?

Quelle obstination il mettait à la faire parler ! Elle s'arma de patience.

— Bryce, ma décision a été influencée par d'autres facteurs que ses qualités de père.

Un mélange d'émotions se peignit sur le beau visage de Bryce : de l'étonnement, du chagrin, peut-être de l'incrédulité. Toutefois, il garda le silence. Il devait être en train d'analyser ses confidences. Au bout de quelques secondes, il lui posa la main sur le bras.

— Merci, Rosalie. Ta confiance me touche beaucoup.

Bouleversée, elle ferma les yeux. Son regard risquait de trahir la peine infinie qui la submergeait. Ce qui ne manquerait pas de susciter de nouvelles interrogations…

— Je t'en prie, articula-t-elle dans un souffle.

Le silence se fit, puis il chuchota :

— Tu étais amoureuse de lui ?

Rouvrant les yeux, elle le fixa. Leurs deux visages n'étaient plus qu'à un souffle l'un de l'autre, si proches qu'elle sentait une haleine chaude sur son front.

— Bryce ! plaida-t-elle.

— Tu l'étais ?

— Non.

Elle savait que cette réponse lui ferait chaud au cœur. Si seulement il avait su qu'encore une fois, elle lui mentait ! Oui, bien sûr qu'elle était amoureuse ! Mais, dans ce cas, autant admettre toute la vérité.

— Et Fanning ? Tu l'aimes ? la pressa-t-il en resserrant son emprise.

— De grâce, Bryce !

L'air sévère, il attendait sa réponse.

— Ted et moi, nous avons arrêté de nous voir, affirma-t-elle avec un haussement d'épaules.

— Intéressant ! Autrement dit, il n'y a plus d'obstacles entre nous.

Elle lui lança un coup d'œil éperdu. Non, bien sûr. A part un énorme mensonge et un garçon de quinze ans.

Le regard assombri par le désir la quitta pour se poser sur son décolleté et elle sentit ses seins se durcir contre le fin tissu du débardeur.

— Donc, nous ne sommes séparés que par quelques centimètres, reprit-il avec un sourire entendu.

Sans lui laisser le temps de réagir, il la plaqua contre le tronc et elle sentit l'écorce lui érafler le dos. Elle ne voulait plus penser, ne voulait plus analyser. Il avait entrepris de lui caresser le visage du bout des doigts, explorant son cou, s'arrêtant dans le petit creux où battait son pouls.

Puis il posa une main sur la chute de ses reins et l'attira contre lui. Ses cuisses puissantes lui emprisonnèrent les jambes et leurs regards s'enchaînèrent alors, brûlant d'une passion que ni l'un ni l'autre ne cherchait plus à nier.

Il se pencha vers elle et lui prit la bouche d'une manière possessive. Le goût retrouvé de ses lèvres, le contact de son corps dur serré contre elle, tout cela la bouleversait, attisant encore le désir que cet homme lui avait toujours inspiré. Elle lui répondit avec toute la fougue de leurs premiers baisers, de sa jeunesse retrouvée, une myriade de picotements électrisant tout son corps. Lui seul avait le pouvoir de lui faire perdre le contrôle. C'était un peu comme de retrouver un trésor depuis longtemps perdu. Mais aujourd'hui, elle s'abandonnait à cette bouche avide avec toute la ferveur de la femme adulte.

Après un pur moment d'extase, il recula, le souffle saccadé.

— Je t'ai embrassée samedi soir, Rosie, dit-il. Et je sais que cela ne t'a pas déplu. Alors pourquoi ne laisses-tu pas parler tes sens ?

Elle ne chercha même pas à nier. A quoi bon ?

— Vois-tu, reprenait-il déjà, je ne vais pas laisser passer encore seize ans pour t'embrasser de nouveau.

Un bruit de Klaxon se fit entendre au loin.

Bryce continua à picorer la commissure de ses lèvres.

— Nous devons arrêter, ma chérie.

— Oui, tu as raison, acquiesça-t-elle d'une voix rauque qu'elle reconnut à peine.

L'enlaçant alors par la taille, il l'entraîna vers la maison, avant de lui déposer un baiser sur la tempe.

— Ce sont les livreurs qui m'apportent mon grand lit, expliqua-t-il avec un sourire. Au fait, à partir de demain, je m'installe ici. Si, d'aventure, tu avais envie de passer me voir un soir.

— Euh… oui, peut-être, je ne sais pas, bredouilla-t-elle.

Décidément, pour un professeur de lettres, son vocabulaire devenait bien restreint. Tel était l'effet que Bryce semblait avoir sur elle. Elle poussa un soupir accablé. Elle n'était pas sortie d'affaire !

- 12 -

Affolée, Rosalie courait à travers la maison. Où diable avait-elle posé ses clés ? Son sac ? Son téléphone portable ? Il était déjà 17 h 30. Et à 18 heures, elle devait retrouver son groupe d'enfants au centre des Lendemains qui chantent.

Elle poussa un soupir de soulagement. Voilà, elle avait tout. Dernière chose : elle devait monter souhaiter une bonne soirée à sa mère qui, pour la première fois, sortait dîner avec Cappy. Elle frappa à la porte, derrière laquelle Claudia était en train de s'apprêter.

— Tu es prête pour ton grand rendez-vous, maman ?

— Autant que je puisse l'être, répondit une voix aussi hésitante qu'irritée. Rosalie, j'ai besoin de ton avis.

— Fais vite, alors. Je dois filer.

Quelques secondes plus tard, Claudia ouvrit la porte et apparut sur le seuil de sa chambre. D'abord immobile, elle se tapota les cheveux d'une main.

— Sois franche, Rosalie. Qu'en penses-tu ? Cheryl, ma coiffeuse, m'a suggéré de mettre un peu de mousse, comme vous, les jeunes. Mais je me sens nue sans ma laque, ajouta-t-elle en se regardant dans le miroir de la console du couloir.

Le souffle coupé par l'admiration, Rosalie s'avança derrière elle et lui murmura à l'oreille :

— Tu es sublime !

— Oui, tu es top, mamie ! renchérit Danny, qui sortait au même instant de la cuisine, un sandwich à la main. Capps va avoir une attaque.

— Seigneur, Danny ! s'exclama Claudia, affolée. J'espère

bien que non. Et la jupe ? Elle ne fait pas trop hippy ? s'inquiéta-t-elle encore en caressant le batik pastel.

— C'est ravissant ! Tu parais dix ans de moins !

Elle avait rarement vu sa mère aussi en beauté. Un chemisier de soie bleue et un foulard moiré en guise de ceinture venaient compléter la tenue. Sans oublier le pendentif jaune et bleu, en émail, accroché à un ruban de soie noire.

— Sincèrement, répéta-t-elle, tu es superbe.

— Super sexy ! ajouta Danny.

— Vraiment ? demanda Claudia, rayonnante.

Rosalie eut soudain l'impression d'avoir vingt ans de plus. Cette nouvelle aventure de Claudia la mettait mal à l'aise. Luttant contre le besoin de lui demander à quelle heure elle comptait rentrer, elle s'éclaircit la voix.

— Tu n'as pas oublié ton portable ? interrogea-t-elle.

— Mais non, répondit sa mère en tapotant son petit sac en bandoulière. Il est là.

— Et où t'emmène-t-il ?

— A la Whistler Inn, je crois. Tu n'es pas inquiète, au moins, Rosalie ? Je suis une grande fille, tu sais !

— Bien sûr que non, je ne suis pas inquiète…

Elle n'arriva pas à terminer sa phrase. Que savait-elle de ce Gordon Capps ? Le fait qu'il soit un footballeur renommé n'en faisait pas forcément le prétendant idéal pour sa mère.

— Tu sais, reprit-elle, je peux me permettre d'arriver un peu en retard au centre. J'ai bien envie de dire bonsoir à Cappy.

— Ne sois pas sotte ! la rabroua Claudia. Vas-y ! Nous nous verrons demain matin. Et ne m'attends pas. Je ne sais pas à quelle heure je vais rentrer.

Rosalie regarda Danny, dont le visage s'était fendu d'un sourire narquois d'adolescent.

— Tout va bien, maman ! Je dirai à Capps d'être sage.

Avec un haussement d'épaules résigné, Rosalie gagna sa voiture. Elle était à court d'arguments. Songeuse, elle prit la direction du centre. La roue bien huilée de son univers si sécurisant semblait s'être emballée : son fils lui échappait, elle maternait sa mère et le seul homme qu'elle était bien déterminée à ne plus jamais avoir dans la peau ravivait en elle des sensations oubliées, des émotions qu'elle croyait tapies à jamais au plus profond de son cœur.

Et comment remédiait-elle à tous ces bouleversements ? En passant un après-midi entier à choisir des échantillons de tissus pour lui, comme elle l'avait fait la veille.

Elle se gara dans le parking vide et descendit de voiture. Il était temps de se concentrer sur les problèmes des autres et d'oublier les siens.

Trois heures plus tard, elle était sur le chemin du retour. La lumière rose du crépuscule s'accordait à son humeur mélancolique. Ce soir-là, à l'issue d'une session particulièrement émouvante durant laquelle chaque enfant avait constitué un petit album personnel à l'aide de souvenirs de l'être aimé, collages, dessins, l'un de ses jeunes protégés lui avait demandé :

— Rosalie, toi aussi, tu as fait un cahier de souvenirs de ton frère quand il est mort ?

— Non, Josh. Mais, parfois, je le regrette, avait-elle répondu avec un sourire.

— Mais tu parles de lui, au moins ? avait alors interrogé une fillette.

Une question, somme toute, bien innocente, mais qui avait agi sur elle comme un déclic. Une évidence s'était imposée à son esprit. Non, elle ne parlait pas de Ricky. Ayant longtemps cru que le fait d'évoquer son frère allait rouvrir ses blessures, elle avait préféré garder son chagrin enfoui en elle. Une habitude qu'elle ne songeait même pas à remettre en question. De plus, avec qui aurait-elle pu parler de lui ? Aussi, ce fut en toute honnêteté qu'elle avait répondu :

— Non, Ginny. Mais je lui parle. Du moins, je parle à sa photo.

— Et ça te rend triste ?

— Parfois, oui, avoua-t-elle.

— Si tu veux, tu peux parler de lui avec nous.

Sentant une vague d'émotion l'envahir, son premier réflexe avait été de donner sa réponse habituelle : « Non, je ne peux pas, tout va bien, vraiment. »

Mais en repensant à cette conversation, elle comprenait à quel point ne pas parler de Ricky avait manqué à sa vie. Comment l'expliquer ? Par le retour de Bryce qui l'avait, malgré elle, replongée dans le passé ? Par le fait qu'en grandissant, Danny était devenu le portait craché de son oncle ? Ou était-ce simplement que, la maturité aidant, elle devenait plus sage ?

Quelle que soit la réponse, elle comprenait aujourd'hui que son refus d'évoquer la mort de son frère jumeau l'avait empêchée de faire son deuil. Elle ressentit un pincement au cœur. Avec le retour de celui qui avait été le meilleur ami Ricky, il était peut-être temps. Bryce n'était-il pas le plus apte à l'écouter, à la comprendre si elle décidait de ranimer enfin le souvenir de ces précieuses années perdues ?

C'était un sacré défi. Allait-elle pouvoir le relever ? Serait-elle capable d'effacer cette terrible journée de son esprit et d'ouvrir son cœur à celui à qui elle cachait son plus grand secret ? Et puis, elle n'était pas sûre qu'il soit juste vis-à-vis de Bryce de se servir de lui pour apaiser sa peine. La poitrine broyée comme dans un étau, elle avait l'impression que son chagrin, prisonnier depuis si longtemps, cherchait à se libérer. Un espoir insensé faisait cogner son cœur à se rompre. Bryce était-il celui qui allait lui permettre, en mettant son âme à nu, de dompter enfin sa douleur ? La réalité la rattrapa et elle étouffa un soupir accablé. Elle devait cesser de se bercer d'illusions. Tant qu'elle porterait son secret, son âme ne serait pas libre.

Cappy arrêta sa voiture devant la maison des Campano.

— Nous sommes de retour, sains et saufs, déclara-t-il. Tu crois que ta fille nous attend ?

Ignorant la lumière dans la chambre de Rosalie et le visage qu'elle apercevait derrière les stores, Claudia mentit.

— Oh ! elle dort depuis longtemps ! Tu veux entrer boire un café ?

— Avec plaisir. Il n'est pas si tard. A peine 11 h 30.

En temps normal, Claudia dormirait depuis une bonne heure. Mais elle n'avait aucune intention de l'avouer devant Cappy.

Il contourna la voiture pour venir lui ouvrir. Elle n'aurait aucune peine à s'habituer à sa galanterie. Toute la soirée, il s'était préoccupé de son confort.

— Dire qu'on a fait toute cette route simplement pour dîner à Savannah ! reprit-elle.

— J'ai toujours aimé la Rusty Anchor Inn, répondit-il. Ils y servent les meilleures crevettes du monde.

Elle franchit la porte d'entrée, jeta son sac et son cardigan dans le fauteuil et continua en direction de la cuisine.

— Cette soirée a été un vrai cadeau, déclara-t-elle en mettant la cafetière en route.

Cappy prit place à la table.

— Tu n'allais jamais dîner au restaurant avec ton mari ?

— Oh si, bien sûr ! Tous les samedis soir. Nous allions au Cracker Barrel, à la sortie de l'autoroute, et parfois au cinéma.

Elle s'affaira à compter les cuillères pour ne pas avoir à regarder Cappy. Comme elle devait lui paraître provinciale à parler du Cracker Barrel, alors qu'il venait de laisser un billet de cent dollars au Rusty Anchor ! Elle se rappelait le temps où elle nourrissait une famille de quatre pour une semaine avec moins d'argent.

— J'adore le Cracker Barrel, dit-il. Si cela te fait plaisir, j'aimerais bien t'y emmener un de ces jours.

Elle sourit. La soirée avait été trop belle pour être vraie. Gordon Capps semblait toujours trouver les mots justes.

— J'adorerais ! s'exclama-t-elle en s'asseyant en face à lui.

— Alors nous avons de nouveau rendez-vous, reprit-il

en posant la main sur le bras de Claudia. Mais notre soirée n'est pas encore terminée.

— Non, pas encore. Il est l'heure de boire notre café.

Il esquissa un sourire entendu. Elle se sentit rougir. Seigneur ! Pourvu que Rosalie reste dans sa chambre. Ce qu'elle lisait dans le regard de son interlocuteur ne laissait aucun doute : il était sur le point de l'embrasser.

- 13 -

Les quinze jours suivants, Rosalie partagea son temps entre deux impératifs : préparer la rentrée et honorer la promesse faite à Bryce. Décorer la nouvelle maison l'amusait follement. Cependant, malgré leur semblant d'intimité retrouvée, la jeune femme mettait un point d'honneur à entretenir avec Bryce une relation décontractée et purement amicale. Lui, au contraire, ne manquait pas une occasion de lui témoigner son désir. Le moindre prétexte était bon pour lui toucher le bras, lui poser la main sur la taille, se pencher sur son épaule afin d'examiner tel ou tel détail. Et elle devait se faire violence pour résister à l'indéniable attirance qu'elle éprouvait pour lui, ne s'autorisant à laisser son esprit vagabonder que la nuit, quand elle était seule.

Si Bryce souffrait manifestement de cette indifférence apparente, elle éprouvait pour sa part la même frustration. Le sentir si proche était pour elle à la fois magique et à la limite du supportable.

Et tandis qu'en elle, la bataille faisait rage entre passion et raison, une idylle d'un autre genre était en train d'éclore dans la famille Campano. Claudia et Cappy sortaient désormais ensemble deux fois par semaine. Rosalie était heureuse pour sa mère et s'émerveillait de la voir s'épanouir sous les attentions de son admirateur.

Danny aussi s'épanouissait sous les attentions de son nouvel entraîneur. Au fil des jours, la complicité entre l'homme et l'adolescent s'intensifiait. Danny n'attendait qu'une chose : avoir une chance de faire ses preuves devant son entraîneur au cours d'un match. Son *entraîneur*... La triste ironie de cette étiquette ne faisait qu'accroître la culpabilité de Rosalie. Son secret se faisait si lourd à porter !

Ainsi s'écoulèrent les journées d'été, Bryce et Danny occupant toujours les premières places dans son cœur, d'un amour aussi violent que malheureux.

Un vendredi de la mi-août, elle était au lycée avec les autres professeurs pour organiser la rentrée, prévue pour la semaine suivante. Entre deux réunions, elle s'était replongée dans la préparation de ses cours dans sa salle de classe déserte.

Un léger bruit lui fit soudain lever la tête et elle tressaillit en découvrant Bryce sur le seuil.

— Bonjour, lança-t-elle aussitôt. Tout va bien ?

Elle prenait soin de se montrer désinvolte, amicale. Deux collègues en pause.

— Ça va, merci. En fait, j'ai un service à te demander. On doit me livrer des appareils électroménagers aujourd'hui vers 16 heures, mais je suis coincé par un entraînement. Est-ce que tu pourrais aller les réceptionner pour moi après ta réunion ?

— Aucun problème.

— Merci, ça me rend bien service.

Ses clés à la main, il s'approcha d'elle et parut hésiter en arrivant devant le bureau.

— Tu te sens prête pour la rentrée, lundi ? s'enquit-il.

— Oui, répondit-elle avec un sourire. Tu sais, au bout de dix ans, je suis rodée !

— Je n'en doute pas. Tout le monde parle de toi en termes élogieux ici.

A ces mots, elle se sentit rougir. Pourquoi un compliment aussi banal la troublait-il ainsi ? Sans doute parce qu'il venait de Bryce.

— A quelle heure penses-tu rentrer chez toi ? demanda-t-elle pour faire diversion.

— Pour le dîner. Tu veux rester ? Je te propose un barbecue.

Elle tapota son crayon sur son cahier en essayant de se

concentrer sur ce qu'elle avait écrit quelques minutes plus tôt. Elle avait très envie de dire oui. Après tout, on était vendredi et elle n'avait rien prévu pour le soir.

— Je ne peux pas, mentit-elle néanmoins en se mettant à griffonner quelques mots. Ce sera pour une autre fois.

Ils étaient amis, ils discutaient, faisaient des projets qui se concrétiseraient ou pas. Quoi de plus naturel ? Pourtant, elle avait une conscience aiguë du regard bleu azur fixé sur elle. Visiblement, Bryce connaissait ses limites, il savait exactement comment lui faire rendre les armes.

— Allez, Rosie, reste dîner… C'est ridicule, cette façon que nous avons tous les deux de tourner autour du pot.

— Il faut vraiment que je finisse ce travail, répliqua-t-elle en faisant mine de s'absorber dans son cahier. Surtout si je dois être chez toi avant 16 heures cet après-midi.

— Très bien, soupira-t-il en se redressant. Comme tu voudras.

Il tourna les talons et gagna la porte.

— Merci encore pour le service que tu me rends, lança-t-il en se retournant, avant de disparaître dans le couloir.

Il était 15 h 30 quand elle poussa la porte de la vieille maison et elle fut une fois de plus gagnée par le sentiment familier de bien-être qui la submergeait chaque fois qu'elle venait. De nombreux détails témoignaient déjà de sa touche personnelle : il y avait le tissu couleur tabac qui recouvrait le canapé et les fauteuils, les coussins écossais, la chaude couleur des rideaux bordeaux qui encadraient les stores en pin noir aux fenêtres. Des affiches représentant des paysages de Géorgie égayaient les murs repeints de frais.

— Comme cette pièce est agréable ! se répéta-t-elle à voix haute. Idéale pour Bryce…

« Et pour moi aussi… », ajouta-t-elle en son for intérieur. Elle se morigéna aussitôt, maudissant la direction que prenaient ses pensées. Elle savait très bien qu'elle ne serait jamais qu'une invitée dans cette maison, même si elle avait contribué à sa décoration. Elle n'allait pas être assez stupide pour s'imaginer des choses…

Elle s'affala dans un confortable fauteuil et se plongea dans la lecture d'un magazine. Une demi-heure plus tard, un bruit de moteur lui indiqua l'arrivée des livreurs.

Elle les fit entrer dans la cuisine, où ils apportèrent la gazinière et le lave-vaisselle, qu'ils entreprirent de brancher. Quand arriva le tour du réfrigérateur, ils s'aperçurent que la prise était trop courte et demandèrent à Rosalie si elle pouvait trouver un prolongateur.

Elle se mit alors à fouiller les tiroirs et les placards de la pièce, mais sans succès, et décida ensuite de jeter un coup d'œil dans l'arrière-cuisine. Bingo ! Un épais cordon électrique était enroulé sur l'étagère. Elle s'en empara, tandis que son attention était attirée par un vieux carton posé dans un coin. Un carton qui semblait avoir été très souvent ouvert et refermé. Un carton qui portait les initiales WCHS. Whistler Creek High School, traduisit-elle aussitôt.

Sa curiosité piquée au vif, elle réprima son impatience et se promit d'y jeter un coup d'œil une fois les livreurs repartis.

Une vingtaine de minutes plus tard, elle se plantait à la porte de l'arrière-cuisine pour se débattre avec sa conscience. Avait-elle le droit de fouiller dans des affaires qui ne lui appartenaient pas ? Elle jeta un coup d'œil à sa montre. Bryce ne serait pas de retour avant une bonne heure. Elle avait donc le temps. Seulement, il y avait ce sentiment de culpabilité qui la perturbait… Le contenu du carton ne la regardait en rien.

Repoussant soudain ses scrupules, elle s'agenouilla devant le carton : elle devait en avoir le cœur net et, puisqu'elle avait décidé de passer outre, il ne fallait pas perdre de temps.

Elle tira le carton jusque dans la cuisine et, assise en tailleur, l'ouvrit. Une odeur de moisi s'en échappa.

Intriguée, elle commença à en examiner le contenu. Il regorgeait de souvenirs de jeunesse de Bryce : des diplômes, des citations sportives, des bulletins scolaires, quelques trophées…

Sentant sa gorge se dessécher, Rosalie s'aperçut qu'il avait amassé une multitude de souvenirs de Ricky. Il y avait des photos de fêtes, de matchs, de marathons, de baignades, avec, au dos de chacune, une date soigneusement notée à la main. Jamais elle n'aurait soupçonné une telle minutie chez Bryce.

Les larmes vinrent lui brouiller la vue au moment où elle découvrit la photo du dernier bal de fin d'année. Elle étouffa un sanglot. Le cliché avait été pris la veille du jour où elle avait promis à Bryce de l'aimer toute sa vie.

Vint le tour d'une coupure de journal jaunie. Soudain prise de vertige, elle en déchiffra le gros titre.

UN ADOLESCENT DE WHISTLER CREEK MEURT DANS UN DRAMATIQUE ACCIDENT AU PARC.

Le chagrin enfla en elle et, se faisant violence, elle se força à lire les mots résumant la courte vie de son frère dans un hommage rendu à ses qualités humaines et sportives. Le journaliste finissait par :

Ricardo Campano laisse ses parents et une sœur, Rosalie.

Une larme tomba sur le papier. Elle ne s'était pas rendu compte qu'elle pleurait. Les joues ruisselantes, elle sortit un dernier papier du fond du carton et, à travers un brouillard de larmes, reconnut la date. C'était une lettre tapée à l'ordinateur une semaine après l'enterrement de Ricky. Les doigts tremblants, elle la déplia.

« Cher Ricky,

» Je regrette de ne pas pouvoir t'envoyer cette lettre, mais je n'ai pas d'autre choix que d'espérer que tu sais que je t'écris. Puisque vous, les catholiques, croyez en la vie éternelle. Même si cela me fait toujours sourire ! Mais il fallait que je le dise : désormais, Rosalie me déteste. Je ne lui en veux pas. Mais je ne sais pas comment lui faire comprendre à quel point je regrette. Elle refuse de me parler. Je l'aime, Ricky. Je l'aimerai toujours. Je m'en veux tellement pour ce qui est arrivé. Je veux te promettre que je prendrai toujours soin de Rosie. Tu me manques, quarterback. Plus jamais je n'aurai un ami comme toi. Jamais ! Peut-être vais-je me convertir au catholicisme pour être sûr de te revoir. Tu ne me feras pas la tête, au moins ? Alors, à un de ces quatre, au paradis, vieux !

» Je t'embrasse,

» Bryce.

» (Je parie que tu rigoles en lisant "Je t'embrasse") »

Laissant libre cours à ses pleurs, Rosalie hoquetait à présent.

— Rosie ?

Elle sursauta, lâcha la lettre et plaqua les paumes sur ses joues baignées de pleurs. Elle n'avait pas entendu la porte d'entrée s'ouvrir, n'avait pas entendu Bryce approcher.

— Bryce, depuis combien de temps… ? murmura-t-elle.

Elle s'interrompit et déglutit. Sa gorge la brûlait.

Il s'agenouilla à côté d'elle et demanda d'une voix très douce :

— Que fais-tu, Rosie ?

— Je… j'ai trouvé ce carton, bredouilla-t-elle en lui offrant un sourire contrit. Je n'ai pas pu m'empêcher de regarder. Je suis désolée…

Figée comme une statue, elle le suivit des yeux tandis qu'il ramassait les photos et les papiers disséminés autour d'elle et les rangeait avec soin dans le carton.

Hébétée, elle était incapable d'esquisser le moindre mouvement. Elle avait tellement honte d'avoir fait ainsi intrusion dans son intimité ! Et s'il allait en prendre ombrage ? Elle le laissa tout remettre en place, puis chuchota d'une voix altérée :

— Je n'aurai pas dû. J'ai eu tort.

Une fois le carton rangé, il lui prit la main et, avec délicatesse, l'aida à se relever.

— Je n'ai pas de secrets pour toi, Rosalie.

— Mais ce sont tes souvenirs personnels.

— Oui, mais tout ce que contient ce carton te concerne autant que moi. J'aurais peut-être dû t'en parler moi-même.

Elle renifla piteusement.

— Oh, Bryce, j'ai encore tellement mal ! avoua-t-elle dans un souffle.

L'attirant vers lui, il la serra dans ses bras, plaquant ses mains vigoureuses dans son dos.

— Je sais, Rosie. Je partage ta détresse.

Sans réfléchir, elle pressa légèrement les lèvres contre son cou.

— Je n'avais pas compris à quel point il comptait aussi pour toi, murmura-t-elle.

Il hocha la tête.

— Toi, tu étais sa sœur jumelle, mon cœur, mais pour moi, c'était comme un frère. Le perdre m'a brisé le cœur.

A ces mots, elle éclata de nouveau en sanglots, la tête nichée au creux de l'épaule de Bryce, trempant de ses larmes le col de la chemise. Il avait une odeur de savon, de grand air. Il était si réel, si… vivant.

— Si tu savais à quel point je m'en veux, Bryce, répéta-t-elle.

— Pourquoi, Rosie ? De quoi t'en veux-tu ?

— De ne pas avoir répondu à tes lettres, à tes coups de téléphone. De ne pas avoir compris. De ne pas avoir été là pour toi. Si seulement tu savais combien cette culpabilité est lourde à porter…

L'apaisant de ses caresses, il lui chuchota d'une voix rauque :

— Chut, Rosie. Tout va bien. Tout va bien.

— Je t'aimais, ajouta-t-elle.

— Je sais. Et moi, je t'aime, Rosie. Tu es l'amour de ma vie.

Elle se dégagea alors et, la tête légèrement en arrière, le regarda dans les yeux. Il avait le visage grave et sombre.

— Tu m'aimes encore ? osa-t-elle.

Un sourire aux lèvres, il lui posa une main sur la nuque.

— Tu sais bien que oui. Et tu sais ce que Ricky dirait maintenant ?

— Non ?

— Que nous sommes deux abrutis d'avoir perdu toutes ces années.

— C'est vrai ! acquiesça-t-elle avec un petit rire.

— Et il se désolerait devant notre mièvrerie, à cet instant précis.

Elle sentit sa tristesse se dissiper comme par magie à ces mots et esquissa un sourire.

— Rappelle-toi quand il affirmait qu'il était sûr que nous finirions par être ensemble, dit-elle. Il s'est même attribué le mérite de nous avoir rapprochés.

Avec un petit rire affectueux, Bryce renchérit :

— Ricky s'attribuait le mérite de tout ce qui arrivait de bien autour de lui. En revanche, il se défendait de jamais créer le moindre problème.

— « Ce n'est pas moi », disait-il.

Elle laissa glisser sa main sur le bras de Bryce, se délectant du réconfort de sentir la puissance de ses muscles.

— C'était Ricky, approuva Bryce en lui caressant les cheveux.

Avec surprise, Rosalie se sentait soudain aérienne. Elle avait l'impression de flotter au-dessus du sol, aussi légère qu'une plume, tandis que deux bras vigoureux l'entouraient de leur force solide. Une douce allégresse s'était emparée d'elle et elle comprit que la douleur qu'elle avait gardée tapie en elle toutes ces années s'était évaporée. En Bryce, elle avait retrouvé la liberté.

— Tu m'as pardonné, Rosalie ? demanda-t-il avec un doux sourire. Tu ne m'en veux plus ?

— Il y a des années que je t'ai pardonné, Bryce, affirma-t-elle avec ferveur. Seulement, il y avait toujours ce chagrin qui m'oppressait. Je ne pensais pas qu'il puisse s'apaiser un jour.

Il approcha son visage et l'embrassa. Sa bouche était chaude, généreuse, un peu salée, et semblait déterminée à faire retrouver à Rosalie le goût du bonheur. Ivre de la volupté de ce baiser brûlant, elle vacilla et, docile, laissa Bryce la soulever dans ses bras.

— Tu veux que nous montions dans la chambre, Rosie ? suggéra-t-il dans un souffle. Je crois que le moment est venu de fêter la vie dans cette maison.

Elle lui passa les bras autour du cou et se blottit contre lui. Il monta l'escalier et, lorsqu'il l'eut déposée sur le lit, elle s'arqua contre lui en espérant qu'il la déshabille. Comme pour répondre à sa supplique muette, il commença à lui retirer ses vêtements avec délicatesse, avant de l'inviter à s'allonger entre les draps qui sentaient le neuf. Il se dévêtit ensuite à la hâte, sans pudeur, lui offrant la vision de l'homme adulte qu'il était devenu et elle se grisa de la vue de ce corps mince et athlétique aux muscles sculptés par des heures d'entraînement. Elle avait l'impression que le destin, soudain bienveillant, lui souriait de nouveau.

Avant de la rejoindre dans le lit, il sortit une pochette argentée du tiroir de la table de nuit.

— Pourtant, mon rêve serait d'avoir un enfant de toi, murmura-t-il en s'allongeant près d'elle.

Elle refoula la culpabilité qu'auraient pu susciter ces mots quand il l'attira dans ses bras pour l'embrasser passionnément. Ces mains d'homme voguant sur son corps ranimaient en elle mille sensations oubliées et elle ne voulait penser qu'à leurs deux corps réunis, à ces caresses sensuelles, à ces lèvres qui butinaient sa peau embrasée. Elle voulait s'abandonner à ces longs baisers très doux et tout oublier. Le lendemain viendrait bien assez vite…

Elle saisit entre ses paumes le visage penché sur elle. Autant se l'avouer : elle n'était pas venue dans cette intention, mais comme elle avait espéré qu'il la reprenne dans ses bras ! Qu'il lui fasse de nouveau l'amour !

Le regard plongé dans les yeux indigo, elle murmura d'une voix pressante :

— Ne t'arrête pas, Bryce, je t'en prie, ne t'arrête pas.

Pris par l'urgence d'un désir partagé, il s'empara de sa bouche avec frénésie. Envahie par une délicieuse chaleur, Rosalie fut alors secouée de frissons électriques qui réveillaient en elle des sensations dont elle avait oublié l'existence. Comme si elle était littéralement en feu, une lave brûlante roulait dans ses veines, embrasant tous ses sens, tandis que son cœur cognait à grands coups dans sa poitrine.

Leurs lèvres toujours scellées, elle sentit qu'il glissait la main jusqu'à la chair frémissante qui n'attendait que lui.

Le sang battait à présent à ses tempes et elle tenta de maîtriser l'intensité des sensations qui déferlaient en elle. Elle n'avait aimé que cet homme qui, maintenant, était là, avec elle, comblant tout le vide de ces longues années. Et la magie opérait de nouveau, intacte, voire amplifiée.

Et quand, sans cesser de cajoler son intimité brûlante, il entreprit, de son autre main, de tracer des arabesques autour des pointes durcies de ses seins, elle se surprit à onduler sans y réfléchir. Alors, il happa chacune d'entre elles dans la moiteur de sa bouche, suscitant en elle des éclairs d'un plaisir infini.

Ivre de volupté sous les assauts conjugués de ces doigts et de cette langue lancés à l'assaut de tout son corps, elle renversa la tête en arrière, le souffle saccadé, décidée à se soumettre dans un abandon total. Le sang lui battait aux tempes, un tourbillon de sensations divines l'emportait et elle avait l'impression de voguer vers les confins du paradis. Elle ferma les yeux et vit des étoiles danser sous ses paupières, attendant la délivrance que Bryce seul pouvait lui apporter.

Son esprit tournoyait, une foule d'images l'assaillaient, tandis que, de tout son corps, elle l'appelait douloureusement, se rapprochant de la récompense ultime. Jamais aucun homme n'avait su la combler ainsi.

Aimantée à lui, elle arqua le buste, se soumettant sans

retenue. Il intensifia sa caresse. Chavirée, elle se cambra encore et une plainte naquit dans sa gorge. Un long frisson l'électrisa alors, tandis que de petits gémissements lui échappaient, accompagnant l'ultime onde de plaisir qui la souleva. Pantelante, elle hurla le nom de Bryce.

Il s'empara alors de sa bouche, tandis que s'apaisaient les gémissements que la puissance de l'orgasme avait fait monter en elle.

Ses tremblements s'atténuèrent et elle plongea un regard embrumé dans les yeux indigo que jamais, elle n'avait pu effacer de sa mémoire. Bryce lui souriait et elle sentit aussitôt la passion bouillonner de nouveau en elle.

— C'était…

— Juste un avant-goût, acheva-t-il.

D'un geste langoureux, elle passa ses doigts dans les épais cheveux bruns. Il ne les portait pas si longs, dans le temps. Elle aimait la façon dont ils retombaient dans son cou, la petite barbe d'un jour qui ombrageait ses joues et dont elle avait envie d'éprouver la rugosité. Seigneur ! Il était si sexy qu'elle en frissonna, les seins douloureux de désir.

Ses mains survolèrent les contours du torse vigoureux et sa bouche prit ensuite le relais. Elle passa la langue sur son mamelon d'homme et sentit qu'il fichait les doigts dans ses hanches. Elle s'empressa alors de refermer les doigts autour de son sexe lourd, érigé, majestueux. D'un geste vif, il lui captura le poignet et la regarda, les yeux étincelants d'un désir sauvage.

Au contact de la main posée sur son sexe gonflé, fou de désir, tous les sens embrasés, il se positionna sur le corps de liane de Rosalie. La faim le tenaillait, une faim creusée par la frustration de leur longue séparation, que rien n'aurait pu l'empêcher maintenant de rassasier.

Avec délicatesse, il passa les doigts dans la masse de la chevelure brune, aussi douce que la soie, qui encadrait en un voile soyeux le visage éclairé des immenses yeux bruns qui contenaient la promesse de mille plaisirs exquis.

Diable, comme cette femme lui avait manqué !

Elle lui noua les jambes autour de la taille et se pressa contre lui. Aimantés l'un à l'autre, ils laissaient à présent leurs corps parler à leur place. Sans s'écarter d'elle, il déroula le préservatif le long de son sexe en érection.

D'un mouvement souple, il s'enfonça en elle et lui imposa une cadence de plus en plus effrénée. Leurs deux corps bougeaient en rythme, emportés par l'extase qui les fondait l'un à l'autre. Rosalie se soulevait à chaque nouvelle poussée, ondulant des hanches pour venir à sa rencontre.

La tête renversée en arrière, il accéléra le tempo et les contours de la réalité s'estompèrent.

Quand il s'enfonça en elle une dernière fois, un météore de pur plaisir le traversa et l'extase les frappa l'un comme l'autre de plein fouet, les emportant dans la même communion.

Il la regarda droit dans les yeux et y surprit un éclair délicieux. L'évidence le frappa, éblouissante : sans cette femme, il n'avait été que l'ombre de lui-même.

Comblé, il poussa un râle et se laissa retomber sur elle, tandis que leurs deux corps étaient secoués par les derniers frissons de la volupté. Quelques instants plus tard, sa voix rauque s'élevait dans la brume ouatée de la passion qui les enveloppait.

— Je t'aime, Rosie.

Un long moment, elle resta nichée au creux de ses bras, refusant de penser à autre chose qu'à la joie qu'il lui avait procurée, à cette petite tranche de bonheur qu'ils venaient de vivre. Dehors, le soleil avait commencé sa descente et dardait ses rayons dorés sur le plancher vernis. L'air conditionné ronronnait dans la pièce fraîche, mais elle avait chaud, lovée ainsi tout contre Bryce, dont le souffle était aussi régulier que les battements de son cœur.

— J'ai enfin l'impression d'être vraiment rentré chez moi, Rosie. J'ai retrouvé ma ville, une maison, un travail, mais surtout toi. Je suis enfin à ma place.

Elle posa la main sur son torse, comme pour se lier à lui, refusant de laisser le passé s'interposer entre eux. Le lendemain viendrait bien assez vite, elle s'occuperait plus tard de gérer les conséquences de ce qui s'était passé. D'ailleurs, ce qu'ils venaient de vivre était peut-être un signe. Peut-être pourrait-elle garder son secret à jamais et leur donner une chance de prendre un nouveau départ ensemble, comme si le passé n'avait jamais existé…

— Tu as faim ? demanda-t-il, interrompant sa rêverie. Ma proposition de barbecue tient toujours, tu sais.

Elle se mit à rire.

— A propos, tu n'as même pas regardé tes nouveaux appareils. Ils sont magnifiques.

— Je n'en doute pas, répondit-il. Mais je crois que ça peut attendre encore un peu.

Il ponctua ces mots d'un long baiser, que la sonnerie du téléphone posé sur la table de nuit vint interrompre.

Il décrocha et fronça les sourcils. Une expression de surprise se peignit sur ses traits.

Soudain inquiète, Rosalie se redressa et remonta les draps sur sa poitrine.

— Comment ? dit-il. Depuis combien de temps ? J'arrive tout de suite !

Il reposa le combiné et se tourna vers Rosalie, qui l'interrogeait d'un regard anxieux.

— Je dois y aller. Mon père a refait un infarctus.

- 14 -

Rosalie avait quitté la maison en même temps que Bryce. En arrivant chez elle, à 20 h 30, elle trouva sa mère et Cappy attablés dans la cuisine. A leur air soucieux, elle comprit qu'ils étaient déjà au courant.

— Kitty, du salon de coiffure, m'a téléphoné, expliqua Claudia. Elle était allée voir une amie à l'hôpital quand ils ont amené Roland. C'est terrible, hein ? Pauvre Roland. Tu crois que c'est grave ?

— Je ne sais pas. J'étais chez Bryce quand il a reçu le coup de fil de l'hôpital.

Préférant ignorer le regard entendu qu'échangèrent les deux convives, elle se servit du café.

— Comment va Bryce ? demanda Cappy.

— Il est fou d'inquiétude.

— Je devrais peut-être appeler Marjorie, suggéra Claudia d'un air pensif.

— Si j'étais toi, j'attendrais le diagnostic. La pauvre doit être dans tous ses états.

Ils n'eurent toutefois de nouvelles que le lendemain matin. Il était 7 h 30 et Rosalie terminait son petit déjeuner quand le téléphone sonna.

— J'espère que je ne te réveille pas, fit la voix de Bryce.

— Non. Je n'ai pas bien dormi, de toute façon. Comment va ton père ?

— Ça va. Il devrait s'en remettre. Il est faible et les médecins lui recommandent du repos. Ils ont pratiqué une intervention mineure hier soir et ils vont le garder quelques jours en observation.

— Quel soulagement ! Tu as passé la nuit à l'hôpital ?

— J'ai ramené maman à la maison quand papa est sorti de la salle d'opération. Ensuite je suis rentré chez moi et j'ai dormi deux heures.

— Où es-tu maintenant ?

— Je suis revenu à l'hôpital. J'avais l'intention de rester et de me faire remplacer par Cappy pour l'entraînement, mais papa ne veut rien entendre. Il affirme qu'il se sent bien. Je vais donc aller au stade. N'oublie pas que nous jouons notre premier match dans six jours.

Ça, elle ne risquait pas d'oublier ! Danny ne parlait de rien d'autre.

— Très bien. Si je peux faire quoi que ce soit, n'hésite pas.

— Pour le moment, tout va bien. Le simple fait de savoir que tu es là me suffit. Au fait, Rosie…

— Oui ?

— Nous n'avons pas eu l'occasion de parler hier. Et là, le moment n'est pas très bien choisi non plus. Mais je veux que tu saches à quel point j'ai aimé ces moments que nous avons passés ensemble. Je n'ai pas arrêté d'y penser depuis. Même à l'hôpital. Je ne suis pas du genre à me répandre en émotions, mais je voulais te dire que tu as fait de moi un homme comblé.

Elle sourit malgré elle. Elle savait bien, pourtant, que ces mots n'étaient pas vraiment de circonstance.

Comme elle le comprenait ! En dépit de son inquiétude pour Roland, elle n'avait pu s'empêcher de penser à ces moments que Bryce et elle avaient partagés. Ils avaient fait l'amour avec toute l'exaltation de leur jeunesse. Mais à cela, s'étaient ajoutées la tendresse et la sollicitude liées à la maturité ; l'espoir en cette nouvelle chance que la vie leur donnait.

Une vieille douleur familière lui étreignit le cœur. Comment pouvait-elle continuer à bafouer ainsi la confiance qu'il plaçait en elle ? Allait-elle continuer à se dérober ? Elle avait une décision à prendre, sans doute la plus importante de sa vie. Comment envisager un nouveau départ avec Bryce tant que ce secret subsisterait entre eux ? Elle se sentait désemparée. Devait-elle lui avouer qu'il était le père de Danny, quitte à déchirer le lien fragile qu'ils venaient de tisser de nouveau, au risque de l'anéantir ? Ou devait-elle construire sa vie avec lui en taisant cette paternité qu'il était en droit de connaître ? Ce dernier choix, elle n'était pas sûre de pouvoir se le pardonner un jour. Certains secrets étaient trop lourds à porter.

— Rosie ? Tu es toujours là ?

Le timbre grave eut le pouvoir de la réconforter.

— Bien sûr, répondit-elle.

— Tu n'as pas changé d'avis ? Nous sommes toujours ensemble ?

Oui, ils étaient toujours ensemble. Pour le moment, tout au moins.

— Oh oui, Bryce, nous sommes toujours ensemble. Plus que jamais !

— D'accord ! Dans ce cas, nous nous parlerons plus tard.

Elle raccrocha et se hâta vers sa chambre pour se préparer. Bryce semblait si serein… Elle ne se sentait pas la force de voir s'écrouler ses illusions, de perdre sa confiance. D'un autre côté, comment pouvait-elle le laisser dans l'ignorance d'un fait aussi important ? L'ironie de la situation lui fit monter les larmes aux yeux. En faisant preuve d'honnêteté, elle risquait de le perdre à jamais. Le dilemme était de taille.

Après s'être habillée machinalement, elle éprouva un besoin impérieux de s'éclaircir les idées et décida de sortir faire un tour avec Dixie.

Elle revenait d'une longue promenade quand la sonnerie du téléphone la fit se précipiter à l'intérieur de la maison. Essoufflée, elle décrocha.

— Rosalie ? demanda une voix familière. C'est Marjorie Benton.

La main crispée sur le combiné, elle s'affala dans le fauteuil le plus proche. C'était la première fois que Mme Benton lui téléphonait.

— Madame Benton, je suis désolée pour votre mari. Bryce m'a dit qu'il va se remettre.

— Les médecins nous ont rassurés, en effet. Mais, bien sûr, je m'inquiète quand même.

— Bien sûr. Puis-je faire quelque chose pour vous ?

Marjorie s'éclaircit la voix.

— Pas pour moi, Rosalie, mais, apparemment, pour Roland.

— Ah bon ?

— Il veut te voir. Je ne sais pas pourquoi, mais il m'a demandé de te téléphoner. Peux-tu venir à l'hôpital ?

Le cœur battant, elle prit une inspiration et répondit d'une voix aussi posée que possible :

— Je viens tout de suite.

Que diable pouvait bien lui vouloir le père de Bryce ?

Une demi-heure plus tard, elle frappait à la porte de la chambre d'hôpital. Marjorie, qui se tenait au chevet de son mari, se leva et s'avança vers elle.

— Souviens-toi de ce que je t'ai dit, lui chuchota-t-elle. Ne le contrarie pas.

Rosalie réprima de justesse la réponse acerbe qui lui venait aux lèvres. Déjà, Roland se redressait pour l'accueillir.

— Rosalie ! s'exclama-t-il. Je suis si content de te voir. Approche, s'il te plaît.

Docile, elle s'exécuta.

— Comment allez-vous, monsieur Benton ?

— Il paraît que je ne vais pas mourir de sitôt. J'espère que c'est vrai. Tu ne veux pas descendre prendre quelque chose à la cafétéria, ma chérie ? ajouta-t-il à l'intention de sa femme.

— Non, répondit-elle. Je préfère…

— Je t'en prie, Marjorie, tout se passera bien. Laisse-nous un peu.

La mère de Bryce hésita un court instant, puis prit son sac et quitta la pièce, non sans avoir lancé un regard de mise en garde à Rosalie.

— Ne t'en fais pas pour elle, déclara Roland, rassurant. Elle panique beaucoup trop.

— Elle s'inquiète.

— Elle n'a aucune raison de le faire. Même si j'ai décidé d'apporter quelques changements à ma vie, je n'ai pas l'intention de décrocher avant un bon moment.

Elle lui lança un regard surpris. Que pouvait-elle répondre à cela ?

— Rosalie, il faut que nous parlions, tous les deux, reprit-il.

— De quoi, monsieur Benton ? s'enquit-elle, surprise, en s'asseyant à son chevet.

— Pour commencer, tu vas m'appeler Roland.

— D'accord.

Au sourire qu'il lui lançait, elle comprit qu'il essayait de la mettre à l'aise.

— Tu sais, Rosalie, déclara-t-il, quand on frôle la mort, cela nous ouvre les yeux sur bien des choses.

— Je m'en doute, acquiesça-t-elle, de plus en plus intriguée.

L'enveloppant d'un regard grave, il enchaîna :

— Je t'ai fait venir pour évoquer avec toi la petite réunion qui, il y a seize ans, a scellé le destin de Bryce et de Danny.

Un frisson glacé la traversa à ces mots. Comment aurait-elle pu oublier cette conversation qu'elle avait eue avec ses parents et ceux de Bryce ? Elle y pensait tous les jours. Elle s'efforça de se composer un visage impassible.

— Où voulez-vous en venir au juste ?

— Rosalie, est-ce que tu t'es aperçue que je ne rate jamais un match de Danny ?

Elle l'avait remarqué, en effet. Chaque fois que l'enfant jouait, il était dans les gradins. Une présence qu'elle n'avait jamais considérée comme une menace.

— Oui, articula-t-elle.

— Je ne viens pas pour l'amour du base-ball, précisa-t-il.

Je viens parce que je me sens lié à cet enfant qui, officiellement, ne sera jamais mon petit-fils.

— Nous étions tous d'accord… commença-t-elle.

— Je sais, répondit-il en l'interrompant d'une main levée. Et je reste convaincu qu'à l'époque, nous avons pris la bonne décision. Tu as réalisé ton rêve de devenir professeur. Danny a reçu tout l'amour et le soutien possible.

— Et Bryce aussi a atteint ses objectifs, ne l'oubliez pas, crut-elle bon de rappeler.

— Exact. Mais maintenant, il est revenu, et je pense qu'il est là pour rester.

Marquant une pause, il fit glisser sa main sur la couverture, comme pour aller saisir celle de Rosalie.

— Je sais aussi que mon fils et toi, vous vous voyez souvent, ajouta-t-il d'une voix douce.

— En effet, acquiesça-t-elle, gênée. Quoi de plus normal pour de vieux amis ?

Il eut un petit rire malicieux.

— Je suis prêt à parier que votre relation va au-delà d'une simple amitié. J'ai l'impression que Bryce et toi avez bouclé la boucle. Et j'en suis très heureux pour vous.

Sans répondre, Rosalie le regarda droit dans les yeux.

— Où voulez-vous en venir, Roland ? répéta-t-elle.

— J'en ai assez de vivre dans le secret. J'ai envie de reconnaître mon petit-fils. Je ne veux plus me contenter de le croiser en ville. Il est ma chair et mon sang, Rosalie. Il me manque.

— Je vous en prie, taisez-vous ! plaida-t-elle.

Elle ferma les yeux dans une tentative de calmer les battements précipités de son cœur. Elle se sentait tolalement démunie, soudain. Le moment était venu de prendre une décision et elle était bien incapable de le faire.

— Roland, finit-elle par déclarer d'une voix étranglée, vous ne pouvez pas décider soudain de revenir sur notre accord d'il y a seize ans.

Il se redressa encore.

— Pourquoi ? Les choses évoluent, Rosalie. Autre temps, autres circonstances. Depuis la mort d'Enzo, Danny n'a plus de grand-père pour le guider.

— Mais je suis là, moi.

— Oui, et personne ne remet en question ton amour pour lui, ton rôle en tant que mère. C'est un très bel adolescent. Mais il serait peut-être d'accord pour dire qu'une figure paternelle manque à sa vie. Et il est en notre pouvoir de combler ce vide. Je pense qu'il est temps de lui dévoiler la vérité.

Essayant de faire barrière au mélange de terreur et de ressentiment qu'elle sentait monter en elle, elle murmura :

— Je ne sais pas. En l'apprenant aujourd'hui…

Les conséquences qu'elle envisageait depuis des semaines maintenant lui étaient toujours aussi intolérables. Elle essaya de faire le tri dans ses pensées et reprit :

— Danny se sentirait trahi, manipulé…

— Ce n'est plus un enfant. Et sa capacité de comprendre pourrait bien nous surprendre. Bryce et lui commencent à bien se connaître.

— Ce que j'ai essayé d'éviter dès le début, se défendit-elle.

— Mais ne comprends-tu pas, Rosalie ? Tu ne pouvais pas l'éviter. Appelle ça le destin si tu veux. Malgré toutes tes supplications, Danny a fait ce qu'il voulait. Bryce et lui ont appris à se respecter mutuellement. C'est un signe. Il faut leur donner une chance de découvrir qu'ils sont père et fils.

— Tout ça pour que vous puissiez jouer au grand-père ? fulmina-t-elle.

La mise en garde de Marjorie lui avait traversé l'esprit, mais la colère était trop vive. Tant pis pour le cœur de Roland ! Elle était même à deux doigts d'accuser ce dernier de n'écouter que son intérêt égoïste. Pourtant, si elle était honnête avec elle-même, elle devait bien reconnaître que celle qui faisait preuve d'égoïsme, c'était d'abord elle.

Roland ne se départit pas de son calme.

— Ecoute, Rosalie, lui dit-il. Je ne sais pas combien d'années il me reste à vivre, mais j'aimerais en tirer le meilleur. Je veux faire de mon petit-fils un membre de ma famille, un héritier.

— Un héritier ? répéta-t-elle. Parce que c'est d'héritage qu'il s'agit ? Pour moi, il y a beaucoup plus important que cela. C'est de sentiments et d'émotions que nous parlons ici !

— Je t'ai fait de la peine, je le regrette, soupira-t-il, l'air désolé. Seulement, je pense à ces trois hommes liés par le sang, l'amour et le devoir. A ce mensonge auquel je voudrais mettre un terme pour repartir de zéro. Je veux être libre d'aimer Danny, Rosalie. Pour moi, c'est essentiel, acheva-t-il.

Elle s'aperçut qu'il avait les yeux brillants de larmes. Gênée, elle détourna le regard vers les écrans des appareils médicaux. Elle ne comprenait ni les graphiques ni les chiffres, mais tout semblait régulier.

— Tout va bien, ne t'inquiète pas, confirma-t-il en lui tapotant la main. Arrête de regarder ces fichus engins.

— Votre femme va me tuer, murmura-t-elle avec un sourire.

Il émit un petit rire complice.

— Réfléchis bien, Rosalie, reprit-il après un silence. Réfléchis à ce qui est le mieux pour Danny. Pense à ce que Bryce, moi, et même Marjorie pourrions apporter à sa vie.

Il marqua une nouvelle pause et la fixa avec espoir.

— Tu crois que c'est possible ?

A la façon dont il présentait les choses, tout était simple. Et, pour un homme comme lui, c'était peut-être le cas. Comment aurait-il pu se douter qu'elle avait passé une nuit blanche à se demander quelle décision prendre ? Elle voulait vivre le reste de sa vie avec Bryce. Peut-être même auraient-ils d'autres enfants et plus rien ne viendrait entraver leur bonheur. Pourtant, elle savait bien, dans le fond, qu'elle se berçait d'illusions. La vie n'était pas un conte de fées. Et, surtout, un avenir ne se construisait pas sur un mensonge.

— Rosalie… tu y réfléchiras ? la pressa-t-il.

Elle aurait voulu refuser, opter pour la solution la plus simple. Mais les paroles de Roland l'avaient touchée au plus profond de son cœur et de son âme. Le secret trop jalousement gardé était le barrage à son bonheur. Et si Roland avait raison concernant Danny ? Comment pouvait-elle priver son fils d'une famille qui l'aimerait, qui serait là en cas de coup dur ? Un enfant ne recevait jamais assez d'amour.

Elle se leva.

— Je… commença-t-elle.

Elle fut interrompue par la porte qui s'ouvrait. Marjorie entrait dans la pièce, un gobelet à la main.

— Je t'ai apporté du thé, mon chéri, dit-elle à son mari.

— Merci, Marjorie. Rosalie, j'ai été très heureux de ta visite, reprit-il en se tournant vers la jeune femme. Nous avons passé un moment très agréable. Merci aussi pour tout ce que tu as fait pour aider Bryce à s'installer dans sa nouvelle maison.

Arborant une expression aussi dégagée que possible, elle lui adressa un petit signe de la tête.

— Je vous souhaite un rapide rétablissement.

Après avoir salué Marjorie, elle quitta la chambre, en proie aux pires doutes. Elle se trouvait à la croisée des chemins et ne s'était jamais sentie aussi perdue. Quelle direction fallait-il prendre ?

- 15 -

Bryce baissa les vitres du pick-up pour laisser entrer la brise de l'après-midi et poussa l'air conditionné à fond. Après des heures passées au stade, en plein soleil, l'économie d'énergie était le cadet de ses soucis.

Arrivé à mi-chemin de chez lui, il pressa la touche de son portable récemment attribuée à Rosalie. Celle-ci répondit presque aussitôt et il sentit une onde de chaleur l'envahir, comme chaque fois qu'il entendait sa voix.

— C'est moi, Rosie, dit-il. Comment s'est passée ta journée ?

— Très bien, merci. J'ai fait des courses, et puis j'ai travaillé au magasin.

— Et il paraît que tu es allée voir mon père ?

Elle eut une légère hésitation avant de répondre d'un ton léger :

— Je vois que les nouvelles vont vite !

— C'était gentil de ta part, Rosie. Je sais que ça lui a fait très plaisir.

— A moi aussi, assura-t-elle.

Elle marqua une pause, puis reprit :

— Danny vient de rentrer de l'entraînement. Il m'a dit que tout allait bien.

— Je confirme. Les garçons sont un peu tendus, mais je les sens vraiment prêts pour le match d'ouverture de vendredi soir.

— Tant mieux !

— Je t'aurais bien proposé de sortir ce soir, enchaîna-t-il, mais je vais repasser à l'hôpital. Ensuite, j'ai promis à maman de l'emmener dîner au restaurant.

— Pas de problème ! J'ai mille choses à faire de toute façon. N'y pense même pas.

Ne sentait-il pas comme une pointe de soulagement dans ces paroles ? Il refoula ce doute passager.

— Ne pas penser à toi ? Tu plaisantes ? Je pense à nous tout le temps depuis l'autre soir.

Il eut l'impression qu'elle hésitait un bref instant avant de répondre.

— Moi aussi, je pense à nous tout le temps…

Pourquoi semblait-elle embarrassée ? Mais non, il devait se faire des idées. Chassant ses interrogations, il reprit :

— On se voit samedi soir ?

— J'aimerais beaucoup, mais c'est l'avant-veille de la rentrée et je dois finir de préparer mes cours. Et puis, nous avons l'habitude, maman et moi, d'emmener chaque année Danny au restaurant de son choix le samedi qui précède la rentrée. C'est une tradition familiale.

— Je vois…

Ces paroles le laissaient néanmoins perplexe. Pourquoi ne lui proposait-elle pas de se joindre à eux ? Peut-être ne tenait-elle pas à ce que Danny soit au courant de leur liaison. Mais c'était ridicule. Le garçon finirait bien par l'apprendre. D'autant que lui-même n'avait aucune intention de vivre avec Rosalie une relation secrète.

— Tu comprends que je ne veux pas le décevoir ? insista-t-elle.

— Naturellement.

— Merci. De toute façon, nous nous verrons lundi.

Il était arrivé à l'embranchement de la ferme et il s'engagea dans l'allée. Incapable de faire taire la petite voix insidieuse qui lui soufflait que Rosalie n'était pas tout à fait elle-même, il insista :

— Rosalie, tu es sûre que tout va bien ? Je sais qu'en

allant voir papa, tu es tombée sur ma mère. Elle ne t'a pas contrariée, au moins ?

— Pas du tout. Elle a été charmante. Tout va bien, je t'assure.

Il avait très envie de la croire, mais le doute n'en persistait pas moins dans son esprit. Il s'était forcément passé quelque chose ce matin-là dans la chambre d'hôpital ! Son intuition lui soufflait qu'il y avait un problème dont on ne voulait pas lui parler.

La semaine de la rentrée passa à toute allure sans qu'ils puissent trouver une seule soirée à passer ensemble.

Pourtant son esprit ne laissait aucun répit à Bryce : bien malgré lui, il ne cessait de ruminer ses appréhensions.

Quand le vendredi arriva, il décida qu'il était temps de se raisonner. Si Rosalie s'était momentanément éloignée de lui, gamberger ne servait à rien. Pour le moment, il ne devait penser qu'au match : la priorité était de gagner. Il aurait tout le week-end ensuite pour se faire pardonner. De quoi ? Il n'en avait pas la moindre idée. Pourtant, il avait la ferme intention de lui tirer les vers du nez dès qu'ils se retrouveraient en tête à tête. Parce qu'une chose était sûre : il voulait savoir et ne la laisserait pas se fermer comme une huître. Pas cette fois. Pas après avoir parcouru tout ce chemin.

La cérémonie de présentation de l'équipe se tint dans l'après-midi, tandis que le match devait avoir lieu le soir. Alors que les pom-pom girls entamaient leur spectacle, il vit Rosalie se lever pour quitter les gradins. Il laissa alors l'équipe et courut pour rattraper la jeune femme.

— Ce soir, Rosie, victoire, défaite ou match nul, nous serons ensemble, lui dit-il en arrivant à sa hauteur. Avec, selon le score, de la bière ou du champagne.

— J'espère bien apporter le champagne ! répondit-elle en riant.

A ces mots, un immense soulagement l'envahit et il savoura

sa joie. Pourquoi diable était-il allé se mettre martel en tête ? Il n'y avait aucun problème.

— Après la rencontre, je dois réunir mes joueurs. J'en ai pour une heure. Ensuite, je rentre chez moi. Je t'attendrai.

Elle acquiesça d'un signe de tête.

— Tu viens au match ? demanda-t-il, saisi d'un doute.

— Bien sûr ! Avec maman et Cappy. Je ne le manquerais pour rien au monde.

Elle lui posa un baiser sur la joue et commença à s'éloigner, avant de paraître se raviser, puisqu'elle se retourna avec une expression anxieuse.

— A propos de Danny…

— Il est prêt, Rosie, la rassura-t-il en souriant. Mais a priori, je ne le ferai pas jouer. Il n'est que remplaçant. Alors ne t'inquiète pas : il est exceptionnel de devoir faire appel au quarterback remplaçant.

— Je sais qu'il a très envie de disputer ce match. Et qu'il peut se montrer très convaincant.

— Je m'en suis rendu compte. Il a travaillé dur et il mérite sa chance. Mais je te garantis qu'il y a très peu de chances qu'il entre sur le terrain : il restera sur la touche aujourd'hui.

Le regard empreint de reconnaissance qu'elle lui décocha l'atteignit en plein cœur.

— Bon, alors je vais arrêter de me faire du souci. Bonne chance ! ajouta-t-elle avec un sourire.

Avec un sentiment de tendresse indicible, il la regarda monter dans sa petite voiture rouge. Pourtant, il n'était pas dupe. L'appréhension ne laisserait pas de répit à Rosalie tant que le match ne serait pas terminé.

Et il savait déjà qu'à l'instant où il entrerait sur le stade avec ses joueurs, il lèverait la tête vers les gradins et la chercherait des yeux.

Le coup d'envoi fut donné à 20 heures précises, devant des gradins bondés de supporters des Wildcats et des Eagles, l'équipe d'une ville voisine. Whistler Creek ne tarda pas à ouvrir la marque, puis à mener.

A chaque point marqué, Rosalie voyait Danny sauter en l'air en levant un poing victorieux.

Il débordait d'enthousiasme ! Elle savait à quel point il désirait jouer ce premier match de la saison. Aussi, quand les Eagles se virent infliger un penalty à cinquante-huit secondes de la fin, faisant passer le score de trente et un à douze en faveur des Wildcats, elle poussa un soupir de soulagement. Elle avait survécu aux deux mi-temps sans s'évanouir ni même pleurer.

— La victoire est assurée, affirma Claudia en se levant. Si nous partons maintenant, nous éviterons les embouteillages sur le parking.

— Moi, je vais rester jusqu'à la fin, dit Rosalie. Je veux être là quand Danny me regardera, au coup de sifflet final. Il sait où je suis assise. Mais allez-y si vous voulez, vous deux. De toute façon, je ne rentre pas directement.

Elle ne prit pas la peine de préciser qu'elle avait rendez-vous avec Bryce… et une bouteille de champagne. Et puis, ce soir-là serait le grand soir : elle avait décidé de se jeter à l'eau. Elle ferait son aveu à Bryce. L'angoisse la fit frissonner. Pourvu que l'annonce de la vérité ne vienne pas gâcher la fête, c'était tout ce qu'elle souhaitait ! Après avoir envisagé la question sous tous les angles, elle savait qu'elle n'avait pas le choix : il était temps de révéler la vérité au père de son enfant. Son amour pour Bryce exigeait qu'elle mette un terme au mensonge.

— Rosalie, Rosalie ! Regarde. Je crois que Bryce fait rentrer Danny.

Elle sursauta. Sa mère s'était rassise.

— Oh non… il ne ferait pas ça… balbutia-t-elle, prise d'angoisse.

Les mots s'étranglèrent dans sa gorge. Pétrifiée, elle vit Bryce qui, une main sur l'épaule de son fils, lui parlait à l'oreille. Puis, d'une petite claque dans le dos, il le poussa sur le terrain.

— Mais pourquoi est-ce qu'il le fait entrer maintenant ? gémit-elle, traversée par un frisson de terreur. Il ne reste que cinquante-cinq secondes de jeu. Ce n'est pas possible !

— Ne t'inquiète pas, fit Claudia, rassurante. Tout ira bien.

Le cœur battant la chamade, elle se remémora sa conversation avec Bryce. Comment pouvait-il la trahir ainsi ? Soudain, elle comprit. En fait, il n'avait rien promis. Ne s'était-il pas toujours arrangé, au contraire, pour esquiver sa requête ? Oh oui, il était habile. Fin stratège !

Comme si son corps s'était soudain vidé de tout son oxygène, elle s'affaissa sur le gradin et s'obligea à regarder le stade. Le match avait repris et les joueurs des deux équipes s'affrontaient. Elle les observa avec l'impression d'être comme détachée d'elle-même. Elle savait déjà que les quelques secondes qu'il restait allaient être les plus longues de sa vie.

Des hurlements de joie la tirèrent soudain de son état de torpeur. L'arbitre venait de siffler la fin du match. Les Wildcats, en délire, se félicitaient à coup de grandes claques dans le dos.

Soudain, comme pour confirmer ses pires craintes, une voix sortit des hauts parleurs, lui glaçant le sang.

— Un Wildcat à terre. Le numéro douze, le nouveau quarterback, Danny Campano.

Les cris de joie laissèrent place à un silence oppressant. Tous les joueurs se tournèrent vers leur coéquipier, mais déjà, Bryce s'était précipité.

Rosalie se leva d'un bond et dévala l'escalier central. Jamais elle n'aurait pensé revivre ce cauchemar ! Eperdue d'angoisse, elle se fraya un chemin dans la foule et se rua sur le stade. Ses yeux la brûlaient.

— Danny ! hurla-t-elle.

Seigneur ! Il ne bougeait pas.

Bryce avait déjà fait signe aux brancardiers. Le temps

qu'elle parvienne sur le terrain, ceux-ci avaient disparu avec Danny.

Essoufflée, elle fonça à l'intérieur du bâtiment et prit la direction des vestiaires. A mi-chemin, dans le couloir, elle fut stoppée dans son élan par une main vigoureuse.

— Inutile de courir, Rosie. Il va bien.

Elle fit volte-face pour se retrouver nez à nez avec Bryce. En cette seconde précise, elle le haïssait.

— Lâche-moi ! fit-elle, essayant de se libérer.

— Non. Je te dis que tout va bien, Rosie. Danny est assis sur un banc dans les vestiaires. Dans une minute, il sera sous la douche avec les autres.

Manifestement, il faisait un effort pour ne pas hausser le ton. Elle se tortilla pour se dégager, mais il resserra son emprise.

— Je veux le voir, Bryce.

— Fais-moi confiance, pour une fois, s'il te plaît. Je te dis qu'il va bien.

— Te faire confiance ? répéta-t-elle dans un petit rire amer. Mais Danny ne bougeait même pas quand on l'a emmené.

— Il n'a pas perdu connaissance. Le médecin a dit qu'il n'avait même pas besoin d'examens. C'était un simple étourdissement.

— Mais encore ?

— Un joueur de l'équipe adverse lui a donné un coup de tête dans le ventre qui lui a coupé le souffle, ce qui a provoqué un vertige et un évanouissement passager. Passager, Rosie ! Il a déjà repris connaissance.

Elle lui lança un regard assassin.

— Depuis quand es-tu diplômé en médecine ? ironisa-t-elle.

Elle le vit prendre une inspiration. Il était manifestement décidé à ne pas perdre son sang-froid.

— Ce genre d'incident arrive au moins une fois par match. Danny va bien, je te dis. Je viens de le voir.

— Alors laisse-moi le voir moi aussi ! insista-t-elle.

— Tu sais bien que tu ne peux pas entrer dans les vestiaires ! Tu veux lui faire honte devant tous ses camarades ? Et te mettre dans l'embarras par la même occasion ?

— Ne penses-tu pas que c'est le cadet de mes soucis ?

— Et je te répète que ce serait une erreur. Attends-le dehors, je vais aller le prévenir que tu es là. Une fois habillé, il viendra te voir.

Elle laissa échapper un soupir tremblant. Bryce l'avait enfin lâchée. Le toisant de son regard le plus méprisant, elle ne bougea pas.

— Comment as-tu pu me faire ça, Bryce ? siffla-t-elle entre ses dents. Comment as-tu pu le faire entrer sur le terrain ?

— Parce qu'il a eu la chance d'être sélectionné. Il le voulait. Jamais je n'ai vu un gamin aussi déterminé. Il méritait cette chance.

— Ce n'est pas n'importe quel gamin, explosa-t-elle. C'est mon fils et nous avions un accord.

— Non, Rosie. C'est faux. Je ne t'ai rien promis formellement. Tu as exprimé un souhait auquel je n'ai pas donné suite.

Il marqua une pause, une ombre de tristesse dans le regard.

— Je ne le pouvais pas.

Elle savait qu'il avait raison. En signant la décharge parentale, elle n'ignorait pas qu'elle prenait un risque, mais elle l'avait signée quand même. Elle ne pouvait s'en prendre qu'à elle-même. Elle fulmina intérieurement. En attendant, Bryce n'allait pas s'en tirer à si bon compte !

Il posa de nouveau la main sur son bras, avec douceur, cette fois.

— Tu sais bien que je n'oublie pas une seconde qu'il est ton fils. Depuis sa sélection, pas un jour ne passe sans que j'y pense. Je sais parfaitement ce que tu ressens. Néanmoins, je n'ai pas le droit de faire d'exception. Il fait partie de mon équipe et en plus, il s'est donné à fond à l'entraînement.

— Je n'arrive pas à croire que tu aies pu faire preuve

d'une telle imprudence, s'entendit-elle répliquer, hors d'elle, d'une telle indifférence concernant notre fils…

Elle s'interrompit net et se mordit la lèvre jusqu'au sang. Seigneur ! Qu'avait-elle dit ?

Bryce était devant elle, apparemment pétrifié.

— Qu'est-ce que tu as dit, Rosalie ? interrogea-t-il sans cesser de la dévisager. Répète ce que tu as dit…

Avec un petit cri d'horreur, elle ferma les yeux sous ce regard qui semblait sonder son âme, faisant resurgir de sa conscience tout ce qu'elle avait pris soin d'y enfouir depuis si longtemps : le mensonge, le doute, la culpabilité.

— Danny est mon fils ?

Elle se sentit vaciller. Jamais elle n'avait eu l'intention de révéler la vérité à Bryce de cette façon. Pourtant, les mots qu'il prononçait à présent semblaient avoir ouvert une vanne, libérant ce secret devenu si lourd à porter. Elle déglutit.

— Oui, acquiesça-t-elle dans un murmure.

Il lui lâcha le bras. Elle n'osait pas le regarder.

— Danny est mon fils ? répéta-t-il d'une voix à peine audible. Mais… la date de naissance ne correspond pas. J'ai vérifié.

— Hormis son acte de naissance, j'ai falsifié tous ses papiers, avoua-t-elle, la mort dans l'âme.

— Mon Dieu ! Rosalie !

Elle était saisie d'une furieuse envie de se cacher, de disparaître par une fente du plancher, de devenir invisible. Ce qu'elle venait d'admettre était parfaitement amoral.

A travers la barrière de ses cils baissés, elle risqua un coup d'œil à Bryce. Son visage exprimait un mélange de stupéfaction et de déception. Ses paupières battaient furieusement, comme s'il luttait pour comprendre l'inconcevable.

— Danny est mon fils ? répéta-t-il, plus fort, cette fois.

Du coin de l'œil, elle surprit un mouvement à la porte des vestiaires. Danny se tenait sur le seuil, en chaussettes. Les cheveux ébouriffés, il avait les yeux écarquillés.

— Maman, c'est vrai ? Ce que Bryce vient de dire ?

- 16 -

— Danny ! Oh ! mon Dieu, mon chéri !

Chancelante, elle s'avança vers son fils. Ses mains tremblaient et elle avait l'impression d'avoir chuté dans un lac glacé.

— N'approche pas ! lui intima-t-il.

— Tu n'étais pas censé entendre cette conversation, se défendit-elle.

— Bien sûr. Puisque ça fait quinze ans que je n'ai pas le droit de connaître l'identité de mon père, persifla-t-il.

Sentant son cœur voler en éclats, elle tendit une main suppliante.

— Laisse-moi une chance de t'expliquer.

N'était-il pas normal d'essayer de justifier une conduite aussi lamentable ? Mais par quels mots ? Elle n'en avait pas la moindre idée. Elle avait bafoué la confiance de son fils et elle savait déjà qu'elle ne la retrouverait pas de sitôt.

— Je te demande juste de répondre à ma question, maman. Est-ce que Bryce dit la vérité ?

— Danny… plaida-t-elle.

— Bon sang, maman ! C'est oui ou non.

Attirés par le bruit, des coéquipiers de Danny, les cheveux encore humides de la douche, s'étaient assemblés sur le seuil des vestiaires. Immobiles, tous la fixaient d'un air réprobateur.

Certains de ces garçons étaient ses élèves ; leurs parents, des amis. Pourtant, en cet instant précis, elle se sentait seule au monde. Seule responsable du silence glacial qui s'était abattu. Elle savait déjà que sa vie ne serait plus jamais comme avant.

Terrassée, elle fixa le visage de Danny, ce beau visage qui ressemblait tant à celui de Ricky et qu'un rictus de chagrin déformait en cet instant. Ou peut-être était-ce de la haine. Elle n'avait d'autre choix que lui répondre. Il était trop grand désormais pour se laisser dissuader comme ça. Accablée, elle hocha la tête.

— Oui, Danny, c'est vrai.

Sans se départir de son expression furieuse, il se tourna vers son père.

— Et toi, tu n'en avais aucune idée ?

Elle surprit le coup d'œil furtif que lui lança Bryce. Le tremblement de sa main était presque imperceptible. Il secoua la tête en articulant un « non » à peine audible.

Danny émit un son qui ressemblait à un grognement. Passant les doigts dans ses cheveux, il se plia en deux, comme pris d'une douleur au ventre. Mais alors qu'elle se précipitait vers lui, il se redressa, une main levée.

— N'approche pas !

Docile, elle s'arrêta à quelques mètres de lui.

— Tu as mal ?

Il partit d'un rire plein d'amertume. Effarée, elle tressaillit ; c'était la première fois qu'elle entendait ce son guttural dans la bouche de son fils.

— Si j'ai mal ? répéta-t-il. Oui, j'ai mal ! Tu me mens depuis que je suis né. Toute ma vie, tu m'as raconté que mon père était un type que tu avais à peine connu. Que je ne l'intéressais pas.

— J'avais mes raisons, Danny, se justifia-t-elle.

— Quelle raison est assez bonne pour m'avoir laissé grandir dans un mensonge pareil ?

Surpris par un toussotement, il se retourna vers ses copains. Ses yeux lançaient des éclairs.

— Ça va, le spectacle vous plaît ? Mais maintenant, rideau ! Disparaissez ! Ma stupide vie ne vous regarde en rien…

Il s'étrangla sur ce dernier mot et se couvrit la bouche de la main pour étouffler un sanglot.

Un à un, ses coéquipiers obtempérèrent. A cet instant précis, Rosalie sentit une douleur fulgurante la déchirer, la laissant exsangue. Elle se força à prendre une lente et douloureuse inspiration.

— Danny, rentrons à la maison. Nous devons parler. Je vais tout arranger, je te le promets.

Il se redressa et la considéra, les yeux vides de toute émotion.

— Je ne vais nulle part avec toi.

Le dard de ses paroles la transperça au plus profond d'elle-même. Elle ne reconnaissait plus son fils. Jamais il ne lui avait parlé ainsi.

— Ne dis pas ça. Tu dois venir avec moi. Je suis toujours ta mère. Tu dois rentrer à la maison.

Un moment, il resta silencieux, le souffle saccadé. Au bout de ce qui sembla une éternité, il dit :

— Le père et la mère sont tous les deux responsables de leur enfant tant qu'il est mineur, c'est bien ça ?

— C'est exact, approuva-t-elle, la mort dans l'âme.

Confirmant son pressentiment, elle le vit se tourner vers Bryce.

— Alors est-ce que je peux venir avec toi, Bryce ?

En une vaine tentative pour calmer les battements affolés de son cœur, elle posa une main sur sa poitrine.

— Ne fais pas ça, Danny !

Comme s'il n'avait rien entendu, il répéta :

— Bryce ?

Bryce la fixait, l'air désemparé. De toute évidence, il n'avait toujours pas assimilé ce qu'il venait d'apprendre. Peut-être que, lorsqu'il aurait entendu l'explication qu'elle avait à lui donner, elle retrouverait l'amour dans son regard. Et non ce mélange de surprise, d'amertume et de mépris. Ou peut-être ne la regarderait-il plus jamais. D'une voix sourde, il finit par dire :

— Danny a sans doute raison. Ce soir, il va venir chez moi. Nous avons tous besoin d'un peu de temps.

Elle se tourna vers son fils, hébétée par le sentiment de néant qui la submergeait à la perspective de le perdre. Si elle n'avait écouté que son instinct, elle aurait couru à lui, l'aurait entouré de ses bras protecteurs et l'aurait entraîné loin, très loin de ce cauchemar. Comme aimantée, elle fit un pas vers lui. Une main se posa dans son dos. Elle se retourna et découvrit Claudia.

— Rentrons, ma chérie, dit celle-ci d'une voix douce. Viens.

Qu'avait-elle entendu, au juste ? se demanda Rosalie. Assez, manifestement. Fermant les yeux, elle rassembla ses forces et se laissa entraîner au-dehors.

A peine était-elle installée au volant de sa voiture que la sonnerie de son portable retentit. Sentant un fol espoir l'envahir, elle répondit. Danny se serait-il ravisé ? Hélas, ce fut la voix de Bryce qu'elle entendit.

— Que se passe-t-il ?

D'un ton glacial, il demanda :

— Juste une question : à part toi, qui était au courant ?

— N'en parlons pas ce soir…

— Qui, Rosalie ? la pressa-t-il.

Elle coula un regard en coin à sa mère, sur le siège passager, et avoua d'une voix étranglée :

— Nous n'étions que cinq. Tes parents, les miens et moi.

Elle s'apprêtait à lui demander de bien s'occuper de leur fils, mais, déjà, il avait raccroché.

Une fois Danny prêt à partir, Bryce l'emmena jusqu'à son pick-up. Le garçon marcha en silence près de lui, la tête baissée, les yeux rivés sur l'asphalte. Il aurait aimé briser la glace, mais que pouvait-il bien lui dire ? Il n'en avait pas la moindre idée. Tout ce qui lui venait à l'esprit lui semblait bête, artificiel. Une demi-heure plus tôt à peine, il ignorait qu'il avait un fils. Et, tout comme Danny, il était encore sous le choc de la nouvelle.

Il mit le contact tandis que le garçon attachait sa ceinture.

— Tu as faim ? demanda-t-il, pris d'une inspiration soudaine.

C'était une question sans risques.

— Je ne crois pas, répondit Danny en haussant les épaules. Mais oui, je pourrais manger un hamburger. J'ai de l'argent, ajouta-t-il en fouillant dans la poche de son jean.

Bryce sourit.

— Ne t'en fais pas pour ça. Je peux t'inviter à manger un hamburger. Ce ne sera jamais que la première fois en quinze ans !

— Tu en prendras un ?

Il secoua la tête. La simple idée de manger lui donnait la nausée.

— Non. Mais si ça ne te fait rien, je boirai une bière en arrivant chez moi.

— Tu fais ce que tu veux. C'est ta vie. Ta maison.

Il lui jeta un coup d'œil curieux. Il s'était demandé si le petit lui en voulait, il avait la réponse à sa question. Il réprima un soupir résigné. D'une manière ou d'une autre, il allait falloir apprendre à gérer cette rancune.

— Burger King, ça te va ? demanda-t-il quelques instants plus tard en tournant vers le drive-in.

— Oui, fit la voix laconique.

Une fois la commande prête, il passa le sac contenant le hamburger, les frites et le soda à Danny et reprit la route. Au moins, manger l'occuperait un moment, et lui-même n'aurait pas à se creuser la cervelle pour trouver comment rompre la glace. La vitre baissée, le coude sur la portière, il tenait le volant d'une main. Si seulement la brise nocturne avait pu réveiller un peu son cerveau embrumé !

Il passa en revue les événements de la soirée. Quelques heures plus tôt, Rosie était sur le point de redevenir la femme de sa vie. Et voilà qu'il n'était plus très sûr des sentiments qu'elle lui inspirait. Quelques heures plus tôt, il n'avait pas d'enfant. Et maintenant, à sa grande perplexité, il se retrouvait père d'un adolescent.

Quand il dépassa la maison des Campano, Danny avait englouti le hamburger depuis longtemps. Toutes les pièces étaient éclairées. Il reconnut la voiture de Cappy garée derrière celle de Rosalie. Il avait dû venir en renfort. Et tous trois devaient être en plein conseil de guerre. Il était vrai que la situation était pour le moins délicate.

— Tu es déjà venu ici ? demanda-t-il à Danny en arrivant devant chez lui, quelques minutes plus tard.

— Non. Mais je sais que ma mère est venue. Vous vous êtes beaucoup vus.

Songeur, Bryce hocha la tête. Il ignorait ce que l'avenir leur réservait, mais il était prêt à parier qu'il y aurait du changement.

Une fois à l'intérieur, il se servit une bière et but une longue gorgée désaltérante. Sur le comptoir, la bouteille de champagne attendait dans un seau à glace, la salade était prête et les steaks baignaient dans leur marinade. Il s'était tellement réjoui à la perspective de ce tête-à-tête avec Rosalie ce soir ! Il poussa un soupir. Quel gâchis !

Il gagna le living pour trouver Danny déjà affalé sur le canapé fraîchement retapissé. Son radar d'adolescent lui ayant fait dénicher la télécommande, il avait allumé la télévision.

— Tu ne penses pas qu'il est temps d'avoir une petite conversation, toi et moi ? suggéra-t-il en s'asseyant dans un fauteuil, sa bière à la main.

L'air renfrogné, Danny haussa les épaules.

— Pourquoi ? Pour que tu me dises de lui pardonner ? Qu'elle est ma mère et tout ça ?

— Non. C'est à toi de décider si tu veux lui pardonner ou pas. Je ne peux pas le faire pour toi.

— En tout cas, toi, tu as une bonne raison de lui pardonner, répondit Danny sans détourner les yeux de l'écran. Vu ce que vous avez fait ensemble il y a quinze ans. Et que vous continuez sûrement à faire…

Furieux, Bryce saisit la télécommande et coupa le son. Même s'il venait d'apprendre qu'il était le père de ce gamin, il ne pouvait pas laisser passer certaines choses. D'une voix ferme, il déclara :

— Tu veux que je te dise une chose, Danny ? Nous allons être tous les deux obligés de naviguer à vue. Tu n'as jamais eu de père, je n'ai jamais eu de fils, mais nous devons trouver une façon de communiquer sans nous agresser.

Arborant toujours son air boudeur, l'adolescent allongea les jambes sur la table basse et s'enfonça dans le canapé.

— Alors, il est temps d'instaurer quelques règles, reprit Bryce. Règle numéro un, pas question de parler de ce qui s'est passé entre ta mère et moi. Je ne t'écouterai que si tu veux parler de ta propre relation avec elle.

— Vachement équitable !

— Peut-être, mais c'est l'un des avantages d'être l'adulte. Ça donne le droit d'établir les règles.

— Mais je ne comprends pas. Comment peux-tu ne pas être en colère après elle ?

En colère ? Si Danny avait pu se douter ! Le seul sentiment qu'il parvenait à décrypter depuis qu'il avait appris sa paternité, c'était la rage qui l'étouffait. Il en suffoquait presque. Il but une nouvelle gorgée de bière, savourant sa fraîcheur désaltérante. Puis, posant la bouteille sur la table, il se pencha en secouant la tête.

— Si tu savais à quel point je suis furieux… murmura-t-il.

Danny le regarda à la dérobée.

— Elle nous a menti à tous les deux, pesta-t-il entre ses dents.

— Je sais.

— Tu vas lui pardonner ?

Bryce fixa l'écran silencieux. Il essayait de gagner du temps. C'était la question la plus importante. S'il acceptait d'écouter les explications de Rosalie, est-ce que cela changerait quoi que ce soit ?

— Je ne sais pas, finit-il par répondre en toute honnêteté. D'avoir gardé un tel secret, peut-être pas.

Danny hocha la tête.

— Mais j'ai besoin de temps, ajouta Bryce. Tout comme toi. Une telle nouvelle marque à jamais. Il faut l'assimiler. Assimiler le bouleversement dans nos vies.

— Je sais.

— Si la façon dont nous avons découvert ce secret est inacceptable, le fait que tu sois mon fils est plutôt une bonne nouvelle. Néanmoins, elle me donne matière à réflexion.

— Comment passer d'entraîneur de football américain à père ?

— Par exemple.

Danny le regarda avec gravité.

— Pour te dire la vérité, je ne sais pas comment t'aider. Je ne sais même pas si j'en ai envie.

Avec un sourire, Bryce répondit :

— Ce n'est pas ton rôle.

L'adolescent se tapota le genou d'une main distraite et, changeant soudain de sujet, demanda :

— Qu'as-tu pensé du match de ce soir ?

— Je l'ai trouvé carrément magnifique. Et toi ?

— Super ! Et merci de m'avoir fait entrer.

— Tu le méritais. Sinon, pour cette nuit, je n'ai qu'un lit. Ça te va, le canapé ?

— Oui. Je peux dormir n'importe où.

— Parfait. Je remets le son, j'aime bien cette émission.

Rosalie était assise à la table de la cuisine, face à sa mère et à Cappy. D'une main, elle entourait une tasse de café, de l'autre, elle se tenait le front.

— Tu veux que je réchauffe ton café ? proposa Claudia, brisant le silence.

Levant la tête, elle regarda le mug comme si elle le voyait pour la première fois.

— Non merci. Je n'arrive toujours pas à y croire, répéta-t-elle pour la centième fois, au moins.

— Tu ne veux pas manger quelque chose ?

Elle se leva et se mit à arpenter la pièce.

— Non. Je ne peux rien avaler.

— Tu sais, ce qui s'est passé après le match, c'est sans doute un mal pour un bien, intervint soudain Cappy. Il était temps que la vérité éclate. Pour tout le monde. Et Bryce et Danny ne vont pas tarder à s'en rendre compte. Et puis peut-être serait-il temps d'expliquer à Bryce ce qui vous a poussés à lui cacher sa paternité. Que vous avez fait cela pour lui, pour son avenir, ensemble. Nous connaissons tous ses qualités humaines. Il comprendra.

— A condition qu'il me donne une chance de m'expliquer, soupira Rosalie.

Cappy esquissa un sourire.

— Je n'en doute pas une seconde.

Elle réprima un nouveau soupir affligé. Dire qu'elle était parvenue à se convaincre que Bryce la remercierait un jour de lui avoir épargné une paternité qui aurait entravé sa carrière de footballeur. Elle avait cru se montrer sensée, mais en fait, elle avait été stupide.

— Et en ce qui concerne Danny, reprit Cappy, il reviendra. Un garçon a besoin de sa mère. Il ne t'en voudra pas longtemps. Tu es une très bonne mère.

Elle lui jeta un regard reconnaissant. Pourtant, à ce moment précis, face à ses illusions piétinées, elle n'arrivait pas à croire que Bryce ou Danny puissent lui pardonner un jour. Et même si, par quelque miracle, c'était le cas, il y aurait d'autres conséquences. La rumeur allait se propager comme une traînée de poudre et bientôt, toute la population de Whistler Creek saurait qu'elle était une menteuse.

— Je parie que la moitié de la ville est déjà au courant. Et que je ne vais pas tarder à recevoir un coup de fil du conseil d'administration du lycée.

— Ça ne risque pas, ma chérie, répondit Claudia. Au pire,

connaître l'identité du père de Danny pourra faire enfin taire les quelques mauvaises langues qui se sont agitées toutes ces années. Et puis, arrête de t'inquiéter. La nuit porte conseil. Essaye d'aller dormir. J'ai coupé la sonnerie du téléphone il y a au moins deux heures.

Cappy la regarda d'un air rayonnant.

— Tu comprends pourquoi j'aime ta mère ? Une jolie femme pleine de bon sens : que peut-on rêver de mieux ?

Malgré sa détresse, Rosalie ne put s'empêcher de sourire.

- 17 -

Il était 7 heures quand Bryce se réveilla et gagna le salon, encore somnolent. Il n'avait guère dormi plus de deux heures. Il s'arrêta devant le canapé et contempla son fils.

Un bras jeté sur l'accoudoir, Danny était allongé sur le ventre. Une jambe pendait du canapé, touchant presque le sol. Sa couverture était en boule, sa tête à côté de l'oreiller. Une position en apparence bien inconfortable. Mais il avait affirmé pouvoir dormir n'importe où. Son petit ronflement satisfait semblait le confirmer.

Qu'était-il censé ressentir pour ce garçon qu'il ne connaissait que comme quarterback ? Cette question le laissait perplexe. Mais même s'il n'arrivait pas à analyser ses émotions, il sentait qu'il était en train de vivre quelque chose d'exceptionnel qui l'inondait de chaleur.

Un moment, il resta fasciné, puis il gagna la cuisine. Tout ce qu'on lui avait dit était donc vrai. Rien ne peut empêcher un adolescent de dormir. Il aurait bien aimé pouvoir trouver le sommeil aussi facilement.

Songeur, il remplit la cafetière. Regrettait-il son adolescence ? Non. Il avait aimé cette époque de sa vie, mais il n'aurait pas voulu recommencer. Même si, aujourd'hui, l'avenir lui paraissait sombre, il était heureux que la vie lui ait fait cadeau d'un fils. Peut-être même allaient-ils apprendre à s'aimer, Danny et lui, qui sait ?

Une pensée lui traversa soudain l'esprit. Et si Danny, Rosalie et lui devenaient une vraie famille ? Il hocha la tête. Il était incapable d'imaginer que ce fût possible un jour.

« Danny, quand tu te réveilleras, tu trouveras des céréales dans le placard et du lait dans le réfrigérateur. Je ne serai pas long, mais si tu as besoin de quoi que ce soit, appelle-moi et je le prendrai sur le chemin du retour. »

Il allait signer « Bryce » quand, se ravisant, il ajouta une ligne.

« En fait, appelle-moi quand tu te réveilles, que tu aies ou non besoin de quelque chose. »

Satisfait, il ajouta son numéro de téléphone et relut les quelques lignes. Il avait l'impression d'avoir écrit comme un vrai père, même s'il n'était pas allé jusqu'à signer « Papa ».

Laissant le mot sur la table basse, il referma la porte d'entrée avec précaution et monta dans son pick-up. Un quart d'heure plus tard, il pénétrait dans la cuisine de ses parents.

Il trouva son père en pyjama et peignoir, en train de prendre son petit déjeuner devant le journal télévisé. Manifestement, suivant les instructions du médecin, il avait levé le pied. Sa mère, en pantalon et chemisier assorti, ses cheveux courts, d'un blond parfait, coiffés avec soin, le maquillage impeccable, préparait les pancakes du week-end.

En le voyant arriver, son père coupa le son de la télévision tandis que sa mère reposait sa spatule pour le fixer avec des yeux aussi ronds que ses pancakes.

— Félicitations pour la victoire ! lança Roland en le voyant entrer. J'espère ne pas rater les prochains matchs.

— Merci, répondit-il, laconique.

Son regard allant de l'un à l'autre, il resta sur le seuil.

— Je suppose que vous avez entendu l'autre nouvelle d'hier soir. Une nouvelle à côté de laquelle une victoire à un match paraît bien pâle. En tout cas, en ce qui me concerne.

— Oh ! Bryce ! s'exclama Marjorie en pressant une main sur son cœur. Assieds-toi, mon chéri.

— Je n'ai pas envie de m'asseoir ! riposta-t-il sèchement.

— Assieds-toi quand même, enjoignit Roland d'un ton sans réplique qui ne lui ressemblait pas.

Se composant un visage de marbre, il s'exécuta. Sa mère avait repris sa spatule et la faisait glisser sous un pancake. Si elle le lui proposait, il allait hurler. Comme si elle avait deviné ses pensées, elle le déposa dans l'assiette de son mari.

Accoudé à la table, il fixa son père, bouillonnant de colère refoulée, et puisa un peu de calme dans une profonde inspiration. Il devait se contrôler, éviter de perdre son sang-froid. Roland sortait à peine de l'hôpital. Toutefois, il fallait que ses parents prennent toute la mesure du mal qu'ils avaient fait, seize ans auparavant.

— Comment va Danny ? s'enquit Roland.

— Comment veux-tu qu'il aille ? fit-il, cinglant. Il est chez moi. Furieux contre sa mère.

Il ne précisa pas que l'adolescent dormait à poings fermés. Il n'avait nulle intention de les rassurer.

Roland hocha la tête d'un air consterné.

— Cela ne doit pas être simple à vivre pour vous deux.

— Non, ce n'est pas facile.

— Bien, et maintenant, si tu nous disais ce que tu as sur le cœur, Bryce ?

Il réprima un mouvement de surprise. Il ne s'était pas attendu à une approche aussi directe. Mais puisque son père l'y invitait, il n'allait pas se gêner pour leur faire part du sentiment de colère et de frustration qui le dévorait de l'intérieur.

— Comment as-tu pu faire ça, papa ? commença-t-il. Tu savais que Rosalie attendait un enfant. Et tu savais que j'étais le père.

Marjorie émit un gémissement, mais Roland répondit d'une voix égale :

— Oui, nous le savions.

— Tu connaissais mes sentiments pour elle.

— Oui. Et nous savions aussi à quel point elle t'en voulait de la mort de Ricky.

— Elle s'en serait remise.

— Non, mon fils. Elle ne s'en serait pas remise, affirma-t-il. Pas à ce moment-là. Pas avant très, très longtemps.

Son père avait raison. Il réprima un soupir accablé. Certaines blessures ne cicatrisent jamais. Il savait aujourd'hui que la disparition de Ricky avait marqué la vie de Rosalie à jamais. Tout comme elle avait marqué la sienne.

— Mais c'était quand même mon enfant, reprit-il. Vous auriez dû me le dire. Me donner une chance de me montrer à la hauteur.

— Nous avons envisagé cette option.

— Option ? Vous avez parlé d'options ? fulmina-t-il. Et celle qui incluait le père ? A-t-elle été abordée dans la conversation ?

— Tu étais parti, Bryce chéri, intervint sa mère. Tu étais au Texas depuis deux semaines déjà quand nous avons été mis au courant de la venue de ce bébé. Tu avais démarré une nouvelle vie et tu allais si bien…

Il lui lança un regard assassin. Si seulement elle pouvait se douter des moments terribles qu'il avait traversés !

— Et vous n'avez pas voulu me déranger avec le désagrément qu'était mon propre bébé ? lâcha-t-il, incrédule. Rien ne devait interrompre l'ascension de Bryce au pinacle de sa carrière de footballeur ! Surtout pas des problèmes comme un mariage et un enfant.

— Nous avons d'abord pensé à ton avenir, mon fils, fit valoir Roland. Et, crois-le ou non, mais c'est Rosalie qui n'a pas voulu te priver de la carrière que tu ambitionnais.

— Papa, je t'en prie, à d'autres ! Cite-moi une seule fille qui rêve d'élever un enfant toute seule ? Et puis, les Campano n'avaient pas de gros moyens pour entretenir une mère célibataire et un enfant.

— N'empêche que c'était son souhait, confirma Marjorie.

Il lança un regard interrogateur à son père.

— Ta mère dit la vérité. Rosalie a insisté pour te tenir à l'écart.

Il lui fallut quelques atroces secondes pour prendre la

pleine mesure de l'évidence : sous prétexte de le protéger, Rosalie l'avait rejeté. Roland enchaîna alors, enfonçant encore le clou :

— Elle ne t'aurait pas épousé. Ce n'était pas ce qu'elle voulait. Elle a été très claire.

La gorge nouée, Bryce contempla la pendule de cuisine. Il voyait flou, soudain. Toussotant, il demanda d'une voix étranglée :

— Elle me détestait tant que ça ?

— Elle ne t'a jamais détesté, à mon avis. Mais elle était incapable de te dissocier du drame qui lui avait brisé le cœur. Un mariage aurait été un désastre, enchaîna-t-il, en posant la main sur celle de son fils. Rosalie aurait été très malheureuse. Etait-ce ce que tu aurais voulu ?

Non, bien sûr, il n'aurait pas voulu voir Rosalie malheureuse. Néanmoins, le fait qu'ils aient tous conspiré à son insu était inacceptable. Personne, ni ses parents ni la femme qu'il aimait, n'avait le droit de le séparer ainsi de son fils.

— Raconte-moi tout en détail, demanda-t-il alors à son père.

Roland s'exécuta de bonne grâce, sans omettre le fait qu'il avait été à deux doigts de lui téléphoner, ce soir-là, alors que la petite réunion battait son plein.

Les yeux perdus dans le vague, il laissa ses pensées dériver. Et si son père avait passé ce coup de téléphone ? Dans ce cas, il n'aurait pas fait le choix d'épouser Audrey. Peut-être, aujourd'hui, serait-il marié à Rosalie, et Danny aurait sans doute des frères et sœurs.

D'un autre côté, frustré de travailler pour l'entreprise familiale sans avoir pu assouvir ses ambitions de footballeur, il aurait pu gâcher la vie de Rosalie et rendre son fils malheureux. Restait qu'il aurait dû être laissé seul juge de sa décision.

Hélas, d'après son père, Rosalie s'était montrée inflexible. Elle avait néanmoins accepté un compromis.

— Quel genre de compromis ? s'étonna-t-il.

— Ton père et moi avons décidé de financer ses études, expliqua Marjorie. Alors, inutile de t'autoflageller en te disant que Rosalie s'est battue des années entre son bébé et un travail pour payer l'université. Elle s'en est tirée à très bon compte.

Le ton de sa mère le fit ciller. Il était clair qu'elle désapprouvait cet arrangement.

— Au début, Enzo a refusé la proposition, continua-t-elle. Il avait beaucoup de fierté. Mais Claudia nous a soutenus et Rosalie a accepté, sachant que ce serait le mieux pour son enfant.

Roland, qui n'avait rien dit, lui intima le silence d'un regard.

— Et Dieu merci, c'est ce qui est arrivé, reprit-il. Rosalie a plus que réussi dans sa carrière et a fait de son fils un garçon bien.

Bryce sentit son cœur se serrer. Qu'il était cruel de comprendre qu'il n'avait en rien contribué à faire de son fils « un garçon bien » ! Mais force lui était de reconnaître que Rosalie avait réussi au-delà de toute espérance.

— Et puis, Enzo a été un excellent grand-père pour Danny. Sa mort a laissé un grand vide dans la vie de cet enfant. Voilà pourquoi j'ai demandé à Rosalie de venir me voir à l'hôpital. Je voulais essayer de la persuader de te dire enfin la vérité. Et je dois avouer que je suis plutôt satisfait de voir qu'elle a suivi mon conseil.

L'idée que son père ait pu jouer un rôle dans cette affaire ne l'avait même pas effleuré. Sceptique, il demanda :

— Tu crois que Rosalie m'a tout avoué pour obéir à ton souhait ?

— Bien sûr.

Marjorie poussa un cri.

— Roland ! Je ne me suis pas doutée une seconde que tu lui avais parlé de ça. Si j'avais su, je t'en aurais empêché. Tu n'avais pas le droit de lui faire cette suggestion sans m'en parler. Tout ça parce qu'il te prend soudain l'envie d'être grand-père !

— Je t'en prie, Marjorie ! Je suis convaincu que Rosalie avait l'intention de tout dire à Bryce de toute façon.

Bryce demeura songeur. Voilà qui expliquait sans doute pourquoi elle l'avait si souvent esquivé avec une bonne excuse, à son retour.

— Ce n'est pas sa conversation avec papa qui semble l'avoir décidée, expliqua-t-il alors. Elle s'est trahie quand nous avons eu cette altercation devant les vestiaires, parce que Danny avait pris un coup pendant le match.

Soudain terrassé par une pensée terrifiante, il reprit, d'une voix lourde de regrets :

— Tu vois, papa, contrairement à toi, je ne suis pas si sûr qu'elle m'aurait parlé un jour.

— Et moi, je pense que si ! affirma Roland. Seulement, elle est la seule à pouvoir te le confirmer.

— Je sais exactement ce que tu es sur le point de me conseiller.

— Expliquez-vous, mon fils. Ne laisse pas cette situation s'éterniser. Un garçon séparé de sa mère. Une mère pleurant de nouveau la perte d'un être aimé. Ce n'est pas bien, Bryce. Je sais que c'est difficile, mais il faut ravaler ta fierté, te comporter en homme responsable.

Bryce poussa un soupir accablé.

— Ne laissons pas passer notre chance de former une famille, insista Roland. Le temps est précieux.

Paupières closes, Bryce l'entendait comme à travers un filtre, bouleversé par le flot d'émotions qui se bousculaient en lui. Comment allait-il pouvoir pardonner à Rosalie de l'avoir privé de leur fils ? Leur amour retrouvé allait-il survivre à cette nouvelle épreuve ? Et quels conseils donner à Danny, quand lui-même se sentait si perdu ? Soudain envahi par une immense lassitude, il se laissa submerger par l'amertume. Comment allait-il pouvoir les extraire de ce chaos alors qu'il était en proie à une telle confusion d'esprit ?

La sonnerie de son portable le fit sursauter, l'extirpant de ses sombres pensées. Il reconnut le numéro de chez lui. Quelque chose, au plus profond de lui, s'embrasa. Une minuscule, imperceptible lueur d'espoir. Comme une source s'apprêtant à combler le vide de son cœur asséché.

— Salut, petit ! Comment vas-tu ?

— Bien. J'ai pris des céréales.

— Et je parie que tu as encore faim.

— Oui, en fait, j'ai regardé dans ton congélateur. Tu te nourris de pizzas surgelées ?

— En gros, oui, répondit Bryce avec un sourire.

— J'appelle parce le samedi matin, j'ouvre le magasin de primeurs à 10 heures. Ma grand-mère compte sur moi. Mais je peux y aller à pied si tu es occupé.

— Non, je vais te conduire, fit-il en jetant un coup d'œil à sa montre. Je serai là dans un quart d'heure.

— Je ne veux pas voir ma mère. Tu me déposeras au magasin, pas à la maison.

— Comme tu voudras.

Il raccrocha, fort d'une nouvelle détermination. Contrairement à Danny, il avait très envie de parler à Rosalie.

Ils arrivèrent au magasin cinq minutes avant l'ouverture. Tandis que Danny s'affairait à retirer les bâches des étals, Bryce regarda en direction de la maison.

— La voiture de ta mère est là.

Ignorant la référence à Rosalie, Danny vérifia la caisse.

— J'ai assez de monnaie pour démarrer.

— Que vas-tu faire si elle vient te parler ? insista-t-il.

— Je n'ai rien à lui dire. Si elle reste au magasin, je retournerai chez toi à vélo.

Voyant qu'il ne provoquait pas de réaction, il renchérit :

— Si tu me permets, bien sûr.

— Bien sûr, je te permets. Pour moi, le seul problème, c'est Rosalie.

— J'espère bien lui faire de la peine, riposta Danny. Elle le mérite.

Bryce hocha la tête. Sans pouvoir se l'expliquer, il éprouva le besoin d'avoir un mot de compassion pour Rosalie.

— N'oublie pas qu'elle t'aime. Et ce n'est pas un détail ! Tu as la chance d'avoir la plus protectrice, la plus attentionnée des mères. Malgré ce qu'elle a fait, tu dois lui en être reconnaissant.

— Tu appelles ça de l'amour ? protesta l'adolescent. Eh bien moi, j'appelle ça de l'égoïsme. Et je comprends enfin pourquoi elle ne voulait pas que je joue au football américain. Elle voulait éviter à tout prix que notre rencontre ne fasse éclater la vérité.

— D'accord, il y a sans doute du vrai là-dedans, concéda-t-il. Mais je pense que sa peur est sincère. Elle est terrifiée à l'idée de te perdre comme elle a perdu Ricky.

D'une main rageuse, le garçon se mit à empiler les pêches dans des corbeilles.

— De toute façon, tout est lié à la mort de ce type. Depuis cette histoire, elle est un peu timbrée, ajouta-t-il en se frappant la tempe du doigt.

— Danny, ce « type » était mon meilleur ami. Ton oncle était quelqu'un d'exceptionnel. Et quand il est mort, c'est comme si on avait coupé un bras à ta mère.

Danny se redressa, serrant convulsivement les poings.

— Tu vas prendre sa défense, maintenant ?

Devant ces yeux qui lançaient des éclairs, Bryce réfléchit un instant. Etait-ce ce qu'il était en train de faire ? Cela n'avait pas été son intention. Avant toute chose, il devait user de diplomatie. Danny était traumatisé par ce rebondissement inattendu. Et s'il le considérait désormais comme son seul allié, il ne pouvait pas prendre le risque de briser leur lien fragile.

— Je ne prends pas sa défense, se justifia-t-il. Je te rappelle simplement certains faits.

— Je ne veux pas parler d'elle, répondit l'adolescent en se renfrognant.

— Très bien, acquiesça Bryce. Je vais monter jusqu'à la maison pour voir si elle est là.

— Comme tu voudras. Mais tu peux lui dire de ne pas se fatiguer à descendre au magasin. Je suis venu pour ma grand-mère, pas pour elle.

— Entendu. Tu peux compter sur moi.

Partant du principe que Danny n'ouvrirait pas le magasin ce matin-là, Rosalie avait passé un jean et un T-shirt et attaché ses cheveux à la hâte. Elle s'apprêtait à sortir quand elle reconnut un bruit de moteur familier : le pick-up de Bryce. En voyant Danny en descendre, son cœur se gonfla d'allégresse. Mais sa conscience, plus terre à terre, s'empressa de la sermonner. Il était inutile de se leurrer, il ne lui avait pas pardonné. Néanmoins, en le voyant s'activer au magasin, elle se réjouit qu'il n'ait pas coupé tous les liens avec sa famille.

Elle les observa de la fenêtre du salon. Bryce et lui semblaient engagés dans une conversation animée. Ils étaient trop loin pour qu'elle puisse déchiffrer l'expression de leurs visages. Pourtant, elle devinait sans peine quel était l'objet de leur discussion. Puis Bryce remonta dans son pick-up. Il avait sans doute à faire. Sentant un étrange désarroi la gagner, elle vit alors sa voiture avancer jusqu'à la maison et venir se garer juste derrière la sienne.

Elle lutta contre son émoi, prise d'une sorte de vertige. Pourquoi Bryce était-il ici ? Allait-il la condamner encore ? Devait-elle lancer l'offensive ou le supplier de lui pardonner ? Une angoisse sourde lui étreignait la poitrine. Elle savait que, tôt ou tard, cette confrontation aurait lieu, mais pas de cette façon inopinée. Si seulement elle avait eu un peu de temps pour s'y préparer !

Quand Bryce arriva sur le seuil, Dixie se précipita avec des glapissements de joie, la queue battante. Rosalie essuya ses paumes moites à son jean, repoussa des mèches de cheveux échappées de sa queue-de-cheval et ouvrit la porte moustiquaire.

Bryce se tenait devant elle, les traits tirés, une lueur indéfinissable dans ses pupilles azur. Un long moment, il resta à la fixer sans rien dire et la nervosité la gagna. Elle fut soulagée d'entendre enfin le son de la voix masculine.

— J'espère que tu te sens mieux que ta mine ne le laisse supposer.

— Je te retourne le compliment, répliqua-t-elle.

L'air accablé, il avoua :

— En fait, je me suis rarement senti aussi mal. J'ai amené Danny, reprit-il avec un geste vers le magasin. Il m'a dit que Claudia comptait sur lui.

— Je suis contente de voir qu'il n'a pas oublié. Il n'a pas rejeté toutes les Campano, au moins.

Elle lui lança un regard plein d'espoir. Allait-il la rassurer en lui affirmant qu'elle se torturait pour rien ? Mais il se contenta de hausser les épaules.

— Je te suggère de garder tes distances pendant quelque temps, répondit-il. Attends de voir comment tout cela évolue.

— Tu veux entrer ? proposa-t-elle alors.

— Oui, merci.

Se penchant, il gratta Dixie derrière les oreilles.

— Elle ressemble beaucoup à Belle, fit-il remarquer.

— Telle mère telle fille, fit-elle remarquer sans arrière-pensée.

Mon Dieu ! Elle détourna le regard. Elle devrait être plus prudente dans le choix de ses mots. Serait-ce ainsi, désormais ? Allait-elle avoir l'impression d'avancer sur une corde raide à chacun de leurs échanges ? Devrait-elle surveiller chacune de ses paroles afin d'éviter qu'elles soient interprétées comme des insinuations ?

— Je pense qu'il est temps que nous ayons une petite conversation, Rosalie, déclara alors Bryce. En dépit de ce qui s'est passé entre nous, nous devons d'abord penser à Danny. Cet enfant souffre.

Elle frissonna. Comme s'il avait besoin de le lui rappeler ! N'était-elle pas sa mère, après tout ? Comment Bryce, qui venait tout juste d'endosser son rôle de père, pouvait-il comprendre la profondeur du lien qui l'unissait à Danny ? Même à distance, elle ressentait la douleur de son fils. Elle leva les yeux, se donnant le temps de compter mentalement jusqu'à trois. Inutile de placer cette entrevue sous le signe de la rancœur. D'autant qu'elle était seule responsable de cette situation.

— Allons dans la cuisine. Maman est sortie. Nous serons tranquilles.

Elle lui proposa un café et opta pour un jus d'orange. Il s'assit et contempla un long moment le breuvage fumant dans son mug, puis, relevant la tête vers elle, l'enveloppa d'un regard d'une tristesse infinie. Prise au dépourvu, elle le fixa sans ciller. Elle s'était attendue à de la colère, pas à ce chagrin, cette résignation.

— Mon Dieu, Rosie ! commença-t-il. Pourquoi ne m'as-tu pas dit que tu attendais un enfant ? Tu connaissais mes sentiments pour toi !

Il marqua une pause et, lentement, secoua la tête.

— Par deux fois, je t'ai donné une chance de me dire la vérité depuis mon retour. Tu te souviens ? Le soir au restaurant de Cappy et chez moi, l'autre jour.

— Je sais, concéda-t-elle d'une voix rauque.

La considérant à travers la fente de ses yeux plissés, il reprit d'une voix égale :

— C'est étrange, mais quelque part, au fond de moi, je m'en doutais un peu. Je me suis même laissé aller à l'espérer. Quand ma mère m'a dit que tu étais revenue en ville avec un bébé, j'ai voulu savoir quel âge il avait. Mais les dates ne coïncidaient pas. J'ai quand même vérifié sa date de naissance sur son dossier d'inscription au football.

Les yeux soudain brillants de larmes, il secoua la tête avec accablement.

— Mon Dieu, Rosalie ! Tu mens sur sa date de naissance depuis quinze ans ?

Sentant un étau glacé lui broyer le cœur, elle hocha la tête. Mais elle devait essayer de se justifier. D'une voix étranglée, elle expliqua :

— J'ai repoussé sa date de naissance de quelques semaines dès le début. J'avais décidé que c'était la meilleure solution. Je m'étais promis de lui dire la vérité plus tard, pour l'inscription à l'université. D'ici là, je pensais avoir trouvé une bonne explication.

Elle exhala un soupir. Maintenant, elle n'aurait plus besoin de se creuser la tête. Tout ce qu'elle pouvait faire, c'était supplier Danny de lui pardonner le terrible mensonge qu'elle portait depuis tout ce temps.

— Tu comptais lui parler de moi, un jour ?

— Pour être honnête, Bryce…

Elle s'interrompit, butant sur les mots. Elle utilisait le terme « honnête » un peu trop souvent, ces derniers temps.

— Si tu n'étais pas revenu, je n'aurais même pas réfléchi à la question. J'ai inventé une histoire au sujet de son père et Danny l'a crue. S'il m'avait demandé plus de détails, j'aurais trouvé autre chose. Mais il faut me croire, j'avais prévu de tout te dire hier soir. Pas de cette façon, néanmoins.

Elle s'interrompit, sentant une larme rouler sur sa joue. Elle ne s'était même pas aperçue qu'elle pleurait.

— Tu n'imagines pas à quel point je suis désolée, reprit-elle dans un souffle.

— Rosie, si j'avais su, il y a seize ans, je serais rentré à Whistler Creek. J'aurais pris soin de toi. Ensemble, nous y serions arrivés.

— Non, nous n'y serions pas arrivés, hoqueta-t-elle. Pas à l'époque.

La vue brouillée par les larmes, elle s'essuya les yeux à l'aide d'une serviette et reprit :

— Après ce qui s'était passé, je ne t'aimais plus. Jamais je n'aurais pu t'épouser. Je ne voulais même plus te voir. Rien ne pouvait effacer cette horrible journée de mon esprit. Pour moi, tu étais lié à la mort de Ricky. Ma raison avait beau me répéter que c'était un accident, je n'aurais pas pu vivre avec ce fantôme entre nous. C'était impossible ! acheva-t-elle, la voix brisée.

— Mais pourquoi ne m'as-tu pas parlé ? Moi aussi, je souffrais.

— Je sais, mais je ne pouvais pas. Toi, moi, Ricky… nous formions un trio, tous liés par le passé, indissociables dans le présent. Sans lui, ma vie n'avait plus de sens. Tout me semblait absurde. Et, en dehors de mon chagrin, j'étais vide de toute émotion.

Il ferma les yeux.

— Oh ! Cette fichue journée. Ce fichu ballon ! pesta-t-il.

Quand il rouvrit les yeux, devant la myriade d'émotions qui agitait l'indigo de son regard, elle fut submergée un mélange de tristesse, de regret et… d'espoir.

— L'autre jour, tu m'as dit que tu m'aimais, reprit-il d'une voix sombre. Nous avons fait l'amour. C'était des émotions réelles, les émotions d'un cœur qui bat encore, qui peut encore aimer.

Il s'éclaircit la gorge.

— Ou bien me mentais-tu aussi quand tu m'as dit que tu m'aimais ?

— Mon Dieu, non ! Je t'aime, Bryce ! Tu es revenu à Whistler Creek et tu m'as aidée à guérir. Tu as ranimé les souvenirs heureux, tu m'as aidée à tourner cette page sombre de notre passé, à dompter ce chagrin qui semblait ne pas vouloir lâcher prise. Le processus a été difficile pour moi. L'ironie étant qu'en t'acceptant de nouveau dans ma vie, je t'ai peut-être perdu pour toujours. Et je ne sais même pas comment me racheter auprès de toi et de Danny.

Il se leva.

— Merci de m'avoir dit tout ça, Rosalie.

— Qu'allons-nous faire maintenant ? articula-t-elle d'une toute petite voix.

— Je ne sais pas. Je dois commencer par apprendre à être un père.

Elle esquissa un sourire.

— Et moi, j'ai encore beaucoup de choses à apprendre en tant que mère.

— Je vais parler à Danny. Je vais essayer de te le ramener. Mais il peut rester chez moi s'il le souhaite. Je ne le chasserai pas.

— Je sais.

Un moment, il resta immobile à la regarder. Puis il contourna la table et, d'un geste plein de tendresse, fit glisser l'index sur la joue de Rosalie, lui tirant un frisson.

— Seigneur ! Tout cela est si compliqué !

— Je sais, acquiesça-t-elle dans un souffle.

Sans ajouter un mot, il sortit.

- 18 -

Un peu avant midi, Danny entra dans la maison et se dirigea droit vers sa chambre. Rosalie, qui l'avait suivi, s'arrêta sur le seuil. Elle ne voulait surtout pas envahir son espace, le braquer encore. Il prit un sac fourre-tout dans son placard et le jeta sur le lit.

— Danny, nous devons parler, fit-elle avec douceur.

Il ouvrit la fermeture Eclair d'un coup sec et elle eut l'impression qu'il lui arrachait le cœur.

— Grand-mère est au magasin. Je suis juste passé prendre des vêtements pour l'école, fit-il en baissant les yeux vers le T-shirt et le bermuda trop grands qu'elle ne lui avait jamais vus auparavant.

Des vêtements empruntés à son père, assurément. Il ouvrit un tiroir et remplit le sac de sous-vêtements, y ajoutant deux jeans et une pile de T-shirts.

— Ne fais pas ça, mon chéri, plaida-t-elle d'une voix faible.

Devrait-elle se montrer plus énergique ? Autoritaire ? Après tout, elle était sa mère. Mais une mère qui avait trahi son fils.

Elle se creusa la tête. Vu les circonstances, quel serait le sujet de conversation le plus neutre ?

— Tu veux que je te lave ta tenue de football ? suggéra-t-elle, prise d'une inspiration soudaine.

— Je la donne à laver au centre sportif. De toute façon, elle n'est pas sale, à part les traces d'herbe dans le dos.

Elle en tremblait encore. S'il avait voulu lui rappeler la panique qu'elle avait ressentie en le voyant allongé sur la pelouse, il avait réussi.

— Ne pars pas, Danny. Donne-moi une chance de m'expliquer, fit-elle, suppliante.

Lui offrant un visage impassible, il referma son sac.

— L'entraîneur m'attend. Je passerai prendre d'autres affaires demain.

— Laisse-moi au moins t'accompagner jusqu'au magasin.

Elle était prête à tout pour passer quelques minutes avec son fils.

— Je vais prendre mon vélo, répondit-il.

Arrivé devant la porte de sa chambre, il se planta obstinément devant elle jusqu'à ce qu'elle recule. Anéantie par la tristesse, elle le suivit dans le couloir, jusqu'au salon. Comment son petit garçon pouvait-il faire preuve d'une telle cruauté ?

— Danny, je suis désolée. Je suis désolée de t'avoir fait de la peine. Désolée de t'avoir caché la vérité sur ton père. Mais il y a une chose que tu dois savoir. Je ne suis pas désolée de t'avoir fait.

— Tu es désolée, très bien ! lâcha-t-il sans s'arrêter.

— Ce n'était pas un mensonge, mon chéri. Ton père vivait loin. Jamais je n'aurais cru qu'il reviendrait. Je pensais pouvoir t'élever dans ma famille, que tu serais heureux. Tu l'as été, non ? Nous nous sommes bien débrouillés, tous les deux, jusqu'à maintenant ?

Il mit le sac marin en bandoulière et pivota pour lui faire face.

— Oh oui, vraiment super, maman ! Jusqu'à hier soir, quand ton projet de contrôler ma vie s'est retourné contre toi.

Ses yeux s'embuèrent de larmes. Elle lutta pour ne pas leur laisser libre cours.

— Que puis-je faire, Danny ? Que puis-je dire ?

— Je voulais que tu me parles de mon père, de mon vrai père. Mais c'est un peu tard, non ?

Sa voix s'étrangla et Rosalie sentit que, tout comme elle, il était au bord des larmes. Et comme elle souffrait pour lui, si jeune, si perdu, en proie à une telle torture !

— Je ne vais pas renoncer à toi, Danny. Je suis ta mère et je t'aime. Je suis là, je serai toujours là.

Un moment, il resta la tête baissée. Puis, poussant la porte moustiquaire, il sortit. Elle entendit le garage s'ouvrir et, quelques instants plus tard, elle le vit descendre l'allée à vélo, son sac marin sur le guidon.

La semaine suivante, au lycée, fut un véritable supplice. Forçant le hasard, elle mit un point d'honneur à croiser son fils tous les jours, dans les couloirs, à la cafeteria ou quand il partait s'entraîner au stade. Et même si les ragots allaient bon train à Whistler Creek, elle avait compris que, pour ses copains de classe, le lien de parenté que Danny avait avec Bryce était un honneur : un élève de troisième découvre que son père est l'entraîneur de football du lycée ! Au moins, de ce côté-là, il ne rencontrait pas de problèmes.

Pour sa part, ce que l'on pouvait raconter sur son compte était le cadet de ses soucis. Elle avait déjà été au centre des commérages et elle avait survécu. Elle continua donc à donner ses cours comme si de rien n'était.

Quant à Bryce, chaque fois qu'ils se rencontraient, il se montrait cordial, la saluant poliment, avant de passer son chemin. En apparence, il la traitait comme n'importe quel autre professeur, mais elle n'était pas dupe : derrière cette indifférence affichée, ses sentiments étaient indéniables. Et même si la souffrance qu'elle lisait dans son regard la désolait, elle puisait un certain réconfort dans le fait qu'il semblait tenir toujours à elle.

Malgré la promesse de Bryce, Danny semblait ne pas souhaiter rentrer à la maison. Elle brûlait de curiosité de savoir comment deux hommes de sa vie apprenaient à cohabiter. Comment Bryce assumait-il son nouveau rôle de père ? Parlaient-ils d'elle et, si c'était le cas, avaient-ils jamais un mot gentil ? Leur manquait-elle autant qu'ils lui manquaient ?

Ainsi s'écoulaient ses journées. Le soir, elle travaillait à ses cours et passait de plus en plus de temps au centre des Lendemains qui chantent. Apporter son soutien aux enfants malheureux lui mettait du baume au cœur. Son expérience avec Bryce lui avait enseigné une leçon précieuse : le temps finit toujours par avoir raison du sentiment de néant que laisse un grand chagrin.

Par ailleurs, voir la relation entre sa mère et Cappy se consolider jour après jour la distrayait un peu de ses sombres pensées. Leur bonheur faisait plaisir à voir et apportait de la gaieté à cette maison que le départ de Danny avait laissée bien vide.

Le jeudi, Claudia lui annonça qu'elle prévoyait une petite fête pour le soir même.

— Bonne idée ! s'exclama-t-elle. J'irai à la bibliothèque pour ne pas vous déranger.

— Il n'en est pas question. Je tiens à ta présence. Voir du monde te fera du bien.

Balayant ses réticences, sa mère lui fit promettre de dîner avec eux. Un peu avant 19 heures, ayant tout préparé, elle annonça :

— Je sors faire une course rapide. Je vous charge, Cappy et toi, d'accueillir les invités.

— Tu ne veux pas que j'y aille ? proposa Rosalie.

— Non, merci. Je te demanderai juste de surveiller les lasagnes et de préparer le plateau pour l'apéritif.

Elle acquiesça. Mais son sixième sens lui soufflait qu'il y avait anguille sous roche. Jamais sa mère, si prévoyante, ne sortait ainsi faire une course à la dernière minute. Et quand les premiers invités frappèrent à la porte et qu'elle se trouva nez à nez avec Marjorie et Roland Benton, sa confusion fut à son comble.

A 18 h 30, après une session d'entraînement épuisante, Bryce ouvrit sa porte d'entrée et s'effaça devant son fils.

— Si ça ne te dérange pas, je vais prendre ma douche le premier, déclara-t-il en jetant ses clés sur la table.

Il reparut vingt minutes plus tard, vêtu d'un short et d'un T-shirt Dallas Cowboys, sa tenue de prédilection pour les soirées pizza-télévision.

Il commençait à s'affairer dans la cuisine quand il vit une voiture se garer dans l'allée.

— Qui est-ce, Bryce ? appela Danny du living.

— Ta grand-mère.

— Mamie ? s'exclama-t-il en le rejoignant. Tu crois qu'il est arrivé quelque chose à maman ?

Bryce retint son souffle. Lui aussi y avait pensé. Il lui posa une main rassurante sur l'épaule et répondit :

— Je suppose que nous n'allons pas tarder à le savoir.

Après avoir claqué la portière, Claudia se dirigeait vers eux d'un pas décidé.

— J'ai fait des lasagnes, annonça-t-elle sans préambule. Vous êtes conviés à venir les déguster avec nous.

Abasourdi, Bryce échangea un regard avec Danny. Visiblement, le garçon était aussi perplexe que lui.

— Juste nous ? s'enquit-il.

— Ce sont des lasagnes, répondit Claudia, comme si cela pouvait suffire à satisfaire sa curiosité.

Puis, reniflant avec dégoût, elle grimpa les marches de la véranda.

— Qu'est-ce que c'est que cette odeur ?

— Ce n'est pas moi ! se défendit-il spontanément.

Il sourit. Avec Claudia, il avait toujours l'impression d'avoir douze ans.

— Va te doucher ! intima-t-elle à son petit-fils, un pouce tendu. Il n'est pas question de te ramener à la maison dans cet état.

En réponse au regard interrogateur du garçon, Bryce haussa les épaules et, résigné, s'enquit :

— Tu aimes les lasagnes de ta grand-mère ?

— Ce sont les meilleures du monde.

— Je suis d'accord avec toi. Alors file te changer et éteins le four au passage.

— Il y aura qui d'autre ? demanda Danny.

— Cappy, répondit Claudia, laconique.

— D'accord. J'en ai pour dix minutes.

Bryce le suivit des yeux, puis se tourna vers Claudia.

— Madame Campano, vous pouvez partir en éclaireuse, si vous voulez. Nous arriverons dès que Danny se sera douché.

— Je préfère attendre, répliqua-t-elle en se laissant tomber dans un rocking-chair. C'est la première fois que je peux profiter de ta véranda. Et ce fauteuil est très confortable.

— En tout cas, je vous remercie pour l'invitation.

« Mais j'espère ne pas avoir à le regretter », faillit-il ajouter. Il refoula son sarcasme, s'assit dans le second rocking-chair et, l'observant à la dérobée, se balança en rythme avec elle. Pas de doute, Mme Campano était bizarre, ce soir. Et il savait qu'elle avait plus d'un tour dans son sac. Alors, à part les lasagnes, que leur réservait-elle ? Il haussa les épaules. Il n'allait pas tarder à le savoir, de toute façon.

Rosalie fut soulagée d'entendre la porte d'entrée s'ouvrir. Elle avait de plus en plus de mal à se concentrer sur sa conversation avec les Benton.

— Regardez qui je vous amène ! s'exclama la voix enjouée de Claudia.

Elle tourna la tête et sursauta. Seigneur ! Qu'était encore allée manigancer sa mère ?

Du seuil, Bryce fixait ses parents, stupéfait.

— Mme Campano ne m'a pas dit que vous seriez là. En fait, elle ne m'a pas communiqué la liste des invités.

— A moi non plus, renchérit Rosalie, furieuse.

— Ni à moi, ajouta Danny en s'appuyant au chambranle de la porte, l'air renfrogné.

Rosalie jeta un coup d'œil anxieux à son fils. Autant se rendre à l'évidence : ils étaient tous victimes d'une machination de Claudia. Et, si son premier réflexe avait été de s'éclipser, elle décida de rester.

— Oh ! Parfait, Rosalie ! s'exclama alors la maîtresse de maison comme si de rien n'était. Tu as préparé les canapés. Servez-vous, le dîner n'est pas encore prêt.

Rosalie lui lança un regard assassin. Décidément, sa mère dépassait les bornes. Comme si elle pouvait avaler quoi que ce soit en un tel moment !

Tandis que Claudia s'affairait à remplir les verres et à passer les apéritifs d'un air dégagé, un silence implacable s'abattit sur la pièce.

Sentant sa frustration croître de seconde en seconde, Rosalie l'observait du coin de l'œil.

— Maman, que se passe-t-il ? Que fais-tu ? finit-elle par demander.

Cessant soudain de s'agiter, Claudia balaya l'assistance d'un regard grave.

— Toutes les personnes présentes dans cette pièce comptent beaucoup pour moi, commença-t-elle. Et je déplore de voir certains d'entre vous se conduire en véritables crétins. Comme vous n'êtes pas sans le savoir, la vie est une loterie. Alors, de deux choses l'une : ou on fait l'autruche, ou on décide d'affronter les caprices du destin. Avec grâce.

S'adressant alors à Mme Benton, elle enchaîna :

— Marjorie, vous avez un fils merveilleux. Ne serait-il pas temps pour vous d'apprendre à connaître votre petit-fils ? Et de vous faire une amie de ma Rosalie ? Quant à vous, Roland, la vie vous offre une famille à chérir, comme une seconde chance. Que vous attendez, je le sais.

— En effet, acquiesça le père de Bryce.

— Et toi, Bryce, continua-t-elle, imperturbable, depuis sept semaines que tu es rentré, tu as un nouveau travail, une nouvelle maison, et tu as découvert l'existence de ton fils. Un changement de vie radical ! Il faut en savourer chaque seconde.

Voyant sa mère se tourner enfin vers elle, Rosalie se

raidit. Elle était curieuse de savoir quel conseil Claudia lui réservait. Une tendresse infinie se peignant sur son visage, cette dernière déclara :

— Rosalie, tu as été une mère exemplaire, tu as su élever ton fils seule et tu as fait de l'excellent travail. Vous êtes deux très belles personnes, lui et toi. Il est donc temps pour toi de t'apercevoir que tu as rempli ton contrat, de tirer un trait définitif sur ta culpabilité et de passer à autre chose.

La gorge nouée par l'émotion, Rosalie sentit une larme rouler sur sa joue et, le regard embué, jeta un coup d'œil à l'homme qui, depuis toujours, était son oxygène, la lumière de sa vie : Bryce.

— Enfin, toi, Danny, avait repris sa mère, tu es notre plus beau cadeau. Tu es arrivé dans notre vie au moment où nous en avions le plus besoin. Ne gâche pas tout : tu as une grand-mère qui t'aime, des grands-parents tout neufs, une mère qui est prête à tout pour que tu sois heureux. Alors, oublie ta rancune. Et pardonne, mon petit !

Le souffle un peu court, elle aspira une longue bouffée d'air.

— J'ai dit tout ce que j'avais à dire. Maintenant, nous pouvons être une vraie famille. Une famille avec ses défauts, ses erreurs, bien entendu. Mais une famille qui se relève, qui va de l'avant. Et à présent, à vous de décider si vous souhaitez partager des lasagnes à ma table.

Tous se regardèrent à la dérobée. On aurait pu entendre une mouche voler. Le cœur battant, Rosalie attendait un signe, un espoir. Enfin, se tournant vers elle, Bryce déclara avec un sourire :

— Je ne sais pas ce que vous en pensez, mais ces lasagnes sentent vraiment très bon.

— Et c'est bien meilleur que la pizza surgelée, renchérit Danny.

Dans un joyeux brouhaha, tous prirent alors place autour de la table dressée dans le patio.

*
* *

Songeuse, Rosalie faisait la vaisselle. La fenêtre au-dessus de l'évier ouvrait sur le patio et sa joyeuse tablée. Si elle ignorait encore ce que lui réservait l'avenir, pour la première fois, ce soir, elle sentait que sa douleur pouvait passer. Son fils allait lui revenir. Elle devrait le partager, certes, mais le plus important était de sentir qu'il lui avait pardonné.

Quant à Bryce, c'était une autre histoire. C'était à peine s'il lui avait dit deux mots pendant le dîner. Néanmoins, il s'était montré amical. Toujours plongée dans ses pensées, elle déposa la dernière assiette sur l'égouttoir. Elle venait de sortir dans le couloir quand elle sentit une main vigoureuse l'agripper et, sans lui laisser le loisir de résister, l'entraîner dans la véranda.

— J'ai appris ma leçon, fit la voix de Bryce. J'évite de m'en prendre à une femme qui peut utiliser son sac à main comme arme.

Elle esquissa un sourire, tandis que les larmes lui picotaient les paupières.

— Je reconnais bien là le stratège sportif, murmura-t-elle.

Il la fit asseoir sur la balancelle et prit place à côté d'elle. Lentement, ils se mirent à osciller ensemble. Au bout d'un moment, il la dévisagea avec intensité et lui demanda à brûle-pourpoint :

— Alors, que veux-tu faire maintenant, Rosalie ?

— Je ne sais pas, c'est à toi de décider.

— Vraiment ? fit-il en lui caressant la nuque avec tendresse. Tu n'es pas sans ignorer que nous avons un fils. Ne devrions-nous pas plutôt décider ensemble ?

— Tout ce que je peux dire, c'est qu'il est heureux d'être ton fils.

— Il ne m'a pas encore appelé papa.

— Tu le lui as demandé ?

— Je le ferai, en temps voulu.

Il continua à faire osciller la balancelle, qui se mit à grincer, un petit bruit familier associé aux longues soirées d'été dans la véranda, au parfum entêtant des magnolias, au concert nocturne des grillons.

Et dans un geste aussi évident que la chaleur d'une nuit de septembre dans le vieux Sud, elle posa sa main sur l'épaule de Bryce. La balancelle s'immobilisa. Tournée vers lui, Rosalie plongea alors les yeux dans le beau regard bleu et vit s'y refléter le même mélange d'amour et d'espoir dont son propre cœur débordait.

— Ma Rosie, murmura-t-il, en se penchant vers elle, comment avons-nous pu tout gâcher à ce point ? Et comme la vie est douce de nous offrir une seconde chance ! A partir d'aujourd'hui, nous élèverons Danny ensemble. Et quand les autres enfants viendront…

— Pardon ? articula-t-elle dans un souffle.

— Je veux rester à Whistler Creek, Rosalie. Rien ne me fera plus jamais partir de ma nouvelle maison. Toi, en revanche…

— Quoi, moi ? fit-elle en se nichant au creux de ses bras vigoureux.

— Tu vas venir vivre avec moi. Avec ton fils, et peut-être Dixie. J'ai l'intuition que Claudia ne sentira pas vraiment le vide de votre absence.

— Je crois que je partage ton intuition, acquiesça-t-elle avec un petit rire.

Il l'enveloppa d'un regard brûlant.

— L'avenir nous appartient, ma Rosie. Et nous allons l'affronter ensemble.

A l'instant même où leurs lèvres se scellaient en un baiser passionné, célébrant la ferveur de leur amour perdu et retrouvé, les mots de Roland Benton lui revinrent à la mémoire : Bryce et elle avaient bouclé la boucle.

STACY CONNELLY

Un orageux face-à-face

Traduction française de
MARIE MOREAU

PASSIONS

HARLEQUIN

Titre original :
TEMPORARY BOSS… FOREVER HUSBAND

Ce roman a déjà été publié en 2012.

- 1 -

Allison Warner, le combiné du téléphone contre l'oreille, comptait le nombre de sonneries en attendant que sa sœur décroche. Ce fut après la quatrième tonalité qu'elle entendit le signal qui transférait son appel sur le répondeur qu'elle ne connaissait que trop bien. Une fois de plus, la voix de Bethany lui demanda de laisser un message.

Allison laissa échapper un long soupir. Comment avait-elle pu en arriver là ? Depuis son retour en Arizona, cinq mois plus tôt, il lui semblait qu'elle avait plus souvent parlé à la boîte vocale de sa sœur qu'à Bethany elle-même. Elle en venait à penser qu'elle refusait de répondre lorsqu'elle voyait son nom s'afficher sur l'écran de son téléphone. Quel gâchis ! C'était si frustrant, de ne jamais pouvoir s'adresser à elle directement. D'autant qu'elle savait maintenant que Bethany ne la rappellerait pas. Elle ne le faisait jamais. Combien de temps cette situation allait-elle durer ?

Respirant profondément, elle résolut de parler sur le ton le plus jovial possible.

— Salut, Bethany, c'est ta sœur, Allison.

Pourquoi préciser ? Elle n'avait pas d'autre sœur. Elle s'entendit rire avec un peu de gêne avant de continuer :

— On est jeudi après-midi, je ne vais pas tarder à quitter le bureau. Je voulais te demander si tu étais libre pour dîner ce soir, ou si tu veux, on pourrait se retrouver ce week-end pour faire les magasins. Ce serait l'occasion de chercher des meubles et des décorations pour la chambre du bébé. Si tu en as envie, je suis libre samedi et dimanche. Et si tu ne veux pas sortir, on peut aussi faire les courses sur internet. Bon… Eh bien, rappelle-moi.

Tandis qu'elle raccrochait, elle pesta contre elle-même. Elle n'aurait pas pu laisser un message plus désespéré que celui-là. Elle savait pourtant que c'était le meilleur moyen de faire fuir Bethany !

Son seul espoir était que leurs rapports s'assainissent avec le temps. Elle devait se montrer patiente. Le froid qui s'était installé entre elles ne datait pas de la veille, c'eût été stupide de sa part d'imaginer qu'elle pourrait tout résoudre en un claquement de doigts. Le temps serait son seul allié.

Fort heureusement, elle n'allait pas en manquer, songea-t-elle en fermant son ordinateur portable. Elle se mit machinalement à ranger les quelques affaires qui traînaient sur son bureau : la tasse déformée qu'elle avait fabriquée pendant son atelier de poterie, et qui lui servait tout de même à boire son café, sa violette africaine en pot, presque fanée, et le cadre fait main qui perdait ses perles chaque fois qu'elle le touchait. Sur la photo qu'il comportait, sa sœur et elle souriaient à l'objectif, la tête penchée l'une vers l'autre. L'image de cette complicité parfaite lui paraissait si lointaine à présent.

Si seulement elle avait eu le pouvoir de faire durer cet instant à jamais… Ou plutôt, de revenir en arrière pour réparer ses erreurs, pour éviter de faire les choix qui l'avaient menée là où elle en était aujourd'hui.

Cette photo avait été prise le jour du mariage de Bethany, à l'époque où elles étaient aussi proches que deux sœurs pouvaient l'être. Ces souvenirs amers lui firent revivre les derniers moments que sa famille avait partagés dans l'unité. En regardant sa sœur avancer vers l'autel où l'avait attendue Gage Armstrong, Allison l'avait vue émue aux larmes au bras de leur père. C'était elle que Bethany avait choisie comme demoiselle d'honneur, lui permettant de l'accompagner elle aussi dans l'allée centrale. Elles avaient été plus que des sœurs. Les meilleures amies du monde.

Seulement quelques semaines plus tard, Allison avait

décidé de suivre son petit ami, Kevin Hodges, à New York. Cela remontait à trois ans maintenant. Trois longues années durant lesquelles les événements douloureux s'étaient enchaînés. La santé de leur père s'était détériorée, le mariage de Bethany s'était lentement dissous, et Allison, de son côté, s'était laissé absorber entièrement par sa carrière, de sorte qu'elle n'avait été présente ni pour l'un ni pour l'autre. Finalement, elle avait compris qu'elle devait rentrer chez elle, mais parcourir cinq mille kilomètres en sens inverse n'avait pas suffi à combler le fossé qui s'était creusé entre sa sœur et elle. Bethany n'avait rien fait pour le lui cacher ; au contraire, elle s'était montrée très claire.

Elle en voulait à Allison. Pour elle, rien ne pouvait plus être comme avant.

Et comment lui reprocher sa réaction ? Allison elle-même était dévorée par la culpabilité. Elle aurait tout donné, absolument tout, pour remonter le temps et s'être trouvée auprès de sa famille quand ses parents et sa sœur avaient eu besoin d'elle. Mais il était trop tard. Elle savait qu'il ne lui restait plus qu'à regarder vers l'avenir ; elle était déterminée à mettre tout en œuvre pour réparer ses erreurs passées.

« Tu devrais essayer d'encourager Bethany à se confier à toi, à te dire ce qui s'est passé entre elle et Gage », lui avait dit sa mère avant de partir pour une croisière de trois semaines au Mexique.

Ses parents avaient prévu de longue date de faire ce voyage pour leur trente-cinquième anniversaire de mariage. Mais son père était mort six mois avant. Sa mère avait décidé de partir quand même, en sa mémoire.

Allison sentit son cœur se serrer en pensant à lui. Il lui manquait tellement… Son rire, son affection, son soutien indéfectible. Lui qui n'avait jamais trouvé risible de vouloir décrocher la lune, qui n'avait fait que l'encourager dans tout ce qu'elle avait entrepris. Sa famille avait compté plus que tout pour lui ; il eût été désespéré de savoir que sa mort avait entraîné un conflit entre ses filles. Entre les femmes de sa vie. C'était ainsi qu'il les appelait, sa mère, sa sœur et elle. Cette tension lui aurait brisé le cœur autant qu'à elle, s'il avait été là pour en être le témoin.

Elle reposa le cadre sur son bureau et soupira de tristesse. Puisqu'elle ne pouvait pas changer le passé, elle ferait tout pour reconstruire la relation qu'elle avait eue autrefois avec sa sœur. Bethany avait plus que jamais besoin d'être entourée par sa famille, qu'elle l'admette ou non.

Lorsqu'elle se leva et se dirigea vers le couloir pour sortir dans le couloir, Allison se rendit compte que les bureaux de Knox Security étaient presque vides à présent. Les employés étaient rentrés chez eux. Elle fit tout de même un détour pour éteindre les lumières. Elle aurait pu être partie depuis au moins une demi-heure, mais elle avait tenu à finir de classer certains dossiers. Son contrat d'intérim prendrait fin dans une semaine, et il n'était pas question pour elle de quitter l'entreprise en laissant des tâches inachevées.

Lundi prochain, Martha Scanlon serait de retour de son congé maladie de deux mois. Allison resterait deux jours de plus pour la tenir au courant de ce qui s'était passé durant son absence, puis elle rejoindrait une autre société pour une nouvelle mission.

Ce poste de réceptionniste chez Knox Security avait été celui qu'elle avait occupé le plus longtemps depuis son retour de New York. Jusque-là, elle n'avait fait que des remplacements d'une semaine ou deux. Elle aimait le changement qu'offrait le travail en intérim, le fait de ne pas se fixer dans une entreprise. Cette façon de vivre était si éloignée de celle qu'elle avait connue à New York, lorsqu'elle était employée par l'agence de publicité Barton & Mills. Ses semaines lui paraissaient bien légères, en comparaison de l'époque où elle travaillait tous les jours, y compris le week-end, jusque tard dans la nuit. A présent, elle ne se souciait plus d'obtenir une promotion, elle ne sacrifiait plus sa vie au profit de son patron.

Regardant par la fenêtre, elle admira la beauté du soleil de fin d'après-midi. Le printemps offrait une lumière plus resplendissante chaque jour. C'était aussi pour cette raison, qu'elle se réjouissait d'être revenue vivre à Phoenix : au mois d'avril, déjà, il faisait si beau qu'elle pouvait porter des tenues légères et sentir la chaleur du soleil sur sa peau. Du moins en dehors de ses horaires de travail. Même si elle avait laissé à New York ses tailleurs les plus stricts, elle se refusait à arborer des tenues trop décontractées au bureau. Toutefois, sa nouvelle garde-robe lui ressemblait beaucoup plus, et elle se sentait de nouveau elle-même au cœur de sa ville natale.

« Si tu veux avancer, tu vas devoir apprendre à t'habiller comme il faut. »

C'étaient les mots de son ex-petit ami, et s'en souvenir lui faisait toujours aussi mal. Ils lui rappelaient avec quelle énergie, avec quelle inconscience elle avait peu à peu enfoui au fond d'elle sa véritable personnalité, dans le but de correspondre en tout point à ce que l'entreprise attendait d'elle. Elle s'était donné tant de mal pour être une compagne parfaite, une employée modèle et prometteuse. C'était d'abord Kevin que l'on avait choisi, lui, le jeune diplômé et fils d'un ami du P.-D.G. de Marton & Mills. Elle avait été embauchée en même temps que lui parce qu'elle l'accompagnait dans sa nouvelle vie, tout en étant bien décidée à montrer ce qu'elle valait. Acceptant sans la moindre objection de commencer au bas de l'échelle, elle s'était résolue à travailler dur pour obtenir des promotions. Comment aurait-elle pu imaginer les sacrifices qu'elle aurait à faire ?

Jamais plus elle ne renoncerait à ce qu'elle était pour un homme, ou, pire encore, pour un emploi. Sa liberté de style vestimentaire retrouvée le lui rappelait chaque jour.

Ce matin, elle avait choisi une jupe noire à fines rayures et un chandail noir à col montant. Un ensemble sobre et élégant, auquel un étroit ruban rose bordant le revers de la jupe ajoutait une petite touche de fantaisie. Elle venait de l'acheter, consciente qu'il mettait en valeur ses cheveux blonds coupés court et ses yeux verts ; mais ce n'était pas pour cette raison qu'elle avait voulu le porter au bureau, évidemment. Elle ne cherchait à attirer l'attention de personne…

Comme elle avançait dans le couloir, elle sentit le rythme de ses pas ralentir peu à peu. Les battements de son cœur se firent plus forts, plus rapides. Pourquoi se mentir ? Elle savait bien ce qui lui faisait cet effet ; elle allait passer devant le bureau de Zach Wilder. Après deux mois, il était temps qu'elle cesse de se laisser émouvoir par ses yeux bleus pétillants, ses cheveux brun foncé. Par son allure souple et élancée, ses épaules larges et ses bras puissants. Elle le croisait tous les jours, elle devait enfin se rendre compte qu'il n'avait rien de si exceptionnel ! Et pourtant… Quelque chose faisait que, dès qu'elle le croisait, elle se sentait envahie par un trouble inexplicable. Cet homme rassemblait à lui seul tout ce qu'elle s'était promis de fuir, cependant elle ne parvenait à réprimer l'attirance qu'elle avait pour lui.

Elle était victime de la première impression qu'il lui avait faite. Zach et elle s'étaient rencontrés dès son premier jour chez Knox, l'espace d'un très court instant. Se trouvant au même moment dans l'ascenseur, ils avaient tous deux voulu appuyer sur le bouton correspondant à leur étage, et s'étaient effleurés par inadvertance. Un frisson incontrôlable avait parcouru tout son corps, et plus jamais elle n'avait pu le regarder avec indifférence. Ce simple souvenir la faisait encore chanceler, des semaines plus tard.

C'était ridicule d'être troublée à ce point par un événement aussi insignifiant, elle le savait bien, mais c'était quelque chose qu'elle ne pouvait contrôler. D'autant qu'elle était certaine que ce contact ne l'avait pas laissé indifférent, lui non plus. La lueur qu'elle avait vue dans son regard bleu avait parlé pour lui. Depuis ce jour, elle revivait cet instant chaque fois qu'elle entendait sa voix profonde ou qu'elle sentait son parfum en passant près de lui. Mais elle savait désormais quel genre d'homme il était, et c'était ce qu'elle devait à tout prix garder à l'esprit.

Zach Wilder était un homme pour qui seul le travail

comptait, un homme trop absorbé par sa carrière pour la regarder, elle.

Malheureusement, elle n'avait pas réussi à l'ignorer ainsi qu'elle l'aurait dû. Lorsqu'elle passait devant son bureau, elle ne pouvait résister à l'envie de regarder à l'intérieur par la vitre. Elle avait remarqué la façon qu'il avait de plisser les yeux en se concentrant sur son écran d'ordinateur. Et quand quelque chose le contrariait, il crispait la mâchoire, tandis que s'il était satisfait, l'esquisse à peine visible d'un sourire se dessinait sur ses lèvres.

Néanmoins, ce qu'elle avait surtout remarqué était la fatigue extrême qu'il lui était arrivé de lire sur ses traits. Il parvenait la plupart du temps à la cacher, mais elle l'avait vu plusieurs fois se frotter les yeux en se détournant de son ordinateur, avant de se laisser aller contre le dossier de son fauteuil en renversant la tête en arrière. Son désir avide de réussite était-il parfois trop lourd à porter ?

C'était en tout cas dans ces moments-là qu'elle avait le sentiment de voir le véritable Zach Wilder. Ces rares instants durant lesquels il montrait sa vulnérabilité. Son humanité.

Par chance, cela ne durait jamais plus d'une seconde ou deux. Il se ressaisissait aussitôt pour se remettre au travail, comme pour effacer la moindre trace de faiblesse.

Cédant une fois encore à sa mauvaise habitude, elle regarda discrètement par l'étroite fenêtre. Le fauteuil de Zach, écarté de son bureau, semblait attendre son retour. Il n'y avait personne dans la pièce. Où pouvait-il être ? Personne chez Knox n'ignorait son assiduité au travail, ni le nombre d'heures qu'il passait au bureau. Grâce à cela, il remportait les contrats les plus difficiles et montait les échelons de l'entreprise à une vitesse record. Le travail était manifestement la seule motivation de Zach Wilder. C'était un homme ambitieux, prêt à tout sacrifier pour sa carrière. Autant de traits de caractère qui auraient dû la faire fuir ! Mais elle était également consciente de l'admiration qu'il suscitait auprès de ses collègues. La position qu'il occupait aujourd'hui était amplement méritée, nul ne le niait.

Ce seul aspect de sa personnalité suffisait à l'opposer à Kevin, qui n'avait dû son poste qu'aux relations de son père.

Néanmoins, les deux hommes avaient suffisamment de points communs pour qu'elle sache qu'elle ne devait pas céder à l'attirance qu'elle éprouvait envers Zach.

Ce qui était loin d'être aisé…, songea-t-elle en se retournant dans l'espoir de l'apercevoir.

Heureusement, elle n'avait plus que quelques jours à passer chez Knox. Bientôt, elle partirait pour un autre emploi et oublierait Zach Wilder. Comme elle sentait qu'elle allait encore se retourner, elle se ressaisit et accéléra le pas. Que lui prenait-il, à la fin ? Heureusement qu'il n'y avait plus personne dans les locaux pour l'observer.

Vivement mardi, se dit-elle en montant dans l'ascenseur pour rejoindre le parking souterrain.

La porte s'était presque refermée, lorsqu'une main se glissa à l'intérieur. Ces doigts longs et fins, ce poignet d'homme orné d'une montre élégante, elle les reconnut aussitôt. Elle ne put retenir un frémissement d'émotion. C'était elle qui avait été chargée par son patron de choisir cette montre, la récompense réservée par l'entreprise à celui qui avait remporté le titre de meilleur vendeur de l'année pour la cinquième fois consécutive.

S'efforçant de retrouver son sang-froid et de paraître aussi naturelle que possible, elle regarda la porte se rouvrir pour laisser entrer Zach Wilder.

On eût dit qu'il venait de courir un cent mètres dans les couloirs du bureau. La cravate de travers, il avait une lueur de panique dans le regard, et une mèche rebelle lui retombait sur le front.

— Zach, est-ce que ça va ?

L'ayant toujours vu avec une allure impeccable, elle avait de quoi se poser des questions. Il ressemblait à… à un homme qu'une femme venait d'embrasser passionnément. Et quelle femme ne mourait pas d'envie d'enfouir les mains dans ses boucles brunes ? Elle avait elle-même si souvent rêvé de saisir sa cravate parfaitement nouée pour l'attirer contre elle et plonger les yeux dans les siens avant de…

Elle sentit soudain le feu lui monter aux joues. Ce n'était vraiment pas le moment de l'imaginer dans cette situation, alors qu'il se tenait juste à côté d'elle ! De toute façon, il était sûrement le dernier homme capable d'avoir une relation avec une collègue de travail. Elle respira le plus calmement possible, tout en s'efforçant d'oublier ses fantasmes. Elle serait tellement gênée, s'il se rendait compte qu'elle avait des vues sur lui…

Tandis que la porte de l'ascenseur se refermait derrière lui, il fixa sur elle un regard insistant.

— J'ai eu peur de vous manquer, lui dit-il sans attendre d'avoir repris son souffle.

— Pardon ?

Elle aurait bien aimé lui manquer elle aussi, mais quelque chose lui disait que ce n'était pas le sens de ses mots.

Cet espace restreint ne l'aidait vraiment pas à atténuer son trouble. Son parfum à la fois frais et viril, son regard si près du sien… Si seulement elle avait pu s'écarter un peu de lui pour reprendre ses esprits ! Mais toute fuite lui était impossible. Il ne lui restait plus qu'à espérer que ce face-à-face l'aiderait à relativiser son attirance incontrôlable envers Zach Wilder.

— Eh bien non, vous ne m'avez pas manquée. Me voici. Vous aviez besoin de quelque chose ?

— J'ai besoin de vous.

Elle sentit son cœur bondir dans sa poitrine. Manquant de chanceler sur ses talons hauts, elle posa la main contre la paroi de l'ascenseur. Comme si son déséquilibre n'avait été dû qu'au mouvement de la machine…

— Je… Excusez-moi ?

— J'ai besoin de votre aide pour traiter avec un client.

— Un client. Oui, bien sûr.

Qu'avait-elle espéré au juste ? Pour quelle autre raison Zach aurait-il pu avoir besoin d'elle ? Seul le travail comptait pour lui, elle le savait pourtant ; c'eût été stupide de sa part d'imaginer qu'il attendait autre chose d'elle. Ou d'essayer de savoir si son attirance était réciproque. Quand bien même elle l'eût été, où cela les aurait-il menés ? Elle avait déjà trop souffert d'une relation avec un homme comme lui.

— Cela ne pourrait pas attendre demain ? Il est déjà tard…

Mais il secoua la tête sans lui laisser le temps de finir sa phrase.

— Non, c'est urgent.

Comme la porte s'ouvrait sur le parking souterrain, il saisit la main d'Allison avant de se précipiter dans les allées. Les doigts serrés par les siens, elle n'avait d'autre choix que de le suivre.

— J'ai besoin que vous veniez avec moi.

Il faisait sombre dans le parking, et elle suivait avec peine les grandes enjambées de Zach. Le contact chaud de sa paume contre la sienne lui faisait l'effet d'un courant brûlant qui remontait le long de son bras et envahissait tout son corps.

— Ah oui, c'est urgent ? le questionna-t-elle. On peut avoir besoin d'un médecin en urgence, ou d'un plombier, mais pas d'une réceptionniste ! Cela ne s'est jamais vu…

— Je vous paierai des heures supplémentaires. Au double du tarif. Au triple même. Ce que vous voudrez.

— Je ne veux pas de prime, je veux rentrer chez moi.

Bien sûr, rentrer chez elle signifiait passer la soirée toute seule. Sa sœur ne la rappellerait pas, c'était évident. Mais c'était une question de principe. L'époque où elle avait sacrifié son temps libre au profit de son travail était révolue. Contrairement à Zach, ses moteurs dans la vie n'étaient pas la réussite et l'argent. Du moins, ils ne l'étaient plus.

S'arrêtant à côté d'une BMW noire, il se tourna vers Allison avec des yeux suppliants.

— S'il vous plaît.

Ce regard, ces mots suffirent à la faire céder. Lui qui

paraissait toujours si dur, si sûr de lui… Voilà que son masque tombait pour dévoiler le visage d'un homme qui n'était pas aussi infaillible qu'il voulait le faire croire. Cette lueur de profonde humanité, elle l'avait remarquée dès la première seconde, même si Zach faisait tout ce qu'il pouvait pour la cacher. Cet homme l'intriguait autant qu'il l'attirait, et cette soirée serait peut-être pour elle l'unique occasion de percer le mystère qui l'entourait.

— D'accord, lâcha-t-elle sans réfléchir davantage. Je vais vous aider. Qu'attendez-vous de moi ?

— Je vous expliquerai en route.

— En route ? Où allons-nous ?

— Vous allez voir, répondit-il en lui ouvrant la portière côté passager.

Bien loin d'exprimer sa reconnaissance, il avait soudain retrouvé une voix assurée, presque autoritaire. Devait-elle accepter de l'accompagner ? Son attitude ne l'encourageait pas à l'aider… Mais il lui sembla qu'elle n'avait plus le contrôle de ses mouvements. Machinalement, elle s'installa sur le siège en cuir, sans parvenir à lui en vouloir de la priver d'une soirée tranquille. Elle n'éprouvait que de la curiosité en imaginant ce qui l'attendait, et une intense excitation.

Pendant le trajet, Zach resta silencieux et concentré sur la circulation. Ils roulèrent un moment en ville avant de prendre la direction de Scottsdale. Lassée de ne pas savoir en quoi consistait sa mission, elle finit par l'interroger.

— Si vous voulez que je vous aide, vous allez devoir me dire ce que je dois faire.

Il s'arrêta devant le feu qui venait de passer au rouge, et se tourna vers elle. Leurs regards se croisèrent. Inévitablement, elle se mit à songer à ce qu'elle pourrait faire pour l'aider à évacuer le stress et la tension qu'il avait en lui. Cette étincelle de désir dans ses yeux bleus était-elle signe qu'il pensait à la même chose qu'elle ? Mais non, évidemment. Ce devait être la chaude lumière du soleil couchant qui lui donnait cette fausse impression.

Ils sursautèrent tous deux au bruit d'un Klaxon. Zach détourna les yeux pour se concentrer de nouveau sur la route, la libérant de l'intensité de son regard. Elle s'entendit soupirer de soulagement. Elle ne savait pas encore ce que lui réservait cette soirée, mais une chose était sûre : si elle voulait y survivre, elle allait devoir mettre ses fantasmes de côté.

— J'ai un dîner d'affaires dans une demi-heure, annonça-t-il avec une moue contrariée.

— Ah. Et pourriez-vous me dire pourquoi vous paraissez aussi peu excité à l'idée d'aller à ce rendez-vous ? Cela ne vous ressemble pas.

Si elle était certaine d'une chose au sujet de Zach Wilder, c'était qu'il ne vivait que pour la conquête et la victoire. Un trait de caractère qui aurait dû la faire fuir. Pourtant, à cet instant, la faille qui apparaissait dans l'armure qu'il arborait chaque jour la touchait trop pour qu'elle y reste insensible.

— Vous avez connu beaucoup de clients très durs. Pourquoi êtes-vous anxieux à l'idée d'aller à ce dîner ?

— Dites donc, remarqua-t-il en grimaçant, personne ne peut lire dans mes pensées, normalement.

— Oh ! ne vous en faites pas. Vous êtes extrêmement mystérieux, le rassura-t-elle avec un sourire narquois.

Même s'il était évident qu'il faisait tout son possible pour masquer ses émotions, elle avait eu l'impression de lire en lui comme dans un livre ouvert. Mais une question demeurait : pourquoi redoutait-il tant ce dîner ?

— Pourquoi cette mine ? Vous devriez être impatient de rencontrer ce client.

— Mais je le suis, protesta-t-il en se redressant brusquement, comme pour montrer qu'il était prêt pour la bataille. Ce soir, je devais voir pour la deuxième fois James et Riana Collins, des joailleries Collins. James s'est récemment installé à Scottsdale, dans la perspective de transmettre son entreprise à ses successeurs. Sa retraite n'a duré que quelques mois. Loin de prendre du recul sur ses affaires, il a décidé d'ouvrir de nouvelles boutiques à Scottsdale et Las Vegas.

J'espère remporter le contrat pour que Knox soit chargée de leur système de sécurité.

— C'est formidable. Où est le problème ?

Elle vit ses mains agripper son volant, comme s'il voulait s'assurer qu'il gardait le contrôle.

— Riana m'a laissé un message pour me dire que James ne pourrait pas être là.

— Vous pouvez maintenir le rendez-vous avec elle.

— Justement, répliqua-t-il avec un air renfrogné.

Elle mit une fraction de seconde à comprendre ce qu'il sous-entendait.

— Ah, d'accord. Je vois…

Cela n'avait rien de surprenant. Quelle femme pouvait rester insensible aux charmes de Zach ? En revanche, elle avait plus de mal à comprendre qu'une femme mariée cherche à avoir une aventure avec un autre homme que son époux. L'union de ses parents lui avait montré ce que pouvait être un couple lié par un amour et une confiance indéfectibles, et ce modèle était un idéal qu'elle gardait constamment à l'esprit, et dont elle rêvait encore pour elle. Malheureusement, sa relation avec Kevin en avait été très éloignée.

— Je suis certaine que Mme Collins…

— Mlle Collins, la corrigea-t-il. Riana est la fille de James.

— Ah.

James Collins n'était donc pas un mari trompé mais un père protecteur, et Riana une jeune femme libre qui avait envie de séduire Zach. Une situation des plus banales.

— Eh bien, Mlle Collins n'est sans doute pas votre première admiratrice. Vous devriez savoir comment vous y prendre pour l'éconduire.

Tout en lui disant cela, elle se demandait comment il se comportait avec les femmes dont il refusait les avances. Envoyait-il un bouquet de fleurs en leur expliquant que le problème ne venait pas d'elles, mais de lui ? Ou se contentait-il de couper tout contact ?

Au fond, cela n'avait pas la moindre importance. Ce n'était pas comme si elle envisageait une liaison avec lui.

— Cela n'a rien à voir. Je n'ai pas rencontré Riana Collins dans un bar, nous sommes censés avoir une relation *professionnelle.*

L'emphase avec laquelle il prononça le dernier mot était un autre signe manifeste de l'importance qu'il lui accordait.

— Si je la rejette de façon directe, elle risque de se vexer. Je ne peux pas me permettre de passer à côté de ce contrat à cause d'une indélicatesse. Il n'en est pas question.

— Dans ce cas…

L'espace d'une seconde, elle fit mine de réfléchir avec un grand sérieux.

— Il ne vous reste plus qu'à coucher avec elle.

— Ça non plus, il n'en est pas question, rétorqua-t-il.

Parce que cela pouvait lui causer encore plus de tort ? Ou parce qu'il refusait d'utiliser une femme pour arriver à ses fins ? Elle ne pouvait s'empêcher d'espérer qu'il conservait certaines valeurs morales, malgré son ambition extrême. Il voulait réussir, cela ne faisait aucun doute, mais peut-être pas à n'importe quel prix. Du moins avait-elle envie de le croire.

Pourquoi ces questions lui tenaient-elles autant à cœur, au juste ? De toute façon, elle ne referait jamais l'erreur de tomber amoureuse d'un homme semblable à Kevin Hodges. Mais si elle découvrait que Zach était différent ? Après tout, avoir de l'ambition ne signifiait pas forcément être aussi cupide et intéressé que Kevin. Néanmoins, cela ne voulait pas dire pour autant qu'elle pouvait s'autoriser à se rapprocher de lui. Elle s'était promis de garder ses distances avec Zach, et peu importait le frisson de désir qui la traversait chaque fois qu'elle le voyait. A moins que…

A moins qu'il soit vraiment différent de l'image qu'elle avait de lui. Et c'est ce que cette soirée lui permettrait de savoir. Elle avait au moins appris une chose sur lui.

— Donc si je comprends bien, il n'est pas question pour vous de mélanger travail et plaisir, résuma-t-elle.

Elle avait besoin de garder cet élément à l'esprit, si elle voulait éviter de dévier de la ligne de conduite qu'elle s'était fixée. Déjà, son parfum envoûtant mêlé à la douce brise qui entrait par la vitre ouverte n'était pas loin de la laisser imaginer que ce dîner était un rendez-vous en tête à tête. C'était comme si Zach l'avait invitée pour l'emmener dans un restaurant élégant à l'atmosphère romantique. Si seulement c'était *elle* qu'il cherchait à conquérir ce soir, et non un énième contrat pour la société…

— Non.

— Pardon ? sursauta-t-elle, brutalement interrompue au milieu de sa rêverie.

— Vous avez raison, dit-il. Je ne mélange jamais travail et plaisir.

— Non, évidemment. C'est un rendez-vous purement professionnel.

Professionnel. Voilà le mot qu'elle devait se répéter pour garder le bon cap.

— Donc, je suis là pour quoi exactement ? reprit-elle. Pour vous chaperonner ?

— Quelque chose comme ça, marmonna-t-il, lui donnant l'impression qu'il avait une autre idée en tête.

De toute façon, il était trop tard maintenant pour refuser de l'accompagner. Et ce n'était que pour une soirée.

— Comptez sur moi, je ferai tout mon possible pour rendre ce dîner moins embarrassant pour vous.

- 2 -

Dès sa première rencontre avec Allison Warner, Zach avait compris qu'il devrait se méfier d'elle. Seulement, il n'avait pas su tout de suite qu'il allait devoir la côtoyer dans les bureaux de Knox pendant deux mois.

Comment aurait-il pu deviner qu'elle remplaçait Martha Scanlon pendant son hospitalisation ? Allison était si différente de la mère de famille bien en chair qui était leur réceptionniste habituelle ! Il avait aussitôt remarqué sa tenue, parfaite pour le travail, mais qui révélait aussi son incroyable silhouette. Le haut bleu pâle et la jupe à motifs qu'elle avait portés n'avaient pu qu'attirer son regard au moment où elle avait traversé juste devant sa voiture, dans le parking souterrain. Se tournant vers lui, elle l'avait regardé en le remerciant d'un signe de la main. Malgré la semi-obscurité, il avait détaillé en un instant le teint doré de son merveilleux visage, encadré de courtes mèches blondes aux reflets ensoleillés.

N'importe quel homme aurait été frappé par sa beauté, mais Zach n'avait pu s'empêcher de déceler plus que cela en la regardant. Elle était à la fois sublime et infiniment sexy.

Il s'était immédiatement garé sur la place la plus proche, se mentant à lui-même en se disant qu'il devait se dépêcher d'arriver au bureau. Elle était encore là quand il avait atteint l'ascenseur. Debout devant la porte, elle lui avait souri, comme pour lui dire qu'elle l'avait attendu.

— Vous montez ? lui avait-elle demandé.

Mais il n'avait pas pu lui répondre, toute son attention était focalisée sur la petite fossette qui s'était dessinée au coin droit de son sourire enchanteur. Elle lui donnait l'air d'une femme pleine d'humour, qui aimait s'amuser de la vie, quitte à se moquer d'elle-même.

— Euh, oui…

Après une poignée de secondes, la porte s'était ouverte avec un léger tintement et il avait fait un pas de côté pour laisser entrer Allison. Cela avec la ferme intention de profiter des quelques secondes qui allaient suivre pour recouvrer sa fierté masculine. Sa mère, Caroline, lui avait toujours dit qu'il devait construire son avenir. Dans son esprit, bien entendu, cela voulait dire se marier et avoir des enfants, ce qu'il n'était pas près de faire. Toutefois, à cet instant, il avait bien été obligé de reconnaître qu'il avait trop longtemps négligé sa vie privée au profit de son travail. Etait-il encore capable d'aborder une belle femme ? s'était-il demandé, comme pour se lancer un défi.

Attiré par la fraîcheur de son parfum, il l'avait suivie dans l'ascenseur. Dans un même mouvement, ils avaient avancé le bras pour choisir leur étage. Leurs mains s'étaient frôlées, allumant en lui une étincelle inexplicable.

C'est alors qu'il s'était tourné vers elle, et l'avait regardée avec la certitude de voir dans ses grands yeux verts la même attirance que celle qu'il éprouvait lui-même. Ce signe aurait dû lui suffire. Lui suffire pour envisager de faire la cour à cette femme fascinante, en dépit de la demi-douzaine de présentations qu'il préparait, ou de la nouvelle promotion qu'il espérait et pour laquelle il travaillait tant.

Mais son enthousiasme s'était dissipé en quelques secondes. Il avait compris que, s'il avait effleuré sa main par inadvertance, c'était parce qu'elle avait voulu appuyer sur le même bouton que lui. Il avait été tout à coup envahi par une sorte de malaise.

— Vous allez au quatrième étage ? s'était-il assuré. Chez Knox Security ?

— Oui, je commence aujourd'hui, lui avait-elle répondu

avec un regard pétillant d'excitation. Si je comprends bien, nous allons travailler ensemble ?

Oui, elle avait bien compris. Son attirance pour elle aurait dû disparaître à la seconde où il avait appris qu'il parlait à une collègue de travail, c'était une règle absolue à laquelle il n'avait jamais dérogé. Il était persuadé qu'entretenir une relation de ce type ne provoquait que des pièges et des complications. D'autant que ses supérieurs risquaient de penser qu'il n'était pas assez concentré sur son travail.

Malheureusement, ce raisonnement ne l'avait pas du tout aidé à oublier ce premier sourire, ce premier contact physique…

Et en la regardant, assise en voiture à côté de lui, il se demandait s'il les oublierait un jour.

Elle n'avait rien à faire pour lui rappeler ce court instant passé dans l'ascenseur, cette étincelle magique. D'ailleurs, pas une seule fois elle n'avait cherché à le faire. Il suffisait à Zach d'entendre son rire dans le hall d'entrée pour ressentir le frisson qui l'avait traversé la première fois qu'il l'avait vue. Chaque fois qu'elle lui souriait et qu'il voyait apparaître sa fossette espiègle, il était obligé de se rendre à l'évidence : s'il existait une femme capable de détourner son attention de son travail, c'était elle.

C'était justement ce qui ne devait pas se produire. Il n'avait qu'à se remémorer sa propre enfance pour savoir ce qui arrivait à un homme qui laissait une femme le distraire de ses objectifs. Zach ne suivrait pas l'exemple de son père. Il ne tomberait pas dans le piège de l'amour.

Alors pourquoi diable avait-il demandé l'aide d'Allison ?

Parce que personne d'autre n'aurait pu faire cela pour lui, tout simplement. *Cela*. Dîner avec lui. Mais ce dîner était un dîner d'affaires, rien d'autre. C'était ce qu'il devait se répéter s'il voulait parvenir indemne au bout de la soirée.

— Quand Martha doit-elle revenir au bureau ? lui demanda-t-il.

Plus vite Allison s'en irait, mieux ce serait. Il cesserait

de penser à elle dès qu'elle partirait pour rejoindre une nouvelle entreprise.

— Lundi prochain. Je vais seulement rester un ou deux jours de plus pour la mettre au courant.

— Bonne nouvelle. Je veux dire, c'est une bonne nouvelle qu'elle se sente mieux et qu'elle puisse reprendre le travail.

— Oui.

Le ton de sa voix lui laissa penser qu'elle n'était pas pressée de quitter Knox. Y avait-il une raison susceptible de lui donner envie de rester ?

— Vous n'avez jamais eu envie de vous fixez quelque part ? l'interrogea-t-il. Dans une entreprise quelconque, bien sûr, je ne parle pas de Knox.

Non, surtout pas Knox ! s'exclama-t-il intérieurement.

— Je pense à une entreprise au sein de laquelle vous pourriez faire carrière, gravir les échelons…

— Non, l'interrompit-elle.

Elle prit le temps de sourire, comme pour adoucir la voix presque brutale avec laquelle elle lui avait répondu.

— Je ne suis pas faite pour ça. Je ne cherche pas à obtenir une promotion. J'aime les missions d'intérim. Je change de bureau, je rencontre des gens… De cette façon, je suis sûre de ne jamais m'ennuyer.

Ce qu'elle disait avait du sens, et pourtant, il n'arrivait pas à croire à ses arguments. Qui n'avait pas envie d'obtenir un meilleur poste, une réussite professionnelle ? Il ne connaissait pas de meilleure motivation pour progresser, c'était ce qui le poussait à se lever chaque matin. Il avait peur de perdre pied s'il ne travaillait pas encore et encore, il avait peur d'échouer…

Mais il n'échouerait pas ce soir. Il allait décrocher le contrat Collins. S'il n'en avait pas la confirmation dès aujourd'hui, elle viendrait d'ici à quelques jours. Et grâce à cela, il aurait l'avantage sur Bob Henderson lorsque les dirigeants de l'entreprise en viendraient à nommer le vice-président du département des ventes. Zach était certain d'être choisi, et il ne laisserait pas Riana Collins ou toute autre complication se mettre en travers de son chemin. Il avait la solution à ce problème juste à côté de lui, songea-t-il en observant Allison du coin de l'œil.

Pourtant, lorsqu'il la vit croiser les jambes, il ne put s'empêcher de remarquer que sa jupe remontait légèrement, dévoilant le bas de ses cuisses. Ses jambes étaient tellement belles, sa peau semblait si douce… S'il ne prenait pas garde, il allait se mettre dans une position encore plus dangereuse que celle dont il avait voulu se sortir.

— C'est ici, votre dîner d'affaires ?

Zach avait deviné qu'Allison serait surprise en le voyant se garer dans le parking du club de jazz.

— J'ai appris le changement du lieu de rendez-vous en même temps que l'absence de James, lui répondit-il avec un sourire qui en disait sans doute plus long que ses paroles.

D'ici quelques heures, le club serait pris d'assaut par des clients venus écouter de la bonne musique en buvant du martini. Mais il était encore tôt, et à cette heure, c'était l'endroit idéal pour un dîner intime.

Ce fut sans doute pour cette raison que, sans réfléchir, il se leva pour aller ouvrir la portière d'Allison. A en croire son regard interloqué, elle était aussi étonnée que lui par son geste. Quelle idée ! Que s'imaginait-il au juste ? Il avait amené Allison pour rappeler à Riana que leur relation était strictement professionnelle, et voilà qu'il craignait d'avoir besoin de quelqu'un, lui aussi, pour lui redire qu'Allison n'était rien d'autre qu'une collègue de bureau.

Non, il n'avait besoin de personne. Son attirance pour elle n'était qu'un moment d'égarement, c'était juste son parfum qui le troublait. Et le fait d'être seul avec elle à la tombée du soir.

Mais rien ni personne ne lui ferait perdre son objectif de vue.

Son père, Nathan Wilder, n'eût pas manqué de l'encourager dans cette voie. Lui qui avait su mieux que personne ce que pouvait coûter un *moment d'égarement*. Nathan avait été une véritable star de l'équipe de football américain de son lycée. Ayant commencé au poste de quarterback, il s'était vu au seuil d'une belle carrière de sportif, jusqu'au moment où il avait, lui, détourné les yeux de son objectif. Le jour où il avait commis une erreur, et que sa petite amie s'était trouvée enceinte. Zach entendait encore la voix de son père, amère et chargée de regrets.

« J'aurais pu faire tellement de choses… »

Nathan n'avait certes pas été un père très présent, mais il avait enseigné à Zach certaines leçons qu'il ne voulait pas oublier. Zach évitait de commettre des erreurs. Il savait où il allait, et ni les avances à peine masquées de Riana Collins, ni l'attirance qu'il pouvait éprouver malgré lui pour Allison Warner ne l'arrêteraient.

Soucieux de leur faire oublier à tous les deux son étrange réflexe, il se mit à raconter à Allison l'histoire des joailleries Collins, à lui parler des splendides vitrines de Chicago et de New York. Des vedettes qui défilaient sur les tapis rouges en arborant des parures Collins. Le succès encore plus grand dont jouirait Knox, s'il parvenait à obtenir le contrat.

Il se garda en revanche de lui faire part de ses objectifs personnels. Elle ignorait qu'il avait besoin d'obtenir ce marché, s'il voulait accroître ses chances d'être choisi pour le poste de vice-président.

Comme il entendait la voix d'Allison derrière lui, il s'arrêta brusquement. Il s'était tant concentré pour se focaliser sur le travail, qu'il n'avait pas vu qu'il marchait presque un pas devant elle. Il ralentit aussitôt.

— Pardon ? dit-il, une fois à côté d'elle.

— Tout le monde chez Knox parle de ce marché, alors…

Elle s'interrompit avant de reprendre d'une voix plus basse, presque gênée :

— Alors j'ai fait quelques recherches sur internet.

— C’est vrai ? l’interrogea-t-il, stupéfait.

C’était une initiative notable. Allison était réceptionniste en intérim, rien ne l’avait obligée à faire ce travail. Elle était là pour recevoir les clients, leur sourire, les mettre à l’aise. Ce qu’elle faisait admirablement ; il en était témoin, puisque son rire cristallin parvenait même à le distraire, lui. Elle répondait au téléphone, transférait les appels, apportait du café au début des réunions. Elle venait elle-même de lui dire qu’elle n’avait pas d’ambition particulière, alors pourquoi avait-elle pris le temps de faire des recherches sur un client potentiel de Knox ? D’autant qu’elle serait partie au moment de la signature du contrat, si celle-ci avait lieu.

— J’ai trouvé quelques informations sur James Collins et son entreprise, répondit-elle, presque sur la défensive. Mais je me doute bien que cela n’a pas beaucoup d’importance pour ce soir.

— Vous avez raison. Préparer une réunion d’affaires, cela ne sert à rien, c’est bien connu.

— Ce n’est en tout cas pas pour ça que vous m’avez demandé de venir, répliqua-t-elle avec un regard assuré.

Elle avait raison, ce n’était pas pour son esprit ou son intelligence qu’il avait fait appel à son aide. Il avait tout d’abord espéré qu’en sa présence, Riana serait obligée de garder ses distances. Cependant, il avait une autre idée en tête, si jamais la première n’était pas assez efficace. C’était un plan auquel il ne pensait pas avoir recours. Du moins l’espérait-il, car il se rendait compte maintenant à quel point il était risqué.

Surtout lorsqu’il contemplait les yeux d’Allison. Son regard pétillant le fascinait, son parfum l’enveloppait ; il sentait que chaque minute passée avec elle les rapprochait inévitablement l’un de l’autre. Et dire que la soirée n’avait pas encore commencé…

— Allez-vous me dire enfin ce que vous attendez de moi, exactement ?

Si la venue d’une tierce personne ne suffisait pas à dissuader

Riana, il avait envisagé de lui laisser croire que sa relation avec Allison n'était pas seulement professionnelle. Mais ce qui lui était apparu comme un plan aussi bon qu'un autre moins d'une heure plus tôt lui semblait maintenant bien périlleux.

— Comme vous l'avez compris, j'ai besoin de quelqu'un pour éviter que cette réunion ne prenne un ton trop personnel.

— D'accord, mais pour qui voulez-vous me faire passer ?

— Pour personne, Allie.

Il se mordit la lèvre en s'entendant l'appeler par ce surnom affectif. Et à en croire son léger sourire, cela ne lui avait pas échappé. *Allison.* Elle s'appelait *Allison.* Il n'avait aucune raison d'employer un diminutif pour lui parler !

— Vous êtes ma collaboratrice.

Elle se tourna vers lui avec un regard stupéfait. En voyant ses yeux moqueurs, il en vint à se demander si elle lisait dans ses pensées.

— Ça vous plaît, hein ? devina-t-il en riant.

Il fit un pas vers elle pour laisser passer un couple qui entrait devant eux.

A en juger par leur tenue, les deux jeunes gens devaient sortir du bureau. Ils se donnaient le bras et se lançaient des regards éloquents. En un mot, ils faisaient exactement ce qu'Allison et lui ne faisaient pas : ils profitaient de cette belle soirée pour s'offrir un moment en tête à tête.

Il remarqua qu'Allison les observait comme si elle regardait la fin d'un film romantique, comme si la vie réelle pouvait offrir ce genre de bonheur éternel entre deux personnes. Mais lorsqu'elle se tourna de nouveau vers lui, il se demanda s'il ne s'était pas trompé sur son expression. A cette seconde, son regard était aiguisé comme une lame tranchante.

— Quoi ? De vous voir mal à l'aise ? Un peu, oui, reconnut-elle avec un sourire espiègle. Mais croyez-vous vraiment que ma présence aura un effet sur Riana Collins, si elle pense que nous ne sommes que collaborateurs ?

*
**

Zach avait raison. Cette situation plaisait à Allison. Beaucoup trop, même, mais elle ne pouvait pas s'en empêcher. Elle savait pourtant que cette expérience était trop amusante pour qu'elle n'ait pas à s'en méfier. Même si elle avait du mal à dire pourquoi, elle sentait qu'elle avait peut-être eu tort d'accepter de venir. Heureusement, bientôt, elle aurait quitté l'entreprise, et Zach, de son côté, poursuivrait sa montée vers les étoiles.

Alors qu'y avait-il de si dangereux à passer une soirée avec lui ?

Le regard intense que Zach posa sur elle à cet instant répondit amplement à sa question.

— Vous avez raison. Riana ne se laissera pas décontenancer, d'autant qu'elle sait que je ne suis pas le genre d'homme à sortir avec une collègue de bureau, reconnut-il à voix basse.

Il plissa les yeux et se pencha vers elle pour lui parler dans un murmure d'une sensualité irrésistible :

— Mais en travaillant à vos côtés, jour après jour, j'ai fini par me surprendre à retenir mon souffle pour entendre votre voix, à trouver n'importe quel prétexte pour passer devant votre bureau et voir votre sourire, et j'ai su que je n'allais pas pouvoir résister encore longtemps…

Ses mots se perdirent dans le silence, un silence durant lequel son imagination s'emballa. Mais la voix amusée de Zach la ramena brutalement à la réalité.

— A votre avis, Riana pourrait croire à cette version ?

— Euh, oui…

Elle dut s'éclaircir la voix avant de continuer à parler :

— Je pense que c'est assez convaincant, oui.

Elle ne connaissait pas Riana Collins, mais en ce qui la concernait, Zach l'avait totalement convaincue pendant quelques secondes ! Même maintenant, debout tout près de lui, elle avait plus envie que jamais de s'approcher encore de lui pour le toucher, sentir son parfum et la chaleur de sa peau. Elle sentit son cœur cogner contre sa poitrine, tandis qu'une vague brûlante la submergeait.

— Reste à savoir jusqu'où nous devons aller pour qu'elle n'ait aucun doute.

A peine avait-elle dit ces mots, qu'elle vit le regard de Zach se fixer sur ses lèvres. Si seulement… Si seulement il avait l'idée de poser la bouche sur la sienne, afin de ne laisser aucun doute à Riana Collins ! Mais cela n'aurait eu aucun sens, puisqu'elle n'était pas là. Et Allison ne pouvait que le regretter, tant le regard de Zach attisait la flamme de désir qui brûlait en elle depuis le jour où elle l'avait rencontré.

A quoi ressemblerait un baiser de lui ? Serait-il rapide et efficace, ainsi que Zach l'était dans le travail ? Non, elle ne pouvait pas envisager cela. Bien sûr, elle le connaissait très peu, mais les pensées sensuelles qu'il lui inspirait lui disaient qu'il était le plus adroit des hommes.

— Allie…

Elle frémit en entendant ce surnom dans sa bouche. Elle en avait tant voulu à sa sœur, bien des années plus tôt, quand elle l'appelait par ce diminutif dans le seul but de la faire enrager… Avec le plus grand succès ! Mais ce soir, elle ne l'entendait plus de la même façon. La voix profonde de Zach était à la limite de la faire chanceler, et lorsqu'il plongea ses yeux dans les siens, elle était prête à se hisser sur la pointe des pieds et…

— Zach ?

Cette voix voluptueuse aurait pu être la sienne à cet instant, mais elle avait la gorge trop serrée par l'émotion pour prononcer le moindre mot. Ce timbre féminin venait de derrière elle, comme le lui confirma le regard de Zach qui venait de se détourner de ses lèvres.

Un soupir mécontent s'échappa de lui.

— Voilà qui ne devrait pas lui laisser beaucoup de doutes, chuchota-t-il.

Il posa une main sur l'épaule d'Allison avant de faire un pas pour s'écarter d'elle.

Lorsque Allison se retourna, elle n'en crut pas ses yeux. Si la femme splendide qui avançait vers eux était bien Riana

Collins, elle comprenait pourquoi elle n'avait pas l'habitude qu'on lui dise non. Ce n'était pas parce qu'elle était la riche héritière du joaillier James Collins, ni parce que c'était une enfant gâtée et capricieuse. C'était tout simplement en raison de son physique exceptionnel.

Vêtue d'une jupe écarlate et d'une veste qui mettait ses formes en valeur, Riana Collins avait l'air d'un top model à l'allure exotique. Ses cheveux noirs et soyeux lui retombaient sur les épaules, encadrant à merveille ses yeux bruns et ses lèvres rouges et pulpeuses. Avec les diamants qui ornaient les lobes de ses oreilles et le tour de son poignet, elle se faisait la plus élégante représentante possible pour les bijoux créés par l'entreprise familiale. A mesure qu'elle approchait, il sembla à Allison qu'elle la reconnaissait. Elle l'avait déjà vue en photo dans un magazine, à peine couverte par quelques pierres précieuses qui masquaient difficilement sa nudité.

C'était elle, la femme dont Zach repoussait les avances. Tout cela pour conclure un marché commercial.

Etait-il donc dépourvu de la moindre capacité à s'émouvoir, à se passionner pour autre chose que son travail ? Elle savait pourtant que non. Quelques brefs instants lui avaient suffi pour distinguer dans ses yeux l'attirance et le désir qu'un homme pouvait éprouver.

Toutefois, il n'y avait pas la moindre lueur dans ses pupilles au moment où il salua la superbe Riana.

— Bonsoir, Riana.

Sa voix était on ne peut plus neutre et légèrement distante, comme pour contrer le sourire enjôleur de la jeune femme.

— Comment allez-vous ? demanda-t-il poliment.

— Très bien, merci, Zach. Je suis heureuse de vous voir.

Lorsqu'elle se tourna vers Allison, son sourire disparut pour laisser place à un regard glacial.

— Je ne savais pas que vous deviez venir accompagné.

— Vous savez que chez Knox, nous avons tous très envie de faire affaire avec votre père et vous. Naturellement, je suis venu avec notre meilleur élément, ajouta-t-il en posant la main dans le dos d'Allison.

Allison se laissa entraîner. Pourvu que Riana Collins ne demande pas quel était son domaine de compétence, songea-t-elle, anxieuse. Le titre de meilleure réceptionniste en intérim ne risquait pas de l'impressionner beaucoup.

— Allison Warner, se présenta-t-elle.

Riana serra froidement la main qu'elle lui tendait.

Ils entrèrent tous les trois dans le restaurant, où une serveuse les mena vers une table pour deux disposée à l'écart des autres. Un troisième couvert fut ajouté à la hâte. Profitant de ce moment de diversion, Zach s'approcha d'Allison.

— Mieux vaut nous tutoyer, lui chuchota-t-il à l'oreille avant de lui avancer la chaise qui se trouvait à sa droite.

Riana, assise en face de lui, faisait en sorte d'attirer son regard à chaque instant. Pourtant, il ne manquait jamais de se tourner vers Allison avant de s'adresser à Riana, ni de laisser nonchalamment la main sur le dossier de sa chaise. A plusieurs reprises, il lui effleura même le bras du bout des doigts.

Elle crut d'abord que Zach avait finalement décidé de se montrer subtil, mais il ne tarda pas à lui prouver le contraire. La main qu'il laissa sur son épaule lui parut amicale, voire insignifiante... Jusqu'à ce qu'elle sente son pouce lui caresser le cou. Et ce geste lui faisait beaucoup trop d'effet pour qu'elle puisse le qualifier de *subtil*.

A en juger par le regard de Riana, ce contact ne lui avait pas échappé.

Ils passèrent les premières minutes à parler de choses et d'autres, à parcourir le menu et passer leur commande au serveur. Quand ce fut fait, Zach mena la conversation sur le terrain des affaires. A mesure qu'il avançait dans son argumentaire, Riana ponctuait ses phrases de hochements de tête approbateurs. Elle posa même une ou deux questions sur les différents systèmes de sécurité qu'il lui proposait.

Néanmoins, il était évident qu'elle avait autre chose

que leur contrat à l'esprit. Allison ne fut donc pas étonnée le moins du monde quand elle se tourna vers elle avec un regard à la fois curieux et hostile.

— Vous ne dites rien, Allison. J'aimerais beaucoup entendre votre point de vue.

L'espace d'une seconde, Allison se sentit prise au piège. A côté d'elle, Zach sembla se raidir sur sa chaise. Il avait beau ne rien dire, elle avait l'impression qu'il lui enjoignait d'être à la hauteur. De ne pas faire échouer cet entretien. Ce qui ne fit que la rendre encore plus nerveuse. Heureusement, les notes qu'elle avait tapées à l'ordinateur, les dossiers qu'elle avait constitués et classés, tout ce qu'elle avait lu et entendu depuis deux mois lui revint en tête. Elle avait la chance d'avoir été dotée d'une bonne mémoire, et n'avait aucun mal à retenir les détails. Cette qualité lui avait été pour le moins utile lorsqu'elle avait été confrontée aux clients intransigeants de Barton & Mills, et lui servait tout autant maintenant qu'elle passait sans cesse d'un poste à un autre.

— Knox est chargée de la sécurité des plus grandes entreprises de la région.

Elle se rappela l'un après l'autre les noms des principaux clients de la société, qu'elle ne manqua pas de citer. Il y avait une enseigne de prêt-à-porter, une chaîne de magasins de mobilier, un complexe de bureaux situé non loin de l'emplacement de la prochaine bijouterie Collins…

— J'ai vu votre dernière campagne de publicité, ajouta-t-elle.

C'était un pur hasard, évidemment, mais elle avait bien l'intention d'en tirer profit.

— Votre slogan des quatre C est très réussi : qu'est-ce qui est aussi essentiel que la coupe, la couleur et la clarté ? Collins, évidemment. Votre réputation vous précède, vous n'acceptez que le meilleur. Pour ce qui est des systèmes de sécurité, le meilleur, c'est Knox.

Pour la première fois depuis le début de la soirée, Allison sentit que Zach se détendait. Et lorsqu'elle vit son signe de tête, à peine perceptible, qui acquiesçait à ce qu'elle venait de dire, elle ne put réprimer un élan intérieur de satisfaction.

La nuit était tombée depuis un bon moment lorsqu'ils sortirent du restaurant, mais le sourire d'Allison était un véritable rayon de soleil. Zach attendit que Riana se soit éloignée au volant de sa Jaguar, puis se tourna vers Allison.

— Je te dois une fière chandelle, confia-t-il, sans arriver à abandonner le tutoiement qu'ils avaient adopté pendant le dîner. Merci.

Son visage s'illumina plus encore, et sa fossette réapparut sur sa joue droite. Mais elle ne profita pas de son compliment pour triompher.

— Oh ! je t'en prie, tu ne me dois rien. C'était plutôt amusant.

A en croire le pas allant qu'elle prit pour rejoindre la voiture et le sourire qui ne quittait pas son visage, elle était on ne peut plus sincère. Ce dîner ne paraissait pas avoir été une épreuve ni une corvée pour elle, au contraire. Depuis quand n'avait-il pas qualifié un dîner d'affaires d'*amusant* ? se demanda-t-il soudain. Ce n'était peut-être même jamais arrivé. Pour lui, chaque rendez-vous professionnel représentait un nouveau défi, une étape qui devait le mener plus haut. Pas un moment de plaisir. Et pourtant, quand Allison, debout à côté de la voiture, le regarda avec son expression radieuse, il sentit à son tour un sourire se dessiner sur ses lèvres. Il devait bien reconnaître que, ce soir, il avait passé un moment… agréable.

Ce qu'il ne s'expliquait pas, c'était pourquoi regarder Allison dans les yeux lui avait semblé aussi naturel, tout comme le fait de lui effleurer le bras ou de poser la main sur son épaule. A moins que ce fût l'effet logique de l'attirance qu'il s'efforçait d'ignorer depuis deux mois. Mais comment allait-il continuer à faire comme si de rien n'était à présent ?

Malgré lui, cette soirée leur avait fait franchir un cap, alors serait-il capable de revenir en arrière ?

Par chance, Allison n'avait plus que deux jours à passer chez Knox Security. Après cela, ils ne travailleraient plus ensemble. Elle partirait pour une nouvelle mission d'intérim, quant à lui… Quant à lui, il avait bien trop de choses en tête pour songer à entretenir une relation sérieuse.

Mais rien n'obligeait cette relation à être sérieuse ! objecta-t-il intérieurement en montant en voiture. Ou c'était peut-être sa libido qui s'exprimait. Le langage sensuel de son corps, l'expression de son visage, sa voix lui plaisaient, et lui rappelaient comme il y avait longtemps qu'il n'avait eu la moindre relation avec une femme. Elle était si gaie, si légère, sans doute n'exigeait-elle pas d'une liaison qu'elle soit sérieuse.

— Si, j'insiste, dit-il au moment où ils quittaient le parking du club. Comment se fait-il que tu connaisses tous ces détails sur les clients de Knox ?

— Il y a quelques jours, j'ai eu entre les mains les noms et les coordonnées de plusieurs clients pour qui je devais préparer l'envoi de courriers. J'étais à peu près certaine de me rappeler la plupart des noms. Et pour ce qui est des chiffres, eh bien… Disons que je les ai cités un peu au hasard.

— Au hasard ?

— Enfin, pas tout à fait. J'ai fait une sorte de calcul approximatif. Mais l'essentiel est que ça ait marché, non ?

Zach perdit son enthousiasme en entendant ses paroles. Voilà pourquoi il travaillait seul ! Comment pouvait-il compter sur quelqu'un qui s'amusait et faisait des calculs approximatifs lors des rendez-vous avec les clients ? Il n'osait imaginer ce qui se serait passé si Riana Collins s'était rendu compte qu'Allison inventait ses chiffres. Il aurait sans doute pu dire adieu au contrat, à cause d'elle.

Mais qu'aurait-il fait si elle avait tout simplement refusé de l'aider ? Elle avait raison : le dîner s'était bien passé, c'était tout ce qui comptait maintenant.

— Tu penses toujours que tu me dois une fière chandelle, ou tu m'en veux d'avoir improvisé ?

La regardant du coin de l'œil, il vit les ombres projetées par les réverbères glisser sur son visage. Comment aurait-il pu lui en vouloir ? Son audace et son assurance étaient des qualités qu'il ne pouvait qu'admirer.

— Peu importe. Cette soirée a été une réussite, et c'est grâce à toi.

— Quel genre de petite amie je serais si je n'étais pas capable de te donner un coup de main ?

Bonne question, se dit-il. Quel genre de petite amie serait-elle ? Accepterait-elle qu'il rentre tard le soir, qu'il annule à la dernière minute un week-end romantique, qu'il délaisse parfois sa vie personnelle au profit de sa carrière ? La plupart des femmes exigeraient qu'il leur consacre plus de temps et d'attention qu'il ne le pouvait, c'était sans doute aussi ce qu'elle attendait d'un homme. Machinalement, il crispa les doigts autour du volant.

— Allie…

— C'est bon, Zach, je plaisantais. Je sais que tu n'es pas homme à te fixer.

— Exactement.

— Tu te consacres à ton travail.

— Je…

— Tu n'as pas de temps pour toi.

— En fait…

— Et tu serais un petit ami désastreux.

Sans qu'il ait eu le temps d'en dire davantage, ils franchirent la barrière d'entrée du parking souterrain de Knox. Il se gara à côté de la voiture d'Allison, une petite Volkswagen verte, et coupa le moteur. De toute évidence, elle ne s'attendait pas à ce qu'il la contredise. En la regardant, il comprit qu'elle était absolument convaincue de tout ce qu'elle venait de dire.

Du reste, songea-t-il en descendant de voiture, un homme bien élevé lui aurait accordé le dernier mot. D'autant que son analyse était d'une justesse troublante. Pourtant, lorsqu'il contourna la voiture et se trouva à côté d'elle, il ne put s'empêcher de réagir à ses affirmations.

— Tu joues encore aux devinettes ? Comme avec les chiffres de Knox ?

— Pardon ? s'étonna-t-elle.

— Je remarque que tu as beaucoup de choses à dire sur ce que tu ne connais pas.

Tandis qu'il s'approchait d'elle, il vit ses yeux s'agrandir de surprise. Cette fois, elle paraissait réellement décontenancée, bien plus que lorsque Riana l'avait interrogée sur l'activité de Knox.

— Euh…

— C'est vrai, nous ne sommes jamais sortis ensemble, toi et moi.

— Non.

— Nous ne nous sommes jamais embrassés.

— Non, mais…

— Nous n'avons jamais couché ensemble.

Ses pommettes rougirent légèrement.

— Non, c'est certain.

Elle tenta de reculer, mais elle se trouva adossée contre la voiture.

— C'est vrai, je serais sûrement un petit ami désastreux. Mais il y a des choses que je sais très bien faire.

Il s'approcha plus encore, mais cette fois, elle ne chercha pas à s'écarter de lui. Il bougea lentement, lui laissant tout le temps de protester si elle le voulait. Elle n'en fit rien. Incapable de détacher le regard de sa bouche entrouverte, il pencha la tête.

Il fallait qu'il fasse durer cet instant.

Instinctivement, il posa les lèvres sur son adorable fossette, avant de suivre la courbe parfaite de sa joue pour sentir la douceur de sa peau. Il lui effleura l'oreille, le cou…

Rejetant la tête en arrière, elle se mit à respirer plus fort. Elle murmura son prénom dans un soupir, et il ne lui en fallut pas davantage pour comprendre qu'ils avaient tous deux envie de la même chose. Qu'il n'avait aucune raison de s'arrêter. Il plaqua alors sa bouche contre la sienne, aussi douce et chaude qu'il l'avait imaginée. Son goût l'ensorcela en un instant, et lorsqu'il sentit sa langue bouger contre la sienne, il lui répondit pour l'entraîner dans un baiser brûlant. Il eut l'impression qu'il ne pourrait jamais cesser de l'embrasser, tant le contact de son corps l'envoûtait. Il crut qu'elle allait le repousser en la voyant élever les bras, mais au lieu de cela, elle l'enlaça et enfouit les doigts dans ses cheveux. De l'autre main, elle lui serra la taille et l'attira contre elle.

Une vague de désir s'empara de lui. Peu à peu, ses mains abandonnèrent les hanches d'Allison, s'aventurant bien au-delà des limites qu'il aurait dû leur imposer. Mais son excitation était trop forte pour qu'il puisse les retenir, et Allison ne faisait rien pour le contenir. Seul le hurlement soudain de l'alarme d'une voiture, à quelques pas de là, les interrompit.

Ce fut comme un rappel à l'ordre. Que faisait-il dans ce parking, celui de son entreprise, à échanger un baiser fougueux avec l'une de ses collègues ? N'importe qui pouvait passer par là et les voir, à commencer par leur patron !

Il se redressa et inspira profondément.

— Allison…

— Il faut arrêter, compléta-t-elle en s'écartant de lui.

Elle avait les joues rosies et les lèvres humides, et le mouvement de sa poitrine prouvait qu'elle avait autant de mal que lui à reprendre son souffle. Elle était si belle, et tellement sexy… Fou de désir, il dut rassembler toutes ses forces pour ne pas la prendre de nouveau dans ses bras.

— C'est insensé, soupira-t-elle. Nous sommes sur notre lieu de travail ! Il ne me reste plus que quelques jours ici, et…

— Quelques jours, répéta-t-il en écho.

— Oui. Je finis mardi soir.

La lueur qui brillait dans ses yeux lui révéla ce qu'elle avait en tête.

Bientôt, Allison ne serait plus une employée de Knox. Il n'aurait plus aucune raison d'enfouir au fond de lui les envies qu'elle faisait naître en lui. Alors pourquoi patienter ? Il ne s'agissait que de quelques jours…

— Pardon, Allison, mais je ne sais pas si je pourrai attendre jusque-là.

- 3 -

— Tu es arrivé tôt.

Zach leva les yeux de son ordinateur et regarda Daryl Evans, son patron, qui venait d'entrer dans son bureau.

— Il n'est même pas 7 heures.

Mais ce n'était pas inhabituel pour Zach. Il avait toujours considéré le matin comme le meilleur moment de la journée. En dehors des périodes les plus étouffantes de l'été pendant lesquelles l'air ne se rafraîchissait jamais, le lever du jour offrait un répit avant la canicule. C'était à l'heure où la rosée perlait encore sur le gazon que l'on pouvait espérer trouver de l'énergie.

Voilà pourquoi il aimait venir au bureau avant ses collaborateurs. Le silence et le calme qui précédaient l'agitation de la journée l'aidaient à se concentrer. A partir de 8 heures, les sonneries de téléphone se mettaient à retentir, le cliquetis des claviers d'ordinateurs envahissait les locaux, et les voix s'élevaient dans les couloirs. Cette ébullition était tout aussi stimulante, mais il avait besoin de la faire précéder d'un moment de solitude.

Par conséquent, il avait du mal à se faire à l'habitude que Daryl avait prise récemment ; depuis quelque temps, son patron passait le matin dans son bureau, de façon totalement impromptue.

Zach n'aimait pas ça. Il n'avait rien contre Daryl, bien au contraire, mais il avait horreur qu'on l'interrompe en plein travail. Il n'avait pas besoin qu'on garde un œil sur lui, ni qu'on le convoque chaque semaine pour lui fixer des objectifs ou pour le féliciter. Contrairement à la plupart de ses collègues, il savait très bien se motiver tout seul pour donner le meilleur de lui-même et satisfaire ses clients.

— Apparemment, je ne suis pas le seul à être à pied d'œuvre de bon matin, souligna-t-il.

— Moi, au moins, je suis rentré chez moi hier soir.

— Moi aussi.

— Et tu y es resté combien de temps ? Allez, n'essaie pas de mentir, Zach. Je n'aurai aucun mal à regarder les vidéos des caméras de surveillance, si je le veux ; c'est l'un des avantages de travailler pour une entreprise qui vend des systèmes de sécurité.

Serait-il vraiment capable de visionner les vidéos ? Si oui, il ne serait pas déçu de ce qu'il verrait ! Zach lui-même sortant du parking avec Allison, ou pire encore, leur retour et le baiser passionné qu'ils avaient échangé, appuyés contre sa voiture. Bien sûr, les dirigeants de Knox n'interdisaient pas à leurs employés de se fréquenter, mais Zach n'avait jamais été confronté à cette situation. Le jeu n'en valait pas la chandelle.

La meilleure chose à faire était sans doute de dire la vérité à Daryl. Au moins en partie.

— En sortant du bureau, je me suis directement rendu à mon dîner. En fin de soirée, je suis revenu ici…

Par exemple, mieux valait garder pour lui le récit de son étreinte avec Allison, qui, en fait de quelques minutes, aurait bien pu durer une éternité.

— … afin de revoir notre projet pour le parc de bureaux à Peoria. Quand j'ai regardé l'heure, j'ai vu avec surprise qu'il était près de minuit. Je suis bien rentré chez moi, mais j'avais trop de choses en tête pour dormir vraiment. C'est pourquoi je suis revenu vers 6 heures.

— Comment s'est passé ton rendez-vous avec James Collins ?

— Il n'a pas pu venir, mais j'ai vu Riana.

— Ah, d'accord.

Daryl n'en dit pas plus, mais le ton de sa voix suffisait à deviner ses arrière-pensées. Ils savaient tous les deux que, si Riana pouvait représenter son père pour une réunion, ce n'était pas elle qui prendrait la décision finale. Tant que Zach n'aurait pas discuté avec James Collins en personne, il ne signerait aucun contrat. Il était si impatient d'obtenir cette entrevue !

D'ici à deux semaines, le conseil d'administration ferait son choix. Il était si près d'accéder à la promotion la plus importante de sa carrière… Mais pour cela, il n'avait pas le droit à l'échec. Il devait obtenir l'accord de James Collins.

— Le gala de bienfaisance au profit de la recherche contre le cancer a lieu ce soir. Riana fait partie du comité d'organisation, et elle m'a assuré que son père serait là.

Zach n'avait aucun goût pour ce genre d'événements mondains, d'autant que ce n'était pas là qu'il pourrait avoir une conversation sérieuse avec James Collins. Cependant, il devait profiter de l'occasion pour le revoir.

Daryl hocha la tête en promenant son regard autour de lui.

— A quoi penses-tu ? lui demanda Zach après un court silence.

Son expression dubitative n'était pas anodine. Pourquoi cet air de profonde réflexion tandis qu'il examinait la pièce ? Rien n'avait changé ici depuis le jour où Zach y avait installé ses affaires, cinq ans plus tôt. Le large bureau de bois occupait une grande partie de l'espace, et une bibliothèque remplie de dossiers couvrait un pan de mur. Une haute plante verte, qui ne devait sa survie qu'au personnel d'entretien qui pensait à l'arroser régulièrement, ornait le coin opposé.

Pour le reste, il n'y avait ni photos, ni objets personnels, ni aucun élément de décoration. Il gardait sa vie privée — ou le peu qu'il lui restait — soigneusement éloignée du bureau.

Sauf, bien entendu, quand il avait l'idée saugrenue d'embrasser passionnément l'une de ses collègues dans le parking de l'entreprise. Comment avait-il pu imaginer, hier soir, qu'une relation avec Allison était possible ? Car c'était bien ce qu'il avait sous-entendu.

Il ne s'était jamais engagé dans une histoire sentimentale. Il préférait fréquenter occasionnellement des femmes actives, qui ne voulaient pas plus que lui qu'une liaison vienne se mettre en travers de leur carrière. Allison avait beau être aussi belle, talentueuse et intelligente que possible, elle ne correspondait pas à ce profil. Du reste, il eût été incapable de lui attribuer un quelconque profil. Il savait maintenant qu'elle était plus imprévisible qu'ambitieuse, qu'elle aimait mieux profiter des aventures qui s'offraient à elle que se préoccuper de son avenir. C'était une femme dont un homme ne pouvait certainement pas se lasser.

— Je réfléchissais à la négociation avec les Collins.

Les mots de Daryl forcèrent Zach à se concentrer de nouveau sur ce qui n'aurait jamais dû quitter son esprit. Pourquoi diable se laissait-il soudain distraire de son travail par une femme ? Cela ne lui était jamais arrivé auparavant. Et il n'était pas question que cela commence aujourd'hui.

— D'après Riana, dit-il en regardant son patron avec assurance, les prix que nous avons donnés dès le début sont satisfaisants, et permettent à Knox de faire la course en tête pour le contrat. Cela dit, c'est notre proposition finale qui nous permettra de faire la différence avec nos concurrents.

Il ne doutait pas de son succès ; après cela, le conseil d'administration serait bien obligé de lui offrir le poste tant convoité.

Pourtant, Daryl ne paraissait pas aussi convaincu que lui. Comment pouvait-il douter de lui ? Jamais il n'avait fait échouer une vente !

— Tu sais comme cette présentation est importante pour moi.

— Elle est importante pour nous tous, Zach, contra Daryl, lui rappelant certaines critiques qu'il avait déjà entendues.

On lui avait parfois reproché de ne pas jouer assez collectif. De ne pas savoir travailler en équipe. Et pour cause ! Il travaillait trop dur pour laisser qui que ce soit le retarder. Il avançait mieux tout seul, qu'y pouvait-il ? Mais il ne pouvait pas dire cela à ses supérieurs.

— Je sais. Mais tu n'as pas à t'inquiéter. Je vais gagner.

Il ne voulait pas avoir l'air prétentieux, mais il ne pouvait pas montrer la moindre faiblesse. Sinon, Daryl risquait de reprendre la négociation afin de s'assurer…

— Je crois que tu devrais te faire aider, cette fois.

— Pardon ?

Zach ne put s'empêcher de bondir de son siège, qui alla cogner contre le mur derrière lui. Daryl ne lui avait pas retiré la négociation, mais c'était tout comme !

— Tu ne peux pas…

Mais lorsqu'il vit le regard déterminé de son patron, il prit le temps de réfléchir à son argumentaire. Il allait avoir du mal à le convaincre.

— Ecoute, Daryl, reprit-il avec autant de calme que possible. C'est moi qui m'occupe de ce contrat depuis le début, j'y travaille seul depuis des mois. Si un autre commercial entre maintenant dans la négociation…

— Je ne parle pas d'un autre commercial. Je pensais plutôt à un junior, qui pourrait t'assister.

Zach retint le rire moqueur que lui inspirait cette nouvelle. Les juniors n'aspiraient qu'à une chose : monter en grade. En un mot, lui prendre sa place ! La contribution de l'un d'eux lui ferait plus de mal que de bien.

— Ou au moins une assistante, pour t'aider dans les détails administratifs, suggéra-t-il, sans doute en réponse à son manque d'enthousiasme.

Cette proposition ne l'inspirait pas davantage. Il aimait travailler seul, c'était ce qu'il avait toujours fait. Néanmoins, puisque Daryl, de toute évidence, ne reviendrait pas en arrière, mieux valait accepter cette option plutôt que de laisser entrer dans son bureau un jeune ambitieux qui ferait tout pour s'attribuer le succès de ses efforts à lui.

— D'accord. Si tu crois vraiment que c'est nécessaire.

— Formidable, répondit Daryl avec un grand sourire. Je sais exactement qui il te faut. Allison Warner.

— Allie… Allison ? balbutia-t-il, stupéfait. Mais elle est…

— Elle est quoi ?

Une foule de mots lui vinrent à l'esprit pour la décrire, mais curieusement, aucun d'eux ne paraissait approprié à cette conversation.

— Elle est en intérim. Sa mission se termine dans deux jours, après cela elle sera…

Elle sera disponible, acheva-t-il mentalement.

— Elle sera partie.

— Justement, rétorqua Daryl. C'est parfait. Martha va revenir, donc Allison pourra quitter son poste de réceptionniste. D'après ce qu'elle nous a dit, elle n'a pas encore de mission prévue pour la suite ; elle sera sûrement ravie de rester. C'est l'occasion pour elle de montrer ce qu'elle sait faire, et pourquoi pas, d'être embauchée ici en contrat indéterminé.

Zach sentit un frisson d'angoisse lui parcourir la colonne vertébrale. Après les deux mois qu'il venait de passer, il ne tenait pas du tout à continuer à la voir tous les jours au bureau. Surtout maintenant qu'ils s'étaient embrassés !

Comment travailler avec elle désormais sans penser à la douceur de sa peau, au goût exquis de ses lèvres ?

Inutile de se poser la question, il serait bien obligé d'y arriver. Rien n'était jamais parvenu à le distraire de son travail, il n'était pas question que cela change aujourd'hui. Puisqu'il le fallait, Allison Warner serait son assistante.

« Je ne sais pas si je pourrai attendre jusque-là. »

Ce n'était certes pas ce qu'on lui avait dit de plus romantique. Et pourtant, chaque fois qu'Allison se remémorait les mots de Zach, sa voix profonde et sensuelle, elle ne pouvait réprimer un frémissement de désir. Comment oublier l'intensité de son regard, le contact brûlant de ses mains sur elle ?

Au moins, il y avait un point sur lequel elle ne s'était pas trompée : il était bien le plus adroit des hommes.

Il l'avait d'abord surprise en l'effleurant à peine du bout des lèvres. Mais ce baiser sur la joue n'avait rien eu d'innocent, il n'avait fait que lui donner envie de plus.

A présent, elle se demandait si elle ne faisait pas erreur depuis le début. Elle avait toujours cru que Zach ne pensait qu'à son travail, mais c'était lui qui avait provoqué cette étreinte. Il était même allé jusqu'à faire allusion à… Elle ne savait pas à quoi exactement. Une liaison ? A moins qu'il ait juste suggéré d'aller au bout de ce qu'ils avaient commencé.

Elle s'était posé mille fois la question depuis la veille, et ne parvenait toujours pas à y répondre. Elle brûlait de savoir ce qu'il avait sous-entendu, mais elle n'avait d'autre choix que d'attendre. Du reste, elle non plus n'avait pas envie d'entretenir une relation avec lui tant qu'ils étaient collaborateurs ; elle avait assez souffert de son histoire désastreuse avec son ex-compagnon.

Ce vendredi matin, elle arriva au bureau avec une seule hâte : que ses derniers jours chez Knox passent aussi vite que possible, et qu'elle soit enfin libre.

— Bonjour, Allison, entendit-elle au moment où elle posait son sac à main.

Elle se retourna et vit le jeune Brett Mitchell, l'un des commerciaux juniors. Elle le salua en lui rendant son large sourire.

— Daryl t'attend dans son bureau, lui annonça-t-il.

— Ah ? s'étonna-t-elle. Pourquoi ça ?

— Voyons, Allison, qui ne souhaiterait pas te voir dans son bureau ? Moi-même, j'en rêve.

— Dis donc, est-ce que tu te permets ce genre de réflexion avec Martha ?

— Tu plaisantes, là ? Cette femme me fait peur, confia-t-il en riant.

— Tu dis ça parce qu'elle voit clair dans ton jeu. Comme quoi, ton charme n'est pas infaillible, le taquina-t-elle.

— Ah, ne me dis pas ça ! Je comptais justement sur mon charme pour faire carrière.

Sur ces mots, il lui adressa un clin d'œil complice avant de s'éloigner dans le couloir.

Elle esquissa un dernier sourire avant de se rembrunir. Pourquoi Daryl Evans l'avait-il convoquée ? Elle se rappela le jour où Martha l'avait présentée au directeur du service des ventes, juste avant de partir en congé pour subir une opération. Avec ses petites lunettes et ses cheveux grisonnants, il lui avait fait penser à un professeur de faculté. Maintenant, quand elle le croisait le matin, il la saluait avec un sourire aimable. Il lui demandait régulièrement d'apporter du café ou de faire des photocopies, ce pour quoi elle avait été embauchée, mais le ton de sa voix était toujours poli, contrairement à celui de nombreux directeurs de son rang pour lesquels elle avait travaillé.

Toutefois, en dehors des quelques tâches qu'elle accomplissait pour lui, elle n'avait pour ainsi dire aucun contact avec lui. Alors que lui voulait-il aujourd'hui ? Peut-être désirait-il seulement lui dire au revoir et lui souhaiter bonne chance pour la suite. Mais elle avait beau essayer de s'en convaincre, elle sentit ses pas ralentir à mesure qu'elle approchait de son bureau. Même si, techniquement, elle n'était pas employée par Knox, un compte rendu de mission serait envoyé à son agence d'intérim. Jusqu'à présent, elle n'en avait jamais reçu de négatif, mais elle craignait tout à coup que celui-ci ne soit pas aussi enthousiaste que les autres.

Il lui semblait pourtant que tout le monde avait été satisfait de son travail, qu'elle n'avait pas commis d'erreur… Du moins jusqu'à ce qu'elle embrasse Zach Wilder. Etait-ce pour cette raison que le patron voulait la voir ? Quelqu'un les avait peut-être vus dans le parking ! Emplie de honte, elle sentit le rouge lui monter aux joues.

Non, personne n'avait pu être témoin de leur baiser. A l'heure à laquelle ils étaient rentrés, les bureaux étaient vides depuis longtemps. C'était pour autre chose que Daryl Evans souhaitait la voir, se persuada-t-elle juste avant de frapper trois petits coups contre sa porte.

— Bonjour, Daryl, dit-elle en entrant. Brett m'a dit que…

Elle s'interrompit tout net en pénétrant dans la pièce. A côté de Daryl, Zach se tenait debout, le visage grave. Qu'il était beau… Mais que faisait-il ici ? se demanda-t-elle aussitôt, plus anxieuse que jamais.

— Zach…

— Bonjour, Allison.

Stupéfaite, elle garda un instant les yeux fixés sur lui. L'homme debout à quelques pas d'elle n'avait plus rien de celui qui l'avait embrassée la veille. Son visage était de nouveau caché derrière un masque de sérieux et de froideur. Elle ne pouvait pas s'en étonner, bien sûr, mais elle se rendit compte qu'elle en éprouvait de la peine. Cela n'avait aucun sens, elle connaissait à peine Zach ! Elle avait un petit faible pour lui, mais rien de plus.

Elle n'aurait aucun mal à l'oublier.

— Brett m'a dit que vous vouliez me voir.

— Asseyez-vous, je vous en prie.

En s'installant dans le siège qui faisait face à celui de Daryl, elle se sentit enveloppée par le parfum de Zach, qui avait dû s'y asseoir quelques secondes avant elle. Il lui semblait sentir encore ses lèvres contre les siennes, ses mains plaquées contre son corps… Ce souvenir ne la quittait plus depuis la veille, et à présent que Zach était tout près d'elle, elle avait toutes les peines du monde à garder le contrôle de ses sens.

Contrairement à lui qui, manifestement, n'était pas troublé le moins du monde de la revoir. Les bras croisés, il paraissait plus solide et plus fort que jamais.

Cette situation lui rappela tout à coup une réunion du même type, qui l'avait laissée déçue, trahie, anéantie. Mais elle ne devait pas penser à Kevin, sinon elle risquait de perdre tous ses moyens.

Si son expérience new-yorkaise devait lui servir à une chose, c'était à garder la tête haute, même dans les moments les plus durs. Elle s'obligea à prendre sur elle, et se redressa autant qu'elle le pouvait. Pour se faciliter les choses, elle s'efforçait de ne regarder que Daryl Evans. Mais Zach demeurait dans son champ de vision, et elle avait l'impression de ne voir que son regard bleu, ses avant-bras bronzés découverts par les manches retroussées de sa chemise, et ses jambes longues et puissantes.

Elle distinguait même la tension de sa mâchoire, si masculine qu'elle lui rappelait la façon dont il avait pris possession de ses lèvres la veille.

— Mardi sera le dernier jour de votre contrat avec Knox Security, énonça Daryl.

— Oui, absolument.

Il s'enfonça dans son siège et la regarda avec attention.

— Eh bien, vous serez sans doute heureuse d'apprendre que Knox a décidé de prolonger ce contrat. Mais pas pour le poste de réceptionniste. Ce sera une promotion, en quelque sorte.

Une promotion. Bien sûr, Daryl ne pouvait pas deviner que, si Allison travaillait en intérim, c'était justement pour éviter de gravir les échelons d'une entreprise. Elle savait maintenant que plus on montait, plus on risquait de tomber de haut.

— Daryl, je vous remercie mais…

— Vous allez très bien vous en sortir, affirma-t-il sur un ton rassurant.

La bonté de son regard et la confiance dont il faisait preuve lui donnaient envie d'accepter… Mais c'était impossible. Les sacrifices qu'elle avait faits autrefois pour sa carrière lui avaient coûté beaucoup trop cher pour qu'elle reproduise la même erreur.

— Je ne peux pas, vraiment.

— Mais si, bien sûr que si. J'ai déjà tout réglé avec votre agence, dit-il en lui montrant la pochette en carton posée sur son bureau. C'est tout à fait à votre portée, Allison.

Plus il insistait, plus elle s'en voulait de devoir refuser.

Elle avait la sensation d'avoir bien fait le travail qu'on lui avait demandé, et pourtant, elle ne pouvait s'empêcher de se sentir coupable. Comme un enfant pris en faute. Pourquoi ne se sentait-elle jamais à la hauteur ?

Sans doute à cause de tout ce qu'elle n'avait pas fait.

— Ce poste d'assistante est parfait pour vous, ajouta-t-il en regardant Zach du coin de l'œil.

D'assistante.

Mais de qui ?

Elle frémit d'angoisse en comprenant tout à coup ce qu'il était en train de lui demander. Ce n'était pas un hasard, si Zach était là. Daryl avait prévu de les faire travailler ensemble ! Elle n'y arriverait jamais… Le simple fait de se trouver dans la même pièce que lui lui faisait perdre tous ses moyens.

— Tu n'es pas d'accord, Zach ?

A la façon dont il le questionna, il était clair que Zach n'avait pas caché sa désapprobation.

— Si, bien sûr, répondit-il quand même, mais sans abandonner son expression glaciale. Allison sera parfaite. J'ai hâte que nous commencions à travailler ensemble.

Au moment de sortir du bureau de Daryl, Allison était encore sous le choc. Elle aurait dû s'y préparer. Non pas à ce que Daryl lui propose de rester, mais au changement total de comportement de Zach. Comment avait-elle pu croire qu'il était possible d'avoir avec lui une relation autre que professionnelle ?

Le rôle qu'elle avait endossé la veille eût facilement pu rester un simple jeu, si la soirée ne s'était pas finie par ce baiser. Bien malgré eux, cet instant avait tout changé. Pour elle du moins, car Zach, lui, avait déjà tourné la page.

Elle avait pourtant pris de fermes résolutions après sa rupture avec Kevin. Si seulement elle avait continué à s'y tenir… Pourquoi Zach et elle avaient-ils cédé à leur attirance, alors qu'ils savaient tous les deux qu'ils le regretteraient ?

Respirant profondément, elle s'efforça de retrouver son calme intérieur.

D'ici à quelques semaines, elle aurait bel et bien quitté Knox Security. Si elle avait eu la naïveté d'imaginer que quelque chose était possible avec Zach, qu'il était différent de Kevin, elle savait maintenant qu'elle s'était trompée. L'attitude qu'il venait d'avoir dans le bureau de Daryl en était la preuve. Il ne valait pas la peine qu'elle pense à lui…

— Allison, attends.

Elle se retourna au son de sa voix, trop tard pour se rendre compte qu'il était juste derrière elle. Comme elle faisait un pas en arrière pour éviter de le percuter, elle chancela presque… Mais elle sentit une main puissante se poser contre le bas de son dos pour la rattraper. Aussitôt, ce contact brûlant lui rappela avec quelle passion il l'avait serrée contre elle en l'embrassant, et Zach dut le sentir, car il s'empressa d'ôter sa main.

— Allie… Allison, corrigea-t-il.

— Et pourquoi pas mademoiselle, marmonna-t-elle.

— Pardon ? dit-il avec un air interloqué.

— Rien, peu importe.

Un silence lourd de sens s'installa. Dans les yeux de Zach, dans le soupir qui s'échappa de ses lèvres, elle crut déceler autant de regret qu'elle en avait en elle. Cependant, il ne tarda pas à retrouver sa parfaite attitude d'homme d'affaires.

— Cela fait cinq ans que j'occupe ce poste de commercial chez Knox, et c'est la première fois que Daryl me demande de me faire aider pour traiter avec un client.

Sa mine contrariée en disait long sur ce qu'il pensait de cette nouveauté. De toute évidence, il avait dû prendre sur lui pour ne pas s'emporter devant son patron.

— J'ai l'impression de subir un examen détaillé, je sais que je n'ai pas le droit au moindre faux pas.

Un faux pas. C'était donc comme cela qu'il considérait leur baiser. Pourquoi s'en étonner ? Il n'existait sans doute pas de meilleur mot pour le définir.

— Ce que nous avons fait hier était une erreur. Le mieux pour nous deux est de faire comme si rien ne s'était passé.

Elle sentit un élan de colère monter en elle. C'était Kevin tout craché ! Non, il n'était pas question qu'elle le laisse s'en sortir avec autant de facilité, comme elle l'avait fait avec son ex-petit ami.

— C'est dommage, lâcha-t-elle avec un air détaché.

— Quoi donc ?

— Que nous n'ayons pas su plus tôt que nous allions travailler ensemble.

— Oui. Je suis content que nous voyions les choses de la même façon.

— Je ne crois pas que ce soit le cas, non, contra-t-elle avec assurance. Toi, si tu avais été au courant, tu ne m'aurais jamais embrassée. Puisque maintenant, tout ce que tu veux, c'est oublier.

— Et toi, si tu avais su, qu'est-ce que tu aurais fait ? lui demanda-t-il d'un ton haché, comme si les mots avaient du mal à franchir ses lèvres.

— Moi ?

Elle fit une pause et haussa les épaules.

— Je t'aurais quand même embrassé. Mais j'aurais tout fait pour que tu ne l'oublies jamais. Jamais, insista-t-elle.

Si la scène s'était déroulée comme dans un film, elle aurait tourné les talons sans un mot de plus et aurait disparu dans l'ascenseur. Mais à la place de la voix d'un réalisateur criant « coupez », ce fut la porte du bureau de Daryl qu'elle entendit. L'espace d'une seconde, elle se figea en même temps que Zach, puis ils se tournèrent vers leur patron qui venait d'apparaître dans le couloir.

— Ah, très bien, vous êtes encore là.

Par chance, il ne paraissait pas avoir perçu la tension qu'il y avait entre eux. Mais ce qu'il avait à leur dire n'allait rien faire pour la dissiper.

— Zach, pour le gala de charité, Allison sera ta cavalière. Votre collaboration commence ce soir.

- 4 -

Ce n'est que pour un soir.

Zach se répétait la même phrase pour la énième fois, tandis qu'il laissait sa clé au voiturier. Depuis l'instant où Daryl lui avait demandé d'emmener Allison à la soirée organisée dans l'hôtel le plus luxueux de Scottsdale, il s'était récité ce refrain aussi souvent que nécessaire pour garder son calme intérieur. Et ces mots résonnaient encore dans sa tête, maintenant qu'il était garé devant le hall d'entrée baigné de lumière. Sur le trottoir, des couples resplendissants avançaient pour franchir la large porte vitrée qui s'ouvrait sur leur passage.

Un soir seulement.

Il respira profondément avant de contourner sa voiture pour aller ouvrir la portière côté passager. Ce simple mouvement lui rappela que, la veille, déjà, il s'était dit la même chose au même moment. Et il n'avait pas oublié comment s'était finie la soirée. Autant dire que les semaines à venir s'annonçaient difficiles à négocier.

Le temps qu'il allait passer avec sa ravissante et brillante assistante, qu'il faisait de surcroît passer pour sa petite amie, n'allait pas l'aider à nier l'attirance qu'il éprouvait pour elle. Comment allait-il se concentrer sur le contrat Collins dans ces conditions ? S'il échouait, la promotion qu'il espérait…

Inutile de se poser de telles questions, décida-t-il. Il y arriverait, il n'était pas question qu'il laisse passer cette occasion. L'exemple de son père lui avait appris que céder à ses faiblesses pouvait coûter très cher, et il refusait de regretter comme lui ses erreurs jusqu'à la fin de ses jours.

Nathan Wilder avait passé sa vie à rêver. Non pas à rêver d'un avenir glorieux, mais à songer à tout ce qu'il aurait pu faire de son existence. Le jeune et populaire joueur de football américain qu'il avait été au lycée, loin de devenir une vedette du monde sportif professionnel, avait connu son dernier succès le jour où il avait été élu roi du bal de fin d'année.

« J'aurais pu rejoindre l'équipe universitaire et faire une grande carrière… »

« J'aurais pu être une star, faire fortune… »

Combien de fois Zach avait-il subi ces complaintes pendant son enfance ? D'autant qu'il savait pourquoi tout cela n'était jamais arrivé.

« J'avais tout pour réussir… mais ta mère s'est trouvée enceinte de toi… »

La cause de son échec portait un nom : Zach. Sa naissance avait gâché la vie de son père, il en était conscient depuis son plus jeune âge. Et malgré les années, il se rappelait encore les vidéos que son père avait souvent regardées, surtout lorsqu'il avait bu. En visionnant les films de ses matchs passés, il n'avait jamais manqué de faire remarquer que c'était lui qui avait mené son équipe à la victoire. Zach était trop petit à l'époque pour s'en rendre compte de lui-même, mais il n'avait pu qu'admirer son père pour ses succès.

Nathan Wilder aurait pu accomplir tant de choses, s'il n'avait été tout à coup en charge d'un enfant qu'il n'avait pas désiré et d'une femme qu'il s'était senti obligé d'épouser !

Zach ne reproduirait pas la même erreur que lui, il se l'était juré.

Personne ne l'empêcherait de réussir. Personne.

S'il s'interdisait de perdre de vue ses objectifs, il obtiendrait ce qu'il voulait.

Tandis qu'il ouvrait la portière, son regard fut aussitôt attiré par les jambes longues et fines d'Allison. Dès l'instant où elle était apparue sur le seuil de son appartement, il avait senti s'éveiller en lui un désir plus fort que jamais.

Comment faisait-elle pour provoquer en lui des sensations aussi extrêmes ? Il avait beau être terrassé chaque fois qu'il la voyait, il s'en étonnait encore.

Elle sourit lorsqu'il lui donna le bras, laissant apparaître sa petite fossette. Ses yeux verts brillaient d'excitation.

— Je n'en reviens pas d'être là…

— C'est pourtant vrai, dit-il sèchement, tout en s'efforçant d'ignorer le contact de son bras nu contre le sien.

Tandis qu'ils avançaient vers l'entrée de l'hôtel, il eut beau faire tout son possible pour rester de marbre, il ne put s'empêcher de ressentir la chaleur sensuelle qui émanait d'elle. Sa robe longue décolletée mettait si parfaitement en valeur la rondeur ferme de ses seins, la finesse de sa taille, la souplesse élancée de sa silhouette… Il brûlait de poser les mains sur elle, de sentir sous ses doigts la douceur du tissu fluide qui épousait ses formes sublimes. Et lorsqu'ils furent entrés dans le hall, il lui sembla que la lumière ne venait pas des lustres en cristal, mais d'Allison elle-même, qui paraissait éclairée d'un feu intérieur.

La soirée de gala avait attiré les personnages les plus en vue de la région. Néanmoins, à l'instant où ils franchirent la porte de la salle de réception, Zach sut qu'il avait à son bras la femme la plus resplendissante. Tous ces visages étaient si ternes en comparaison du sien, qu'il fut pris tout à coup d'un élan de fierté, et qu'il ne put résister à la tentation de l'attirer plus près de lui. Il savait pourtant que c'était une très mauvaise idée…

— Nous sommes fâchés ?

Sa voix chantante ajoutée à la douceur de son parfum ne fit qu'augmenter son trouble, si bien qu'il mit un moment à réagir à ses paroles.

— Fâchés ?

— Il faut bien inventer une nouvelle histoire pour justifier ton air renfrogné.

Comme ils passaient près du bar, elle sourit au groupe d'hommes assemblés devant le comptoir. Si son air était renfrogné, songea-t-il, il devait l'être encore plus maintenant. Car les regards lourds de sens que ces hommes posaient sur Allison ne lui plaisaient pas du tout. Visiblement, elle ne se rendait pas compte de l'effet qu'elle produisait sur eux. Mais il était trop agacé pour ne pas réagir, et il fit en sorte de bouger discrètement pour qu'ils ne puissent plus la scruter comme ils le faisaient.

Ce réflexe de protection ne l'étonna pas outre mesure, cela faisait partie de lui. Ce n'était pas un hasard s'il vendait des systèmes de sécurité. En revanche, ce qui le surprit davantage fut la soudaine pointe de jalousie qu'il éprouvait. C'était peut-être lui qui avait besoin d'être protégé d'Allison, en fin de compte… S'il ne prenait pas garde, sa finesse, son humour et sa beauté risquaient d'avoir raison de lui. Mais après tout, il avait résisté à Riana Collins, il n'avait rien à craindre.

— Non, nous ne sommes pas fâchés.

— Sinon, un baiser nous réconciliera, plaisanta-t-elle en lui donnant une tape amicale sur le bras.

— Non, nous ne sommes pas fâchés, insista-t-il en se penchant pour chuchoter à son oreille.

Il n'était pas question qu'ils s'embrassent de nouveau. Tant que le contrat avec les Collins n'était pas signé, ils étaient bien obligés de faire semblant d'être en couple pour éloigner Riana, mais cette comédie prendrait fin à la seconde où ils sortiraient de la salle de réception. Il n'avait donc aucune raison de craindre le moment où il la raccompagnerait chez elle. Il ne l'embrasserait pas pour lui dire bonsoir, et elle ne l'inviterait pas à entrer chez elle.

Si seulement tout avait été aussi simple… Mais il sentait que le jeu qu'ils jouaient n'était pas plus anodin pour elle que pour lui. Il le voyait à la lueur de ses yeux, au mouvement irrégulier de sa poitrine qui trahissait son agitation intérieure. Il ne pouvait nier la tension sexuelle qui s'était installée entre eux…

Il sursauta quand quelqu'un le percuta avant de marmonner un mot d'excuse. Il n'en fallait pas davantage pour faire réagir Allison, qui, elle aussi, sembla se réveiller d'un rêve et chasser ses émotions.

— Dans ce cas, essaie au moins d'avoir l'air content.

— Je crois que tu as une mine assez réjouie pour nous deux, contra-t-il en essayant de se détendre.

Pendant la demi-heure qui suivit, elle fut à l'image même de ce qu'il venait de dire. Le sourire aux lèvres, elle chantonna avec le groupe de reprises qui animait la soirée et contempla avec attention les objets exposés pour la vente aux enchères, avec l'air de se demander où elle allait investir son dernier dollar. Et lorsque les intervenants prirent la parole pour témoigner de leur expérience et soutenir la cause de la recherche, elle les écouta sans masquer son empathie.

Contrairement au sourire qu'il s'efforçait d'afficher ou au rôle qu'ils jouaient l'un avec l'autre, l'enthousiasme qu'elle montrait était à l'évidence des plus sincères.

— Vous formez un couple fabuleux, s'exclama une dame aux cheveux argentés qui se tenait à côté d'eux.

— Tu vois, chéri, ponctua Allison en se tournant vers lui. Pourquoi tu ne veux pas me croire ?

Sur ce, elle échangea quelques mots avec la femme plus âgée en se servant en même temps qu'elle au buffet. Aussi discrètement que possible, Zach approcha la bouche de son oreille.

— Tu sais, c'est juste pour Riana, normalement, cette petite comédie, chuchota-t-il.

Quand ils furent de nouveau seuls, il vit un sourire espiègle se dessiner sur ses lèvres.

— C'est par pure conscience professionnelle, répliqua-t-elle en choisissant un petit-four aux fraises et au chocolat. J'ai besoin de me mettre dans la peau du personnage.

Cette réplique-là, il savait qu'il l'avait bien méritée. Quel imbécile ! Et dire qu'il avait espéré que le simple fait de dire qu'il valait mieux oublier leur baiser suffirait à le faire… En réalité, ce baiser avait laissé en lui une empreinte indélébile. Il lui suffisait de se remémorer cet instant pour qu'un frisson de désir grandisse en lui. Chaque fois qu'il sentait Allison près de lui, qu'il la voyait sourire, c'était comme si une pierre du rempart qu'il avait dressé autour de lui s'écroulait.

Incapable de résister à ses envies, il referma les doigts autour de son poignet délicat, et vit avec bonheur la lueur de surprise qui apparaissait dans ses yeux. Il porta à sa bouche la main fine qui tenait encore le dessert dans lequel elle avait mordu.

— La vengeance est un plat qui se mange froid, glissa-t-il avant de goûter à son tour à ce mariage de fruit et de chocolat.

Il eut l'impression de savourer de nouveau ses lèvres exquises. Le regard plongé dans le sien, il sentit sous ses doigts son pouls s'accélérer, et vit ses joues rosir adorablement. Autant de signes qui lui prouvaient une chose : Allison jouait un jeu, mais elle ne faisait pas semblant.

L'attirance qui les unissait était bel et bien réelle, et de plus en plus forte. Il était temps pour lui de reprendre le contrôle de la situation s'il voulait éviter les ennuis.

Un soudain bruit de larsen fit sursauter Allison ; aussitôt, elle ôta sa main de la sienne et s'écarta légèrement. Il aurait dû se réjouir de cette interruption, mais il ne put ressentir qu'une pointe de regret en la regardant finir ce qu'il restait de son dessert.

— Merci à vous tous d'être venus ce soir, commença Riana Collins qui se tenait debout sur la petite scène occupée plus tôt par les quatre musiciens.

Vêtue d'une robe noire décolletée, elle s'était attaché les cheveux en une élégante queue-de-cheval. La lumière des projecteurs, loin de la mettre mal à l'aise, la faisait paraître encore plus sûre d'elle qu'en temps ordinaire. Elle avait du reste toutes les raisons d'être radieuse : à en juger par le monde qui s'était déplacé et par l'ambiance générale, la soirée allait rassembler de généreux bénéfices.

— Elle est resplendissante, glissa Allison, tandis que Riana remerciait les membres du comité d'organisation et présentait la présidente de l'association.

— Ah ? dit-il avec un sourire narquois. Je n'ai pas remarqué.

— Allons, Zach, tu es un homme. Et il n'y a qu'à regarder Riana Collins pour voir que c'est une femme splendide. Je ne peux pas croire…

Que ne pouvait-elle pas croire ? Elle devait avoir une raison pour s'être interrompue aussi brusquement.

— Aurais-tu d'autres hypothèses à formuler, Allie ?

— Comment ça ?

Lorsqu'elle leva les yeux vers lui, il lut le trouble dans son regard.

— Tu as déjà décidé que je serais un « petit ami désastreux », selon tes propres termes. A ton avis, je serais également infidèle ?

— Mais je n'ai rien dit ! protesta-t-elle. Je ne parlais même pas de toi.

Son air innocent était adorable… Mais il y avait autre chose. Une ombre venait de passer dans ses yeux émeraude.

— Alors, dis-moi, insista-t-il. Qui était-il ? Celui qui ne pouvait pas s'empêcher de regarder les belles femmes ?

— Un ex-petit ami, reconnut-elle avec un mouvement de tête agacé. Peu importe.

— J'espère que tu t'en es débarrassée.

— Pas aussi vite que je l'aurais dû.

— Laisse-moi deviner. Tu as attendu que ses actes deviennent aussi vicieux que ses regards pour réagir.

— Quelque chose comme ça, oui, dit-elle avec un léger rire. Mais je peux remercier Kevin. S'il n'avait pas agi comme il l'a fait, je ne serais pas ici aujourd'hui.

Dans ce cas, il pouvait lui aussi remercier ce Kevin. Depuis le début de la soirée, il avait remarqué plus d'un regard envieux dans leur direction, regards qu'il n'avait pas manqué de forcer à se détourner. Même s'il était conscient qu'il n'avait aucun droit sur Allison.

Pour obtenir des succès professionnels, il avait toujours su comment s'y prendre. Il avait appris, pour plaire à ses riches clients, à se faire passer pour l'un de leurs semblables : il jouait au golf, savait apprécier un bon cigare et faisait la différence entre une bouteille à cent dollars et un vin premier prix.

Mais tout ceci n'était qu'un rôle qu'il endossait quand c'était nécessaire. Ce n'était pas lui. Dès qu'il le pouvait, il mettait de côté champagne et costumes de marque pour retrouver les plaisirs plus simples qui lui correspondaient. Il avait toujours la sensation d'être un imposteur lorsqu'il se trouvait dans des soirées mondaines comme celle-ci. Comme s'il craignait à chaque instant que quelqu'un le démasque.

Pourtant, ce soir, c'était différent. Il savait que si on le regardait, ce n'était pas pour tenter de percevoir ses faiblesses. C'était pour une seule raison : la femme qui l'accompagnait était d'une beauté rare.

Si bien que, même si cette initiative ne venait ni d'elle ni de lui, il était fier de l'avoir à ses côtés.

— Je vous souhaite à tous une excellente soirée, conclut Riana, et n'oubliez pas de participer à la vente aux enchères !

Allison se tourna vers la table où étaient exposés les objets à vendre.

— Allons jeter un œil, dit-elle.

— Tu as de l'argent à dépenser ?

— Je ne dirais pas ça… Je pensais plutôt que cette soirée était à tes frais, s'amusa-t-elle. En ce qui me concerne, j'ai déjà fait quelques excès la semaine dernière.

Il se mit à rire. Jamais il ne s'était senti aussi détendu dans une réception de ce type.

— Je vois. Et si tu le pouvais, sur quoi voudrais-tu enchérir ?

Il avait à peine regardé les objets à vendre, mais il se demandait ce qui pouvait bien la faire rêver. Un séjour hors de prix en cure thermale ? Certaines femmes aimaient plus que tout dépenser des fortunes en soins de beauté, mais elle ne semblait pas être de celles-ci. Ses ongles brillaient légèrement d'un rose pâle, et elle ne portait que des bijoux discrets. A en juger par son pendentif et ses boucles d'oreilles simples et élégants, les bijoux imposants dont Riana avait fait don pour la vente ne lui correspondraient pas du tout.

— Sur un voyage, je pense, répondit-elle avec un air songeur.

— Un voyage, répéta-t-il en écho.

Depuis combien de temps n'était-il pas parti en voyage ? Hormis pour les affaires, bien sûr. Aucune importance, se dit-il. Les vacances ne l'intéressaient pas, il n'en prenait jamais. Elles n'auraient été qu'un frein à l'avancée de sa carrière. Il avait commencé à travailler dès l'adolescence, et depuis lors, il ne s'était jamais arrêté. Même pendant son enfance, ses parents n'avaient pas eu les moyens de l'emmener en voyage.

— Je ne saurais même pas te dire combien de fois nous sommes partis en famille, quand ma sœur et moi étions petites, dit-elle avec un sourire nostalgique. Il nous arrivait de réfléchir des semaines à l'avance, avec mes parents, aux endroits où nous irions, à ce que nous y ferions. Ou bien parfois, mon père rentrait plus tôt que prévu le vendredi, et nous annonçait que nous devions être prêtes d'ici une heure pour le départ. Cela mettait ma mère hors d'elle !

De toute évidence, ce n'était pas le cas d'Allison, qui en parlait encore aujourd'hui avec une joie visible. Elle avait l'habitude de l'improvisation, voilà pourquoi elle avait si bien réagi l'autre soir avec Riana. Combien de femmes auraient fait preuve d'autant de sang-froid ? Et tout en s'amusant !

— Où partiez-vous ?

— Oh ! s'exclama-t-elle en riant. Au début, nous ne le découvrions souvent qu'une fois arrivées. Quand Bethany, ma grande sœur, a appris à lire, elle s'est mise à déchiffrer les panneaux de direction. Elle me disait si nous roulions vers la Californie ou vers le nord. Si c'était la Californie, nous pouvions parier sans risque sur San Diego. Nous savions alors que nous allions passer des heures sur la plage à chercher des coquillages, avant de les montrer à notre père pour qu'il nous dise laquelle de nous deux avait trouvé le plus beau. Inutile de te dire que cela se finissait souvent par un match nul… Tu sais comment sont les pères.

En réalité, il l'ignorait. Du moins, il ne savait pas comment étaient les pères qui ressemblaient à celui d'Allison. Le récit de son enfance était si éloigné de celui qu'il aurait fait de la sienne, qu'il ne pouvait qu'attiser sa curiosité.

— Et si vous alliez dans le Nord, c'était dans quelle ville ?

— Flagstaff.

— Que faisiez-vous à Flagstaff ?

— Cela dépendait de la saison. Il nous arrivait d'y aller pendant l'été pour fuir la chaleur d'ici, mais j'aimais surtout y être l'hiver, pour jouer dans la neige. Ma mère avait peur que je finisse par avoir des engelures, mais je ne pouvais pas me retenir de me laisser rouler le long des pentes, de me jeter dans la poudreuse pour dévaler les collines. J'adorais ça !

Elle fit une pause et le regarda avec l'air de lire dans ses pensées.

— Tu n'as jamais fait tout ça, je me trompe ?

Cela se voyait donc à ce point…

— A quand remonte la dernière fois que tu as pris un congé pour aller t'amuser, oublier un peu le travail ?

— Tu crois que je ne sais pas m'amuser ?

Le sourire qui avait éclairé son visage se dissipa.

— Ce que je crois, c'est que tu es tellement obsédé par ton travail que tu passes à côté d'une foule de choses.

Pourquoi semblait-elle tout à coup préoccupée ? Si elle paraissait aussi sûre de ce qu'elle disait, c'était peut-être parce qu'elle parlait par expérience.

— Et toi, à côté de quoi es-tu passée ?

Elle eut un froncement de sourcils à peine perceptible, mais qui révélait qu'il avait vu juste.

— Nous étions en train de parler de toi, se déroba-t-elle en détournant le regard.

Lorsqu'elle se tourna de nouveau vers lui, son expression avait perdu de son assurance. Il y avait dans son sourire une pointe de vulnérabilité qui le toucha.

— Alors, qu'allons-nous choisir ? reprit-elle. Le voyage à San Diego. De longues promenades sur la plage, le spectacle d'un coucher de soleil sur l'océan… Ou bien un séjour dans la région du Grand Canyon, au cœur de la plus belle nature ?

Il l'observa encore un instant, intrigué par la tristesse qu'il lisait maintenant dans son regard. Pourtant, il était évident qu'elle n'avait pas envie de se confier, qu'elle tenait à rester sur le ton léger du jeu et de la plaisanterie. Ce qui n'avait rien pour lui déplaire, lui qui préférait les rapports superficiels et évitait les conversations profondes.

Mais dans ce cas, pourquoi avait-il autant envie d'en savoir plus sur elle ?

— Allie…

— Oh ! je ne crois pas que Zach va avoir le temps de prendre des vacances, Allison.

Il se retourna et vit Riana Collins, qui venait d'apparaître à la table des enchères. Elle se passa dans les cheveux des doigts couverts de diamants.

— En tout cas pas s'il remporte l'appel d'offres pour nos bijouteries.

En l'entendant, il eut l'impression qu'elle lui tendait une carotte pour qu'il la croque. Il avait senti dès l'instant où il l'avait rencontrée qu'elle aimait mener les gens — et les hommes en particulier — à la baguette. Et il avait su qu'il allait devoir entrer dans son jeu pour obtenir ce qu'il voulait. Exactement comme lorsqu'il passait une journée entière sur un green avec un client. Mais pourquoi lui semblait-il parfois que Riana cherchait à le prendre au piège ?

Comme si Allison devinait son soudain malaise, elle se rapprocha de lui et lui posa la main sur le bras. Riana prit sans doute ce geste pour un signe de possessivité, mais selon lui, il représentait bien autre chose. Il ignorait comment Allison s'y était prise, mais ce contact suffit à le détendre, tout en allumant en lui une tout autre…

— Tu dois quand même faire une enchère, Zach, insista-t-elle. C'est pour une bonne cause.

Au moins, Riana ne pourrait pas contredire cet argument.

— Allison a raison, dit-elle en lui tendant un stylo. Le

but de cette soirée est de rassembler de l'argent. Alors… La plage ou la randonnée ?

Aucune de ces deux destinations ne le séduisait particulièrement. Mais à cet instant, une image lui vint à l'esprit : celle d'Allison marchant à ses côtés, en maillot de bain, sur une plage californienne. Elle avait la peau dorée par le soleil et sentait le lait de coco. Mais aussitôt, il la vit lovée dans ses bras entre les quatre murs d'une cabane de bois, sous une épaisse couverture, au coin du feu ; ils étaient seuls au monde et…

— Zach ?

Allison interrompit le cours de sa rêverie, et il se sentit troublé au moment de croiser son regard.

— La randonnée, décida-t-il. Rien que la nature et le silence autour de nous.

Il n'avait pas la moindre intention d'aller où que ce soit, mais il inscrivit tout de même sur la fiche une somme suffisamment élevée pour être certain de remporter l'enchère.

— Bonne chance, Zach, lui glissa Riana. J'espère que vous obtiendrez ce que vous voudrez, ajouta-t-elle avec un regard suggestif, qui montrait qu'elle ne parlait pas seulement des enchères.

Heureusement, une femme vint vers elle pour lui poser des questions sur les bijoux, et elle dut lui accorder toute son attention.

— Merci, murmura-t-il à l'oreille d'Allison.

Il s'était penché pour se faire aussi discret que possible, mais il se rendit compte que, sans qu'il l'ait voulu, sa bouche touchait presque sa tempe. Ce soir, ses cheveux courts étaient coiffés en arrière au lieu d'encadrer son visage. Et dire qu'il avait toujours cru être plus séduit par les femmes aux cheveux longs… A présent, il dévorait des yeux sa nuque dégagée, la forme délicate de ses oreilles, de son cou. Le parfum à la fois doux et excitant qui lui parvenait lui donnait l'envie folle de s'approcher encore, de sentir sa peau sous ses lèvres, de glisser le long de son décolleté pour découvrir le goût de ses seins…

Ses yeux rencontrèrent les siens, et il vit que le désir qu'il éprouvait brûlait aussi dans ses pupilles.

— Alors tu ne trouves pas que je suis allée trop loin ?

C'était lui qui risquait d'aller trop loin, s'il ne retrouvait pas le contrôle de ses sens.

— Non, tu as parfaitement réagi.

Il ne s'était pas attendu à autre chose de sa part. En dépit de sa rancœur perceptible de la veille — entièrement justifiée — et de la torture qu'elle lui faisait subir ce soir, il avait toute confiance en elle pour l'aider à gérer le comportement de Riana Collins. Cette seule pensée le décontenança, c'était bien la première fois qu'il comptait sur quelqu'un d'autre que lui-même pour réussir. Mieux valait ne pas se demander pourquoi.

— Mieux que je n'étais sur le point de le faire, à vrai dire, confia-t-il.

Elle le scruta avec surprise, comme si elle savait à quel point cette sensation de malaise était inhabituelle pour lui.

— Il faut que tu te détendes.

Elle avait raison. Les clients les plus difficiles ne lui avaient jamais fait perdre son sang-froid, mais la pression que provoquait l'attente de la réponse des Collins et de la décision du comité de direction le déstabilisait. Il ne voyait pas d'autre cause plausible à son état de trouble.

A mesure que la soirée avançait, Zach faisait son possible pour suivre le conseil d'Allison, et ce avec une certaine réussite. Tout en profitant de la musique, ils faisaient connaissance avec les autres convives et se régalaient du buffet et du champagne qui leur étaient offerts. Il passait un bon moment ici, en compagnie d'Allison, au point qu'il en oubliait par moments de guetter l'arrivée de James Collins.

Finalement, la présidente de l'association monta sur

scène pour prendre la parole. Les invités ne tardèrent pas à se taire pour l'écouter.

— Je tiens à vous remercier d'être venus si nombreux ce soir et d'avoir fait preuve d'autant de générosité. Mais peut-être devrais-je remercier votre esprit de compétition acharné, plaisanta-t-elle, provoquant quelques rires dans l'assemblée. Les enchères sont maintenant fermées, et j'ai dans la main le nom des gagnants.

Debout à côté de lui, Allison semblait impatiente de connaître les résultats. Pourquoi avait-il fait une enchère aussi élevée sur ce voyage ? se demanda-t-il soudain. Il n'avait rien à prouver à Riana après tout, ni à Allison.

C'est vrai, Allison avait éveillé sa curiosité en lui racontant ses souvenirs de vacances. En voyant son regard pétillant, il avait fini par se demander quelles étaient les mille choses à côté desquelles il était passé.

— Enfin, félicitations à Zach Wilder, qui remporte le week-end au Grand Canyon.

Il regarda la présidente avec un sourire forcé.

— C'était pour la bonne cause, glissa-t-il entre les dents.

— Et je te promets que tu vas adorer, affirma Allison. Imagine un peu : deux jours entiers loin du bureau, et rien d'autre à faire que respirer et profiter du paysage.

— Oui, bien sûr, répliqua-t-il en riant. J'ai bien trop de choses à faire pour envisager seulement de m'absenter. A commencer par la présentation pour les Collins…

— Tu auras toujours une présentation à venir, Zach.

— De toute façon, le Grand Canyon ne bougera pas. Je peux y aller quand je veux.

— Oui, certes… Et tu peux me dire combien de fois tu y es allé ?

— D'accord, je n'y suis jamais allé, mais…

— Il n'y a pas de *mais* ! Cette fois, tu vas partir en week-end, même si je suis obligée de…

— De quoi ? la défia-t-il.

Ce n'étaient que des mots, mais il était curieux de savoir

jusqu'où elle pouvait aller. Avait-elle été sur le point de dire qu'elle partirait avec lui, afin de s'assurer qu'il ne faisait que s'amuser et ne pensait pas une minute au travail ?

Il vit qu'elle allait parler, mais la voix tonitruante d'un homme politique à la retraite résonna dans la salle.

— Riana, ma chère Riana, vous êtes plus belle que jamais. Le portrait de votre mère. Je voulais saluer votre père, mais je ne l'ai pas encore vu ce soir.

— Oh Roger, je crains qu'il soit trop pris par son travail pour venir. Vous comprenez… Sa position ne lui permet pas de prendre du temps pour lui. S'il l'avait fait par le passé, il n'en serait pas là où il en est aujourd'hui.

Il se remit à bouillir intérieurement ; même si elle ne le regardait pas, il était évident qu'elle s'adressait à lui autant qu'au fameux Roger. Comme s'il avait besoin d'elle pour se rappeler à quel point il voulait se libérer des frustrations de son père… Il lui semblait parfois que l'empreinte des échecs et des regrets de Nathan Wilder était gravée en lui.

— Je suis désolée, Zach, lui dit Allison en l'éloignant discrètement de Riana. Je sais que tu espérais parler avec James Collins.

Toute trace de plaisanterie avait disparu de ses yeux. De toute évidence, ses paroles étaient sincères.

— C'était précisément pour ça que j'étais venu, mais on dirait que Riana a remporté une nouvelle manche.

— Je n'en suis pas aussi sûre que toi.

— Allons, Riana savait depuis le début que son père ne viendrait pas. C'est comme vendredi dernier, il a soi-disant annulé à la dernière minute, mais je n'y crois pas une seconde. Elle s'amuse bien, tant mieux pour elle.

— J'ai entendu des gens parler de sa famille tout à l'heure. Sa mère est morte d'un cancer. Cette soirée compte beaucoup pour elle. Elle ne le montre peut-être pas, mais à mon avis, elle est blessée que son père ne soit pas là. Comment réagirais-tu à sa place, si ton père n'était pas présent pour toi à un moment important de ta vie ? insista-t-elle.

Du soulagement, voilà ce qu'il avait ressenti chaque fois que son père avait refusé de venir aux événements organisés par l'école. Le peu de fois où il s'était déplacé, il n'avait trouvé que des critiques et des reproches à lui faire. Pour son père, il n'était jamais à la hauteur.

— Zach, si tu préfères t'en aller…

— Non, répondit-il spontanément.

— Tu es déjà prêt à jouer une nouvelle manche contre Riana ?

En effet, lui prouver que l'absence de James Collins n'avait aucun effet sur lui eût été une bonne raison de rester. Mais ses motivations étaient beaucoup plus basiques.

Son père avait rêvé toute sa vie d'être invité à une réception comme celle-ci, avec des personnages riches et célèbres. Mais son parcours vers la haute société s'était arrêté net le jour où il s'était retrouvé avec une femme et un fils. Une chose était sûre, il n'avait jamais imaginé que Zach accomplirait ce à quoi il avait dû renoncer. Se trouver ici était en quelque sorte une revanche sur le manque de confiance de son père. Il n'avait aucune envie de rentrer.

Comme il entendait les premières notes d'une ballade, il offrit son bras à Allison.

— Dis-moi, ce ne serait pas notre chanson ?

— Parce que nous avons une chanson ? s'étonna-t-elle en acceptant son invitation à danser.

— Maintenant, oui.

Ils ne faisaient que jouer la comédie, rien d'autre, se répétait Allison au moment de suivre Zach sur la piste de danse. Tout ce qu'il fallait, c'était laisser croire à Riana qu'ils formaient un couple. Néanmoins, lorsque Zach passa le bras autour de sa taille pour l'attirer contre lui, elle ne pensa plus à rien, si ce n'est à la chaleur de son corps souple et viril qui bougeait au rythme balancé de la musique. Il lui sembla tout à coup que le monde s'arrêtait au cercle que formaient ses bras autour d'elle, que son parfum était tout ce dont elle avait besoin pour respirer.

— Mon père n'aurait jamais cru que ce serait moi qui porterais un jour un costume de créateur et qui côtoierais tout ce beau monde.

Ce ne fut qu'à cet instant qu'elle comprit qu'elle avait évoqué plus tôt un sujet qui devait être douloureux pour lui. « Mon père n'aurait jamais cru »…

— Zach, je suis désolée. Quand as-tu perdu ton père ?

— Quand j'avais quatorze ans.

— Tu n'étais qu'un enfant, dit-elle à mi-voix.

Elle était déjà adulte à la mort de son père, et pourtant elle en avait été anéantie. Comment s'en serait-elle sortie si elle l'avait perdu aussi jeune ?

— Cela m'a fait grandir plus vite, répliqua-t-il sur la défensive, comme pour lui interdire toute compassion.

— Je suis sûre que ton père serait très fier, s'il te voyait ce soir.

— Ah, tu crois ?

Le ton ironique de sa voix la fit réfléchir. Quel genre de père Zach avait-il bien pu avoir, s'il était encore habité par le doute après toutes ces années ?

— En tout cas il aurait toutes les raisons de l'être, tout comme toi. Tu as déjà accompli tant de choses.

Il ne répondit rien, mais elle sentit qu'il était encore loin de se satisfaire de son parcours. Elle avait trop bien connu cet état de tension permanente pour ne pas le reconnaître chez lui. S'il n'abandonnait pas son addiction intense au travail…

Mais ne devait-elle pas plutôt se préoccuper de l'intensité de son désir pour lui ? Jusqu'à présent, elle avait réussi à conserver une limite claire entre le vrai et le faux, se gardant de trop jouer avec le feu. Malgré le regard brûlant de Zach, qui ne faisait rien pour masquer le désir qu'il éprouvait lui aussi, elle avait gardé le contrôle de la situation. Elle avait réprimé les sensations qu'il provoquait en elle…

Mais ce qui venait de se passer était différent de ce petit

jeu sensuel. Elle avait senti un lien plus fort se nouer entre eux, quelque chose de bien plus troublant que la tension érotique. Mais elle savait qu'elle ne devait en aucun cas laisser ses émotions prendre le dessus sur sa raison.

Elle profita de la fin de la chanson pour s'écarter de lui.

— Il faut que j'aille, euh… me repoudrer le nez.

Sans attendre sa réaction, elle s'échappa de la salle de réception, telle une Cendrillon prise de panique. Ce ne fut qu'après avoir passé la porte qu'elle se sentit libérée de son regard.

Les toilettes des dames étaient aussi luxueuses que chaque recoin de l'hôtel. Elle y découvrit même un petit salon de beauté, orné de fauteuils et de grands miroirs. Elle prit quelques secondes pour regarder son reflet dans la glace et se remettre un peu de rouge à lèvres, puis resta figée ainsi, profitant de cet instant de solitude. Pourquoi avait-elle eu tout à coup besoin d'inventer un stupide prétexte pour fuir Zach ?

S'appuyant des deux mains sur le rebord en marbre du lavabo, elle tenta de retrouver son sang-froid, de faire revenir à elle la jeune femme qui lui faisait face dans le miroir. Cet homme n'était pas pour elle. A la première occasion, il se débarrasserait d'elle comme d'un objet inutile.

Exactement comme Kevin l'avait fait.

Elle avait fait tant d'efforts pour prouver qu'elle avait mérité d'être embauchée par l'agence de publicité, que la direction avait eu raison de lui confier ce poste, et pas seulement parce qu'elle était la petite amie de Kevin. Elle avait tout fait pour qu'il soit fier d'elle, et au bout du compte, c'était lui qui l'avait humiliée en lui faisant perdre son emploi, ainsi que le respect de ses collègues qu'elle avait eu le tort de considérer comme des amis.

Elle avait d'autres objectifs à présent, et pour l'instant, seule sa famille comptait. D'ici à peine plus d'un mois, elle aurait un neveu ou une nièce, et elle était bien décidée à retrouver la complicité qu'elle avait partagée autrefois avec sa sœur. Leurs rapports s'étaient tellement détériorés depuis quelques années, qu'elle ne connaissait même pas la cause de la séparation de Bethany et Gage. Il était temps de mettre fin à ce froid, c'était tout ce qui lui importait.

Considérant que ses idées étaient de nouveau en ordre, elle se tourna pour aller vers la porte, lorsqu'elle entendit des voix féminines.

— Alors, où en es-tu avec cet homme d'exception ? Comment se fait-il que tu ne parades pas encore à son bras ?

Le ton de cette jeune femme lui rappela celui de ses fausses amies de New York, qui avaient dévoilé le niveau de leur hypocrisie le jour où elles s'étaient presque ouvertement réjouies de son échec. Ce fut une autre remarque qui la figea sur place, l'empêchant de faire un pas de plus vers la sortie.

— Riana, je pensais que tu allais profiter de la soirée d'hier pour faire le premier pas.

Elle devait s'éloigner maintenant, mais elle se sentait comme paralysée.

— Oh ! ne t'en fais pas, j'ai les choses en main.

— Je te trouve bien sûre de toi, tu oublies qu'il n'est pas venu seul ce soir.

Il était temps de partir. Vraiment. Pourquoi écoutait-elle cette conversation, alors qu'elle savait pertinemment que ce qu'elle allait entendre allait la blesser ?

— Crois-moi, cette fille ne représente aucun danger. Je connais les hommes tels que Zach. Je sais ce qu'il attend, et surtout, nous savons lui et moi que je suis celle qui peut le combler.

Allison était certaine que Riana ne l'avait pas vue, et pourtant, en entendant ses derniers mots, elle eut l'impression qu'ils n'étaient destinés qu'à elle.

— Qu'est-ce qu'Allison pourrait bien avoir à lui offrir ?

- 5 -

— Je n'arrive pas à croire que tu m'aies fait acheter autant de choses.

— Voyons, Bethany !

Allison, assise en face de sa sœur à la table d'un petit restaurant plein de charme, s'esclaffa en voyant son air étonné. Certes, son rire avait quelque chose de forcé, mais elle essayait par tous les moyens de faire renaître leur complicité passée. C'était le moment ou jamais. Ce matin, en acceptant d'aller faire des courses avec elle, sa grande sœur avait fait le premier geste vers elle depuis son retour de New York.

Les heures qu'elle venait de passer avec elle lui redonnaient enfin espoir.

— Tu vas avoir besoin de tout ça, argumenta-t-elle en piquant sa fourchette dans sa salade. Je te rappelle que tu es sur le point d'avoir un bébé.

Secouant la tête avec un regard dépité, Bethany examinait ses tickets de caisse un à un. Allison savait à quel point elles se ressemblaient toutes les deux ; malgré leur différence d'âge de trois ans, il leur était déjà arrivé qu'on les prenne pour des jumelles. Mais Bethany avait un style plus réservé. Ses cheveux étaient coupés au carré, dans un style aussi simple que possible, et contrairement à Allison qui aimait les teintes vives, elle ne portait que des vêtements aux couleurs pastel.

— Je n'en reviens pas, toutes ces affaires pour un petit bébé…

— Comment s'est passé ton rendez-vous chez le médecin la semaine dernière ? lui demanda Allison tandis que

Bethany rangeait ses tickets pour se concentrer à son tour sur sa salade. On t'a fait une échographie ?

— Non, le médecin en avait déjà fait une il y a un moment.

— Ah ?

Sous l'effet de la surprise, elle se figea un instant avant de reposer sa fourchette. Comment Bethany avait-elle pu garder cela pour elle ?

— Donc tu sais déjà si c'est un garçon ou une fille ?

Et dire qu'elles avaient partagé tous leurs secrets autrefois…, songea-t-elle avec tristesse. A présent, elle ne connaissait même pas le sexe du bébé de sa sœur.

— Non, je n'ai pas demandé. Je préfère que ce soit une surprise.

— Oh ! dit-elle avec soulagement. Pardon, je…

Mais elle s'interrompit avant de dire une bêtise ; Bethany n'avait sûrement pas envie de l'entendre se plaindre d'être délaissée. Elle ne manquerait pas, à juste titre, de lui faire remarquer son égoïsme et de lui rappeler les trois ans durant lesquels elle n'avait pas passé un coup de téléphone ni pris quelques jours de vacances pour venir voir sa famille. Allison ne pouvait s'en prendre qu'à elle-même, si sa sœur ne l'accueillait pas à bras ouverts.

Après un instant d'hésitation, Bethany prit son sac à main posé à côté d'elle.

— Tiens, regarde, dit-elle en lui tendant une enveloppe. Je la garde toujours sur moi.

En regardant l'échographie, Allison eut d'abord du mal à y distinguer quoi que ce soit. Seule une petite flèche blanche indiquait l'endroit où se trouvait la tête du bébé, mais c'était cette petite flèche qui faisait toute la différence. C'était un véritable miracle.

— C'est incroyable ! Tu vas avoir un bébé !

— Oui, s'amusa Bethany en posant une main sur son ventre arrondi. Ça, je crois que je le savais déjà.

— Bien sûr, mais regarde !

Le fait d'avoir cette photo sous les yeux rendait l'événement tellement plus réel.

— Tu as réfléchi à des prénoms ? Oui, évidemment. Est-ce que tu…

— Non, je n'ai pas encore décidé.

Allison posa l'échographie sur la table et regarda sa sœur. De toute évidence, ses réticences venaient de la souffrance qu'elle ressentait au moment où elle se séparait de son mari.

— Tu as revu Gage ?

— Pas depuis qu'il a quitté la maison.

Elle ne lui avait toujours pas dit pourquoi il était parti. Leur mère était convaincue qu'Allison était la seule à pouvoir pousser Bethany à se confier, mais elle savait qu'elle n'avait pas le droit de lui poser de questions. Sa sœur lui parlerait si elle en éprouvait l'envie ou le besoin. La distance qu'elle gardait avec elle lui montrait assez clairement que c'était elle qui fixait les règles de leur réconciliation.

— Tu es quand même heureuse d'avoir ce bébé ? ne put-elle s'empêcher de lui demander.

— Oui, bien sûr, répondit-elle en contemplant la photo en noir et blanc. J'ai toujours voulu avoir un bébé. Toujours, insista-t-elle avec un sourire ému. J'espérais juste que les choses se passeraient différemment.

— Quels que soient tes problèmes avec Gage, je suis sûre que…

— Et toi ? l'interrompit-elle brusquement.

— Comment ça, et moi ?

— Ton travail, comment ça va ?

Manifestement, le sixième sens qu'elles avaient possédé pendant des années pour lire dans les pensées l'une de l'autre avait disparu. Sinon, Bethany eût deviné que ce n'était pas à son travail qu'elle pensait le plus en ce moment, mais à Zach.

Elle n'aurait pas cru cela possible, mais finalement, elle en venait à être reconnaissante à Riana Collins. Les mots qu'elle avait entendus de sa bouche l'avaient obligée à se rendre à l'évidence : seule la réussite comptait pour Zach. Et s'il franchissait un jour la frontière entre vie professionnelle et vie privée, ce serait avec Riana qu'il le ferait. Il n'avait pas caché à quel point il espérait remporter l'appel d'offres lancé par James Collins, et Riana avait sans doute une forte influence sur les décisions de son père.

Zach savait où se trouvait son intérêt.

Pourtant, quand il l'avait raccompagnée la veille après la soirée, ils étaient restés un instant sur le pas de sa porte avant de se dire bonsoir. Là, elle avait vu le désir qui brillait dans ses yeux, elle avait remarqué son regard fixé sur ses lèvres. Il avait eu envie de l'embrasser de nouveau. Mais était-il prêt à enfreindre les règles qu'il s'était imposées ?

Elle l'ignorait encore. Or si elle cherchait trop longtemps la réponse, elle risquait de la découvrir à ses dépens et de souffrir comme avec Kevin. Elle n'était pas prête à subir encore une telle déception.

Voilà pourquoi elle devait à tout prix garder en mémoire les paroles de Riana.

« Je connais les hommes tels que Zach… Nous savons lui et moi que je suis celle qui peut le combler. »

Mais comment ne plus penser à lui alors qu'elle allait le voir tous les jours, travailler avec lui ?

— Ça se passe bien, répondit-elle en essayant de se montrer aussi convaincante que possible.

Mais cette fois, sa sœur décela la pointe d'hésitation dans sa voix.

— Ce qui veut dire que tu t'ennuies à mourir.

— Non, pourquoi tu dis ça ? s'insurgea-t-elle.

— Je crois que c'est assez évident.

Le ton qu'elle employait quand elle était sûre d'avoir raison n'avait jamais manqué d'exaspérer Allison. Toutefois, elle s'efforça de prendre sur elle pour ne pas provoquer une nouvelle dispute.

— En quoi est-ce évident ? De toute façon, mon travail ne t'a jamais vraiment passionnée.

— C'est vrai, mais je sais ce que tu fais de ta vie en ce

moment. Yoga le lundi, poterie le mardi, gym le mercredi, artisanat le jeudi, club de lecture le vendredi…

— Oui, je m'intéresse à beaucoup de choses, et alors ?

Elle n'allait certainement pas se justifier d'avoir ajouté à son emploi du temps une dizaine de nouveaux passe-temps, pour lesquels elle n'était du reste pas très douée. Mais cela n'avait aucune importance.

— Tu cherches à remplir tes journées parce que ton travail ne t'intéresse pas. Tant pis si tu ne veux pas l'admettre.

Ce qu'elle ne pouvait pas admettre devant Bethany, c'était que si elle avait fait en sorte d'avoir du temps libre, c'était dans l'espoir de le passer avec elle. Ce qui avait été jusqu'à maintenant un échec total.

— Ça me plaît de travailler en intérim. Et ma mission actuelle vient de se transformer en un poste qui sera tout sauf lassant.

Elle ignorait comment allait se passer sa collaboration avec Zach, mais elle pouvait être certaine qu'elle ne s'ennuierait pas une seconde.

— Et puis, je voulais être là pour maman. Au cas où elle aurait besoin de moi. J'espère qu'elle profite bien de son voyage, ajouta-t-elle en pensant à la croisière qu'elle était en train de faire.

C'était sans doute la première fois que leur mère voyageait sans son mari, songea Allison. Elle n'avait même jamais dû quitter le pays avant d'entreprendre cette croisière sur la Riviera mexicaine en sa mémoire.

— Oui, elle m'a dit que c'était formidable.

— Tu lui as parlé ? Quand ?

Compte tenu du coût exorbitant des appels passés depuis l'étranger sur des téléphones portables, elle s'était attendue à rester sans nouvelles de sa mère durant ses trois semaines de vacances.

— Hier, le bateau a fait escale à Cabo San Lucas. Maman a profité d'être à terre pour m'appeler. Elle te téléphonera sûrement dès que l'occasion se présentera. Elle ne voulait pas te déranger pendant que tu étais au bureau.

Bethany eut beau parler sur un ton détaché, ses mots frappèrent Allison en plein cœur. Baissant les yeux sur son assiette, elle se rendit compte qu'elle avait tout à coup perdu l'appétit. Etait-il possible que Bethany n'ait pas fait exprès de lui rappeler ce coup de téléphone manqué ? Elle n'avait pas pu oublier, elle qui ne le lui avait toujours pas pardonné.

La dernière fois que Bethany avait essayé de la joindre au bureau, cela avait été pour lui annoncer que leur père avait eu une crise cardiaque. Mais ayant été sur le point d'entrer en réunion avec un client pour lui vendre une campagne publicitaire, elle n'avait eu le message que des heures plus tard. Finalement, elle avait remporté le contrat. Mais elle avait perdu son père.

Allison dut reconnaître une fois de plus que, quand Daryl Evans avait décidé quelque chose, il ne perdait pas de temps pour le mettre en œuvre. Il avait été prévu qu'elle reste quelques jours à la réception avec Martha pour la tenir au courant de l'actualité de l'entreprise, mais dès le lundi, celle-ci fut à même de reprendre les rênes. Il fut décidé qu'Allison commencerait dès le lendemain matin à travailler avec Zach.

Le service informatique lui avait déjà préparé un ordinateur portable, et Daryl avait fait installer un deuxième bureau à côté de celui de Zach. Visiblement heureuse de se remettre au travail, Martha l'avait encouragée à prendre la dernière heure de la journée pour organiser son nouvel espace à son goût. Allison avait donc rassemblé ses quelques bibelots, et les avait disposés là où elle allait dorénavant passer ses journées, juste à côté de Zach. Elle venait tout juste de s'asseoir sur son siège de bureau, lorsqu'elle entendit la voix de Martha dans l'Interphone.

— Allison, il y a une femme ici qui voudrait voir Zach, dit-elle en chuchotant presque. Elle n'a pas rendez-vous.

— Mais il n'est pas là.

Elle ne l'avait pas vu de la journée, mais cela n'avait pas empêché son cœur de bondir dans sa poitrine chaque fois qu'elle avait entendu la porte de l'ascenseur s'ouvrir.

— Je lui ai dit qu'il valait mieux qu'elle prenne rendez-vous dans la semaine, mais elle préfère l'attendre dans son bureau.

Riana Collins. C'était elle, cela ne faisait aucun doute. Zach avait de nombreux clients, mais cette attitude ne pouvait venir que d'elle.

— Bien, dites-lui de venir dans ce cas.

Elle respira profondément et s'efforça d'arborer un sourire aussi professionnel que possible. Même si, selon toute probabilité, ce n'était pas pour parler affaires que Riana était venue. Celle-ci sursauta presque en franchissant la porte.

— Allison ? Je croyais que c'était le bureau de Zach.

Malgré son air contrarié, elle était aussi belle que d'habitude. Elle portait un gilet rouge et une jupe noire, et avait encore sur les épaules un imperméable court et cintré, qu'elle avait dû sortir en voyant les épais nuages qui occupaient le ciel depuis le début du week-end. On eût dit qu'elle était prête à commencer une séance photo. En la regardant, Allison se sentit soudain insignifiante dans sa jupe beige et son haut marron. Le foulard à motifs qui lui couvrait les épaules ne l'aida pas davantage à retrouver de l'assurance.

Néanmoins, elle s'efforça de montrer le contraire à Riana, et se dressa de toute sa hauteur.

— C'est son bureau, en effet. Nous le partageons.

Jetant un coup d'œil rapide aux deux tables collées l'une à l'autre, elle remercia intérieurement Daryl d'avoir mis les choses en place aussi rapidement. C'était même amusant de voir que l'espace de Zach était si dénudé qu'on eût dit que c'était lui, le nouvel arrivant.

— Zach et moi travaillons en très étroite collaboration, alors si je peux faire quoi que ce soit pour vous aider…

— Je vais attendre Zach. Je l'ai appelé un peu plus tôt,

il m'a dit qu'il était en chemin. Vous et moi allons pouvoir parler un peu, pendant ce temps.

C'était bien la dernière chose dont Allison avait envie, mais elle conserva son sourire poli.

— J'ai appris que les dons rapportés par la soirée de vendredi avaient battu tous les records. Félicitations.

— Le gala a été un succès, c'est vrai. C'est ce que m'ont dit tous ceux qui étaient là.

Riana ne cachait pas sa fierté ; cependant, la pointe de tristesse visible dans son regard trahissait son regret que son père ne soit pas venu. Mais il lui suffit de reprendre la parole pour faire disparaître du cœur d'Allison toute trace de compassion.

— J'ai été surprise de voir que Zach était venu avec vous.

— Pourquoi donc ?

— Il n'a pas l'air d'être le genre d'homme à avoir une relation avec une collègue de travail. Mais j'imagine que c'est assez commode, en fin de compte. Il passe tellement de temps au bureau que si vous ne travailliez pas ensemble, vous auriez du mal à le voir.

Riana possédait l'art de lancer des piques sans en avoir l'air, mais il n'était pas question qu'Allison se laisse impressionner. Elle savait qu'elle n'était pas avec Zach pour le côté pratique de la situation, puisqu'elle n'était pas avec Zach du tout. Riana pouvait bien penser ce qu'elle voulait, cela n'avait aucune importance.

— C'est vrai que Zach travaille dur, mais nous arrivons à passer du temps ensemble. Je dirais que nous privilégions la qualité plutôt que la quantité.

— J'espère alors que vous ne serez pas fâchée si cette quantité diminue encore dans les semaines à venir.

— Et pourquoi cela devrait-il arriver, ma chère Riana ?

La voix grave et profonde de Zach fit frissonner Allison à l'instant où elle l'entendit prononcer ces mots. Se tournant vers la porte, elle se figea en le voyant entrer. Il lui paraissait encore plus beau qu'avant le week-end. Sans doute à cause du temps qu'elle avait passé, pendant ces deux jours, à se convaincre que le bleu de ses yeux n'était pas si exceptionnel, que ses lèvres n'étaient pas si sublimes, son corps pas si séduisant… Mais à quoi bon ?

Malheureusement, le fait de savoir qu'il n'était pas l'homme qu'il lui fallait n'empêchait pas son cœur de battre la chamade chaque fois qu'elle le voyait. Aujourd'hui encore, le costume gris clair qu'il portait mettait parfaitement en valeur ses larges épaules et ses jambes longues et puissantes. Elle eut le cœur serré en remarquant les marques de fatigue autour de ses yeux, qui ne laissaient aucun doute sur le fait qu'il avait passé les trois derniers jours à travailler sans relâche… Mais pourquoi ce détail l'attendrissait-il ? Cela aurait dû au contraire la faire fuir à toutes jambes.

— Parce que…

Riana fit une courte pause avant d'achever sa phrase d'un seul trait.

— Mon père veut que vous lui présentiez votre proposition le vendredi de la semaine prochaine. Je lui ai assuré que le délai ne serait pas un problème pour vous.

En effet, Zach serait prêt d'ici à la réunion, Allison n'en doutait pas. Même si Riana lui avait annoncé qu'il devait rencontrer son père dès le lendemain, il aurait tout mis en œuvre pour que sa présentation soit parfaite. Cette échéance était tellement importante pour lui ! Mais la façon dont la fille de James Collins s'amusait avec lui était proprement scandaleuse.

Il eut peut-être la même sensation qu'elle, mais il n'en montra rien.

— Vendredi, c'est entendu, dit-il simplement.

— Je suis également venue vous inviter à la réception que nous organisons demain pour présenter notre nouveau site.

— Merci, nous viendrons avec plaisir.

L'habileté avec laquelle il joignit Allison à l'invitation n'échappa sans doute pas à Riana, mais celle-ci ne parut pas étonnée le moins du monde. Elle eut même un sourire quelque peu inquiétant.

— J'ai hâte d'y être, affirma-t-elle.

Allison n'aurait pas pu en dire autant.

— J'ai beaucoup parlé de vous à mon père, Zach. Je compte sur vous pour ne pas le décevoir.

Tandis qu'elle quittait la pièce, Allison oublia bien vite sa mise en garde à peine déguisée. Pour l'instant, toute son énergie était concentrée sur une chose : résister à son envie de se jeter au cou de Zach. Même s'approcher de lui pour le féliciter eût été bien trop dangereux.

Elle avait eu le bon réflexe, vendredi soir, en évitant le baiser qu'ils avaient failli se donner avant de se séparer. Un baiser innocent pour se souhaiter bonne nuit, mais qui eût pu les mener bien au-delà de ce qu'ils voulaient l'un et l'autre. Seulement, depuis lors, elle ne cessait de se demander jusqu'où ils auraient pu aller. Et ce que lui suggérait son imagination était plus troublant que tout ce qu'aurait pu lui offrir la réalité.

Voyant le regard de Zach fixé sur elle, comme s'il guettait sa réaction, elle s'empressa de parler pour masquer ses émotions.

— Bravo, Zach. Tu as réussi.

— Il est encore un peu tôt pour sortir le champagne. Nous en sommes tout juste à la première étape.

La première étape qui allait lui permettre de décrocher ce contrat… puis un autre… puis un autre encore. Il n'en aurait jamais assez. Son obsession de la réussite était évidente, que lui fallait-il de plus pour s'interdire d'envisager une quelconque liaison avec lui ? Sans doute se laissait-elle séduire par la pointe de vulnérabilité qu'elle décelait en lui, malgré sa démarche toujours assurée et son regard confiant. C'était lorsqu'il avait évoqué son père, qu'elle avait compris qu'il y avait en lui une blessure qu'il ne voulait pas dévoiler.

« Mon père n'aurait jamais cru que ce serait moi qui

porterais un jour un costume de créateur et qui côtoierais tout ce beau monde. »

Etait-ce à cause de cela qu'il s'imposait une telle pression ?

Mais cela ne regardait que lui, après tout. Etait-elle assez stupide pour penser qu'elle pouvait le changer ? Il y avait de quoi se poser la question, songea-t-elle en traversant la pièce pour aller chercher deux bouteilles d'eau dans le mini-réfrigérateur.

— Je ne sors pas le champagne, promis, dit-elle en voyant son regard interrogateur. Prenons juste trente secondes pour célébrer cette première étape.

Elle lui tendit une petite bouteille et chacun leva la sienne en même temps en souriant, comme ils l'auraient fait avec deux flûtes de champagne. Elle avait tout fait pour que cet instant soit aussi anodin que possible, et pourtant, elle sentit qu'elle rougissait lorsqu'il plongea son regard dans le sien. Elle voulut baisser les yeux, mais ce ne fut que pour voir sa bouche infiniment sensuelle, qu'elle rêvait de sentir de nouveau contre la sienne.

Trois petits coups frappés à la porte la délivrèrent du regard intense de Zach.

— Je crois que des félicitations sont de rigueur, lança Daryl en entrant dans le bureau. Je viens de croiser Riana Collins, elle m'a dit que tu avais rendez-vous avec James la semaine prochaine. J'imagine que tu ne regrettes pas qu'Allison soit là pour t'aider à préparer la présentation, je me trompe ?

— Je sentais que Riana allait attendre la dernière minute pour nous annoncer la date, alors j'ai pris les devants. Tout est pratiquement prêt.

— Et qu'as-tu prévu de leur dire ? l'interrogea Daryl, comme s'il n'avait pas toute confiance en la stratégie de Zach.

— J'ai rassemblé tous nos derniers fichiers de vente, ainsi que les enquêtes de satisfaction de nos clients. Une fois que James Collins aura vu tout cela, je lui présenterai les différentes options possibles pour ses boutiques. Je voudrais commencer par lui expliquer les avantages de notre tout dernier système : détecteurs de mouvement placés dans les boutiques, alarmes ultrasensibles pour les vitrines, et caméras de surveillance qui ne laissent aucun angle mort. Il faut qu'il ait la sensation que rien ne nous est impossible.

Daryl avait beau acquiescer, Allison sentait qu'il attendait autre chose. Mais ce ne fut pas à Zach qu'il demanda d'approfondir sa réflexion.

— Et vous, Allison, qu'en pensez-vous ?

— C'est, euh… Tout cela est très technique.

— C'est normal que tu aies cette impression, lui assura Zach. Tu n'es pas là depuis longtemps, nos systèmes te sont encore inconnus.

— Oui, sûrement.

Il avait raison, sans aucun doute, et de toute évidence, il avait voulu lui éviter de se sentir gênée. Même s'il l'avait fait avec condescendance.

— Je suis loin d'en savoir autant que toi sur les technologies utilisées par Knox, reprit-elle, mais je suppose que c'est aussi le cas de James Collins. Ce flot d'informations ne l'aidera pas à entrevoir un lien réel entre notre société et la sienne.

— Un lien réel ? Tout ce que je veux, c'est lui vendre notre système. Il n'a besoin de rien d'autre que d'informations techniques.

Elle savait que Zach n'était pas très ouvert aux idées qui ne venaient pas de lui, mais elle ne s'était pas attendue à une réaction aussi intraitable. Et dire qu'elle avait cru avoir gagné son respect après la réception de vendredi… Une fois de plus, elle s'était trompée sur lui.

— C'est exactement ce que vont lui fournir tous nos concurrents, qui veulent ce contrat eux aussi, lui opposa-t-elle. Qu'est-ce qui pourrait faire sentir à James Collins que, pour nous, il ne sera pas qu'un client de plus ? Qu'est-ce qui pourrait lui donner *envie* de choisir Knox ?

Elle vit que Zach était sur le point de se défendre, mais Daryl prit la parole avant lui :

— Voilà une bonne question, Allison. C'est toujours intéressant de voir les choses sous un angle nouveau.

Il était un peu moins brutal que Zach, mais il était évident qu'il ne lui accordait pas davantage de crédit. Du moins le crut-elle avant qu'il ne s'adresse de nouveau à Zach.

— Tu devrais réfléchir à l'idée d'Allison. Essaie de donner une tonalité plus personnelle à ta présentation.

« Une tonalité plus personnelle. »

Pourquoi Daryl lui avait-il demandé une chose pareille ? se demanda Zach, quelques secondes après le départ de son patron. Cela n'avait aucun sens. Ils savaient tous les deux que James Collins était le plus sérieux et le plus professionnel des hommes d'affaires. Quant à Allison, c'était elle qui lui avait fait remarquer, vendredi soir, qu'il était prêt à délaisser sa famille au profit de son travail.

Manifestement, elle l'avait déjà oublié au moment de prétendre qu'il fallait toucher ses émotions pour le convaincre !

— Zach…

— Est-ce que tu te rends compte que j'ai eu mon premier rendez-vous avec James Collins il y a presque un mois ? Que depuis ce jour, j'ai travaillé sans cesse sur ma présentation ? Et maintenant, je n'ai plus qu'une semaine pour tout repenser !

— Daryl m'a demandé mon avis, se défendit-elle. Tu n'es pas obligé d'être d'accord…

— Non, mais je dois reconstruire tout mon travail autour de ça.

— Ce n'est pas ce qu'a dit Daryl. Il t'a juste suggéré de présenter les choses de manière plus personnelle, pour persuader James Collins que Knox est le meilleur choix possible.

Elle dut se rendre compte qu'il avait des doutes, car elle s'avança pour poursuivre son argumentaire :

— Prends le temps d'y réfléchir, Zach. A ton avis, pourquoi un homme de quarante-cinq ans achète-t-il une voiture de sport ? Dans l'espoir qu'elle soit plus sûre, ou de meilleure qualité que les autres ? Peut-être. Mais il sait qu'elle ne sera pas cinq ou six fois mieux qu'une bonne berline. Alors pourquoi est-il prêt à la payer cinq ou six fois plus cher ? Parce qu'elle lui permet de se sentir riche, puissant, sexy…

— Ne me dis pas que je dois faire en sorte que James Collins se sente sexy.

Aussitôt, il vit ses joues rosir et ses paupières se baisser. Il avait eu le temps d'apercevoir l'éclair de désir qui était apparu dans ses yeux, et il se rappela la sensation qu'il avait éprouvée en dansant avec elle vendredi soir. C'était si bon de la tenir contre lui, de sentir son souffle dans son cou et la chaleur de son corps contre le sien…

Il s'efforça d'oublier cet instant et de se concentrer sur le présent. Mais son intervention avait eu beau le mettre hors de lui, sa colère ne chassait pas le désir qu'il avait de goûter de nouveau ses lèvres exquises.

— Il faut que tu le traites comme quelqu'un d'unique, reprit-elle. Et je peux t'aider…

— Je n'ai pas besoin d'aide.

Qu'il réussisse ou qu'il échoue, il assumerait seul le résultat. Il n'avait aucune intention de garder un bouc émissaire auprès de lui, comme l'avait fait son père.

Allison regarda avec amusement l'air déterminé de Zach. Il ressemblait à un petit garçon décidé à prouver qu'il était assez grand pour se débrouiller tout seul.

— Ce n'est pas ce que tu disais la semaine dernière, lui rappela-t-elle avec un sourire moqueur, en se souvenant avec quelle insistance il lui avait demandé de venir à son secours.

— C'était différent.

— Ah, c'était différent. D'accord.

Evidemment. Quelques jours plus tôt, il avait seulement attendu d'elle qu'elle reste assise et qu'elle sourie. N'avait-elle tiré aucune leçon de son expérience avec Kevin ? Lui non plus n'avait pas supporté qu'elle ait ses propres idées. Surtout si elles étaient meilleures que les siennes.

— Je ne voulais pas dire…

— Je sais parfaitement ce que tu voulais dire, l'interrompit-elle. Tu…

— Excusez-moi ?

Allison se tut en entendant la voix de Martha dans l'Interphone. Pourquoi n'avait-elle pas entendu le signal sonore ? Pourvu qu'elle n'ait rien entendu de leur échange…, songea-t-elle, anxieuse. Elle n'avait même pas commencé son premier jour de collaboration avec Zach, et déjà ils ne pouvaient se parler sans se disputer.

— Oui, Martha ? répondit-il, sans parvenir non plus à masquer sa gêne.

— Il y a un appel pour Allison, c'est sa sœur.

Bethany ? s'exclama-t-elle intérieurement. Elle ne lui avait plus jamais téléphoné au bureau, depuis le jour où…

Ce souvenir lui glaça le sang.

— Allison ? l'interrogea Zach. Est-ce que ça va ?

Sentant à peine la main réconfortante qu'il venait de lui poser sur l'épaule, elle s'entendit balbutier d'une voix tremblante :

— Ma sœur… Il faut que…

Elle saisit machinalement le combiné. Quelque chose n'allait pas, elle le sentait. Et les sanglots de Bethany à l'autre bout du fil le confirmèrent.

— Bethany ?

— Je ne voulais pas te déranger en plein travail.

— Oublie mon travail. Dis-moi ce qui se passe.

— Les livreurs viennent de déposer les meubles.

— Oui ?

C'était bien la dernière chose qu'elle s'attendait à entendre, mais ces mots ne firent pas disparaître son inquiétude.

— Je… Je ne sais pas quoi faire. Je croyais qu'ils allaient les mettre dans la maison, mais ils ont tout laissé dehors…

Sa voix se brisa dans un nouveau sanglot.

— Bethany ? Quel est le problème ? Parle-moi.

— Le vent vient de renverser le berceau.

— Le berceau aussi est dehors ?

Elle se tourna machinalement vers la fenêtre du bureau, comme si elle pouvait apercevoir la maison de sa sœur. L'orage qui menaçait depuis quelques jours était maintenant sur le point d'éclater. Les branches des arbres dansaient sous le ciel noir, et quelques grosses gouttes venaient déjà s'écraser contre les vitres.

— Tout est dehors, dans des cartons ! Ils m'ont dit que je n'avais payé que pour la livraison, pas pour l'installation des meubles. Que j'aurais dû préciser que je voulais qu'ils montent les meubles à l'intérieur.

Bethany vivait dans une maison de ville dont le garage était situé au rez-de-chaussée. Il fallait prendre un escalier pour accéder à la porte d'entrée.

— Eh bien, dis-leur que nous paierons le supplément pour l'installation.

Peu à peu, elle retrouvait son calme intérieur. Au moins, cette fois, elle pouvait faire quelque chose pour venir en aide à sa sœur. Elle avait déjà une idée de ce qu'elle irait dire au vendeur qui les avait si bien renseignées !

— C'est ce que j'ai fait, mais ils m'ont répondu qu'ils n'avaient pas le temps, que ce n'était pas prévu dans leur emploi du temps.

Percevant à quel point sa sœur était désemparée, Allison faisait son possible pour garder un ton neutre, et éviter de l'affoler encore plus.

— Dans ce cas, ils vont devoir repartir avec le tout, et nous reprendrons rendez-vous pour un jour où ils pourront livrer les meubles du bébé à l'intérieur de la maison et les assembler.

Le silence qui suivit était lourd de sens ; Allison savait ce que sa sœur allait dire avant qu'elle ne reprenne la parole.

— Ils sont déjà partis, dit-elle, presque à mi-voix. Je n'ai pas pensé…

Cette fois, elle fondit en larmes.

— Comment je vais faire pour m'occuper d'un bébé, si je ne suis même pas capable de m'occuper d'une livraison ?

Le parallèle était quelque peu douteux, mais de toute évidence, Bethany était à bout de nerfs. Son état de fatigue ajouté à l'angoisse causée par sa séparation n'allait pas tarder à avoir raison d'elle.

— Tu vas très bien t'en sortir. Et nous serons là pour t'aider, maman et moi. Pour l'instant, assieds-toi et respire, je serai là dans quelques minutes. Nous trouverons bien une solution.

— D'accord, dit-elle dans un murmure. Merci, Allison.

— Hé, il faut bien que ça serve à quelque chose, d'avoir une sœur, non ?

Elle n'avait aucune envie que Bethany soit anxieuse, surtout en ce moment, mais elle ne pouvait que se réjouir de chaque occasion qui lui permettait de se rapprocher d'elle.

Dès l'instant où elle raccrocha le téléphone, elle sentit le regard de Zach sur elle. Elle ne le voyait pas, et pourtant, c'était comme s'il la touchait des yeux. Comment était-il possible que cette sensation fût déjà si familière ?

— Je dois y aller.

— Allison, attends.

Mais il n'était pas question qu'il la retienne au bureau.

— Non. Je crois que pour l'instant, nous n'avons rien de plus à nous dire. Et contrairement à toi, ma sœur, elle, a besoin de moi.

— Et que comptes-tu faire ? Tu ne pourras pas déplacer les meubles toute seule.

Tout en lui était le signe de son assurance et de son indépendance. Avec une telle force physique aussi bien que mentale, il était évident qu'il n'avait besoin de personne. Et il aimait sans doute mieux que personne n'ait besoin de lui. C'était un homme solitaire. Tout le contraire d'Allison.

— Peut-être pas, reconnut-elle en prenant son sac. Mais au moins, je serai là pour elle.

Le poids du remords était trop lourd à porter depuis trois ans. Elle eut beau entendre Zach l'appeler encore, elle courut jusqu'à l'ascenseur et s'y engouffra, bien décidée à ne plus reproduire les mêmes erreurs que par le passé.

- 6 -

Au moment où Allison s'engageait dans l'allée qui menait à la maison de Bethany, elle la vit apparaître sur le seuil du garage. Les mains dans les cheveux, elle luttait contre le vent pour se dégager le visage. Une dizaine de cartons de toutes tailles étaient répandus dans l'allée, au milieu desquels trônait un matelas dans une housse en plastique. Zach avait eu raison sur un point : elle n'arriverait pas à tout monter elle-même. Mais avec un peu de chance, elle aurait assez de force pour traîner les paquets jusqu'au garage.

Une rafale de vent s'engouffra dans la voiture au moment où elle ouvrit la portière pour sortir.

— C'est bon, cria-t-elle à sa sœur. J'ai une solution.

— Je sais, lui répondit Bethany avec un grand sourire.

— Ah bon ?

— Ton patron m'a téléphoné quelques minutes après notre conversation.

— Zach ? l'interrogea-t-elle, stupéfaite.

Elle courut jusqu'au garage et se mit à l'abri.

— Il m'a dit pour ce garçon, Brad. Il sera là d'ici une demi-heure. Il s'occupera de rentrer les meubles et de les assembler.

Trop étonnée pour lui demander des explications, Allison la laissa finir.

— Zach m'a dit que tu étais partie si vite, que tu avais oublié de lui donner mon adresse.

Pourquoi Zach avait-il envoyé quelqu'un pour les aider ?

C'était bien la dernière chose à laquelle elle s'était attendue de sa part.

— Ça ne va pas ? lui demanda Bethany.

— Si, bien sûr que si.

Elle ne pouvait pas dire à sa sœur qu'elle était furieuse contre Zach, et qu'il eût mieux valu qu'elle le reste. Cela lui eût évité de penser de nouveau à l'attirance qu'elle éprouvait pour lui. Elle ne pouvait pas non plus lui avouer qu'elle aurait voulu pouvoir lui venir en aide elle-même… C'eût été tellement mesquin !

— Tu n'oublieras pas de le remercier, j'espère, lui rappela-t-elle en grande sœur raisonnable.

— Non, non, ne t'en fais pas.

Mais au fond, elle n'avait aucune envie de le remercier. Même si elle savait qu'elle devait avoir honte de sa réaction.

Deux heures plus tard, la reconnaissance d'Allison envers Zach avait chassé toute trace de rancœur. Brad, l'homme qu'il leur avait envoyé pour les aider, mesurait au moins un mètre quatre-vingt-quinze et pesait aussi lourd que Bethany, son bébé et Allison réunis. Après avoir rentré tous les cartons, il avait sorti sa boîte à outils et monté la commode, le berceau, la table à langer et le fauteuil à bascule.

Les meubles blancs étaient maintenant regroupés au milieu de la chambre, en attendant que les murs aient été peints en jaune pâle comme le souhaitait Bethany. Pour compléter la décoration, elle avait choisi des draps et des accessoires dans les tons pastel.

La pièce n'était pas encore aménagée, mais au moins, elle commençait à ressembler à une chambre d'enfant. Bethany, quant à elle, paraissait retrouver de l'énergie et adopter un état d'esprit aussi positif que possible, compte tenu de sa situation.

Un peu plus tôt, tandis que Brad finissait de monter les meubles, elle s'était assise un instant dans son nouveau fauteuil à bascule, face à la fenêtre. Les mains posées sur son ventre arrondi, elle avait eu un regard rêveur.

— Tu tiendras bientôt ton bébé dans tes bras, lui avait dit Allison.

— J'ai hâte, avait-elle murmuré avec un sourire un peu triste, qui révélait qu'elle pensait à Gage.

— J'ai l'impression qu'hier seulement, j'assemblais les meubles de mon propre enfant, avait glissé Brad, tout en vérifiant la stabilité du berceau.

— C'est vraiment gentil à vous d'être venu, et surtout d'avoir fait si vite.

— C'est normal. J'avais dit à Zach que si un jour je pouvais lui rendre service, il n'avait qu'à m'appeler.

La bonté de son regard avait ému Allison. Il avait l'air d'un homme honnête et sincère, qui aimait les plaisirs simples de la vie. Toutefois, il ne semblait pas du tout faire partie du même monde que Zach Wilder, et elle n'avait pu s'empêcher de se demander où ils avaient bien pu se rencontrer. Mais elle s'était efforcée d'étouffer sa curiosité.

— Et comment connaissez-vous Zach ?

— Bethany ! avait protesté Allison en riant intérieurement. Cela ne nous regarde pas.

— Oh ! pardon ! Je ne savais pas que c'était un secret d'Etat.

— Je ne crois pas que ce soit le cas, s'était amusé Brad. Nous nous sommes rencontrés par l'intermédiaire de mon épouse. Zach s'est arrêté un jour en voiture pour lui venir en aide, et depuis, je lui suis très reconnaissant. Je ne pensais pas avoir un jour l'occasion de lui rendre la pareille, alors je vous remercie toutes les deux d'avoir eu besoin de mes services.

Voilà qui pouvait être une bonne façon de voir les choses, s'était dit Allison : songer qu'elle avait rendu service à Brad, et non qu'elle avait accepté l'aide de Zach.

Mais c'eût été on ne peut plus lâche de sa part. La vérité, c'était qu'elle avait peur de voir cet aspect de la personnalité de Zach. Il lui était tellement plus facile de résister à l'homme d'affaires obsédé par son travail, dénué de toute qualité humaine. Il lui avait pourtant déjà dévoilé une part de sa sensibilité vendredi soir, sur la piste de danse… Mais il était déjà si séduisant ! Comment se convaincre qu'il n'était pas pour elle, si elle découvrait qu'il avait plus de cœur qu'elle ne l'avait cru ?

Après leurs multiples remerciements, Brad partit et les laissa seules toutes les deux.

— Alors ? la taquina Bethany en passant nonchalamment la main sur le rebord du berceau. Vas-tu enfin me dire ce qu'il y a entre Zach et toi ?

— Rien. Nous travaillons sur le même projet, c'est tout.

— S'il n'y a rien de plus que cela, comment expliques-tu tout ceci ? la questionna-t-elle en désignant les meubles.

— Il a dû se dire qu'il avait besoin de moi au bureau, et que si j'essayais de m'en sortir toute seule, il me faudrait au moins une semaine.

— Sans compter le temps qu'il aurait fallu pour trouver quelqu'un qui vienne ensuite tout démonter pour remettre les choses dans le bon sens, se moqua Bethany.

— Aïe, dit-elle en portant la main à son cœur. Je suis blessée.

Mais c'était si bon d'entendre sa sœur plaisanter de nouveau avec elle. Elle pouvait remercier Zach, au moins pour cela.

Plus tard dans la soirée, Allison quitta Bethany avec l'intention de rentrer directement chez elle. Les lumières rouges, jaunes et vertes de la ville se reflétaient dans les rues lavées par la pluie, et l'air sentait bon la fraîcheur après le passage de l'orage. C'était un soir idéal pour s'installer sur son canapé avec une tasse de thé et un bon livre.

A cette heure, tous les employés de chez Knox étaient rentrés chez eux, et devaient s'apprêter à se mettre à table pour dîner. Tous, à part Zach, qui était encore au travail, et qui serait le premier à arriver le lendemain matin. Elle pourrait donc le remercier à ce moment-là. Mais cette réflexion ne l'empêcha pas de s'engager sur la route qu'elle empruntait chaque jour depuis deux mois.

Quelques minutes plus tard, elle entrait dans le parking souterrain avec la ferme intention de repartir dès qu'elle aurait fait ses remerciements à Zach. Elle était en train de descendre de voiture lorsqu'une présence attira son attention à quelques mètres de là. Comment aurait-elle pu le nier ? Elle avait appris à reconnaître la silhouette de Zach, ses larges épaules, la fierté de son port de tête et sa démarche à la fois souple et décidée. Il portait un sac sur l'épaule, et à en croire l'expression de fatigue sur son visage, ce sac pouvait bien peser tout le poids du monde.

Il marchait vers l'autre côté du parking, et il n'avait aucune raison de se tourner vers elle. Il était encore temps pour elle de se rasseoir au volant et de garder ses remerciements pour le lendemain. Personne n'avait besoin de savoir qu'elle avait fait la sottise de passer le voir…

Zach mit son sac dans son coffre et le referma. Seulement, au lieu d'aller directement s'installer sur le siège du conducteur, il resta debout durant plusieurs secondes, les mains appuyées contre le capot. Il suffisait de voir son air abattu pour deviner qu'il n'était pas content de son travail sur la présentation.

Tout à coup, l'idée de s'échapper sans lui parler lui parut stupide. Claquant sa portière pour l'avertir de sa présence, elle marcha vers lui.

— Salut, Zach.

Il se redressa aussitôt, et au moment où il se tourna vers elle, il avait l'air en pleine forme. Mais elle commençait à le connaître, il savait parfaitement se composer une expression.

— Qu'est-ce que tu fais là ? l'interrogea-t-il sur un ton insouciant. Je croyais que tu avais une urgence de mobilier.

— C'était le cas, jusqu'à ce que tu te portes à mon secours.

— Je n'ai rien fait, dit-il en s'appuyant contre sa voiture. Je suis resté ici pour travailler.

A mesure qu'elle s'approchait de lui, elle sentait son parfum de plus en plus présent. Elle aurait tant voulu aller tout contre lui, enfouir les doigts dans ses épais cheveux bruns…

— Mais tu as envoyé Brad, répliqua-t-elle en se forçant à rester où elle était. Il a été formidable. Et tu avais raison, je n'aurais jamais réussi à rentrer tous les meubles et à les assembler.

Alors qu'elle s'attendait à ce qu'il parade de fierté, il se contenta de hausser les épaules.

— Je n'ai eu qu'à passer un coup de téléphone. Ce n'était pas grand-chose.

Si, cela signifiait beaucoup, et elle ne voulait rien lui devoir.

— Je te rembourserai. Quelle que soit la somme que demande Brad, je la prendrai en charge.

— Inutile, il tenait absolument à me rendre service.

— Pourquoi ?

— Dis donc, tu ne vas pas laisser tomber, hein ?

— Non. Alors je te conseille de me répondre maintenant, si tu ne veux pas que je te pose cent fois la question.

— Sa femme avait un pneu crevé, elle s'était arrêtée sur le bord de la route. C'était la nuit, dans un quartier plutôt mal famé. Je me suis garé et je l'ai aidée.

— Et son mari se sent redevable pour ça ?

— Sa roue de secours n'avait pas l'air très fiable, alors je l'ai suivie jusque chez elle pour m'assurer qu'elle n'ait pas d'autre problème. Mais vraiment, ce…

— Ce n'était pas grand-chose. J'ai compris.

— Je me suis souvenu que Brad travaillait pour une société de déménagement. Puisqu'il avait longuement insisté, il m'a semblé que c'était le bon moment de faire appel à lui.

Mais si cela avait été pour lui, il n'aurait jamais appelé Brad. C'était pour elle qu'il l'avait fait.

Mieux valait ne pas lui demander pourquoi.

— Si tu ne veux pas que je te rembourse, lui dit-elle finalement, me laisseras-tu au moins t'inviter à dîner ? En simple signe de remerciement, ajouta-t-elle en remarquant son regard étonné.

Heureusement, elle sentit qu'il allait décliner son invitation. Un dîner avec Zach ? Quelle folie ! Par chance, elle pouvait compter sur lui pour redresser les barrières qu'elle avait trop souvent fait tomber ces derniers jours.

— Allons-y.

— Pardon ? Où ça ?

— Au restaurant. Lequel avais-tu en tête ?

— Euh…

Prise de court, elle ne parvenait plus du tout à réfléchir.

— Tu es sûr que tu n'avais rien d'autre de prévu ?

— Je m'apprêtais à aller à la salle de sport.

Une ombre passa dans ses yeux. Regrettait-il déjà d'avoir accepté ? Elle-même regrettait un peu de lui avoir proposé cette soirée. Pourvu qu'il change d'avis ! supplia-t-elle mentalement. Mais en le voyant debout à quelques pas d'elle, plus sexy que jamais, elle perdit toute volonté de revenir en arrière.

— C'est toi qui conduis ?

Zach prit le volant, et Allison lui indiqua l'adresse d'un restaurant italien qui se trouvait non loin du bureau. Seulement, elle y était allée plusieurs fois pour déjeuner, et eut la surprise de découvrir que l'atmosphère y était bien différente le soir. Les haut-parleurs diffusaient une musique douce, les lumières étaient tamisées et chaque table était ornée de bougies. Et lorsque la serveuse qui les avait accueillis les mena jusqu'à une table située à l'écart des autres, elle eut le plus grand mal à masquer son embarras.

Zach allait-il croire qu'elle l'avait convié à une soirée romantique ? Et dire qu'elle avait voulu faire de ce dîner une simple occasion de le remercier.

Il plaça la main dans le bas de son dos pour l'inviter à s'asseoir, et un frisson la parcourut tout entière, comme pour lui rappeler que cet instant ne pouvait rien avoir d'innocent. Pourtant, elle devait absolument prétendre le contraire.

— Très bon choix, murmura-t-il avec un sourire.

Levant les yeux vers lui, elle espéra que la semi-obscurité avait au moins l'avantage de cacher le rouge qui lui montait aux joues.

— Jusqu'à maintenant, je n'étais venue que la journée, pour déjeuner. Ce n'était pas aussi…

— Aussi quoi ?

Pas aussi romantique, pas aussi propice à la séduction, se retint-elle de répondre. Mais si ce n'était pas le restaurant qui créait cette atmosphère ? Tout à coup, elle eut la sensation que, même dans une cafétéria de supermarché, le simple fait d'être assise en face de Zach suffirait à la troubler.

— Pas aussi bondé, improvisa-t-elle.

Mais à en juger par son sourire malicieux, il ne s'était pas laissé duper. Et il n'hésita pas à la taquiner.

— Tu espérais quelque chose de plus intime ?

— J'espérais que nous serions servis rapidement, rétorqua-t-elle en évitant d'entrer dans son jeu. Je te rappelle que je travaille sur une présentation très importante en ce moment, et que demain matin, nous avons la réception des Collins.

C'était absurde que ce soit elle qui mette le travail en avant, elle le savait bien, et sa stratégie n'eut même pas l'effet escompté. Au lieu de rebondir sur ce sujet, Zach laissa échapper un rire grave, infiniment sexy.

— Que vous êtes consciencieuse, mademoiselle Warner. Vous allez obtenir une promotion, si vous continuez comme cela.

C'était bien la dernière chose dont elle avait besoin. Ou plutôt l'avant-dernière, la dernière étant de se laisser entraîner dans un jeu de séduction avec Zach. Non sans soulagement, elle fut dispensée de réagir à sa remarque grâce à l'arrivée de la serveuse. Celle-ci posa sur la table deux verres d'eau fraîche et une corbeille de petits pains chauds avant de prendre leur commande. Allison opta pour les raviolis au fromage, tandis que Zach choisit un trio de lasagnes, spaghettis et manicotti.

— Tu sais, je me suis rendu compte d'une chose en venant te chercher chez toi l'autre soir.

— Tiens, tiens, lequel de mes secrets as-tu bien pu percer ?

Il se pencha vers elle et plongea les yeux dans les siens.

— Je n'ai pas pu m'empêcher de remarquer que... tu n'avais pas de système d'alarme.

Elle se redressa et se mit à rire, autant de surprise que d'amusement. Comment avait-elle pu croire qu'il cherchait à se rapprocher d'elle ? Non, ce qu'il avait remarqué n'était pas ce qu'elle pouvait avoir d'attirant ou de remarquable. Il était temps qu'elle redescende de son nuage.

— Eh bien, je dois reconnaître tes talents de vendeur, Zach. Je ne m'attendais pas à cette remarque.

Il ouvrit grands les yeux et prit un air innocent.

— Je ne cherche pas à te vendre quoi que ce soit, se défendit-il. Tu es une femme, tu vis seule...

— Oui, oui, je sais, l'interrompit-elle, persuadée que son discours était purement commercial. Mais j'habite dans un quartier très sûr.

— C'est souvent dans des quartiers comme le tien qu'ont lieu les cambriolages. Les voleurs n'ont aucun intérêt à aller là où il n'y a rien à prendre.

— Zach..., s'insurgea-t-elle, refusant de le laisser lui faire peur.

— Ecoute-moi, s'il te plaît. Quand j'étais adolescent, je vivais seul avec ma mère. Après la mort de mon père, je me suis mis à travailler en dehors de mes heures de cours : j'ai vendu des sandwichs, lavé des voitures, servi des cafés... Tout ce que je pouvais faire le soir et le week-end. Un soir où ma mère était seule à la maison, elle était sur le point d'aller se coucher quand elle a entendu du bruit sur la terrasse. Elle n'est pas d'un naturel peureux, et elle a pensé que c'était le vent ou le chat des voisins qui avait renversé un pot de fleurs. Elle est descendue pour s'en assurer, et c'est une fois arrivée en bas de l'escalier qu'elle l'a vu.

— Quelqu'un était entré ? ponctua-t-elle en frémissant.

— Ma mère n'a pas pris le temps de le dévisager. Elle a fait volte-face et couru à l'étage. Elle savait qu'elle serait piégée là-haut, mais il bloquait la sortie la plus proche et elle n'aurait pas pu courir assez vite pour gagner une autre issue. Alors elle s'est enfermée à clé dans sa chambre. Elle a crié à l'intrus qu'elle appelait la police, mais on l'a fait attendre au téléphone, et il s'est mis à enfoncer la porte.

— Elle a dû être terrorisée, murmura Allison, osant à peine s'imaginer dans la même situation.

— Oui, mais heureusement, j'ai fini plus tôt ce soir-là. Le type a dû entendre claquer ma portière de voiture et croire que c'était la police qui arrivait. Il était apparemment trop stupide pour se rendre compte que l'intervention n'aurait pas pu être aussi rapide. Il a disparu par la porte de derrière avant même que je me sois rendu compte de quoi que ce soit.

— Et il n'était rien arrivé à ta mère, au moins ?

— Non, mais la semaine suivante, nous avons fait installer un système d'alarme.

Il prit une gorgée d'eau avant de poursuivre son récit :

— J'ai engagé la conversation avec George Hardaway, l'installateur de l'alarme, et quelques mois plus tard, il m'a aidé à décrocher un emploi chez Knox.

— Alors que tu étais encore adolescent ?

Elle savait qu'il y avait plus de cinq ans qu'il travaillait pour l'entreprise, mais elle ne s'était pas rendu compte qu'il y était depuis si longtemps.

— Oui. Cela fera bientôt douze ans que je suis chez Knox. J'ai installé des alarmes le soir et le week-end jusqu'à ce que je finisse mes études universitaires. Une fois diplômé, j'ai travaillé pour le service consommateur, puis je suis passé à la vente.

— Je comprends pourquoi tu es aussi bon vendeur. Ton histoire convaincrait le plus réticent des clients.

— Ce n'est pas une histoire, répliqua-t-il avec un air contrarié.

Elle regretta aussitôt ce qu'elle avait dit. Sa volonté n'avait pas été de le blesser, bien au contraire.

— Zach…

— Et voilà. Des raviolis au fromage, et le trio du chef, intervint la serveuse, obligeant Allison à attendre pour faire ses excuses à Zach.

— Je suis désolée, dit-elle une fois seule avec lui. Je ne voulais pas minimiser ce qui est arrivé à ta mère.

— Ça ne fait rien.

— Je voulais juste dire que ton expérience personnelle pouvait toucher les clients, expliqua-t-elle.

A leur place, elle eût été bien plus convaincue par son récit que par les chiffres qu'il avait prévu de présenter à James Collins.

— Allison, c'est bon, tu n'as pas besoin de te justifier. C'est juste que… Ce n'est pas une histoire que je raconte à mes clients. A vrai dire, je ne la raconte jamais, et surtout pas dans le cadre professionnel. Je considère que le produit que je propose est le meilleur du marché, c'est cela qui doit convaincre les acheteurs. Je ne veux pas me servir de mon passé pour les émouvoir, j'estime qu'il doit y avoir une frontière nette entre ma vie professionnelle et ma vie personnelle.

L'air décontenancé, il baissa les yeux et se concentra sur son assiette. Se demandait-il pourquoi il avait raconté cette histoire à Allison, puisqu'il avait l'habitude de la garder pour lui ?

Elle, en tout cas, se posa la question toute la soirée.

Tandis qu'il raccompagnait Allison pour qu'elle récupère sa voiture, Zach ne cessait de se répéter que ce dîner n'avait rien eu d'une soirée romantique. Il allait maintenant la déposer, s'assurer qu'elle démarrait sans problème et lui souhaiter bonne nuit d'un signe de la main.

Il n'avait aucune raison de s'inquiéter, même s'il avait passé toute la soirée à dévorer Allison du regard, fasciné par la manière dont les bougies faisaient briller ses yeux verts et les reflets blonds de ses cheveux.

Sur le siège passager, il la vit bouger pour croiser les

jambes. Sa jupe dévoilait ses mollets fins, et il dut prendre sur lui pour rester concentré sur sa conduite. Lorsqu'il posa la main sur la boîte de vitesses, il se rendit compte que ses genoux étaient tout près de lui, qu'un geste lui aurait suffi pour qu'il sente sous ses doigts la peau veloutée de ses jambes.

Quelques minutes plus tard, il retint un soupir de soulagement en arrivant devant l'immeuble qui abritait Knox. Le simple fait de voir sur la façade le logo illuminé de l'entreprise l'aida à se souvenir de ce qui comptait réellement pour lui. Mais depuis quand avait-il besoin qu'on lui rappelle que le travail devait passer avant tout ?

Depuis qu'il connaissait Allison, bien sûr.

Il entra dans le parking et se gara à côté de sa voiture. Il ne lui restait plus qu'à la déposer, lui dire bonsoir et s'en aller. Oublier les émotions qui, depuis quelques jours, avaient une fâcheuse tendance à l'éloigner de ses objectifs.

La main gauche toujours serrée sur le volant, il se tourna vers elle tout en laissant le moteur en marche. Il ne descendrait pas de voiture.

— Merci encore de nous avoir envoyé Brad, dit-elle avec un grand sourire. A demain matin !

C'était exactement de cette sobriété qu'il avait besoin. Sans un mot de plus, elle ouvrit sa portière et sortit, ce qui ne pouvait pas mieux correspondre à ce qu'il voulait.

Mais il ne put s'empêcher de faire la chose la plus stupide qui fût. Il coupa le moteur et descendit à son tour.

— Allison !

— Oui ?

Sans tenir compte de son regard étonné, il la rattrapa et lui ouvrit sa portière, qu'elle avait déjà déverrouillée. Il fixa alors les yeux sur elle, et comprit en un instant qu'il avait eu tort. Tort de ne pas être resté assis dans sa voiture pour s'en aller aussi vite que possible.

— Ne crois pas que j'aie oublié cette histoire de système d'alarme, dit-il pour justifier son attitude.

— Non, je ne le crois pas. Et je commence à me dire que

ce serait peut-être une bonne idée. Pas pour moi, précisa-t-elle aussitôt, mais pour ma sœur. Je n'aime pas la savoir seule.

— Tu parles de Bethany ?

— Je n'ai pas d'autre sœur.

— Mais elle…

Il s'interrompit en se rendant compte qu'il allait aborder un sujet beaucoup trop personnel.

— Elle quoi ?

— Elle est enceinte, lâcha-t-il brusquement.

— Oui, soupira-t-elle. Son mari est parti il y a quelques mois.

C'était elle qui avait voulu le lui dire, songea-t-il pour se rassurer. Il ne lui avait rien demandé. Il n'avait pas franchi les limites.

— Ils avaient l'air tellement heureux, ils formaient un couple parfait… en apparence.

Son regard triste lui serra le cœur. Pourquoi fallait-il qu'elle s'ouvre à lui de la sorte ? Il ne voulait pas que ses émotions entrent en jeu.

— La nouvelle de leur séparation a été un vrai choc. D'autant que Bethany venait tout juste d'apprendre qu'elle était enceinte. Mais elle refuse de me dire ce qui s'est passé, je n'arrive pas à comprendre comment ils en sont arrivés là.

Le geste de frustration qu'eut Allison en dit aussi long que ses mots. Zach avait eu l'impression que sa sœur et elle partageaient tout… Et pourtant, Bethany ne s'était pas confiée à elle.

En fin de compte, Allison était peut-être plus seule qu'il ne l'avait cru. Mais alors pourquoi paraissait-elle accorder plus d'importance à sa famille qu'à sa carrière ? Passer soixante heures par semaine au bureau était sans doute le meilleur moyen d'oublier qu'on vivait dans une maison vide…

Qu'est-ce qui lui faisait dire cela ? se demanda-t-il soudain.

Mais la réponse était évidente. Et la violence avec laquelle elle s'imposait à lui le stupéfia. Tout autant que de songer qu'il avait peut-être un point commun avec Allison.

— Je suis sûr que tout va s'arranger.

Il entendit la platitude de ses mots, mais qu'eût-il pu lui dire d'autre pour la réconforter ? Elle avait attendu mieux de sa part, à en juger par son regard déçu. C'était mal le connaître, malheureusement.

— Oui. J'espère que Gage et Bethany seront de nouveau ensemble avant la naissance du bébé, murmura-t-elle avec un sourire forcé.

— Qui sait, lâcha-t-il en serrant la main sur la portière. Il vaudrait peut-être mieux qu'il ne revienne pas.

— Comment peux-tu dire ça ? s'exclama-t-elle en ouvrant de grands yeux.

— Eh bien, s'il n'est pas prêt à se consacrer à sa famille, ta sœur et son bébé s'en sortiront aussi bien sans lui. C'est inutile que cet enfant grandisse en entendant chaque jour qu'il est une charge pour son père, un frein à sa réussite. En tout cas, je ne le souhaite à personne.

Durant plusieurs secondes, elle le regarda sans un mot.

— C'est ce qui t'est arrivé, Zach ? lui demanda-t-elle finalement. C'est ce que te disait ton père ?

Comprenant qu'il en avait dit beaucoup plus sur lui qu'il ne l'avait voulu, il fit un pas en arrière, comme pour échapper à la compassion qu'il lisait maintenant dans ses yeux. Mais cela n'y fit rien. Pourquoi lui confiait-il ce qu'il ne disait jamais à personne ?

— Zach, attends ! le retint-elle en lui saisissant le bras.

Au contact de sa main, il sentit qu'il perdait tout contrôle de lui-même. Avec elle, pour la première fois, il ne parvenait plus à obéir aux règles qu'il s'était imposées il y avait bien longtemps.

Il fixa les yeux sur les siens. Ses prunelles brillaient d'intelligence, de sensibilité, et d'un désir qui ne faisait qu'attiser le sien. Il brûlait de caresser la soie de ses cheveux, de sentir de nouveau le goût de ses lèvres sur sa bouche et la chaleur de son corps contre le sien.

A cet instant, il comprit qu'Allison valait mille fois qu'il brise toutes les barrières du monde. Y compris celles qu'il avait mis des années à dresser autour de lui. Glissant les doigts derrière sa nuque, il l'attira contre lui et l'embrassa avec toute la passion qu'il avait essayé d'enfouir au fond de lui.

Allison ne pouvait nier qu'elle était allée trop loin avec Zach, en le poussant à révéler les souvenirs intimes de son enfance. Les quelques mots qu'il lui avait dits de son père lui avaient certainement appris bien plus qu'il ne l'avait souhaité. Après cela, elle s'était attendue à tout. A ce qu'il lui oppose un mur de silence, à ce qu'il s'arrange pour mettre fin à leur collaboration…

A tout, sauf à ce baiser. Il avait bien dû se passer une fraction de seconde avant qu'il ne l'embrasse, pendant laquelle elle aurait pu s'écarter de lui. Si elle l'avait fait, il ne l'aurait pas retenue. Elle en était absolument certaine. Mais elle ne s'était pas détournée, et à présent qu'il prenait possession de sa bouche et la comblait de sensualité, elle était incapable de le regretter.

Lorsqu'il l'embrassait, elle sentait qu'il s'abandonnait tout autant qu'elle, qu'il cessait de contrôler le moindre de ses actes.

Emportée par un tourbillon de plaisir, elle s'agrippa à ses épaules et répondit à chaque mouvement de ses lèvres. Puis elle s'éleva sur la pointe des pieds et inclina la tête, l'invitant à aller plus loin. C'est alors qu'elle sentit sa langue venir au contact de la sienne, provoquant en elle des sensations de douceur et d'excitation mêlées.

Elle eut un éclair de conscience, durant lequel une petite voix intérieure essaya de lui rappeler ce qu'elle était en train de faire, où elle se trouvait et dans les bras de quel homme, mais elle la fit taire au moment où Zach laissait échapper un gémissement rauque. Elle sentit sa main glisser le long de son dos et se refermer sur sa hanche. D'une pression délicieusement érotique, il la serra plus fermement contre lui, ne lui laissant plus aucun doute sur l'excitation qu'il éprouvait lui aussi. La poitrine pressée contre la sienne, elle sentit sa cuisse avancer entre ses jambes, la faisant brûler d'envie de voir disparaître tous les vêtements qui les séparaient l'un de l'autre. Son cœur battait si fort, qu'elle eut l'impression qu'elle allait chanceler entre ses bras.

Lorsqu'il se redressa et interrompit leur baiser, elle réprima un soupir de déception. Elle ouvrit les yeux à regret, mais ce fut pour contempler avec fascination son visage à la fois si séduisant et empli de mystère. Elle eut encore pour quelques secondes la sensation d'être seule au monde avec lui, jusqu'à ce qu'elle reprenne peu à peu conscience de l'endroit où elle se trouvait.

Le parking de Knox, encore une fois.

Peut-être était-il temps pour eux de s'offrir l'intimité d'une chambre, ne put-elle s'empêcher de songer.

Toutefois, en le voyant reculer brusquement, elle se demanda si elle n'avait pas formulé cette pensée à haute voix.

— Allison…

— C'est bon, le coupa-t-elle, préférant éviter d'avoir à écouter son discours sur l'importance de son travail.

Le souffle court, elle n'était pas encore remise de l'intensité de leur étreinte, et le son de sa voix suffit à lui donner envie de se jeter de nouveau dans ses bras. Mais déjà, un mur apparaissait de nouveau entre eux, tandis que sur son visage, ses traits reprenaient la forme d'un masque de froideur. L'homme qu'elle commençait tout juste à connaître et qui lui plaisait tant s'était envolé.

— Je sais déjà ce que tu vas dire, dit-elle en croisant les bras, comme pour combler le vide soudain qu'elle éprouvait.

— Alors tu as bien de la chance, murmura-t-il en se passant nerveusement la main dans les cheveux.

Au moins, ce baiser ne l'avait pas laissé indifférent, ce qui la réconforta quelque peu.

— Nous travaillons ensemble, et tu ne mêles jamais travail et plaisir. Même s'il t'arrivait de le faire, le travail serait toujours ta priorité. Tu es trop concentré sur la préparation de ta présentation chez les Collins pour penser à quoi que ce soit d'autre, donc tu ne vas certainement pas commencer une quelconque relation avec moi.

— Tu as raison, reconnut-il après un silence, brisant son espoir qu'il la contredise.

Mais il se rapprocha d'elle, et fixa sur elle des yeux encore brûlants de désir.

— Et pourtant, tu te trompes complètement.

- 7 -

Le lendemain matin, le soleil brillait au milieu d'un ciel sans le moindre nuage. Devant les panneaux représentant la façade, toute de verre et d'ardoise, du futur bâtiment des joailleries Collins, James Collins venait de s'approcher du micro pour prendre la parole. Vêtu d'un élégant costume gris, il se tourna vers les caméras braquées sur lui.

— Un grand merci à tous d'être venus aujourd'hui, commença-t-il.

Il avait à la main une pelle et un casque, qui symbolisaient l'ouverture prochaine du chantier.

— Ce jour marque le début d'un nouveau chapitre pour les joailleries Collins, et nous tenions à vous associer à ce projet qui s'annonce passionnant.

— J'ai l'impression que Knox est la seule société de sécurité représentée ici, murmura Zach en se penchant à l'oreille d'Allison.

En sentant son souffle chaud contre sa peau, elle eut toutes les peines du monde à réprimer un frisson d'excitation. Ses mots n'avaient rien de personnel, pas davantage que tout ce qu'il lui avait dit depuis leur baiser de la veille, mais cela ne changeait rien à ce qu'elle éprouvait. Son corps n'avait rien oublié de ses caresses, ni du goût délicieux de ses lèvres. Elle ne pouvait plus nier le pouvoir qu'il avait sur elle. Deux fois, il l'avait embrassée, et deux fois, elle s'était sentie transportée dans un tourbillon de délices. Mais pourquoi fallait-il qu'il revête aussitôt après son armure infaillible ? Elle ne devait plus se laisser prendre à ce piège.

Du coin de l'œil, elle contempla ses cheveux bruns qui brillaient au soleil, et le tissu blanc de sa chemise que la brise plaquait contre son torse. Son pantalon parfaitement ajusté ne faisait rien pour cacher ses jambes longues et ses cuisses musclées, qu'elle avait senties contre elle avec tant de plaisir…

Pourquoi fallait-il qu'il soit aussi beau ? s'exclama-t-elle intérieurement. Mais ce n'était pas le seul problème, loin de là… Elle avait côtoyé suffisamment d'hommes séduisants pour savoir qu'il fallait bien autre chose que cela pour la troubler. Quelque chose que Zach possédait, sans nul doute.

— C'est bon signe, lui répondit-elle sur un ton neutre.

Riana Collins n'avait rien fait de particulier depuis leur arrivée, cependant, Allison se méfiait encore de son invitation de dernière minute à cet événement. Même si, pour l'instant, elle se contentait de se tenir à côté de son père avec un sourire radieux, elle préférait s'attendre au pire de la part de cette jeune femme qui était à l'évidence bien décidée à obtenir ce qu'elle voulait.

Tandis que James prenait le temps de remercier les employés de longue date venus d'autres magasins pour travailler dans ce nouveau point de vente, Zach enfouit la main dans sa poche et en sortit son téléphone portable qui vibrait. Il regarda son écran, et à la grande surprise d'Allison, il décrocha au lieu de laisser sa messagerie se déclencher.

— Bonjour, Sylvie, dit-il tout bas. Comment allez-vous ?

Une voix affolée se fit entendre dans le combiné. Allison ne distinguait pas les mots qu'elle prononçait, mais il s'agissait manifestement d'une urgence. L'expression soucieuse de Zach le lui confirma.

— Je vais m'en occuper, ne vous inquiétez pas.

A en juger par le changement de ton de son interlocutrice, ses mots de réconfort eurent l'effet escompté. Et pour cause… Sa voix profonde faisait l'effet d'un baume apaisant.

— Ça, Syl, soyez sûre que je m'en souviendrai ! dit-il finalement en riant.

Dès qu'il eut raccroché, elle l'entendit appeler le service consommateur de Knox, demandant qu'un technicien se rende chez Sylvie dans l'heure.

— Pardon, dit-il à Allison en rangeant son téléphone.

— Une cliente importante ? l'interrogea-t-elle en imaginant une superbe femme du même type que Riana Collins.

Il lui lança un regard malicieux, comme pour lui montrer qu'il devinait très bien ce qu'elle sous-entendait.

— Sylvie est une grand-mère de quatre-vingts ans qui vit à Sun City. Elle a été l'une de mes premières clientes quand j'ai commencé chez Knox. Sa famille, pour avoir l'esprit plus tranquille, a tenu à faire installer chez elle un système d'alarme, mais elle a parfois un peu de mal à le maîtriser. Elle a fait faire des travaux sur son électricité, et après la coupure, l'alarme a été automatiquement réinitialisée. Le code qu'elle avait choisi ne fonctionne plus.

— Et c'est toi qu'elle a appelé au secours ?

Pourquoi lui téléphonait-elle à lui, sur son portable, alors qu'il y avait des années qu'elle avait eu affaire à lui ?

— Oui, ce n'est pas grand-chose, marmonna-t-il.

Voilà qu'il réagissait de la même façon que la veille, quand elle l'avait remercié d'avoir appelé Brad. Il cherchait à tout prix à minimiser les services qu'il rendait aux autres.

— Je ne pense pas que ce soit l'avis de la famille de Sylvie.

— C'est la règle numéro un dans les affaires, répliqua-t-il. Satisfaire le client.

Cela, il savait le faire, elle n'en doutait pas. En revanche, il avait apparemment eu plus de mal à satisfaire son père.

— Zach…

Si seulement elle n'avait pas prononcé son prénom avec autant de tendresse ! se dit-elle trop tard. Mais elle n'avait pas pu s'en empêcher. Peut-être était-ce l'effet que les rayons du soleil avaient sur elle…

— C'est bon, c'est bon, coupa-t-il avec un regard qui aurait dû la refroidir aussitôt.

Mais la façon dont il essayait de cacher la part de lui la plus humaine la touchait plus encore.

— Ne me fais pas passer pour ce que je ne suis pas.

— Pas du tout, assura-t-elle.

Elle n'avait pas besoin de le transformer, elle le voulait tel qu'il était, avec ses défauts. Et tant pis si le fait de se l'avouer était dangereux pour elle, tant pis si elle risquait de souffrir, une fois encore.

Ce fut ce moment que Riana choisit pour s'approcher d'eux. Ignorant ostensiblement Allison, elle posa la main sur le bras de Zach.

— Il y a des gens que je voudrais présenter à Zach, annonça-t-elle avec un sourire plein d'assurance. Vous voudrez bien nous excuser, Allison ? demanda-t-elle en lui jetant un regard de dédain.

Ravalant sa colère, elle les regarda s'éloigner pour aller saluer le maire.

« Je connais les hommes tels que Zach… Nous savons lui et moi que je suis celle qui peut le combler. »

Les mots de Riana n'avaient pas été qu'un signe de prétention. C'était la vérité. Elle pouvait combler Zach en lui procurant ce qu'il voulait : un carnet d'adresses. Et un contact privilégié avec son père.

Du reste, il paraissait parfaitement à l'aise. Et tandis qu'il serrait la main de tous ces personnages importants, Riana le dévorait des yeux, révélant à quel point elle avait envie de l'avoir pour elle…

Ce qu'Allison n'aurait pu lui reprocher. Bien sûr, ce n'était pas l'ambition de Zach qui l'attirait, ni même le charisme dont il faisait preuve dans ce genre d'événements. C'était plutôt l'aspect de sa personnalité qu'il évitait de montrer, et qu'elle avait découvert presque par accident. D'abord lorsqu'il avait aidé Bethany, puis quand elle avait assisté malgré elle à sa conversation avec Sylvie. Mais aussi chaque fois qu'il lui avait parlé de sa mère, avec cette note de fierté dans la voix. C'était lui, le Zach Wilder qui avait le pouvoir de lui faire oublier Kevin, de lui donner envie de…

Mais à quoi bon…, s'interrompit-elle. A quoi bon se laisser aller à de telles rêveries, puisqu'il désirait plus que ce qu'elle pouvait lui donner ? Elle avait aimé Kevin, mais il lui en avait quand même voulu d'avoir réussi, allant même jusqu'à faire passer ses succès pour les siens à lui. Zach était encore plus motivé et zélé que Kevin, ce qui laissait présager ce qu'il fallait être pour le combler.

— Je ne vous en veux pas, vous savez.

Perdue dans ses pensées, Allison sursauta presque en entendant la voix mielleuse de Riana.

— A quel sujet ?

— Je ne vous en veux pas de vous accrocher à Zach comme vous le faites. Il est beau, intelligent, il réussit dans les affaires… Mais tôt ou tard, ajouta-t-elle en la scrutant avec mépris, il se rendra compte que vous l'empêchez d'avancer.

C'était terrible à admettre, mais Riana venait de marquer un point. Même si Allison finissait par vivre une relation avec Zach, il la quitterait un jour ou l'autre.

— Je suis impatient de vous retrouver demain pour notre rendez-vous, confia Zach à James Collins.

Après deux tentatives manquées, il n'avait pas été loin de désespérer de pouvoir lui parler, mais il était enfin face à lui. Et pourtant, son regard était sans cesse attiré vers Allison.

Il ne parvenait pas à oublier la lueur qu'il avait vue dans ses yeux un peu plus tôt. Une lueur d'une douceur exquise. A sa manière de le regarder, elle lui avait donné l'impression d'être un héros, alors qu'il n'avait fait que son travail. Il n'avait accordé qu'une petite faveur à Sylvie, rien de plus.

A présent, il l'observait du coin de l'œil tandis que Riana s'adressait à elle, et même si Allison le cachait bien, il devinait qu'elle était contrariée. Il mourait d'envie de se précipiter à son secours, même s'il ignorait ce qu'elles étaient en train de se dire. Mais il savait qu'Allison possédait les armes pour résister aux assauts de Riana ; elle le lui avait déjà prouvé, et il lui faisait entièrement confiance.

Depuis leur conversation à propos de la présentation, il avait souvent repensé à ce qu'elle lui avait suggéré. Trouver les mots pour « persuader James Collins que Knox était le meilleur choix possible ». Au début, cette idée lui avait paru saugrenue, mais il se demandait maintenant si elle ne valait pas la peine qu'il y réfléchisse.

Comme James Collins rejoignait l'architecte en chef pour être pris en photo avec lui, Zach se demanda si ce n'était pas le moment pour lui de revenir vers le maire pour lui parler de nouveau, et faire en sorte qu'il se souvienne de lui. Mais c'était Riana qui les avait présentés, et il sentait qu'il ne valait mieux pas profiter des contacts qu'elle lui offrait sur un plateau d'argent. Elle aimait avoir le pouvoir, et elle n'hésiterait sans doute pas à couper les liens qu'elle avait elle-même formés, s'il avait le malheur de la contrarier d'une manière ou d'une autre. Il préférait se créer lui-même son propre carnet d'adresses, ainsi qu'il l'avait toujours fait.

Après avoir dit au revoir à James Collins, il retourna auprès d'Allison. En la regardant, rayonnante de beauté dans la lumière du soleil, il se sentit de nouveau dévoré par l'envie de l'attirer contre lui et d'enfouir les mains dans ses cheveux. Comme toujours, l'ensemble beige foncé qu'elle avait choisi pour l'occasion lui allait à ravir, et son maquillage léger mettait parfaitement en valeur son teint doré.

— Tout va bien ? lui demanda-t-il, tout en dévorant des yeux ses lèvres sublimes.

— Oui, pourquoi ça n'irait pas ?

Sa voix avait quelque chose de nerveux, qui lui laissa penser que Riana avait touché un point sensible. Mais elle allait bien se garder de le lui dire, à n'en pas douter.

— Je voulais juste m'assurer que ma fausse petite amie n'était pas du genre jaloux.

— Moi, jalouse ? rétorqua-t-elle en riant. J'ai une confiance totale en mon faux petit ami. Notre fausse relation est très solide. Elle est bâtie sur l'honnêteté et le respect.

Même si elle s'exprimait sur le ton de la plaisanterie, la pointe de regret présente dans son regard ne lui échappa pas. Il repensa à Kevin, le fiancé infidèle dont elle lui avait parlé.

— Tu ne mérites pas autre chose, Allie.

Il avait finalement l'occasion de lui dire les mots qu'elle ne lui avait pas laissé le temps de prononcer, la veille, dans le parking. Au lieu de cela, elle avait énuméré toutes les raisons qu'il avait de garder ses distances avec elle. Tout ce qu'elle avait dit était on ne peut plus juste, et pourtant, le vrai motif de sa réticence était tout autre : il n'était simplement pas l'homme qu'il lui fallait.

— Mais je ne suis pas…

D'un geste discret, elle lui interdit d'aller plus loin. Personne n'avait dû remarquer le contact de sa main sur son bras, et pourtant, il avait suffi à allumer un feu en lui.

— Nous jouons la comédie, tu n'as pas oublié ?

Non, bien sûr qu'il n'avait pas oublié. Mais ne le faisaient-ils que pour tromper Riana ?

— Zach Wilder ?

La profonde voix de baryton qui venait de retentir derrière lui coupa court à sa réflexion. Au moment de se retourner, il sentit entre ses omoplates le choc violent d'une tape dans son dos. Une tape qui s'était voulue amicale, mais qui venait de manquer de lui décoller les poumons. L'homme qui se trouvait face à lui le dépassait de trente centimètres au moins, et devait être deux fois large comme lui.

— Tu ne dois pas te souvenir de moi, mais tu… Ce que tu peux ressembler à ton père !

A son père ? Les mots de l'inconnu lui parurent cent fois plus violents que sa tape dans le dos.

— Nathan et moi, nous étions au lycée ensemble, poursuivit-il. Je m'appelle Ted Thompson.

En entendant son nom, des images des cassettes vidéo de son père lui revinrent à la mémoire.

— Vous étiez le centre de l'équipe de football.

— Ouais ! s'exclama-t-il en le gratifiant d'une nouvelle tape, cette fois sur l'épaule. Ton père et moi, on s'est bien éclatés à l'époque. Il t'a raconté ?

C'était une des rares choses dont son père lui avait parlé. Ses souvenirs de lycée. A croire que rien d'autre n'avait compté pour lui. Hormis peut-être les rêves que sa femme et son fils l'avaient empêché de réaliser.

— Nous nous sommes perdus de vue après le bac. Je ne sais pas si tu es au courant, mais j'ai intégré l'équipe universitaire après ça, puis le monde professionnel. J'ai joué cinq ans en ligue nationale avant de me blesser au genou. J'ai dû arrêter ma carrière, mais heureusement, j'avais déjà gagné ça !

Il brandit son épaisse main et montra l'énorme bague qu'il portait ; c'était celle que la ligue offrait chaque année aux vainqueurs du championnat.

— Alors, qu'est devenu Nate ?

Zach sentit la main d'Allison glisser le long de son bras pour se refermer sur la sienne. Malgré la légère pression de ses doigts, il lui sembla qu'il était plongé tout à coup dans une profonde anesthésie.

— Je suis navrée, monsieur Thompson, annonça-t-elle d'une voix douce. Le père de Zach est décédé il y a plus de dix ans.

— Ah, je suis désolé, lâcha-t-il avec tristesse. Je ne savais pas. J'avais toujours espéré qu'on se retrouverait un jour autour d'un verre, et qu'on parlerait du bon vieux temps. Ton père…

Il fit une pause et secoua la tête en signe de regret.

— J'ai toujours cru qu'il aurait pu être un grand joueur, acheva-t-il.

Il aurait pu. Ces trois mots ne résumaient que trop bien la vie entière de Nathan Wilder. Et c'était parce que Zach le savait, qu'il était décidé à mener son existence différemment. Il réussirait là où son père avait échoué. Il ne laisserait rien ni personne se mettre en travers de sa route.

*
* *

Assis au volant de sa voiture, Zach roulait en direction de l'immeuble de Knox. Allison avait pris place sur le siège passager, et il sentait son regard posé sur lui. Un regard chargé d'une compassion qu'il ne méritait pas.

— J'ai perdu mon père il y a six mois, murmura-t-elle en lui prenant la main.

Ce ne fut qu'à cet instant qu'il se rendit compte qu'il serrait de toutes ses forces le poing qu'il avait posé sur sa cuisse, comme pour contenir sa rage, pour se soulager du poids de sa culpabilité.

— Je n'avais jamais rien vécu d'aussi difficile. Il y a encore des jours où je n'arrive pas à croire qu'il est mort. Il y a tellement de choses que j'aurais voulu lui dire…

— Arrête.

Il aurait voulu éviter de se montrer brutal, mais il ne pouvait faire comme s'il éprouvait la même douleur qu'elle. C'eût été malhonnête de sa part.

— Ce n'est pas pareil, Allie.

Profitant d'être arrêté à un feu rouge, il se tourna vers elle et la regarda dans les yeux.

— Ma relation avec mon père n'avait rien à voir avec celle que tu as pu avoir avec le tien.

Il se tut quelques secondes avant de continuer :

— Mon père était quarterback dans l'équipe de football américain de son lycée. Il menait toujours ses coéquipiers à la victoire ; grâce à lui, ils ont participé au championnat de l'Etat trois années de suite. C'était une vraie star.

Malheureusement, cet homme-là, il ne l'avait jamais connu. Le père qu'il avait eu avait perdu l'éclat de l'adolescent qu'il avait été.

— Il prévoyait d'intégrer le circuit universitaire avant de passer chez les professionnels.

— Il avait de grands rêves, commenta-t-elle, sans cacher qu'elle avait deviné que l'histoire se finissait mal.

— Au cours de sa dernière année de lycée, il a eu une aventure avec ma mère, et elle s'est trouvée enceinte. Ils ont tous les deux passé leur diplôme, mais après cela, mon père n'a pas pu aller en faculté. Il a commencé à travailler dans l'entrepôt d'une société de transport routier. Il avait cet emploi en horreur. Il a dû dire adieu à ses rêves de gloire et de richesse, et il nous en a toujours voulu, à ma mère et moi, de l'avoir privé de la vie qu'il aurait pu avoir. Ted l'a bien dit lui-même. Mon père aurait pu réussir.

— Je ne vois pas forcément les choses de cette façon. Fonder une famille peut représenter une réussite en soi. Et je pense que cela permet d'accéder à une reconnaissance bien plus solide que celle des médias ou du public.

Ce qu'elle disait lui donnait envie de la croire. Tout comme il eût voulu croire à la comédie qu'ils jouaient ensemble. Mais il avait eu le temps d'apprendre que la réalité était beaucoup plus dure que cet idéal de vie.

— Mon père ne serait pas d'accord avec toi.

Elle soupira et lui lâcha la main, le laissant tout à coup avec une sensation de vide intérieur. Si seulement elle n'avait pas rompu ce contact… Mais son désir était égoïste, il le savait. Tout comme l'avaient été les rêves déçus de son père.

— Et tu ne t'es jamais dit que ton père avait pu avoir tort ? l'interrogea-t-elle. Qu'il avait eu tort de se comporter de la sorte avec ta mère et toi ?

— Même s'il avait tort, et même si tu as raison de dire que la vie de famille peut être formidable, cela ne change rien à ce que je suis. Ni à ce que je veux.

— Remporter l'appel d'offres des Collins.

— Exactement.

Sans savoir pourquoi, il sentait qu'il était sur la défensive. Allison n'avait pourtant pas essayé de le convaincre qu'il se trompait, qu'il pouvait envisager de mener de front une vie de famille et une carrière professionnelle.

— Mais tu ne crois pas que nos succès ont plus de sens, quand on a quelqu'un avec qui les partager ?

Non, il ne le croyait pas. Ce qu'il avait accompli, il ne le devait qu'à lui-même, et c'était très bien ainsi. Mais alors pourquoi sa réussite lui paraissait-elle tout à coup si futile ?

Après avoir couru d'une réunion à une autre durant toute la matinée, Zach regagna enfin son bureau. Il s'arrêta net sur le seuil. Il avait beau savoir qu'Allison était là, il avait encore du mal à s'habituer à sa présence. Et les quelques jours qu'il lui restait avant la présentation ne lui suffiraient pas à s'y faire. Comme elle n'avait pas encore remarqué sa présence, il en profita pour l'observer par la porte entrouverte.

Assise à son bureau, elle était concentrée sur son écran d'ordinateur. Les traits de son visage lui apparurent à cet instant comme parfaitement harmonieux, ils étaient le reflet même de sa personnalité. Il avait toujours été trop obnubilé par son travail pour s'attacher à une femme, et les aventures qu'il avait eues avaient toutes pris fin sans qu'il y repense une seule fois.

Mais Allison était différente des autres.

Il ne cessait de se remémorer les deux baisers passionnés qu'ils avaient échangés. Il en avait même rêvé la nuit, se réveillant avec l'impression qu'elle était allongée à côté de lui et qu'il allait pouvoir serrer contre lui son corps nu et brûlant… Mais ce n'était que pour se retrouver face à sa solitude.

Bien sûr, il aurait pu lui proposer de passer ensemble quelques bons moments, pour apaiser la tension sexuelle qui s'était installée entre eux. Il y avait même pensé, après l'avoir embrassée pour la première fois, et avant de découvrir qu'ils allaient travailler ensemble. Avant d'apprendre à la connaître. Si elle aimait passer souvent d'un emploi à un autre, il était évident qu'il n'en allait pas de même pour les hommes. Elle avait beau essayer de le cacher, il avait remarqué la tristesse qui apparaissait dans ses yeux lorsqu'elle évoquait son ex-compagnon. Visiblement, elle l'avait assez aimé pour que leur séparation la fasse souffrir. Elle pouvait porter des couleurs gaies et faire preuve d'un esprit vif et malicieux, elle n'en restait pas moins une femme sensible, sans doute plus fragile qu'elle ne voulait bien le montrer.

Il avait fini par comprendre qu'il ne parviendrait pas si facilement à la chasser de son esprit. Il devinait même que faire l'amour avec elle ne ferait qu'attiser son désir pour elle.

S'efforçant de ne rien révéler du fond de ses pensées, il se décida à entrer dans son bureau.

— Daryl m'a demandé une mise à jour de la présentation pour les Collins, annonça-t-il. Je lui ai dit que tu… Tu es en train de faire des courses sur internet ? s'étonna-t-il en voyant sur son écran la photo d'un bracelet en or.

Elle laissa échapper un rire moqueur, mais elle rougit légèrement, comme s'il l'avait réellement prise en faute.

— Tu surestimes de beaucoup le salaire d'une réceptionniste en intérim. Je ne vois pas comment je pourrais m'offrir un bijou de chez James Collins. Mais je réfléchissais à la façon de personnaliser notre — pardon, je voulais dire *ta* — présentation. On pourrait y intégrer des photos des bijoux Collins. En créditant leur site internet, bien entendu, précisa-t-elle en ouvrant l'image qu'elle avait créée avec les logos des deux entreprises et les photos de bijoux éclatants.

— Eh bien ! C'est… Tu as fait un excellent travail.

Ce matin encore, en réunion avec Daryl, il n'avait cessé de se demander comment il allait personnaliser sa présentation. Mais il s'était douté qu'Allison aurait quelque chose à lui proposer. Il s'approcha pour regarder dans le détail ce qu'elle avait fait. S'appuyant d'une main sur le dossier de son siège, il fut enveloppé par le parfum qui s'échappait de ses cheveux, et eut le regard irrésistiblement attiré par le médaillon qui ornait son décolleté. Il ne put s'empêcher d'avancer la main jusqu'à son épaule.

— Sinon, j'ai pensé à une autre mise en page, dit-elle en ouvrant une fenêtre sur son écran.

Ce n'était plus une image figée, mais une animation sur

laquelle des pièces de joaillerie apparaissaient sur un fond noir, s'insérant entre les images du diaporama de Knox.

— Nous pourrions aussi faire apparaître le logo de Collins en filigrane, derrière le diaporama. Ou bien d'autres photos de parures. Quelque chose de subtil, qui ne prendrait pas le pas sur les informations que tu exposeras.

— J'aime beaucoup ton idée, mais pourquoi ne pas placer notre logo à la place ?

— Oui, tu as raison. C'est un moyen de montrer qu'un système électronique Knox peut parfaitement s'intégrer dans leurs boutiques, sans détourner l'attention des vitrines.

En quelques clics, elle changea le fond d'écran en intégrant un discret logo de Knox.

— Alors ?

— C'est parfait, jugea-t-il.

— Tu trouves ?

Elle se retourna avec un sourire radieux, qui se dissipa quand elle vit qu'il était si près d'elle.

Le souvenir de leur étreinte était-il aussi présent dans l'esprit d'Allison que dans le sien ? Il posa les yeux sur ses lèvres, qui paraissaient attendre un geste de lui. Il n'avait qu'à se baisser légèrement, approcher son visage…

— Bonjour… Oh ! pardon. Je ne vous dérange pas j'espère ?

Il se redressa brusquement, tandis qu'Allison sursautait au son de la voix de femme qu'il avait déjà reconnue. Il respira profondément avant de se tourner.

Debout dans l'embrasure de la porte, sa mère souriait en le regardant. Elle portait un pantalon gris et un gilet lavande. Il était toujours surpris de voir à quel point elle paraissait jeune pour son âge.

— Zach, mon chéri.

Elle traversa la pièce et vint l'étreindre avec affection. Puis, à sa grande stupéfaction, il la vit contourner le bureau pour aller embrasser Allison, qui n'eut pas l'air moins étonnée que lui.

— Allison, ma chère, je suis heureuse de vous rencontrer.

J'espère que vous n'en voudrez pas à mon fils de ne pas nous avoir présentées plus tôt.

— Moi aussi…, balbutia-t-elle. Je suis ravie de vous connaître.

Il perçut la foule d'interrogations que contenait soudain son regard, mais il eût été incapable de lui donner une quelconque explication sur l'attitude de sa mère.

— J'ai reçu un coup de téléphone de Danielle Jones, hier. Tu te souviens d'elle, Zach ?

Bien sûr, il n'avait pas oublié cette amie proche de sa mère, qui avait vaincu avec courage un cancer du sein.

— Elle était présente vendredi soir au gala de bienfaisance. Elle vous a vus ensemble tous les deux. Malgré votre discrétion, elle a bien senti ce qu'il y avait entre vous. Son expérience de vingt-cinq heureuses années de mariage lui permet sans aucun doute de reconnaître les couples amoureux. Elle m'a appelée pour que je lui en dise plus sur vous, mais j'ai été obligée d'admettre que mon fils ne me parlait jamais de sa vie sentimentale.

Tout simplement parce qu'il n'avait jamais rien eu à lui annoncer. Il n'avait toujours rien à déclarer, contrairement à ce qu'avait cru Danielle. Un couple amoureux ? Comme elle était loin de la vérité ! Mais il connaissait trop bien sa mère pour ne pas craindre que, s'il lui disait ce qu'il en était réellement, la nouvelle arrive aux oreilles de Riana Collins.

Croisant le regard d'Allison, il vit à quel point cette situation la rendait nerveuse, mais il ne put que s'approcher d'elle et feindre un geste de tendresse.

— Maman, je te présente Allison Warner, dit-il en lui passant un bras autour de la taille. Ma petite amie.

Enfant, Allison était allée plus d'une fois à Flagstaff avec sa famille, mais l'un de ces voyages lui restait particulièrement en mémoire. Cette fois-là, pendant que Bethany était restée près de ses parents à faire des bonshommes de neige, Allison était partie à l'aventure, cherchant la colline idéale pour faire de la luge. Prête à dévaler la pente, elle s'était élancée avec énergie, mais s'était vite rendu compte que l'inclinaison était plus abrupte qu'elle ne l'avait cru. Prenant de plus en plus de vitesse, elle avait compris qu'elle ne s'arrêterait qu'au moment où elle s'écraserait dans la neige, ce qui n'avait pas manqué de se produire.

Et elle s'était fait très mal.

Assise à table en face d'une Caroline Wilder rayonnante et enthousiaste, Allison avait exactement les mêmes sensations qu'en ce jour de plein hiver. Le mensonge qu'elle entretenait avec Zach prenait de l'ampleur, et elle craignait déjà la façon dont s'achèverait cette comédie.

— Alors, Allison, puisque mon fils est trop pudique pour l'avoir fait plus tôt, parlez-moi de vous.

— Eh bien, je suis née à Phoenix, et c'est aussi ici que j'ai passé toute mon enfance. J'ai une grande sœur qui s'appelle Bethany, et qui va bientôt avoir un bébé.

— Oh ! c'est merveilleux. Avoir un enfant est une véritable bénédiction, dit-elle en regardant Zach avec un sourire empli d'amour.

Le fait de rencontrer la mère de Zach après l'avoir entendu parler de son enfance était pour le moins déroutant. Elle n'avait pas imaginé une femme aussi chaleureuse et affectueuse. Malheureusement, cela n'avait apparemment pas suffi à le protéger de l'aigreur de son père.

— Je suis d'accord avec vous, Caroline. Vous devez être tellement fière de Zach.

— Oh oui, je suis extrêmement fière de sa réussite professionnelle. Il est obsédé par le travail, je crains que ce soit ma faute. Je l'ai toujours encouragé à donner le meilleur de lui-même. Je pensais que ce serait bon pour lui, mais je me demande si je ne suis pas allée trop loin en fin de compte. Je m'inquiète un peu pour lui, j'ai parfois l'impression qu'il n'a pas de vie en dehors du bureau. Du moins, c'est ce que je croyais jusqu'à maintenant.

— Maman, je suis là, lui rappela-t-il avec un sourire taquin.

— Oui, et justement, notre conversation serait beaucoup plus intéressante si tu n'étais pas là, le taquina-t-il. Alors, racontez-moi comment vous vous êtes rencontrés.

Allison réprima un soupir d'embarras. Jouer un jeu devant Riana Collins était une chose, mais mentir à la mère de Zach l'amusait beaucoup moins.

— Eh bien… Nous nous sommes connus chez Knox.

— C'était le premier jour d'Allison dans l'entreprise, compléta Zach en lui prenant la main, d'une manière beaucoup trop intime à son goût. Elle a traversé presque sous mes roues dans le parking et m'a fait un signe de la main. J'ai su que je devais lui parler. J'ai couru pour prendre l'ascenseur en même temps qu'elle, et lorsque nous avons voulu appuyer ensemble sur le bouton qui menait à l'étage de Knox, nos doigts se sont effleurés. C'est là que j'ai su.

Les yeux fixés sur lui, elle sentit son cœur bondir dans sa poitrine quand il fit son récit de leur première rencontre. Elle se rappelait parfaitement cet instant, le regard qu'ils avaient échangé et la façon dont leurs mains s'étaient frôlées. Cependant, elle avait toujours cru à une version beaucoup moins romantique des événements. Si Zach avait dû piler pour la laisser traverser, c'était seulement parce que tout son esprit était absorbé par les réunions qui l'attendaient. Puis il avait couru jusqu'à l'ascenseur pour monter plus vite dans son bureau.

Mais elle ne put s'empêcher d'être émue par ce qu'il venait de dire. Cela correspondait si bien à ce qu'elle avait eu envie d'imaginer, qu'elle n'avait pas le courage de résister à l'envie de savourer les mots qu'il prononçait de sa voix sensuelle.

— Eh bien, mon chéri…

Les paroles de la mère de Zach restèrent en suspens. Elle voulait certainement le pousser à ouvrir son cœur, mais il resta silencieux. Quelques secondes plus tôt, Allison s'était levée pour s'absenter un instant, ce qu'il ne comprenait que trop bien. Comment lui en vouloir ? Il eût aimé pouvoir en faire autant.

Il ne pouvait nier que le fait de raconter leur première rencontre l'avait troublé. Son récit lui avait semblé si vrai ! C'était comme si ces premiers instants avaient réellement marqué le début de quelque chose…

En tout cas, il était à présent bloqué à table, seul face à sa mère qui s'apprêtait à le harceler de questions. Concentré sur le menu qu'il avait entre les mains, il en profitait pour réfléchir à ce qu'il allait lui dire. Il n'allait pas pouvoir continuer à faire comme s'il ne l'avait pas entendue.

— Je me demande ce qu'est le poisson du jour, dit-il en cherchant la serveuse des yeux.

— Du saumon, l'informa sa mère avec un sourire, comme pour lui montrer qu'il ne parviendrait pas à faire diversion.

— Décidément, céda-t-il en riant. Je ne saurai jamais te duper.

Malgré le peu de temps qu'il avait passé chez lui après la mort de son père, sa mère le connaissait à la perfection. Elle n'avait qu'à le regarder pour savoir s'il était triste ou préoccupé, ou s'il essayait de lui cacher quelque chose.

— Et pourtant, tu essaies encore. Pourquoi ne m'as-tu pas parlé d'Allison ?

— Allison est… Allison…

Essayant de gagner du temps, il tenta de trouver une description appropriée. Mais tout ce qu'il voulait dire d'elle, à quel point elle était sexy, à quel point il avait envie d'elle chaque fois qu'il la voyait… Sa mère n'avait certainement pas envie de l'entendre.

— Je l'ai remarquée dès le premier jour, lâcha-t-il. Mais ce n'est que lorsque Daryl nous a demandé de travailler ensemble que nous nous sommes rapprochés. Elle a le sens du détail, elle remarque ce qui a tendance à m'échapper.

— Et ?

Décontenancé par le regard perçant de sa mère, il se plongea de nouveau dans la carte.

— Elle travaille très bien.

C'était un euphémisme. Ce qu'elle lui avait montré ce matin l'avait épaté. Il n'avait cessé de la dévorer des yeux tout en regardant ce qu'elle lui montrait. Il avait rêvé de sentir sur lui les doigts qui avaient couru sur son clavier, d'embrasser la peau délicate de son cou, de goûter ses lèvres encore et encore.

Tant de fois, il s'était surpris à contempler les mouvements de sa bouche quand elle parlait, à se figer pour mieux entendre sa voix douce ou son rire sensuel, à observer du coin de l'œil l'irrésistible fossette qui apparaissait sur sa joue droite. Il avait toutes les peines du monde, quand elle s'approchait de lui, à ne pas la prendre dans ses bras et l'attirer contre lui pour caresser ses formes sublimes.

— Tout cela est très intéressant, mais ce n'est pas exactement ce que je voulais savoir, s'amusa sa mère. Je te demandais plutôt quels étaient tes projets avec elle. C'est sérieux entre vous ?

Non ! Voilà ce qu'il devait répondre. Jamais il ne s'engagerait dans une relation sérieuse. Et pourtant… Il ne parvint pas à le dire. Pas seulement parce qu'il voulait entretenir son mensonge. En réalité, la passion avec laquelle il l'avait embrassée en disait long sur ce qui le liait déjà à elle, même s'il ne pouvait expliquer ce que c'était. Il savait seulement que lorsqu'elle le regardait avec ses grands yeux verts pleins de lumière et de compassion, il perdait le contrôle de ses émotions.

Pourquoi donc l'avait-il embrassée, alors qu'il savait que cela lui rendrait les choses encore plus difficiles ? Et surtout, d'où venait le récit romantique qu'il venait de faire à sa mère au sujet de leur rencontre ? Elle devait savoir que cela ne lui ressemblait pas, elle n'aurait pas dû y croire une seconde ; mais elle le regardait avec tendresse et bonheur. Il valait mieux qu'il mette fin tout de suite à ses espoirs.

— Allison est une femme incroyable. Elle rendrait n'importe quel homme fou de bonheur, confia-t-il en s'apercevant qu'il pensait chaque mot. Mais je ne suis pas fait pour vivre avec elle.

— Zach…

— Tu me connais, maman. Tu me connais si bien, insista-t-il, la suppliant presque de lui dire qu'il avait raison.

Elle savait comme lui que la voie de la réussite professionnelle était infiniment plus sûre que celle de la recherche du bonheur. Elle ne voulait sans doute pas le voir ressasser les mêmes regrets que son père. Néanmoins, elle ne lui cacha pas sa déception.

— Tu ne peux pas empêcher une mère d'avoir des rêves pour son enfant.

Mais il ne voulait pas rêver. Il ne voulait pas se réveiller un jour en se rendant compte qu'il avait sacrifié sa carrière au profit d'une illusion.

— Ta mère est vraiment formidable.

De retour dans le bureau de Zach, Allison n'avait pu se retenir de lui confier son impression.

— Oui, c'est vrai. Elle a fait preuve d'une grande force, en m'élevant seule après la mort de mon père. Avant cela, elle n'avait eu que des emplois à temps partiel, et elle a eu le plus grand mal à joindre les deux bouts. Elle n'avait pas de diplôme, mais elle a finalement réussi à se faire embaucher comme vendeuse dans un grand magasin, et elle a progressivement monté les échelons pour devenir responsable de département.

Pas étonnant qu'il soit aussi sérieux…, ne put-elle s'empêcher de penser avec tristesse. La vie ne l'avait pas épargné, il savait qu'il fallait se battre pour s'en sortir. Mais pourquoi ne s'accordait-il jamais un moment de détente ? C'était à croire que, même petit garçon, il n'avait pas appris à se distraire.

A mesure qu'elle apprenait à le connaître, elle commençait à comprendre pourquoi le travail avait une telle place dans sa vie. Chez Knox, il recevait ce dont son père l'avait privé : de l'attention, de la reconnaissance, et même de l'affection paternelle, à en juger par la façon dont Daryl Evans se comportait avec lui.

— C'est ma mère qui m'a appris la valeur du travail, mais depuis quelque temps, elle me tanne pour que je prenne plus de temps pour moi.

— C'est ce qui fait que je me sens encore plus mal.

— Pourquoi ?

— Parce qu'elle est persuadée que nous sortons ensemble, chuchota-t-elle. Qu'est-ce qui t'a pris de lui laisser croire ça ?

— Je ne peux pas prendre le risque que Riana apprenne la vérité maintenant.

— Comment veux-tu que cela arrive ?

— De la même manière que ma mère a appris notre soi-disant relation. Les nouvelles vont vite, comme tu vois.

— Et que va-t-il se passer quand tout sera terminé ? Je ne voudrais pas que Caroline tombe de haut.

Et elle-même, n'allait-elle pas se prendre au jeu et tomber d'encore plus haut ?

— Ne t'en fais pas, elle me connaît trop bien. Elle sait que je ne risque pas de m'engager.

Allison le savait elle aussi, seulement, elle avait tendance à l'oublier… chaque fois qu'il la touchait, chaque fois qu'il la regardait, comme maintenant, et qu'elle se mettait à espérer qu'elle s'était trompée sur lui.

Encore des années après son accident à Flagstaff, son père avait gardé l'habitude de raconter avec fierté son expédition sur la colline enneigée comme une preuve de courage.

« Qui lui avait valu une fracture de la clavicule », avait coutume d'ajouter sa mère.

C'était son père qui lui avait inculqué le goût de l'aventure, et elle avait l'impression d'avoir perdu l'un et l'autre au même moment. N'était-il pas temps pour elle d'oser de nouveau se lancer, sans se soucier de ce qui l'attendait au bout de la piste ? Mais elle devait prendre garde : Zach était plus imprévisible que toutes les montagnes auxquelles elle s'était jamais confrontée.

- 8 -

Le samedi matin, lorsque Allison arriva chez Bethany, une foule de questions se bousculaient encore dans son esprit. Depuis la veille, elle ne pouvait s'empêcher de penser à Zach, et elle devait bien admettre que la perspective de passer deux jours sans le voir était loin de lui plaire. Comment pouvait-il déjà lui manquer, alors qu'elle l'avait vu la veille ? s'interrogeait-elle lorsqu'elle entendit sonner à la porte.

Voulant épargner à sa sœur de se lever, elle alla dans l'entrée pour ouvrir. Mais quelle ne fut pas sa surprise, lorsqu'elle découvrit qui était sur le seuil ! Zach, plus sexy que jamais dans son polo noir et son jean délavé, la regardait avec un sourire malicieux.

— Zach ! s'écria-t-elle après un moment de suspens. Qu'est-ce que tu fais là ?

— Nous avions rendez-vous, tu te souviens ? dit-il en entrant. Nous devons choisir un système d'alarme pour ta sœur.

Après leur déjeuner avec Caroline, il avait en effet abordé de nouveau le sujet, suggérant de prévoir une première visite pendant le week-end.

— Je m'en souviens, balbutia-t-elle en baissant les yeux sur sa grosse boîte à outils. Seulement, je ne pensais pas que ce serait toi qui viendrais.

— Tu oublies que c'est mon métier.

Son métier, c'était de négocier des contrats avec des multimillionnaires tels que les Collins. C'était comme cela qu'il s'était fait un nom chez Knox. Quel intérêt Zach Wilder, le meilleur vendeur de l'année, pouvait-il bien trouver à fournir une petite alarme à sa sœur pour sa maison de ville ? Allison ignorait la réponse, mais elle savait en tout cas l'importance que sa présence avait pour elle.

Son regard trahit sans doute son bonheur de le voir, car il détourna les yeux pour se concentrer sur la pièce principale.

— J'aime bien me tenir au courant des systèmes que nous vendons aux particuliers, et je n'ai pas souvent l'occasion d'aller sur le terrain.

Une fois de plus, il cherchait à faire passer son engagement personnel pour de la simple conscience professionnelle.

— Mieux vaut prendre le temps de visiter le logement avant d'installer un système d'alarme. Si tu veux bien me montrer la maison, je vais voir quelle longueur de fil il faut prévoir et quel est le meilleur endroit pour placer le boîtier de commande.

Il pouvait bien essayer de lui faire croire tout ce qu'il voulait, elle avait compris ce qu'il faisait. C'était pour elle qu'il était venu, et pour sa sœur, parce qu'il considérait que c'était important. Ses actes parlaient pour lui.

— Parfait, intervint Bethany en entrant dans la pièce. Comme cela, vous serez parfaitement rodé quand il sera temps de vous occuper d'Allison.

— Merci, Bethany, marmonna-t-elle, tout en espérant que ses joues n'étaient pas aussi rouges qu'elle le sentait.

Malgré son air innocent, sa sœur s'était forcément rendu compte qu'elle était follement attirée par Zach. Elle aurait voulu pouvoir lui en parler, mais ses sentiments étaient trop frais pour qu'elle sache vraiment comment les décrire. Et puis, après ce qui s'était passé avec Kevin, elle craignait que Bethany désapprouve l'idée de cette relation, et il n'était pas question qu'un nouvel obstacle vienne se dresser entre elles.

— Je vous recommande bien sûr notre meilleur système pour ce type de logement. Il comporte un dispositif de surveillance pour chaque porte et chaque fenêtre, et une télécommande qui active le tout. Je vais vous expliquer les détails…

— C'est vous l'expert, l'interrompit Bethany. Je vous laisse décider, Allison me dira ce qu'il en est quand je rentrerai.

— Quand tu rentreras ? s'étonna Allison. Où vas-tu ?

Ce n'était pas seulement pour l'alarme qu'elle était venue ce matin ; c'était avant tout pour passer du temps avec elle.

— Je me suis dit que, puisque tu étais là et que tu connaissais tout ça mieux que moi, je pouvais en profiter pour aller faire quelques courses. Je ne serai pas longue.

Une poignée de secondes plus tard, elle était déjà partie.

Zach se tourna vers Allison avec un air perplexe.

— J'ai dit quelque chose qu'il ne fallait pas ?

Dans le premier appartement que Bethany avait partagé avec Gage, Allison s'était sentie comme chez elle. Mais ici, elle était aussi étrangère que Zach.

— Non, cela n'a rien à voir avec toi. C'est moi.

Bethany parviendrait-elle un jour à lui pardonner ses erreurs du passé ? Après la journée qu'elles avaient passée à acheter le mobilier du bébé, puis l'après-midi où Brad était venu les aider, elle avait cru que leur réconciliation était en bonne voie. Mais sa sœur était toujours aussi distante.

— Hé, murmura-t-il en posant ses outils pour lui prendre le visage entre les mains. Ça va ?

Sans chercher à l'interroger, il se contenta de lui faire détourner les yeux de la porte close et de la regarder avec douceur. Elle lui en fut reconnaissante, elle n'avait pas envie de parler maintenant de ses conflits avec sa sœur.

— Oui, ça va, merci. Mais surtout, merci d'être venu en personne. J'ai hâte de te voir à l'action, le taquina-t-elle en essayant de masquer l'effet que sa tenue décontractée avait sur elle.

— Tu as la mémoire courte, Allison. Je crois que tu m'as déjà vu à l'action à deux reprises au moins.

Elle se mit à rire. Peut-être faisait-il juste son possible pour lui redonner le sourire après le départ brutal de Bethany, mais en tout cas, sa façon de s'y prendre lui plaisait. Le cœur plus léger, elle lui montra chaque pièce de la maison, puis resta avec lui pendant qu'il se mettait au travail.

— Cela a dû être un gros changement pour toi, de t'enfermer dans un bureau après avoir passé tout ce temps à travailler sur le terrain.

— J'avais postulé pour plusieurs promotions, répondit-il tout en continuant à prendre des mesures. C'est au service consommateur qu'un poste s'est libéré en premier. Et je suis devenu vendeur assez vite après cela. J'ai passé plus de temps à ce poste qu'aux deux précédents réunis.

— Et c'est celui que tu préfères.

— Oui.

Il nota un chiffre dans son carnet avant de se tourner pour la regarder.

— Mais je cherche quand même à obtenir une nouvelle promotion.

Pourquoi vouloir quitter un travail qu'il aimait, et dans lequel il excellait ?

— J'espère devenir bientôt vice-président du département des ventes. Le conseil d'administration doit prendre sa décision d'ici à une quinzaine de jours. Si je remporte le contrat Collins, j'aurai une longueur d'avance sur mes concurrents.

— Tu veux devenir directeur ? l'interrogea-t-elle, sans parvenir à masquer son scepticisme. Tu veux avoir une équipe à gérer ?

— Oui. Laisse-moi deviner… Tu penses que je suis totalement fait pour ça, je me trompe ? dit-il avec ironie.

Elle devinait surtout qu'il détesterait cela. Comment imaginer Zach Wilder assis toute la journée derrière un bureau, à évaluer des vendeurs qui n'auraient pas le quart de sa motivation et de ses qualités ? Il deviendrait fou, il passerait son temps à vouloir faire le travail à leur place.

— Et toi, tu crois que tu es fait pour ça ?

— C'est un pas en avant, c'est ce que j'appellerais aller dans la bonne direction. Quand j'étais technicien, je ne savais pas si je serais à ma place au service consommateur. Mais j'ai travaillé dur et j'ai appris tout ce que je pouvais. J'ai recommencé le jour où je suis devenu vendeur, et il en sera de même si j'accède au poste de vice-président.

— Oui, sûrement, répondit-elle sans conviction.

Mais après tout, que savait-elle de lui ? Elle n'avait pas imaginé qu'il était doué pour le travail manuel, et pourtant, il était en train de lui prouver le contraire. Incapable de le quitter, elle l'accompagnait dans toutes les pièces et le regardait travailler.

Elle savait pourtant que l'attirance qu'elle éprouvait pour lui ne la mènerait nulle part. Surtout s'il était promu et qu'il partait travailler au siège social de Knox, à San Francisco.

— Alors tu vas partir…

— Non, la contredit-il aussitôt. Si je suis nommé, je superviserai les équipes de vente de Las Vegas, Los Angeles et Phoenix, donc je resterai ici. Je me déplacerai souvent, c'est tout.

Il ne pourrait jamais bâtir une relation stable, tiraillé entre trois lieux de travail. Mais quelle importance, puisque ce n'était pas ce qu'il recherchait ? C'était mieux ainsi. Avec un peu de chance, cette perspective éviterait à Allison de se faire des illusions sur un avenir possible avec lui. Même s'ils finissaient par céder à leur désir et avoir une liaison, cela ne pourrait pas durer. Elle ne devait jamais oublier cela.

— Voici la dernière pièce, annonça Allison en s'effaçant pour laisser entrer Zach. Ce sera la chambre du bébé, quand elle sera prête.

— Elle ne l'est pas déjà ? l'interrogea-t-il en regardant les meubles déjà montés.

— C'est encore trop terne pour une chambre d'enfant. Il faut mettre des couleurs, des objets décoratifs qui éveilleront sa curiosité.

— J'ai comme l'impression que Bethany n'a pas encore été convaincue par cette idée.

— C'est parce qu'elle m'a vue à l'œuvre, dit-elle en riant, et que je n'ai aucun don pour la décoration.

— Ah, un peu comme pour la poterie ? se moqua-t-il.

Il avait donc remarqué la tasse tordue dont elle se servait au bureau…

— Je dirais que c'est pire que pour la poterie.

Il sourit, puis la regarda pendant plusieurs secondes.

— Tu sais, je ne comprends pas très bien, Allison.

— Quoi donc ?

— Pourquoi tu perds ton temps avec toutes ces activités.

— Je ne considère pas ça comme une perte de temps.

— Tu n'y trouves aucun plaisir, ne me dis pas le contraire. Ecoute, je sais que ta famille compte énormément pour toi, et que tu cherches à te rapprocher de ta sœur, mais… Je t'ai regardée travailler. J'ai vu comme tu aimais t'investir, et je ne crois pas que le travail en intérim te plaise.

— Ce n'est pas vrai, protesta-t-elle mollement.

Fuyant son regard, elle réfléchit à ce qu'il venait de dire. Elle ne savait plus quoi penser… Ou plutôt, elle refusait de l'admettre, mais elle s'était persuadé que ce rythme de vie lui convenait.

— Ma sœur et moi, nous étions si proches autrefois, soupira-t-elle en se laissant tomber sur la banquette placée près de la fenêtre. Tu as des frères et sœurs ?

— Non, je suis fils unique, répondit-il en s'asseyant à côté d'elle.

Il lui sembla déceler une pointe de regret dans sa voix. Avait-il souffert de sa solitude ?

— Il y eut une époque où Bethany et moi étions plus que des sœurs. Nous étions les meilleures amies du monde. Mais maintenant…

Elle laissa échapper un nouveau soupir. Elle avait tant de remords ! Comme elle aurait voulu pouvoir remonter le temps…

— Maintenant, je dois lui prouver que j'ai changé. Que ma famille compte plus que tous les métiers du monde.

— Tu ne crois pas que tu l'as déjà prouvé ?

— Dans ce cas, pourquoi est-elle toujours aussi froide ?

— Ce n'est peut-être pas cela qui la met en colère. Il pourrait y avoir autre chose.

— Ah oui ? Je voudrais bien savoir quoi.

— Je ne sais pas… Tu as dit que vous aviez toujours été très proches… Qu'est-ce qui a changé ?

— Lors de ma dernière année à l'université, j'ai commencé à sortir avec Kevin Hodges. Il était intelligent, ambitieux, motivé. Il comprenait mon envie de travailler dans la communication, et les objectifs que je m'étais fixés.

— Quels objectifs ? l'interrogea-t-il avec douceur.

— Etre embauchée par une grande agence de publicité, monter les échelons et me faire un nom avant de monter ma propre entreprise. Je voulais accomplir tout cela avant mes trente ans.

— Impressionnant, commenta-t-il avec un sourire étonné.

— Oui, c'était aussi ce que pensait Kevin. En fait, le projet de créer une agence était quelque chose que nous avions en commun, et que je ne partageais pas avec Bethany. Elle avait pris quelques cours à la faculté et travaillé comme vendeuse, mais ce n'était pas ce qui l'intéressait. Son rêve était de fonder une famille. Elle et Gage se sont mariés l'été qui a suivi ma dernière année.

C'était la dernière fois que toute la famille avait été réunie. A présent, Gage et Bethany étaient séparés, et Allison ne savait même pas pourquoi.

— Quelques semaines après, Kevin a reçu une offre pour aller travailler à New York. Le P.-D.G. de Barton & Mills était un ami de son père, et lui proposait un poste dont il n'aurait pas osé rêver. Il a même accepté de me prendre aussi dans l'équipe, à la condition que je commence au bas de l'échelle. Ce qui ne me dérangeait pas, c'était ce que j'avais prévu depuis longtemps.

Et dire qu'elle avait eu la naïveté de croire que son travail serait reconnu et récompensé… Mais certains étaient prêts à tout pour réussir, elle l'avait appris à ses dépens.

— Et c'est ce qui a provoqué la réaction de Bethany ? Elle t'en a voulu d'être partie, alors qu'elle voulait que tu restes à Phoenix ?

— Non, elle était heureuse pour moi. Elle ne comprenait pas mes ambitions, mais cela ne l'empêchait pas de me soutenir. Quand je lui ai dit que je n'étais pas sûre d'être prête pour un tel changement, c'est elle qui m'a dit que je ne pouvais pas passer à côté d'une telle occasion.

— Alors tu es allée à New York, et…

— Et j'ai adoré cette ville. Son énergie, son effervescence me fascinaient. Tu as du mal à y croire, non ?

— Pas du tout. Je t'imagine très bien battant le pavé new-yorkais, prête à relever tous les défis. Je suis sûr que tu sais même siffler avec deux doigts pour arrêter un taxi.

— Comme ça, tu veux dire ? dit-elle avant d'émettre le seul son assez perçant pour couvrir le bruit de la circulation.

— Oui, c'est ça, confirma-t-il en grimaçant de douleur.

— J'ai appris beaucoup de choses à New York. Mais j'y ai aussi oublié beaucoup trop de choses.

— Comme quoi ?

— Les anniversaires, les vacances… Et surtout l'importance de la famille. Je ne sais toujours pas comment j'ai fait pour en arriver là. En partant, j'avais promis que j'écrirais tous les jours, que je téléphonerais, que je reviendrais souvent. Je le pensais. Seulement, je me suis laissé prendre au jeu. Je n'ai bientôt plus pensé qu'à une chose : me faire une place dans le monde des affaires.

Emu par le récit d'Allison, Zach se retrouvait parfaitement dans ce qu'elle venait de dire. Il connaissait si bien le frisson que procurait le succès. Mais si le désir de réussir avait toujours été un moteur pour lui, elle, au contraire, y avait épuisé son énergie et son enthousiasme. En la regardant, tellement abattue, il eut la confirmation de ce qu'il pensait : la famille pouvait être un poids redoutable, qui vous chargeait de culpabilité et vous empêchait de réaliser vos rêves.

— Bientôt, reprit-elle, je n'ai plus envoyé qu'un e-mail par semaine. J'appelais une fois par mois, et je ne rentrais jamais chez moi.

— Combien de temps es-tu restée à New York ?

— Trois ans.

— Et pourquoi es-tu partie ?

— J'avais promis à ma sœur que je l'aiderais à organiser une fête pour les soixante ans de mon père. Bien sûr, mon aide s'est limitée à quelques coups de téléphone, au cours desquels je lui ai dit de décider ce qui lui semblait le mieux. C'est alors qu'un gros annonceur a rompu sa collaboration avec son agence de publicité, et nous a dit qu'il était prêt à nous confier sa campagne si nous avions une dizaine de publicités à lui présenter sous huit jours.

— Alors tu as annulé ton voyage.

— Presque. J'ai dit à Bethany que je serais présente pour la fête, mais que je repartirais juste après. Elle s'est mise dans une colère folle, nous nous sommes disputées comme jamais. J'ai fini par lui dire que si elle me trouvait aussi égoïste, elle n'avait sans doute pas envie de me voir à la fête, et j'ai raccroché.

— Tu ne devrais pas t'en vouloir autant, il peut nous arriver de dire des choses que nous ne pensons pas vraiment…

— Le pire est venu plus tard, dit-elle en se levant d'un bond, comme si elle revivait chaque instant. La semaine suivante, quand Bethany m'a appelée au bureau. J'étais à quelques minutes de ma présentation, et j'ai eu peur qu'elle me transmette toute son énergie négative avec ses reproches. Je n'ai pas décroché. Je suis entrée en salle de réunion, et j'ai fait la meilleure performance de ma vie. Tout ce que j'ai proposé au client était exactement ce qu'il attendait, et nous avons remporté le budget. Nous allions tous sortir pour fêter notre succès, quand je me suis souvenue du coup de fil de

Bethany. Je l'ai rappelée, prête à lui annoncer la nouvelle, mais elle avait quelque chose de plus important à me dire. Notre père avait fait une crise cardiaque. J'ai pris le premier avion, mais je suis arrivée trop tard. Il était déjà parti. A présent, j'espère que Bethany pourra me pardonner un jour. Mais je ne sais pas si j'arriverai à me pardonner moi-même.

Voyant qu'elle était au bord des larmes, il ne put se retenir de se lever pour aller vers elle. Il la serra dans ses bras. C'était la première fois qu'il cherchait à soulager le chagrin d'une femme. Mais Allison n'était pas n'importe quelle femme. Elle, qui se montrait toujours forte et brillante, était infiniment sensible et vulnérable sous sa carapace. Comme il aurait voulu trouver les mots pour la consoler, avoir le pouvoir de faire disparaître toutes ses peines ! Pourquoi en était-il incapable ? N'avait-il donc aucun cœur ?

— Allie…

Elle leva les yeux vers lui, et il comprit qu'il n'y avait rien de plus à dire. Il posa les lèvres sur les siennes, avant de l'embrasser avec toute la fièvre qu'il avait enfouie au fond de lui. Par son baiser, il essayait de lui faire ressentir tout ce qu'il ne savait pas lui dire. Qu'il était triste pour elle. Qu'elle ne devait pas s'en vouloir. Qu'elle devait s'accorder le pardon.

Peu à peu, il sentit son corps frêle se détendre et ses larmes sécher sur ses joues. Elle avait entendu les mots qu'il n'avait pas prononcés.

Machinalement, Zach acheva de prendre les notes nécessaires pour l'installation de l'alarme. Il connaissait la procédure par cœur, fort heureusement, car il ne parvenait plus à réfléchir. Il ne pensait plus qu'à Allison. Comment allait-il faire pour revenir en arrière à présent ? Il était allé beaucoup trop loin avec elle, pour espérer encore se comporter comme si rien ne s'était passé.

Lorsqu'il l'avait embrassée, les deux premières fois, il était parvenu à retrouver son calme presque tout de suite après, mais cette fois, c'était différent. En croisant son regard depuis son arrivée ce matin, il avait senti que le désir qui les liait l'un à l'autre était plus intense que jamais. Mais surtout, à présent, leurs émotions s'étaient jointes à l'attirance qu'ils éprouvaient depuis leur première rencontre, et c'était ce qui l'effrayait le plus. Comment cet élan d'affection avait-il pu s'emparer de lui, au point qu'il n'avait pu la laisser seule face à son chagrin ?

Il entendit des pas dans le couloir, mais ce fut Bethany et non Allison qui entra dans la chambre d'enfant.

— Allison m'a dit que vous aviez presque fini.

— J'ai toutes les informations qu'il nous faut pour l'installation. Je peux vous expliquer le fonctionnement du système si vous le souhaitez, sinon Allison pourra le faire.

— Cela ira, je vous remercie beaucoup.

— C'est Allison qu'il faut remercier.

— Ah, d'accord.

Elle avait feint une réaction détachée, mais il voyait bien que ce n'était pas naturel pour elle. De toute évidence, cette situation était pénible pour elle aussi.

— Merci quand même.

— Je vous en prie.

Il la suivit dans le couloir, et s'étonna de ne voir Allison nulle part. Elle n'était pas en bas non plus, mais après tout, c'était probablement mieux ainsi.

— Nous serons obligés de percer de petits trous dans les murs, pour faire passer les fils, l'avertit-il avant de s'en aller. Mais vous n'aurez aucun mal à les dissimuler. Et de toute façon, votre sœur a prévu de repeindre la chambre du bébé. Cela dit, connaissant Allison, elle ne doit pas être la meilleure personne pour ce travail.

— C'est une catastrophe, lui confirma Bethany en riant. Un jour, elle a voulu repeindre un mur de son appartement en rouge. La peinture avait tellement coulé, qu'on avait l'impression que du sang dégoulinait du mur !

— Ah, je n'ai pas le plaisir de connaître cette Allison-là !

Celle qui prend du plaisir à rater ce qu'elle entreprend. On dirait presque qu'elle a honte de réussir.

Etait-ce du remords qu'il avait vu passer dans les yeux de Bethany ? se demanda-t-il en s'éloignant. Il ignorait si ses mots avaient eu un quelconque effet sur elle, mais il n'en revenait pas lui-même de les avoir prononcés.

« Connaissant Allison. »

Oui, il la connaissait à présent, et chaque jour un peu mieux. C'était bien ce qui l'inquiétait. La connaître, la désirer, l'embrasser, la consoler, rien de tout cela n'avait jamais fait partie de ses projets. Et pourtant… Il se sentait si bien lorsqu'il la tenait entre ses bras, lorsque sa bouche rencontrait la sienne, lorsqu'il pouvait la toucher. Etre avec elle, c'était comme combler le vide immense qui l'envahissait depuis tant d'années. C'était comme se retrouver lui-même.

- 9 -

— Tu vas être parfait, j'en suis sûre.

Depuis le début de la semaine, Allison encourageait Zach autant qu'elle le pouvait par ses paroles et ses sourires. Elle ne pouvait oublier ce qui s'était passé chez Bethany. Il lui avait redonné tant de force en la serrant dans ses bras, en l'embrassant. Aucun mot ne lui aurait fait autant de bien que ce baiser. Lovée contre lui, elle s'était prise à rêver que ce moment dure toujours. Même si elle savait qu'il ne resterait pas auprès d'elle. Tôt ou tard, elle serait obligée de le laisser s'envoler, et elle savait déjà que cela lui briserait le cœur. Mais elle s'efforcerait de ne pas le lui montrer. Elle ne pourrait pas le retenir contre son gré, même si tout ce qu'elle désirait était lui montrer que l'amour valait bien plus que le succès. Elle ne pourrait pas changer l'homme qu'il était. Toute sa vie, il courrait après une nouvelle promotion, un nouveau défi. Elle ne pouvait rien contre cela.

— Voyons, Allie, dit-il en allumant les lumières de la salle de réunion. Ne commence pas déjà à me mettre la pression.

Leur rendez-vous avec James Collins était fixé au lendemain, et Daryl avait tenu à voir leur présentation aujourd'hui. A en croire Zach, c'était la première fois qu'il lui demandait cela, et ce n'était manifestement pas pour lui plaire.

— Je te dis ce que je pense. Je crois que nous avons fait du très bon travail.

— Même si tu aurais préféré que nous fassions une présentation encore plus personnelle.

— Ce que je crois, commença-t-elle avec prudence, c'est

que l'expérience que tu as vécue quand tu étais plus jeune est très particulière. Et si tu es un très bon vendeur, tu es surtout un homme formidable, qui se soucie des autres. Pas seulement de ta famille, mais aussi de gens que tu connais à peine, comme ma sœur ou cette dame de Sun City.

— Je ne vois pas en quoi cela peut intéresser James Collins.

Elle ignorait ce qu'il en était pour James Collins, mais cela comptait pour elle. Néanmoins, elle savait que Zach n'était pas prêt à entrouvrir la porte qui donnait accès à sa vie privée, à son passé et à celui de sa famille. Il n'était pas prêt à dévoiler sa part de sensibilité, sinon…

Sinon quoi ? s'admonesta-t-elle mentalement. Croyait-elle vraiment qu'il eût pu tomber amoureux d'elle, comme elle était tombée amoureuse de lui ?

— Allison ? Ça va ?

— Oui, très bien. Zach, je…

Mais elle n'eut pas le temps d'aller au bout de sa phrase, car Martha poussa la porte et entra dans la salle.

— Allison, il y a un appel pour toi. C'est ta sœur.

Soulagée de pouvoir s'échapper, elle courut presque dans le couloir et alla s'enfermer dans leur bureau, le cœur battant. Avait-elle réellement été sur le point de dire à Zach qu'elle l'aimait ? Seigneur ! Mieux valait ne pas y penser, songea-t-elle en décrochant le téléphone.

— Salut, Bethie, dit-elle l'appelant par un surnom qu'elle n'avait pas utilisé depuis des années. Tout va bien ?

— Je commence à prendre de mauvaises habitudes, hein ? dit-elle avec un rire triste. Je sais que tu n'aimes pas que je te téléphone au bureau quand j'ai des problèmes…

— Mais si, tu peux m'appeler quand tu veux. Rien n'est plus important pour moi que d'être là si tu as besoin de moi.

Le silence qui suivit lui laissa le temps d'espérer que sa sœur la croyait cette fois. Qu'elle allait la laisser revenir vers elle.

— Gage veut divorcer.

Le choc fut tel, qu'elle mit plusieurs secondes à réagir.

— C'est ce qu'il t'a dit ?

Allison se doutait que, s'il avait quitté sa femme enceinte, leurs désaccords devaient être profonds. Mais elle était restée persuadée qu'il finirait par revenir.

— Je pensais que si je lui laissais assez de temps…, murmura Bethany. Je croyais qu'il me pardonnerait, qu'il… Mais il ne veut pas. Il ne veut pas.

— Bethany, je suis tellement désolée. Comment peut-il faire ça ?

— Ce n'est pas sa faute. C'est à cause de moi. Oh ! Allie, je ne sais pas ce que je vais faire. Je ne sais pas comment je vais élever ce bébé toute seule.

— Tu n'es pas seule. Je suis là, si tu as besoin de quoi que ce soit. Et maman aussi, tu le sais. Ce bébé ne pourra pas lever le petit doigt sans qu'elle se précipite pour voir ce qu'il veut.

Le léger rire qu'elle entendit au bout du fil était bien triste, mais il lui offrit la lueur d'espoir qu'elle attendait depuis son retour.

Assise à la table de cuisine de Bethany, Allison s'efforçait de ne rien montrer de sa colère. Depuis son arrivée, sa sœur n'avait pas versé une larme devant elle, malgré ses yeux rougis, ni prononcé un seul mot contre Gage. Et elle ne connaissait toujours pas la cause de leur séparation.

— Je n'arrive toujours pas à y croire.

Elle avait été tellement attachée à Gage, le considérant comme le frère qu'elle n'avait pas eu. A présent elle ne le comprenait plus, pas plus qu'elle ne comprenait la réaction de Bethany.

— Je sais bien que vous aviez des problèmes, tous les deux, mais j'étais certaine qu'il retrouverait la raison.

— C'est ce qui s'est passé.

— Tu es en train de me dire que quitter sa femme qui est sur le point d'accoucher est une sage décision ? Parle-moi,

Bethany, insista-t-elle en lui prenant la main. Vous étiez si heureux. Que s'est-il passé ? Il y a quelqu'un d'autre ?

Lorsque Bethany ôta sa main de la sienne, Allison crut qu'elle allait encore refuser de lui répondre. Mais au lieu de cela, elle posa les mains sur son ventre.

— On peut dire ça, oui.

— Comment ça ? Tu veux dire que Gage est parti à cause du bébé ? Le bébé n'est…

— Si ! s'écria-t-elle. Bien sûr que si, le bébé est de lui.

— Pardon. Excuse-moi. Quand je t'ai demandé s'il y avait quelqu'un d'autre, je pensais à une femme, mais tu as mentionné le bébé, et… Pardon. Mais je ne comprends toujours pas.

— Quand nous nous sommes mariés, Gage voulait attendre avant d'avoir des enfants, et j'étais tout à fait d'accord. Je me disais qu'il serait bon d'avoir d'abord un peu de temps pour nous. Mais les années ont passé, et il voulait toujours attendre. Je voyais de plus en plus de bébés autour de moi, j'ai commencé à avoir l'impression que j'étais la seule femme à ne pas avoir d'enfant. Quand je lui en parlais, je sentais que quelque chose le rendait nerveux, mais il ne me disait pas quoi. Le temps a continué à s'écouler, et finalement, je n'ai plus voulu attendre. Je lui ai dit qu'il était temps que nous ayons des enfants.

— Et que s'est-il passé ?

— Je ne sais pas, je n'arrive pas à comprendre. D'abord, il s'est figé, puis il a explosé de rage. Il s'est mis à hurler qu'il ne voulait pas d'enfant. Ni maintenant, ni plus tard, et qu'il ne reviendrait pas sur sa décision.

— Cela ne lui ressemble pas du tout.

Gage avait du tempérament, mais il savait se contrôler. Parfois, Allison avait même trouvé un peu inquiétant de voir à quel point il prenait sur lui.

— Non, je n'en revenais pas. Je me suis dit qu'il était angoissé, mais que j'arriverais à le convaincre. Que petit à petit, il se rendrait compte que ce serait merveilleux d'être père. Et puis papa est mort, et je crois que j'ai perdu la tête.

— Tu n'es pas la seule, lui assura Allison en se rappelant son état et celui de sa mère.

— Sans doute. Mais je suis la seule à avoir arrêté de prendre la pilule sans en parler à mon mari.

— Oh ! Bethany.

— Vas-y, dis-moi ce que tu penses, soupira-t-elle. Que je l'ai trahi, que je ne mérite pas qu'il me pardonne.

— C'est ce qu'il t'a dit ?

— Gage n'a rien dit, soupira-t-elle. Pas un mot. Il est parti pendant des jours, et quand il est revenu, c'était pour prendre ses affaires et s'en aller. Depuis ce jour, nous n'avons pas eu une seule vraie conversation. Maintenant, j'ai le bébé dont j'ai toujours rêvé, mais j'ai perdu mon mari.

— Je suis navrée, Bethany. Navrée aussi de ne pas avoir été là quand papa est mort.

— Je ne veux pas en parler, dit-elle, comme chaque fois qu'Allison essayait d'aborder le sujet.

— Si, Bethany, il faut qu'on en parle, insista-t-elle à contrecœur. Je veux que nous retrouvions la relation que nous avions avant. Nous étions plus que des sœurs, nous étions amies. Et je crois que tu aurais bien besoin d'une amie en ce moment — tout comme moi.

Après un long silence, Bethany posa les mains sur la table et les fixa avec attention, comme pour y trouver de la force.

— J'étais à la maison quand papa a eu son attaque. J'ai appelé les secours, et en attendant qu'ils arrivent, j'ai essayé de faire en sorte qu'il soit le mieux possible, et que maman garde son calme. Elle est montée dans l'ambulance avec lui et je les ai suivis en voiture. Quand nous sommes arrivés à l'hôpital, j'ai voulu être auprès de lui, comme si je croyais que cela pouvait le protéger. Mais les médecins ne nous ont pas laissées entrer dans sa chambre. Quand nous avons enfin pu le voir, je crois que c'est parce qu'ils savaient qu'il ne s'en sortirait pas. Je me suis assise à côté de lui, et j'ai cherché les mots pour lui dire au revoir.

Elle fit une pause, et regarda Allison dans les yeux avec une infinie tristesse.

— Il a ouvert les yeux, les a tournés vers moi… et il t'a réclamée.

Si seulement elle avait pu être là pour lui prendre la main une dernière fois.

— Oh ! Bethany…

Mais sa sœur se leva brusquement, et laissa éclater sa colère.

— Je ne sais même pas ce qui m'a surprise ! Depuis que tu étais partie, il n'y en avait plus que pour toi ! Il n'était pas question de célébrer une fête ou un anniversaire si *Allison* ne revenait pas. Moi j'étais là, mais ça ne comptait pas.

— Non, Bethany, ce n'est pas vrai.

— Comment le sais-tu ? Tu n'étais pas là, toi.

— Et c'est pour ça que papa m'a réclamée. Il n'avait pas besoin de t'appeler, toi, puisque tu étais déjà à ses côtés. C'est moi qui n'ai pas pu lui dire au revoir. Pas un jour ne passe sans que je le regrette, mais je ne peux rien y changer.

— Non, rien, conclut froidement Bethany.

Epuisée, Allison poussa la porte de son appartement. Si elle avait tenu à savoir pourquoi sa sœur lui en voulait autant, elle avait ses réponses à présent. Et les mots de Bethany lui avaient fait tellement mal, qu'elle se demandait si ses blessures pourraient un jour cicatriser.

Elle alla machinalement jusqu'à sa chambre et prit dans son armoire des vêtements plus confortables, comme si elle espérait pouvoir changer de peau. Elle était en train d'enfiler un T-shirt, lorsqu'elle entendit la sonnette de la porte d'entrée. Mais elle n'alla pas ouvrir. Qu'on la laisse tranquille, c'était tout ce qu'elle demandait.

Quelques secondes plus tard, on sonna de nouveau. Elle

se décida alors à aller vers la porte, et c'est là qu'elle entendit la voix profonde qu'elle aimait tant.

— Allison ? Ouvre-moi.

— Zach, va-t'en, s'il te plaît, murmura-t-elle en reculant.

— Non, je ne vais pas m'en aller, répondit-il après un silence. Alors autant que tu m'ouvres tout de suite.

Dans l'état émotionnel où elle se trouvait, la dernière chose à faire était de laisser entrer Zach.

— Je vais bien, dit-elle, la gorge serrée par le chagrin.

— Allie, insista-t-il avec douceur. Laisse-moi entrer.

Sentant sa volonté l'abandonner, elle fit un pas en avant et appuya le front contre la porte.

— Tes voisins vont se poser des questions, s'ils voient un type bizarre gratter contre ta porte toute la nuit.

Toute la nuit ? se répéta-t-elle en frissonnant. Incapable de résister plus longtemps à son timbre suave, elle ouvrit la porte.

— Tu as rendez-vous avec James Collins demain matin, lui rappela-t-elle. Tu devrais être au bureau en train de peaufiner ta présentation jusqu'à ce qu'elle soit parfaite.

— Elle *est* parfaite. Daryl a été impressionné, et c'est grâce à toi.

— Grâce à moi ?

— C'est toi qui as eu l'idée de réduire la partie technique et de mettre l'accent sur l'aspect visuel. Je n'ai pas manqué de le lui dire.

— Tu n'étais pas obligé…

Kevin, lui, ne l'aurait jamais fait. Mais Zach n'était pas Kevin. Maintenant qu'elle le connaissait, elle en venait à se demander comment elle avait pu croire qu'ils se ressemblaient.

— Bien sûr que si. Tu sais, j'ai toujours travaillé seul, mais notre collaboration m'a permis de découvrir qu'il y avait des choses que j'aimais partager.

Venant de Zach, cet aveu n'était pas anodin. Il était prêt à partager son succès avec elle ! Submergée par l'émotion, elle sentit que ses nerfs allaient l'abandonner.

Alors qu'elle allait éclater en sanglots, il la prit dans ses bras et la serra contre lui. Elle laissa alors aller ses larmes, enfouissant le visage dans le creux de son épaule qui lui offrait le meilleur refuge possible. Elle sentit ses mains réconfortantes lui caresser les cheveux, puis descendre le long de son dos, lui procurant une délicieuse sensation de détente. C'était si bon de sentir la chaleur de son corps, les battements calmes de son cœur… Elle savait qu'elle allait bientôt devoir s'écarter de lui, mais pour le moment, elle voulait profiter de cet instant, de la magie qui faisait que sa peine s'allégeait peu à peu.

Elle se redressa finalement, mais n'osa lever les yeux vers lui.

— Oh ! comme tu dois détester ça…, dit-elle avec un léger rire.

— Quoi donc ? lui demanda-t-il en effaçant les traces de larmes sur ses joues.

— Cette femme qui s'effondre dans tes bras en pleurant, encore une fois, à cause de ses problèmes personnels.

— Ma foi, ce n'est pas si terrible. Surtout si cela peut servir à quelque chose. Je crois qu'il ne vaut mieux pas que je te demande comment ça s'est passé, avec Bethany ?

— Tu peux, mais je ne te promets pas de ne pas pleurer.

— Je prends le risque.

— J'espérais une occasion de mettre les choses au clair avec elle, mais je n'ai jamais voulu cela.

Elle marcha jusqu'au canapé et se laissa tomber dessus, avant de prendre un coussin qu'elle serra fort contre elle.

— Le pire, c'est que je ne sais pas si cela a changé quoi que ce soit. Je ne sais pas si elle me pardonnera un jour.

— Si, j'en suis sûr, promit-il en s'asseyant à côté d'elle.

— Comment le sais-tu ?

— Je le sais.

Il la regarda avec tendresse et ôta la mèche de cheveux qui lui retombait sur les yeux.

— Parce que si elle te ressemble un petit peu, cela veut dire que rien ne compte plus que la famille pour elle. Pour l'instant, elle est encore en colère, mais cela ne durera pas éternellement. Surtout si elle sait à quel point tu tiens à elle.

Elle tenait tout autant à Zach, mais elle ne pouvait le lui dire. Ses mots le feraient fuir, alors qu'elle avait justement besoin de le sentir près d'elle. Elle effleura sa bouche du bout des lèvres. Aussitôt, une vague brûlante l'assaillit, réveillant la tension qui s'élevait entre eux depuis des semaines.

Ivre d'excitation, elle se laissa aller en arrière, l'invitant à aller plus loin. Elle avait besoin de savoir s'il en avait autant envie qu'elle. En voyant la flamme qui brûlait dans ses yeux, en sentant son corps tendu par le désir, elle eut la réponse qu'elle avait espérée. Jetant le coussin au sol, elle laissa Zach promener les mains le long de son dos et les refermer autour de ses hanches.

Elle avait beau savoir que tout cela n'avait aucun sens, qu'elle finirait forcément par souffrir, elle était incapable de résister à l'odeur envoûtante de son parfum, à ses sourires séducteurs et ses caresses expertes. Elle avait si passionnément envie de lui… Tant pis si elle ne devait l'avoir que pour une nuit. Tant pis si les sentiments qu'elle éprouvait pour lui ne devaient jamais devenir réciproques.

Qui sait, cette unique étreinte suffirait peut-être à assouvir son désir.

Se laissant emporter par un tourbillon de plaisir, elle cessa de réfléchir et s'abandonna entre ses bras. Il enfouit alors le visage dans son cou et la dévora de baisers, avant de se redresser pour prendre possession de ses lèvres.

Progressivement, sa langue vint à la rencontre de la sienne, et il se mit à l'embrasser avec de plus en plus de fièvre. Il s'allongea à côté d'elle et continua à la caresser, allumant une flamme ardente en elle. Comme elle se serrait contre lui, elle l'entendit émettre un soupir de plaisir, auquel elle répondit en pressant sa poitrine contre la sienne et en enroulant ses jambes autour des siennes.

Avec un gémissement rauque, il roula pour venir se placer au-dessus d'elle, et elle noua les bras derrière sa nuque pour recevoir son baiser de plus en plus fougueux. Puis il abandonna ses lèvres, passa la langue sur sa gorge et descendit le long de sa poitrine, faisant battre son cœur de plus en plus fort.

Ce fut à son tour de gémir de plaisir. Et lorsqu'elle se cambra en s'agrippant au tissu de sa chemise, il mit une main sur son sein et la caressa à travers son T-shirt. Elle ne s'était pas trompée en imaginant Zach en amant passionné ; il savait exactement quoi faire pour satisfaire ses envies, pour lui donner du plaisir.

Elle sentit ses mamelons devenir plus fermes sous l'effet de ses caresses, et des frissons d'excitation traversaient ses membres. Ne supportant plus le tissu qui les empêchait de se toucher, elle changea de position pour venir au-dessus de lui, et se mit à genoux pour enlever son T-shirt. Mais en la voyant faire, il l'interrompit. Non pas pour prendre le relais, mais pour essuyer sa joue du revers du pouce, avec une infinie tendresse. Sans doute avait-elle encore des traces de larmes et de mascara.

Non…, le supplia-t-elle en silence. *Pas maintenant. Ne t'arrête pas. Ne me force pas à réfléchir.*

Il se redressa pour s'asseoir, mais elle fit en sorte de garder le visage contre le sien.

— Allie, murmura-t-il tout contre ses lèvres.

— Oui ?

— Je ne veux pas profiter de la situation.

— Ce n'est pas ce que tu fais.

— Je veux dire que je n'ai pas l'intention de le faire, précisa-t-il avec un rire rauque et sensuel. Tu as passé une soirée difficile, reprit-il en mettant les mains autour de son visage. Je ne voudrais pas que tu aies des regrets demain matin.

Pour une fois, elle en venait presque à lui en vouloir de se montrer aussi protecteur.

— Je ne…

— Oui ?

— Je n'ai pas envie que tu partes, avoua-t-elle.

— Mais je suis là.

Et c'était si bon de sentir sa présence… Elle ferma les yeux et se mit à savourer chaque seconde. Bientôt, il ne lui resterait que le souvenir de cet instant.

- 10 -

Lorsque la porte du bureau de James Collins s'ouvrit, Zach se prépara à saluer l'homme avec qui il avait rendez-vous. Mais ce ne fut pas lui qui l'accueillit. S'efforçant de garder son calme, il fit un grand sourire.

— Bonjour Riana. Quel plaisir de vous revoir.

— Bonjour, Zach, lui répondit-elle avec un sourire enjôleur.

La robe noire qu'elle portait la couvrait du cou jusqu'au genou, mais elle épousait chacune de ses formes. Cette femme avait tout pour séduire les hommes, et pourtant, Zach restait totalement insensible à ses atouts.

C'était à Allison qu'il pensait sans cesse, c'était elle qui le troublait dès qu'elle posait les yeux sur lui.

Pour la première fois de sa vie, il venait de passer la nuit avec une femme sans la toucher. Ou plutôt, sans la toucher de manière érotique. Ce qui avait été loin d'être aisé ! Combien de temps était-il resté sur son canapé à la serrer contre lui ? Ils étaient d'abord demeurés dans les bras l'un de l'autre, allongés en silence, puis elle avait fini par s'endormir.

La tête appuyée dans le creux de son épaule, les yeux fermés et les lèvres entrouvertes, elle lui avait paru si fragile. La vivacité de son esprit cachait une personnalité beaucoup plus tendre qu'elle ne voulait bien le montrer, et il se rendait compte que cela lui donnait envie de la protéger. Elle n'en était sans doute pas consciente, mais avec elle, il devenait un autre homme.

Elle ne s'était réveillée qu'aux premières lueurs de l'aurore, s'étirant contre lui avec un profond soupir. A sa manière de le regarder, il avait compris qu'elle avait encore envie de lui, autant qu'il avait envie d'elle, mais il avait voulu s'en tenir à ce qu'il avait dit. L'embrassant délicatement sur les lèvres, il l'avait portée jusqu'à son lit avant de s'en aller.

Et moins de trois heures plus tard, voilà qu'il se retrouvait, une fois de plus, face à Riana Collins.

— Détendez-vous, Zach.

Il ne devait pas très bien masquer son agacement.

— Mon père sera là d'une minute à l'autre. Il ne manque jamais une réunion de travail, il ne vit que pour sa société.

En regardant autour de lui, il eut la sensation d'être entré dans un magazine de décoration. Tout ici était à la fois élégant et idéalement assorti, mais aussi parfaitement neutre et impersonnel.

— Je me permets de croire que son entreprise n'est pas tout ce qui compte à ses yeux, soutint-il néanmoins. L'autre jour, à l'inauguration, il a tenu à saluer ses employés fidèles, qui n'avaient pas hésité à déménager pour venir travailler ici. Ils n'auraient pas accepté de tels changements pour n'importe quel patron. Votre père doit les traiter comme sa propre famille.

Une note de douceur apparut sur le visage de Riana, mais elle la chassa avec un rire forcé.

— Vous êtes un bon vendeur, Zach ! J'ai failli croire à votre histoire.

— Oui, selon vous, mon métier ne consiste qu'à réussir des ventes. Mais je vous assure que c'est bien plus que cela.

Elle le scruta avec un regard perplexe.

— Il me suffit de quelques secondes pour cerner les gens que je rencontre. Quand je vous ai vu pour la première fois, j'ai reconnu en vous un homme qui vivait pour son travail, et qui était prêt à tout sacrifier pour sa carrière.

— Vous aviez raison, c'est exactement ça.

Pourtant, il trouva que ses paroles sonnaient faux. Riana aussi sans doute, car elle se mit à le dévisager comme si elle le voyait pour la première fois. Il eut tout à coup la sensation de suffoquer.

« Si tu es un très bon vendeur, tu es surtout un homme formidable. »

Quelques jours plus tôt, il aurait juré que tout ce qui lui importait était d'être un bon vendeur. Mais tout était différent à présent. Ce qui comptait, c'était ce que pensait Allison.

— Mais ce n'est pas *tout* ce que je suis, ajouta-t-il en se tournant vers Riana.

— Non, c'est certain, approuva-t-elle avec un rire doux. Plus maintenant, en tout cas.

— Bonjour, Zach. Veuillez excuser mon retard.

Les yeux rivés sur son téléphone portable, James Collins venait d'entrer en trombe dans son bureau. Il s'arrêta en voyant sa fille debout à quelques pas de lui.

— Riana ? Mais qu'est-ce que…

— Papa, j'allais partir. Zach est tout à toi.

Sur ce, elle s'en alla d'un pas précipité.

En voyant James se retourner sur le passage de sa fille, Zach eut l'impression de saisir ce que lui avait dit Allison. Cet homme était sans doute dépassé par son deuil, et par la responsabilité de se retrouver seul avec sa fille. Mais lorsqu'il s'adressa à Zach, son expression était pleine d'assurance.

— Avant que nous commencions, je veux que vous sachiez que, quels que soient les rapports que vous entretenez avec ma fille, ils n'auront aucun effet sur ma décision.

— Je n'aurais pas imaginé le contraire, mais avant que nous commencions, je voudrais préciser que ma relation avec Riana est strictement professionnelle.

James le regarda dans les yeux durant une fraction de seconde avant de lui faire signe de s'asseoir.

— Entendu. Mettons-nous au travail.

Des années d'expérience lui avaient appris comment déchiffrer les réactions des clients lors de ses présentations. Et pendant quarante-cinq minutes, il dut faire son exposé en sentant que James Collins n'était pas du tout convaincu.

Il l'écoutait attentivement, lui posait même des questions, mais il était évident qu'il n'était pas prêt à signer avec Knox.

C'est alors qu'il pensa à Allison. Il était temps de lui faire confiance. Il devait suivre ses conseils, s'impliquer plus personnellement.

Espérant qu'il faisait le bon choix, il abandonna ses notes et se mit à improviser.

— Monsieur, je peux vous assurer que Knox est plus fiable que tous ses concurrents. Je pourrais vous parler des heures de nos détecteurs de mouvement, de nos caméras ultra-perfectionnées, de tout ce qui servirait à protéger vos vitrines. Mais si nos systèmes sont aussi performants, c'est parce que nous avons une seule obsession : protéger les gens.

Si seulement Allison était là pour l'aider… Prenant une profonde respiration, il reprit son discours :

— C'est pour cette raison que nous avons choisi Knox, ma mère et moi, le jour où nous avons voulu faire installer chez nous un système d'alarme.

Décelant un regain d'intérêt dans le regard de James, il lui raconta ce qui s'était passé un soir, en son absence.

— Après cet épisode, j'avais du mal à laisser ma mère seule à la maison, mais j'étais plus tranquille en pensant qu'il y avait une alarme.

— Vous savez, lui dit James Collins, le premier bijou que j'ai créé était pour ma mère. C'était le jour de la fête des Mères. Elle m'a assuré que c'était la plus belle broche qu'elle avait jamais vue, mais j'étais déjà capable de voir qu'elle était affreuse.

— Elle doit valoir une fortune aujourd'hui.

— Ce serait peut-être le cas, dit-il en riant, si elle n'était pas tombée en miettes au bout de quelques semaines.

Il posa les coudes sur son bureau et regarda le dossier illustré qu'avait préparé Allison.

— Dites-m'en plus sur l'alarme silencieuse…

*
* *

Allison entendit son téléphone sonner une fois, puis s'arrêter. Elle regarda son écran et y vit le numéro de Daryl inscrit. Saisissant un verre d'eau, elle le fit tinter avec le rebord d'une cuillère pour attirer l'attention de ses collègues, rassemblés autour du bar.

— Attention, écoutez-moi ! Daryl et Zach sont en route ! Cachez-vous !

Des rires enfantins accueillirent son annonce.

— Où ? cria Brett Mitchell.

Tous les employés de Knox s'étaient réunis dans ce club pour célébrer la nouvelle victoire de Zach. Daryl était chargé d'amener le héros de la fête, tandis que la mère de Zach avait réservé la salle et prévu des petits-fours.

— Euh…

Elle regarda Caroline, qui ne paraissait pas avoir plus d'idées qu'elle.

— Eh bien ne restez pas devant la porte, et essayez de prendre une mine louche… De ressembler à tout, sauf aux employés d'une société de sécurité !

Un nouveau rire parcourut l'assemblée, et les convives se retournèrent vers le mur. A peine une minute plus tard, Daryl arrivait avec Zach.

— Surprise !

N'hésitant pas à jouer le jeu, Zach serra les mains qui se tendaient vers lui et rit de bon cœur avec ses collègues. Allison savait combien sa réaction était ridicule, mais elle ne pouvait s'empêcher de se sentir fière de lui. Surtout, elle mourait d'envie de se jeter à son cou pour l'embrasser.

D'autant que son dernier souvenir de lui était le baiser qu'il avait déposé sur ses lèvres avant de s'en aller, en lui enjoignant dans un murmure de rêver de lui.

Ce qu'elle n'avait pas manqué de faire. Et pour cause ! Zach occupait toutes ses pensées désormais. Jour et nuit. Et elle savait que c'était très, très mauvais signe.

Assailli de toute part, il mit au moins un quart d'heure à arriver jusqu'à elle. Enfin.

— Allison.

Sa voix grave la fit frissonner de désir. Non sans peine, elle resta immobile, de peur d'être démasquée.

— Félicitations, dit-elle avec un grand sourire. Nous sommes tous très heureux pour toi.

Un sourire ironique se dessina sur ses lèvres.

— Tu aimerais autant être ailleurs, je me trompe ? chuchota-t-elle discrètement.

— A ton avis ?

— Eh bien, je suis en partie responsable de ton malheur. Mais tu peux peut-être, je dis bien peut-être, oublier le travail pendant une soirée et t'amuser un peu ?

— Ce n'était pas vraiment au travail que je pensais, hier soir, chuchota-t-il à son tour.

Daryl s'avança alors au milieu de la pièce, lui évitant d'avoir à répondre.

— Votre attention, s'il vous plaît.

Mais sa voix était couverte par le bruit et la musique. Zach se tourna alors vers Allison avec un regard malicieux, et il ne lui en fallut pas davantage pour réagir. Mettant deux doigts entre ses lèvres, elle lança un sifflement strident qui en fit sursauter plus d'un. Toutes les têtes se tournèrent dans leur direction, et le silence se fit enfin.

— Merci, Allison, pour cette élégante introduction, commença Daryl au milieu des rires. Je tenais à prendre une minute pour féliciter Zach. James Collins est un remarquable homme d'affaires, et c'est un honneur pour nous qu'il nous ait choisis. A Zach ! ajouta-t-il en levant son verre.

Allison leva son verre en même temps que les autres, mais à peine avait-elle bu une gorgée, que Zach la prit par la taille et la fit approcher de lui, attirant tous les regards sur eux. Elle aurait voulu pouvoir disparaître sous terre.

— Zach, qu'est-ce que tu fais ? glissa-t-elle entre les dents.

Au lieu de lui répondre, Zach prit la parole à son tour :

— Merci, Daryl, et merci à vous tous. Cette collaboration

avec les joailleries Collins va être passionnante pour toute l'équipe, et j'ai hâte que nous nous y mettions.

— Ah, c'est donc ça ! s'exclama Brett. Vous nous avez bien eus ! En fait, vous nous avez fait venir ici pour travailler.

— Exactement, rebondit Zach en riant avec les autres. Finissez vos verres, réunion dans cinq minutes.

Il fit une pause, le temps de retrouver son sérieux.

— En fait, je tenais à vous dire que si nous sommes ici, c'est aussi grâce à Allison Warner et ses conseils avisés. Je n'aurais jamais réussi sans elle. Alors… A Allison ! clama-t-il en levant son verre.

Stupéfaite, elle leva les yeux vers lui et rencontra son regard intense. Elle eut tout à coup l'impression qu'ils étaient seuls dans cette salle. Seuls au monde. Plus rien d'autre n'existait que le sourire de Zach, et la main qu'il venait de refermer sur la sienne.

— A Allison ! entendit-elle en écho à la voix de Zach.

— Tu avais vu juste, Allison, lui dit-il discrètement. Et je n'y serais pas arrivé sans toi.

— Je n'ai rien…

— Oh que si !

Comme ses collègues venaient vers elle pour la féliciter aussi, elle n'eut pas le temps de lui répondre. Elle afficha un grand sourire, mais elle était incapable de les écouter. Son émotion l'en empêchait. En revanche, elle ne savait pas si elle était plus touchée que Zach ait évoqué son histoire personnelle pour convaincre James Collins, alors qu'il avait juré de ne jamais le faire, ou qu'il ait tenu à partager son succès avec elle. Ce que Kevin n'aurait jamais fait.

— Allez, dis-moi comment tu as fait !

Une bière à la main, le jeune et dynamique Brett Mitchell venait de s'approcher d'Allison avec un grand sourire.

— Comment j'ai fait quoi ?

— Pour être dans les petits papiers de Zach Wilder !

Comme tous les jeunes vendeurs de Knox, Brett avait une admiration sans limites pour Zach.

— C'est vrai, ça, glissa Caroline Wilder, à qui leur échange n'avait pas échappé. Comment avez-vous fait ?

Prise d'embarras, Allison détourna le regard… et le posa sur Zach, qui parlait un peu plus loin avec un groupe de collègues. Ce fut justement à cet instant qu'il regarda dans sa direction, comme s'il avait senti ses yeux fixés sur lui. Aussitôt, elle rêva d'être loin d'ici, seule avec lui dans une chambre, et de lui ôter un à un tous ses vêtements.

Heureusement, Brett avait trop bu pour remarquer que ses joues rougissaient à cette seule pensée. Quant à Caroline… Il était bien possible qu'elle fût moins dupe que lui.

— J'ai eu de la chance, c'est tout, répondit-elle finalement. J'ai donné mon avis à Zach, mais je n'ai aucun mérite. C'est lui qui a fait tout le travail.

— Si seulement j'avais la même chance, commenta Brett, rêveur.

— Ne t'en fais pas, Brett. Je suis sûre que la tienne viendra.

— Eh bien en attendant, je vais aller reprendre un verre.

Elle le regarda s'éloigner avant de se rendre à l'évidence : elle allait devoir affronter les questions de Caroline Wilder.

— La fête est très réussie, bravo pour votre organisation.

— Je crois que c'est vous qu'il faut féliciter, Allison. Zach m'a parlé des conseils que vous lui aviez donnés pour la présentation. Et il m'a aussi parlé de vous. C'est la première fois que je le vois comme cela, j'ai remarqué la façon dont vous vous regardiez tous les deux.

Allison n'aurait pu nier le désir qu'il y avait dans leurs yeux quand ils étaient ensemble, mais elle savait aussi que pour Zach, il ne s'agissait que d'attirance physique. Elle était la seule à être amoureuse, et tout ce qu'elle voulait à présent, c'était éviter qu'il ne l'apprenne.

— Je ne l'ai jamais vu aussi heureux, insista Caroline.

— C'est normal, il vient juste de remporter la plus belle victoire de sa carrière.

— Allison, voyons. Je sais que vous vous êtes déjà rendu compte que le travail ne rendait pas Zach heureux.

Lassée du bruit et de la foule, Allison décida de s'éclipser un moment pour sortir prendre l'air. Elle trouva dans un coin de la terrasse une table tranquille, où elle s'installa pour profiter du calme.

— A toi maintenant de me dire à quel point tu m'en veux.

Elle se retourna en entendant la voix de Zach derrière elle. Son cœur se serra à l'instant où elle vit sa silhouette apparaître dans l'ombre.

— Je t'en veux ?

Il prit une chaise et l'approcha de la sienne avant de s'asseoir.

— D'avoir révélé à tout le monde que tu étais une brillante collaboratrice. Tu sais qu'après ça, Daryl risque de t'offrir un poste.

Cette annonce aurait dû l'angoisser, mais il n'en fut rien. L'ambiance de la soirée lui rappelait tout ce que le travail d'équipe pouvait avoir de bon.

— Je ne t'en veux pas, non. Je suis plutôt… touchée. Cela signifie beaucoup pour moi, ajouta-t-elle.

Mais il ne pouvait pas le comprendre sans savoir ce qui s'était passé à New York.

— Tu sais, reprit-elle, l'autre jour, tu m'as demandé ce que cela m'avait fait de quitter New York, mon travail, et Kevin. En réalité, je n'avais pas décidé de partir définitivement. Je suis revenue ici pour les obsèques de mon père, mais tout était différent. Mon père nous avait quittés, Bethany m'adressait à peine la parole. Seule ma mère aurait pu me demander de rester, mais elle m'a encouragée à repartir. Alors après quelques semaines de congé, je suis retournée à New York. J'espérais que le travail me permettrait d'oublier mon chagrin. Seulement, quand je suis arrivée, j'ai constaté que tout le monde avait oublié ce que j'avais réussi juste avant de partir. Kevin avait remporté trois nouveaux budgets pendant mon absence. J'étais heureuse pour lui, mais la nouvelle m'avait surprise. D'ordinaire, il travaillait pour des clients que d'autres associés avaient attirés.

— Laisse-moi deviner, intervint Zach. Le fait de te voir gagner un contrat l'a rendu jaloux, et il s'est décidé à se mettre au travail ?

— Si seulement…, lâcha-t-elle avec un rire amer. Mais la vérité est beaucoup moins glorieuse. Ces clients, il les a conquis grâce aux idées qu'il m'avait volées.

— Quoi ? s'écria-t-il avec un air à la fois choqué et sidéré.

— C'est ma faute, je lui ai facilité la tâche. A cette époque, je passais autant de temps à travailler chez moi qu'au bureau. Mais chez moi, c'était aussi chez lui. Et c'est là que j'ai laissé mon ordinateur portable quand je suis partie à Phoenix. Il n'a eu qu'à se servir.

— Mais c'est quand même du vol ! Il n'avait aucun droit d'accéder à tes dossiers, et encore moins de les utiliser. J'espère au moins que tu l'as dénoncé. Ses supérieurs ne devaient pas se faire d'illusions sur ses capacités, son succès a dû leur paraître suspect.

— Je lui ai d'abord parlé, mais il m'a accusée de tous les maux. D'après lui, j'étais censée être là pour le soutenir, pour l'encourager, pour l'inspirer. Au lieu de cela, j'avais cherché à lui faire de l'ombre, et c'est pour cela qu'il avait été contraint de le faire.

Zach laissa échapper une insulte, qui n'aurait pas pu mieux définir Kevin.

— C'est à partir de là que j'ai été vraiment furieuse contre lui. J'aurais pu lui pardonner, s'il avait reconnu ses torts et présenté ses excuses. Mais il était allé trop loin, alors je suis allée voir notre patron pour lui dire la vérité. Je lui ai montré les preuves de ce que j'avançais. Mais c'était lui qui avait introduit Kevin dans l'entreprise, il aurait été pris en faute, s'il l'avait renvoyé. Moi, je n'étais rien.

— Ils ne te méritaient pas. Kevin correspondait beaucoup mieux à leur médiocrité, si tu veux mon avis. Et je ne peux que les remercier, ajouta-t-il après un long silence, c'est grâce à eux que tu es venue travailler avec moi. Et c'est grâce à toi que j'ai gagné. Tu sais, je pensais chaque mot de ce que j'ai dit tout à l'heure. Je n'aurais pas réussi sans toi.

Son regard était si sincère… Comment avait-il pu changer d'attitude aussi radicalement, lui qui, quelques jours plus tôt, n'avait pas voulu entendre parler de ses idées ? Pendant tout son récit, il n'avait cessé de la regarder, ponctuant ses phrases de regards tour à tour scandalisés et compatissants. Et à présent, il avait l'air de se poser mille questions. Se pouvait-il qu'il fût aussi troublé qu'elle par le lien qui s'était créé entre eux ?

— Alors allons fêter ça, lança-t-elle pour mettre fin à leur tête-à-tête. Je crois qu'il y a encore des gens qui veulent te féliciter.

— Comme le petit jeune qui te tourne autour ?

— Brett ? Il… Oh ! Zach, ne me dis pas que tu es jaloux !

— Mais non. De toute façon, il n'est pas du tout ton genre.

— Ah, parce que j'ai un genre ?

— Evidemment. D'abord, c'est un gamin. Trop facile à convaincre, il n'aurait pas assez de répondant.

— Qui dit que j'aime les hommes qui ont du répondant ?

— Moi, je le dis. Tu essaies toujours de me défier.

— Brett est arrivé chez Knox juste avant moi, dit-elle en riant. Tu le vois peut-être comme un junior avide de prendre ta place, mais je t'assure qu'il vaut la peine d'être connu.

— Ah bon ?

— Oui. D'abord, c'est ton plus grand fan. Et puis, il me fait un peu penser à toi. Viens, je vais vous présenter, dit-elle en se levant.

— Allie…

— Mais si, viens, insista-t-elle en lui prenant le bras pour l'attirer à l'intérieur.

Elle le mena jusqu'à Brett et leur fit faire connaissance. Durant leur échange, elle eut la sensation que Zach l'examinait dans le détail, et il remarqua sûrement qu'ils partageaient la même ambition, le même désir avide de réussite. Même si Brett était beaucoup plus extraverti, mais après tout, elle n'avait pas connu Zach à son âge.

A mesure qu'ils parlaient, elle devina qu'il était séduit par la curiosité du jeune homme. Peut-être se retrouvait-il un peu en lui… Brett méritait que Zach le prenne sous son aile, elle en était persuadée. Et lorsqu'il lui proposa de l'accompagner la semaine suivante pour travailler sur un projet d'alarme pour un nouvel immeuble, elle ne put cacher sa joie.

Cette collaboration apprendrait beaucoup à Brett, mais surtout, elle ne pouvait s'empêcher d'espérer qu'elle apporterait un peu de légèreté et de gaieté aux journées de Zach. Car elle ne serait plus là pour le faire.

- 11 -

— C'est ici.

Sur les indications de Zach, Allison tourna dans l'allée circulaire qui se présentait. Quand Caroline, à qui il n'avait pas échappé que Zach avait bu quelques bières, lui avait demandé de le ramener chez lui, Allison avait eu un moment d'hésitation. Non pas à cause de l'unique verre d'alcool qu'elle avait pris en tout début de soirée, mais par peur de ce qui se passerait une fois qu'ils seraient arrivés.

Si jamais ils commençaient la même chose que la veille, chez elle, ils n'auraient aucune raison de s'arrêter cette fois.

Mais serait-ce si grave ? se demanda-t-elle tout à coup. Bientôt, elle ne verrait plus Zach, surtout s'il obtenait cette promotion. Elle ne lui avouerait jamais ses sentiments. Alors pourquoi ne pas s'offrir une nuit avec lui, une seule ?

— Je ne m'attendais pas à cela, reconnut-elle en regardant sa maison.

C'était une demeure de type espagnol, entourée d'un vaste terrain, qui possédait le charme des constructions anciennes. Une grille en fer forgé ouvrait sur un patio, au fond duquel on distinguait l'entrée de la maison creusée sous un porche.

— C'est…

— Oui ?

Elle attendit d'être descendue de voiture et de l'avoir rejoint à la grille pour aller au bout de sa pensée.

— Cela ne te ressemble pas.

— Ah bon ? s'étonna-t-il en riant. Et qu'est-ce qui me ressemblerait ?

— Je ne sais pas. Je crois que je t'imaginais dans un endroit identique aux bureaux de Knox.

— Tu exagères… Je ne suis pas fou au point de vivre dans un immeuble de bureaux.

L'allée était bordée de plantes exotiques, et l'on entendait un léger bruissement de feuilles, sans doute provoqué par un lézard ou un petit rongeur.

— Non, je pensais plutôt à un appartement tout de verre et d'acier. Loin de ces majestueux piliers de bois et de cette cour pavée.

— Tu es déçue ?

— Tu plaisantes ? C'est magnifique.

La grille émit un léger grincement au moment où il la poussa.

— J'oublie toujours de m'occuper de ça…, s'excusa-t-il.

— Oh ! tu pourrais aussi bien le laisser. Cela ajoute du caractère à ta maison, tu ne trouves pas ?

— Ça, c'est une bonne excuse pour ne pas réparer les choses, s'amusa-t-il. Je m'en souviendrai.

— Cela me rappelle la maison dans laquelle j'ai grandi. L'une des marches de l'escalier craquait, et mon père n'a jamais voulu y remédier. Quand il l'entendait, il savait que Bethany et moi étions rentrées, et qu'il pouvait s'endormir.

— Vous n'avez jamais eu l'idée de l'enjamber pour qu'il ne sache pas à quelle heure vous étiez rentrées ?

— Pour lui faire passer une nuit blanche ? Non !

Lorsqu'il lui fit traverser le patio pour la mener vers le porche, elle crut déceler dans ses yeux un océan de solitude et de mélancolie qui lui serra le cœur.

— Ta mère aussi devait s'inquiéter pour toi, quand tu sortais tard le soir.

— Nous faisions attention l'un à l'autre, mais elle a cumulé deux emplois pendant presque toute mon adolescence. Elle était obligée de compter sur moi pour me prendre en charge.

Lorsqu'il eut coupé l'alarme et allumé les lumières, elle resta bouche bée en découvrant l'intérieur de la maison.

La décoration, à la fois élégante et chaleureuse, correspondait parfaitement au style de la maison, tout autant qu'à la personnalité de Zach. Sans un mot, elle promena son regard sur les murs blanc cassé et les canapés en cuir qui ornaient le salon. Elle devait s'en aller. Maintenant.

— Eh bien voilà, conclut Zach en s'approchant d'elle. Nous avons survécu à nos deux semaines de collaboration.

Elle savait que plus elle resterait, plus il lui serait difficile de partir. Mais elle n'avait soudain plus envie de fuir.

— Et travailler avec toi était un défi bien plus grand que de remporter ce contrat ! le taquina-t-elle.

— Comment ça ?

— Tout le monde sait que tu n'es pas quelqu'un de facile.

Il se mit à rire.

— Le pire maintenant, ce sera de me trouver face à Daryl et d'être forcé d'admettre qu'il avait raison.

— Finalement, nous avons formé une bonne équipe.

Elle croisa son regard, et c'est alors qu'elle prit sa décision. Il avait peut-être eu l'habitude de prendre soin de lui tout seul, mais ce soir, c'était elle qui allait s'occuper de lui. Si elle ne pouvait pas lui avouer ses sentiments, elle pouvait au moins lui montrer à quel point elle tenait à lui.

— Nous sommes toujours collègues, souligna-t-elle.

Mais au lieu de prendre du recul et de se détourner, il fit un pas de plus vers elle.

— Pas jusqu'à lundi matin, murmura-t-il.

Lundi lui parut soudain extrêmement loin, alors que Zach n'était qu'à quelques centimètres. Il devait penser la même chose, car il la prit dans ses bras et plaqua sa bouche sur la sienne avec une fièvre qui lui coupa le souffle. Se hissant sur la pointe des pieds, elle l'enlaça et se serra contre lui pour sentir son corps puissant.

Dans un soupir d'excitation, il prononça son nom avant de passer la langue sur sa bouche, sa joue, sa gorge. Bientôt, elle crut que ses genoux allaient céder sous l'effet de son excitation, mais Zach la tenait fermement, et ce fut dans ses bras qu'elle chancela.

Dévorée par une flamme de désir, elle laissa glisser ses mains le long de son torse et se mit à déboutonner fiévreusement son pantalon.

— Zach, fais-moi l'amour.

Il la souleva aussitôt dans ses bras et, tandis qu'il l'emmenait dans sa chambre, elle continua à le dévorer de baisers.

La clarté de la lune baignait la pièce d'une pâle lumière blanche lorsque Zach allongea Allison sur son lit. Le regard brûlant de désir, il enleva sa chemise puis se coucha à côté d'elle, lui laissant tout le loisir de caresser son torse musclé. Lentement, elle fit glisser ses doigts jusqu'à sa taille et acheva de défaire les boutons de son pantalon.

— Cette journée a été magnifique pour toi, murmura-t-elle.

— Et cette soirée s'annonce bien plus magnifique encore.

Sa voix était chargée de désir, mais Allison savait bien qu'il ne s'agissait que d'attirance sensuelle…

— Tu as remporté le contrat Collins, et…

— Tu ne vas peut-être pas me croire, Allie, l'interrompit-il, mais je n'ai pas du tout envie de parler de ça maintenant.

— Donc je ne suis pas en train de profiter de la situation ?

Il laissa échapper un rire grave, puis la saisit par la taille et vint au-dessus d'elle.

— Depuis l'instant où je t'ai rencontrée, je ne rêve que de faire… ça, et ça, et ça, acheva-t-il en lui ôtant ses vêtements un à un.

Sentant ses doigts sur sa peau, elle se mit à respirer plus fort, et son corps se tendit sous l'effet de l'excitation. Chacune de ses caresses faisait croître en elle le plaisir, la faisait sombrer dans un océan de délices tel qu'elle n'en avait jamais connu.

Il referma les mains autour de ses seins, puis se pencha et les embrassa l'un après l'autre, éveillant en elle des sensations extrêmes.

C'est alors qu'il se redressa et, les yeux plongés dans les

siens, il entra en elle dans un mouvement infiniment tendre et viril à la fois. Refermant les bras et les jambes autour de lui, elle se mit à bouger au rythme du mouvement de ses hanches. Les sensations qu'il lui offrait étaient plus fortes que tout ce qu'elle aurait pu imaginer. A mesure que le plaisir grandissait en elle, ils bougeaient ensemble de plus en plus vite, de plus en plus fort, et leur souffle se faisait plus sonore. C'était comme s'ils ne faisaient plus qu'un. Dans un dernier élan, ils s'agrippèrent l'un à l'autre et plongèrent en même temps dans un abîme de plaisir.

Zach se réveilla le lundi suivant sans la moindre envie d'aller travailler. C'était bien la première fois que cela lui arrivait, mais c'était aussi la première fois qu'Allison Warner était allongée à côté de lui, dans son lit. Quant à celles qui avaient déjà passé la nuit chez lui, elles étaient peu nombreuses, et aucune n'était jamais restée un week-end entier. Mais comment aurait-il pu laisser partir Allison après avoir fait l'amour avec elle ?

Seulement, à présent, ils ne pouvaient plus faire comme si le lundi n'arriverait jamais. D'ici moins de deux heures, ils seraient tous deux de retour au bureau.

En regardant Allison encore endormie, il se remémora les deux jours magiques qu'il venait de passer avec elle. Elle était si belle à cet instant, à peine éclairée par les rayons du soleil qui filtraient à l'intérieur de la chambre. Elle paraissait si vulnérable… Lui faire du mal était la dernière chose qu'il souhaitait.

Comme il allait avancer la main pour lui caresser le visage, elle ouvrit lentement les yeux.

— Voilà, murmura-t-elle d'une voix pleine de sommeil. Il est temps de retourner travailler.

— Allie…, commença-t-il, empli de culpabilité.

— Tout va bien, Zach. Vraiment, ne t'en fais pas.

Elle se leva et ramassa ses vêtements éparpillés aux quatre coins de la chambre.

— Je sais, tu as sûrement peur que… Je ne sais pas, que je me jette sur toi en pleine réunion. Mais ne t'inquiète pas, je saurai prendre sur moi.

— Dommage.

— N'est-ce pas ? plaisanta-t-elle avec un sourire forcé, qui cachait mal son émotion.

Il savait que le mieux était de tout arrêter là. Cette semaine, il serait sans doute nommé à son nouveau poste, et il passerait désormais son temps en déplacement. Il venait de vivre le plus beau week-end de sa vie, mais cette relation ne pouvait pas avoir d'avenir.

Sa carrière était plus importante que sa vie personnelle, il ne devait pas l'oublier. Et pourtant… Ce choix lui paraissait maintenant impossible à faire.

— Je ne veux pas cesser de te voir, Allie.

Encore vêtue de la chemise qu'il lui avait prêtée, elle se figea au milieu de la pièce et se tourna vers lui, l'air stupéfait. Et si elle n'avait pas la moindre envie de donner une suite à leur relation ?

— Cela peut paraître fou, poursuivit-il en s'approchant d'elle. Je ne sais même pas ce que j'ai à t'offrir. Tu l'as dit toi-même, je ferais un petit ami désastreux. Je vais être submergé de travail, je serai sûrement en voyage très souvent désormais. Tu mérites tellement mieux…

Elle n'accepterait jamais de se contenter de quelques moments volés, et elle aurait raison.

— Présenté comme cela, dit-elle après un moment de suspens, je ne vois pas comment je pourrais refuser.

A ces mots, il se sentit submergé par une vague de bonheur. C'était elle qui comptait. Il ne pouvait plus nier à quel point il avait besoin d'elle.

Il la prit dans ses bras et la débarrassa de l'unique vêtement qui la recouvrait.

— Le plus difficile maintenant, dit-il en prenant possession de ses lèvres, ce sera de résister à la tentation de t'enfermer avec moi dans la salle de réunion.

— Eh bien ne compte pas sur moi pour t'y aider, répliqua-t-elle en riant, avant de répondre à son baiser avec une passion qui le combla de plaisir.

- 12 -

En se rendant au bureau ce matin-là, Zach se sentait plus détendu, plus à l'aise que jamais. Et pour cause ! Allison et lui ne s'étaient pas quittés depuis le vendredi précédent, et il découvrait que travailler avec elle maintenant n'était pas si difficile qu'il l'eût cru.

Du reste, elle semblait avoir beaucoup moins de mal que lui à garder ses distances.

Son efficacité lui avait permis de se faire remarquer, ainsi qu'il l'avait prévu, et Daryl lui avait proposé d'assister un autre commercial quand elle n'était pas occupée avec Zach. Il se rendait compte que tout le monde avait envie qu'elle reste chez Knox, lui y compris… Et elle ne parlait plus de ses projets de trouver une nouvelle mission d'intérim. Ce ne serait pas un problème pour eux, puisqu'il serait bientôt absent la plupart du temps ; après son succès avec James Collins, sans parler de ses six ans de travail acharné, il était certain d'être nommé au poste de vice-président.

— Vous êtes encore en retard, l'interpella Martha lorsqu'il passa devant le bureau de la réception.

— En retard ? Il n'est même pas 8 heures.

— C'est bien ce que je dis, répliqua-t-elle avec malice. Avant cette semaine, vous n'arriviez jamais après moi.

Elle avait raison. Depuis quelques jours, il avait le plus grand mal à quitter Allison pour partir travailler. Ce matin, ils avaient pris leur café au soleil dans le patio. Lorsqu'il avait ouvert le journal, elle s'était empressée de lui confisquer les pages économiques pour qu'il soit obligé de lire celles qui concernaient les loisirs et l'art de vivre.

— Je n'avais pas de rendez-vous, sinon...

— Zach, je plaisantais. Vous méritez de prendre un peu de temps pour vous, tout le monde sait ce que votre travail apporte à l'entreprise.

Un peu plus tard dans la matinée, il essayait encore de déculpabiliser en se persuadant qu'il n'était pas forcé d'arriver avec une ou deux heures d'avance, quand Daryl lui demanda de le rejoindre dans son bureau. Il fut surpris en apprenant que les membres du conseil d'administration avaient pris leur décision, et qu'ils allaient la lui annoncer par téléconférence. Pourquoi ne l'avaient-ils pas contacté directement ?

S'asseyant en face de son patron, il écouta en silence la voix impersonnelle qui s'adressait à lui par téléphone.

— Bien sûr, nous avons été très impressionnés par votre dossier, mais vous comprendrez que nous ayons préféré choisir quelqu'un de plus expérimenté.

Muet de stupeur, Zach n'entendit plus un mot après cette déclaration. C'était impossible. Ce poste était pour lui ! C'était donc ce sentiment d'impuissance et de révolte qu'avait éprouvé son père, quand il avait appris que Caroline était enceinte...

Lorsque son interlocuteur se tut enfin, Zach prit la parole à son tour, s'efforçant de ne rien laisser paraître de ses émotions :

— Merci d'avoir pris en compte ma candidature. Je ne doute pas que vous ayez pris la bonne décision.

Un long silence suivit la fin de la communication, puis Daryl le regarda avec compassion.

— Je suis désolé, Zach.

Bondissant de son siège, Zach mit ses deux mains à plat sur le bureau.

— Enfin, Daryl, Bob Henderson n'a pas rapporté un seul nouveau contrat depuis que je fais partie de ce service !

— Mais les contrats qu'il a...

— Sont les plus gros de toute la Californie, acheva-t-il,

furieux. Cela veut dire qu'il a été un bon vendeur, mais qu'il ne l'est plus.

— Personne ne remet en cause tes qualités, argumenta Daryl en se levant pour venir vers lui. Tu as toutes les raisons d'être fier.

Il avait toutes les raisons d'être plus amer que jamais.

— Vois les choses du bon côté. Tu n'auras pas à transmettre le contrat Collins à quelqu'un d'autre, admets que tu aurais détesté ça. Ton tour viendra, je n'en doute pas.

Comment avait-il pu en arriver là ? Lui qui avait tout donné pour obtenir cette promotion, qui avait montré qu'il pouvait convaincre n'importe quel client… De toute évidence cela n'avait pas suffi au comité d'administration.

Au moment de quitter le bureau de Daryl, il eut la sensation d'avancer tout à coup dans un épais brouillard. Jusqu'au moment où tout lui apparut clairement à l'esprit : il s'était laissé distraire, voilà pourquoi il avait échoué.

Il pressa le pas, et percuta presque Allison en tournant dans le couloir. Le contact de ses mains sur son torse lui fit l'effet d'une brûlure.

— Bonjour, lui dit-elle avec un sourire rayonnant.

Seulement, à cet instant, sa joie et sa beauté ne pouvaient que lui faire mal.

— Je n'ai pas une minute, Allison, lâcha-t-il froidement avant de continuer son chemin.

— Que se passe-t-il ? dit-elle en faisant demi-tour pour le suivre. Tu sais que je ne te laisserai pas tranquille tant que tu ne m'auras pas parlé.

Il le savait. C'est pourquoi, dès qu'ils furent tous les deux dans son bureau, il lui annonça la nouvelle.

— C'est Bob Henderson qui a eu la promotion.

— Oh ! Zach, je suis désolée, dit-elle en soupirant.

Son regard empreint de tristesse prouvait qu'elle était sincère ; toutefois, elle ne semblait pas du tout surprise.

— C'est moi aurais dû être choisi. J'aurais dû…

— Tu aurais dû quoi ? Travailler vingt heures par jour au lieu de quatorze ?

— Ce qui est sûr, c'est que ce n'est pas ce qu'a fait Bob Henderson.

— Non, et pourtant, c'est lui qui a été nommé. Sais-tu pourquoi ?

— Peu importe. C'est fait, maintenant.

— Le poste de vice-président exige d'être capable de déléguer. C'est parfait pour lui, peut-être pas pour toi.

— Allison, laisse tomber.

— Tu es un vendeur exceptionnel, Zach. Pense à ce que tu as réussi à faire avec James Collins.

— J'avais d'autres contacts, d'autres projets en cours, que j'aurais mieux fait de privilégier au lieu de…

Il s'interrompit, mais il était trop tard. Allison pâlit tout à coup.

— Tu crois que tu as perdu la promotion à cause de notre… Tu crois que tu as perdu à cause de *moi* ?

— Je savais que ce ne serait pas possible, Allie. Je suis désolé.

— Tu es désolé ? Oh ! moi aussi je le suis, lança-t-elle, brusquement rouge de colère. Je suis désolée pour toi. Réussir sa vie, ce n'est pas franchir autant de marches que possible avant trente ans. C'est apprécier ce que l'on fait. Si tu avais pris le temps de réfléchir un peu à cela au lieu de chercher à tout prix à gravir les échelons, tu te serais peut-être rendu compte que tu aurais horreur de diriger une équipe !

— Tu crois que tu es bien placée pour me faire la leçon ? Tu as un travail que tu détestes, et tu passes tes soirées à faire mille choses qui ne t'intéressent pas plus. Dis-moi un peu si tu es épanouie !

Le signal de l'Interphone les fit sursauter tous les deux.

— Zach, M. Collins au téléphone pour vous, annonça Martha. Sur la ligne numéro un.

Il se tourna vers Allison et respira profondément.

— Je ne peux pas. Pas ici, pas maintenant.

— Il n'y aura pas de seconde chance, l'avertit-elle d'une voix à la fois triste et infiniment douce.

Il avait su depuis le début qu'il aurait un choix à faire. Tournant le dos à Allison, il décrocha le téléphone.

Zach ne prit pas la peine de lever les yeux pour voir qui frappait à sa porte.

— Entrez, gronda-t-il.

Comme personne ne parlait, il resta concentré sur ses dossiers. Le travail était tout ce qui pouvait le sauver de l'état dans lequel il se trouvait depuis l'annonce du comité.

Néanmoins, les yeux verts emplis de tristesse qu'il voyait chaque fois qu'il fermait les paupières ne manquaient pas de lui rappeler son autre échec.

— Zach…

Il reconnut la voix de Daryl, mais se détourna à peine de ses papiers.

— Tu as reçu le dossier que je t'ai envoyé ce matin par e-mail ? Ce n'est pas aussi gros que le contrat Collins, mais c'est intéressant.

— Je l'ai reçu, mais ce n'est pas ce dont je suis venu te parler.

Se redressant finalement pour regarder son patron, il se figea en voyant son visage grave. Etait-il arrivé quelque chose à Allison ? Il ne l'avait presque pas vue depuis leur dispute. Elle était apparemment parvenue à convaincre Daryl de la faire travailler avec son autre collaborateur, car il la croisait à peine. Il n'attendait plus que le moment où elle quitterait Knox. Quand il entendait son rire dans le couloir, il se rappelait la culpabilité qu'il éprouvait et souffrait plus encore. Une chose était sûre : il s'était mal comporté avec elle, il lui devait des excuses.

— Que se passe-t-il ?

— C'est Bob Henderson.

— Il lui est arrivé quelque chose ?

— Il a fait une crise cardiaque hier au bureau. Il n'est plus en danger, mais il va avoir besoin d'une longue convalescence. Si jamais il reprend le travail, ce ne sera pas avant un bon moment, et il occupera sans doute un temps partiel. Il ne va pas pouvoir reprendre le poste de vice-président.

Zach voyait bien où il voulait en venir, seulement, le choc lui coupait la parole. Sa déception avait été si grande…

— Tu as un entretien demain à San Francisco, mais ce ne sera qu'une formalité. La place est pour toi.

Daryl n'avait pas du tout l'air de plaisanter, néanmoins Zach n'arrivait pas à y croire.

— Et toutes les raisons qui faisaient que je n'étais pas le bon candidat ? lui opposa-t-il. Une semaine d'expérience de plus a donc fait toute la différence ?

— Le conseil d'administration avait eu du mal à faire un choix entre vous deux. Et si certains ne croient pas en toi, je suis sûr que tu les feras taire en peu de temps. Enfin, si tu es toujours intéressé…

Une fois encore, il pensa à Allison. Avait-il une chance de se réconcilier avec elle, de vivre avec elle une belle histoire s'il restait ? Elle qui voulait se marier, avoir des enfants… Etait-il fait pour cela ? Il se surprit à imaginer un petit garçon et une petite fille qui leur ressembleraient. Mais aussitôt, il se souvint de son père et de ses éternels regrets.

— Oui, bien sûr que oui, je suis toujours intéressé.

— Je veux que tu saches une chose, ajouta Daryl. Je t'ai soutenu autant que j'ai pu. J'avais quelques doutes au début, mais j'ai été convaincu en te voyant travailler avec Allison.

— Quel est le rapport avec Allison ? l'interrogea Zach, non sans se demander si ce qu'il y avait eu entre eux était bien resté secret.

— Dès que je l'ai vue, j'ai senti qu'elle avait quelque chose de spécial.

Zach l'avait senti lui aussi, mais c'était bien la dernière chose dont il avait envie de parler avec son patron.

— Daryl…

— De toute évidence, son potentiel n'était pas exploité à sa juste valeur. Et c'est avec toi qu'elle a donné le meilleur d'elle-même. Ce qui fait de toi un excellent manager.

— Allie n'a besoin de personne pour donner le meilleur, ne put-il s'empêcher de souligner. Elle se suffit à elle-même.

Et dire qu'il l'avait accusée d'être la cause de son échec… Comme son père les avait accusés, sa mère et lui. En réalité, c'était grâce à elle qu'on l'avait jugé capable.

Désormais, il n'avait d'autre choix que d'aller là où on l'appelait. S'il restait pour elle, il lui ferait porter le poids de ses regrets, et il n'en était pas question. Il regarda Daryl sans lui cacher sa détermination.

— Je décolle quand ?

Allison espérait que la colère l'aiderait à avoir moins de peine. Voilà pourquoi, ce matin-là, elle passa le temps qu'elle mettait à se préparer et à se rendre au bureau à se remémorer sa dispute avec Zach.

Elle avait eu la naïveté d'essayer de le convaincre qu'il n'aurait pas pu faire plus pour obtenir sa promotion, et tout ce qu'il avait fait pour la remercier avait été de l'accuser d'être responsable de son échec. Exactement comme Kevin l'avait fait. Elle l'aimait, tandis que lui ne voyait dans leur relation qu'un frein à sa réussite.

Le pire était qu'elle ne pouvait s'en prendre qu'à elle-même. Ne lui avait-il pas répété sans cesse que sa carrière comptait plus que tout ? Et dire qu'elle avait espéré lui faire changer d'avis. Comment avait-elle pu croire avoir autant de pouvoir ?

Heureusement, elle n'avait presque plus vu Zach depuis leur dispute. L'un des assistants avait quitté Knox sans prévenir, et elle faisait de son mieux pour aider le personnel surchargé. Daryl lui avait bien proposé de rester dans l'entreprise, mais elle lui avait dit qu'elle partirait dès qu'ils auraient trouvé un remplaçant.

Arrivée au quatrième étage de l'immeuble, elle venait

tout juste de sortir de l'ascenseur, lorsque Brett vint vers elle avec un air conspirateur.

— Salut, Allison, tu as entendu la nouvelle ?

— Quelle nouvelle ? Attends, laisse-moi deviner.

Etant donné l'admiration que le jeune homme vouait à Zach, la nouvelle le concernait certainement. D'autant qu'ils avaient passé les derniers jours ensemble ; du reste, elle s'étonnait encore que Zach ait accepté de le prendre sous son aile.

— Zach a remporté un nouveau contrat, essaya-t-elle.

— Non. Il a eu sa promotion.

— Quelle promotion ? Je ne savais pas qu'il y en avait une autre en jeu.

— Il n'y en a pas d'autre. Il a été nommé vice-président, annonça-t-il avec excitation. Bob Henderson a fait une crise cardiaque l'autre jour. Il va bien, mais il ne va pas pouvoir assumer ce poste. Zach est en entretien aujourd'hui, mais tout le monde sait que c'est dans la poche.

— Ah bon, il… Il est déjà parti en Californie ?

— Oui. Il va y passer une semaine, et il m'a demandé de prendre en charge ses dossiers en cours pendant ce temps. Tu te rends compte ? Je n'en reviens pas !

— Tous ses dossiers ?

Riana Collins ne ferait qu'une bouchée de Brett, s'il avait affaire à elle.

— Zach m'a prévenu pour Riana Collins, précisa-t-il, comme s'il devinait ses pensées. Je ne m'en fais pas.

— Bon, tant mieux.

— Zach m'a aussi dit de voir quand je pouvais passer chez toi.

— Chez moi ?

— Oui, pour installer l'alarme. Il m'a dit qu'il n'aurait pas le temps de le faire avant son départ. Il a insisté pour que je veille moi-même à l'installation, il… Hé, est-ce que ça va ?

— Oui, oui, le rassura-t-elle avec un sourire forcé.

— Tu croyais qu'il avait oublié, c'est ça ?

— Il avait beaucoup de choses en tête ces derniers temps.

Tellement de choses, qu'il était parti sans même lui dire au revoir.

— Mais il n'a pas oublié. J'ai presque eu l'impression qu'il s'inquiétait plus pour cela que pour ses clients, tu imagines ?

Non, elle ne l'imaginait pas une seule seconde. Zach se moquait complètement de la quitter. Son souci de faire placer une alarme chez elle était au mieux un cadeau d'adieu.

— Nous prendrons rendez-vous pour la semaine prochaine. S'il te reste un peu de temps, bien sûr, plaisanta-t-elle. Je suis très fière de toi, Brett.

— Oh ! il n'y a vraiment pas de quoi. C'est de Zach que tu devrais être fière. Il paraît que c'est le plus jeune candidat jamais nommé à ce poste. Tu penses que je serai vice-président un jour ?

— Mais oui, évidemment, lui assura-t-elle, attendrie par son enthousiasme. Dis-toi que si tu le veux, tu y arriveras.

— Merci, Allison ! Bien, à plus tard, dit-il avant de s'éloigner.

Le cœur lourd, elle marcha jusqu'au bureau qu'on lui avait attribué et se laissa tomber sur son siège. Pourquoi n'avait-elle pas encouragé Zach comme elle venait de le faire avec Brett ? Elle avait été si certaine qu'il n'était pas fait pour ce poste de direction…

Il était si bon dans ce qu'il faisait, mais aussi tellement avide d'avancée professionnelle. Elle avait eu la sensation qu'il ne trouverait pas son bonheur dans cette voie.

C'était du moins ce qu'elle avait cru, mais ses raisons étaient peut-être beaucoup plus personnelles : elle avait simplement voulu le garder auprès d'elle, à Phoenix.

La vérité était dure à admettre, mais elle ne pouvait plus se mentir : elle avait tenté de retenir Zach, exactement comme il l'avait craint.

Elle aurait dû le soutenir, l'inciter à réaliser ses rêves, même s'il devait pour cela se séparer d'elle. Si elle l'avait fait, peut-être aurait-elle eu au moins le droit de lui dire au revoir.

- 13 -

En sortant de l'aéroport, Zach sentit l'air humide de l'océan, si différent de la chaleur sèche de Phoenix. Une épaisse brume couvrait San Francisco, privant la ville des rayons du soleil. On se serait cru à l'aube, alors qu'il était près de midi. Mais ce n'était pas le climat qui l'avait attiré ici, se rappela-t-il en hélant un taxi. Il était là pour la promotion qu'il avait tant attendue.

Et qu'il avait obtenue par défaut.

Etait-ce pour cette raison qu'il ne se sentait pas aussi excité qu'il l'aurait dû ?

C'était stupide, il n'avait pas volé sa place. Il était ici parce qu'il l'avait mérité, et il allait savourer pleinement son succès.

Pourtant, quand le chauffeur de taxi lui demanda où il l'emmenait, il ne parvint pas à lui donner le nom de son hôtel. Il devait regagner sa chambre et se préparer pour sa réunion, mais il lui sembla qu'il ne contrôlait pas les mots qui franchissaient ses lèvres.

— Hôpital général de San Francisco.

Un moment plus tard, il pénétrait dans la chambre de Bob Henderson. En voyant l'homme aux cheveux gris allongé les yeux fermés, Zach crut qu'il dormait. La main crispée sur la poignée de son sac de voyage, il regarda avec angoisse les machines qui entouraient son lit. Il valait sans doute mieux qu'il le laisse se reposer, songea-t-il en s'apprêtant à partir. Mais une voix faible le retint.

— Regardez qui est là. Zach Wilder.

— Je ne pensais pas vous avoir déjà rencontré, reconnut-il.

— Non, mais j'ai vu votre photo dans la lettre de l'entreprise. Vendeur de l'année cinq fois consécutives…

Zach perçut le sarcasme dans sa voix, mais il le comprenait. Sa situation avait de quoi le rendre amer.

— Alors, ils vous ont envoyé pour me remplacer.

— Oui, répondit Zach avec un sentiment de culpabilité.

Il sortit de la poche de son sac un roman d'espionnage qu'il venait d'acheter.

— J'ai pris cela pour vous, dit-il. Il paraît qu'il est très bon.

— Merci. Je vais avoir tout le temps de lire à présent.

— Très beau bouquet, commenta Zach en posant le livre à côté d'un grand vase, sur la table de chevet.

— Que peut-on attendre de Knox, sinon le meilleur ?

— C'est un cadeau de l'entreprise ?

Il passa le doigt sur un pétale de rose. Sa teinte claire et sa douceur, tout autant que son odeur exquise, lui rappelèrent la peau d'Allison. Il regarda autour de lui, mais il n'y avait aucun autre bouquet. Ni cartes de vœux, ni dessins d'enfants, ni photos.

Bob Henderson n'avait-il donc pas de famille, pas d'amis ? songea-t-il avec tristesse. Tout comme lui.

Avant Allison, personne n'avait jamais été là pour lui rappeler de dormir, de prendre du temps pour lui, pour l'empêcher de se tuer au travail. Ou pour apporter de la gaieté à sa vie.

— Durant toute ma carrière, j'ai attendu ce moment. J'étais comme vous avant, j'ai rapporté de gros clients à Knox.

— Vous avez toutes les raisons d'être fier.

— Oui, marmonna Bob Henderson. J'ai travaillé toute ma vie pour avoir cette promotion.

— Et c'est vous qu'ils avaient choisi, lui rappela Zach, surpris de ne pas être plus heureux que cela qu'une telle occasion s'offre à lui. Si vous en faites la demande, poursuivit-il, plus étonné encore de s'entendre parler de la sorte, Knox gardera le poste pour vous. Après quelques mois de congé, je suis certain que vous serez en mesure de le reprendre.

— Si ces derniers jours m'ont appris quelque chose, répliqua Bob en secouant doucement la tête, c'est que je ne suis pas fait pour ce poste. Plus maintenant. Je n'aurai plus l'énergie nécessaire pour diriger un département. Vous avez de la chance, jeune homme, ajouta-t-il en soupirant. Vous gravissez les échelons assez vite pour devenir un jour P.-D.G.

Les mots de son aîné résonnaient encore dans son esprit lorsqu'il quitta l'hôpital. Aurait-il atteint cette place d'ici à une quinzaine d'années ? S'il y parvenait, il risquait d'être seul pour fêter l'événement. Au mieux, peut-être recevrait-il un bouquet de fleurs ou une montre en or de la part de Knox.

Après des heures passées devant l'écran, Zach se frotta les paupières et s'étira.

— Zach, chéri ? Que fais-tu ici ?

En arrivant à Phoenix tard ce soir-là, il était machinalement venu chez elle au lieu de rentrer chez lui.

— Pardon, maman, dit-il en la voyant apparaître sur le seuil, dans le peignoir de soie qu'il lui avait offert pour Noël. Je ne voulais pas te réveiller.

— Cela ne fait rien. Mais je croyais que tu devais rester à San Francisco jusqu'à lundi ?

— Je suis rentré plus tôt.

— La réunion s'est mal passée ? demanda-t-elle, inquiète.

— Non, très bien. Le poste est pour moi.

— C'est formidable ! s'exclama-t-elle avec un enthousiasme qui lui parut forcé. Mais alors, que fais-tu là à regarder ces vieilles vidéos ?

Combien d'heures son père avait-il pu passer à regarder les films de ses matchs, comme il le faisait maintenant ? Sur ces images, il fêtait la victoire avec ses coéquipiers. Mais en les revoyant à son tour, Zach ne pouvait que regretter de ne pas avoir pris plus tôt cette initiative.

— Il n'était pas si bon que cela, révéla-t-il à mi-voix.

— Bien sûr que si, voyons. Regarde cette remise en jeu.

— Je vois que c'est surtout la prise de balle qui est remarquable. Le joueur est obligé de la faire d'une seule main, parce que le quarterback lui a fait une mauvaise passe.

— Ce n'est qu'une passe, souligna-t-elle.

— Mais ce n'est pas la seule.

— Combien de vidéos as-tu regardées ? lui demanda-t-elle en s'approchant de lui.

— Suffisamment.

Les matchs qu'il avait vus lui avaient montré un joueur dont les défauts ne lui auraient jamais permis d'accéder au monde professionnel. C'était une certitude.

— C'était un bon joueur, insista sa mère.

— Oui, un bon joueur pour une équipe de lycée. Et pendant toutes ces années, reprit-il en éteignant l'écran, il n'a cessé de nous parler de la carrière qu'il aurait pu avoir…

— Zach, s'il te plaît, l'interrompit-elle en réponse à ses sarcasmes. Pourquoi reparler de cela maintenant ? Je sais que ce n'était pas le meilleur des pères, mais il est mort depuis des années maintenant.

— Pardon, dit-il en voyant son regard triste. Je ne cherche pas à l'accabler, de toute façon, nous ne pouvons rien changer au passé. J'essaie seulement de comprendre.

Il fit un pas vers elle et la prit dans ses bras.

— J'étais persuadé que tout était parfaitement clair dans mon esprit, et maintenant…

— Comment ça, que tout était clair ? lui demanda-t-elle en s'asseyant avec lui sur le canapé.

— Papa passait son temps à dire que s'être marié et avoir eu un enfant l'avait privé de ses rêves. Alors j'ai cru que je n'avais qu'à me concentrer sur mes objectifs professionnels pour ne pas partager les mêmes regrets que lui. Et c'est ce que j'ai fait pendant des années. En empêchant quiconque de se mettre en travers de ma route.

— Jusqu'à ce que tu rencontres Allison.

— Oui, confia-t-il, pas surpris le moins du monde qu'elle ait compris bien avant lui. Tu te rappelles, quand je t'ai raconté notre première rencontre ? Je n'avais jamais connu une femme comme elle. Elle était… unique.

Il sentait que ses mots étaient maladroits, mais c'était la première fois qu'il avait ce type de conversation avec sa mère.

— J'ai pensé que je pouvais peut-être mener ma carrière tout en partageant ma vie avec Allison. Mais quand j'ai su que j'avais manqué la promotion, j'ai compris que c'était impossible.

— Mais maintenant, tu as le poste. Et si je comprends bien, c'est sérieux entre Allison et toi ?

Il ignorait s'il pouvait encore se faire pardonner ce qu'il avait dit à Allison. Quant à ce poste de vice-président, dont il rêvait depuis tant d'années, pourquoi n'était-il pas plus heureux de savoir qu'il était à lui désormais ?

Posté devant la maison de Bethany, Zach ne cessait de se demander ce qu'il était en train de faire. Au fond, il se posait cette question depuis l'instant où il avait pris l'avion à San Francisco. N'eût-il pas mieux fait de laisser un message à Allison et d'attendre qu'elle le rappelle ? Mais elle ne l'aurait peut-être pas fait. A présent, il voyait sa voiture garée devant chez sa sœur, et il hésitait entre s'en aller et…

La porte d'entrée s'ouvrit avant qu'il ait eu le temps de retourner dans sa voiture, et à partir de cet instant, son regard ne put se détacher d'Allison. Un foulard tenait ses cheveux en arrière, et ses yeux verts semblaient briller plus encore que d'habitude. Ses lèvres sublimes formaient une expression de surprise. Mais sa mine était pâle, elle paraissait épuisée. Il se figea tout à coup. Dans ses bras, ce qu'il avait pris pour un paquet de linge bougea légèrement, et il vit apparaître un pied minuscule.

— C'est…, balbutia-t-il en s'approchant.

— Je te présente Lilly Anne Armstrong, annonça-t-elle avec un grand sourire, en se tournant pour qu'il voie le visage du bébé.

— Elle te ressemble, murmura-t-il en contemplant l'adorable nouveau-né.

— Bethany fait une sieste, heureusement qu'elle ne t'a pas entendu dire ça !

— Cet enfant est le portrait de Bethany, évidemment.

Cependant, en la regardant porter la petite fille dans le salon et l'installer dans un berceau, il eut l'impression de la voir avec son bébé. Avec leur bébé à tous les deux. Lui qui n'avait jamais envisagé d'avoir une famille… A présent, il n'arrivait pas à imaginer sa vie sans.

— Je ne savais pas que ta sœur devait accoucher si tôt, dit-il pour combler le silence qui lui serrait le cœur.

— Ce n'était pas prévu. Le bébé est né en avance.

— Mais elles vont bien toutes les deux ?

— Oui, très bien. Et c'est grâce à toi.

— Grâce à moi ? Je ne vois pas pourquoi.

— Bethany avait acheté quelques affiches pour la chambre de Lilly. Elle était en train de les accrocher, lorsqu'elle a perdu l'équilibre et est tombée de son escabeau. Elle a aussitôt senti des contractions. Elle était trop loin du téléphone pour l'attraper, mais par chance, son sac était à portée de main. Et il y avait la commande de l'alarme à l'intérieur. Sans cela… Enfin, merci.

Il lut dans ses yeux la peur qu'elle avait eue rétrospectivement. D'un même geste, ils se tournèrent vers la petite fille pour la regarder.

— Bethany a-t-elle des nouvelles de son mari ?

— Je l'ai appelé de l'hôpital, et ils se sont parlé quelquefois. Mais il ne veut pas connaître Lilly.

— Il le regrettera un jour.

— Je ne sais pas… De toute façon, on ne peut pas forcer quelqu'un à vouloir quelque chose.

— Allie…

— Je suis navrée pour notre dispute.

— Moi aussi. Je suis tellement désolé…

Il se sentit soudain délivré d'un poids en lui disant ces

mots. Il avait été tellement idiot de la rendre coupable ! Les moments qu'il avait passés avec elle avaient été les plus beaux de sa vie. Aucune promotion ne valait ce qu'elle lui avait apporté. Il était meilleur avec elle. Dans son travail, mais surtout en tant qu'homme, et elle lui avait offert de nouvelles perspectives. De nouveaux rêves.

— Je regrette de ne pas avoir eu l'occasion de te le dire avant ton départ, mais je te félicite sincèrement pour ta promotion. Tu dois être fou de joie.

— A vrai dire…

— Alors, dis-moi tout. Comment c'était à San Francisco ? Tu as rencontré tes futurs collaborateurs ? Tu as un beau bureau ? Une voiture de fonction ?

C'était bien la première fois qu'elle montrait autant d'enthousiasme à propos de ce poste. Voulait-elle vraiment qu'il parte ?

— Je croyais que je n'étais pas fait pour diriger une équipe ?

— Je me suis trompée. C'est vrai, tu es un excellent vendeur, mais tu seras aussi un très bon manager. Tout ce que tu fais prouve que tu aimes travailler pour Knox.

Cette fois, il ne savait plus que penser. Il ne se croyait pas fait pour ce poste, et Allison lui disait l'inverse. Il voulait rester, elle l'incitait à partir.

« On ne peut pas forcer quelqu'un à vouloir quelque chose. »

Non, elle ne souhaitait pas qu'il parte. Elle avait seulement peur de le retenir, de le brider.

— Je t'aime, Allie.

A ces mots, il vit ses yeux plonger dans les siens, brillant d'une lumière plus intense que jamais.

— Je me moque de cette promotion. J'ai dit à Knox que je voulais bien faire l'intérim en attendant que le conseil nomme quelqu'un d'autre, mais après cela, je reviendrai ici. Auprès du travail que j'aime. De la femme que j'aime.

— Non ! s'écria-t-elle. Si tu fais ça, tu le regretteras. Tu m'en voudras de…

— Non, Allie, dit-il en la prenant dans ses bras. Je te le promets. Je ne suis pas Kevin, et je ne veux pas être comme mon père.

— Je crois que tu es l'exact opposé de ton père, murmura-t-elle dans un souffle.

— Je le croyais aussi, mais je lui ressemble beaucoup en réalité. Quand j'ai manqué la promotion, c'est toi que j'ai accusée. Je le regrette tellement, si tu savais. Mais je vais me rattraper. Crois-moi, je…

— Non.

Pourquoi « non » ? Pourquoi ne lui disait-elle pas qu'elle l'aimait aussi ?

— Pardon ?

— Tu n'as pensé qu'à ta carrière pendant des années, et maintenant, tu me dis que tout a changé ?

— Oui, tout a changé. *J'ai* changé.

— En quelques semaines ? rétorqua-t-elle, incrédule.

Cela pouvait en effet paraître fou, mais son cœur lui disait que c'était vrai. C'était en tombant amoureux d'elle qu'il avait changé. Si elle ne le croyait pas, c'était peut-être qu'elle ne partageait pas les mêmes sentiments.

— Allie…

Mais les mots restèrent enfouis au fond de lui. Pendant trop d'années, il avait espéré un brin d'affection de la part de son père, en vain. Il était inutile de supplier Allison de l'aimer.

Après le départ de Zach, Allison s'effondra sur le canapé. Elle souffrait, mais elle savait qu'elle avait fait ce qu'il fallait. Un jour, Zach deviendrait P.-D.G. de Knox, et elle saurait qu'elle avait fait le bon choix. Même si, pour l'instant, elle avait la sensation que son cœur était pris dans un étau.

Il l'aimait. Il était prêt à renoncer à ses rêves pour elle. Mais elle n'avait pas le droit de le laisser faire, de l'empêcher de prouver au monde sa valeur. De se prouver à lui-même qu'il pouvait réussir. Elle l'aimait trop pour le laisser commettre une telle erreur.

— Zach est parti ? demanda Bethany, debout dans l'embrasure de la porte.

— Je croyais que tu dormais.

Elle haussa les épaules avant d'aller retrouver sa fille pour la prendre dans ses bras. La naissance prématurée de Lilly avait au moins eu un effet positif sur leur relation : leur mère n'étant pas encore rentrée de croisière, Allison avait pu rester auprès de Bethany autant que nécessaire, et celle-ci avait abandonné sa froideur et son amertume.

— La maison n'est pas grande. Les voix portent jusqu'à la chambre.

— Je suis navrée si nous t'avons réveillée.

— Ce n'est pas ce que je voulais dire. Je t'ai entendue dire à Zach de partir.

— Je ne lui ai pas dit ça ! protesta-t-elle. Je lui ai dit ce qu'il avait besoin d'entendre. Ce qu'il a toujours voulu.

— J'avais plutôt l'impression que c'était toi, qu'il voulait.

— Nous ne nous connaissons que depuis quelques semaines. Son travail, c'est toute sa vie. Je ne peux pas le laisser gâcher tout ce qu'il a donné pour en arriver là.

— Alors c'est pour Zach que tu agis comme cela ?

— Oui. C'est pour lui.

— Pardon, mais je ne te crois pas.

— Excuse-moi ?

— Ecoute, je ne me suis pas réveillée un jour en décidant de trahir Gage. Si, insista-t-elle quand Allison voulut la contredire, c'était une trahison. Mais j'ai mis du temps à prendre cette décision. J'ai dû me convaincre que c'était le mieux, pour lui comme pour moi. Mais je crois qu'il ne sera jamais de cet avis, dorénavant.

— Ce que j'ai dit à Zach, ce n'est pas ce que je veux, moi.

— Je crois que ce que tu veux vraiment te fait peur. Si

tu lui avoues que tu l'aimes, tu prends le risque de le perdre un jour, s'il renonce plus tard à toi pour choisir sa carrière.

Perdre Zach serait infiniment plus douloureux que de perdre Kevin. Elle savait maintenant que ce qu'elle avait éprouvé pour Kevin n'était pas de l'amour.

— C'est vrai, j'ai peur.

— Papa serait déçu.

Ses mots la blessèrent plus que tout ce qu'elle avait pu lui dire. Elle sentit couler les larmes qu'elle retenait depuis le départ de Zach.

— Comment peux-tu dire cela ?

— Parce que c'est vrai. Je ne te reconnais pas, Allie. Toi qui étais toujours prête à prendre des risques. Et maintenant… Pourquoi tu ne te jettes pas à l'eau ? Il l'a fait le premier, tu n'as plus qu'à le suivre.

— Tu as raison…

Zach avait dit qu'il l'aimait. S'il avait abandonné le poste de vice-président, c'est qu'il était sûr de lui.

— Oh Bethany… Qu'est-ce que j'ai fait ?

— Allez, cours ! Rattrape-le !

Elle embrassa sa sœur et sa nièce, saisit son sac et sortit de la pièce en trombe. Son cœur cognait déjà contre sa poitrine quand elle atteignit la porte d'entrée. Elle ouvrit, et vit la voiture de Zach encore garée dans l'allée. Il était debout, appuyé contre le capot, le corps tendu, comme s'il essayait de prendre une décision. Il lui tournait le dos. Croyant percevoir un mouvement, elle fut prise d'angoisse. Elle ne pouvait pas le laisser partir ! Machinalement, elle porta les doigts à sa bouche et émit un sifflement strident, celui qu'il connaissait déjà.

Il se retourna vers la maison. A partir de là, tout ce dont elle fut consciente fut qu'ils couraient l'un vers l'autre et qu'elle se jetait dans ses bras, enfouissant la tête dans son cou et respirant la délicieuse odeur de son parfum. Comment avait-elle pu croire qu'elle pourrait vivre sans lui ? Elle se redressa pour le regarder dans les yeux.

— Je t'aime, Zach. Je ne sais pas comment j'ai pu te laisser croire le contraire.

— Ne t'inquiète pas, je n'allais pas abandonner aussi facilement. Tu sais que j'ai consacré des années à ma carrière, tu pensais vraiment que nous ne valions pas plus qu'une tentative ?

La détermination qu'elle vit dans ses yeux bleus suffit à la convaincre.

— J'aurais dû le savoir. Seulement, je n'arrivais pas à croire que tu étais prêt à renoncer à tes rêves pour moi.

— Je ne renonce à rien. Tu es tout ce dont je rêve, Allie. Je t'aime. Tu crois qu'une promotion peut valoir cela ?

— Je crois surtout que tu as tout fait pour m'en convaincre, dit-elle, ne sachant si elle allait rire ou pleurer.

— J'essayais sans doute de me convaincre moi-même. Travailler, c'était tout ce que je savais faire, jusqu'à ce que je te rencontre.

— Non, Zach, tu te trompes. Pense à ton attitude avec Brett, avec Sylvie. Même avec ta mère. Lorsque tu as tenu à lui faire croire que j'étais ta fiancée, je crois que ce n'était pas seulement pour entretenir notre petite comédie ; tu savais que nous voir ensemble la rendait heureuse. Cela prouve que tu peux être un excellent vendeur *et* un homme formidable.

Elle se hissa sur la pointe des pieds et mit ses mains autour de son visage.

— Tu devrais accepter cette promotion, Zach. Je sais que cela veut dire que tu voyageras beaucoup, mais cela ne nous empêchera pas de nous aimer. Personne ne pourra mieux que toi diriger une équipe de vendeurs.

— Mais ce que je veux, dit-il en déposant un baiser sur sa main, c'est que personne ne puisse être un meilleur mari que moi. Qu'en penses-tu ?

— Je pense que tu as intérêt à être sûr de toi, le taquina-t-elle, envahie de bonheur, parce qu'il ne s'agit pas d'une mission d'intérim.

— Oh ! je suis prêt à signer un contrat à durée indéterminée.

— Dans ce cas, monsieur Wilder, je ne vois pas qui d'autre que vous pourrait occuper ce poste.

Il l'enveloppa alors de son regard, et posa sur ses lèvres un baiser qui valait toutes les promesses du monde.

Retrouvez en mai 2020,
dans votre collection

PASSIONS

Deux semaines de tentation, de Maureen Child - N°863

Liam Morrow ne s'échappera pas, c'est une promesse que se fait Chloe. Alors qu'ils sont bloqués tous deux par la tempête qui sévit, elle se fait fort d'obliger le riche, séduisant mais si sauvage éleveur à lui apporter des réponses sur son commerce. Même si une culpabilité inexplicable étreint son cœur depuis qu'il s'est montré si généreux en la recueillant dans son ranch, à l'abri de l'hostilité du climat…

Une citadine dans son ranch, de Kathy Douglass

Si seulement Cade Battle pouvait la traiter aussi bien que les animaux de compagnie qu'elle a temporairement placés dans son ranch ! Megan commence à ne plus pouvoir souffrir les sautes d'humeur de cet homme qui semble la juger non pas sur ce qu'elle est, mais sur son origine new-yorkaise. Lui qui tient la ville en horreur ne voit-il pas que, si elle est ici, c'est justement pour prendre un nouveau départ ?

Objectif : mariage à tout prix !, de Susannah Erwin - N°864

Devenir l'épouse temporaire de Luke Dallas ? La clause n'était pas dans le contrat initial ! Si Luke l'a engagée c'était spécifiquement pour qu'elle lui déniche un mariage arrangé, améliore son image et sauve par là même son entreprise. Pas pour qu'il lui montre qu'elle a échoué dans cette mission et exige qu'elle joue les roues de secours alors qu'il la fascine depuis leur première rencontre.

Une famille providentielle, de Carrie Nichols

Vivre au jour le jour, sans se poser de questions ? Mary en est incapable malgré la volonté de Brody – le frère de son ex-compagnon, tout juste revenu du front – qui l'héberge. Se rend-il compte que son petit garçon de sept mois a besoin de stabilité et que, malgré le désir brûlant que Brody provoque en elle, une nuit sans lendemain doit rester du domaine du fantasme, rien de plus ?

Deux berceaux pour une seconde chance, de Tara Taylor Quinn - N°865

Stupide. Imprudente. Égoïste. Mallory n'a de cesse de se blâmer en voyant que Braden, son ex-mari, est décidé à revendiquer la paternité des jumelles qu'elle attend, alors qu'il s'était engagé à ne pas le faire. Si elle l'a abandonné une première fois il y a trois ans, c'est bien qu'il y avait une raison. *Une excellente raison.* Braden ne tient pas ses promesses et, malgré tout l'amour qu'elle ressent, elle doit s'éloigner de lui dès à présent pour le bien de ses enfants.

Voluptueux gala, de Joanne Rock

Lorsqu'elle ouvre les yeux sur le corps sculpté de Xander Currin, Frankie laisse le bien-être l'envahir… avant de réaliser la terrible erreur qu'elle vient de commettre. Bien sûr le gala de la veille était magique, et c'est à Xander qu'elle doit d'avoir pu y assister pour nouer des contacts professionnels. Mais Xander n'est pas homme à la rendre heureuse depuis le deuil qui a assombri sa vie, elle le sait pourtant bien.

Cruel séducteur, de Jules Bennett - N°866

SÉRIE : LA VENGEANCE DES HÉRITIERS TOME 1

Comme si la mise à l'épreuve de son père n'était pas suffisante, il aura fallu que le destin mette sur sa route le troublant Dane Michaels ! Stella désespère. Elle n'a que quelques mois pour prouver qu'elle peut gérer la clientèle de l'hôtel Montana, résidence de luxe qui appartient à sa famille, si elle veut en récupérer la propriété. Et ce Dane Michaels la poursuit de ses assiduités tout en lui proposant une somme colossale pour lui racheter le complexe.

Délicieux menteur, de Jules Bennett

SÉRIE : LA VENGEANCE DES HÉRITIERS TOME 2

Anéantie. En apprenant que son père n'est autre que l'homme dont Ethan Michaels, son nouvel époux, veut obtenir vengeance depuis des années, Harper suffoque. Ethan, le futur père de son enfant et l'homme qu'elle aime plus que tout, se serait-il uniquement servi d'elle pour parvenir à ses fins ?

L'enfant du renouveau, de Christy Jeffries - N°867

Elle, enceinte ? Rebekah ne peut le croire. Elle qui a toujours mis un point d'honneur à régenter sa vie et à ne pas s'attacher aux autres, y compris aux animaux du refuge de Furever Paws qu'elle dirige, va devenir *maman*. Et Grant – le futur père –, elle en est persuadée, prendrait la fuite en apprenant la nouvelle. Une nouvelle qu'elle compte donc garder pour elle, quoi qu'il lui en coûte…

Un mariage (pas si) arrangé, de Lauren Canan

Un mariage temporaire avec le fils de son ennemi ? Ally doit s'y résoudre si elle veut tenter de récupérer le ranch que le père de Seth – le séduisant faux fiancé – se propose de lui rendre. Lui y gagnerait, à ce qu'il prétend, une part d'héritage importante. Mais le sang traître ne coule-t-il pas aussi dans les veines de Seth qu'il deviendrait, dès lors, dangereux de croire ?

Un pacte délicieux, de Michelle Major - N°868

Julia est bouleversée. Si elle ne peut offrir un foyer digne de ce nom à son petit garçon, elle perdra bientôt sa garde… À moins qu'elle n'accepte l'étrange proposition de Sam Callahan : l'épouser sans tarder. Certes, ce mariage de pure convenance avec un homme aussi puissant que respectable lui permettrait de ne pas être séparée de son enfant. Mais peut-elle vraiment s'adonner à cette folie, alors qu'elle ne comprend pas les réelles motivations de Sam ?

Une nuit de mensonges, de Heidi Betts

Quand Jessica aperçoit Alexander dans l'hôtel où elle travaille, elle frémit en reconnaissant l'homme qui a causé la faillite de sa famille. Et si c'était là une occasion de se venger de lui et de le faire payer pour toute la souffrance qu'il a provoquée ? Son plan est tout trouvé : elle va le séduire, le rendre fou de désir, l'étourdir de passion. L'anéantir. Un plan parfait, à condition qu'elle parvienne à ignorer l'attirance que cet homme éveille en elle…

Composé et édité par HarperCollins France.

Achevé d'imprimer en mars 2020.

CPI
BLACK PRINT

Barcelone

Dépôt légal : avril 2020.

MIXTE
Papier issu de sources responsables
FSC® C108412
FSC www.fsc.org

Pour limiter l'empreinte environnementale de ses livres, HarperCollins France s'engage à n'utiliser que du papier fabriqué à partir de bois provenant de forêts gérées durablement et de manière responsable.

Imprimé en Espagne.